북한문학비평사

KB162498

북한문학비평사

김성수

역락

한 우물만 팠다

이 책은 '북한' 문학비평사이다. 주체문예론에 기초한 주체문학의 일방적 도정이라는 평양의 공식 입장, '조선'문학사 정전을 해체하고 비평사를 재구성하였다. 이는 코리아 남북을 아우르는 통합적 시각으로 북한문학을 공부한 일관된 원칙 때문이다. 주체문학사에서 실종되다시피 한 1950~60년대 사회주의적 사실주의 문학비평사의 주요 논쟁을 복원하여 그 쟁점과 논리를 정리하였다. 다만 (북)조선이 아닌 북한을 명기한 이유는 남한 학자의 자의식 때문이다.

저자는 서른 해 가까이 북한문학 공부라는 한 우물만 팠다. 공부 원칙으로 '민족문학 이념-리얼리즘 미학-실사구시 방법'을 표방하였다. 이번 비평사 서술을 계기로 이제 더 이상 민족문학, 리얼리즘 원칙에 얽매이지 않으려 한다. 비평사 또한 '사(史)'를 일사분란하게 위계화된 권력담론으로 서술하지 않겠다. 해체론, 문화제국주의로 비판 받더라도 '우리 민족끼리' 통일하자는 단일 민족의 신화에서 벗어나야 다양한 실상을 '있었던 그대로' 볼 수 있다. 한때 통일문학론의 미학적 준거였던 리얼리즘, 현실주의 일변도 대신 문화적 다원주의, 창조적 다양성을 포용하려한다. 오랫동안 남북 문학을 균형감 있게 읽고 공부했다고 해서 '민족/통일/통합'을 서둘렀던 조급증과 욕망을 반성한다.

부끄러운 고백이지만 석사과정(1982~83) 때 조동일 선생님의 후의로 『한국문학통사』초고를 검토하면서, 내심 해방 후 문학사를 쓰고 싶었다. 선생님께서 세계문학사 서술로 '탈'한반도하는 것을 보며 북한문학사, 통일문학사 서술을 목표로 삼았다. 천학비재라 아직 둘 다 이루지 못했다. 『통일의 문학, 비평의 논리』(2001)에서 그렸던 리얼리즘문학 중심의 상호상승식(win-win) 문화통합론은 6.15선언과 민족작가대회, 6.15민족문학인협회(2006)의 성과를 과잉해석한 성급한 통일문학론이라고 반성하였다. 서울-평양-연변-도쿄를 잇는 야심찬 통일문학사 구상을 제안했던 두만강포럼(2016), 세계북한학대회, 국제고려학회, 북한연구학회, AAS회의(2021)를 계기로, 통일문학이 실현하기 어려운 이념형이자 학자의 욕망이라는 중간보고를 하지 않을 수 없었다. 한국문학과 북한문학을 합치면 통일문학이 될 줄 알았는데 아니었다. 서울과 평양에서 나온 '통일문학'이란 이름의 문예지 3종과 '통일문학전집' 2종을 비교한 결과 참담하였다. 서울의 '한국'문학과 평양의 '조선'문학이 상대를 포용해야 소통과 통합이 되는데 현실은 달랐다. 상대 의중을 무시하고 자기가 보고 싶은 것만 골라보는 '남조선'문학과 '북한'문학만 존재하니, 코리아문학의 서울 중심주의와 평양 중심주의 편향 문제가 자못 심각하였다.

서울, 평양중심주의의 양 편향을 벗어나기 위하여 이 책에선 이북의 주체사관으로 사라진 1950~60년대 사회주의적 사실주의 비평논쟁을 복원하는 한편, 이남의 반공·반북·반김 정서 때문에 실체가 가려진 수령론 중심의 주체문예론'체계'와 주체문학의 비평·이론사도 함께 서술하였다. 즉, 평양에서 덮어버린 고상한 사실주의론, 부르주아미학사상 비판론, 사회주의적 사실주의의 좌우편향인 도식주의와 수정주의 비판론도 복원하고, 서울이 외면한 항일혁명문학예술 전통론과 문학예술혁명을 통해 확립된 방대한 주체문예론'체계'도 비평사에 담았다. 김일성, 김정일의 문예이론과 실무지도까지 비평·이론사에 포함하였다. 평양 스타일의 극존칭 개인숭배 레토릭, 클리셰는 걷어내되 문예이론 콘텐츠는 가능한 서술하였다. 연구의 출발부터 통일문학론의 자기반성과 다원화된 가치를 포용하는 비평사를 지향했기 때문이다.

책을 쓸 때 북한문학을 바라보는 민족문학 이념, 리얼리즘 미학 원칙은 내려놓았지만, 실사구시 접근법은 더 강화하였다. 있는 사실을 있는 그대로 소개하되, 실증주의 편향에 빠지지 않으면서 남북 당국이 정치적 이념적 공안통치적 잣대로 지워버린 비평적 실체를 복원해서 재조명하는 팩트 체크 방식으로 활용하였다. 특히 정전을 해체하고 재구성하는데 문예지 중심의 매체론이 위력을 발휘하였다. 가령 『조선문학』, 『문학신문』, 『조선어문』 등의 원문을 최대한 살려 자세히 요약하거나 직접 인용하는 방식으로 비평사를 정리한 것이 그런 예다. 원문을 최대한 살려 소개한 이유는 이들 비평 논쟁 문건 자체가 희귀 자료, 1차 사료이기 때문이다.

실사구시 원칙으로 북한문학을 정리한 중간보고가 『북한 『문학신문』 기사목록』(1994)과 『미디어로 다시 보는 북한문학: 『조선문학』의 문학문화사연구』(2020)이다. 특히 주간 『문학신문』은 2500호 전체를 30년 넘게 찾았지만 북한을 제외한 세계 어디에도 한 군데 다 있지 않다는 사실만 확인하였다. 1987년 워싱턴 D.C.의 공문서보관청(NARA) 소장 자료 마이크로필름(1956~1965)을 구입하여 한림대 아시아문화연구소에 기증(국가보안법상 개인 소지 불가라)한 후 그것을 관내 대출하여 의과대학 필름 리더기로 읽으면서 노트 정리한 바 있다. 지난 30년간 미국, 중국, 일본, 러시아 아카이브를 검색하고, 심지어 남북 교류와 국제학회에서 만난 김일성대학 교수들에게도 자료를 문의했으나 만족할 결과를 얻지 못했다.

처음 북한 원전을 접한 1987년 이후 30년 넘게 평양의 문학사, 문예이론서, 비평집, 문학전집, 연감, 문예지, 신문 DB 구축작업을 통해 북한문학의 개략적인 흐름을 어느 정도 정리하였다. 지금까지 관련 논문을

70편쯤 썼는데, 비평사 주제로 묶어 보니 22편이었다. 우리 학계에 최초로 '사회주의적 사실주의 발생 발전 논쟁'을 보고했던 1990년부터 김정일의 문예론'체계'를 소개한 2022년까지 33년 동안 산발적으로 발표한 글의 편차가 커서 헤쳐 모여 식의 편집은커녕 수정 보완도 쉽지 않았다. 때문에 체계적인 전작 비평사가 되지 못하고 논문집 수정본이 된 듯해서 아쉽다. 그래도 한반도 이북의 가려진 문학사적 진면목을 상당 부분 복원해서 그 가치를 재조명한 것은 보람이다. 또한 평양에서는 스스로 최고 이론이라 자부하지만 정작 서울의 우리는 전모를 파악하지 못했던/않았던 주체문예론'체계'를 정리, 논평한 것도 성과라고 생각한다.

늘 그랬지만 이 책 또한 개인 저서가 아니다. 1987년 '불온간행물'인 북한 원전을 구해주셔서 저자를 북한학의 길로 이끈 NARA의 방선주 선생님, 『창작과비평』에 논문을 실어주고 한림대에서 책을 내주신 백영서 선생님(이하 존칭 생략), 그 자료를 함께 공부한 성균관대 국문과 세미나팀의 권순긍, 정우택, 박헌호, 심선옥, 한진일, 박현수, 이승희, 민족문학사연구소의 김현양, 장경남, 최현식에게 감사드린다. 남북문학예술연구회의 평생 동지인 유임하, 전영선, 오태호, 오창은, 임옥규, 남원진, 이상숙, 이지순, 배인교, 홍지석, 천현식, 그리고 고자연, 김민선, 한승대, 하승희, 오삼언, 조은정, 이예찬 등 '샛별'들에게 진심으로 감사드린다. 자료를 도와주신 북한자료센터의 이진우, 김중겸, 조가영, 한국문화관광연구원의 오양열, 박영정, 조현성, 전미소, 북한대학원대학의 이우영, 구갑우, 김성경, 서울대도서관의 김진호, 인하대의 윤영천, 한상언영화연구소의 한상언, 교토의 이타가키 류타, 토모 모리, 연변의 최민 님께 고마움을 표한다.

비평사 공부는 안함광, 엄호석, 김하명, 박종식, 김학렬, 김윤식, 임헌영, 권영민, 김영민을 사숙하였다. 특히 김영민의 『한국현대문학비평사』가 귀감이 되었다. 좋은 책을 만들어주신 역락(亦樂)의 이대현, 이태곤, 강윤경, 이경진 님께 감사드린다. 이분들이 없었다면 책이 제대로 나오지 못했을 것이다. 품은 많이 들고 빛은 나지 않는 학문노동이지만 남이 알아주지 않아도 공부 맛에 빠졌으니 이 또한 즐거운[亦樂] 일 아닌가싶다. 끝으로 자료 수집, 원문 입력, 텍스트 분석을 4년 넘게 도와준 김규나, 이수아에게 진심으로 고마움을 표한다. 이 책을 사랑하는 가족과 남북문학예술연구회 동학들에게 바친다.

2022년 4월
백련산자락 푸르서실에서
김성수 씀

차례

—— 서문: 한 우물만 팠다   5

서설 : 북한문학비평사 서술 원칙과 방법   13

제1부 사회주의체제기 사회주의적 사실주의 비평사   35

사회주의적 사실주의 비평사 개관   37

제1장 민주주의 민족문학론과 부르주아미학 비판론   69

제2장 도식주의 비판론   96

제3장 사실주의 발생·발전과 민족적 특성론   139

제4장 사회주의적 사실주의 발생·발전 논쟁   177

제5장 '천리마기수' 형상과 갈등론   210

     보론: 천리마기수 형상과 「개나리」 지상토론   245

제6장 수정주의 비판론   272
     ―김창석 『미학개론』과 연극 <소문 없이 큰일 했네> 논쟁

제7장 '혁명적대작' 창작론   298

제2부 주체사상체제기 주체사실주의 비평사   329

제1장 프로문학의 유산과 항일혁명문학의 전통론   331

제2장 '항일혁명문학(예술)' 전통론   359

제3장 주체문예론의 형성과 유일체계화   391

제4장 '3대혁명소조원'과 '숨은 영웅' 형상론   419

제5장 '주체문학론' 해석론   443

제6장 선군(先軍)혁명문학론   474

제7장 '마식령속도'와 '만리마기수' 형상론   500

결론: 사회주의적 사실주의 논쟁사와 주체사실주의의 유일체계화   532

—— 장별 논문의 원문 출처   539

—— 참고문헌   541

서설

북한문학비평사
서술 원칙과 방법

1. 연구목적: 비평사의 쟁점과 서술 원칙

이 책은 한반도 남북을 통합한 '코리아문학사' 서술의 기반 구축을 위한 북한문학비평사(1945~2020) 연구로 기획되었다. 북한문학비평사를 체계적으로 서술하되 다원적 가치를 포용하는 것이 목표다.[1] 주지하다시피 문학예술에 대한 북한(조선)[2] 당국의 공식 입장은 수령론이라는 개인숭배

---

1 북한비평사를 코리아 통합적 시각으로 서술할 때 한쪽 편만 정통이라는 입장으로 분단체제하 냉전의식을 고착시키는 퇴행은 바람직하지 않다. 자기만 민족사 정통을 계승하였고 상대는 미제 앞잡이니 공산괴뢰집단이니 하면 역사를 객관적으로 볼 수 없다. 겨레말문학에 담긴 사람들의 사상과 생활감정을 온당하게 비평하기 어렵다. 코리아문학비평을 폭넓게 얘기할 때, 남북이 상대를 창작과 비평의 주체로 내심 인정하지 않는다면 우리의 문학사, 비평사 콘텐츠는 점점 줄어들 것이다. 분단 상대국과 먼저 수교한 국가와는 상대하지 않겠다는 냉전시대의 악명 높은 할슈타인 외교원칙처럼 '뺄셈의 문학사'를 써서 자해하는 형국이 될 터이다.

2 이 글에서는 D.P.R. Korea(north)를 두고 한국과 서방 독자를 위해서는 '북한'으로 호칭하고 (북)조선 독자와 이북 내재적 시각으로는 '(이북) 조선'으로 호칭한다. 가령 '북한의 사회주의 리얼리즘'은 논문 지문 표기이고, '(북)조선의 사회주의적 사실주의'는 원문 인용으로 서술한다. 이는 이 글이 '비기본개념의 개념사'적 접근법을 연구방법의 하나로 삼기 때문이다. Joao Feres Junior, "For a critical conceptual history of Brazil: Receiving begriffsgeschichte," *Contributions to the History of Concepts* Vol.1 No.2, International Conference on Conceptual History, 2005; _____, "THE SEMANTICS OF ASYMMETRIC COUNTERCONCEPTS. THE CASE OF "LATIN AMERICA" IN THE US," 2005.1. (https://www.researchgate.net/publication/237300520_THE_SEMANTICS_OF_ASYMMETRIC_COUNTERCONCEPTS_THE_CASE_OF_LATIN_AMERICA_IN_THE_US)

에 강박된 '주체사상에 기초한 문예이론(약칭 주체문예론)'이 유일체계화되어 있다. 그런데 오늘날의 공식 문학사와 전집, 교과서 등 '정전'과는 달리 당대 문예지와 작품, 비평담론은 창조적이고 다양한 면모를 보인다. 이에 주체사상의 유일체계화(1967) 이전 문예지 자료를 '실사구시로 재구성'하여 정전에서 탈락한 작가, 비평가 및 그들의 비평 담론을 복원·복권하고자 한다. 북조선의 비평담론을 정전화 이전에 나온 당대 문예지를 통해서 미디어 독법으로 재구조화하는 것이 본 연구의 입론이다.

북한 문학장(場, field)[3]에는 '항일혁명문학의 전통'을 계승한 주체문학사만 존재한다. 따라서 문학의 이념, 미학, 작가, 작품론을 둘러싼 논쟁을 담은 비평사가 거의 없다. 수령의 교시와 당 문예정책, 그에 기반을 둔 메타비평적 담론이 시간순으로 열거될 뿐이다.[4] 더욱이 주체문예론의 유일체계화(1967~73) 후에는 주체문예 담론사 이외의 비평사, 가령 실제 작가·작품평에 대한 메타비평이나 논쟁사가 거의 없다. 작가·작품의 단순 소개와 설명이 대부분이고 평론이래야 의례적 찬사, 구색 맞추기식 지적 이외의 도발적이고 논쟁적인 찬반 비평을 찾아보기 어렵다. 이를 사회주의 문예 특유의 검열시스템 탓으로 돌릴 수도 있다. 하지만 1950~60년대의 저 활발했던 문예논쟁을 감안해보면, 자유로운 찬반 토론을 하기 어

3　문학장이란 문학사의 각 시기마다 역사적 진실을 구성하는 데 있어 자신들의 정당성(legitimacy)을 주장하기 위해 서로 다른 목소리를 가진 사회적 행위자들이 담론 상의 실천을 통해 경합하고 각축하는 헤게모니의 장이라 할 수 있다. '헤게모니' 개념은 A. 그람시의 정치이론과 문화이론, '문학장' 개념은 P. 부르디외의 문학장의 기원과 구조에서 따왔다. A. Gramsci, 로마그람시연구소 편, 조형준 역, 『그람시와 함께 읽는 문화: 대중문화 언어학 저널리즘』, 새물결, 1992; Walter L. Adamson, 권순홍 역, 『헤게모니와 혁명: 그람시의 정치이론과 문화이론』, 학민사, 1986; 권유철 편, 『그람시의 마르크스주의와 헤게모니론』, 한울, 1984; Pierre Bourdieu, 하태환 역, 『예술의 규칙: 문학 장의 기원과 구조』, 동문선, 1999; 홍성민, 『문화와 아비투스: 부르디외와 유럽정치사상』, 나남출판, 2000 참조.

4　지은이가 찾은 북한 학자의 유일한 비평사는 애국계몽기부터 해방 전까지 서술한 신영호, 『조선문학비평사연구(19세기 말~1940년대 전반기)』, 김일성종합대학출판사, 2003가 유일하다. 20세기 전반기 비평사를 충실하게 서술했지만 사적 평가와 해석의 유일 근거가 김일성, 김정일 교시뿐이라 아쉽다. 이것이 북한 학계의 현주소이다.

렵고 논쟁을 문서화·공론화하기는 더욱 어려운 주체체제의 폐쇄성 탓에 논쟁적 비평이 쉽지 않음을 알게 되었다.

지은이는 30년 넘게 북한 자료를 모아 거기 담긴 문예 작품과 비평담론 콘텐츠를 정리하고 역사주의적으로 연구하였다. 그 결과 북한의 공식 입장, '주체의 문예관'과 담론에 적잖은 문제점이 있음을 알게 되었다. 정치적 필요에 따라 '만들어진 전통'과 승리자의 역사로 과거 사실을 전면적으로 '발견-발명-재구성'하는 김일성-김정일-김정은 체제의 3대 세습, 이른바 '혁명가계'의 개인숭배가 문학의 본질을 지구적 보편성과는 달리 특이하게 수행하기 때문이다. '항일혁명문학예술의 전통을 계승한 주체문학의 일방적 도정'이라는 주체의 문예관과 주체문학사가 고착화됨으로써, 비평사, 문학사, 일반사-문학예술사-문학사-비평사가 정치적 편의주의의 산물로 되었다.

이에 '주체문학의 일방적 도정'이라는 주체문학관과 때로는 길항하면서 그 외연을 확장시켜 (사회주의)리얼리즘 비평사의 실체를 탐색한다. '주체사상과 선군(先軍)정치, 김일성김정일주의'로 과잉 왜곡된 것을 '실사구시로 재구성'한다. 주체문예론 이전의 사회주의적 사실주의 비평논쟁과 이후의 비평이론사를 비평콘텐츠와 문예이론서의 문헌 분석을 통해 살펴보겠다. 특히 '주체문예리론' 체계로 문학비평사의 실상이 대폭 축소·왜곡·삭제된 해방기~사회주의체제 건설기(1945~67) 사회주의적 사실주의 문학비평의 실체를 있었던 그대로 복원한다.

남한 학자가 북한문학비평사를 쓴다는 말은 주체문예론 대신, 한반도적 시각과 리얼리즘 보편미학의 입장에서 북한문학을 새롭게 보겠다는 뜻이 담겨 있다. 한반도적 시각이란 분단에 기인한 월북·재북 작가 예술가의 행적을 구체적인 자료로 확인하여 그들의 문학과 비평담론을 실사구시로 복원·복권하겠다는 뜻이다. 리얼리즘 보편미학이란 주체사상과 수령론, 주체사실주의 탓에 지워진 비(非)주체사상 사회주의문학담론 역시 복원하자는 의미다. 특히 주체사상과 수령론에 포섭되지 못한 채 각각 '부르주아미학사상의 잔재·이색분자·종파주의자' 등으로 낙인찍혀 북한의 공식 문학사와 교과서 등 정전에서 사라진 문학과 비평 담론, 작가들이 너무나 많다. 그들은 미적 자율성을 포기하지 않은 전통적인 문학가나 보편미학을 견지한 사회주의 리얼리스트들이다. 그들 숙청 작가, 비평가의 비평담론을 복원·복권하는 것이 앞으로 서술될 한반도 통합·통일 문학사의 기초 자료 구축이 된다고 판단한다. 결과적으로 한반도 평화체제 구축과 통일 후 남북 주민의 문화적 정서적 통합에 학문적 문화적 기여가 크리라 판단된다.

다만 한반도 통합적 관점이란 지향이 일종의 이념적 당위로 강박되어 작동될 것을 경계한다. 근대 학문체계에서 비평사, 문학'사'란 대체로 국민(민족)문학사였기에 분단국가의 통합 문학사란 자칫하면 민족과 통일에 대한 당위로 말미암아 정전에 포함되지 못한 수많은 타자를 억압, 배제, 왜곡하는 담론 권력이 되기 때문이다. 이제는 지성사의 프레임을 바꿀 때다. 저 '1987년 체제'식의 '민족, 민족문학, 통일·통합 문학'이나 북한식의 '우리민족끼리, 조선민족제일주의'란 거시담론이 절대화 신화화되어 억압기제가 되지 않도록 세심한 논의가 필요하다. 당위적 통일, 작위적 통합이 아니라 남북, 남남, 심지어 전 지구적 한겨레 디아스포라 간의 창조적 다양성을 포괄하되, 그 차이를 있는 그대로 인정하는 통이(通異), 소통과 화해로서의 비평담론 연구, 문화적 다원성을 포용한 비평사를 목표로 한다.

2. 연구방법: 정전 해체와 문예미디어 콘텐츠의 실사구시적 재구성

연구사

2022년 현재, 문학에 대한 북한 당국의 공식 입장은 1967~73년에 정립된 '주체문예론과 수령론'으로 절대화되어 있다. '항일혁명문학의 전통'을 계승한 '주체의 문학관과 주체문학사'만 신성불가침한 유일체계로 군림한다. 문학의 이념과 노선, 사회적 기능, 창작방법과 미학, 형상과 전형의 찬반론을 둘러싼 논쟁을 있는 그대로 담은 문학비평사는 없다. 주체사상과 수령론의 잣대에 기초한 검열시스템 때문에 축소·왜곡·일실된 1차 사료를 찾기 어렵고 검열로 걸러진 2차 사료인 정전 텍스트만 찾아보기 쉽다. 비평 담론이 수록된 매체, 이를테면 텍스트가 최초 발표된 1945~67년 당시의 잡지·신문·단행본 수록 판본을 간과하고 '주체문예리론'체계로 여과된 후일의 정전과 거기서 출발한 담론만으로는 이전의 사회주의적 사실주의 비평을 실사구시로 재구성하기 어렵다. 그래서인지 주체문예론 형성 전의 사회주의적 사실주의 비평사(1946~67)는 매우 소략하게 정리되었을 뿐이다.[5]

비평사 서술 원칙은 코리아 통합적 시각과 주체문학사 정전 해체 후 재구성이다. 주체문예론의 잣대로 걸러진 수령 교시, 문학사, 문학전집, 문예연감, 문예이론서 등 정전이자 2차 사료만 비평사 서술의 주 자료로 삼지 않겠다. 오히려 주체사상의 유일체계화(1967)와 도서정리사업

---

5 김성수, 「사실주의 비평논쟁사 개관—북한 비평사의 전개(1945~1967)와 『문학신문』」, 김성수 엮음, 『북한 『문학신문』 기사 목록: 사실주의비평사 자료집』, 한림대출판부, 1994; 신두원, 「해방 직후 북한의 문학비평 민족문학론과 리얼리즘론을 중심으로」, 『한국학보』 20-1, 일지사, 1994; 신두원, 「북한 문학평론의 전개과정: 1945~1966년을 중심으로」, 〈통일문학전집〉(CD-ROM), 한국문화예술진흥원, 2003.

(1968~77) 이전의 문예지, 비평집, 이론서 같은 1차 사료를 중심으로 탈정전화 재구성을 수행한다. 다양한 자료를 시계열적으로 정리한 후 이를 이론적 패러다임별로 횡단 분석하여 비평사적 쟁점을 입체적으로 부각시킬 것이다. 주체문예론의 강고한 유일이론체계의 인식틀에서 벗어나야 가려졌던 사회주의적 사실주의 비평 논쟁사와 쟁점이 선명하게 드러나기 때문이다. 가령 북한문학 초기 비평사를 간략히 서술한 다음 자료(1960)를 보면 당시까지는 문학비평사의 전통과 본질을 카프의 전통과 사회주의적 사실주의 보편 미학에서 찾았음을 알 수 있다.

> 조선의 현대 문학 평론의 발생 및 확립은 카프 문학의 공적의 하나로 된
> 다. (중략) 해방 후 문학 평론에서는 창작에서와 마찬가지로 창작방법으로
> 서의 사회주의적 사실주의가 유일한 방법으로 되었는바 이것은 평론가들
> 의 이상과 그 이상의 실현 간에 존재하였던 모순이 완전히 제거된 전혀 새
> 로운 사회제도 하에서 활동할 뿐만 아니라 모두가 맑스레닌주의 사상으로
> 더욱 튼튼히 무장하게 된 사정과 관련된다.[6]

지금은 북에서 사라진 사회주의적 사실주의의 잣대로 '해방 15년의 조선문학비평사'를 간략히 정리한 평문 일부이다. 지은이는 이러한 시각으로 8.15해방부터 '사회주의 건설기'(1945~1967)의 사회주의적 사실주의 문학 비평의 쟁점을 이후 50년 넘게 전개된 주체문학비평사[7]와의 연속선상에서 보려고 한다.

---

6 신구현, 「해방 후 15년간 문학평론이 거둔 성과—평론분과, 고전문학분과위원회의 보고(요지), 『문학신문』 1960.10.7.

7 우리가 주체문예론의 일방적 도정으로 보는 주체문학(비평)사도 여러 단계를 거쳤다. 주체사상에 기초한 '주체문예론' 형성기(1967~75), 주체문학 전성기(1975~94), 선군(先軍)문학기(1995~2011), 주체문학 재건기(2012~ 현재) 등의 변곡점이 있다.

매체론

논의 방법은 해당 시기에 전개된 비평적 쟁점과 주요 논쟁을 시간순으로 통시 분석을 하고 다시 주요 패러다임별로 공시 분석을 병행하여 비평사를 재구성한다. 해방기 '민주주의적 민족문학론' 및 '고상한 사실주의' 창작방법론부터 주체문예론 형성 직전의 '혁명적대작 창작론'까지 사회주의적 사실주의 문학 비평사의 시기별 쟁점을 통시적으로 개괄[8]한 후 비평사의 공시적 이론 구조를 이념과 미학, 전형별로 분석, 정리한다. 비평사 이론 구조의 공시적 분석이란, 수십 건의 비평 논쟁을 시간순으로 나열한 통시적 분석의 바탕 위에서 그들 논쟁들을 문예노선과 이념, 문학사적 전통, 창작방법과 미학, 전형과 형상론 등 핵심 쟁점을 공시적 항목별로 논의하겠다는 뜻이다.

그런데 기존 연구처럼 텍스트가 최초로 발표된 당시의 신문·잡지·단행본의 미디어적 특징을 무시하고 훗날의 정전과 거기서 출발한 담론, 비평텍스트만 대상으로 삼은 것은 문제가 있다. 1차 사료인 매체의 다양한 기사와 이념적 지향 및 편집미학적 변모양상을 놓치고 행간에 숨겨진 편집 주체의 의도를 간과하는 오류를 범하기 쉽기 때문이다. 문학사와 전집, 교과서 등 '정전'의 자장에서 벗어나 70년 넘게 간행된 각종 문예지와 비평집, 이론서의 다채로운 비평담론까지 찾아봐야 하는 이유이다. 이에 정전에서 탈락한 작가, 비평가 및 그들의 비평 담론을 복원·복권하고자 한다. 북한의 비평담론을 오늘날의 정전화 이전에 생성된 당대 문예지를 통해서 미디어 독법으로 재구조화하는 것이 지은이의 입론이다. 구체적으로는 북한문학을 대표하는 문예 월간지 『조선문학』(1946~2019,

---

8   문학비평사의 주요 쟁점을 1차 사료 중심으로 검토한 본론 1~7장의 서설격인 '개관'을 따로 쓴 이유는 전체 비평 논쟁의 이론구조를 패러다임별로 공시 분석하기 위해서이다. 각 장이 끝에 단 비평논쟁별 주요 목록은 『북한 『문학신문』 기사 목록: 사실주의비평사 자료집』(1994)의 수정 보완이다.

통권 860여 호)와 주간지 『문학신문』(1956~2020 통권 2480여 호)에 대한 실증적 서지와 거기 담긴 비평 담론을 공시적 통시적 분석틀로 계보화한다.

비평사 서술을 위하여 『조선문학』, 『문학신문』, 『조선어문』, 『로동신문』(문예기사) 데이터베이스를 구축하였다. 70년간 간행된 17만여 페이지 분량의 문예지 자료 수집과 목차 작성 등 실증적 서지작업, 주제별 비평가별 평론집을 통한 비평담론의 체계적 정리, 그를 통한 비평담론의 역사적 재구성을 수행하였다. 북한 비평사의 흐름을 크게 보면, '창작방법-사조-미학'의 패러다임으로 볼 때 사회주의적 사실주의문학에서 주체사실주의문학으로 변모했다고 할 수 있다. 195,60년대 사회주의 진영의 보편미학인 사회주의적 사실주의를 북한식 주체문예론 방식으로 대체하는 1967년 이후의 세부 변모과정을 규명하는 것이 본론이다.

서술방법은 해당 시기에 전개된 비평적 쟁점과 주요 논쟁을 시간순으로 통시 분석을 하고 다시 주요 패러다임별로 공시 분석을 병행하여 비평사를 재구성한다. 해방기 '민주주의적 민족문학론' 및 '고상한 사실주의' 창작방법론부터 주체문예론 형성 직전의 '혁명적대작 창작론'까지 사회주의적 사실주의 문학 비평사의 시기별 쟁점을 통시적으로 개괄한 후 비평사의 공시적 이론 구조를 이념과 미학, 전형별로 분석, 정리한다. 비평사 이론 구조의 공시적 분석이란, 수십 건의 비평 논쟁을 시간순으로 나열한 통시적 분석의 바탕 위에서 그들 논쟁들을 문예노선과 이념, 문학사적 전통, 창작방법과 미학, 전형과 형상론 등 핵심 쟁점을 공시적 항목별로 논의하겠다는 뜻이다.

개념 분단사

문제는 우리의 근대 학문 용어 개념과 북한 내재적 담론지형의 비대칭 문제이다. 어떤 개념과 용어의 활용 정황(context)을 역사적으로 분석하는 개념사(Conceptual History)[9]적 접근법으로 볼 때 '한국문학/조선문학'은 코리아문학의 동의어가 아니라 반대 개념어가 된다. 왜냐하면 코리아문학을 각기 '한국문학'과 '조선문학'으로 호명할 때 속내는 상대를 배제한 자기네 반쪽 문학을 전체로 상정하기 때문이다. 서울 중심주의의 '한국문학' 발화자는 김일성이 직접 창작했다는 〈피바다〉〈사향가〉 같은 항일혁명문학예술, 4.15문학창작단의 '불멸의 력사' 총서 등의 '수령형상문학,' 북한문학과 동의어인 '주체문학' '선군문학' 대부분을 코리아문학에 넣기 어려울 것이다. 평양 중심주의의 '조선문학' 발화자 역시 이광수·최남선·김동인·염상섭의 '민족주의문학'이나 임화·김남천·이원조 등 카프의 프로문학, 이태준·정지용·백석·이상 등의 '순수문학', 그리고 남조선의 장정일·김영하·박민규·김이듬·하상욱의 '포스트모더니즘문학'을 민족문학에 품지 못할 것이다. 이러니 '한국문학/조선문학'이란 발화 자체가 코리아문학의 반대 개념어라는 역설이 생긴다. 그래서 남북이 합의하는 문학을 '우리 겨레말문학'[10]이라는 중립적이지만 잠정적일 수밖에 없는 호명을 '일단' 전제하지 않을 수 없다.

  이 문제를 해결하기 위하여 지은이가 도움 받은 것은 호아이오 페레즈(J. Feres)의 '비기본개념의 개념사'적 접근법이다. '비기본개념의 개념사'적 접근은 남북의 비대칭적 학술 소통에서 유용한 방편이 아닐까싶다.[11]

---

9 개념사는 구체적인 역사적·사회적 맥락 속에서 서로 다른 의미를 내뿜고 서로 다른 기능을 수행하는 유연하고 유동적인 언어적 구성물로 본다. 어떤 이가 어떤 상황에서 누구에게 어떤 의도로 어떻게 사용하는가를 중요시한다. 나인호, 『개념사란 무엇인가: 역사와 언어의 새로운 만남』, 역사비평사, 2011, 28면.

10 겨레말큰사전 공동편찬위원회 사업이 실질적인 근거다. 조동일이 『한국문학통사』 제4판 제1권(지식산업사, 2005)에서 둘을 아울러 '우리문학사'로 쓸 것을 제안한 바 있지만, 우리문학은 내포와 외연이 너무 넓은 일반명사라 역사적 실재를 특정하기 어려운 치명적 약점이 있다.

11 가령 국제회의에서 남북한 참석자가 자신을 "나는 한국인이다./ 나는 조선인이다"이라 발화할 때 통역은 둘 다 "I am a Korean."이라 하면 될 것이다. 그런데 반대 경우는 어떨까? 누군가 애국심 넘치게 "I am a great Korean."이라 영어로 자기소개를 하면, 남북한 참석자

개념사 이론의 출발은 이론 제창자인 R. 코젤렉(Reinhart Koselleck)의 독일어 '개념사(Begriffsgeschichte)'지만, 국제 간 소통에는 영어가 주로 사용된다. 그런데 한반도의 남북 관계 같은 특정 국면이나 '한국어/조선어'라는 언어공동체의 특수성에는 영어가 그리 효율적이지 않다. 획기적인 학문적 발견은 각각의 결과물이 아닌 오랜 시간에 걸쳐 탐구된 시계열적 연구에서 탄생하는데, 새로 발견된 개념과 후속 개념은 상위 개념을 거론한 논문에서 사용한 기존 언어를 어쩔 수 없이 계속 사용할 수밖에 없다.[12]

페레스 주장처럼 '코리아 남북 문학'의 경우 영어 아닌 한글로 작성된 글을 영어로 번역하여 충분히 설명하지 못하거나 내용이 변질되기도 한다. 가령 우리에게 너무나 자명한 '한국문학'이 코리아반도 문학의 유일 개념어가 아니며, 마찬가지 논리로 북한문학을 '조선문학'이라 지칭하는 것과 변별된다는 것이 '비기본개념의 개념사'적 접근의 일례이다. 가장 이상적인 해결책은 이러한 개념의 분단 현실을 겸허하게 인정하고 서울의 '한국문학'과 평양의 '조선문학'이라는 이중개념어와 둘을 합한 코리아문학 또는 겨레말문학 식으로 소통을 꾀하는 창조적 다양성을 인정하는 것이다. 문제를 인정하고 이중 언어로 글을 쓰는 것이다. 비록 이러한 정책을 시행할만한 자원이 뒷받침되어 있지 않아 당장 시행이 어렵긴 하

는 각각 "나는 자랑스러운 대한민국 국민이다"와 "나는 위대한 공화국의 공민이다"(또는 "나는 위대한 조선민주주의인민공화국의 인민이다"로 달리 번역, 해석할 것이다. 마찬가지로 남북 간의 장관급 회담을 열 때 우리는 당연히 '남북 장관급 회담'이라 호칭하지만 북측은 '북남 상급 회담'이라 고집한다. 그래서 자국용 보도를 위해 같은 회담장에 플래카드 두 개를 거는 일이 흔하다. 용어와 개념의 선택과 활용 자체가 정치적 이념적 지향을 띠기에 갈등이 커진다. 이렇듯 동일한 발화의 서로 다른 의미가 왜 생겼으며 어떤 사회적 역사적 맥락에서 나왔는지 '개념의 분단사'를 논의할 때, 영어 같은 국제적 소통 언어(교통어)로 쉽게 설명하기 힘든 현안을 논리적으로 해명하고 함의를 분석할 수 있는 보다 온당한 논의 틀이 비개념 개념의 개념사다.

12 João Feres Junior, "The Expanding Horizons of Conceptual History: A New Forum," *Contributions to the History of Concepts* 1(1), Rio: International Conference on Conceptual History, the History of Political and Social Concepts Group(2005), p.5 참조.

지만 미래에 언젠가는 실현되어야 할 것이다.[13]

한반도적 시각에서 비평사 연구와 관련하여 남북 문학장에서 사용하는 리얼리즘(사실주의) 개념의 경우가 바로 '비기본개념의 개념사'적 접근법이 필요한 경우이다. 가령 영어로 소통되는 리얼리즘(사실주의) 개념의 용례를 기준 삼아 (남)한국문학은 영문학식 리얼리즘 개념을 '제대로' 사용하는데 반해 (북)조선문학은 사실주의 개념을 자기들 멋대로 '잘못' 사용하고 있다는 식의 논의와 평가가 나온다면, 그것이 바로 '비기본개념의 개념사'라는 접근법이 지적하는 오류가 되는 셈이다. 게다가 리얼리즘 개념조차 영국, 프랑스, 독일, 러시아, 스페인이 다 다르며 각 비평가, 학자들끼리도 동일하지 않다. 오히려 북한 주체문예이론이야말로 자기 완결적 동일 개념을 고집하는 거의 유일한 예외적 사례일 뿐이다.[14]

'비기본개념의 개념사'적 접근법에 따라 기존의 (남)한국문학과 (북)조선문학의 개념적 기득권을 버리고 처음부터 '코리아문학'을 지향하는 문제의식에서 비평사를 새롭게 서술하고자 한다. 그래야만 북한문학비평의 실체를 주체문예론의 기존 틀이나 서구적 보편적 인식틀에 매몰시키지 않을 수 있다. 가령 『현대문학비평자료집: 이북편』 같은 주제별 평론집과 『안함광문학선집』 같은 비평가별 앤솔로지를 대상으로 비평 논쟁과 쟁점별로 정리하고, 『조선중앙년감(1949~2015)』의 문학예술분야, 그리고 『조선문학』, 『문학신문』 특집 기획과 『로동신문』 문예기사를 실사구시로 재구성, 체계화하는 것이다.

---

13 위와 같은 곳.

14 김성수, 「리얼리즘(사실주의) 문학 사조 개념의 남북 분단사」, 『한(조선)반도 개념의 분단사: 문학예술편 4』, ㈜사회평론아카데미, 2021 참조.

3. 문학관의 변모와 문학비평의 위상

북한문학비평사를 논하려면 먼저 '문학이란 무엇인가'하는 문학관의 변모를 파악하는 것이 중요하다. 원래 주체사상 이전의 북한 문예학자, 비평가들은 자신들의 문학을 마르크스레닌주의 미학이론에 입각한 사회주의적 사실주의 문학이라 일컬어왔다. 그런데 주체사상 확립 이후의 1970~80년대에는 같은 사회주의적 사실주의 문학을 일컬으면서도 그 이념적 기반을 주체사상이라 하고 미학적 기초도 주체적인 미학이라 하는 등 차별화를 시도하였다. 처음엔 마르크스레닌주의 보편이론을 사용하다가 어느 순간 그 외연과 내포를 조금씩 바꾸어가다 아예 새로운 용어체계를 내세우게 되는 경로를 보인다.

북한 비평이론사를 통시적으로 고찰하면, 처음에는 사회주의 '원조'의 권위를 빌려 사회주의 리얼리즘 보편이론의 충실한 소개와 작용으로 문학예술을 거론하다가 1960년대부터 본격적으로 '조선화(Koreanization)'를 시도하였다. 처음에는 '혁명적(문학)' 또는 '창조적 수용'이란 수식어로 보편과 다른 일시적 시험적 아마추어적 접근법을 시도한다. 그 시론이 일시적 1회성을 벗어나면 '혁명(문학)'이 되고, 다시 그 접근법이 방법론 내지 보편이론과 차별화된 독자 이론을 지향하면 '김일성주의(문학)' '주체적(문학)' '주체'가 된다. 그리고는 혁명, 주제란 관형어가 반대로 보편이론보다 우위라는 '최고, 최상'이라는 수식어가 붙어 기존 이론을 '선행리론'이라 타자화한다. 그것이 어려우면 때로는 보편론과 타협하여 '우리식'이란 레토릭도 활용된다. 가령 1990년대 초 동구사회주의 국가들이 몰락하여 사회주의 리얼리즘을 폐기하자 북한은 자기들만의 논리가 필요해서수령을 강조한 '주체문학론'을 대안으로 제시한 바 있다. 스스로 이전 마르크스레닌주의 일반론을 '선행하는 로동계급의 사상, 미학'으로 규정함으로써 그것과는 다른 '주체사상, 주체미학'을 문예학 최고의 유일사상체계로 삼았듯이, 선행하는 사회주의적 사실주의 창작방법보다 우월한 '주체사실주의' 창작방법을 유일한 예술원리로 내세운 '주체문학론'이 나온 것이다.

북한문학비평의 메커니즘은 무엇인가? 최근 북한 문예 관련 문헌을 보면 대부분 김일성, 김정일 교시에 대한 넓은 의미의 해설, 위계화된 해석학으로 점철된 것을 알 수 있다. 오늘날 북한문학비평은 수령의 교시를 비롯한 당 정책을 문예조직활동이나 창작활동에 구체적으로 적용하기 위한 연결고리 구실을 하고 있다. 이는 사회주의적 사실주의 비평시대(1950~60년대)와는 다른 주체문예론 시대의 특징이다.

역사주의적 안목으로 김일성, 김정일의 문예 관련 교시를 평가할 때, 특정 상황에서 구체적인 장르와 작가 작품에 대한 세세한 설명 형태의 어록이 시간적 거리가 멀수록 규범화 화석화되고 초역사적 위력을 발휘하게 되는 '경전'으로 격상됨을 알 수 있다. 물론 1950~60년대에 한해서 말한다면 교시와 당 문예정책이 기계적으로 문예논쟁을 규정하는 것만은 아니라고 할 수 있다. 때로는 문예학의 발전과정상 당 정책과 어긋나는 부분이 맞물려 미묘하나마 논쟁으로 화하는 경우도 있다. 김일성 교시가 경전화되지 않았고 그나마 그것이 나오기 전에 이미 신문이나 문예조직, 개인 차원에서 논의 분위기가 마련되면 교시는 그 논의의 맥락을 집약하는 데서 크게 벗어나지 않았던 것이다. 그 예로 사실주의 문학의 발생 발전 논쟁이나 민족적 특성 논쟁, 혁명적대작 창작론을 들 수 있다.

주체문예론 유일화 이후 비평을 일별하면, 자기완결 논리와 동어반복 문장의 연속, 토론과 논쟁 부재로 인해, 비평사에 대한 역동적이고 총체적인 이해가 어렵다. 비평의 흐름을 내재적인 맥락에서 읽어내기 위해서는 수령의 교시와 당 문예정책, 문예학의 전개과정, 비평문 등의 관계를 단선적인 기계적 결합으로 볼 것이 아니라 역동적인 관련양상으로 파악해야 할 터인데 쉽지 않다.

가령 '주체문예론'에 입각한 종래 북한문학비평의 위상은 한마디로 말해서 당 문예정책의 옹호자, 선전자이며 그 안내자라고 한다. 문예평론은 당 문예정책을 작가 예술인들 속에 해설 침투시키며 그들이 사회주의적 사실주의 방법에 튼튼히 의거하여 창작에서 주체를 세우고 당성, 노동계급성, 인민성의 원칙을 고수하도록 제기되는 문제들에 미학적 이론적 해답을 주며 문학예술을 당의 사상과 어긋나는 온갖 반동사상, 이색적인 경향의 침해로부터 보위하여야 할 사명을 지니고 있다는 것이다.[15] 특히 당 문예정책과 다른 사상 이념이나 노선은 이른바 '자연주의, 형식주의, 이색사상조류'라 하여 폭로 비판되었다. 사회주의적 사실주의 방법에 의거하더라도 창작실천과정에서의 도식주의, 유사성을 극복하는 방책을 찾는 것이 비평의 의무라는 것이다.

그런데 1992년 '주체문학론' 이래, 비평의 기준인 사회주의적 사실주의 방법에 대한 강조가 약화되고 대신 '혁명적 의리와 동지애' 등 정신적 도덕윤리적 기준이 강화되기 시작하였다. 비평의 위상도 '우리식 평론'이란 말로 차별화되었다. 우리식 평론이란 기존의 비평과 무엇이 다른가? 이에 대하여 김정일의 『주체문학론』 해설문에는 다음과 같이 설명하고 있다. "주체의 문학리론은 평론의 근본 사명인 문학에 대한 선도적 역할을 높이며 비평에서 동지적 륜리를 구현하고 대중성을 강화하며 평론활동에서 조직성과 집단주의적 성격을 견지하고 창작으로서의 문학평론의 질을 제고할 데 대하여 구체적으로 가르치고 있다."라고 하여 정신도덕적 품성을 강조하기에 이른 것이다.[16] 이는 비평의 일반적인 본질 기능에서 객관성, 과학성보다 주관성이나 윤리성을 더욱 강조한 것으로 보인다.

---

15 김하명, 「현실 발전의 요구에 맞게 문예학 연구사업에서 혁신을 일으키자」, 『조선어문』 1990-2호, 8면.

16 리수립, 「자주시대 문학의 앞길을 휘황히 밝혀주는 불멸의 대 저작 『주체문학론』」, 『조선문학』 1992.10, 29면.

비평의 본래적 역할이란 무엇인가? 문예정책을 해설 선전하고 창작 방향을 지도하는 것만은 아닐 것이다. 작품을 해석 평가하고 작품 창작에서 발생하는 구체적인 문제를 지적하여 올바른 문학의 방향을 제시하는 것일 터이다. 물론 이런 점도 최근 비평에 적지 않게 반영되어 있다. 이를테면 "소설인 경우에는 주인공의 형상을 통해서가 아니라 작가의 론리가 전면에 로출되여 사상을 설명하거나 덧붙이는 폐단이 있으며 시작품인 경우에는 정치적 구호의 직선적인 라렬과 작가의 설명으로 시 형상을 대치하는 부족점이 있다."라는 언급이 그것이다.[17] 문제는 구체적 작품평이 부분적이고 상투적이라는 데 있다. 한 작품에 대한 꼼꼼한 분석을 통한 한계 지적이 아니라 대략적이고 전반적인 경향만 지적하고 곧바로 어떠어떠한 방향으로 나아가야 한다는 거시적 방향 제시만 반복 나열하는 것이다.

이 점에서 비평가들이 노동자 농민 등 군중 속에 들어가 배워야 귀족화, 관료화되지 않고 사회 발전에 도움이 될 것이라 하면서 실제로는 그들의 창작풍토를 환기시키지 못하고 관료화되어가고 있는 것이 아닌가 추정된다. 이러한 생각의 이면에는 아마도 90년대에 들어서서 이전 같은 혁명적 열기가 달아오르지 않고 관료화된 문예 종사자의 현실과 그를 비판하는 당 지도부의 마찰이 있었다는 반증을 찾을 수도 있다. '우리식 사회주의,' '천리마에 90년대 속도를 더한 기세' 같은 대중운동방식이 도입되어 문예조직에서 관료주의나 행정실무주의를 극복하려 노력하고 있는 것과도 상통하는 문제라 할 수 있다.

이른바 '우리식 평론'의 수행작업은 어떤 과정을 거쳐 이루어지는지 생각해 보자.

---

17 「혁명적 문학작품 창작으로 우리식 사회주의 총진군을 힘있게 다그쳐나가자」(머리글), 『조선문학』 1994.3, 5면.

1990년대 초 들어서 세계사의 급격한 정세 변화에 따라 북한 사회가 여러 방면에서 체제 붕괴의 위기에 몰리게 되자 내세운 것이 수령의 당 대회 보고나 신년사 등에서 언급한 '우리식 사회주의'와 '우리식대로 살 자!'는 당 슬로건이다. 당 정책이 확정되면 당이나 문예총, 작가동맹 같 은 문예조직의 문예정책은 『문학신문』이나 『조선문학』, 『청년문학』, 『조 선어문』 등 잡지의 사설이나, 머리글, 논설 등에서 이를 구체화한다. 바로 여기서 1990년대 비평의 위상이 잘 드러난다. 수령의 교시를 전면적으로 해설하거나, 부분인용을 통하여 자기 논리를 해설하는 근본적인 근거로 삼고 논의를 시작한다. 그러고 나서 당 정책과 문예정책을 해설하고 실 제적인 창작지침 등으로 자기 의견을 표현하는 것이다.

1993년 12월 28일, 조선문학예술총동맹 중앙위원회 제6기 제8차 전 원회의를 예로 들어 보자. 그 자리에서는 김일성 이후 김정일의 유일적 영도체계를 강화하기 위한 문예정책이 지속적으로 거론되었다. 문예총 조직의 최대 과제가, 김정일의 문헌 원문 학습을 반복 심화하고 문헌의 내용을 깊이 있게 해설하는 학습자료들을 만들어 강의, 연구, 토론회, 경 험발표회 등 여러 가지 형식과 방법으로 인민대중을 교양사업하는 것이 라 하고 있다.[18]

비평에서 중요한 것은 수령의 교시 등 당 문예정책을 작가, 예술가, 대중에게 반복하여 선전하고 내용을 심화 해설하여 전달하는 '업무'가 되는 셈이다. 심지어 김일성, 김정일의 문예 관련 교시가 새로운 것이 없 으면 과거 1950년대부터 최근에 이르기까지의 온갖 문헌 중에서 골라 '위대한 노작 발표 몇몇 돐 기념' 운운하는 식으로 해설하는 일도 중요한 작업이 된다. 그밖에 문예총 등 문예조직 활동이나 장르별 분기별 창작

---

18 홍영길, 「조선문학예술총동맹 중앙위원회 제6기 제8차 전원회의 진행」, 『문학신문』 1994.
1.7, 2면 기사 참조.

성과에 대한 종합적인 평가를 하는 것도 중요한 일이다. 그러다보니 문학비평의 본령이라 할 개별 주제론, 작가론, 작품론 등은 상대적으로 소홀해진다고 할 수 있다.

1994년 시점에서 북한문학비평은 어떤 문제를 다루는지, 평문 두 편을 부분 인용한다.

문학예술을 시대와 력사발전의 요구에 맞게 창작하도록 선도하는 것이 평론의 기본 과업이다. 평론의 선도성을 보장하려면 평론가가 우리식 평론의 본질과 특성을 잘 알고 그에 맞게 평론활동을 진행하여야 할 것이다.

나는 새해에 주체사실주의 창작방법을 창작실천에서 철저히 구현하기 위한 문제에 모를 박고 평론활동을 벌림으로써 문학창작을 선도하는데 미력한 힘이나마 보태려고 한다. 우선 친애하는 지도자 동지의 위대성 형상과 령도선 구현문제, 삼위일체의 원칙을 구현하는 문제들에 깊은 관심을 돌려 수령, 당, 대중이 일심단결된 우리 사회정치적 생명체의 위력의 원천과 인민대중 중심의 우리식 사회주의의 우월성을 잘 형상하도록 하는데 산 도움을 주려고 한다.[19]

김일성 동지께서 천만뜻밖에 애석하게도 우리 곁을 떠나셨지만 그이는 영원히 우리 인민과 함께 계신다는 내용이 작품마다에 차고 넘치게 하여야 하며 우리의 운명이시고 모든 승리의 기치이신 친애하는 지도자 김정일 동지의 위대한 풍모를 감동깊게 형상하는 것과 함께 그이의 령도를 충성과 효성으로 더 잘 받들어 어버이 수령님의 유훈을 철저히 관철하며 주체위업을 빛나게 완성할 결의로 충만된 우리 인민의 고상한 사상감정을 진실하게 그려내는데 계속 창작적 관심을 돌려야 한다.[20]

---

19 장형준, 「평론의 사명을 자각하고」, 『조선문학』 1994.1, 41면.
20 장영, 「시대의 요구와 단편소설」, 『문학신문』 1994.9.30, 2면.

앞의 것은 1994년 1월 초에 나온 원로 비평가 장형준의 신년 소감이
며, 뒤의 것은 상반기 단편소설평을 개괄하면서 김일성 사망 후 문학인
의 각오를 새롭게 하자는 중진 비평가 장영의 결의내용이다. 얼핏 보면
김일성, 김정일에 대한 개인숭배적 용어와 구호의 반복 같지만 북한 문
예비평의 전후 문맥에서 보면 그리 간단치 않다.

장형준의 짧은 언급 속에서는 북한문학비평의 중요한 문제가 거의 다
포괄되어 있다. 첫째, 북한 문학에서 평론의 위상, 둘째, '주체사실주의 창
작방법'으로 대표되는 김정일의 '주체문학론,'[21] 셋째, 문학작품의 형상
원천(대상)으로 거론된 수령 형상 및 수령, 당, 인민대중의 일치관계, 90년
대 북한 사회주의 현실의 형상 문제 등이다. 특히 여기서 거론된 생소한
용어 개념들, 이를테면 '령도선 구현, 삼위일체의 원칙, 일심단결, 사회정
치적 생명체, 우리식 사회주의' 등은 북한식 사회주의체제의 특성을 파악
하는 주요한 개념이라고 할 수 있다. 이들 개념과 문학을 관련짓는 작업
이 북한문학비평의 이론적 토대를 밝히는 지름길일 것이다.

장영의 상투적인 수식어 속에서도 사회정치적 생명체론에 기반을 둔
북한 특유의 문학론을 읽어낼 수 있다. 북한사회에서는 오랫동안 자기
사회를 '사회주의 대가정'이라는 대가족체제로 보거나 거대한 생물 유기
체로 보는 논리를 펴왔다. 그러다가 막상 '어버이' 수령이 사망하자, 한
순간 뇌가 없는 생물체가 되어버린 셈이라 적절한 해명과 대응논리가 필
요했을 것이다. 그래서 '수령=최고 뇌수(腦髓)'의 생물학적 죽음 이후에도
수령의 후계자인 김정일에 대한 변함없는 '충성과 효성'을 다하는 것만
이 '인민의 고상한 사상감정'이며 이를 고취하는 것이 문학의 사명이라

---

21 따옴표한 '주체문학론'이란 김정일 『주체문학론』(1992)을 토대로 한 2차 문학예술혁명 이
후의, 주체사실주의창작방법론으로 대표되는 새로운 문학이론을 지칭한다. 이는 1970~80
년대 '사상-이론-창작실천' 총서로 일단락된 '주체문예리론체계'와 미묘한 변별점이 있는
체계이다. 이 책의 2부 5장 참조.

고 하는 것이다. 왜 이러한 논리가 이루어지게 되었으며 문제는 무엇인지 자기비판은 없다. 따라서 지은이가 타자의 시선과 내재적 비판을 병행하는 접근법으로 이들 비평현상을 분석하도록 한다.

북한문학 연구방법상 내재적 비판의 어려움 또한 적지 않다. 자칫 북한의 공식적 문헌에 나온 주장을 객관적 현실과 혼동하거나 무비판적으로 소개할 우려는 없는지 검토하고 문제를 적절하게 지적하고 대안을 제시해야 학술적 접근법이 되리라는 생각이다. 북한 문헌의 동어반복적 선언적 문장을 독해 분석하다 보면, '혁명, 주체, 수령' 같은 어휘와 문장의 마법적 자장이 지닌 의미를 객관적으로 파악하기 어렵다. 북한 문건의 어법 특성을 통찰하여 숨은 뜻까지 파악하도록 할 것이다.

일러두기

1. 깊이 공부할 분을 위하여 각 장별로 주요 비평목록을 부기하였다.

2. 북한 원전자료의 문건 제목과 문종(文種, 장르) 표지는 원문 그대로 따랐다. 제목 란의 기획 제목이나 고정란 명칭을 보완하였다. 목차에는 없지만 본문에만 있 는 부제를 보충하고, 목차에 '~ 외 1편' 표시는 본문을 참조하여 괄호 속에 나머 지 제목을 달았다. 목차 구호와 '특집 기획' '시초, 련시, 시묶음'의 제목은 ' '_ 표 시 후에 제목—부제(부기) 순으로 표기하였다.

3. 남북 어문 규정과 학계의 용어 개념이 비대칭이라서 개념의 분단사, '비기본개 념의 개념사' 취지에 맞춰 병행 표기한다. 원문 인용과 요약은 문화어 그대로 쓰 고, 지은이의 지문은 한글정서법으로 표기한다. 가령 리얼리즘/사실주의 같은 전문용어나 임화/림화, 이기영/리기영처럼 고유명사 표기의 경우이다.[22]

4. 띄어쓰기는 '혁명적대작' 같은 고유명사, 전문용어는 원문 그대로 했으나 가독 성을 위해 일부 수정하였다. 북한식 문장부호 《 》의 경우 한국식으로 수정하였 다. 대화는 " ", 강조는 ' ', 책과 중장편소설은 『 』작품과 기사명은 「 」비문자 공 연물은 < > 등으로 구분하였다.

---

22 (사회주의)리얼리즘은 저자가 사용하는 범칭이고 (사회주의적)사실주의는 북한 문화어로서 넓 게는 동일 개념이지만 후자가 조금씩 내포를 달리 하므로 구별한다. 이기영(李箕永)을 '리기 영'으로 표기한 것은 북한문학 연구의 원칙상 현지 발음과 원전 표기를 따르기 때문이다. 월북 전 '이기영'을 월북 후 '리기영'으로 표기하는 원칙에 따라 원문의 한자 표기를 풀어 쓸 때도 '북조선예술총련맹(北朝鮮藝術總聯盟)' '림화(林和)' 등으로 표기한다.

제1부
사회주의체제기
사회주의적 사실주의 비평사

사회주의적 사실주의 비평사 개관[1]

1. 인민민주주의 체제기(1945~1955) 문학비평의 쟁점

북한에서는 초창기부터 마르크스레닌주의 이념과 사회주의적 사실주의 미학이 문학 창작과 비평의 원리로 채택되어 당(黨)과 인민에 복무하는 당(黨)문학론이 공식화되었다. 1950~60년대에는 사회주의적 사실주의의 좌경화·우경화 경향을 보였고, 1970~90년대에는 주체사상이 문예이론을 일방적 전일적으로 규정한 '주체문예리론체계'가 유일 이론으로 자리 잡았다. 이러한 큰 틀에서 주체문예론 이전 시기(1945~1967)의 사회주의적 사실주의 비평사를 주요 논쟁과 쟁점별로 분류하여 1차 사료 중심으로 정리할 수 있다.[2] 이 시기 문학비평의 역사적 전개를 쟁점별로 간략히 정리한다.

---

1 이 글은 다음 논문을 저서에 맞게 개제(改題), 수정 보완한 것이다. 김성수, 「북한 사회주의적 사실주의 비평사(1945-67) 연구 서설」, 『반교어문학』 59, 반교어문학회, 2021.12, 203~241면.

2 가령 『현대문하비평자료집·이북편』 같은 주제별 평론집과 『안함광문학선집』 같은 비평기별 앤솔로지를 대상으로 비평 논쟁과 쟁점별로 정리하고, 『조선중앙년감(1949~2019)』의 문학예술분야, 그리고 『조선문학』, 『문학신문』 특집 기사를 체계화하는 것이다.

1.1. 민주건설기의 진보적 민주주의 민족문학론(1946~1949)

8.15해방 후 우리 문화/문학이 나아가야 할 방향과 관련된 문예노선과 이념은 자주적 민족국가 건설의 염원을 담은 '민족문화/문학'이었다. 이 주장은 조선문학가동맹의 지도부를 형성했던 임화, 김남천 등이 처음 제창하였다. 조선문학가동맹의 민족문화/문학 노선은 박헌영의 남로당이 해방정국에 내세웠던 부르주아민주주의혁명노선에 상응하는 문화/문학이념에서 나왔다. 즉, 해방 후 건설해야 할 민족문화는 계급문화가 아니라 근대적 의미의 민족문화라는 주장이다.[3]

반면 북한은 사회주의적 민족문화/문학을 내세우고자 하였다. 조직과 노선을 보면 1946년 북조선문학예술총동맹(북문예총) 결성을 통해 당(黨)문학 노선이 채택되었다. 이 시기 북한사회가 아직 사회주의체제를 갖추지 못한 인민민주주의체제였기 때문에 문학 이념도 사회주의 문학 대신 '민주주의 민족문학'을 표방하였다. 조선문학가동맹의 근대적 민족문화/문학 노선과 '진보적 리얼리즘' 창작방법론에 맞대응한 북문예총의 '고상한 사실주의'(또는 사회주의적 사실주의)를 어떻게 규정할 것인가가 비평적 쟁점이었다. 북문예총의 이데올로그였던 안막, 윤세평, 안함광 등은 근대적 민족문화론을 비판하고 노동계급이 주도하는 '진보적 민주주의 민족문학론'을 제시하였다.

안함광은 임화의 '근대적 의미의 민족문학론'을 의식해서 새 조선을 근대적인 의미의 민주주의사회로 만드는 데 있는 것이 아니라 진보적 민주주의 국가사회를 건립하려는 것처럼 우리가 지금 수립하려는 민족문학도 '근대적인 의미의 민족문학'인 것이 아니라 진보적 민주주의의 민

---

3 임화, 「조선 민족문학 건설의 기본과제의 대한 일반보고」, 「조선 민족문학 건설의 노선」, 「전국문학자대회 결정서」, 『건설기의 조선문학』, 조선문학가동맹, 1946; 김승환, 『해방공간의 현실주의문학 연구』, 일지사, 1991; 하정일, 「해방기 민족문학론 연구」, 연세대 박사논문, 1992.8.

족문화라고 하였다.[4] 윤세평은 남로당의 「조선 민족문화 건설의 노선(잠정안)」을 비판하며 신민족문화론을 거론하였고, 안막은 "사이비 맑스레닌주의자들은 '민족문화'라는 개념에 '민족'이란 것을 그 근거에서 분리시키여 다시 말하면 민족을 구성하는 구체적 계급관계에서 분리시키며 추상적인 민족의 개념을 날조"했다고 비판하였다. 이들은 '내용에 있어서 민주주의적이고, 형식에 있어서 민족적인 문학'이 노동계급이 영도하는 진보적 민주주의 민족문학이며, 계급의식까지 포괄한 사실주의문학이라고 대안을 제시하였다.[5]

북문예총은 창작방법으로 처음에는 사회주의적 사실주의를 앞세우지 않고 '혁명적 랑만성'이 그 주된 요소인 '고상한 사실주의'론을 제시하였다. 이는 소련의 고상한 리얼리즘론에서 영향을 받았지만,[6] 다분히 조선문학가동맹 김남천의 '진보적 리얼리즘'론을 의식한 명명법으로 추정된다. 인민민주주의혁명단계인 해방기 북한사회에 적합한 역사적 과제를 담기 위한 '주제의 적극성'과 민주 건설에 앞장서는 긍정적 인물형인 '고상한 인간 전형' 창조를 내용으로 삼고 혁명적 낭만주의를 포함하는 사실주의 창작방법을 표방하였다.[7]

그런데 1948년 말부터 '고상한 사실주의'가 실은 처음부터 '혁명적

---

4 안함광, 「민족문학재론」, 『민족과 문학』, 문화전선사, 1947, 42면.

5 안막, 「조선문학과 예술의 기본임무」, 『문화전선』 1집, 1946.7; 윤세평, 「신민족문화론에 대하여」, 『문화전선』 2집, 1946.11. '신민족문화론' 개념은 모택동의 「연안문예강화」에서 제시된 신민주주의민족문화론의 영향으로 판단된다.

6 한효, 「창작방법론의 전개」, 『문화전선』 2집, 1946.11; 안막, 「민족예술과 민족문학 건설의 고상한 수준을 위하여」, 『문화전선』 5집, 1947.8, 4~7면; 한효, 「고상한 리얼리즘의 체득」, 『조선문학』 창간호, 1947.9, 279~286면; 오태호, 「해방기(1945~1950) 북한문학의 '고상한 리얼리즘' 논의의 전개과정 고찰—『문화전선』, 『조선문학』, 『문학예술』 등을 중심으로」, 『우리어문연구』 46, 우리어문학회, 2013.5, 319~358면.

7 한식, 「조선문학의 발전을 위하여」, 『문학예술』 1948.4; 한효, 『민족문학에 대하여』, 문화전선사, 1949.9 참조.

랑만성'이 내재된 사회주의적 사실주의였다는 방식으로 비평사적 재규정이 이루어졌다.[8] 6.25전쟁 후 전후처리과정의 '반종파투쟁'을 거치면서 자연주의, 낭만주의, 감상주의, 형식주의, 이색사상 등 정치적 타자의 미학적 태도와 문예사조를 무차별적으로 '부르주아미학사상의 잔재'라 단정하고 원천배제하면서 일체의 미학적 일탈과 사조적 다양성을 인정하지 않았다. 그 결과 1950~80년대 내내 북한의 문예사조는 사회주의적 사실주의로 일원화되었다.

1.2. 민주건설기의 당문학 원칙과 『응향(凝香)』 사건'

북조선문학예술총동맹의 공식 문예노선이 노동계급이 주도하는 진보적 민주주의 민족문학으로 정립되는 과정에서 레닌적 당문학 원칙을 확고하게 만든 사건이 이른바 '『응향(凝香)』 사건'이다. 북문예총의 전신인 북조선예술총련맹 산하 원산문학동맹에서 나온 시집 『응향』에 관한 '북조선문학예술총동맹(1946.10.13) 중앙상임위원회의 결정서'에 따르면, 『응향』 수록 시 다수가 민주건설기 현실에 대한 회의적, 공상적, 퇴폐적, 현실도피적, 절망적인 경향을 보였다고 비판받았다.[9] 백인준은 강홍운, 서창훈, 구상 등의 시에 대해 자구 하나까지 트집 잡는 비난에 가까운 작가 작품 비평을 시도하였다.[10]

---

8 한중모, 「해방 후 사회주의적 사실주의 문학의 발전과 변모」, 『조선어문』 1960-4호, 이선 영 외편, 『현대한국비평자료집(이북편)』 7권, 태학사, 1994, 371면; 윤세평, 「사회주의적 내용과 민족적 형식」, 『우리나라에서의 맑스·레닌주의 문예이론의 창조적 발전』, 과학원출판사, 1962. 그렇다고 해서 '고상한 리얼리즘'을 '자연주의+혁명적 낭만주의=변형된 사회주의 리얼리즘'으로 잘못 이해해서 '리얼리즘+혁명적 낭만주의=사회주의 리얼리즘'과 차별화한 오류가 해결되진 않는다. 남원진, 『남북한의 비평 연구』, 역락, 2004, 407면.

9 「시집 『응향』에 관한 북조선문학예술총동맹 중앙상임위원회의 결정서」는 해방 직후 북에서 처음 조직된 북조선문학예술총동맹 기관지인 『문화전선』 3집(1947.2.25, 82~85면)에 게재되었으며, 서울에서 출간된 조선문학가동맹 기관지 『문학』 3호(1947.4.15, 71~73면)에도 게재되었다.

10 백인준, 「문학예술은 인민에게 복무하여야 할 것이다—원산문학가동맹 편집 시집 『응향』을

결국 북조선문학예술총동맹 중앙상임위원회는 이들 작품집을 발매 금지하고 검열원을 파견하였다. 편집과 발행 경위를 조사하고 편집자와 작가들과의 연합 회의를 개최하여 작품 검토와 비판 및 작가의 자아비판을 시행한 후 책임자 간부를 경질하였다. 『응향』 사건이 부르주아미학사상 잔재 비판론이라는 비평사적 흐름에서 특히 주목되는 이유는 이것이 지방에서 나온 시집 한 권의 필화사건으로 그치지 않고 문예노선과 조직 개편의 결정적 계기로 작용했다는 점이다. 즉, 『응향』뿐만 아니라 함흥에서 나온 『문장독본』, 『써클 예원』, 『예술』 등도 함께 묶어 '예술을 위한 예술, 인민과 분리된 예술, 인민의 요구에 배치된 예술'이라 하여 이들 모두를 부르주아미학사상의 잔재로 규정하기에 이른다.

게다가 발매 금지와 검열체제 강화만으로는 사태 수습이 어렵자, 원산, 함흥 등 지방 문단의 지역적 자율성을 없애고 중앙집권적 문예조직으로 일원화하였다. 또한 관련 작가들뿐만 아니라 모든 문학자, 예술가들을 '건국사상총동원운동'과 결부시켜 정치적 사상적 교양사업 강화에 동원하고 농촌 공장 광산 등지로 '현지 파견'하였다. 『응향』 사건 이후 북한 문학에서 정치적 무관심과 무사상성은 부르주아 미학사상의 잔재로 규정하여 철저하게 배제되면서 순수문학이나 낭만적 경향, 예술지상주의적 태도는 거의 사라졌다.

1.3. 전후 복구 건설기의 '부르주아미학사상 잔재' 비판론(1953~1956)

'『응향』 사건'에서 레닌적 당문학론으로 문예노선을 확립하는 데 호명된 '부르주아미학사상 잔재' 비판이란 낙인찍기는 6.25전쟁 말기의 반종파투쟁과 전후 복구 건설기 조직 개편에서 문학예술분야에 전 방위적

평함」, 『문학』 3호, 조선문학가동맹 중앙집행위원회 서기국, 1947.4.15, 74~82면.

으로 전개되었다. 6.25전쟁이 끝난 직후에 개최된 제1차 조선 작가 예술가 대회(1953.9)에서는 문예조직 개편과 임화, 이태준, 김남천, 이원조 등 조선문학가동맹 출신 남로당계 작가들에 대한 숙청이 대대적으로 단행되었다. 그 비평사적 명분은 종파주의에 대한 사상적 미학적 투쟁으로서의 '부르주아미학사상 잔재' 비판론이었다.[11]

임화, 이태준, 김남천 등 종파주의자에 대한 비판은, 이들이 일제 강점기부터 6.25전시까지 '민족문화론, 문화노선, 유일조류론'을 통해 부르주아미학사상의 독소를 퍼뜨렸다고 시종일관하였다.[12] 가령 임화의 민족문화론이 계급문화를 부정했으며 부르주아 반동문화를 선전하고 결과적으로 미제와 남조선 이승만 정권에 기여했다고 비판, 매도하였다. 민족문화의 주체인 내부 구성원이 민족을 구성하는 모든 계급과 계층이라는 '유일조류론'도 레닌의 '두 개의 민족문화'론에 배치되는 부르주아 반동사상으로 규정되었다. 계급문화가 아닌 민족문화, 유일조류로서의 민족문화는 계급사회에서 불가능하며 계급문화와 민족문화를 상호모순관계로 설정하는 것 자체가 오류라는 것이다. 부르주아문화론이 주장하는 문학이 계급을 초월한다는 초계급성은, 겉으로는 문학의 계급성을 부정하면서 속으로는 노동계급의 사회주의사상과 계급투쟁 의욕을 무화시킴으로써 몰락 운명에 처한 부르주아의 처지를 연장하려는 계급적 기도와 목적을 추구한다고 비판하였다. '무당성(無黨性)'은 뒤집어놓은 당성이며 부

---

11 엄호석, 「이태준의 문학의 반동적 정체」, 『조선문학』 1956.3; 김명수, 「흉악한 조국 반역의 문학─임화의 해방 전후 시작품의 본질」, 『조선문학』 1956.4; 윤시철, 「인민을 비방한 반동 문학의 독소─김남천의 8.15 해방 후 작품을 중심으로」, 『조선문학』 1956.5; 미상, 『문예전선에서의 반동적 이데올로기와의 투쟁을 강화하자(교원들에게 주는 참고자료 1,2)』, 1956; 한설야 외, 『문예전선에 있어서의 반동적 부르죠아 사상을 반대하여(자료집 1~4)』, 조선작가동맹출판사, 1956, (3)권, 1958, (4)권, 1960.

12 안함광, 「해방 후 조선문학의 발전과 조선 로동당의 향도적 역할」, 『해방 후 10년간의 조선문학』, 20~21면.

르주아의 정치사상일 뿐이라는 것이다.[13]

임화의 민족문화론, 유일조류론에 대한 비판은 '사회주의적 사실주의의 당문학 원칙 수립'이란 비평사적 의의를 지닌다. 하지만 이런 평가는 일면적 타당성만 있다. 왜냐하면 사회주의적 사실주의의 정립이 임화 등과 문예노선투쟁이나 미학적 비평 논쟁으로 이루어지기보다는 비판론자들의 주장만 일방적으로 앞세우고 반대쪽 주장은 원천적으로 배제했기 때문이다. 미학적 비평 논쟁이 정치적 갈등, 권력투쟁에 의해 선험적으로 결정되어버린 셈이다.[14]

비평사적으로 보면 전후처리과정에서의 부르주아미학사상 잔재 비판론은 '문예계에서의 반종파투쟁'을 통한 사회주의적 사실주의 미학의 자기정립이라고 의미를 부여할 수 있다. 사회주의적 사실주의의 자기 정립에는 제1차 작가 예술가대회(1953.9)를 통한 조직 개편, 문학 주체의 교체, 문예매체 정비 등 문학장의 물적 토대가 뒷받침되었다는 점도 주목된다. 다만 종파주의자로 비판, 매도당한 조선문학가동맹 출신 남로당계 작가들의 대항 담론을 찾을 수 없어 아쉽다.

6.25전쟁 후 전후처리과정의 '반종파투쟁'을 거치면서 자연주의, 낭만주의, 감상주의, 형식주의, 이색사상 등 정치적 타자의 미학적 태도와 문예사조를 무차별적으로 '부르주아미학사상의 잔재'라 단정하고 원천 배제하면서 일체의 미학적 일탈과 사조적 다양성을 인정하지 않았다. 1950~80년대 내내 북한문학예술의 창작방법-미학-사조는 사회주의적 사실주의로 일원화되었다.[15]

---

13 엄호석, 「조국해방전쟁 시기의 우리 문학」, 『해방 후 10년간의 조선문학』, 196~197면.

14 김성수, 「1950년대 북한문학과 사회주의 리얼리즘」, 『현대북한연구』 3, 경남대 북한대학원, 1999; 김재용, 「북한 문학계의 반종파투쟁과 카프 및 항일혁명문학」, 『북한문학의 역사적 이해』, 문학과지성사, 1994 참조.

15 김성수, 「리얼리즘(사실주의) 문학 사조 개념의 남북 분단사」, 『한(조선)반도 개념의 분단사:

2. 사회주의 건설기(1956~1967) 문학비평의 쟁점

2.1. 도식주의 비판론(1955~1959)

1950년대 북한에서는 '전후 복구와 사회주의 기초 건설'이라는 물적 기반을 토대로 사회주의적 문예정책과 이론 및 창작 실천이 활발하게 이루어졌다. 1950년대 전반에는 '부르주아미학사상 잔재'를 청산하기 위한 사상적 이론적 투쟁이 주를 이루었다면, 50년대 후반에는 당문학론의 좌경적 오류에 대한 자기반성이 '도식주의·기록주의 비판 및 비속사회학적 경향과의 투쟁'이란 이름으로 논란되었다.[16]

이 시기 북한 비평은 사회주의 사실주의의 미명 하에 당 정책을 교조적으로 따르는 선도비평의 지도를 받아 판에 박힌 상투적 창작을 반복하는 도식주의 편향에 빠졌다. 정형화된 슬로건이 반복되는 시, 긍정적 주인공의 영웅적 행동만 상투적으로 그려진 소설이 편수만 늘려 재생산되었다. 연극과 영화도, '낡은 것과 새것'의 극적 갈등이 설정되어야 한다는 장르 규칙을 외면하고 '좋은 것과 더 좋은 것' 사이의 비적대적 모순만 담는 구색 맞추기용 갈등이나 심지어 무갈등론까지 등장하였다. 작가가 독자에게 전달하고자 하는 메시지가 예술적 형상으로 현현되지 못하고 개념어로 직접 언급되고 공허한 구호를 나열하는 현상만 반복되는 것도 문제였다.[17]

제2차 조선작가대회(1956.10)에서 조선작가동맹 중앙위원회 위원장 한설야는 「전후 조선문학의 현 상태와 전망」이라는 보고를 통해, 이 시기

문학예술편 4』, ㈜사회평론아카데미, 2021, 99~100면.

16 김성수, 「전후문학의 도식주의 논쟁」, 『문학과 논리』 3호, 태학사, 1993 참조.

17 김북원, 「시문학의 보다 높은 앙양을 위하여」, 조선작가동맹 편, 『제2차 조선작가대회 문헌집』, 조선작가동맹출판사, 1956, 114~115면.

문학이 사회주의적 사실주의에 대한 일면적이고도 교조적인 선이해와 그에 따른 창작 실천 결과 기록주의, 도식주의, 무갈등론 등 편향이 나타 났다고 지적하였다. 이러한 미학적 도식주의는 작가들이 생활의 실제 현 실을 제대로 그리지 않고 당성과 전형 문제를 관념적으로 사고한 데 기 인한 때문이었다. 도식주의 편향에 빠진 문학의 현상 타개를 위한 창작의 질 제고론과 조직 개편, 문예 매체 창간 등이 대안으로 제시되었다.[18]

제2차 작가대회 당시의 분과별 보고와 김우철, 엄호석, 김민혁 등의 후속 비평 논쟁을 일별해보면 도식주의에 대한 일관된 비판이 확인된 다.[19] 문예 창작에서의 도식주의란 현실생활에 기초하여 그것을 진실하 게 묘사하는 대신 작가 자신의 주관적 견해로 도해하는 것이며, 기록주 의적 경향은 작가가 세운 사상 주제에 맞게 생활현상을 선택하며 미적으 로 전유하는 대신 파편적 현상을 이것저것 나열, 복사하는 것이다. 무갈 등론 경향은 현실에 존재하는 모순과 갈등을 예술적으로 승화해서 표현 하는 대신 현실적 난관과 치열하게 투쟁하거나 성격 간의 충돌 없이 주 인공을 안일하게 성공시키고 현실을 미화하는 것이다. 예를 들어 무미건 조한 '구호시'를 서정시라고 창작하는 관행, 인간의 사회적 도덕적 문제 와 내밀한 심리 묘사를 배제하고 생활 표면의 자료 나열과 기록만으로 산문을 창작하는 기록주의 편향, 현실의 다양성과 모순을 은폐하고 극적 갈등 없이 현실을 이상화하는 편향에 빠진 극문학 창작 행태를 극복하는 방안이 논의되었다.[20]

---

18 한설야, 「전후 조선문학의 현 상태와 전망」, 『제2차 조선작가대회 문헌집』, 조선작가동맹출 판사, 1956.

19 김우철, 「작품 비평에서의 비속화를 반대하여」(작가 연단), 『조선문학』 1956.12, 140~149 면; 엄호석, 「문학평론에 있어서의 미학적인 것과 비속사회학적인 것」, 『조선문학』 1957.2, 124~136면; 김명수, 「평론문학에서 '미학적인 것'을 바로 찾기 위하여」, 『조선문학』 1957. 3, 135~144면.

20 조선작가동맹, 「제2차 조선작가대회 보고, '전후 조선문학의 현 상태와 전망'에 관한 결정

이들 도식주의, 기록주의 편향을 극복하기 위해서는 사회주의적 사실주의 미학에 대한 기계적 이해, 특히 전형화에 대한 평면적 사고에서 벗어나야 할 것이다. 사실주의 창작론의 핵심은 보편과 특수의 통일로서의 전형화라 할 수 있다. 도식주의적 경향이란 미학적 측면에서 사회주의적 사실주의의 비속사회학, 속류화로 풀이할 수 있다. 거기서 벗어나려면 이념 차원에선 교조주의 극복, 창작론에선 생활 현실의 실제적 탐구, 비판정신 회복, 창작기교 등 예술성 제고 등이 필요하다. 당문학 원칙 고수라는 맹목적 당성 중심 사고에서 벗어나 전형화에 대한 폭넓은 사고와 다양한 해석을 한다면 작가들은 당 정책에 대한 관념적 추수에서 벗어나 생활 자체에서 진실을 발견하여 창조적으로 다양하게 형상화할 수 있다. 교조적·고답적 태도에서 벗어난 작가는 생활의 진실을 재발견하고 미적 형상기법에도 관심을 두어 '질적 제고' 측면에서 사회주의적 사실주의 창작을 풍성하게 할 수 있다는 식의 대안이 폭넓게 논의되었다.[21]

2.2. 사실주의 발생·발전론과 민족적 특성론(1956~1963)

북한 문학장에서는 사회주의체제의 사회경제적 토대가 완성된 1958년을 전후로 해서, 상부구조로서의 문학예술도 사회주의 발전단계에 도달했다는 것을 실증하기 위한 활발한 비평 논쟁이 벌어졌다. 우리 문학사에서 사실주의 창작방법이 언제 발생해서 북한문학으로 발전했는지 사조사(思潮史)적 전통을 확인하려는 '사실주의, 비판적 사실주의, 사회주의적 사실주의 문학의 발생 발전' 논쟁과 민족적 특성, 천리마운동의 시

서」, 『제2차 조선작가대회 문헌집』, 311면.

21 도식주의 비판 논쟁의 비평 원론과 조직, 매체, 작품론을 입체적으로 분석한 논의로, 고자연·김성수, 「예술의 특수성과 당(黨)문학 원칙—1950년대 북한문학을 다시 읽다」, 『민족문학사연구』 65, 민족문학사학회, 2017.12를 참조할 수 있다.

대적 요구를 반영한 대표 형상의 창조 문제 등이 쟁점이었다.

먼저 '사실주의 발생 발전' 논쟁을 보면 북한문학의 역사적 정통성을 확보하기 위해 다양한 노력을 기울였음을 알 수 있다.[22] 즉, 9세기 최치원, 12~14세기 이규보·이제현, 18~19세기 박지원·정약용 등의 문학을 사실주의 창작방법의 틀 속에서 역사적으로 계보화함으로써 북한문학의 현재를 정통으로 논증하려 하였다. 이들 주장을 논자별로 정리하면 다음과 같다.[23]

9세기 최치원 문학의 사실주의 발생―고정옥, 동근훈, 권택무
12~14세기 이규보·이제현 문학의 사실주의 발생―한룡옥, 한중모, 안함광
18~19세기 박지원·정약용 문학의 사실주의 발생―김민혁, 엄호석, 윤종성, 김병규
18~19세기 박지원·정약용 문학의 비판적 사실주의 발생―김하명, 박종식, 윤기덕
1910년대 양건식·현상윤 문학의 비판적 사실주의 발생―엄호석, 최탁호, 한중모, 안함광, 리동수[24]

우리 고대·중세문학에서의 사실주의 발생 논쟁과 병행해서 근·현대문학에서의 사회주의적 사실주의 발생론도 활발한 논쟁으로 이어졌다.

---

22 미상, 「'조선에서의 사회주의적 사실주의의 발생 발전'에 관한 연구회」 기사, 『조선문학』 1956.6, 210~211면.

23 김성수, 「우리 문학에서 사회주의적 사실주의의 발생」, 『창작과비평』 1990. 봄호: ____, 「북한 학계 리얼리즘논쟁의 검토」, 『실천문학』 1990. 가을호; ____편, 『우리 문학과 사회주의 리얼리즘 논쟁』, 사계절, 1992. 참고.

24 김하명·한룡옥·박종식·김민혁, 『사실주의에 관한 론문집』, 과학원출판사, 1959; 고정옥 외, 『우리나라 문학에서 사실주의의 발생, 발전』, 조선문학예술총동맹출판사, 1963 참조. 논자별 서지는 이 책의 172~174면과 김성수 엮음, 『북한 『문학신문』 기사 목록: 사실주의비평사 자료집』, 한림대출판부, 1994, 58~62면 논쟁목록 참고.

논쟁 결과 1920년대 중반 카프(KAPF)의 방향전환 후 사회주의적 사실주의 문학이 발생했다는 데 대체로 의견이 모아졌다. 이전의 비판적 사실주의와의 관계라든가 초기 프롤레타리아문학이라 할 신경향파문학과의 교통정리도 이루어졌다.

나도향, 김소월 문학의 비판적 사실주의 발생—김해균, 문상민, 리응수
최서해, 이상화, 조명희 등 신경향파문학의 사회주의적 사실주의 맹아—
      엄호석, 방연승, 안함광, 한중모
한설야, 이기영, 송영 등 방향전환기 카프 문학의 사회주의적 사실주의 발
      생—박종식, 리정구, 리상태[25]

이 논쟁을 통해, 고대 중세문학에 연면히 흐르는 사실주의적인 경향의 합법칙적인 전개에 의하여 20세기 초의 비판적 사실주의 문학과 1920년대 후반 프롤레타리아문학의 사회주의적 사실주의가 발생하였고 해방 이후 북한문학까지 그 흐름이 이어졌다는 정통론이 힘을 얻었다. 논쟁과정에서 우리 문학을 지나치게 마르크스레닌주의 미학이론의 원전(엥겔스의 「발자크론」)[26]에 꿰맞추려는 교조적 해석과 도식성을 보인 점은 아쉽다. 그래도 사실주의 비평 원론의 이론적 심화와 우리 문학에 구체적으로 적용하려 애쓴 공과는 인정할 수 있다.

---

25 논자별 논거 관련 서지는 이 책의 209면과 김성수, 「근대문학과 사회주의 리얼리즘의 발생」, 『우리 문학과 사회주의 리얼리즘 논쟁』, 사계절, 1992; 『북한 『문학신문』 기사 목록: 사실주의비평사 자료집』, 58~62면 논쟁목록 참고.

26 '엥겔스의 명제'란, 엥겔스가 1888년 4월 마가렛 허크니스에게 보낸 편지에서 제안한 후 사회주의적 사실주의 미학론에서 공식화된 개념 규정인 "디테일의 진실성 외에 전형적 환경 속에 전형적 성격의 진실한 전달"을 가리킨다. 엥겔스, 역자 미상, 「발자크론」, 『예술론』, 조선작가동맹출판사 번역판, 1957 참조. 엥겔스 명제에서 출발은 하되 북한의 특수성에 맞춰 그 핵심인 전형성만 취하고 사실주의 개념의 재규정은 "현실을 객관적으로 진실하게 반영하는 창작방법"이라고 하자는 것이 고정옥(1958) 이래 권택무, 동근훈, 한중모, 안함광 등의 주장이다.

민족형식문제를 둘러싼 '민족적 특성' 논쟁은 사회주의적 사실주의의 본질을 '사회주의적 내용에 민족적 형식'으로 규정한 스탈린의 명제를 북한 비평가들이 자신들의 문학에 적용하려고 논란을 벌인 것이다. 즉, 사회주의적 내용을 각각의 단위 민족문학에 구현시키기 위해서 제시된 보편과 특수의 문제로 논의되었다. 처음에는 민족적 형식을 문예의 형식으로 잘못 이해하는 이론적 오류도 보였지만, 최종적으로는 논쟁과정에서 '사회주의적 보편성을 각 민족 단위 문학에서 구체화하는 민족적 특성의 문제'라는 데 합의하였다.[27]

예를 들어 공산주의자의 전형적 캐릭터를 형상하는 것은 사회주의 진영 국가 공통의 보편성이지만 그것이 우리 문학에 구체화될 때는 박지원의 한문단편 「예덕선생전」의 예덕선생이나 이기영 장편 「고향」의 김희준, 한설야 장편 「황혼」의 려순 같은 농민운동가, 노조 지도자로 재현된다. 1960년대 초 당시의 북한 문학이라면 윤세중 장편 『용광로는 숨쉰다』의 상범이 같은 '천리마기수'라는 노동영웅의 형상을 창조함으로써 북한식 특수성이 구체화되는 것이다. 이 경우 민족형식이란, 공산주의자 전형이라는 사회주의 진영의 보편 캐릭터를 북한이란 개별 국가의 민족적 특수성으로 구체화시켜 '천리마기수'라는 민족적 캐릭터를 창조하는 미학적 근거로 작동한다. 이렇게 민족적 캐릭터를 주된 논의대상으로 하는 민족적 특성 논쟁은 '전형 창조' 문제와 자연스레 연결된다.

'천리마기수 형상론'은 바로 당대 공산주의자의 전형을 모색하는 과정에서 나온 민족형식의 구체적 사례가 될 것이다. 60년대 초의 몇 년간 비평적 쟁점은 '천리마운동의 기수'를 예술적으로 형상화하는 문제에 집중되었다. 자력갱생으로 사회주의 중공업체제를 이룩하려는 당 정책상

---

27 권순긍, 「우리 문학의 민족적 특성」, 정우택 공편, 『우리 문학의 민족형식과 민족적 특성』, 연구사, 1990; 이상숙, 「북한문학의 "민족적 특성론" 연구」, 고려대 박사논문, 2004 참조.

주민들의 자발적인 노동 참여가 절대적으로 요구되었기에, 문예계에서 이에 호응하여 대중 동원의 수단으로 삼을 노동영웅의 형상을 그려내는 것이 시급했던 것이다. 물론 다양한 예술적 기교를 갖춘 작품이 요구되긴 했으나 천리마시대의 전형이라는 틀 자체가 워낙 고정된 것이어서 생산현장에 매몰된 유형화된 인간형상이 문학작품 속에 반복되는 것은 어쩔 수 없었다. 아쉬운 점은 논쟁의 결말이 사회주의적 내용이란 보편성을 버리고 민족형식을 "조선사람의 비위와 감정에 맞는 형식"으로 속류화시켜 변용한 주체문예론의 형식론으로 함몰된 사실이다.[28]

2.3. 천리마기수 형상론과 갈등론(1959~1964)

1958년 사회주의체제의 사회경제적 토대가 완성되자 사회주의의 전면 건설을 위한 '천리마운동'이 벌어졌다. 작가들의 '현지 파견'이 강화되고 천리마운동에 예술선동으로 기여하는 '천리마창작단'과 문예조직의 '천리마작업반' 칭호 획득운동이 전개되었다. 작가들도 사회주의 건설 현장에 직접 가서 노동 체험을 통해 당에 대한 충성과 혁명정신을 단련하고 당 정책을 선전선동하는 임무를 수행하였다.

작가들은 천리마운동의 시대정신을 담지한 천리마기수 전형을 대표 형상을 그려내 노동자의 모델로 내세웠다. 1961년 『문학신문』에는 '천리마기수의 형상 창조를 위하여'란 제목의 지상토론이 기획되어 관련 비평 논쟁이 벌어졌다. 윤세평은 1960,61년 당시의 천리마기수의 대표 형상으로 윤세중 장편『용광로는 숨쉰다』와 김병훈 단편「길동무들」을 예로 들

---

28 1950~60년대에는 사회주의적 보편성에 대응하는 북한의 특수성으로 민족형식을 해석하던 것이, 1970~80년대 주체문예론에 이르러서는 "조선사람의 비위와 정서에 맞는" 문예형식으로 개념이 재규정되었다. 이는 사회주의적 사실주의 미학의 정치 편의적 속류화로 풀이된다. 이상숙, 「북한문학의 "민족적 특성론" 연구」, 고려대 박사논문, 2004; 이승이, 「1950년대 북한문학의 민족적 특성, 주체성, 현대성 연구—『조선문학』 평론을 중심으로」, 목원대 박사논문, 2008 참조.

며 주인공 성격 설정의 특징을 논평하였다.[29] 그 이후 펼쳐진 비평 논쟁을 통해 천리마기수의 특성은 노동과 생산력의 탁월함뿐만 아니라 자발적 노동 참여와 부정형 인물을 교화시키는 도덕 능력도 갖추어야 한다는 점이 합의되었다. 『용광로는 숨쉰다』의 상범이, 「길동무들」의 명숙이처럼 노동력도 우수하고 현실 개혁 의지뿐만 아니라 도덕 혁신에도 앞장서는 캐릭터가 대표 형상이 되었다. 작가가 노동 현장에서 근로하며 현지 취재한 내용을 천리마기수의 스토리텔링으로 삼고, 그 영웅적 형상이 다른 공장, 농어촌 노동 현장의 모델로 작용하는 예술 선동 시스템이 완성된 셈이다.

한편, 천리마기수 형상론은 창작과정에서 직면하게 되는 '갈등' 논쟁을 점화시켰다. 논쟁은 소설과 연극 영화 같은 서사 창작에서 필수적이라고 생각되었던 '낡은 것과 새것, 부정과 긍정 간의 갈등'과 관련된 것이었다. 쟁점은 천리마운동처럼 한 사회의 낡은 요소, 부정형 인물을 싹 제거한 이상적 사회를 시대 배경으로 그리는데, 굳이 '낡은 것과 새것, 부정과 긍정 간의 갈등'을 작위적으로 꼭 설정할 필요가 있겠는가 하는 점이었다. 전통적인 이론에서는 서사물의 본질이 '낡은 것과 새것, 부정과 긍정' 사이의 극적 갈등을 필수적이라고 보았다. 특히 연극 영화 등 극장르는 갈등설정이 천리마 시대에도 여전히 필요하다고 주장되었다.[30]

다만 극적 갈등의 설정이 필수적인 극문학의 장르 특성상, '낡은 것과 새것, 부정과 긍정 간의 갈등' 같은 종래의 갈등까지는 아니더라도, 천리마운동이 성공한 시대정신에 맞게 '좋은 것과 더 좋은 것, 긍정적인 것

---

29 윤세평, 「생활과 사상, 기교의 문제—천리마적 현실의 진실한 반영을 위하여」, 『문학신문』 1961.1.24, 2면.

30 안함광, 「긍정적 모범의 창조와 갈등의 문제」, 『문학신문』 1961.1.27, 2면. 로금석, 「생활과 길등의 문제」, 『문학신문』 1961.2.25; 최일룡, 「새것의 탐구와 갈등」, 『문학신문』 1961.7.25; 리상태, 「천리마기수의 전형 창조에서 새로운 창작적 앙양을 위하여」, 『문학신문』 1961.9.29.

과 더 긍정적인 것' 사이의 갈등이라도 담는 것이 필요하다는 절충적 주장도 나왔다.[31] 하지만 자기 시대를 대표하는 천리마기수 형상에 갈등이 있을 수 없다는 주장[32]이 점차 늘어나 작위적 갈등이 불필요하다는 '무갈등론'까지 나왔다. 이렇게 되면 문예 노선을 경제정책의 일환으로 종속시키고 문예 창작을 생산 공정처럼 물량 위주로 취급하는 결과를 초래할 것이다. 이는 사실주의론의 기본인 예술의 상대적 특수성에 대한 부정을 의미하였다.

따라서 천리마기수 형상론의 한계를 극복하고 보완하기 위하여 다양한 논의가 진행되었는데, '갈등론' '노동계급 전형 창조론' '노동계급 형상론' 등의 주제를 가지고 문예지의 기획 연재나 지상토론이 후속타로 나왔다. 이때의 관심사는 천리마기수와 마찬가지로 노동영웅을 '대중적 영웅주의'에 입각하여 형상화시키는 문제였다. 비평가들은 작가들에게 노동계급의 영웅적 투사적 면모를 그리되 노동자들의 구체적인 생활 감정 속에서 형상화할 것을 요구하였다. 상황에 인물성격이 선규정되는 편향, 이를테면 공장의 생산공정, 생산적 정황이 주인공 노동자의 인간성격을 희미하게 하거나 가려버리는 편향이 극복되어야 한다는 것이다.[33] 따라

---

31 한형원, 「드라마 쟌르에서의 성격 창조와 갈등」, 『문학신문』 1961.2.7; 로금석, 「생활과 갈등의 문제」, 『문학신문』 1961.2.25; 강능수, 「생활의 진실과 갈등」, 『문학신문』 1961.5.26; 윤세평, 「생활적 갈등의 파악은 당면한 미학적 요구이다」(작가연단), 『문학신문』 1961.6.11.

32 최일룡, 「새것의 탐구와 갈등」, 『문학신문』 1961.7.25, 2면.

33 1963,4년 『문학신문』의 연중 기획 '갈등론' 토론이 연재되었다. 리상태, 「계급 교양과 갈등 문제―혁명 전통을 주제로 한 작품들을 중심으로」, 『문학신문』 1963.5.14; 리시영, 「극쟌르 문제에 대한 의견」, 1963.7.12; 강진, 「극적 갈등에 대한 인식 착오」, 1963.10.4; 김명수, 「갈등과 시대정신」, 1964.2.11; 리동춘, 「갈등과 성격 창조에 대하여」, 1964.2.18; 리령, 「갈등의 다양성 문제」, 1964.3.3. 이상의 갈등 논쟁의 쟁점을 정리한 기사가 한태갑·리성덕, 「예술적 갈등에 대하여」, 『문학신문』 1964.6.23이다. 그밖에도 후속 논의가 필요한 비평 논쟁이 계속되었다. 강진, 「극문학에서의 전형화와 갈등문제」, 『문학연구』 1963.6; 리령, 「극적 갈등문제」, 『조선문학』 1963.7; 리상태, 「우리 문학에서의 갈등의 특징에 대한 의견」, 『조선문학』 1964.5; 권택무, 「예술적 갈등에 관한 몇 가지 문제」, 『문학연구』 1964.6(2호); 리령, 「문제성과 극형상」, 『조선문학』 1964.7; 권택무, 「예술적 갈등에 관한 몇가지 문제」, 『문학

서 그 미학적 지향은 이전의 '천리마기수' 논쟁이 가지고 있었던 혁명적 낭만주의에 입각한 주관성을 극복하고 좀더 현실성을 확보할 수 있었다.

2.4. 수정주의 비판론(1958~1964)

수정주의 비판론은 사회주의적 사실주의 문학의 우경화 및 기회주의적 오류에 대한 당 지도부의 비판에서 비롯되었다. 국제정치적으로는 1956~64년 사회주의 진영 전체의 반유고슬라비아 사상투쟁('찌또이즘'이라 불렸던 티토의 독자노선 비판)이 역사적 배경이었다. 소련의 스탈린 독재에 동참하지 않은 유고슬라비아의 독자노선을 비판했던 정치 투쟁에서 출발했지만,[34] 소련파 리얼리스트 김창석의 미학과 연극을 우파 기회주의로 비판하면서 도식주의 비판론으로 해이해진 이념적 완화를 경계한 결과를 초래하였다.[35]

문예 분야에서 전개된 수정주의 비판은 김창석의 『미학개론』(1959)과 경희극 〈소문 없이 큰일 했네〉(1962)가 천리마운동이 활발하던 북한 현실을 왜곡했다고 비판받았던 미학 논쟁이다. 1962년 북한 문학예술장을 뒤흔든 수정주의 비판론은 한편으로는 김창석 미학에 대한 원론적 비판으로, 다른 한편으로는 풍자 경희극 〈소문 없이 큰일 했네〉 공연평 비판으로 펼쳐졌다. 범문단적으로 궐기한 작가, 비평가, 연극인들은 입을 모아

연구』 1964.9(3호) 등 참조.

34　유리 보레브(쏘련), 장우 박화영 역, 「미학 리론에서의 수정주의를 반대하여」, 『문학신문』 1958.7.3, 4면; 한형원, 「문학예술 분야에서 나타난 국제 수정주의적 경향을 반대하여」, 『조선문학』 1958.10, 110면; 박영근, 「'조선작가동맹 제4차 전원회의 토론(요지)'_국제 수정주의를 반대하여—박영근의 토론」, 『문학신문』 1959.4.23, 3면; 한형원, 「미학에서의 국제 수정주의자들의 추악한 발광을 반대하여」, 『문학신문』 1959.9.22, 4면.

35　김성수, 「1960년대 초 북한 문학비평의 수정주의 비판론—김창석 『미학개론』과 연극 「소문없이 근일했네」 논쟁」, 『반교어문연구』 57, 반교어문학회, 2021.4; _____, 「코리아 문학의 탈정전화와 숙청 작가 서만일, 김창석의 복권」, 『민족문학사연구』 76, 민족문학사학회, 2021.8 참조.

김창석과 연출진을 비판하였다. 연극 공연을 주도한 김창석과 그의 미학적 수정주의가 지닌 부르주아적 우편향 때문에 풍자 경희극을 빙자하여 천리마운동의 시대정신을 비방하고 서구식 극작법으로 사상적 미학적 오류를 범했다는 것이 비판의 핵심이었다. 비판자들은 극장르의 장르 특성인 갈등 설정과 풍자 특유의 공격적 웃음아 가진 본질적 측면을 애써 외면하고 천리마운동의 대의 앞에 그 어떤 체제 비판도 허용하지 않았다.

논쟁에서는 김창석처럼 소련 미학을 교조적 축자적으로 수용하면 수정주의로 왜곡되기 쉽기에 북한 현실에 맞게 수령의 교시 중심으로 창조적으로 적용하는 것으로 정리되었다. 이를 계기로 1956년 이래의 도식주의 비판론이 초래한 북한 문학예술의 우편향, 또는 사회주의적 사실주의의 풍부화, 우경화를 비판하고 그 대안으로 천리마운동의 당 문학론과 수령론이 강화되는 미학적 방향이 정착되었다. 그 이면에는 사회주의적 사실주의 보편 미학에 적합하지 않은 북한 특유의 스탈린주의적 경직성과 당문학론의 정치편의주의적 적용에 맞게끔 미학 노선을 독자적으로 정해야 한다는 요구가 있었다. 수정주의 비판은 결국 수령론과 당 정책 무오류론으로 수렴되었다.[36]

1962년 말부터 유고슬라비아의 현대 수정주의 노선에 대한 코민포름의 비판(1958)이 재소환되었다. 1958년의 정치 논쟁을 재론하면서 미학 분야로 확산 및 구체화하였다. 1963,4년에 이르면 '국제수정주의 미학 비판'으로 정치 이념 상의 비판과 미학 창작 상의 비판을 하나로 결합하

---

36 "수정주의의 반동적 본질은 수령의 역할을 무시하고 그를 반대하는 것이다. 수령의 역할을 부인하며 권위를 헐뜯는 것은 맑스-레닌주의의 혁명적 진수를 근본적으로 수정하는 것이며 혁명을 끝까지 하지 않으려는 표현이다. 당은 반드시 수령의 사상으로 무장하고 수령의 령도 밑에 혁명 투쟁과 건설 사업을 유일적으로 지도하여야 한다. 수령의 역할을 부인하는 수정주의는 결국 당의 령도를 거부하고 로동계급을 무장해제시켜 혁명을 하지 않으려는 악랄한 행위이다." 미상, 「수정주의란 무엇인가?」, 『천리마』 1971.7, 44면 요약 인용. 이를 보면 수정주의를 스탈린식 개인숭배에 기초한 전체주의 독재에 반대하는 것으로 규정함을 알 수 있다.

게 되었다.[37]

2.5. '혁명적대작' 창작론(1964~1966)

1964년 '천리마기수 형상'론의 진전에 따라 단편적이고 도식적인 비평 담론의 한계를 극복하는 방안으로 '혁명적대작' 창작방법론 논의가 펼쳐지게 되었다.[38] 당 중앙위원회는 제4기 제7차 및 8차 전원회의를 통해 문예분야에서 천리마운동을 구체적으로 형상화하는 '혁명적대작'을 창작하는 데 주력해줄 것을 요구하였다. 인민대중 교양의 일환으로 혁명 전통을 주제로 한 대작 창작을 정책으로 설정하였다. 조선작가동맹 8차 전원회의에서 "혁명적대작 창작에 역량을 집중하며 공산주의 수양을 높이자!"라는 구호 아래 대작 창작의 원칙과 구체적 창작방침이 논의되었다.[39] 이런 사전 정지작업 후 김일성 교시 「혁명적 문학예술을 창작할 데 대하여」(1964.11.7)가 나와 혁명적대작 창작 논쟁이 집중적으로 펼쳐졌다.[40] '혁명적대작'이란 어떤 특정한 시기의 인물이 과거 어떤 역사적 흐

---

37 박영근, 「변절과 타락을 설교하는 부르죠아 사상의 탁류—유고슬라비야 수정주의 문학의 진상」, 『문학신문』 1962.11.2; 미상, 「부르죠아 문예사상과 수정주의의 침습을 배격하고 문학예술 창작에서 당성,계급성을 고수하여 사회주의적 사실주의의 기치를 더욱 높이 들라!」, 『문학신문』 1963.8.13; 하수홍, 「찌또 도당의 수정주의적 미학 견해를 반대하여」, 『문학신문』 1963.9.3; 하수홍, 「수정주의자들의 '혁신'의 반동성」, 『문학신문』 1963.10.11; 안함광, 「예술적 전형에 대한 수정주의적 리론을 반대하여」, 『문학신문』 1963.10.18; 김하명, 「현대 수정주의자들의 '전인류적인 것'을 반대하여」, 『문학신문』 1963.11.15; 리상태, 「세계관과 창작방법에 대한 수정주의적 견해를 반대하여」, 『조선문학』 1964.2.

38 이하 내용은 이 책의 제1부 7장과 저본인 김성수, 「장편소설론의 이상과 '대작 장편' 창작방법논쟁」, 『한길문학』 1992. 여름호 참조.

39 「혁명적대작 창작에 화력을 집중하자」, 『문학신문』 1964.2.25; 「혁명적대작의 창작은 시대의 요구이다」, 『조선문학』 1964.4; 방연승, 「혁명적대작의 창작과 공산주의 투사의 형상」, 『문학신문』 1964.6.2.

40 장형준, 「혁명적대작 창작을 위하여(김일성, 「혁명적 문학예술을 창작할데 대하여」1964.11.7. 해설)」, 『문학신문』 1964.11.20; 황건, 「혁명적대작과 혁명가—주인공의 영웅적 성격 창조」, 『문학신문』 1964.12.15; 박영근, 「우리 시대 장편소설의 미학적 구조의 특징—혁명적대작 창작과

름 속에서 성장해왔는가 하는 문제를 서사시적으로 다룬 장편작품을 일
컫는데, 이를 어떻게 구체화할 것인가를 두고 범문단적인 집중 토론이
벌어진 결과 대작 창작의 근거가 마련되었다.[41]

이들 비평에서는 먼저 '천리마기수 형상'론의 문제점이 지적되었다.
천리마 시대에 아무리 개인의 이익과 사회 이익이 통일되어 있다고 해서
노동계급의 구체적인 실제 생활감정을 묘사하는 데 소홀하고 공장과 농
촌의 배경 묘사에만 급급한 것은 문제라는 비판이었다. 노동영웅을 '대
중적 영웅주의'에 입각하여 그 영웅적이고 투사적인 면모를 그리되 구체
적인 생활 감정 속에서 형상화해야 한다. 주인공의 영웅적 행동뿐만 아
니라 개인적 사연과 내면세계 묘사도 풍부해야 한다는 것이다. 그래야
전형적 상황에 인물성격이 선규정되는 편향, 이를테면 공장의 생산공정,
생산적 정황이 주인공의 성격을 희미하게 하거나 가려버리는 편향을 극
복할 수 있다고 하였다.

논의의 결과 보통사람이 고된 시련과 갈등을 헤치고 역사의 움직임
속에서 공산주의자로 완성되는 과정을 그려야 한다는 것으로 의견이 모
아졌다. 이 점은 천리마기수 형상론의 경우 비범한 영웅상이 내세워진
것과 비교된다. 보통사람도 역사의 흐름 속에서 열심히 노력하면 혁명투
사로 성장할 수 있다는 가능성이 다양함 속에 열려있기 때문에 혁명적대
작 장편론이 좀 더 진전된 미적 인식을 보여주었다고 하겠다.

혁명적대작 창작론이 이전 논의와 차별화되는 지점은 창작 대상
과 범주의 시공간적 확장에서 찾아볼 수 있다. '천리마기수 전형'론처

관련하여(혁명투사 형상 시리즈)」, 『문학신문』 1965.1.22.

41 '혁명적대작' 키워드의 평문이 주간 『문학신문』, 계간 『문학연구』뿐만 아니라 월간 『조선문
   학』에도 수십 편 집중 게재되어 있다. 『조선문학』 1965년 2~4호에 "혁명적대작 창작을 위
   한 연단"이란 특집으로, 당대 일급 비평가인 김하, 김명수, 김희종, 리상태, 방연승, 한상운,
   리수립, 리억일, 리영도, 리시영, 방연승, 오승련, 안함광, 연장렬의 평문이 한꺼번에 실려 있
   는데, 이런 경우는 북한 비평사상 희귀한 예라고 아니할 수 없다.

럼 1959~64년 당대의 시공간적 배경과 당시 노동영웅만 그리는 현실 재현 수준을 넘어서, 그들의 영웅성이 실은 저 1930년대 항일 빨치산과 1950~53년 전쟁영웅, 1954~59년 전후복구건설기 투사에 이르는 역사적 전통에서 비롯되었다는 것을 서사시적 화폭으로 그리자는 것이다. 혁명적대작에서 주인공 투사의 전형을 방대한 스케일의 역사 속에서 창조하는 것은 혁명 전통으로 근로자들을 무장시키고 혁명적 낙관주의로 인민 대중을 교양하기 위함이라는 것이다. 그러기 위해서는 마르크스레닌주의 미학원칙의 확립, 당 문예정책과의 유기적 관련, 작가동맹 조직사업에 있어서 '대안의 사업체계와 청산리 방법'의 구현, 작가의 당성·계급성 제고 등의 요건이 필요하다고 주장되었다.

1964년 내내 혁명적대작과 영웅적 전형 창조를 위한 작가동맹 소설분과, 극문학분과, 영화인동맹, 평론분과 등의 연구토론회가 범문단적으로 전개되었다. 혁명적대작이 대하소설에만 장르가 국한된 것은 아니기 때문이다. 대작 장편론의 실제 적용 장르로는 시에서 서사시, 소설에서 대하 장편소설, 연극 영화에서 다부작이 거론되었다.[42] 이는 노동영웅을 주관주의적으로 형상화하는 단순 단일한 미학(천리마기수 형상론)만으로는 당시 북한 사회의 복잡한 생활상과 근로대중의 다양한 생활 정서를 포괄할 수 없기 때문에 나온 주장으로 보인다.

이들 비평과 토론회를 통해 어떤 특정 시기의 현실적 요구에 맞추어 그때그때 전형을 만들어냈던 종래의 관행에서 벗어나 근현대사와 함께 성장하는 인물을 서사시적으로 그려내는 대작 장편을 창작하는 성과를

---

42 기자, 「혁명적대작과 혁명가의 영웅적 성격 창조—소설분과 연구토론회」, 「씨나리오와 희곡 창작에서 혁명적대작을!—극문학분과 연구토론회」, 『문학신문』 1964.12.1, 2면; 한태갑, 「혁명적대작 창작과 영화예술—영화인동맹 연구토론회」, 『문학신문』 1965.1.26; 기자, 「혁명적대작을 더 깊이, 더 많이 창작하기 위하여—평론분과위 연구도론회 진행」, 『문학신문』 1965.2.23; 원진관, 「서사시 구성형태에 대한 몇가지 소감—혁명적대작 창작을 위한 연단」, 『조선문학』 1965.6.

내게 되었다. 대작 장편론이 나온 배경에는 실제로 천세봉의 『석개울의 새봄』, 『고난의 력사』, 『대하는 흐른다』, 『안개 흐르는 새 언덕』, 석윤기의 『시대의 탄생』, 윤시철의 『거센 흐름』, 황건의 『아들딸』, 박태원의 『계명산천은 밝았느냐』 등 시대정신을 담은 장편소설이 족출한 사실도 간과할 수 없다. 이 시기에 예술적 완성도를 갖춘 장편소설이 한꺼번에 창작되었다는 것은 사회주의체제가 안정된 문학적 반영물로 해석할 수 있다. 세대론적으로 보아도 문학장을 대표하는 작가들의 문단 연륜이 쌓이면서 창작 경험과 생활에 대한 탐구, 정치적 안목과 미학적 견해, 미적 형상화 능력이 성숙했다고 하겠다. 1970년 이후 50년째 4.15문학창작단 중심으로 연속 간행되는 총서 『불멸의 력사』, 『불멸의 향도』 시리즈가 개인 숭배적 수령론을 집대성한 주체문학의 문화정전[43]인 데 반해, 1960년대에 나온 이들 장편소설들은 코리아 민족문학사의 잣대로도 일정한 평가를 받을 수 있다.

2.6. 소결

지금까지 8.15해방부터 사회주의 건설기(1945~67) 사회주의적 사실주의 문학비평의 역사적 흐름을 주요 쟁점별 논쟁별로 개괄하였다. 주체문예론 이전 시기 사회주의 리얼리스트[44]들의 사회주의적 사실주의 인식은 주로 '레닌-고리키-즈다노프'로 이어지는 사회주의 진영 일반의 보편적 미학이론에 근거한 것이다. 소련의 미학 논쟁은 문학예술을 정치권력

---

43 성신여대 인문학연구소 편, 『북한의 문화정전 총서 '불멸의 력사'를 읽는다』, 소명출판사, 2009 참조.

44 김하명, 강능수, 한중모, 정성무, 김정웅 등이 전일적으로 이론체계화한 '주체문예리론'의 유일체계화(1967~75) 이전까지 사회주의적 사실주의 미학의 이데올로그로는 해방 전부터 활동한 안막, 안함광, 한효, 윤세평부터 해방 후 등장한 엄호석, 박종식, 리상태, 김민혁, 김명수 등을 들 수 있다.

도구로 삼고 창작방법을 세계관에 종속시키려 했던 즈다노프의 좌편향 (1948~51)으로부터 벗어나려고, 정치경제적 토대로부터 예술의 상대적 특수성을 확보하는 시도에서 나왔다.[45] 마치 스탈린 시대 때 세계 철학사를 관념론과 유물론의 투쟁으로 이분법적 대립구도로 단순화시켜보듯이 문학사를 사실주의와 반사실주의의 일면적 대결 구도로 보려는 기존 통념에 대한 자기비판에서 비롯되었다. 당시 소개된 소련의 사실주의론에 따르면 사회주의적 사실주의를 아무런 미적 매개 장치 없이 세계관으로 바로 해석하는 것, 예술방법을 단지 스타일(묘사 수법, 문체)적 요구의 단순 합계로 보는 것, 사회주의적 사실주의를 예술 위에서 스스로 발전하는 추상적 존재로 이해하는 것, 문학적 실천의 달성을 위한 소극적 일반화로 이해하는 것 등이 오류로 지적되었다.[46]

북한 사회주의 건설기(1945~67) 문학비평의 논쟁적 전개과정을 정리하면 한마디로 사회주의적 사실주의의 좌우경화로 특징지어진다. 해방기에는 민주주의 민족문학의 '고상한 사실주의'미학으로 출발하여 전쟁을 거치면서 '부르주아미학 잔재'와 반종파투쟁을 하면서 사회주의적 사실주의의 자기 정립을 보였다. 그 과정에서 생긴 좌경화의 오류는 1956년의 제2차 작가대회를 계기로 '도식주의 비판'으로 전면 비판되고 전형론과 예술의 상대적 특수성이 부각되기도 하였다. 그러나 당 최고지도부는 개인숭배와 당 정책에 대한 추호의 비판도 용인하지 않았고, 천리마기수 형상론과 수정주의 비판론을 거치면서 유일사상의 일방적 길로 나아갔다. 혁명적대작 창작론이 루카치적 의미의 대상의 총체성을 담아낸

---

45 유임하, 「북한 초기 문학과 '소련'이라는 참조점」, 『한국어문연구』 57, 2011 참조.

46 므.(막심) 고리키, 역자 미상, 『문학론』, 국립출판사, 1956; 엠. 흐라쁘첸꼬 외, 김영찬 역, 「세계관과 창작」, 「문학에서의 성격」, 엠. 꾸즈네쪼브, 박영근 역, 「장편소설의 특성에 대하여」, 『문학리논 세분세』, 국립문학예늘서석출판사, 1959(쏘련 과학원출판사, 1958년판 번역); 심성우 편, 『우리 문학과 사회주의 리얼리즘 논쟁』, 사계절출판사, 1992. 자료집의 마지막 글인 웨. 에르. 쉐르비나 외, 계북 역, 「사회주의적 사실주의의 발생 및 발전」 참조.

장편소설 창작 활성화로 나아가지 못하고 개인숭배적 수령형상문학의 집대성인 '총서 불멸의 력사' 시리즈 집체창작으로 들어선 것이 문학사적 상징일 수 있다. 어쩌면 이는 북한 사회주의체제의 발전이 급격하게 정체, 역전된 1960년대 말 하부구조의 문화예술적 반영 현상일지도 모른다. 주체문예론의 유일체계화가 일방적으로 진행되면서 적잖은 사회주의 리얼리스트들이 자취를 감추고 사회주의적 사실주의 문학의 폭과 깊이, 역동성은 급격하게 위축되고 말았다.

3. 사회주의적 사실주의 비평사의 '이념, 미학, 전형' 패러다임 분석

북한문학장에서는 초창기부터 문학의 본질을 당(黨)과 인민에 복무하는 당(黨)문학론으로 공고화하였다. 해방기에는 북한사회가 아직 사회주의적 경제 토대가 갖춰지지 않은 인민민주의체제였기 때문에 사회주의 계급문학 이념과 사회주의적 사실주의 미학을 전면에 내세우기 어려웠다. 그래서 소련 및 중국, 동구 사회주의 진영의 문예이론 전례에 따라 민주주의 민족문학 노선과 고상한 사실주의 창작방법을 잠시 내세웠다. 그러나 1948년 조선민주주의인민공화국 건국 전후 시기에는 입장을 바꿔 처음부터 사회주의적 사실주의 문학으로 출발했다고 하였다.

이후 사회주의 건설기 사회주의적 사실주의 문학비평은, 제1차 작가 예술가 대회(1953) 이후 전후 복구 건설기의 '부르주아미학사상 잔재' 비판론(1953~1956), 제2차 작가대회 이후의 '도식주의·기록주의' 비판론(1956~1959), 사실주의·비판적 사실주의·사회주의적 사실주의 발생·발전론(1956~1963), 민족형식과 민족적 특성론(1958~1960), 천리마기수 전형과 갈등론(1959~1963), 수정주의 비판론(1962~1964), '혁명적대작' 창작론

(1964~1966) 등으로 전개되었다.

이제 사회주의적 사실주의 문학비평사의 이론구조를 공시적으로 분석하기 위하여 앞장에서 통시적 쟁점으로 정리한 비평사를, 이념(문예노선)과 문학사적 전통, 미학(창작방법과 사조), 전형(시대별 대표 캐릭터) 등 세 패러다임으로 재배열하여 공시적 분석을 수행한다.

3.1. 비평사의 이념 패러다임: 문예노선과 문학사적 전통

해방기 이북 북문예총의 문예노선과 문학 이념은 진보적 '민주주의 민족문학'론이다. 이는 이남 조선문학가동맹의 '근대적 민족문학' 노선을 비판한 대안이다. 진보적 민족문학은 '내용에 있어서 민주주의적이고, 형식에 있어서 민족적인' 민주주의 민족문학이며, 근대적 민족문학과 달리 노동계급이 영도하는 계급의식까지 담은 문학이라고 하였다. 북한 정권 수립(1948)과 6.25전쟁을 거치면서 문예노선은 사회주의적 사실주의 문학으로 정리되었다.

6.25전쟁이 끝난 전후처리과정에서 남로당 계열의 조선문학가동맹 출신 임화, 김남천, 이태준, 이원조 등에 대한 '부르주아미학사상 잔재와의 비판'론(1953~58)이 전개되었다. 여기에는 제1차 조선 작가 예술가대회(1953.9)를 통한 조직 개편, 문학 주체의 교체, 문예지 폐간과 창간 등 문학장 전체를 물갈이하는 물적 토대가 마련되었다. 남북 문예조직이 통합된 1951~52년 한때 전시 문단의 헤게모니를 장악했던 '림화 도당과의 반종파투쟁'에서 한설야, 윤세평, 엄호석 등이 펼친 이념적 공세는 임화의 '민족문화론, 문화노선, 유일조류론'을 부르주아미학사상으로 단정하고 이태준, 김남천 등의 창작을 자연주의, 패배주의, 감상주의 등 부르주아 반동 사조로 매도하는 것이었다.

전후처리과정에서의 부르주아미학사상 비판론을 통해 북한문학은 비로소 사회주의 문예노선과 사회주의적 사실주의 미학을 정립하였다.

1955,6년에는 당(黨)문학론의 교조주의적 좌경적 편향에 대한 반발이 '도식주의, 기록주의 비판' 논쟁으로 쟁점화되었다. 제2차 조선작가대회 (1956) 전후의 도식주의 비판론이 사회주의적 사실주의 문학의 좌경적 오류에 대한 자기비판과 조정국면에서 나왔다. 반면, 수정주의 비판론은 사회주의적 사실주의 문학의 우경화 및 기회주의적 오류에 대한 당 지도부의 비판과 1956~64년 사회주의 진영 전체의 반유고슬라비아 사상투쟁 ('찌또이즘'이라 불렸던 티토의 독자노선 비판)이 역사적 배경이었다.[47]

사회주의 건설기 북한 문예노선과 이념의 변화 추이를 역사주의적으로 전망해 보면, 당문학론에 남아 있던 부르주아미학사상 잔재와 완전히 결별하고 사회주의적 사실주의 문학의 미학적 좌경화와 우경화를 거치면서 미학적 역동성과 다양성이 더욱 힘을 얻을 것으로 예상되었다. 그런데 실상은 사회주의적 사실주의 문학의 다양화 대신, 주체사상에 기초한 문예로 일원화된 것이 주지의 사실이다. 문예노선상 최고 지도자의 빨치산 투쟁기 예술 선동에 대한 기억이 '혁명적 문예'로 재발견, 재탄생되면서 노선 변경이 이루어졌다. 주체사상의 유일체계화(1967) 이후 '항일혁명문학예술'의 적통을 계승한 주체문예가 유일 노선 및 이념으로 절대화된 것이다. '주체문예리론체계'와 수령론으로 비평 및 이론의 뒷받침을 받는 주체문학 노선은, 2000년 전후 잠시 선군사상통치기의 '선군혁명문학론'으로 인해 문예노선과 이념 상의 혼선을 빚기도 했으나 여전히 절대 위력을 발휘하고 있다.

이상의 문예노선 및 이념의 역사적 변천과 맞물려, 북한문학의 문학사적 정당성을 확보하기 위한 역사적 전통론은 3단계로 변전하였다. 북

---

47 김성수, 「1960년대 초 북한 문학비평의 수정주의 비판론—김창석 『미학개론』과 연극 「소문없이 큰일했네」 논쟁」, 『반교어문연구』 57, 반교어문학회, 2021.4; _____, 「코리아 문학의 탈정전화와 숙청 작가 서만일, 김창석의 복권」, 『민족문학사연구』 76, 민족문학사학회, 2021.8 참조.

한 문학의 문학사적 전통을 두고, '카프의 프로문학 계승론—항일혁명문학예술 유일 전통론—항일혁명문학예술 '전통'과 나머지 진보적 문학 '유산'의 위계화된 계승론'으로 비평적 논의가 3단계로 전개되었다.[48] 1960년대 초까지는 북한문학의 조상을 카프의 프로문학에서 찾았다. 가령 카프 문학이 "조선의 현대 문학 평론의 발생 및 확립은 카프 문학의 공적의 하나로 된다."[49]는 주장이 공공연하게 펼쳐졌다. '주체사상의 유일체계화'(1967) 이후에는 만주지방의 항일 빨치산 투쟁기에 창작된 '항일혁명문학예술' 유일전통, 적통론으로 바뀌었다. 북한 사회주의 문학이 카프를 중심으로 한 1920~30년대 프롤레타리아 계급문학의 전통을 계승했다는 1950년대식 인식은 수령론에 기초한 주체문예론 체계 하에서는 폐기될 수밖에 없었다. 최고 지도자가 〈피바다〉 같은 항일혁명문학예술을 직접 창작해서 국내의 진보적 문학 창작에 영향을 주고 그 전통 하에 현재의 북한문학이 전개되었다는 수령론과 동렬에 설 수 없었다. 심지어 카프의 프로문학 전통을 북한문학이 계승한 것이 아니라, 역으로 항일혁명문예의 직접적 영향 아래 카프의 프로문학을 비롯한 국내의 진보적 문학이 창작되었다고까지 공식화되었다.[50]

1992년에 나온 『주체문학론』에 와서야 항일혁명문학예술 유일전통론이 '전통과 유산' 이원론으로 수정 보완되었다. 즉 문학예술사적 전통 규정에 위계를 두어 항일혁명문학예술은 '전통'이고 프로문학을 비롯한 진보적 문학은 '유산'으로 분리되었다. 아무래도 김일성이 '직접 창작'한 항일혁명문예의 '직접적 영향' 아래 프로문학을 비롯한 국내 진보적 문

---

48 김성수, 「프로문학과 북한문학의 기원」, 『민족문학사연구』 21호, 민족문학사학회, 2002.12 참조.

49 신구현, 「해방 후 15년간 문학평론이 거둔 성과—평론분과, 고전문학분과위원회의 보고(요지), 『문학신문』 1960.10.7.

50 김하명·류만·최탁호·김영필, 『조선문학사』(1926-1945), 과학백과사전출판사, 1981.

학이 창작되었다거나 김형직, 강반석 등 김일성 부모, 나아가 '혁명적 가계'가 20세기 초 계몽기문학을 주도[51]했다는 식의 '수령론'을 과잉 관철시킨 '주체문학사'의 도식화가 실상을 무시한 무리한 논리적 재단(裁斷)의 산물이었음을 인정하고 이를 보완한 것으로 해석된다.[52]

3.2. 비평사의 미학 패러다임: 창작방법과 사조

북한문학비평사를 창작방법과 미학 패러다임으로 횡단하면, 해방기의 '고상한 사실주의'론, 1950년대 이후의 사회주의적 사실주의론, 50년대 중반의 '사실주의·비판적 사실주의·사회주의적 사실주의 발생·발전' 논쟁, 그리고 1990년대의 주체사실주의론으로 정리할 수 있다. 먼저 '고상한 사실주의'론은 비평사적으로 볼 때 소련의 사회주의적 사실주의 창작방법론의 '북한식 적용'의 산물로 평가된다. '고상한'이라는 번역어는 해방기 북한에서 새로운 민주주의 사회를 건설하기 위한사회주의적 인간형을 형용하기 위해 도입되었으며, 당대 문예의 대표 형상인 새로운 조선사람의 품성을 지닌 '긍정적 주인공'이 갖춰야 할 '혁명적 이상과 낙관주의'가 사회주의적 사실주의에 가까운 '고상한 사실주의'론의 모태라는 말이다.

해방기 '고상한 사실주의'론도 카프의 창작방법 논쟁 때처럼 해방기 북한 비평가의 아직 사회주의에 도달하지 못했다는 자의식에서 나온 비평적 언술로 정리할 수 있다. 오태호의 논증처럼 당대 소련의 '고상한 리

---

51 박종원·류만·최탁호, 『조선문학사』(19세기말~1925), 과학백과사전출판사, 1980.

52 항일혁명문학예술 유일 전통론과 수령론이 과잉 서술된 1980년대판 5권짜리 『조선문학사』의 제2,3권과 달리, 1990년대판 16권짜리 『조선문학사』의 제8권 항일혁명문학편(사회과학출판사, 1992. 전체 16권 중 이 책만 출판사가 다르다)과 9권 진보적 현대문학편(과학백과사전종합출판사, 1995)을 분리 서술, 분리 간행한 사실이 주목된다.

얼리즘' 담론의 영향도 받았겠지만,[53] 다른 한편 해방기 북한 문예 이데 올로그의 자의식이 담긴 과도기의 산물일 수도 있다고 본다. 사회주의 진영 전체가 보편적으로는 사회주의적 사실주의가 맞지만 아직 체제가 확립되지 못한 인민민주주의체제에 머물러 있기에, 북한식 특수성을 적용하여 '혁명적 리얼리즘'(카프 논쟁기의 김두용 주장), '진보적 리얼리즘'(조선 문학가동맹의 김남천 주장) 같은 과도기식 레토릭으로 '고상한'을 쓸 수밖에 없었던 고심의 결과라는 말이다.

그런데 1949년 이후 이전의 '고상한 사실주의'론이 원래부터 '혁명적 낭만성'이 담긴 사회주의적 사실주의론이었다는 주장으로 비평적 논란이 정리되었다. 전쟁 후 부르주아미학사상과의 반종파투쟁을 벌이면서 자연주의, 형식주의, 감상주의 등 정치적 타자의 미학적 태도와 문예사조를 깡그리 배제하였다. 1950~80년대 내내 북한의 문예사조는 사회주의적 사실주의로 일원화되었다. 기존의 사회주의권 보편미학인 사회주의적 사실주의 미학이론을 북한식 특수성에 맞게 자기화하려는 과도기적 이론 모색의 산물로 '주체사상에 기초한 사회주의적 사실주의리론'[54]이 한때 제시되었으나 곧바로 보편이론과 결별한 주체문예론의 독자적 이론적 폐쇄구조 속에 매몰되었다.

1990년대 초 현실 사회주의권이 몰락하여 역사 속으로 사라지자 북한 비평가들은 더 이상 현실적 위력을 발휘할 수 없는 보편적 사회주의적 사실주의론을 '선행한 사회주의적 사실주의'로 규정하여 과거 산물로 폐기하였다. 대신 사회주의적 사실주의의 미학적 특성인 '인민성, 계급

53 오태호, 「해방기(1945~1950) 북한 문학의 '고상한 리얼리즘' 논의의 전개 과정 고찰」, 2013 참조.

54 한중모, 『주체사상에 기초한 사회주의적 사실주의 리론의 몇가지 문제』, 과학백과사전출판 사, 1980. 소련발 보편석인 사회주의석 사실주의 문예이론(박종식 외 『문학개론』, 1961. 예)과 수체사실주의 이론체계를 완성한 김정일, 『주체문학론』(1992) 사이의 과도기적 이론 모색의 증거라고 하겠다.

성, 당파성'을 대신한 '당성, 로동계급성, 인민성'[55] 원칙에 '수령에의 충실성'(지도자에 대한 충성)이라는 윤리 범주가 미학 요소로 무매개적으로 결합된 '주체미학, 주체사실주의 창작방법'이 유일 사조로 규정되어 오늘에 이르고 있다.

3.3. 비평사의 전형 패러다임: 시대별 대표 캐릭터

북한문학의 70년 역사를 돌이켜 보면 비평사적 쟁점 중 하나로 문학창작을 통해 그 시대를 대표하는 새로운 인간형을 어떻게 창조할 것인가 하는 문제를 둘러싼 논란이다. 문학이 새로운 인간형으로 내세우는 시대별 전형은 당 정책의 시대적 요구에 따라 '항일혁명투사, 긍정적 주인공, 천리마기수, 주체형 인간, 3대혁명소조원, 숨은영웅, 선군투사, 만리마기수' 등으로 외피를 바꾸어왔다.[56] 8.15해방부터 사회주의 건설기(1945~67)에 이르는 시기의 사회주의적 사실주의 문학비평에 나타난 전형의 계보를 보면, '긍정적 주인공, 공산주의자, 투사-인간, 천리마기수' 등의 형상론이 나왔다.

해방기 '평화적 민주 건설기'(1945~50)에는 사회주의적 사실주의의 특징으로 레닌적 당성, 사회주의적 애국주의와 공산주의적 인도주의, 비판

---

55 맑시스트비평이론에서 사회주의적 사실주의 미학의 3요소인 '인민성, 계급성, 당파성'의 순서와 이름이 살짝 달라진 것도 주목할 만하다. 아브라모위츠, 김민혁 역, 『문학개론』(1956); 박종식, 『문학개론』(1956)에서는 '계급성, 당성, 인민성'으로 표기되다가, 1970년대 과도기부터 계급성에서 '로동계급성'으로 변경된다. 미상, 『문학개론(대학용)』, 교육도서출판사, 1970, 26~44면. 다시 주체문예론 형성기의 『영화예술론』(1973)부터 『주체사상에 기초한 문예리론』(1975), 『주체문학론』(1992)에선 '당성, 로동계급성, 인민성'으로 순서와 이름이 달라진다.

56 북한문학의 대표 캐릭터인 전형적 형상을 통시적으로 정리하면, 초창기(1946~58)의 '긍정적 주인공, 혁명 투사,' 사회주의 건설기(1958~66)의 '천리마기수,' 주체문예론 형성기(1966~75)의 '항일혁명투사, 주체형 인간,' 주체문학 전성기(1975~94)의 '3대혁명소조원'과 '숨은 영웅'(1975~93), '선군(혁명)문학' 시기(1999~2011)의 '선군 투사,' 주체문학 복귀기(2011~현재)의 '만리마기수' 등을 떠올릴 수 있다.

성, 혁명적 낭만성 그리고 '긍정적 주인공'의 형상이 강조되었다. 여기서 긍정적 주인공이란 사회주의를 긍정하고 그의 실현을 위해 투쟁하는 인간과 사회주의 및 공산주의를 건설하는 투사를 지칭하고 있다. 그 인물 형상의 특징으로 사회주의적 목적지향성, 대중성, 창조적 노동과 계급투쟁 속에서 형성된 긍정적 자질 등이 거론되어 새로운 인간형의 창조가 사회주의적 사실주의 문학의 목표임을 확실히 하고 있다. 일제 강점기의 낡은 반봉건 잔재를 극복하고 '민주건설'의 주과제인 토지개혁에 적극 나서는 농민 등을 그려야 한다고 하였다. 이기영 장편 『땅』의 곽바우가 흔히 이 시기 긍정적 주인공의 대표로 거론되지만, 갈등 없는 영웅상보다는 오히려 내면 갈등 끝에 성격 발전을 보이는 같은 작가의 「개벽」 주인공 원첨지와 유항림 작 「직맹반장」의 학선이 등이 새로운 인간형, 입체적 캐릭터로 평가된다.

6.25전쟁, '조국해방전쟁기'(1950~53)에는 당 최고 지도자의 외침, "우리의 예술은 전쟁 승리를 앞당기는데 이바지하여야 한다"(김일성, 1950.12.24. 교시)처럼 작가들이 총력으로 전쟁 영웅인 인민군 전사를 '영웅-전사'라 하여 전형으로 그려야 한다고 하였다. '전후 복구 건설 및 사회주의 기초 건설기'(1953~60)에는 전후 인민경제 복구 건설에 앞장서는 노동영웅을 그리되 단순히 일만 잘하는 것이 아니라 공산주의적 인격도 겸비한 공산주의자, 투사-인간을 형상화할 것이 요구되었다. 그러한 인간형을 '공산주의적 인간, 혁명적 공산주의자, 새로운 노동계급 전형'이라 하였다.[57]

---

57 미상, 「공산주의자의 전형 창조는 우리 문학의 중심과업이다」(사설), 『문학신문』 1959.3.12; 리상태, 「공산주의적 인간의 전형 창조를 위하여」, 『문학신문』 1959.5.14; 계북, 「공산주의자의 전형 창조에서 제기되는 몇가지 문제」, 『청년문학』 1959.6; 한형원, 「공산주의자 전형 창조와 씨나리오 문학」, 『소선문학』 1959.10; 엄호석, 「공산주의자의 선형 창조를 위하여」, 조선문학」, 『문학신문』 1959.11; 김창석, 「공산주의자의 전형 창조에서 제기되는 리론적 문제」, 『조선문학』 1959.12; 신구현, 「공산주의자의 성격 창조를 위하여」, 『조선문학』 1960.5;

'사회주의 전면 건설기'(1961~66)에는 "천리마시대에 맞는 문학예술을 창조하자"(김일성, 1960.11.27. 교시)는 구호에 맞춘 '천리마기수 전형'을 형상화하는 데 역량이 모아졌다. 천리마기수의 특징은 우수한 노동 생산력과 함께 천리마운동에 자발적으로 동참하지 않는 부정적 인간까지 도덕적으로 감화시키는 도덕성도 갖추는 것이다. 주인공이 단지 건설 노동영웅뿐만 아니라 인간적으로 고뇌하면서 자기가 속한 조직 성원을 함께 변화 발전시키는 품성의 소유자가 되게끔 그려야 했다. 그밖에 동시대 노동자를 대표하는 천리마기수 형상론과 함께, 과거 항일 빨치산의 전통을 계승한 노동자 형상인 '노동계급·혁명투사' 형상론과 인간의 내면적 심리 세계를 좀더 강조한 '투사-인간' 형상론[58]까지 다양한 전형론이 『문학신문』, 『조선문학』, 『조선어문』, 『문학연구』 같은 문예지에 논쟁적으로 전개되었다.

윤세평, 「위대한 현실생활의 화폭과 공산주의자의 전형 창조」, 『조선문학』 1961.8.

58 1966년 『문학신문』의 연중 기획물 '투사-인간을 그리자!' 시리즈가 연재되어 주체문예론 직전의 전형론을 알 수 있다. 엄호석, 「묘사와 표현성」, 1966.3.25; 강능수, 「혁명적인 사상과 세계관을!」, 1966.3.29; 길수암, 「독창성과 대담성이 요구된다」, 1966.4.15; 계훈혁, 「구체적인 생활에 세계관이 드러나게」, 1966.4.26; 한중모, 「성격을 여러 모로 폭넓게!」, 1966.5.17; 박종식, 「작가와 창작적 개성」, 1966.5.27;. 리상태, 「독창적 발견과 형상의 부각」, 1966.5.31; 박태민, 「성격 창조와 서정성의 추구」, 1966.6.10; 장종황, 「주인공의 체험세계」, 1966.6.14; 박학성, 「세계관 형성 발전과정을 보다 진실하게」, 1966.7.12 등등. 보다 자세한 비평 쟁점과 논자별 서지는 김성수, 『북한 『문학신문』 기사 목록: 사실주의비평사 자료집』, 88~92면 목록 참조.

제1장

민주주의 민족문학론과 부르주아미학 비판론[1]

1. 민주건설기의 진보적 민주주의 민족문학론

8.15해방 후 우리 문화/문학이 나아가야 할 방향과 관련된 문예노선과 이념은 자주적 민족국가 건설의 염원을 담은 '민족문화/문학'이었다. 이러한 주장은 처음 조선문학가동맹의 지도부를 형성했던 임화, 김남천 등이 제창하였다. 조선문학가동맹의 민족문화 노선은 박헌영의 남로당이 해방정국에 내세웠던 부르주아민주주의혁명노선에 상응하는 문화이념에서 나왔다. 즉, 해방 후 건설해야 할 민족문화는 계급문화가 아니라 근대적 의미의 민족문화라는 주장이다.[2] 이러한 주장은 조선문학가동맹

---

1 김성수, 「통일문학 담론의 반성과 분단문학의 기원 재검토」, 『민족문학사연구』 43, 민족문학사학회, 2010, 61~89면. 단행본에 맞게 대폭 수정 보완하였다. 북한사회에 아직 사회주의체제가 정착되지 못한 인민민주주의체제 하의 민주건설기(1945~56) 문학비평사의 쟁점은, '진보적 민주주의 민족문학론, 고상한 리얼리즘과 사회주의 리얼리즘론, 부르주아미학사상잔재와의 투쟁론' 등이다, 이에 대한 적잖은 기존 연구가 있으나 여전히 미흡하다. 무엇보다도 임화, 김남천 등 조선문학가동맹 출신 남로당계와의 '반종파투쟁'으로 악마화된 북한 정전을 해체하고 학문적 논의를 펼 수 있는 '림화 도당'의 자료를 복원하지 못했기에 이 글은 미완성이다.

2 임화, 「조선 민족문학 건설의 기본과제의 대한 일반보고」; 「조선 민족문학 건설의 노선」; 「전국문학자대회 결정서」, 『건설기의 조선문학』, 조선문학가동맹, 1946; 김승환, 『해방공간의 현실주의문학 연구』, 일지사, 1991; 하정일, 「해방기 민족문학론 연구」, 연세대 박사논문,

의 기관지 『문학』을 통해 널리 알려졌다.

반면 북한은 사회주의적 민족문화/문학을 내세우고자 하였다. 조직과 노선을 보면 1946년 3월 25일 북조선문학예술총동맹(북문예총) 결성을 통해 당(黨)문학 노선이 채택되었다.[3] 그해 7월에 기관지인 『문화전선』을 창간하였다. 상임집행위원회 명의의 「'문화전선' 발간에 제하여」를 보면, "북조선예술총련맹은 북조선 내의 민주주의 문학자, 예술가들이 결집된 통일전선인 동시에 조선 민주주의문학예술 건설의 주력부대이"며, 『문화전선』이 문학자, 예술가들의 창조의 열매로 인민에게 복무하고 인민대중의 광범한 문화적 계몽과 육성을 위하여 발간한다고 되어 있다.

북한문학이 처음 출발할 때 전국적 단체 조직 및 이론적 근거를 마련한 한설야, 안막, 안함광, 윤세평 등은 '민주주의문학/문화'라는 자기정체성을 두고 고민과 논란이 많았을 것이다. 그 고민은 해방 직후 소련군이 진주한 북한사회가 아직 사회주의체제가 토대로 이루어지지 않았다는 현실과 무관하지 않다. 그래서 사회주의체제라는 토대 위에서 이루어질 사회주의 리얼리즘론을 문예정책, 노선, 미학으로 받아들일 수 없었기에 '민주주의 민족문화/문학예술'을 대안으로 제시한다. 이런 고민은 안막의 글에 잘 나타나 있다.

> (우리는-인용자) 식민지적 반봉건적 사회를 개변시키고 독립적 민주주의 조선사회를 건설을 위해 민족 투쟁을 수행해 왔지만 해방된 지금에도 그 임무가 완성되지 못했음으로 문학가 예술가들은 현 단계 조선혁명의 역사적 임무를 정확히 이해한다. 민주주의 문화는 내용에 있어서는 민주주의

1992.8 참조.

3 조선문학예술총동맹은 1945년 11월의 평남예련을 근간으로 해서 1946년 3월 25일에 북조선예술총련맹으로 출발하여 1946년 10월 13일 북조선문학예술총동맹(약칭 '북문예총')으로 되었다. 「제2차 북조선예술총연맹 전체대회 초록」 중 「북조선 예맹대회 결정서」, 『문화전선』 3집, 1947.2.25, 86~94면 참조.

적, 형식에 있어서는 민족적 문화이며, 사회주의 문화는 내용에 있어서는 민주주의적, 형식에 있어서는 사회적인데 아직 사회주의 문화는 아니다. 따라서 조선민족은 "내용에서 있어서 민주주의적, 형식에 있어서 민족적" 문화 예술의 건설 이것이 현 단계 조선 문학자, 예술가 앞에 놓여 있는 기본적 임무임을 명확히 인식하고 실천에 있어서 완전히 집행하여야 한다.

(중략)

　　새로운 민주주의문화는 조선민족의 영토, 생활환경, 생활양식, 전통, 민족성 등의 '민족형식'을 통하여 형성되고 발전됨으로써 '내용에 있어서 민주주의적 형식에 있어서 민족적' 문화라 할 수 있으며 사회주의 사회에 있어서의 '내용에 있어서 사회주의적 형식에 있어서 민족적' 문화는 아직 아닐 것이다. 그러나 '내용에 있어서 민주주의적 형식에 있어서 민족적'이라는 것을 우리는 문화예술의 내용과 형식과의 기계론적 분열로써 해석해서는 안될 것이요 그 변증법적 통일 속에서 이해하여야 한다.[4]

　　안막이 제시한 예술문화 건설의 민주주의노선을 위한 담론은 사회주의 리얼리즘 일반이론인 스탈린의 정식화를 북한적 특수성에 맞춰 '내용에서의 민주주의적, 형식에서의 민족적'으로 변개한 것이다. 즉, 사회주의 사회에서나 가능한 "내용에 있어서 사회주의적, 형식에 있어서 민족적"인 스탈린식 문화는 아직 도래하지 않았다는 것이다. 당시 북한의 민주주의문화는 민족의 영토 생활환경 생활양식 언어습관 전통과 민족성에 의하여 민족형식을 통합함으로써 "내용에 있어서 신민주주의적, 형식에 있어서 민족적"이라는 모택동식 신민주주의문화론에 더 적합하다는 인식의 산물이다. 당시 북한에 건설될 신민주주의문화란 '무산계급과 무산계급문화가 영도하는 인민대중의 반제국주의적 반봉건주의적 문화'이기에 무산계급만이 영도할 수 있는 것이고 자산계급이 영도하는 문화는

4　안막, 「조선문학과 예술의 기본 임무」, 『문화전선』 1집, 1946.7, 3~6면.

인민대중에 속할 수 없다고 한 것이다.[5]

해방 직후 북한에 건설될 신문화는 "무산계급이 영도하는 인민대중의 반제 반봉건의 문화이며" 그것은 세계무산계급의 사회주의적 문화혁명의 일부분이란 주장은 거의 공식화된 것으로 평가된다. 왜냐하면 윤세평, 이청원 등도 "우리가 건설할 민족문화는 민족적 형식 위에 인민의 민주주의적 내용이어야 한다."는 주장을 반복해서 싣고 있기 때문이다.[6]

이 시기 북한사회가 아직 사회주의체제를 갖추지 못한 인민민주주의 체제였기 때문에 문학 이념도 사회주의 문학 대신 '민주주의 민족문학'을 표방하였다. 조선문학가동맹의 근대적 민족문화/문학 노선과 '진보적 리얼리즘' 창작방법론에 맞대응한 북문예총의 '고상한 사실주의'(또는 사회주의적 사실주의)를 어떻게 규정할 것인가가 비평적 쟁점이었다. 북문예총의 이데올로그였던 안막, 윤세평, 안함광 등은 근대적 민족문화론을 비판하고 노동계급이 주도하는 '진보적 민주주의 민족문학론'을 제시하였다.

안함광은 임화의 '근대적 의미의 민족문학론'을 의식해서 "지금 우리 인민에게 부여된 최고의 임무가 결코 우리 조선을 근대적인 의미의 민주주의사회로 만드는 데 있는 것이 아니라 진보적 민주주의 국가사회를 건립하려는 데 있는 거와 동양(同樣)으로 우리가 지금 수립하려는 민족문학도 '근대적인 의미의 민족문학'인 것이 아니라 진보적 민주주의의 민족문화"라고 하였다.[7] 윤세평은 남로당의 「조선 민족문화 건설의 노선(잠정안)」을 비판하며 신민족문화론을 거론하였고, 안막은 "사이비 맑스레닌주의자들은 '민족문화'라는 개념에 '민족'이란 것을 그 근거에서 분리시

---

5   안막, 「조선 민족문화 건설과 민주주의 노선」, 『해방기념평론집』, 1946.8; 이선영 외 편, 『현대문학비평자료집』 1권(이북편 1945~50), 태학사, 1993, 107~117면.

6   윤세평, 「신민족문화 수립을 위하여」, 『문화전선』 제2집, 1946.10, 51~58면; 이청원, 「조선 민족문화에 대하여」, 『문화전선』 제2집, 1946.10, 42~50면 참조.

7   안함광, 「민족문학재론」, 『민족과 문학』, 문화전선사, 1947, 42면.

키여 다시 말하면 민족을 구성하는 구체적 계급관계에서 분리시키며 추상적인 민족의 개념을 날조"했다고 비판하였다. 이들은 '내용에 있어서 민주주의적이고, 형식에 있어서 민족적인 문학'이 노동계급이 영도하는 민주주의 민족문학이며, 계급의식까지 포괄한 사실주의문학이라고 대안을 제시하였다.[8]

북문예총은 창작방법으로 처음에는 사회주의적 사실주의를 앞세우지 않고 '혁명적 랑만성'이 그 주된 요소인 '고상한 사실주의'론을 제시하였다. 이는 소련의 고상한 리얼리즘론의 영향도 받았지만,[9] 다분히 조선문학가동맹 김남천의 '진보적 리얼리즘'론을 의식한 명명법으로 추정된다. 인민민주주의혁명단계인 해방기 북한사회에 적합한 역사적 과제를 담기 위한 '주제의 적극성'과 민주 건설에 앞장서는 긍정적 인물형인 '고상한 인간 전형' 창조를 내용으로 하고 혁명적 낭만주의를 포함하는 사실주의 창작방법으로 규정되었다.[10]

그런데 1948년 말부터 '고상한 사실주의'가 실은 처음부터 '혁명적 랑만성'이 내재된 사회주의적 사실주의였다는 방식으로 비평사적 재규정이 수행되었다.[11]

---

8 안막, 「조선문학과 예술의 기본임무」, 『문화전선』 1집, 1946.7; 윤세평, 「신민족문화론에 대하여」, 『문화전선』 2집, 1946.11. '신민족문화론' 개념은 모택동의 「연안문예강화」에서 제시된 신민주주의민족문화론의 영향으로 판단된다.

9 한효, 「창작방법론의 전개」, 『문화전선』 2집, 1946.11; 안막, 「민족예술과 민족문학 건설의 고상한 수준을 위하여」, 『문화전선』 5집, 1947.8, 4~7면; 한효, 「고상한 리알리즘의 체득」, 『조선문학』 창간호, 1947.9, 279~286면; 오태호, 「해방기(1945~1950) 북한 문학의 '고상한 리얼리즘' 논의의 전개 과정 고찰─『문화전선』, 『조선문학』, 『문학예술』 등을 중심으로」, 『우리어문연구』 46, 우리어문학회, 2013.5, 319~358면.

10 한식, 「조선문학의 발전을 위하여」, 『문학예술』 1948.4; 한효, 『민족문학에 대하여』, 문화전선사, 1949.9 참조.

11 한중모, 「해방 후 사회주의적 사실주의 문학의 발전과 변모」, 『조선어문』 1960-4호, 이선영 외편, 『현대한국비평자료집(이북편)』 7권, 태학사, 1994, 371면; 윤세평, 「사회주의적 내용과 민족적 형식」, 『우리나라에서의 맑스·레닌주의 문예이론의 창조적 발전』, 과학원출판사,

2. '서울 중심주의'에 대한 '평양 중심주의'의 대타의식

북문예총을 중심으로 한 북한문학의 이념 담론은, 서울과 해주에 근거지를 둔 임화 등 남로당계 문인이 아닌 안막, 안함광, 한효 등 평양에 근거를 둔 비평가와 한설야, 이기영 등 일찌감치 월북(일부 재북)한 프로문맹 출신 작가들이었다. 이러한 인적 구성은 일종의 '서울 중심주의'에 대한 평양 중심주의의 대타의식 내지 반론의 성격이 강하다. 어쩌면 다음과 같은 한설야의 주장이야말로 북한문학의 형성 담론의 이론적 근거가 되었는지도 모른다.

> 우리는 이제 조선의 예술운동의 본질적 방향과 그 발전을 위하여 상식론적 현상추수론에서 배태되는 가장 큰 두 개의 경향에 대해서 약간 이론적 해명을 가지려는 것이다. 즉 그 하나는 북조선 예술운동의 독선적 경향이요, 그 둘째는 예술운동에 있어서의 '서울중심주의'다. (중략)
>
> 북조선예술운동은 곧 이러한 남북정세의 차이를 일단 고소에서 한 개의 통일적 전체적 방향으로 이끌어 나가야 할 것을 자체의 임무로 하지 않으면 안되었으니 여기에 실로 북조선예술운동의 조선예술운동에 있어서의 중심적 주동적 임무와 성격이 결락되어 있는 것이다.
>
> 따라서 우리는 남조선 예술운동에 대한 주관적 말살과 또는 전체적 인식에서의 유리로 오직 북조선 예술운동만의 유일전선을 주장하는 독선적 태도를 엄계하지 않으면 안될 것이다. 이것은 운동의 통일성, 전체성을 파괴하는 것이요, 운동을 분파적 방향으로 인도하는 결과를 가져오게 되는 것으로 예술운동 통일전선에 있어서의 한 개 극좌적인 과오인 것을 우리는 인식하지 않으면 안되는 것이다.

1962. '고상한 리얼리즘'을 '자연주의+혁명적 낭만주의=변형된 사회주의 리얼리즘'으로 잘못 이해해서 '리얼리즘+혁명적 낭만주의=사회주의 리얼리즘'과 차별화한 어느 논자의 오류가 해결되진 않는다. 남원진, 『남북한의 비평 연구』, 역락, 2004, 407면.

북조선에서의 예술운동이 특히 유리한 환경 속에서 보다 강력히 또는 보다 민주주의적으로 발전하면서 있다 하더라도 그것이 전조선 민족 내부에서 일어나는 예술운동 전체를 포섭하지 못하는 이상 그것은 아직 한 개의 불구를 멱치 못하는 것이다. (중략)

지금 남북의 유기적 연결이 차단되어 있는 것은 사실이요 또 북에서 적의한 방법으로 촉수를 남에 찌르고 있지 못한 것도 사실이다. 그러나 이것으로 조선예술운동의 남북 분리를 단정하고 실망하는 것은 한 개 피상적인 현상추수론에 불과한 것이다.

한 개의 교통기관이나 몇 사람의 내왕 연락이 운동의 통일과 전체성을 보장해주는 것은 아니다. 언제든지 운동의 본질적 파악에서 오는 방침과 방향이 그것을 결정하는 것이다. 즉 엄격히 대중의 이익과 대중생활의 요구에 대답하고 거기에 상부하는 구체적 현실적인 내용을 가지는 때 대중은 그리로 모이는 것이요 따라서 운동은 그 대중 전체를 운동의 대상으로 할 수 있는 것이다. (중략)

서울이 해방 전까지 좋은 의미에서겠든 나쁜 의미에서겠든 조선문화의 중심지인 것은 사실이나 그러나 여기에 이르는바 문화의 거의 전부가 이조의 봉건문화와 침략자 일제문화와 그 가운데서 이루어진 부패한 시민문화인 것도 또한 사실이다. 그러므로 오늘 막연히 문화의 중심을 서울이라고 하는 문화에 있어서의 서울 회향주의는 이를테면 이조나 일제의 문화적 구관과 구래의 시민문화를 그대로 잉용하고 답습하고 계승하자는 가장 무서운 반동적인 사상과 그 어디서든지 일맥상통하는 흐름을 가지고 있는 것이다. (중략)

세계의 진보적 민주주의의 최량의 접수지대인 북조선인 것이다. 또 북부조선은 금후의 조선민주문화에 있어서의 전형적 환경인 동시 조선민주문화의 전형적 성격의 중심적 대표적 주동적 발전지인 것이다.[12]

---

12 한설야, 「예술운동의 본질적 발전과 방향에 대하여—해방 1년간의 성과와 전망」, 『해방기념평론집』, 1946.8; 이선영 외 편, 『현대문학비평자료집』 1권(이북편 1945~50), 태학사, 1993, 19~33면.

8.15해방 1주년에 나온 한설야의 주장은 흥미롭게도 지은이가 제안한 '지역·지방문학으로서의 남북한문학' 규정에 영향을 미치고 있다. 즉, 남한이 국가 경쟁력 상 절대 우위에 있는 현 시점에서 보면 '북한문학' 대신 '제2기 남북국 시대의 조선문학'을 사용할 정도로 상대를 배려하는 전향적 자세가 필요하다고 제안[13]했던 것처럼, 64년 전 한설야는 북조선이 민주주의적 민족문화의 중심이지만 남북이 서로 왕래가 되지 않더라도 전 조선적으로 사고하고 전체운동을 실행하자고 했던 것이다. 지금 '한국문학/조선문학'의 공존을 인정해야 그 기반 위에서 '남측문학/북측문학'의 진정한 교류와 협력을 할 수 있다는 지은이의 논리처럼, 당시에도 비록 남북 분단이 되었어도 "조선예술운동의 남북 분리를 단정하고 실망하는 것은 한 개 피상적인 현상추수론에 불과"하다고 비판하고 있다. 이를 보면, 60년이 지나도 분단체제와 분단문학의 본질은 변하지 않았으며 당시 북에서 원칙을 세우되 남측을 포용하려 했던 것처럼 현 단계는 우리가 원칙을 세우되 최대한 포용해야 하는 역사적 정당성이 다시금 확인되는 지점이라고 할 수 있다.

다만 이 순간 주의해야 할 점이 있는데, 당시 문예총 기관지 『문화전선』 등에 드러난 문화적 표상을 섬세하게 파악할 필요가 있다. 즉 1946년 당시에 남북한의 공통항이 태극기, 애국가로 표상된 지점이 있었는가 하면, 반대로 이미 북한 독자성의 표상으로서 김일성의 우상화가 현실화되었다는 '상치되는 정치적 표상의 공존'에 주목해야 한다. 가령 『문화전선』 2집에 실린 이경희의 시 「귀환—김일성 장군을 맞으며」를 보면 만주에서의 독립투쟁을 이끈 전설적인 청년 장군 김일성을 맞이하기 나간 군중의 한 사람인 시적 화자가 "태극기 쥐고 웃고 갔나니"란 표현이 있다.

---

13 김성수, 「북한 현대문학 연구의 쟁점과 통일문학의 도정—민족작가대회의 성과를 중심으로」, 『어문학』 91집, 한국어문학회, 2006.3 참조. 이를 바탕으로 민족문학사연구소, 『새 민족문학사 강좌 02』의 북한문학 총론을 썼다.

군중대회 환영식에 인공기가 아닌 태극기가 등장하고 있는 점은 아직 분단이 고착화되지 않았다는 주목할 증거라 하겠다.[14]

더욱이 다음해 나온 안함광의 평문을 보면 1930년대부터 활발한 창작활동을 벌였던 월북작가 유항림의 소설 「휘날리는 태극기」에 대한 평이 나온다. "유항림 씨의 「휘날리는 태극기」"를 두고 동해안 남행 열차 지붕에서 해방을 맞는 인민의 심경을 사실적으로 묘사함으로써 해방의 감격을 표현하긴 했으나 여행 스케치 수준이라 전형성을 얻지 못해 아쉬움을 표하는 대목이다. 유항림의 작품을 찾아 읽지는 못했으나, 훗날의 모든 문학사에서 당대를 대표하는 작품으로 고평되는 이기영의 「개벽」을 두고 "작가가 생활을 통한 산 감정으로서 작품을 창조하지 못하고 한낱 관념적 조작으로서 제작하고 있다… 인물 안배의 공식성과 단조성을 지적"하지 않을 수 없다고 할 정도의 신랄한 비평을 할 정도에 함께 언급될 정도이니[15] 그 작품 가치가 문학사에서 다시 거론되지 못할 정도로 형편없는 것이라고 단정할 수는 없다.[16] 아마도 '태극기'란 표상이 문제였을 것으로 짐작된다.

1946,7년의 북한 상황은 아직 국가 만들기의 문화기획이 실행되기 이전이었을 것으로 판단된다. 반면 『문화전선』을 보면 김일성에 대한 우상화가 1945년 당시엔 미약했고, 1960년대 후반 '주체사상의 유일사상 체계화' 과정에서 '나중에 만들어진 전통' 쯤으로 예상했던 것도 선입관

---

14 이경희, 「귀환—김일성 장군을 맞으며」, 『문화전선』 2집, 1946.11. 또한 이 시의 창작 시기는 1946년 10월 31일이 아닌 30일로 추정된다.

15 안함광, 「북조선 창작계의 동향」, 『문화전선』 3집, 북조선문학예술총동맹, 1947.2.25, 12~29면 참조. 해방 직후(1945~46) 북한문학 주요 작가와 작품에 대한 본격 비평의 모음이다.

16 안함광이 태극기가 등장한 유항림 소설 「휘날리는 태극기」는 자세히 비평하면서, "김구와 이승만과 미군정의 충복"으로 시위를 진압하려다가 시위대에 의해 쓰러지는 광주경찰서장 능식이의 시선으로 8.15 기념시위를 신압하려는 친일 민족 반역자의 모습을 풍자한 소설 「개」(『문화전선』 2집, 1946.11)를 평문에서 거론하지 않은 것이 그 간접적 증거이다. 우리가 예단하는 당시의 정치적 분위기라면 당연히 「개」를 중시했을 터이다.

에 기인한 오해임이 드러난다. 해방 직후의 창간호에서 김일성 우상화가 등장하는 것은 정치적인 의미로서의 선택과 이에 의한 창작 내지는 아래로부터의 자발적인 움직임의 산물임을 부인할 수 없다는 것이다. 문예지임에도 불구하고 표지 다음 목차 앞에 「김일성 장군의 12개조 정강」이 자리 잡고 있으며 내표지에는 다음과 같은 「김일성 장군의 노래」가 실려 있는 것이다.

(1절) 장백산 줄기줄기 피어린 자욱 / 압록강 굽이굽이 피어린 자욱 / 오늘도 자유조선 꽃다발 우에 / 력력히 비쳐주는 거룩한 자욱 / 아 그 이름도 그리운 우리의 장군 / 아 그 이름도 그리운 김일성 장군 // (2절) 만주벌 눈바람아 이야기하라 / 밀림의 긴긴밤아 이야기하라 / 만고의 빨치산이 누구인가를 / 절세의 애국자가 누구인가를 / (후렴 생략) // (3절) 로동자 대중에겐 해방의 은인 / 민주의 새 조선엔 위대한 태양 / 이십 개 정강 우에 봉접(蜂蝶)도 뭉쳐 / 북조선 방방곡곡 새봄이 온다 / (후렴 생략) [17]

『문화전선』이 북문예총의 기관지이자 당 검열을 거친 문예지임을 감안한다면 당시의 실상은 양가적이다. 한편으론 남북한의 공통항이 태극기, 애국가로 표상된 지점이 있는가 하면, 반대로 당시부터 이미 북한 독자성의 표상으로서 김일성 우상화가 현실화되었음을 증명하기 때문이다. 서로 공존하기 어려운 정치적 표상의 일정한 공유가 해방 직후 북한 문학의 일면적 실상을 보여준 만큼, 언젠가는 펼쳐질 문화적 통합 노력의 주요한 근거로 작용할 수 있을 터이다.

---

17 리찬, 「김일성장군의 노래」, 『문화전선』 창간호, 1946.7, 내표지. 제3절 3행의 '봉접(蜂蝶)도'(최초본)는 후대(1982년) 판본에 '모두 다'로 수정된다.

3. 민주건설기 부르주아미학사상 잔재 비판론—'『응향(凝香)』 사건'

1945년 해방 직후 북한에서는 남북의 공통 표상도 통용하고 북한 독자적 표상도 내세우는 중첩적 현실이 한동안 이어졌다. 하지만 이러한 이중적 현실이 착종되는 과도기를 거쳐 1948년 이후 태극기, 애국가라는 한민족 공통의 표상을 버리고 「김일성 장군의 노래」와 인민공화국기 및 새 애국가(박세영 작사)를 만들어 국가 만들기의 문화기획을 수행하였다. 특히 문예당국은 1948년의 정권 수립 이전부터 이미 마르크스레닌주의 미학에 기초한 사회주의 리얼리즘 문학론을 창작과 비평의 유일한 공식 원리로 채택하려는 노력을 다각도로 시행하였다. 그 과정에서 결정적인 계기로 작용한 것이 1946년 가을의 저 유명한 '『응향(凝香)』지 사건'이다.

북조선예술총연맹 산하 원산문학동맹에서 나온 시집 『응향』에 관한 북조선문학예술총동맹 중앙상임위원회의 결정서에 따르면, 『응향』 수록 시의 태반은 당시 현실에 대한 회의적, 공상적, 퇴폐적, 현실 도피적, 심하게는 절망적인 경향을 가졌다고 한다.[18] 결정서의 이론적 근거 구실을 한 구체적인 작가, 작품평을 쓴 백인준은 「문학예술은 인민에게 복무하여야 할 것이다—원산문학동맹 편집 시집 『응향』을 평함」에서 강홍운, 서창훈, 구상 등의 시 텍스트를 일일이 인용하며 자구까지 비판하고 있다.[19] 그에 근거한 문예조직 결정서의 구체적인 작품 비판도 다음과 같이 전개되어 있다.

---

18 「시집 『응향』에 관한 북조선문학예술총동맹 중앙상임위원회의 결정서」, 『문화전선』 3집(북조선문학예술총동맹, 1947.2.25), 82~85면. 같은 글이 서울에서 나온 조선문학가동맹 기관지 『문학』 3호(1947.4.15), 71~73면에 신겨 우리에게 일찍부터 알려졌다

19 백인준, 「문학예술은 인민에게 복무하여야 할 것이다—원산문학동맹 편집 시집 『응향』을 평함」, 『문학』 3호, 조선문학가동맹 중앙위 서기국, 1947.4.15, 74~82면.

『응향』 권두의 강홍운 작 「파편집 18수」는 모두 현실 진행으로부터 멀리 떨어진 포말을 바라보는 한탄, 애상, 저회(低廻), 열정(劣情)의 표백인 외에 아무 것도 아니다. 구상 작 「길」, 「려명공」은 현실에 대한 그로테스크한 인상에서 오는 허무한 표현의 유희며 또 동인 작 「밤」에서는 이런 표현자 즉 낙오자로 죽어져 가는 애상의 표백밖에 찾아볼 수 없는 것이다. 서창훈 작 「해방의 산상에서」는 무기력한 군중에게 질서 없는 수다한 슬로강을 강요하였고 더욱 동인 작 「늦은 봄」은 여러가지 의미로 반동적인 사상과 감정의 표백이라 아니할 수 없다. 이것을 한낱 열정(劣情)적인 연애시로 보아도 그렇고 또 자기의 낡은 생활을 의인화한 상징시로 보아도 그렇다. 1946년 5월에 있어서 이 조선에서 고요한 사막을 느낀 작자는 이국(異國)에만 광명이 있다고 환상하였고 또 가슴의 넓은 공간을 사막 같은 조국을 떠나 광명의 이국으로 가는 '애인'의 추억으로 채우려 한 것이다. 이것은 씩씩히 모든 반동 세력과 싸우면서 험로와 형극을 헤치며 싱싱한 새 현실을 꾸미고 있는 조국에 대한 불신과 절망인 동시 우리 대열 가운데 참입한 한 개 반기(叛起)가 아니면 안 된다. 이가민 작 「3·1폭동」은 이 역사적 사실을 민족해방투쟁으로서의 한 전형으로 묘사하지 못하고 「송 5·1절」 역시 이 노동자의 국제적 행사를 우리의 당면한 현실과 결부해서 묘사하지 못했을 뿐 아니라 시로써 예술성, 형상성을 가지지 못한 것이다.[20]

안막, 백인준으로 대표되는 문예당국에 따르면 이들 시인, 작가들의 반동적 퇴폐적 경향은 비상한 속도로 건설되어가는 북한 현실에 대한 인식 부족에 기인하며, 현실을 미처 따르지 못하는 낙오자에게 필연적인 감정인 한탄을 표출한 것에 불과하다. 거기에는 현실과 부딪치며 현실과 싸우려는 단결정신과 현실을 바른 길로 추진시키려는 건설정신이 없으니 문제라 한다. 이러한 정치적 무사상성은 '나라 만들기'의 방향을 모색

---

20 미상, 「시집 『응향』에 관한 북조선문학예술총동맹 중앙상임위원회의 결정서」, 『문화전선』 3집, 83~84면.

하는 북한문학 대열 내에 '예술을 위한 예술, 인민과 분리된 예술, 인민의 요구에 배치된 예술'의 잔재가 뿌리 깊이 남아 있음을 말함이며, 이 시기 북한 문학가, 예술가들이 '고상한 사상으로 무장되지 못하였'음을 반증하는 것이라 한다.[21]

북조선문학예술총동맹 중앙상임위원회의 후속조치에 따르면 해당분자들은, 1) 자기비판과 동시에 북조선문학운동 내부에 잔존한 모든 반동적 경향을 청산하고 사상적 통일 위에 바른 노선을 세울 것. 2) 지도 책임을 지닌 원산예술연맹이 이론적, 사상적, 조직적 투쟁 사업을 전개할 것. 3)『응향』의 발매를 금지할 것. 4) 검열원을 파견하여 문제의 비판과 시정(3-1. 발간 경위 조사, 3-2. 회의를 통해 작품 비판과 작가의 자기비판 수행, 3-3. 책임자 경질 등 동맹의 바른 궤도 강구, 3-4. 미제출된 출판물 조사 및 내용 검토 3-5.『응향』의 원고 검열 전말 조사)을 진행할 것을 결정한다.

이러한 결정은 북조선 문예총의 지향이 단순히『응향』의 발매금지에 그치는 것이 아니라 일제 잔재 및 반동적 경향의 청산과 사상적 노선의 통일을 통해 '진보적 민주주의'의 방향으로 단일한 대오를 형성하여 새로운 민족문학의 건설을 추진하려는 입장임을 드러낸다. 따라서 결국 검열당국은 이들 작품집을 발매 금지하고 검열원을 파견하였다. 편집과 발행 경위를 조사하고 편집자와 작가들과의 연합 회의를 개최하여 작품 검토와 비판 및 작가의 자아비판을 시행한 후 책임자 간부를 경질하였다.[22]

---

21 김재용에 의하면『응향』사건은 해방 이후 북한에서 제기된 '건국사상 총동원 운동'이 문학에서 제기되었을 때 모범적인 인물 형상을 창조하여 대중들을 교양하는 작업을 의미하였지만 그렇지 않은 작품이『응향』시집에 게재되면서 발생한 것이다. 즉 1946년 12월 20일 북조선문학예술총동맹 상무위원회 회의에서『응향』시집의 몇몇 시에 대해 '반동적이고 퇴폐적인 시'라고 규정하였던 데에서 비롯된다.『북한문학의 역사적 이해』, 문학과지성사, 1994, 98, 128~130면.

22 미상,「시집『응향』에 관한 북조선문학예술총동맹 중앙상임위원회의 결정서」,『문화진신』 3집, 1947.2, 82~85면;「북조선문학예술총동맹 제1차 확대상임위원회 결정서」,『문화전선』 4집, 1947.4.20, 170~173면 요약.

그런데 흥미로운 것은 결정서 기초에 관여했을 것으로 짐작되는 비평가 안막, 백인준의 작품 평이 도식적, 감정적이라는 점이다. 백인준은 시 평가의 잣대를 '일반 인민대중을 위해서 썼는가'에 정해두고 강홍운, 박경수, 구상 등의 시가 '말세기적 퇴폐적 감상적 회억(末世紀的 感傷的 回憶)'이고, '주관적 감각적 현실도피적'이라 해방을 맞은 조선 현실을 담기에는 반인민적이라 재단비평을 한다.[23] 안막은 서창훈 시 「해방의 산상에서」의 "고요한 사막의 첫새벽 / 나는 설레는 가슴을 안고 / 마음은 지향을 얻지 못하고 // 너는 광명을 찾아 / 이국의 길을 떠난다 / 네가 온 밤중 흘린 눈물은 / 얼마나 나를 안타까웁게 하였으리."를 두고, 남한을 '광명의 이국'으로 여겨 탈북하려는 '반동지주의 낡은 사상의 표현임에 불과한 것이'라 비평한다. 이러한 시 해석은 문학비평이 아니라 예술적 상상력이 극도로 편향되거나 아예 부재한 공안검사의 정치적 몰아세우기처럼 보인다. 아마도 다음에 나오는 구상, 강홍운, 황순원의 월남에 대한 선입견이 다른 작품 해석에까지 영향을 미친 모양이다.

"메길 도가에서 화장한 상거의 곡성에 흐르고 / 아 이 밤의 제곡이 흐르고 / 묘소를 지키는 망부석의 소리처럼 쓰디쓴 고독이여 / 서거픈 행복이여"

이 시는 《응향》에 있어서의 구상이란 시인의 무기력한 우수와 숙명의 노래였다. 같은 시집 속에서 강홍운이란 시인은 "끓는 물 한 말 들여마시고 세상사 모도 잊어버리고 싶을 때" 그는 어떻게 생각을 했는가 하면 "세상에 몸을 두고 세상 밖에 뜻을 두고 하늘에 구름같이 떠나시며 사오리" 이것은 결국 "북조선에 몸을 두고 북조선 밖에 뜻을 두고 민주건설 다 버리고 떠다니며 사오리"라는 그러한 노래로밖에는 들리지 않는다. (중략)
《관서시인집》의-인용자) 「푸른 하늘이」라는 시의 작자 황순원이란 시인은

---

23 백인준, 앞의글, 75~81면 참조.

이 시에서 암혹한 기분과 색정적인 기분을 읊었던 것이며 그러다가 이 시인은 해방된 북조선의 위대한 현실에 대하여 악의와 노골적인 비방으로밖에 볼 수 없는 광시를 방송을 통하여 발표하였던 것이다. "비록 내 앞에 불의의 총칼이 있어 / 내 팔다리 자르고 / 내 머리마저 베혀버린대도 / 내 죽지는 않으리라." (중략)

여기에 있어서 이 시인은 북조선에 있어서 민주개혁의 우렁찬 행진을 '불의 칼'로 상징하였던 것이며, 반민주주의 반동파들이 민주주의 조국 건설을 노기를 가지고 비방하며 파괴하려는 썩어져가는 무리의 심정을 이 작품에서 보여주었던 것이다. 이 시를 발표한 지 얼마되지 않어 이 시인이 북조선을 도피해간 것도 결코 우연한 일이 아니다.[24]

작품에 나타난 부르주아적 미학사상의 평가 차원이 아니라 작가의 탈북 등 정치적 이념적 행위에 따른 공안검사식 매도가 『응향』 사건의 또 다른 일면임을 논증하는 대목이라 아니할 수 없다.

게다가 『응향』 사건이 부르주아미학사상 잔재 비판론이라는 비평사적 흐름에서 특히 주목되는 이유는 이것이 지방에서 나온 시집 한 권의 필화사건으로 그치지 않고 북한 전체의 문예노선과 조직 개편의 결정적 계기로 작용했다는 점이다. 즉, 『응향』뿐만 아니라 함흥에서 나온 『문장독본』, 『써클 예원』, 『예술』 등도 함께 묶어 '예술을 위한 예술, 인민과 분리된 예술, 인민의 요구에 배치된 예술'이라 하여 이들 모두를 부르주아 사상미학의 잔재로 규정한다.

가령 안막은 『관서시인집』에 실린 황순원 시 「푸른 하늘이」을 반동적인 시로 비판한다. "「푸른 하늘이」라는 시의 작자 황순원이란 시인은 이 시에서 암혹한 기분과 색정적인 기분을 읊었"으며, "해방된 북조선의 위

---

24 안막, 「민족예술과 민족문학 건설의 고상한 수준을 위하여」, 『문화전선』 5집, 북조선문학예술총동맹, 1947.8.1, 8~12면 참조.

대한 현실에 대하여 악의와 노골적인 비방으로밖에 볼 수 없는 광시를 방송을 통하여 발표하였던 것"이라고 판단하는 것이다. 뿐만 아니라 "비록 내 앞에 불의의 총칼이 있어 / 내 팔다리 자르고 / 내 머리마저 베혀버린대도 / 내 죽지는 않으리라."는 시 구절에서 북조선에 있어서 민주개혁의 우렁찬 행진을 '불의의 칼'로 상징하였으며, 반민주주의 반동파들이 민주주의 조국 건설을 노기를 가지고 비방하며 파괴하려는 썩어져 가는 무리의 심정을 보여주었다고 비판한다.[25] 나아가 검열체제에서 이를 걸러내지 못하고 이를 허용한 원산 『응향』 발행 책임자 박경수, 박용선, 이종민를 경질하고 함흥의 모기윤 저 『문장독본』을 발금 조치하였으며 『써클 예원』 3집과 『예술』 3집의 현상시 「오후」 등의 편집진 전원을 경질했던 것이다.

게다가 북문예총의 첫 결정서의 경고에도 불구하고 두 번째 결정서가 바로 나온 점이 주목된다. 『응향』뿐만 아니라 『문장독본』, 『써클 예원』, 『예술』 등까지도 "주위의 옳지 못한 판매 결정에 타협하고 더욱 중앙에까지 문제화하지 않은 미온성을 지적한다."고 비판하고 있는데, 이는 아마도 『응향』의 일벌백계에도 불구하고 함흥 등 다른 지역에서 서정적이고 낭만적인 문학작품이 여전히 창작, 발매, 유포되었다는 반증이기도 하다. 지역 등 문예조직 하부단위에서 알아서 자발적으로 '부르주아적 퇴폐' 작품을 창작, 유포하지 말았어야 했는데 현실은 그렇지 못했던 모양이다. 그래서 발매 금지와 검열체제 강화만으로는 사태 수습이 어려우니까 원산, 함흥 등 지방 문단의 지역적 자율성을 없애고 중앙집권적 문예조직으로 일원화하였으며, 관련 작가들뿐만 아니라 모든 문학자 예술가들을 '건국사상총동원운동'과 결부하여 정치적 사상적 교양사업 강

---

25 위의 글.

화에 동원하고 농촌 공장 광산 등지에 '현지 파견'하기도 하였다.[26]

이렇게 하여 『응향』지 필화사건'을 통해 북한에서는 '예술을 위한 예술'이나 문학주의적 의미의 순수문학은 아예 설 자리를 잃었다. '『응향』 사건'은 민주건설기 북한문학장의 혼란 속에서 레닌적 당문학론으로 문예노선을 확립하는 데 결정적 계기로 작용한 필화 사건이다. 즉『응향』 사건은 김일성 교시 「문화인들은 문화전선의 투사로 되어야 한다」 (1946.5.24)가 나온 이후, 건국사상총동원운동이 펼쳐지고 북조선예술총연맹(1946.3.25)이 북조선문학예술총동맹(1946.10.13)으로 개편되는 흐름 속에서 파악되어야 한다.[27]

다른 한편, '『응향』 사건'은 북한 초기 문예노선이 당 문학론으로 정착되는 과정에서 사회주의적 사실주의의 관료적 규율을 표방하는 소련 즈다노비즘의 영향도 간과할 수 없다. 사회주의 리얼리스트인 즈다노프의 교조적 입장이 북문예총에 수입되어 '고상한 사실주의'를 거쳐 '사회주의적 사실주의'로 도식화되는 과정에서 발생한 '첫 번째 모멘텀'이라는 해석이다.[28] 이는 북문예총의 '『응향』 사건 결정서'를 서울의 조선문학가동맹 기관지 『문학』 3호에 재수록하면서 소련의 영향을 적시한 것에서서 기인한다. 즉 '서기국(조선문학동맹 중앙집행위원회 서기국)' 명의로 「문학운동에 대한 소련당의 새로운 비판—『레닌그라드』 작가대회석상에

---

26 「북조선문학예술총동맹 제4차 중앙위원회 결정서」, 『조선문학』 2집(북조선문학동맹, 1947.12), 214~220면 참조. 참고로 북 문예총의 기관지 『문화전선』은 5집으로 폐간되고 6집 원고가 새로 창간된 『조선문학』 1집에 실렸으나 이것도 2집으로 단명한다. 이후 『문학예술』지가 1948년 2월 창간되어 1953년까지 월간지로 나오다가 1953년 10월에 새로 창간된 『조선문학』(조선작가동맹 기관지, 1953~1960 시기엔 문예총 해체기였다.)으로 이어져 2019년 12월 통권 866호까지 발행되고 있다. 김성수, 『미디어로 다시 보는 북한문학: 『조선문학』(1946~2019)의 문학·문화사』, 역락, 2020.2 참조.

27 신형기·오성호, 『북한문학사』, 평민사, 2000, 73면.

28 유임하, 「북한 초기문학과 '소련'이라는 참조점—조소문화 교류, 즈다노비즘, 번역된 냉전논리」, 『한국어문학연구』 57, 한국어문학연구학회, 2011 참조.

서 당 중앙위원 주다노프 씨의 연설」,「잡지 『별』과 『레닌그라드』에 관한 1946년 8월 14일부 소련 공산당 중앙위원회의 결정서」(약칭 『레닌그라드』 결정서')[29]와 편집자의 주를 보면 '『응향』 결정서'와의 연결고리를 알게 만든 것이다. 즉 1946년 8월 즈다노프의 이름으로 소련 당 중앙위원회가 쪼시쳉코와 아흐마토바를 비판하고 그들의 작품을 실은 『별』과 『레닌그라드』에 대한 폐간을 결정한 사건의 영향을 받았으리라는 것이다.[30] 소련의 이 필화사건은 '즈다노프의 암전(暗轉)'으로 불리며 2차 세계대전 후의 새로운 문화노선인 반서구주의에 수반된 것으로 문학예술에 대한 관료적 통제의 절정을 표한 것으로 평가된다.[31]

또한 부르주아 미학사상의 잔재에 대한 비판이 처음으로 표면화된 사건이기도 하다. 이후 북한 문학에서 정치적 무관심과 무사상성은 부르주아 미학의 잔재라고 하여 철저하게 배제되고, 따라서 순수문학이나 낭만적 경향, 예술지상주의적 태도는 거의 사라진다. 북한 문학이 출발부터 문학의 관료주의화, 정치주의화라는 도그마에 빠지게 되는 첫 단추를 잘못 꿴 것으로 평가할 수도 있다. 이는 당(黨)문학으로 일원화된 북한문학의 자기정체성 확립과정이기도 하지만 결과적으로 배타적 정체성에 머무름으로써, 궁극적으로는 북한문학이 남한문학과의 지리적 분단을 넘어서서 이념적 단절과 심정적 결별까지 선언하는 의미를 지닌 것이기도 하다.

---

29 조선문학가동맹,『문학』 3호, 33면.

30 김윤식,『해방공간의 문학사론』, 서울대출판부, 1989, 45면; 김윤식,『북한문학사론』, 새미, 1996, 35~36면.

31 신형기·오성호,『북한문학사』, 73면.

4. 전후 복구 건설기 부르주아미학사상 잔재 비판론—'림화 도당'과의 반종파투쟁

전후 복구건설 시기에는 문예조직의 개편과 함께 종파주의에 대한 사상적 미학적 투쟁으로서의 '부르주아미학사상 잔재' 비판이 지속적으로 이루어졌다.[32]

이 시기 작가, 비평가들은 '모든 것을 전후 인민경제 복구 건설에로' 라는 당의 슬로건 아래 전후 복구 건설에 동원된 근로자들을 심정적으로 단합시킬 의무가 있었다. 즉, 복구 건설에 나선 노동자 농민의 영웅주의 와 혁명적 낙관주의를 고취시키고 새로운 현실을 감당할 미학을 연구하 여 창작상 문제를 이론적으로 해명하거나 창작 실천을 이루는 데 앞장섰 다. 그리고 이 작업과정에서, 전쟁기간동안 이루어진 문예진영에서의 부 르주아적 잔재에 대한 경계 내지 증오심을 통해 새로운 미학이 오로지 사 회주의 리얼리즘 미학일 수밖에 없다는 절박한 의식이 공감을 불러 일으 켰고 그 비판 대상으로 부르주아미학사상의 잔재가 거론되었던 것이다.

임화, 이태준, 김남천 등 조선문학가동맹 출신 남로당계 작가들에 대 한 비판은, 이들이 일제시대 및 해방 후에 지속적으로 '민족문화론''문화 노선''유일조류론' 등을 통해 부르주아미학을 유포했다는 것으로 일관되 어 있다.[33] 가령 엄호석에 의하면, 부르주아문학에 있어서 초계급성의 본 질은 계급성을 부정하면서 실은 노동계급의 이데올로기와 사회주의사상 을 거부하고 근로대중의 투쟁의욕을 무화시킴으로써 몰락의 운명에 있 는 제국주의적 부르주아의 처지를 연장하려는 계급적 기도와 목적을 추

---

32 김재용, 「북한 문학계의 반종파투쟁과 카프 및 항일혁명문학」, 『북한문학의 역사적 이해』, 문학과지성사, 1994 참조.

33 안함광, 「해방 후 조선문학의 발전과 조선로동당의 향도적 역할」, 『해방 후 10년간의 조선 문학』, 20~21면.

구하고 있다는 것이다. 따라서 '무당성(無黨性)'은 뒤집어놓은 당성이며 부르주아의 정치적 사상으로 비판받게 된다.[34]

따라서 '민족문화론' '유일조류론'에 기초한 임화 계열의 문학론은 부르주아미학의 잔재와 여독이 남아있다고 하여 전면적으로 부정되고 격렬하게 비판되었다. 사회 구성원 모두의 무차별적 연합체로서 계급성을 무시한 이러한 의미의 민족문학 개념은 사회주의 리얼리즘문학에서 원래부터 배제되는 것이 사실이다. 사회주의 리얼리즘론에서는 민족문학 개념을, 민족을 구성하는 여러 계급문학의 혼성체로 보지 않고 민주주의적인 민족문학이라 하여 민족 구성원 중에서 가장 민주주의적인 계급인 노동계급이 주도하는 것으로 규정하고 있다. 따라서 민주주의적인 민족문학은 무엇보다도 먼저 사상적 통일체이어야 하며 그 바탕이 되는 사상은 프롤레타리아 국제주의에 상응하는 사회주의적 애국주의가 된다는 것이다.

이러한 논의를 통해 볼 때 임화의 민족문화론·유일조류론에 대한 비판은 미학적으로 볼 때 '사회주의 리얼리즘의 자기 정립'이란 의의를 지닌다. 하지만 이런 긍정적 평가는 일면적 타당성만 지닌다. 왜냐하면 사회주의 리얼리즘론의 정립이 임화 등과 미학적 논쟁으로 이루어지기보다는 한쪽의 주장만 일방적으로 드러나고 반대쪽 주장은 철저하게 무시되었기 때문이다. 미학적 논쟁이 정치적 갈등에 의해 선험적으로 결정되어버린 셈이다.

문예노선뿐만 아니라 작품에 있어서도 전면적으로 부정이 이루어졌다. 이를테면 임화의 시집 『너 어느 곳에 있느냐』, 김남천의 단편 「꿀」, 이태준의 장편 「농토」 등을 패배주의적이고 자연주의적인 작품으로 단정하고 부르주아미학의 해독을 준다고 비판되었다. 작품에 사용된 어휘,

---

34　엄호석, 「조국해방전쟁 시기의 우리 문학」, 『해방 후 10년간의 조선문학』, 196~197면.

이를테면 '무덤, 죽음, 비겁, 영탄, 절망, 애수, 원한, 패배' 등 부정적이고 감정적인 '부르주아적 정서'의 해악이 넘쳐난다는 것이다. 또한 당대 현실의 진실을 왜곡하는 자연주의적 문학사상 때문에 독자들로 하여금 민족적 허무주의와 패배주의에 빠지게 만들었다는 것이다. 그에 따라서 부르주아미학 내지 부르주아사상의 해독을 주는 것으로 일방적으로 매도하는 것이다.[35]

특히 전쟁기간 동안 널리 알려진 임화의 시 「너 어느 곳에 있느냐」, 「바람이 전하는 말」 등이 '종이장같이 얇은 가슴'을 쥐어뜯으며 애태우는 어머니의 모습을 그렸다 하여 가차없이 비판되는 모습은 문학의 인식 교양적인 역할을 지나치게 협소화시키는 경직된 면모를 드러내는 것이다. 감상주의에 대한 비판이 문예 창작이 반드시 전제해야 할 일체의 감상을 불허하는 수준에까지 이르렀을 때 문학의 정서적 폭은 심하게 제한될 수밖에 없을 것이다.[36] 객관적 현실을 외면하고 과장된 상황 속에서 극단적인 신파조 감정에 빠지는 것을 부르주아적 퇴폐주의나 센티멘탈리즘으로 비판하는 것은 타당하다. 하지만 다양한 시적 감수성 자체를 원천봉쇄하는 것은 문학을 판에 박힌 이념 전달의 도구로 전락시키기 십상이다.

그런데 '부르주아미학사상 잔재 비판'론의 비평사적 의의는 1953년의 전후 처리과정의 반종파투쟁으로 그친 것이 아니다. 오히려 이후 50년대 내내 문예노선 변경과 정책 전환시 정치적 이념적으로 악마화되는 낙인찍기의 징표로 '림화 리태준 김남천 등의 부르죠아 반동 문학사상과

---

35 비슷한 시기에 나온 다음 글들을 보면 논리적 작품 분석에 기초한 비평이라기보다는 인신공격에 가까운 비난으로 일관하고 있어 비평논쟁이 권력투쟁, 정쟁에 종속된 감마저 주고 있다. 엄호석, 「이태준의 문학의 반동적 정체」, 『조선문학』 1956.3; 김명수, 「흉악한 조국 반역의 문학—임화의 해방 전후 시작품의 본질」, 『조선문학』 1956.4; 유시철, 「인민을 비방한 반동문학의 독소—김남천의 8.15 해방 후 작품을 중심으로」, 『조선문학』 1956.5.

36 류만, 『현대 조선시문학 연구』, 사회과학출판사, 1988, 19면.

그 잔재'가 지속적으로 소환, 호명되는 것이 문제다. 가령 1956년 1월 27일 수구적 성향의 작가동맹 지도부 교체가 단행되었을 때 정치적으로 활용된다. 작가동맹 제23차 상무위 박팔양 서기장의 보고와 결정서(1,2)가 좋은 예이다.[37]

결정서(1)는 먼저 임화, 이태준 등을 종파분자로 비판한다. 당 제11차 상무위 결정처럼 "미제 간첩인 박헌영, 이승엽 도당의 문학분야에서의 졸개들이였던 림화, 리태준, 김남천 등의 부르죠아 반동 문학사상과 그 잔재들에 대한 투쟁 강화를 전 맹원들에게 호소"한다. 1953년 9월에 이미 숙청된 이들을 1956년에 무덤에서 다시 불러내[38] 부관참시하는 이유는 따로 있다. 실은 이들을 비호, 지지했다는 혐의로 '8월 반종파투쟁'의 한쪽 당사자인 소련파 기석복, 정률 및 문단 내 추종세력 김조규, 민병균을 제명하기 위한 구실로 삼은 것이다.

비슷한 맥락에서 같은 지면에 실린 '평양시당 관하 문학예술 선전 출판 부문 열성자회의'의 한설야 보고문도 임화 일파를 악마화한다. 문예총과 작가동맹의 정통성을 카프에서 기원한 것으로 전제하되, 김기진, 박영희, 임화, 김남천을 배제하고 조명희, 이기영, 한설야를 카프 주체로 설정한다. 그런 후 '박헌영 일당의 문학예술분야 졸개인 리태준, 림화, 김남천, 리원조'의 '문화로선'을 비판하고 그와 동렬로 소련파인 '반당적 종파행위자 허가이, 박창옥, 박영빈, 그와 결탁한 기석복, 전동혁, 정률'을 비

37 미상, 「고정란 '작가동맹에서'」, 『조선문학』 1956.2, 214~219면 참조.

38 제1차 작가대회(1953.9) 때 제기된 전가의 보도격 '부르주아미학사상 잔재 비판'론은 『조선문학』 1956년에도 더욱 강화되었다. 예를 들어 엄호석의 「리태준의 문학의 반동적 정체」(1956.3), 김명수의 「흉악한 조국 반역의 문학—림화의 해방 전후 시작품의 본질」(1956.4), 황건의 「리광수 문학의 매국적 정체—『혁명가의 안해』와 『사랑』을 중심하여」, 윤시철의 「인민을 비방한 반동문학의 독소—김남천의 8.15 해방 후 작품을 중심으로」, 계북의 「남조선의 반동적 부르죠아 미학의 정체」가 있다. 고정란인 '작가연단'에도 송영의 「림화에 대한 묵은 론죄장」이 있다.

판하고 있다.[39] 이는 레닌적 당문학 원칙의 교조주의적 적용, 특히 작가 예술인들의 무분별한 현지파견(노동체험)과 종파분자(남로당계와 소련파, 연안파, 우연분자)에 대한 연이은 숙청에 선뜻 동의 동참하기 어려웠던 정통 사회주의 리얼리스트들의 신중하면서도 은근한 방향전환을 의미한다. 이 전까지 제1차 작가대회(1953.9)를 통해 림화·김남천·리태준·설정식·조일명 등을 비판·배제한 안함광·한효·홍순철 등 조직 상층부의 좌경화 편향에 대한 문단 내부의 축적된 불만이 제3차 당 대회(스탈린 사후 '개인숭배 배격'과 집단지도체제를 표명한 소련 제20차 당 대회의 영향을 받은)를 계기로 8월 반종파투쟁의 기세에 편승하여 폭발한 셈이다.

결국 기존 문단 권력인 한설야, 홍순철, 리북명 체제의 묵인과 타협적 비호 아래 작가동맹의 이념과 노선, 정책, 조직, 창작방법의 대대적인 변화가 일어났다. 즉, 개인숭배 비판과 집단지도체제 등을 핵심으로 하는 제2차 조선작가대회 개최 및 작가동맹 조직의 전면 개편이 이루어졌다. 지도부 성원이 대폭 교체되었으며 1953년의 문예총 해체와 작가동맹 존치과정에서 대폭 축소되었던 조직 규모를 확대하였다.

끝으로 '부르주아미학사상 잔재 비판'론의 정치경제적 배경을 정리해보자. 부르주아사상 비판론은 당 지도부에 의해서 이전부터 본격 제기된 터였다. 6.25전쟁이 소강상태에 빠져있던 1952년 12월, 당 중앙위 제5차 전원회의 보고에서 이미 이 문제에 대한 다음과 같은 언급이 있었던 것이다.

지금 문예총 내부에 잠재하고 있는 남이니 북이니 또는 나는 무슨 그룹에 속했던 것이니 하는 협애한 지방주의적 및 종파주의적 잔재사상과의 엄격한 투쟁을 전개하며 문화인들 내에 있는 종파분자들에게 타격을 주는

---

39 『조선문학』 1956년 2월호의 「평양시당 관하 문학예술 선전 출판 부문 열성자 회의에서 한 한설야 동지의 보고」(1956.2.15. 일부 '로동신문'에서 전재—부기) 참조.

동시에 당과 조국과 인민을 위한 고상한 사상을 가지고 조국의 엄숙한 시기에 모든 힘을 조국해방전쟁 승리를 위하여 집중하도록 하여야 하겠습니다.[40]

이러한 당 지도부의 규정과 관련하여 이 시기 비평의 본질을 '반종파투쟁'의 일환으로 볼 수도 있다. 예를 들어 1950년대 북한비평사의 흐름을 남로당 비판에서 8월 종파사건까지 일관된 반종파 투쟁으로 파악하고, 임화·김남천, 기석복·정률, 한효·안함광 등 몇몇 개인에 대한 비판으로 정리하는 방식이 그것이다.[41] 1953년의 임화·김남천에 대한 비판은 그 자체로는 남로당 제거라는 정치적 사건의 일환이라는 의미가 크다고 할 수 있다. 그러나 비평사적으로 보면 이 시기 미학논쟁의 쟁점과 그 의의는 '부르주아미학사상 잔재'에 대한 비판을 통하여 사회주의 리얼리즘이 북한문학의 유일무이한 미학적 절대규율이 되었음을 의미한다. 1953년에 와서야 비로소 북한문학에서 사회주의 리얼리즘의 레닌적 당문학 원칙이 일단락되었으며 그 물적 토대로서 제1차 작가 예술가대회를 통한 인적 자원의 전면 재정비가 이루어졌다는 점이다.

부르주아미학사상 잔재 비판론을 문학장 내지 문화예술 부문의 권력투쟁으로 평가한다 해도 '림화 도당'과의 반종파투쟁에 대한 시각 자체는 좀 더 예리하게 분석할 필요가 있다. 단순히 권력 다툼으로 사태의 본질을 왜곡해선 곤란하다는 것이다. 북한에서는 전후 사회주의 건설과정에서 최대의 정치적 갈등이 있었는데, 1953년의 '박헌영 간첩사건'과 1956년의 '8월 종파사건'이었다. 이는 김일성 중심의 갑산파가 권력 경쟁에서 승리하는 '반종파 투쟁'으로 인식되어왔다. 그런데 통념적으로

---

40 김일성, 「로동당의 조직적 사상적 강화는 우리 승리의 기초」, 윤세평, 「해방 후 조선문학 개관」, 『해방 후 우리 문학』, 조선작가동맹출판사, 1958, 55면.

41 김재용, 「북한 문예학의 '반종파투쟁'과 카프 및 항일혁명문학」 참조.

알려진 것처럼 반종파사건의 핵심이 갑산파, 연안파, 소련파 등 출신 배경의 차이에 따른 정치 지도부의 권력 다툼에만 있는 것은 아니었다. 오히려 전후 복구건설의 방도를 둘러싼 경제정책상의 노선 차이가 권력 투쟁으로 표면화된 것으로 보아야 할 것이다. 즉, 김일성의 승리는, 소련파·연안파의 경공업 발전론을 비판하고 대안으로서 제시한 '중공업 우선의, 농업·경공업의 동시 발전' 정책의 성공이라는 점이다.

전쟁기간 중 농촌사업에 치중했던 당으로선 전후 파괴된 공업시설의 복구가 무엇보다 시급한 과제였다. 하지만 전쟁으로 최악의 상황을 맞아 당장 소비재를 요구했던 인민 생활을 목도하면서도 장기적인 전망 속에서 대중을 설득하여 중공업 우선의 발전 전략을 수행해야 하는 북한 지도부의 정치적 담론이 담겨있다는 것이다.[42] 이 사건 이후 북한의 1950년대는 중공업 중심의 사회주의 건설이 이루어졌으며 그 과정에서 김일성 정권의 정치경제적 기반이 강화되는 방향으로 안정되어갔다. 이러한 사회경제적 배경 하에 비평사적으로 볼 때 부르주아미학사상의 잔재 비판과 당문학 원칙이 강화되었으며 미학적으로 리얼리즘문학의 도식주의화가 이루어졌던 것이다.

---

42 이종석, 『조선로동당 연구』, 261~266, 275~284면.

민주주의 민족문학론과 부르주아미학 비판론 주요 목록

1. 민주주의 민족문학론

안막, 「조선문학과 예술의 기본임무」, 『문화전선』 1호, 1946.7.

이기영, 「창작방법상에 대한 기본적 제문제」, 『문화전선』 1호, 1946.7.

안함광, 「예술과 정치」, 『문화전선』 1호, 1946.7.(=『민족과 문학』, 문화전선사, 1947.)

안함광, 「민족문화론」, 『해방기념평론집』, 1946.8.

안막, 「조선민족문화 건설과 민주주의노선」, 『해방기념평론집』, 1946.8.

안막, 「신정세와 민주주의 문화예술전선 강화의 임무」, 『문화전선』 2호, 1946.11.

윤세평, 「신민족문화 수립을 위하여」, 『문화전선』 2호, 1946.11.

한효, 「창작방법론의 전제」, 『문화전선』 2호, 1946.11.

안함광, 「의식의 논리와 문예창조의 본질적인 제문제」, 『문화전선』 4집, 1947.4.15.

안막, 「민족문학과 민족예술 건설의 고상한 수준을 위하여」, 『문화전선』 2호, 1947.8.

안함광, 「민족문학재론」, 『민족과 문학』, 문화전선사, 1947.

윤세평, 『신조선민족문화 소론』, 민주조선출판사, 1947.

한식, 「조선문학의 발전을 위하여—창작방법에 대한 제문제」, 『문학예술』 1948.4.

기석영, 「레알리즘의 제특징」, 『문학예술』 1949.5.

리정구, 「창작방법에 대한 변증법적 이해를 위하여」, 『문학예술』 1949.9.

한효, 『민족문학에 대하여』, 문화전선사, 1949.9.

한효, 「고상한 레아리즘의 체득」, 『조선문학』 1953.10.

2. 부르주아미학사상 비판론

한효, 「자연주의에 반대하는 투쟁에 있어서의 조선문학」, 『문학예술』 1953.1~4.

홍순철, 「문학에 있어서의 당성과 계급성」, 『조선문학』 1953.12.

한설야, 「평양시당 관하 문학예술 선전출판 부문 열성자회의에서 한 한설야 동지의 보고」, 『조선문학』 1956.3.

엄호석, 「리태준의 문학의 반동적 정체」, 『조선문학』 1956.3.

송영, 「림화에 대한 묵은 론죄장」, 『조선문학』 1956.3.

김명수, 「흉악한 조국 반역의 문학―림화의 해방 전후 시작품의 본질」, 『조선문학』 1956.4.

황건, 「리광수의 문학의 매국적 정체」, 『조선문학』 1956.5.

윤시철, 「인민을 비방한 반동문학의 독소―김남천의 8.15 해방 후 작품을 중심으로」, 『조선문학』 1956.5.

윤세평, 「우리의 민족문화유산에 대한 관념론적 허무주의에 반대하여―림화의 반인민적 『조선문학』과 그 사상적 잔재를 분쇄하자」, 『조선어문』 1956-4.(격월간 1956.7)

미상, 「문예전선에서 부르죠아 이데올로기와의 투쟁을 계속 강화하자」, 『문학신문』 1957.3.28.

박웅걸, 「부르죠아 반동문학과의 투쟁을 줄기차게 전개하자」, 『문학신문』 1957.8.22.

윤세평 외, 『문예전선에 있어서의 반동적 부르죠아사상을 반대하여』, 조선작가동맹출판사, 1958.

미상, 「부르죠아사상 잔재를 뿌리채 뽑아버리자」, 『문학신문』 1958.10.23.

기자, 「부르죠아사상 잔재를 청산하고 창작에서 혁신을」, 『문학신문』 1958.11.20.

윤세평, 「시문학에서 부르죠아사상 잔재를 반대하여」, 『문학신문』 1959.1.4.

김우철, 「시문학에 나타난 부르죠아사상적 요소들」, 『청년문학』 1959.2.

기자, 「시문학에서 부르죠아사상 잔재를 청산하자」, 『문학신문』 1959.2.1.

신고송, 「부르죠아사상과의 철저한 투쟁을 위하여」, 『조선문학』 1959.3.

현종호, 「시문학에서 부르죠아사상 잔재를 청산하자」, 『청년문학』 1959.3.

한중모, 「소설 분야에서의 부르죠아사상의 표현을 반대하여」, 『조선문학』 1959.4.

윤세평, 「아동시문학에 나타난 부르죠아사상 잔재를 청산하기 위하여」, 『조선문학』 1959.9.

제2장

도식주의 비판론[1]

1. 전후 문학의 도식주의 편향

　1950년대 북한에서는 '전후 복구건설과 사회주의 기초건설'이라는 물적 토대에 의하여 사회주의적 문예정책과 이론 및 창작 실천이 다양하게 이루어졌다. 이 장에서는 당 문예정책과 문예조직의 변모와 관련하여 비평논쟁 및 창작과의 관련 속에서 그 의미를 파악하되 사회주의 리얼리즘 방법의 인식틀을 전제한다. 이 시기에는 사회주의 리얼리즘론의 테두리 내에서 각각의 역사적 조건에 따른 내적 변모의 차별성이 좌로는 도식주의로, 우로는 수정주의로 나타나기 때문이다. 이러한 전제 위에서 1950년대의 역사적 변화에 따른 리얼리즘론의 좌우경 편향을 '도식주의 비판' 논쟁을 중심으로 살펴보기로 한다.[2]

1　이 글은 다음 논문을 저서에 맞게 개제, 수정한 것이다. 김성수, 「전후문학의 도식주의 논쟁
　─1950년대 북한 문예비평사의 쟁점」, 『문학과 논리』 3호, 태학사, 1993; 「예술의 특수성과
　당(黨)문학 원칙─1950년대 북한문학을 다시 읽다」, 『민족문학사연구』 65호, 민족문학사학
　회, 2017.12.

2　195,60년대에 널리 쓰인 문예학 개념은 '도식주의, 기록주의'이지만 이 글에서는 '도식주의'
　로 포괄하여 사용한다. 이는 사회주의 리얼리즘론에 대한 우경화인 '수정주의'에 대한 반대
　개념으로서 좌경화, 교조주의화, 관료주의화를 포괄하는 용어로 재규정한다.

도식주의적 경향은 1950년대 초중반 문학 장르에 광범위하게 퍼져있었다. 서정시에서는 무미건조한 '구호시'가 난무했으며, 산문에 있어서는 단순한 사건 기록이나 유형적인 내용이 반복되었다. 소설에서는 판에 박힌 유형적인 구성이 반복되었으며, 희곡에서는 모순이 해결된 사회를 그릴 때는 꼭 갈등이 그려질 필요가 없다는 '무갈등론'이 펼쳐지기도 하였다.

특히 문예비평에서는 당성의 이름으로 재단비평이 성행하였다. 전쟁시기나 전후 문예비평의 도식주의는 한마디로 말해서 그리이스신화에 나오는 여관 주인 프로쿠르스트의 침대격이었다. 평론에서 도식주의경향이 생기는 것은 비평가들의 이론적 뒷받침과 미학적 이상의 높이가 부족하여 문학현상을 사회학적 분석에 귀결지음으로써 상부구조의 다른 분야와 구별되는 문예의 특수성을 간과한 데서 비롯된다. 안이한 평론을 일삼는 이들 중에는 사회경제적 인식을 앞세우는 사회과학이나 형상적 반영을 보여주는 문학이나 모두 현실을 인식한다는 공통점만 중시하고, 문학이 현실을 예술적으로 일반화함으로써 다른 것과 구별되는 고유한 특성을 미학적으로 탐구하는 작업에 안이했던 탓이다.[3]

이렇게 여러 장르에 걸친 창작상의 도식주의적 경향이 빚어진 것은 주제의 협애성, 장르적 특성을 무시한 장르의 국한성, 리얼리즘방법에 대한 일면적 이해에 따른 스타일(문체)의 단순성 등 여러 요인에 의거한다. 먼저 주제의 측면을 생각해보자. 주제와 관련해 나타나는 도식주의적 폐해는 '주제의 적극성' '기본주제론'이라는 이름 아래 벌어지는 소재주의

---

3 "우리나라의 사회경제분야에서 일어나고 있는 위대한 전변들을 반영한 좋은 작품이 나오지 못하는 것은 문학예술부문에 교조주의와 사대주의, 형식주의, 도식주의적 경향이 있는 것과 관련되어 있습니다." "지금 일부 작가들은 '주제의 협애성'이요, '장르의 국한성'이요 하면서 현실에 소재가 없어서 작품을 쓰지 못한다고 하는데 이것은 그들이 발전하는 현실을 보지 못한다는 것을 실증하여주고 있습니다." 「현실을 반영한 문학예술작품을 많이 창작하자(1956.12.25)」, 『김일성 저작집』 10권, 조선로동당출판사, 1980, 455, 457면.

적 한계를 지적할 수 있다.[4] 모든 문학의 소재를 채택함에 있어서 이를테면, 해방 전 항일무장투쟁이나 민족해방투쟁, 해방 후 민주건설과정, 전쟁에서의 승리, 전후 복구건설, 조국통일 등의 '기본적 주제'에서 벗어나면 부르주아적 잔재라 하여 비판되었다.

『해방 후 10년간의 조선문학』(조선작가동맹출판사, 1955)을 보면 해방 후 10년 동안의 문학사를 평화적 건설시기, 전쟁시기, 전후시기로 시기구분하여 서술하되, 구체적 예증작품을 각 시기의 사회적 본질이라는 문학외적 기준으로 선택하는 것에서 소재주의를 찾을 수 있다. 각 시기의 사회적 본질에 걸맞는 기본 주제를 문학외적으로 미리 설정하고 그에 해당하는 작품을 선택하다보니, 작품의 예술적 성과가 평가기준으로 되는 것이 아니라 각 소재의 사회적 본질이 가장 잘 서술적으로 드러난 작품만을 편의적으로 고르게 되는 것이다. 이 경우에 어떤 사회적 본질이 명료하게 서술된 작품이란 문학사 서술에서 선택되는데는 편할지언정 예술적 형상화가 되지 못한 도식주의적 작품일 개연성이 큰 것이다.[5] 이러다 보니까 작가들은 작품의 형상성을 제고하기보다는 각 사회적 본질을 교조적으로 쉽게 노출시키는데 주력하게 될 것은 뻔하다. 이에 대하여 엄호석은 다음과 같은 자기비판을 보인다.

당의 기본정책들로 구체적인 문학작품의 주제들과 슈제트를 그대로 교조적으로 대치하는 소위 '기본주제론'에 사로잡혀 문학의 다양하고 생동

---

4 북한문학에서 말하는 '주제'란 엄밀하게 말해서 '소재'나 '제재' 차원의 문제로서, 그러한 소재나 제재를 작가 개개인이 어떻게 형상화했는가 하는 것이 진정한 주제가 될 터이다. '전후 복구 건설' 자체는 주제가 아니라 제재이며 이를 구체적인 작품에서 소재로 채택하여 특정한 시각으로 형상화시킨 내용을 주제라 할 것이다. 북한 문예학에서는 이 구분이 없기 때문에 소재주의적 한계가 원천적으로 조장된다.

5 엄호석, 「문학평론에 있어서의 미학적인 것과 비속사회학적인 것」, 『조선문학』 1957.2, 127면 참조.

한 개성적 주제의 탐구를 작가들에게 방해하지 말며 작가들이 생활 속에서 산 주제를 붙잡도록 도와줄지언정 구체적 작품의 주제와 슈제트에 간섭하지 말아야 할 것입니다. 문학의 기본주제를 구체적 작품의 주제로 대치하는 경향으로 말미암아 우리 문학에는 다만 전후 복구건설, 농업협동조합, 조국의 평화적 통일, 과거의 혁명적 투쟁 등에 바쳐진 작품들 이외에 우리 인민의 다른 생활분야들이 문학에 아주 적게 반영되고 있습니다.[6]

전시야 어쩔 수 없다고 하더라도 전후문학에서는 인간들의 다양한 삶을 있는 그대로 그리는 것이 진정한 리얼리즘방법이 될 터이다. 노동문제에 대한 작품만 보아도, 노동개념을 공장이나 농촌에서 실제 물질적 생산에 종사하는 공정과정으로만 협애화시켜 이해하는 것은 노동 주제에 대한 일면적 이해라 할 수 있다. 소재의 측면에서만 보아도 사무직 노동이나 지식인의 정신문화 생산, 노동자의 일상생활과 감정에 대한 안목이 필요할 것이다. 이러한 작품 주제의 소재주의적 한계를 극복하기 위해서는 '주제의 다양성'이라는 이름으로 소재를 폭넓게 개방할 필요가 있을 것이다.

도식주의의 폐해는 장르의 국한성에서도 찾아볼 수 있다.

이를테면 서정시에서는 시대적 본질을 무리하게 표현하려고 하다 서정성의 파괴가 이루어졌다. 설명과 구호, 사건의 순차적인 나열과 턱없는 감격, 과장된 감정이 절제되지 못한 채 나열되어 서정적 함축성과 시적 긴장이 풀어져버린 경우가 많았던 것이다. 소설에서는 구성의 묘미와 문체적인 개성이 기교주의로 비판 배제되면서 유형성 유사성이 판을 치게 되었다. 인물성격의 설정에 있어서 영웅과 적을 이분법적으로 대립시키고 표현에서도 의식적으로 대상을 과장하여 묘사하는 것이 당연시되었다.

---

6 엄호석, 「문학 편집에서 제기되는 몇가지 문제」, 『제2차 조선작가대회 문헌집』, 조선작가동맹출판사, 1956, 256~257면.

이렇게 작품을 도식적으로 만든 이론적 오류는 형상 창조에서 의도적 과장이 모든 장르에 필수적이라는 독단주의였다. 서정시는 일정 정도의 감정적 과장이 필요하지만 소설이나 희곡에까지 똑같이 적용될 것은 아니었다. 장르별 특성을 무시한 이러한 천편일률적인 수법은 공허한 구호, 감정의 허위적 호소, 해피엔딩으로만 귀결되는 단순구조, 심지어 개인 우상화 등 많은 오류를 낳았다.[7]

도식주의의 폐해는 또한 문체의 단순성, 개성의 평준화를 초래하였다. 형상적 사고가 결여되어 문학의 내용과 형식을 분리하되 형식이나 기교문제에 대한 무관심을 당연시하였던 것이다. 이는, 형식이나 기교의 문제를 부르주아미학사상에 근거한 형식주의, 기교주의와 혼동한 결과 예술적 형상화를 이루기 위한 최소한의 미적 전유까지 방기해버린 오류이다. 문학 형식과 기교에 대한 오해는 리얼리즘 창작방법에 대한 일면적 교조주의적 이해에 기인한 것이다. 특히 전형화에 대한 오해에서 비롯되었다고 할 수 있다. 전형화란 일반화와 개성화의 통일적 형상에서 성취될 수 있는데, 일반화가 과도하게 강조되어 개성화가 약화될 때 도식주의에 빠지는 것이다.

이상과 같이 도식주의, 기록주의 양상은 실제 창작에선 주제의 협애성, 장르별 특성을 무시한 장르의 국한성, 문체와 기교의 단순성 등으로 나타난다. 가령 문예 창작시 생활의 다양한 현상에 근거하여 현실을 진실하게 묘사하는 대신에 작가의 주관적 견해를 앞세우거나, 작가가 내세

---

7 "예술에서의 의식적 과장은 희극이나 풍자 같은 사회 비판적 양식에는 필수적인 수법이지만, 여타 모든 장르에 기계적으로 필요하다는 생각은 잘못이며 이는 결국 개인 우상화까지 초래하였다. 생경한 정치적 개념에 사로잡히고 구체적이며 개성적인 형상을 주지 못했기 때문에 공허한 외침, 감정의 허위적 호소, 우상화를 면치 못했다. 이러한 견해에 따라 많은 작품의 끝마무리가 행복한 결말로 귀결되는 구조를 보이는 바 이는 피상적인 낙관주의, 무사태평주의에 빠져있는 작가들의 상투적인 수법이 되고 말았다." 한설야, 「전후 조선문학의 현상태와 전망」, 『제2차 조선작가대회 문헌집』, 조선작가동맹출판사, 1956, 43면 참조.

운 사상, 주제에 맞아떨어지는 생활현상만 선택하여, 예술적 일반화 대신 '이것저것을 복사하는 기록주의'적 경향을 보이는 것이다. 도식주의가 어떤 기성의 틀을 가지고 현실을 대함으로써 생활의 진실을 왜곡시킨다면, 기록주의는 예술의 형상과 생활 자체를 혼돈하면서 현실의 본질적인 것과 우연적인 것을 구분하지 못하는 자연주의의 변종이라고 할 수 있다.[8]

무갈등론적 경향은 현실에 존재하는 모순과 갈등을 예리하게 표현하는 대신에 난관과의 투쟁과 성격적 충돌이 없이 주인공을 안일하게 성공시키며 현실을 미화하는 것이다. 현실에 대한 비판적 안목이 없이 긍정적인 측면만 부각시키는 것은 아무리 모순 없는 사회를 지향하는 과정의 산물이라 하더라도 옹호될 수 없는 것이다. 더구나 체제 모순에 대한 자기비판이 없는 문학은 개인숭배를 초래할 것이다. 결국 이러한 편향들은 작품의 예술적 전형화를 방해하여 리얼리즘적 성취에 이르지 못하게 만드는 것이다.[9]

이러한 도식주의의 미학적 의미는 무엇인가?

인물성격과 인간의 사회도덕적 문제를 전형화시켜 표현하지 못하고 생활자료의 기록으로써 덮어버리며 생활의 다양성과 모순을 가리거나 이상화하는 경향은 전형화원칙에 위배되는 것이다. 사회주의 기초 건설의 현실을 있는 그대로 그린다면서 자연주의적 기법으로 표면적 세부만 묘사하는 기록주의에 빠진다면 이는 미학적 의미에서 사회주의 리얼리즘의 비속화, 속류화에 해당된다.

이와 관련한 선행 논의를 보자. 김재용은 1950~60년대 일련의 '반종파 투쟁'을 통해서 1953년 림화와 김남천과 리태준 비판, 1956년 기석복

---

8 한설야, 같은 글, 44면 참조.

9 조선작가동맹 중앙위, 「제2차 조선작가대회 보고 「전후 조선문학의 현상태와 전망」에 관한 결정서」, 『제2차 조선작가대회 문헌집』, 311면 참조.

과 정률 비판, 1958년 한효와 안함광 비판, 1959년 안막과 윤두헌과 서만일에 대한 비판 등을 통해 종래의 마르크스레닌주의 이념에서 북한문학의 역사적 흐름이 주체사상이라는 유일체계로 달라졌다고 논증하였다.[10] 신형기는, '사회주의를 향하여'가 강조되는 '전후복구와 사회주의 건설기(1953~58)'와 "천리마와 같이 달리자"를 강조하는 '천리마 대 고조기(1958~67)'에 결정적인 전환기로 1956년 제2차 조선작가대회의 도식주의 비판과 전후 복구의 형상화를 주목한 바 있다.[11] 김성수는 1950년대 북한문학이 전후 조직 개편과 함께 부르주아미학사상의 잔재 비판, 도식주의 비판과 수정주의 비판, 천리마기수 형상론을 거치면서 사회주의 리얼리즘이 정립되는 과정을 고찰하였다.[12]

그러나 이들 논의는 연구사 초기라서 그랬겠지만 비평사 및 문학사적 거시담론에 주목하느라 미시적 시선의 구체적 작품론이 부족하다는 공통적인 문제가 있었다. 오태호는 해당 시기 비평 논쟁의 대상이었던 전재경의 「나비」, 신동철의 「들」 등에 대한 구체적인 작품평과 당대 실제 비평에 대한 재조명을 한 바 있다.[13] 이에 1950년대 비평사 쟁점 중 도식주의 비판론의 시계열적 정리와 함께 미시적 작품론을 중점 규명한다.

10 김재용, 「북한 문학계의 '반종파 투쟁'과 카프 및 항일혁명문학」, 『북한문학의 역사적 이해』, 문학과지성사, 1994, 125~169면.

11 신형기, 『북한소설의 이해』, 실천문학, 1996, 163~260면.

12 김성수, 「전후문학의 도식주의 논쟁―1950년대 북한 문예비평사의 쟁점」, 『문학과 논리』 3호, 태학사, 1993; 김성수, 『통일의 문학 비평의 논리』, 책세상, 2000, 151~219면.

13 오태호, 「1950~60년대 북한문학의 지배 담론과 텍스트 평가의 균열 양상 고찰―전후 복구기(1953)부터 유일사상체계 형성기(1967)를 중심으로」, 『민족문학사연구』 제61호, 민족문학사학회, 2016.8. 도식주의 논쟁의 대상이 두 작품 외에 전후 복구 건설기 쟁점작인 유항림의 「직맹반장」(1954)과 유일사상 체계화시기의 논란작인 천세봉의 『안개 흐르는 새 언덕』(1967)도 분석하였다.

2. 제2차 작가대회(1956) 전후 북한문학의 이념, 주체, 매체 지형

2.1. 문예노선 변경과 작가 조직 개편

1950년대 북한문학비평사를 재구성하기 위하여 당시 문학장의 전체 동향을 각각 '이념(문예노선), 주체(조직), 매체(문예지), 미학(창작방법론), 작가 작품론(평가논쟁)' 등의 항목으로 초점화하여 체계적으로 재구조화할 수 있다. 제2차 작가대회(1956) 전후 북한문학 동향을 새롭게 재조명하기 위해서는 정치사적 변모에 문학예술을 종속시켜 이해하거나 일개 필화사건[14] 정도로 치부하는 초기 논의의 한계를 근본적으로 뛰어넘어야 하기 때문이다.

첫째, 당(黨) 문예정책과 노선 투쟁 및 변모부터 정리해보자. 문예정책 및 노선 변경은 위로부터 하향적 강압적으로 이루어진 것이 아니고 여러 작품과 비평, 조직 분규, 사건이 누적, 점증되어 상향적 귀납적으로 이루어졌다. 가령 1955년에 발표된 안막, 리순영, 신동철 등의 서정시가 제대로 인정받지 못하고 작가동맹 서기장이던 시인 홍순철에 의해서 작가동맹의 공식 제재를 받은 적이 있었다. 1955년 5월 작가동맹 제17차 확대상무위원회에서 홍순철 서기장은 문예지 주필이자 평론가인 엄호석의 「사회주의 레알리즘과 우리 문학」(조문 55.3, 137면)이 지닌 '사상적 오유'를 우경화로 공개 비판한다.[15] 왜냐하면 '안온한 목가적 분위기에 사로잡혀

---

14 1950년대 북한문학의 전체 판도를 정확히 파악하지 못한 채 8월 반종파투쟁의 일환으로 해석한 김재용, 「북한 문학계의 '반종파 투쟁'과 카프 및 항일혁명문학」이나, 일부 정황을 필화사건 정도로 본 심원섭, 「1950년대 북한 시 개관」(『1950년대 남북한 문학』, 평민사, 1991)이 한 예이다. 이른바 '리순영의 서정시' 사건은 단순한 '필화사건'이 아니라, 작가동맹의 관료주의와 창작방법상의 도식주의를 비판하는 미학적 논쟁을 촉발한 계기였다.

15 미상, 「고정란 '작가동맹에서'_동맹 제17차 확대상무위원회」, 『조선문학』 1955.6 참조.

있는' 리순영, 「서정시 3편-노을, 봄, 산딸기」, 안막, 「서정시 4편-무지개」, 전초민, 「꽃씨」, 김영석, 「이 청년을 사랑하라」 등 일련의 서정시[16]를 게재하고 그를 '사회주의 레알리즘의 성취'로 옹호했기 때문이다.

하지만 제17차 확대상무위원회 결정은 후일 평론가 엄호석, 김명수의 폭로에 의하면 배후의 한효 등이 낸 의견을 홍순철 서기장이 한설야 위원장의 외유 중 발표한 독단적 행동이었다. 다시 말하면 당문학 원칙을 고수하려는 홍순철 등 몇몇의 수구적 태도가 문제가 아니라 당 문예정책·노선 변경 및 문단 조직 전체의 대변화가 생길 조짐의 빙산의 일각이었던 셈이다. 이런 내홍 끝에 1956년 1월 27일 수구적 성향의 작가동맹 지도부 교체가 단행되었다. 작가동맹 제23차 상무위 박팔양 서기장의 보고와 결정서(1,2)가 그 결과이다.[17]

결정서(1)는 "림화 리태준 김남천 등의 부르죠아 반동 문학사상과 그 잔재"를 비호 지지했다는 혐의로 '8월 반종파투쟁'의 소련파 기석복, 정률 및 문단 내 추종세력 김조규, 민병균을 제명한다. 결정서(2)에서는 작가동맹 실세였던 홍순철 서기장을 해임하고 박팔양 시분과위원장을 그 자리에 임명하였으며, 시분과위원장에는 김북원을 보선하였다. 리북명 소설분과위원장을 해임하고 대신 황건을 임명하였으며, 조령출, 김북원을 상무위원 후보에서 정위원으로 리북명과 함께 보선하였다(1956.1.7). 또한 리서향, 안회남, 한진식, 김조규 등을 비판하고 문예총 창립 10주년 기념으로 월간 『청년문학』 1956년 3월호로 창간할 것을 예고하였다.

비슷한 맥락에서 '평양시당 관하 문학예술 선전 출판 부문 열성자회의'의 한설야 보고를 보면 '반당적 종파행위자 허가이, 그의 사후 그를 계

---

16 안막, 「서정시 4편 중-무지개」, 『조선문학』 1955.1; 김영석, 「이 청년을 사랑하라」, 『조선문학』 1955.2; 전초민, 「꽃씨」, 『조선문학』 1955.3; 리순영, 「서정시 3편-노을, 봄, 산딸기」, 『조선문학』 1955.4.

17 미상, 「고정란 '작가동맹에서'」, 『조선문학』 1956.2, 214~219면 참조.

승한 박창옥, 박영빈, 그와 결탁한 기석복, 전동혁, 정률'을 비판하고 있다.[18] 이는 레닌적 당문학 원칙의 교조주의적 적용, 특히 작가 예술인들의 무분별한 현지파견(노동체험)과 종파분자(남로당계와 소련파, 연안파, 우연분자)에 대한 연이은 숙청에 선뜻 동의하기 어려웠던 사회주의 리얼리스트들의 부상을 의미한다.

둘째, 1956년의 문예정책과 노선 투쟁, 조직 개편 등 헤게모니 쟁투의 담지자들인 '주체(조직)' 변모를 살펴보자. 당시 변화의 주체는 사회주의 리얼리즘의 풍부화, 보편화를 꾀한 정통 사회주의 리얼리스트이자 굳이 의미 부여한다면 상대적 온건파, 우파들이다. 가령 리태준 계의 김귀련, 김조규, 민병균 등이 기석복 문화선전성 부상과 연계하여 한설야 계 홍순철을 비판한다. 이전까지 제1차 작가대회(1953.9)를 통해 림화, 김남천, 리태준, 설정식, 조일명 등을 비판·배제한 안함광, 한효, 홍순철 등 조직 상층부의 좌경화 편향에 대한 문단 내부의 축적된 불만이 제3차 당 대회(스탈린 사후 '개인숭배 배격'과 집단지도체제를 표명한 소련 제20차 당 대회의 영향을 받은)를 계기로 8월 반종파투쟁의 기세에 편승하여 폭발한 셈이다. 결국 기존 문단 권력인 한설야, 홍순철, 리북명 체제의 묵인과 타협적 비호 아래 작가동맹의 이념과 노선, 정책, 조직, 창작방법의 대대적인 변화가 일어났다. 지도부 성원이 대폭 교체되었으며 1953년의 문예총 해체와 작가동맹 존치과정에서 대폭 축소되었던 조직 규모를 확대하였다. 가령 전에 없던 남조선문학분과와 고전문학분과 신설, 신인지도부와 작가학원 개설이 결정되었고, 기존의 장르분과 중심의 원고 사전 심의제에서 매체 편집위원회 중심의 원고 심의제로 검열과 출판체제가 바뀌었다.[19]

---

18 『조선문학』 1956년 2월호의 「평양시당 관하 문학예술 선전출판 부문 열성자 회의에서 한 한설야 동지의 보고」(1956.2.15.일부 로동신문에서 전재—부기) 참조.

19 조선작가동맹 중앙위, 「제2차 조선작가대회 보고 '전후 조선문학의 현 상태와 전망'에 관한 결정서」, 『제2차 조선작가대회 문헌집』(조선작가동맹출판사, 1956), 311면.

작가동맹 지도사업의 개선안을 보면 먼저 동맹 중앙위와 상무위의 기능 개편과 강화를 들고 있다. 이는 창작과 조직사업에 실질적인 구실은 하지 못한 채 관료주의적인 성향이 굳어진 지도부의 체질 개선을 의미하였다. 다음 각 분과별 행정사업의 완화를 제시하였다. 시·소설·극문학·아동문학 등 각 분과는 원래 창작인과 이론가의 모임인데 원고를 사전 심의하는 등 창작지도를 한다면서 행정사업에 몰두하여 사무기관화되는 역기능을 초래했다는 것이다. 관료화된 각 분과를 본래적 의미의 장르별 창작위원회로 만들기 위해서는 분과가 아닌 동맹 편집부로의 원고 심의 일원화를 통한 편집부의 강화가 필요하였다. 그밖에 신인지도부를 통한 신인 육성, 작가동맹 내 고전문학분과와 남조선문학분과의 추가, 작가의 현지파견사업의 재검토 등이 제시되었다.[20]

이를 검토해보면 그동안 구심점없이 방만하게 이루어져 오던 분과 단위의 조직사업과 창작지도를 조직 지도부에 중앙집권적으로 일원화하여 강력하게 시행하겠다는 의미를 담고 있다. 작가에게 있어서는 분과와 편집부 양쪽에서 원고 사전 검토를 받던 것을 실제로 출판되는 곳에서 심의받게 되어 실질적인 편의를 얻게 되었고, 신인들이 동참하여 자극도 되고 과중한 창작생산의 부담도 덜 수 있어 창작의 질을 제고할 수 있게 되었다.[21]

셋째, 현지파견 문제에 대한 토론이 주목된다. 전후 남로당계 조선문학가동맹 출신 '림화도당'과의 반종파투쟁과정에서 폭력적 기계적으로 이루어지던 '현지파견사업'도 창작실천과의 연계 하에서 융통성 있게 시행되어 창작의욕을 고취시킬 수 있게 되었다. 그동안의 현지파견사업은 조중곤의 지적대로 역효과가 적지 않았다. 한마디로 말해서 작가들이 공

20 한설야, 「전후 조선문학의 현상태와 전망」, 55~60면.

21 오상근(기자), 「생기발랄한 문학 창작을 위하여!」, 『로동신문』 1956.11.15, 3면.

장이나 농촌에 오랫동안 파견되어 노동에 종사한다고 해서 모두들 좋은 작품을 쓸 수 있었던 것은 아니었던 것이다.[22]

조직 지도부가 창작지도를 형식적으로 진행하여 각각의 창작 조건이 다른 현실을 무시하고 무조건 생산량 독촉처럼 글을 써내라고 한 것은 관료주의적 행태일 뿐이다. 따라서 현지파견사업에 대한 재검토를 통해 왜 현지파견을 해야 하며 그 구체적인 방법과 예상되는 성과를 조직적인 차원뿐만 아니라 미학적인 측면에서도 천착해야 할 것이다. 현지파견 사업이 작가에게 남아있는 인텔리 근성을 뿌리뽑고 노동계급의 세계관을 체화시키기 위해서 이루어지는 것이라면 그를 위한 합리적인 대책을 세워주어야지 작가가 현장 노동에 지쳐 아예 창작을 포기하게 되는 것은 잘못인 것이다. 개별 직장에 대한 특성을 파악하고 직장신문의 주필이라든가 독서모임의 지도, 노동자문예써클의 운영 등 작가의 처지에 맞는 일이 주어져야 하는데 무조건 육체노동에 내몰게 되면 소기의 목적을 달성하기 어려울 것이 당연하다.

2.2. 문예지 매체 지형의 변화

1956년 북한문학의 격변을 읽을 수 있는 또 다른 중요 지표가 바로 문예지 매체 지형의 변화이다. 매체 지형의 변화는 크게 두 가지다. 첫째, 작가동맹의 유일 기관지였던 『조선문학』지 편집 주체의 교체와 그에 힘입은 편집방침과 체재 변화이다. 엄호석-조벽암-박웅걸로 이어지는 새 주필체제 덕분에, 당문학 원칙을 고수했던 창간 주체 김조규 주필체제(1953.10~54.12)의 선전지(宣傳誌) 편향에서 벗어날 수 있었다. 그들에 의해 문예지적 균형이 이루어져 보다 다양한 작품이 실리고 백가쟁명 토론

---

22 조중곤, 「동맹 규약은 작가들의 창작 규범이다」, 『제2차 조선작가대회 문헌집』, 337~338면.

장이 마련되었다. 둘째, 『조선문학』 외에 『청년문학』, 『조선예술』, 『문학신문』 등 다양한 매체 창간으로 인한 발표지면과 장르, 필진의 확대이다. 결과적으로 매체 지형의 다양화로 인한 사회주의 리얼리즘의 역동적 좌우경화, 또는 풍부화가 가능해졌다.

첫째, 『조선문학』지 편집 주체의 교체와 그로 인한 매체 내용과 형식의 변화를 상세히 보자. 1955년 엄호석 주필, 윤시철 부주필이 『조선문학』의 새 편집주체가 되면서 종래 검열체제라면 서정성과 자연주의, 우경화 편향으로 탈락했을 적잖은 작품들이 발표되었다. 안막·리순영·신동철·전초민 등의 서정적 작품들이 엄호석 주필이 엄호하는 사회주의 리얼리즘 보편미학의 명분으로 게재되었다. 물론 작가동맹 서기장 홍순철의 공개 비판 등 당문학 원칙을 고수하려는 구세력의 반발도 만만치 않았다.

그런데 이러한 찬반 논쟁 속에서 1956년 1월 작가동맹 결정으로 동맹 서기장 홍순철이 해임되고 박팔양이 신임 서기장이 되었으며, 김조규, 민병균 등이 제명되었다. 그 와중에 『조선문학』의 '루계' 집계와 편집 주체에도 변화가 생겼다. 1953년 10월호로 창간되었기에 통권 28호에 불과한 『조선문학』의 '루계'를 1956년 1월호부터 '루계 101호'로 표지에 명기한 것이다. 이는 림화·김남천·리태준 등 옛 조선문학가동맹 출신 남로당계 문인의 영향력 하에 있었기에 어떤 경우에는 존재조차 외면당했던 문예총 기관지 『문학예술』(1948~1953)의 매체사적 존재를 복권시켜주는 획기적 조치였다.

1956년 10월 제2차 작가대회가 열려 작가동맹 조직에 조각 수준의 변화가 있었고 기관지 편집진도 이전의 엄호석, 김명수 체제에서 조벽암, 전재경 체제로 전면 교체되었다.[23] 『조선문학』 1956년 11월호(111호)부터

---

23 미상, 「작가동맹에서―동맹 각급 기관들의 선거와 각 부서 성원들의 임명」, 『조선문학』

주필 조벽암, 부주필 전재경, 부장 현희균, 편집위원 김순석·박태영·서만일·전재경·조령출·조중곤 등이 1958년 5월까지 지속되었다. 이를 보면 제2차 작가대회 결정서로 집약된 '도식주의 비판' 담론의 매체론적 계기가『조선문학』편집주체의 교체에서도 잘 드러남을 알 수 있다. 이전까지 1953년의 1차 작가대회가 지향했던 '부르주아미학사상 잔재와의 반종파투쟁'을 견인했던 매체론적 계기가 문예총 기관지『문학예술』폐간과 작가동맹 기관지『조선문학』창간을 통한 선전지적 성향의 강화였다면, 이번에는 선전지 지향이 초래한 좌편향을 지양하여 문예지적 성향과 균형을 잡으려 한 것이다. 편집주체 면에서 이 변모는 김조규 체제의 종막과 엄호석-조벽암 체제로 가능하였다.

이를테면 1956년 1년치『조선문학』을 매체론적으로 개관하면, 4월에 열린 '조선로동당 제3차 대회'와 10월에 열린 '제2차 조선작가대회'에 초점이 맞추어져 있다. 얼핏 보면 기존의 당 정책 선전지 기능에서 벗어나지 못한 것처럼 보인다. 그러나 전후 복구 건설과 사회주의 기초 건설을 위한 농업 협동화 문제를 다룬 시, 소설, 비평에서 서정성과 현실비판성이 강화되어 예술적 기교와 리얼리즘적 현실 묘사가 늘어남으로써 문예지적 성향과의 균형감각을 찾아볼 수 있다. 특히 비평 및 작가연단에서 조직 지도부나 구세대를 비판하는 다양한 목소리가 허용되었던 당시의 분위기를 느낄 수 있다.

한편 조벽암 주필 체제(1956.11~58.5)의 두드러진 기여 중 하나는『조선문학』1957년 2월호의 대대적인 편집 혁신이다. 잡지 매체의 외형적 혁신은 기존 국판에서 변형46배판(신국판과 46배판 사이?)으로 판형 변경, 기존 세로쓰기(우횡서)에서 가로쓰기(좌횡서)로의 조판 변경, 그에 따른 가로식으로 제책 변경, 그밖에 통단과 2단 조판 방식의 병행, 활자체 2종 등이다. 특기

1956.11, 202~204면.

할 것은 활자 표기방식이다. 한글 전용 활자 표기가 처음 시행된 1952년 이후 수치만은 여전히 한자 표기였던 것이 숫자까지 아라비아숫자로 바꿔어 완전한 한글 전용이 됨으로써 현대 표기법이 정착되었다. 판형 변화는 잡지의 호별 분량 변모를 가져온다. 기존 소형 국판(1953.10-54.12)은 호당 140~150면이고, 1955년 1호 이후 국판 200면 내외로 유동적이던 분량이 1957년 2호(루계 114호)부터 '144면 체제'로 고정된다.

『조선문학』 편집 주체의 우경화는 1958년 6~10월 절정에 이른다. 주필 박웅걸, 부주필 전재경, 편집위원 김순석·김승구·서만일·신구현·조령출 체제가 다양한 작품을 실었으나 불과 3개월만에 전원 경질되었다. 추측컨대 1958년 8월부터 10월호가 간행된 9월 18일 사이에 편집위원 다수가 숙청된 듯하다. 이는 후일 한설야의 「공산주의 문학 건설을 위하여」(1959.3) 등 타 문건의 비판 대상으로 박웅걸·전재경·김순석·서만일 등이 거론[24]된 데 근거한 추정이다. 매체사적으로 추정컨대 1956년 전후의 '도식주의 비판'론이 초래한 우경화 편향이 당의 역풍을 맞아 반동을 겪는 시기가 바로 이때였다.

둘째, 1956년은 『조선문학』의 매체적 변모뿐만 아니라 북한 문예미디어 역사 전체를 통틀어도 획기적인 해였다. 이전까지 『조선문학』 외에 『아동문학』밖에 없었던 문예지 매체 지형이 이 해에 2차 작가대회의 정세 변화에 힘입어 대폭 확대되었다. 현재까지 계속 간행되고 있는 『청년문학』, 『문학신문』, 『조선어문』, 『조선예술』 등이 모두 이때 창간되었다. 이들 문예지의 다양한 등장을 통해 이후 북한 문학예술장이 확대되고 이념적 다양화와 창작과 비평의 질적 변화를 보여주게 되었다. 특히 전후 처리과정의 '부르주아미학사상 잔재와의 투쟁' 명목 하에 이루어진 반종파투쟁 때문에 위축되었던 사회주의 리얼리즘 문학예술의 양적 확대와

---

24 한설야, 「공산주의 문학 건설을 위하여」(권두언), 『조선문학』 1959.3, 5면 참조.

질적 변모는 필연적이었다. 특히 장르별 주제별로 다양한 창작이 이루어지고 백가쟁명하는 비평논쟁 덕에 종래의 고답적인 당문학원칙 고수 대신 사회주의 리얼리즘의 풍부한 원심적 해석이 등장하게 되었다. 그 결정판이 이른바 '도식주의 기록주의' 비판과 반비판 논쟁이라고 할 수 있다.

2.3. 도식주의 비판론의 미학적 쟁점

1950년대 문학사 재구를 위한 '이념(문예노선), 주체(조직), 매체(문예지), 미학(창작방법논쟁), 작가·작품론(실제비평)' 등의 분석 항목에서 논의의 핵심은 미학과 작품론이다. 제2차 작가대회를 전후한 비평사적 쟁점은 도식주의 비판론을 통한 리얼리즘 미학의 수준이 어떠했으며 그 과정에서 논란된 작가, 작품의 재조명이다. 먼저 미학 논쟁부터 살펴보자.

1956년 10월의 제2차 조선작가대회 기조연설 「전후 조선문학의 현 상태와 전망」에서 한설야는 전후 복구 건설기 문학의 도식주의 편향을 지적하고 그 이유를 당성, 전형성 개념을 관념적으로 사고한 데 있다고 하였다. 사회주의 리얼리즘에 대한 일면적 교조주의적 인식 결과 기록주의, 도식주의, 무갈등론 등의 미학적 오류가 노정되었다는 것이다. 도식주의란 현실을 진실하게 묘사하는 대신 작가의 주관적 견해를 도해하는 것이며, 기록주의는 작가가 내세운 사상, 주제에 복종되도록 생활현상을 이것저것 복사하는 것이라 한다. 무갈등론은 현실적 모순과 갈등의 표현 대신 난관 극복과 성격 충돌이 없이 주인공이 쉽게 성공하도록 현실을 미화하는 것이라 한다.[25]

창작방법상 오류는 '주제의 협애성', '장르의 국한성', '스찔의 단순성'이 문제다. 이는 창작방법에 대한 세계관 우위에 강박된 작가들이 작품

---

25 「제2차 조선작가대회 보고 『전후 조선문학의 현 상태와 전망』에 관한 결정서」, 『제2차 조선작가대회 문헌집』, 311면.

의 내용과 사상만 중시하고 형상적 사고를 결여한 데서 유래한 것이다. 따라서 작품의 예술적 완성도를 높이기 위한 형식 및 기교에 대한 무관심을 초래하여 미학적으로 리얼리즘에 대한 '비속화, 속류화'로 귀결했음을 의미한다. 창작 주체의 입장에서는 전후 몇 차례의 숙청과 현지파견을 겪으면서 비판정신이 결여되어 사상적 '교조주의'와 미학적 '비속사회학'으로 표출된 셈이다.

도식주의 경향을 극복하기 위한 보다 근본적인 치유책은 미학적 자기반성이다. 도식주의 극복은 올바른 리얼리즘미학의 정립을 의미한다. 도식주의, 기록주의는 반(反)리얼리즘적 표현이기 때문이다.[26] 먼저 문제가 되는 것은 당 문예정책과 현실을 반영한 실제 창작 형상화과정에서 모순이 발생하는 경우다. 이른바 당성과 생활의 진실성 문제이다. 전에는 당성 우선이었다. 그러나 2차 작가대회에서 변화가 있었다. 이에 대하여 한설야는, "문학에 있어서의 당성문제도 전형성의 문제도 모두 작품에 생활의 진실이 잘 반영되었는가 잘못 반영되었는가 하는 예술적 형상에 종속됩니다."라고 규정하고 있는 것이다.[27]

이를테면 당에서는 전후 복구 건설을 희망차게 그리라고 했지만 어떤 경우 건설방식을 두고 신구세대가 갈등을 일으켜 건설에 착오를 빚는 현실을 볼 수 있는데 이때 작가는 어떻게 해야 할 것인가 하는 문제가 있다고 하자. 이에 대하여 전에는 당의 방침이 옳기 때문에 별 고민 없이 갈등이 해결되어 희망을 준다는 식의 도식주의적 구성이 가능하였다.

그러나 도식주의 극복의 논리에서는 이와는 다르다. 우선 당 정책을 기계적이고 일면적으로 이해하는 것 자체를 배제한다. 당 정책은 전체적

---

26 박태영, 「시대와 함께 자란 극문학」, 『해방 후 우리 문학』, 조선작가동맹출판사, 1958, 265 면 참조.

27 한설야, 같은 글, 34면.

방향만 제시하는 것이지 구체적인 작품 구성에 그대로 관철되는 논리는 아니라고 생각한다. 그래서 생활 현실의 논리 그대로 파악한 것을 그린다. 즉, 신구세대의 갈등이 있을 수 있고 그 갈등이 전쟁 수행과정에서 생긴 것으로서 인물의 내면세계까지 영향을 미친다고 그리면서 어떻게 하면 세대차를 극복할 수 있겠는가 탐구하는 과정 자체를 중시하게 된다. 그리하여 구세대의 인생경험을 중시하면서도 새로운 세대의 패기를 살려주는 방향으로 문제를 풀어나가는 방식을 택한다. 이것이 '좋은 것과 더 좋은 것'의 갈등과 '낡은 것과 새것'의 갈등을 통일적으로 사고하는 방식이다. 무갈등론을 고집했던 스탈린주의적 리얼리즘에서 벗어나 올바른 사회주의 리얼리즘을 정립하는 방편이다. 전형적인 것을 오직 긍정적인 것, 진보적인 것에 국한시키려는 경향은 사회주의 리얼리즘을 단지 생활 긍정의 문학으로, 따라서 이상적 주인공만을 창조하는 문학으로, 갈등이 있을 수 없는 문학으로 간주하는 것은 '이미 파산된 이론'에서 나온 오류이다.[28]

도식주의를 극복하기 위한 미학적 대안으로서 올바른 사회주의 리얼리즘문학의 정립을 설정했는데, 그것은 결국 도식성을 버리고 전형성을 획득하는 문제이며 형상성을 제고하는 문제이기도 하다. 전형성을 획득하기 위해서는 생활에 대한 관념적 선험적 인식이 아닌 실제적 인식이 선행되어야 하며 비판정신을 회복해야 할 것이다. 진정한 사회주의 리얼리즘미학은 생활 긍정의 정서와 비판정신의 유기적 통일에서 찾아야 할 것이기 때문이다. 또한 전형화의 한 축이라 할 개성화가 부족했으므로 인간의 사회적 성격 못지않게 개별적 운명에 대한 관심과 내면세계에 대한 천착이 필요하였다.[29] 무엇보다도 도식주의문학에서 결정적으로 부족

---

28 계북, 「전형적인 것에 대한 몇가지 문제」, 『조선문학』 1957.5, 130면 참조.

29 "전형적인 것을 다만 사회역량의 본질로서만 귀착시키는 정의는 개성화의 요구를 무시하

했던 예술성 회복이 절실하게 되었다. 독자의 흥미를 끄는 형상성과 기교를 제고하여 예술성과 정치성을 통일시킬 필요가 있다.

1956년 전후의 '도식주의 논쟁'은 1950년대 문학장에서 도식주의 및 비속사회학적 편향과의 투쟁과 반발 양상으로 드러났다. 1953년에는 6.25전쟁 전후처리과정에서 불거진 남로당계 작가들과의 반종파투쟁을 '부르주아미학사상 잔재'를 청산하기 위한 사상 투쟁이란 명분하에 하향적 폭력적 숙청으로 진행된 반면, 이번에는 도식주의 비판이란 미학적 명분으로 상향적 자생적 논쟁 형태로 백화제방 양상을 보였다. 당문학론의 고답적 수행과정에서 역기능으로 생긴 좌경적 오류에 대한 자기반성이 이 시기 문학의 주된 관심사였다.

2.4. 도식주의 비판론의 시계열적 분석

1950년대 중반 북한문학장을 스케치하면 다음과 같이 정리할 수 있다: 스탈린 사후 열린 소련 당대회의 영향으로 조선로동당의 분위기가 달라졌고 문단에도 영향을 미쳤다. 1955년 『조선문학』 주필이 바뀌자 종래 당문학 원칙의 교조주의적 편향을 도식주의라 비판하면서 안막, 신동철, 리순영 등의 서정적 작품을 대거 실었다. 이를 홍순철 등 고답적인 작가동맹 지도부가 비판했지만 오히려 도식주의 비판이 대세를 이루자 1956년 10월 작가대회가 열려 조직 개편과 매체 창간이 이어졌다. 한때 당성 부족 등의 이유로 공개 비판까지 받았던 작품에 대한 엄호석, 김우철 등의 옹호와 김명수, 윤두헌 등의 비판이 백가쟁명을 이루면서 현실을 다양하게 형상화할 수 있었다. 작품 찬반론은 '예술의 특수성'을 둘

게 되며 번쇄철학적인 오류를 범하게 됩니다. 예술작품에서 전형화는 일반화와 개성화의 유기적 통일에서 지어지며 그 어느것이 앞서고 뒤서는 것이 아니라 호상 유기적으로 침투되면서 동시에 진행되는 데 그 특성이 있습니다." 한설야, 같은 글, 41면.

러싼 엄호석, 김명수의 논쟁을 거치면서 사회주의 리얼리즘의 전형성 등 보편미학으로 수준을 높였다. 그러나 1958년 10월 김일성 교시를 계기로 김하명이 그간의 백가쟁명을 부르주아미학사상 잔재의 자유주의적 행태로 재규정하면서 종래의 당문학 원칙 강화로 퇴행한다. 이 와중에 사회주의 리얼리즘 문학의 자장을 풍부하게 했던 상당수 리얼리스트들은 사라지고 만다.

이를 시간순으로 정리하면 다음과 같다.

1953.9 제1차 조선작가예술가대회에서 문예총 해체 등 조직 개편과 림화·김남천·리태준 등 숙청

(인적 청산 대안으로 전후 복구 건설기의 사회주의 토대 기초 건설을 찬양한 창작 성행)

1954. 정문향 「새들은 숲으로 간다」, 유항림 「직맹반장」, 변희근 「빛나는 전망」 등 후일의 정전 발표

(이들 리얼리즘 작품 성과에 힘입은 작가들, 대거 '현실의 서정적 재현' 우경화)

1955.1~4 안막, 김영석, 신동철, 전초민, 리순영의 문제작 발표

1955.5 동맹 제17차 확대상무위원회 서기장 홍순철(한효)이 우경화 공개

비판(우경화를 비판한 좌경화 기조가 윤세평, 안함광의 문학사론 논문에 반영)[30]

1956.1 제23차 상무위원회(1956.1.27) 박팔양 서기장 보고와 결정서 1,2로 반전, 수구파 실권

1956.10 제2차 조선작가대회(1956.10.14.~17) 조직 전면 개편

북한비평사에서 도식주의 비판론이 특히 주목되는 이유는 문예노선과 이념, 조직과 주체 문제뿐만 아니라 구체적인 작품론에 근거한 미학적 토론이 벌어진 사실이다. 논란의 대상은 안막, 「서정시 4편-무지개」,

---

30 미상, 「'작가동맹에서'—동맹 세17차 확내상무위원회」, 『소신분학』 1955.6; 윤세평, 「전후 복구 건설시기의 조선문학」, 『조선문학』 1955.9; 안함광, 「해방 후 조선문학의 발전과 조선로동당의 향도적 역할」, 『해방 후 10년간의 조선문학』, 조선작가동맹출판사, 1955.9.

김영철, 「'국방군' 병사에게」, 신동철, 「'전선시초' 중 전사와 황소」, 전초민, 「꽃씨」, 리순영, 「서정시 3편-노을, 봄, 산딸기」, 서만일 「봉선화」 등의 시와, 김영석, 「이 청년을 사랑하라」, 전재경, 「나비」 등의 소설이다. 이들 작품은 작가동맹 제17차 상무위(1955년 5월)에서 '사상성 희박, 계급의식의 미약, 진실성 부족, 현실인식의 안일성, 목가성' 등의 이유로 비판받은 바 있다.

그런데 훗날 2차 작가대회를 준비하는 시도별 준비회의 중 하나인 평양 작가 예술인 좌담회(1956.9.28)에서 이들 작품이 부당하게 혹평 받았다는 폭로가 나왔다. 먼저 김우철 시인이 포문을 열었다.

작년도에 평론가들이 리순영의 시 「노을」, 「산딸기」와 신동철의 시 「전선시초」 중에서 「전사와 황소」를 비롯한 시들과 전초민의 시 「꽃씨」와 안막의 시 「무지개」에 대하여 그 시들에서의 사상성의 희박, 계급의식의 미약, 진실성의 부족, 현실 인식의 안일성과 목가적 노래와 보라색으로 덮어놓은 생활의 묘사 등등의 내용으로 혹평을 퍼부은 일이 있었다.

지난 9월 28일 평양에서 가졌던 작가 예술인들의 좌담회에서 송영은 "…지난날 작가동맹 중앙위원회의 지도적 위치에 오래 있었던 불건실한 사람이 혼자 독판을 치면서 어마어마한 감투를 분별없이 들씌운 사실을 아직까지도 작가들은 불유쾌하게 회상하고 있다는 것을 말하여 주는 것이 아니겠는가? 사실 동맹 제17차 상무위원회가 적지 않은 문제를 씌운 것으로 특징적이었다."고 토론하였는바 이는 그 저간의 사정을 여실히 말해 주고 있다. (중략)

문학, 예술 분야에서의 연구, 창작 및 토론의 자유로운 분위기가 더한층 활발하게 조성된 것을 기회로 하여 부분적인 평론들은 군중의 집체적 지혜 우에 자기의 주견을 군림시키려고 하며, 나아가서는 자기의 비속한 견해로써 우리 문학의 긍정적 성과들을 홀시하려고 시도한다. 반면에 자기의 그릇된 견해를 내세우기 위하여 사상-예술적 결함을 내포하고 있는 일부 작품들을 무원칙하게 비호하여 나선다. 뿐만 아니라 우리의 문학 대렬

을 신인이니 중견, 대가니 고의로 갈라놓으면서 편벽을 들고 나서기까지 한다.[31]

김우철의 비판이 설득력을 가지는 지점은 가령 안막, 신동철, 리순영의 서정시를 '부르죠아 문학의 련애시, 부르죠아 반동 문학'이란 낙인찍기를 서슴지 않는 문단 권력층의 문학외적 반미학적 오류를 지적한 대목이다. 더욱이 무조건 당문학 원칙을 벗어나 작품 기교만 중시하는 역편향도 경계한다. 즉, 당 정책과 관련된 작품 내용의 결함만 문단 권력에 의지해 지적했던 기왕의 '타도식 곤봉식 평론' 비판과 함께 원진관 시 분과장의 시단 평[32]처럼 작품의 사상 내용과 별개로 기교상 장점을 분리 평가하는 '비평의 비속화'도 신랄하게 비판한다.

엄호석은 이 문제를 작품론 차원의 개별적 실제 비평에서 '리얼리즘문학의 미학적인 것과 비속사회학적 것의 대립'이라는 보편론으로 의제를 끌어올렸다. 논란이 된 작품 다수를 상재한 장본인(문예지 주필)이자 평론가였던 엄호석이 이들을 옹호[33]했다가 17차 상무위원회에서 공개 비판받고 윤세평, 안함광의 문학사적 논문에서까지 매도당했지만 전세가 역전되었기에 반론을 편 것이다.[34] 다만 김우철 식의 감정다툼이나 인신공격, 폭로전 대신 도식주의 비판론이 지닌 본질을 기존 문단의 '비속사회학적 편향'에 맞서 리얼리즘문학의 '미학적인 본령'을 되찾자는 미학

---

31 김우철, 「작품 비평에서의 비속화를 반대하여」(작가 연단), 『조선문학』 1956.12, 140~149면.

32 원진관 시 분과위원장의 시단 총평(『제2차 조선작가대회 문헌집』) 참조.

33 엄호석, 「사회주의 레알리즘과 우리 문학」, 『조선문학』 1955.3, 137면.

34 엄호석, 「문학 평론에 있어서의 미학적인 것과 비속사회학적인 것」, 124~136면. 제2차 작가대회 전후의 '도식주의 비판'이란 보편 미학으로 오류를 지적한다. 즉 문학사적 정전화를 시도한 안함광 외, 『해방 후 10년간의 조선문학』(1955), 김명수, 「우리 문학의 형상성 제고를 위하여」(『조선문학』 1954.6), 리정구, 「최근 우리 문학상에 제기되는 몇 가지 문제」(『조선문학』 1954.9) 등 기존 담론을 도식주의 산물이라고 전방위적으로 비판한다.

논쟁으로 의제화하여 방향을 전환한다.

> 도식주의와 비속사회학적 경향은 보다 많이 평론가들의 미학적 능력과
> 미학 리론적 소양의 부족으로 말미암아 문학 현상을 사회학적 분석에 귀
> 착시킴으로써 다른 이데올로기 형태, 특히 정치 경제학과 문학이 구별되
> 는 특수성을 망각하는 데 기인하고 있다. 종래 평론가들 사이에서는 과학
> 이나 문학이나 다 같이 현실을 인식한다는 그 공통성에만 만족하고 문학
> 이 현실을 자기의 특수한 지능에 따라 예술적으로 인식함으로써 과학과
> 구별되는 특수성에 대한 문제의 연구를 진지하게 진행하지 않았다고 생각
> 된다. (중략)
> 문학의 예술적 특수성의 또 하나는 그 기본 대상이 과학에서처럼 어느
> 일정한 측면으로 추상화되지 않는 종합적인 산 인간, 사회의 모든 생활 측
> 면과 사회적 제반 관계를 자체 속에 구현한 력사적 구체적인 산 인간이라
> 는 데도 있다. 그러나 문학의 특수성의 이 측면에 대하여도 일부 평론가들
> 은 등한히 하고 있다.[35]

여기서 핵심 키워드는 '예술의 특수성'이다. 엄호석은 리얼리즘 보편
미학의 전형론에 기대어 전후 문단에 전반적으로 퍼져 있는 당문학 원
칙의 교조주의적 편향이 창작의 도식주의, 기록주의, 비속 사회학주의를
초래했으니 토대로부터 예술의 상대적 특수성을 인정해야 한다고 주장
하였다. 이 문제적 평론의 탁월함은 작품 평가 준거로 '미학적인 것과 비
속사회학적인 것'의 대립구도를 통해 문단과 문학사에서 공개 비판받은
「무지개」, 「전사와 황소」, 「노을」, 「꽃씨」 등의 문학적 가치를 일정하게
복권시킨 점이다.

보편적인 마르크스레닌주의 미학이 전후 북한에서 교조주의적 도식

---

35 엄호석, 위와 같은 글.

주의적 비속사회학적으로 적용되어 적잖은 역기능을 초래했다는 김우철, 엄호석의 지적에 권력에서 밀려난 홍순철, 한효는 침묵했지만, 실명이 거론된 김명수, 윤두헌, 한효 등은 반론을 폈다. 김명수는 도식주의 비판이란 대전제는 동의하지만 자칫하면 전형을 부정하고 개별 인간의 내면세계를 옹호하는 우편향이 된다고 오류를 지적하였다.[36] 그런데 그 주장은 예술의 상대적 특수성을 갈등론 일반으로 호도한 것으로 평가된다. 윤두헌은 도식주의 비판이란 미명 하에 당문학론 원칙이 흔들리고 당성이 약화되는 등 '자유주의적 행태'가 보인다고 우려를 표했다.[37] 아마도 이런 우려가 훗날의 역풍을 불러오는 문단 물밑 여론이었을지도 모를 일이다.

『조선문학』의 전신인 『문화전선』(계간과 주간지), 『조선문학』(계간), 『문학예술』의 주필(1946~51)을 지내는 등 오랫동안 문단 권력이었다가 이즈음 일선에서 물러난 안함광은 도식주의 자체는 비판받아 마땅하지만 사회주의문학에서 검열과 심의는 당연하다면서 그를 반대하는 부류들의 숨은 의도에 의문을 표한다.[38] 그가 엄호석의 「문학사 서술의 사회학적 단순화에 반대하여」를 반비판하는 대목에서, 카프 초기의 신경향파문학 평가를 둘러싸고 보이는 모습은 안함광 한효 신구현 등 카프 출신 대 엄호석 김명수 등 신진 간의 '세대 논쟁'을 연상케 할 정도이다.

처음 엄호석에 대립하는 듯한 입장을 보였던 김명수는 문학이 교조적인 당 정책 전달에만 몰두할 것이 아니라 생활 현장을 더 잘 그려야 하

---

36 김명수, 「평론문학에서 '미학적인 것'을 바로 찾기 위하여—엄호석의 「문학평론에서 미학적인 것과 비속사회학적인 것」을 중심으로」, 『조선문학』 1957.3, 135~144면.

37 윤두헌, 「사회주의 사실주의의 길에서—제2차 작가대회 이후의 우리 문학 창작상에 나타난 문제들에 대하여」, 『조선문학』 1957.4.

38 안함광, 「문학 전통의 심의와 도식을 반대하는 투쟁에서의 새로운 도식들을 중심으로」, 『조선문학』 1957.4.

고 평론도 문예정책과 노선에 대한 메타비평의 하향식 지도에만 신경쓰지 말고 실제 창작 작품 자체에서 상향적으로 평가 기준을 마련하자고 하였다.[39] 이는 부분적으로 엄호석의 주장에 이의를 제기하지만 크게 보아 예술의 특수성에 대한 그간의 일면적 이해를 넘어서서 보편적 전형론에 동의했음을 의미한다. 아마도 이러한 도식주의 비판론의 성과를 반영한 문학사적 논문집이 이 무렵 출간된 『해방 후 우리문학』(1958)이 아닐까 한다. 이는 이전의 당문학 원칙을 고수한 문학사적 논문집 『해방 후 10년간의 조선문학』(1955)이 지닌 도식주의와 비속사회학적 편향을 수정 보완하는 의미일 것이다. 그러나 김명수, 서만일의 문학사적 논문은 후일 반동으로 숙청될 때 근거로 작용한다.[40]

도식주의 논쟁의 시계열적 분석을 해보면, 1957년부터 이듬해까지 치열했던 문제작 찬반론과 미학적 논쟁이 1959년 8월의 '항일무장투쟁기 혁명적 문학예술' 학술토론회를 계기로 변곡점을 맞는다.[41] 공교롭게도 연전에 리순영 「진달래」, 신동철 「들」(1958)[42] 등 당문학 원칙에서 벗어난 문제작이 발표될 때 당 최고 지도부인 김일성 교시(1958.10, 1958.11)

---

39 김명수, 「평론은 생활 및 창작과 더욱 밀접히 련결되여야 한다」, 『조선문학』 1958.2.

40 윤세평 외, 『해방 후 우리문학』(조선작가동맹출판사, 1958)을 주목하는 이유는 1959년의 도식주의 반비판 역풍이 불 때 바로 여기 실린 김명수, 「시대 정신의 날개—시문학」, 서만일, 「작가와 시대정신」이 부르주아미학의 산물로 매도당하기 때문이다. 이 덕에 『해방 후 10년간의 조선문학』(1955)에서 비판받았던 안막, 신동철, 리순영 작품이 김명수, 서만일에 의해서 문학사적으로 복권되지만 1959년 이후 다시 맹비난을 받고 정전에서 완전히 배제된다. 이 과정에서 신동철, 전재경 소설도 비판·배제되며 그 와중에 윤두헌도 축출 당한다. 김하명, 「조선로동당의 문예정책의 빛나는 승리」, 『전진하는 조선문학』, 조선작가동맹출판사, 1960, 54~60면.

41 김진태(본사 기자), 「우리 문학의 혁명전통에 대한 학술보고회 진행」; 현종호, 「항일무장투쟁의 영향 하에서 발전된 국내 프로레타리아 문학」, 『문학신문』 1959.8.28, 2면; 과학원 문학연구실 편, 『항일무장투쟁 과정에서 창조된 혁명적 문학예술』, 과학원출판사, 1960 참조.

42 리순영, 「진달래」(단편), 『조선문학』 1958.10, 5~17면. 신동철, 「들」(단편), 『조선문학』 1958.11, 84~90면.

가 나오자 분위기는 일변한다. 도식주의의 경우 작품에서 내용의 시의적 절함만을 노려 앙상한 정책 해설로 전락하는 비예술성이 문제였다면, 반대로 도식주의 비판의 미명 하에 영원한 인간성을 그린다며 추상적 공론으로 전락시키는 것도 문제이다. 전자가 독단에 사로잡혀 '완전무결한 긍정' 즉 '리상적 주인공'을 탐색하여 창작을 도식으로 떨어뜨렸다면, 반대로 또 하나의 독단에 의해 부정적 인물을 도식적으로 가공해내는 데 급급하다는 것이다. 창작 측면에서도 조직에서의 일탈이 오히려 훌륭한 창작의 지름길이라는 환상이 가능하게 되었다. 자유로운 창작 환경은 사회주의체제에서 용납되기 어려울 터. 무엇보다도 농업 협동화라는 사회주의 기초 토대를 이제 막 완성했다는 자긍심에 넘쳤던 1958년 8월 당시 사회적 분위기 속에서는 한때의 예술 특수성 강조나 창작의 상대적 자유가 부르주아미학이나 수정주의로 보일 수밖에 없었다.

이러한 산발적인 도식주의 반비판이 공식화된 것은 1959년도 연두보고에 나타난 평론분과장 김하명의 비판이다. 그에 의하면 1950년대 비평의 잘못된 행태는 도식주의에 빠졌기 때문이 아니라 근본적으로 당적 원칙에 위배되었기 때문이라는 것이다. 2차 작가대회 전에 홍순철, 한효 등의 '타도식, 곤봉식' 평론이 존재하긴 하였다. 그렇다고 서만일, 윤두헌 등이 서로 잘못을 묵인하고 어떤 작품이든 장점만 나열하는 '만세식' 평론으로 흐른 것도 편향이다. 심지어는 오류를 묵과하고 '눈치평론'을 하는 등 김일성 교시[43]에서 비판된 바 있는 '낡은 사상잔재라 할 보수주의

---

43 도식주의에 대한 반비판과 수정주의 비판이라는 문예노선 변경은 1956년 이후 해이해진 당 기강을 바로 잡는 계기가 된 1958년의 당대표자회에서 본격 등장한다. 당은 소련파, 연안파를 종파분자로 규정, 축출하고 '민주주의적 중앙집권제원칙'을 재확인하고, 수정주의와 우경투항주의를 경계하였다. 수정주의와 우경투항주의가 문학의 도식주의 반비판의 근거라 할 수 있다. 스칼라피노·이정식, 한홍구 역, 『한국공산주의운동사 3: 북한편』, 돌베개, 1987, 652~655면 참조. 그러나 문예노선의 좌향좌에 결정적 영향을 미친 것은 김일성 교시 「작가 예술인들 속에서 낡은 사상 잔재를 반대하는 투쟁을 힘있게 벌릴 데 대하여」(1958.10.14), 「공산주의 교양에 대하여」(1958.11.20)였다. 그 핵심은 1956년의 3차 당대회와 8

와 보신주의'를 보였다고 맹비난하였다.[44]

　이러한 역풍과 반전에 결정적 빌미를 제공한 것이 리순영 「진달래」와 신동철 「들」을 둘러싼 논란이다. 리순영, 신동철의 소설이 현실의 부정면을 리얼리즘이란 명목으로 있는 그대로 재현함으로써 사회주의 선전이란 당문학 원칙 관철에 걸림돌이 된다고 은연중에 판단한 당 지도부가 자유주의적 창작행태, 심지어 우경투항주의로 이들을 겨냥했던 것이다. 처음 신동철 소설이 나오자 한때 이를 옹호했던 엄호석, 계북의 비평은 김근오, 김하명, 김민혁, 윤세평 등의 집중포화를 맞게 된다. 결국 문단권력 한설야의 교통정리 후 엄호석까지 자기비판[45]함으로써 리순영, 신동철은 문단과 정전에서 사라지게 된다.

　　월 반종파투쟁, 2차 작가대회 이후 해이해진 당 조직의 기강과 청산해야 할 낡은 사상이다. 여기서 낡은 사상 잔재의 예로 개인 이기주의, 공명주의, 가족주의적 경향 등이 지적되고, 문예 창작의 자유주의적 태도가 당의 지도를 받지 않는 무규율적인 태도라고 비판되었다. 한때 자유주의에 유혹되었던 기회주의자들은 공산주의사상으로 재교육하고 강한 혁명적 규율과 질서를 기르며, 작가 예술인들에게 남아있는 자본주의사상 잔재를 청산해야 한다고 하였다.

44　김하명, 「평론의 선도성과 전투성에 대하여」, 『문학신문』 1959.2.5, 4면. 김일성 교시는 1958년 10월 14일자 「작가 예술인들 속에서 낡은 사상 잔재를 반대하는 투쟁을 힘있게 벌릴데 대하여」를 말한다.

45　신동철, 「들」(단편), 『조선문학』 1958.11, 84~90면; 엄호석, 「전투적 쟌르인 서정시와 단편소설의 예술적 성능을 제고하자」, 『문학신문』 1958.11.27; 계북, 「서정 세계의 추구」(작가 연단), 『조선문학』 1959.1, 98~103면; 김근오, 「'들'에 방황하는 '서정'—신동철의 「들」에 대한 항변」(작가 연단), 『조선문학』 1959.2, 123~129면; 김하명, 「평론의 선도성과 전투성에 대하여—1958년 평론분과 총화회의 보고」(요지), 『문학신문』 1959.2.5, 3~4면; 한설야, 「공산주의 문학 건설을 위하여」, 『조선문학』 1959.3, 4~14면; 한설야, 「공산주의 교양과 우리 문학의 당면 과업」, 『조선문학』 1959.5, 4~25면; 김민혁, 「문학의 현대성 문제와 로동계급의 집단적 영웅주의」, 『조선문학』 1957.5, 129~144면; 엄호석, 「공산주의적 교양과 창작의 질적 제고를 위하여」, 『조선문학』 1959.8, 109~124면; 윤세평, 「작품과 빠포스 문제—신동철의 창작을 일관하는 반동적 미학사상」, 『조선문학』 1959.9, 126~132면.

3. 사회주의 리얼리즘 미학의 풍부화와 우경화 사이: 실제 작품평 분석

3.1. 사회주의적 서정과 부르주아미학의 길항: 안막, 리순영, 신동철, 서만일의 서정시 논쟁

이제 1950년대 도식주의 논쟁의 여러 쟁점 항목 중 마지막으로 해명해야 될 문제는 실제 비평, 즉 작품 찬반 논쟁에 대한 재평가이다.

'도식주의 기록주의' 비판을 키워드로 하는 제2차 조선작가대회(1956. 10) 전후로 문학사적 대표작이 적잖이 나왔다. 정문향 시, 「새들은 숲으로 간다」(1954), 한명천 시 「보통로동일」(1955), 리용악 시 「평남관개시초」(1956), 김상오 시, 「기양관개시초」(1958), 소설로는 유항림 「직맹반장」(1954), 변희근 「빛나는 전망」(1954), 천세봉 『석개울의 새봄』 1부(1956)와 리근영 『첫 수확』(1956), 윤세중 『시련 속에서』, 황건 『개마고원』, 김만선, 「태봉 령감」(1956), 김형교 「검정 보자기」(1957) 등이 정전이다.

문제는 한때 높이 평가되다가 훗날 부르주아미학사상 잔재로 비판받아 정전에서 탈락한 문제작들이다. 안막, 「'서정시 4편' 중 무지개」, 김영철, 「'국방군' 병사에게」, 신동철, 「'전선시초' 중 전사와 황소」, 전초민, 「꽃씨」, 리순영, 「'서정시 3편' 중 노을, 산딸기」 등의 시와 서만일 시집 『봉선화』, 김영석, 「이 청년을 사랑하라」, 전재경, 「나비」, 신동철 「들」 등의 소설이다. 작품 발표 당시 주필이자 평론가였던 엄호석이 이들을 옹호[46]했다가 문단 지도부에게 공개 비판받았지만 2차 작가대회 이후 재평가되었던 문제작이다. 김우철, 엄호석, 김명수, 윤두헌, 서만일 등이 동맹 지도부의 관료주의를 비판하면서 이들을 옹호하고 미학적 보편론으로 논

---

46 엄호석, 「사회주의 레알리즘과 우리 문학」, 『조선문학』 1955.3; 엄호석, 「전투적 쟌르인 서정시와 단편소설의 예술적 성능을 제고하자」, 『문학신문』 1958.11.27.

쟁을 확산시켰다가 후일 김하명, 한설야 등에게 반비판을 당한 논쟁이다.

다음은 복권이 절실한 서정시편[47]이다.

수양버들이 늘어진/ 언덕 우/ 삼간 초가집 / 앵두는 붉어 아름다웠고// 여기서 처녀는 / 아침마다 사립문 열고/ 언덕을 내려 / 밭둑으로 나간다.// 폭음이 잔잔한 날이면 /처녀의 부르는 / 소박한 노래소리 / 맑은 강을 흐르듯이 / 들판과 진지에 울려퍼졌고// (중략)
전사들 앞에 앵도를 펼쳐 놓으며/ 무어라 감사의 뜻을 전할지/ 처녀의 마음도/ 앵도빛처럼 붉어졌을 때,// 진지 우에 날개를 펼쳐/ 아름답게 솟아오른 무지개,/ 무지개는 마치 승리의 깃발처럼/ 영웅나라 젊은이들의 머리 우에/ 일곱색 빛을 뿌리며,/ 닿을 수 없는/ 높은 곳으로 뻗치고 있었다. — 안막, 「무지개」

박령감의 황소는 / 오늘도 포탄 싣고 진지로 간다.// 땀투성이 황소는 / 냇물에 들어서자 물부터 켰다.// 박령감은 항공을 감시하고/ 길 가던 전사는 발 벗고 섰고,// "어서 건너 오시오"/ 박령감의 소리다// "물이 흐릴가봐요" / 전사의 대답이다. — 신동철, 「전사와 황소」(전문)

금년 봄/ 뜰앞의 꽃밭을 함께 가꾸며/ 그는 또 소녀의 마음속에도/ 꽃씨를 심어 주었단다.// 소녀는 꽃씨를 받는다,/ 마음의 꽃씨를 딴다,/ 다시 흰구름 아래서,/그가 심어준 꽃씨를.// 아저씨는 오늘 돌아가,/ 양자강 기슭에 있다는/ 사랑하는 그의 집 울안에/ 이 꽃씨를 심고/ 이 땅에 봄이 오고 다시 올 때마다/ 소녀는 또 많고 많은 꽃을 심으리니,/ 우리는 보리라,/ 꽃처럼 자라는/ 아이들의 래일을!" — 전초민, 「꽃씨」

---

47 안막, 「서정시 4편-무지개」, 『조선문학』 1955.1, 95~101면; 신동철, 「전선시초-전사와 황소」, 『조선문학』 1955.2, 109~115면; 전초민, 「꽃씨」, 『조선문학』 1955.3, 118면; 리순영, 「서정시 3편-산딸기」, 『조선문학』 1955.4, 164면.

내가 그날 전선으로 떠날 때,/ 그 처녀는 산딸기를 싸주며/ 단발머리 귀밑
까지 붉히더니/ 무사히 잘 있는지…?// 그리움에 촉촉이 젖는 마음…/ 그
러나 동구 밖에 이르러/ 전사는 발 멈추네— 어느 집일가?// (중략) 전사는
처녀의 눈동자에서/ 전보다 더 넓어진 들판을 보며/ —동무는 많이두 변
했구려,/ 딸기 맛은 여전하던데…// 그만 처녀는 수집어/ 발끝만 굽어 보
다 하는 말이/ —변했지요, 모든 것이 변했지요,/ 그렇지만 딸기 맛이야 변
하겠어요! — 리순영, 「산딸기」

이들 서정시에 대한 비판의 요지는 전시 조선여성의 전형적 감정 대
변 대신 개인감정 및 서정의 남발이다.[48] 한창 전쟁 중인데 「무지개」에서
후방 지원에 매진해야 할 처녀가 앵두가 아름답다고 한가히 노래나 부
르고, 「전사와 황소」에서 빨리 최전선으로 행군을 서둘러야 할 전투병이
농부에게 양보나 하며, 「꽃씨」에서 조선 소녀가 중국 인민지원군에게 꽃
씨나 전해주고 「산딸기」에서 병사가 후방에 두고온 처녀에게 딴 맘이나
품고 있으니 '현실적 노동생활과 유리된 안온한 목가적 분위기'[49]에 빠졌
다고 공개 비판받았다. 요는 전쟁 같은 비상시국, 급박한 상황에서는 개
인감정 차원의 서정 표명보다 당명에 무조건 따르는 전투적 서정만이 용
인된다는 고답적인 원칙 고수이다.

그러나 '도식주의 논쟁'의 중심이 섰던 문제작들을 김우철, 엄호석,
김명수, 김하명 등 후대 비평에만 의존하지 말고 '당대 매체'에서 원문 전
체를 찾아 선입견 없이 '맥락적 독서'를 시도해보자. 기실 「무지개」에서
핵심은 처녀의 순진한 마음뿐만 아니라 후방 인민이 전사들에게 수줍게
앵도를 건네줄 때 솟아오른 무지개를 '승리의 깃발'로 은유한 시인의 배
려이다. 후방 인민의 성원과 전투에 임하는 고사포 병사의 각오가 무지

---

48 김명수, 「서정시에 있어서의 전형성·성격·쓰찔」, 『조선문학』 1955.10, 148면.

49 미상, 「고정란 '작가동맹에서'_동맹 제17차 확대상무위원회」, 『조선문학』 1955.6, 205면.

개라는 상징적 이미지로 모아지는 것은 리얼리즘 서정의 완성도를 높인 것이지, 그런 시적 결구를 애써 외면한 채 목가적 서정으로 몰아붙이는 것이 오히려 문제다.[50]

「전사와 황소」에서도 병사가 급히 행군하려고 흙탕물을 만들면 물을 마시던 황소가 제대로 먹지 못할 것을 배려한 상황은 칭찬할 미덕이지 비난한 성질이 아니다. 왜냐하면 사회주의적 군대는 전투 수행도 일종의 정치과정으로 규정하기에 군인이 늘 인민과 함께 한다는 후방 배려의 정치성을 우선하기 때문이다. 매우 짧은 단시지만 스냅 사진 하나로 전장의 바람직한 사회주의적 군민관계(군민일체, 전투와 생산, 정치의 병행)를 상징하는 정황을 전형적으로 묘파한 단순미(미니멀리즘) 수작으로 생각한다. 「꽃씨」의 이미지 또한 불속에서 자기를 구해준 중국군에게 조선 소녀가 보내는 소박한 답례물이기에 '조중친선(朝中親善)'을 상징하는 객관적 상관물이 된다. 더욱이 지난 시간과 다가올 시간을 파노라마처럼 속도감 있게 펼치는 쉼표 같은 구두점의 효과적 활용이 이채롭다. 「산딸기」 또한 전투 수행 중인 전사가 원래 농촌 총각이었으니 두고온 연인을 상상하고 변치 않는 '산딸기 맛'을 통해 사랑을 재확인하면서 사회주의적 군민관계를 생활감정으로 승화시킨 것은 비난받을 일이 아니다.

전쟁과 일상을 병행하는 시적 정서가 잘 표현된 작품으로 역시 논란되었던 서만일의 「봉선화」가 있다.

"적탄은 앞뒷산을 / 숯처럼 태웠건만 / 제철 찾은 봉선화는 / 울 밑에 피였구나//

---

50 "우리의 견해에 의하면 「무지개」도 리순영의 「노을」과 마찬가지로 훌륭한 시라고 할 수 없을망정 특별히 흠잡을 데 없는 시이며 아름다운 서정적 화폭을 련상시키는 시라고 생각한다." 엄호석, 「문학 평론에 있어서의 미학적인 것과 비속사회학적인 것」, 『조선문학』 1957.2, 135면.

하룻일에 지친 몸 / 고되지 않으랴만/ 밤이면 남 몰래 / 손톱마다 붉은 물을 들인다.//

끓는 이마에서 이마로 / 그 손이 옮겨갈 제 / 전사들은 간호원의 손에서 / 고향을 숨쉰다.//

조용한 숨결 속에 / 래일의 힘을 기른다. (1951.3) — 서만일, 「봉선화」"[51]

이 시에서 군민일체의 서정적 이미지를 찾는 것이 어렵지 않다. 군 간호사로서 부상병 치료라는 바쁘고 고된 일을 하는 틈새에 손톱에 봉숭아 꽃물을 들이는 것이 한가한 사치일까. 오히려 병사들이 간호사의 봉숭아 꽃물에서 고향, 누이를 감지하고 조국과 향토, 후방 인민에 대한 사랑과 책임감을 더욱 강하게 느끼지 않겠나싶다. 이러한 아름다운 풍경을 포착한 시인의 내부적 체험의 깊이가 놀랍다면서, 평론가 김명수는 "간결한 형식 속에 담겨진 그 그윽한 민족적 향취와 향토에 대한 사랑으로 빛을 뿌린다."고 칭찬한다.[52]

정전에서 탈락한 안막, 리순영, 신동철, 서만일 등의 문제작을 살펴본 결과 시의 본질이 서정과 사상의 변증법적 통합체임을 인정하지 않고 사회주의적 서정에 대한 해석에서 차이를 감지하게 된다. 군민일체 관계를 염두에 둔 폭넓은 해석과 전투미학으로 어울리지 않는 부르주아미학의 잔재로 이를 용납하지 않는 편협한 해석 차이에 넘을 수 없는 장벽이 있는 것이다.

---

51 서만일, 「봉선화」, 『봉선화』, 조선작가동맹출판사, 1955, 22~23면.

52 김명수, 「시대정신의 날개—시문학」, 『해방 후 우리 문학』, 조선작가동맹출판사, 1958, 216~218면 참조.

3.2. 현실 재현과 자연주의의 길항: 전재경, 신동철의 리얼리즘소설 논쟁

끝으로 1956년 도식주의 비판론과 1958년 도식주의 반비판에서 각각 논란되었던 전재경, 신동철의 리얼리즘 소설을 살펴보자.[53]

1956년 당시 문제작은 전재경 「나비」(1956.11), 리근영 「첫 수확」(1956. 10~11. 2회 연재), 김만선 「태봉 령감」(1956.12) 등이었다. 세 작품 모두 '농업 협동화사업'을 다루고 있다. 「첫 수확」, 「태봉 령감」은 농업협동화사업의 온갖 장애와 그 극복과정을 실감나게 형상화했고, 「나비」는 부정적 형상의 풍자를 실감나게 해냈다. 「첫 수확」과 「나비」는 발표 다음 해인 1957년 조선작가동맹 중앙위원회 제2차 전원회의에서 상찬받기도 하였다.[54] 김영석은 리근영의 중편 『첫수확』, 천세봉의 장편 『석개울의 새 봄』, 전재경의 단편 「나비」 등이 주제상 종래의 편협성을 퇴치해가는 도정을 보여주며 동시에 뚜렷한 개성과 풍모를 가진 생동하는 인간 면모를 보여준다고 고평했다. 그러면서 '인간의 성격을 사회계급적인 생활 기반을 떠나 주관적으로 묘사'하고 문장의 산만성 난해성이 결함인 「태봉 령감」보다 '농촌의 일 국면을 치밀한 묘사를 통하여 형상화'한 「나비」와 「첫 수확」을 높이 평가하였다.[55]

문제는 풍자소설 「나비」이다. 작품은 1954~56년의 농업 협동화 과정에서 개인 이익을 위해 사기를 치고 쉽게 반성하지 않는 이기주의자 고

---

53 남한 연구자인 오태호는 이들 작품이, '인물의 형상화와 서사적 설득력에 대한 비판(김영석), 생동하는 풍자적 전형의 수법(김하명), 부정적 인물의 계도 과정에 대한 리얼리티(엄호석), 생동감 있는 인물 묘사와 구체적 농촌 실정(서만일)' 등의 논란을 거쳤지만 '당과 제도에 대한 비방 중상'이라는 공식평보다 1950년대 중후반 북한의 텍스트 비평이 지닌 문학적 유연성을 보여주기에 긍정적으로 평가한다. 다만 이를 개별적으로 평가할 뿐 한반도적 시각이나 리얼리즘 민족문학의 반열에 올려놓겠다는 적극적인 평가까지는 나아가지는 못했다.

54 「우리 문학의 새로운 창작적 앙양을 위하여—조선작가동맹중앙위원회 제2차 전원회의에서 한 한설야 위원장의 보고」, 『조선문학』 1957.12.

55 김영석, 「우리 산문 문학에 반영된 농촌 생활의 진실」, 『조선문학』 1957.5 참조.

영수를 개변시키는 협동조합원들의 노력을 그린 조금 긴 단편소설이다. "옥수수는 밭곡식의 왕이다"라는 구호를 시작으로 한창 '개인경리'를 '협동경리'로 전환하는 농촌에서 체제 개혁에 반대하는 주인공의 기만과 협잡은 극에 달한다. 가령 집단노동을 몸이 아프다고 빠지거나 새끼 꼬기를 속이며 사기를 치는 "현장을 붙잡히고도 간교한 그는 이렇게 저렇게 말을 꾸며 속여보려 하다가 두 사람을 매수하려고까지 하였다." 심지어 조합에서조차 관리위원장이 바뀌는 바람에 전 위원장은 조합 일에 상관하지 않았고, 태만한 부기장도 고영수에게서 벼 411킬로에 해당하는 잡곡을 되찾아올 것을 잊고 있었다. 오죽하면 협동농장원들 사이에 "남이 애써 가꾸는 강냉이를 짤라먹는 이 고영수 같은 놈아," "남이 공들여 가꾸는 곡식을 파먹는 놈은 다 조합 재산을 처먹는 고영수와 같은 것이지요"라는 말까지 돌 정도이다. 결국 "량곡 411킬로를 고영수 조합원이 사기적 방법으로 잘라먹다가 발각이" 나자 관리위원장과 부기장, 순이 등 41작업반 1분조원을 비롯한 농민들이 합심하여 고영수를 개변시킨다는 내용이다. 농업 협동화에 헌신하는 위원장과 순이는 반동분자 고영수를 두고 "그 한 사람이 중요하오. 어쩌면 농촌에서 최후의 한 사람일는지도 모를 일이니까." 하면서 포기하지 않는다.

"아즈반은 아직 생각을 돌리지 못했습니다. 꼭 힘든 육체로동을 하셔야 합니다. 지금까지 아즈바니가 조합원들에게 지은 죄를 씻기 위해서, 또는 이제부터 위신을 얻기 위해서는 꼭 그렇게 해야 됩니다. 지금까지의 아즈반의 사상을 고치기 위해서도 그것이 필요합니다. 힘든 로동을 통해서만 머리가 개변될 수 있는 것입니다."

결국 이 작품은 1956년 당시 사회주의적 농업 협동화의 핵심이 관료적인 농촌 경리제도 자체가 아니라 소소유사(小所有者)석 이기주의에서 헤어나지 못하는 다수 농민들이 힘든 육체노동 체험을 통해 의식까지 개혁하는 것을 궁극적 목표로 삼았음을 형상화시켜 보여준 셈이다. 문제는 협동화과정의 갖가지 개인 비리와 관료적 행태를 너무 적나라하게 그려 당 정책의 이면을 폭로한 역기능이 큰 점이다. 주인공과 주변 인물들의 성격 변화의 긍정적 측면 묘사보다 그를 둘러싼 '농촌 협동경리'과정의 부정적 상황의 디테일 묘사가 훨씬 실감났기 때문이다.

사회주의 기초 건설기였던 당시 반강제적인 협동농장 설치과정에서 매사에 이기적으로만 처신하는 소소유자적 캐릭터를 통해 농업 협동화 문제의 현안을 사실적 비판적으로 풍자한 것은 좋다. 다만 농업 협동화 과정의 과도한 부정적 묘사가 논란을 불러오지 않을 수 없었을 터이다.[56] 자기 이익을 위해 사기 치고 쉽게 반성하지 않는 이기주의자를 개변시킨 협동조합원들의 노력보다 협동화과정의 갖가지 비리와 관료적 행태가 너무 적나라하게 드러나 당 정책의 이면을 폭로한 셈이다. 등장인물의 성격 변화보다 농촌 협동화의 이면이 너무 리얼했으니 말이다. 그래서 "사기와 기만과 패덕과 기생충적 생활에 충만된 고영수"가 협동조합원들의 헌신과 성의에 감명 받아 너무 쉽게 개변해버린 결말을 두고 그의 갑작스런 변화에 대한 서사적 설득력이 떨어지니 비판은 당연하다.

도식주의 비판과 그 반대급부로서의 리얼리즘의 풍부화가 가능했던 제2차 작가대회가 열렸던 발표 당시의 분위기 덕에 이 작품 평가는 찬반으로 갈렸다. 김영석은 이 작품이 개성과 풍모를 가진 생동하는 인간형을 그리는 데는 성공했지만 결말의 작위성을 의심하는데 반해, 김하명은 부정 인물의 형상화에서 풍자 수법이 다양하게 구사될 수 있다는 훌륭한

---

56 계북이 평론 「전형적인 것에 관한 몇 가지 문제」(『조선문학』 1957.5)에서 고영수 캐릭터가 성공한 전형적 형상이라 고평한 반면, 한중모는 「소설 분야에서의 부르죠아 사상의 표현을 반대하여—전재경, 조중곤의 작품을 중심으로」(『조선문학』 1959.4)에서 당의 농업 협동화 정책을 악랄하게 비방 중상한 부르주아미학으로 비판한다.

실례가 된 작품으로 고평한다.[57] '부정적 인물'인 고영수 캐릭터를 개성적 재현으로 보면 긍정 평이 가능하지만, 자연주의·기록주의 묘사로 보면 평가는 반대로 된다.

도식주의 반비판론이 부각된 1959년 초에 이 작품은 '제도와 당에 대한 비방'을 형상화한 '반동적 부르주아미학사상 잔재'로 매도된다. 논란의 핵심은 당대 현실의 부정적 측면의 디테일 묘사가 지나치게 잘 되어있어 사회주의적 농촌 건설이라는 당 정책에 부정적 영향을 끼친다는 점이다. 어떤 소설이 있는 현실을 너무 사실적으로 폭로하면 그 저의를 의심받는데 이 경우가 딱 그렇다고 할 수 있다.[58] 다만 비판론에서 이 작품이 리얼리즘 소설이면서 동시에 풍자소설이라는 사실이 너무 쉽게 외면되었다. 현실의 부정적 이면을 폭로 비판하면서 더 나은 이상사회를 상상하는 것이 현실비판적인 풍자 미학의 특징일 터인데 말이다.

반면 비슷한 소재를 다룬 리근영의 「첫 수확」은 농업협동화과정의 실상을 성공적으로 그려 정전이 된다. 박병두 등 농민들의 소소유자적 욕망과 상호불신 때문에 선뜻 농업협동화에 동참하기 어려운 협동조합 조직화의 실상을 보여주되, 상진 같은 긍정적인 조합원들의 헌신과 노동력 조직화로 첫 농산물을 수확하는 성공담을 그린다. '농업생산의 사회주의적 개조와 실현'을 위한 조치에 조합원의 반발이 적지 않았으나 끝내 성공하는 내용이다. 중요한 것은 협동화 과정에서 농민들의 헌신과 노동력

---

57 김영석, 「우리 산문문학에 반영된 농촌 생활의 진실」, 『조선문학』 1957.5; 김하명, 「풍자문학과 사회주의적 사실주의—최근에 발표된 풍자작품을 중심으로」, 『조선문학』 1958.7. 이런 긍정 기조가 서만일 등의 『해방 후 우리문학』(1958)에 반영되었지만, 도식주의 반비판으로 흐름이 바뀐 『전진하는 조선문학』(1960)에선 한설야를 위시해 비판 일변도로 반전된다.

58 작가 전재경이 주인공 고영수의 입을 통하여 "우리 당과 우리 제도에 대한 비방과 중상"을 퍼붓고 있음에도 불구하고, "분노와 경각심보나도 개성화된 인간 형상을 그려냈다는 것"을 성과작으로 추켜세우는 일부 사람들이 있었다며 김영석, 서만일 등의 비평까지 싸잡아 비판한다. 한설야, 「공산주의 교양과 우리 문학의 당면 과업」, 『조선문학』 1959.5, 4~25면.

의 조직화로 첫 해 결실을 수확하는 '성공의 드라마'가 결코 도식적이지 않다는 점이다. 당원이자 전위 역할인 상진 캐릭터도 그렇지만 보통 농민들의 자발적 참여와 헌신적 노력도 그에 못지않게 중시한 것이 미덕이다. 농업협동화의 당위성을 깔면서도 도식주의에 함몰되지 않고, 지주계층의 반발과 방해, 농민들의 소유욕과 이기심, 협동조합에 대한 농민들의 불신 등 문제를 실감나게 다룬다.

1958년 도식주의 반비판론에서 역풍의 결정적인 빌미가 된 작품은 신동철의 「들」(1958.11)이다. 이 작품은 6.25전쟁 중 평양으로 가던 군관의 눈으로 고향과 비슷한 마을의 현실과 풍광을 서정적으로 묘사한 단편소설이다. 주인공 조동호 군관이 전쟁 중 평양으로 향하다 폐허가 된 풍광에 속상해하고 여교원을 만나 흔들리는 착잡한 심경을 담담하게 서술한다. 평양행 사흘째 사람을 만나지 못한 동호는 모든 것을 그리워한다. 더구나 폭격에 어머니와 어린 남동생을 잃은 그는 황폐한 농촌과 거리를 보면서 심란해 한다. 하지만 전쟁 중에 여교원과의 통성명이 무슨 소용인가 하는 심경을 묘파한 결말 대목에서 일견 비관적으로 흐를 법한 감상을 버리고 전의를 다잡고 있다. 이는 오직 전쟁 승리를 위한 애국심과 전투와 후방에서의 영웅주의만 기계적으로 그리는 '협애한 주제성, 단순한 스찔'만 강요하는 도식주의적 창작 풍토에서 벗어난 의미가 있다. 내면 풍경과 원근법적 풍경 묘사라는 새로운 형상 영역 확대를 통해 평범하고도 단순한 이야기 속에 심오한 생활 철학과 서정을 담는 것이다.

이렇듯 주인공의 복잡한 심경 묘사에서 어떤 이는 입체적 성격 묘사와 일상성의 긍정적인 요소를 찾아 읽기도 하지만 반면, 다른 이는 당성이 약화된 흔들리는 소시민성을 밝혀내는 경우도 있다.[59] 엄호석은 「들」

---

[59] 엄호석, 「전투적 쟌르인 서정시와 단편소설의 예술적 성능을 제고하자」, 『문학신문』 1958.11.27; 계북, 「서정 세계의 추구」, 『조선문학』 1959.1, 98~103면; 김근오, 「들」에 방황하는 '서정'—신동철의 「들」에 대한 항변」, 『조선문학』 1959년 2월호, 123~129면; 김하명,

이 평범한 인간들의 일상생활에서 흔히 볼 수 있는 이야기를 통하여 전쟁 시기 조선 인민의 비범하고 영웅적인 정신세계를 보여준 작품이라고 평가하지만, 김근오는 그것이 '소부르죠아적 개인 취미'일 뿐이라 비판하고 김하명은 후방 현실의 왜곡, 정신세계의 왜소화, 소비적 감상주의가 드러났다고 맹비난한다.

6.25전쟁과 전후 복구 시기 부정적 인물의 악행을 풍자한 비슷한 소재를 비슷한 시기에 발표한 「나비」, 「들」은 찬반 논란 끝에 결국 당과 동맹에서 소시민성과 자연주의로 공식 비판되어 정전에서 탈락한 반면, 「태봉 령감」, 「검정보자기」(김형교, 1957.1)[60]는 논란과 상찬 속에 문학사적 정전으로 자리잡게 된다. 전자는 반동미학으로 정전에서 탈락하고 후자는 사회주의 리얼리즘 정전으로 긍정되는 사상 미학적 차이가 과연 무엇일까 여전히 의문이다.

작품 분석 결과 풍자적 서사 구성의 미적 차이보다는 전쟁기 북한 사회와 등장인물의 실체를 실감나게 재현했는가 아니면 전쟁 승리를 위해 모든 것을 그리라는 당 정책에 맞춰 표현했는가 정도의 차이뿐이었다. 오히려 정전 탈락 작품이 리얼리즘의 보편미학적 기준에서 우위를 보일 수도 있는데 문예노선 변경과 작가 행적에 따라 평가가 찬양에서 비판, 비난, 매도로 급변했음을 확인하게 된다. 이러한 문학외적 강제가 본론에서 거론한 다른 문제작에도 일괄 적용되니 더욱 문제이다. 작품의 사상 내용적 우위와 작가의 정치적 행적에 따라 문학적 우열과 문학사적 위상이 결정되었던 만큼 당 정책이 예술의 상대적 특수성을 무시하고 작품외

「평론의 선도성과 전투성에 대하여」, 『문학신문』 1959.2.5, 4면.

60 장형준, 「작가의 의도와 작품의 빠포쓰—『조선문학』에 최근 발표된 소설들에 대하여」, 『조선문학』 1957.6, 122면. 「검정 부자기」는 "도식주이저 편향을 극복한 진지한 창조적 투쟁을 진행한 긍적 결과"로 평가한다. 풍자 문학의 발전에 기여한 성과작이라는 것이 장형준의 평가다. 그런데 「나비」는 평가를 유보한다.

적 강제를 폭력적으로 작동한 셈이다.[61]

4. 도식주의 비판론의 비평사적 의미

도식주의 비판(1956)과 반비판(1958)의 모멘텀은 1956년 이후 해이해
진 당 기강을 바로 잡는 계기가 된 1958년의 당대표자회였다. 1958년 3
월에 열린 제1차 조선로동당 대표자회는 원래 5년에 한 번씩 개최되는
당대회를 할 수 없는 처지에 1956년 이후 조장된 반 김일성 일파에 대
한 '반종파투쟁'을 마무리하기 위한 대회였다. 여기서 당 최고지도부는
1956년 8월 전원회의사건에서 반대편에 섰던 소련파 연안파를 종파분자
로 비판하면서 당의 '민주주의적 중앙집권제원칙'을 재확인하고, 수정주
의와 우경투항주의를 경계하였다.[62] 여기서 언급된 수정주의와 우경투항
주의가 문학에 있어서 도식주의 비판과 극복에 대한 반론의 근거로 작용
되었던 것이라 할 수 있다.

그러나 보다 직접적이고 중요한 당 정책은 최고지도부의 1958년 10
월 14일 교시 「작가 예술인들 속에서 낡은 사상 잔재를 반대하는 투쟁을
힘있게 벌릴 데 대하여」였다. 그 내용은 바로 스탈린주의의 배격으로 해

---

61 이와 관련하여 오태호는 신동철의 「들」을 비판하는 당대 북한 평론의 평가 기준은 역으로
     북한문학에서 살려 써야 할 문학적 다양성의 수원에 해당한다고 논평한다. 즉 '관찰자로
     서 무기력한 인물(김근오), 허무주의적이고 수정주의적인 서구의 바람(한설야), 개성적인 스킬
     과 개성화된 성격과 작품의 홍미성(한설야), 고요와 서정과 정적인 특징(김민혁), 패배주의 사
     상과 모호하고 우울하고 감상적인 심리적 인간의 등장(엄호석), 고독과 애수와 감상과 추억
     의 장막(윤세평)' 등의 비판은 북한문학의 경직성과 도식성을 극복할 유연한 문학적 동력에
     해당하는 것이다. 오태호, 「1950~60년대 북한문학의 지배 담론과 텍스트 평가의 균열 양상
     고찰—전후 복구기(1953)부터 유일사상체계 형성기(1967)를 중심으로」 참조.
62 스칼라피노·이정식, 한홍구 역, 『한국공산주의운동사 3—북한편』, 돌베개, 1987, 652~655
     면 참조.

이해진 당 조직의 기강과 인민의 사상성을 문제삼고 있다. 거기서는 낡은 사상 잔재의 예로 개인 이기주의, 공명주의, 가족주의적 경향 등이 거론되었으나 개인숭배는 언급되지 않았다. 문예에 대한 언급도 있었는데, 창작에 있어서 자유주의적 태도를 보이는 것은 당의 지도를 받지 않으려는 무규율적인 태도라고 비판되었다. 한때 자유주의에 유혹되었던 기회주의자들은 공산주의사상으로 재교육하고 강한 혁명적 규율과 질서를 기르며, 작가 예술인들에게 남아있는 자본주의사상의 잔재를 청산해야 한다고 하였다. 이렇게 되어 작가 비평가들은 도식주의 비판과 극복의 이름으로 잠깐동안 꽃피웠던 사회주의 리얼리즘의 비판정신을 억제할 수밖에 없게 되었다.[63]

이러한 당 정책에 따라 조선작가동맹 중앙위 4차 전원회의(1959.4.14)에서는 '공산주의문학 건설'에 대한 문제가 가장 중요한 현안으로 제기되었다. 이를 위해 안막, 서만일, 윤두헌 등 새로운 내부의 '적'들이 부르주아 문학사상에 물들었다는 이유로 비판 배척되었다. 다시는 작가동맹 내에 부르주아사상을 침투시키지 말자는 결의는 결국 한동안 완화되었던 작가의 현지파견사업이 재강화된다는 것을 뜻했다. 사회주의 리얼리즘 방법을 터득하기 위해서는 책상머리의 이론만이 아닌 육체적 노력이 필요하다는 것이었다. '천리마운동'시대의 새로운 현실에 적용하여 노동과 창작을 병행하는 현지파견사업을 더욱 강화해야 한다는 결의가 이루어졌다.[64] 이렇게 해서 전후문학의 도식주의경향에 대한 비판과 극복은 불과 2년여 만에 막을 내리고 말았다.

북한에서 이렇게 도식주의에의 반비판이 강력했던 이유는 여러가지

---

63 더욱 이러한 정치주의적 문예정책을 강화시켜준 것은 곧이어 나온 김일성 교시 「공산주의 교양에 대하여」(1958.11.20)였다.

64 조선작가동맹 중앙위, 「조선작가동맹 중앙위원회 제4차 전원회의 결정서」, 『문학신문』 1959.4.16, 1면 참조.

가 있겠으나 특히 정치적 역사적 배경을 고려하지 않을 수 없다. 즉 북한은 소련과 같은 스탈린주의의 비판과 극복의 움직임이 없었던 것이다. 미학에서 '도식주의'의 비판과 극복으로 나타난 현상은 사상적 측면에서는 '교조주의'의 비판과 극복으로 드러났으며, 이러한 경향은 중공업 중심의 독자적인 경제건설의 성공에 기반을 둔 것이기도 하였다.

다만 도식주의 비판론의 추이를 규명하는 과정에서 중요한 성과가 있었다. 주체문예론 체계로 유일화된 정전 탓에 그 존재가 삭제된 사회주의 리얼리스트의 복권과 그들의 문학을 복권한 것이다. 즉, '부르주아 미학사상 잔재'나 종파로 비판받아 정전에서 배제된 사회주의 리얼리스트인, 안막, 서만일, 신동철, 전초민, 전재경, 리순영, 김영석, 김창석, 윤두헌 등이다. 전후 복구 건설기의 실상을 서정적으로 그린 안막 「무지개」, 신동철 「전사와 황소」, 전초민 「꽃씨」, 리순영 「산딸기」 등 리얼리즘 서정시와 전재경 「나비」, 신동철 「들」 등 리얼리즘 세태소설이 그 예라 하겠다. 이를 두고 풍부한 현실 재현과 개성적 표현으로 사회주의 리얼리즘의 전형화에 성공했다는 긍정 평가 있는 반면, 당성 등 사상이 부족하고 부르주아미학인 서정주의, 자연주의에 빠졌다는 비판도 적잖이 나왔다. 1955년 한때 작가동맹 지도부가 이들 작가와 작품을 공개 비판하기도 했으나 1956년 문예노선 변경과 제2차 작가대회 후의 유연해진 정세에 편승하여 작품 찬반론과 그로부터 촉발된 리얼리즘 미학 논쟁이 백가쟁명 양상을 보였다. 예술의 특수성과 당문학 원칙의 길항관계를 유감없이 보여준 '도식주의, 기록주의 비판과 반비판' 논쟁(1957~58)을 통해 북한문학은 한층 성숙했다고 평가된다. 그러나 1958년 말 당 최고지도부인 김일성 교시를 계기로 '도식주의 비판'론은 역풍을 맞게 된다. 사회주의 리얼리즘의 풍부화로 평가되는 일련의 작품들은 자연주의, 수정주의, 이색사상 등 부르주아미학 잔재로 비판받아 정전에서 배제되고 우경화된 사회주의 리얼리스트들은 문단에서 사라진다.

도식주의 비판론 주요 목록

엄호석, 「사회주의 레알리즘과 우리 문학」, 『조선문학』 1955.3.

홍순철, 「근로자들의 계급적 교양과 문학평론」, 『조선문학』 1955.4.

미상, 「작가동맹에서」, 『조선문학』 1955.6. (#안막, 전초민, 리순영 비판 결정서)

미상, 「문학예술에서의 전형적인 것에 관한 문제」, 『조선문학』 1956.3.

김명수, 「문학예술의 특수성과 전형성의 문제」, 『조선문학』 1956.9.

윤세평, 「고전작품 연구와 교조주의」, 『조선문학』 1956.9.

한설야, 「전후 조선문학의 현상태와 전망」, 『제2차 조선작가대회 문헌집』, 조선작
      가동맹출판사, 1956.12.

서만일, 「시대의 정신―제2차 작가대회를 마치고」, 『문학신문』 1956.12.6.

김우철, 「작품 비평에서의 비속화를 반대하여」(작가 연단), 『조선문학』 1956.12.

엄호석, 「문학사 서술의 사회학적 단순화를 반대하여」(지상토론), 『문학신문』 1956.
      12.27.

엄호석, 「문학평론에 있어서의 미학적인 것과 사회학적인 것」, 『조선문학』 1957.2.

서만일, 「독단주의에 대한 독단주의적 인식을 반대하여」, 『문학신문』 1957.2.14.

원진관, 「도식주의를 극복할 데 대한 몇 가지 문제―사회주의 사실주의 문학의 전
      진을 위하여」(지상토론), 『문학신문』 1957.2.21.

박태영, 「자신에 대한 더욱 높은 요구성을―사회주의 사실주의 문학의 전진을 위
      하여」(지상토론), 『문학신문』 1957.2.21.

김우철, 「도식을 극복하는 길에서―사회주의 사실주의 문학의 전진을 위하여」(지상
      토론), 『문학신문』 1957.2.28.

김명수, 「문학에서 '미학적인 것'을 바로 찾기 위하여」, 『조선문학』 1957.3.

조중곤, 「도식주의를 반대하는 길에서―사회주의 사실주의 문학의 전진을 위하여」
      (지상토론), 『문학신문』 1957.3.7.

강능수, 「도식주의 산생의 원인을 주관주의적 독단에서 찾자―사회주의 사실주의
      문학의 전진을 위하여」(지상토론), 『문학신문』 1957.3.14.

김민혁, 「사회주의적 사실주의에 대한 중상과 외곡을 반대하여」, 『문학신문』 1957. 3.14.

현종호, 「서정시에서의 더욱 심오한 문제성을 위하여—사회주의 사실주의 문학의 전진을 위하여」(지상토론), 『문학신문』 1957.3.28.

윤두헌, 「사회주의 사실주의의 길에서—제2차 작가대회 이후의 우리 문학 창작상에 나타난 문제들에 대하여」, 『조선문학』 1957.4.

안함광, 「문학전통의 심의와 도식을 반대하는 투쟁에서의 새로운 도식들을 중심으로」, 『조선문학』 1957.4.

방연승, 「도식주의를 극복하기 위한 몇 가지 의견—사회주의 사실주의 문학의 전진을 위하여」(지상토론), 『문학신문』 1957.4.4.

계북, 「전형적인 것에 관한 몇가지 문제」, 『조선문학』 1957.5.

계북, 「도식주의와 예술적 개성」(지상토론), 『문학신문』 1957.6.6.

김창석, 「다시 한번 예술적 전형에 대하여」, 『문학신문』 1957.8.1.

한설야, 「우리 문학의 새로운 창작적 방향을 위하여—조선작가동맹 중앙위 제2차 전원회의의 보고」, 『문학신문』 1957.11.14.

김명수, 「평론은 생활 및 창작과 더욱 밀접히 련결되어야 한다」, 『조선문학』 1958.3.

김민혁, 「평론에서 독단주의를 반대하여」, 『문학신문』 1958.4.3. (#안함광, 한효 비판)

서만일, 「작가와 시대정신」, 『해방 후 우리 문학』, 조선작가동맹출판사, 1958.9.

김하명, 「평론의 선도성과 전투성에 대하여」, 『문학신문』 1959.2.5.

한형원, 「문학예술에서 류형성을 반대하여」(작가연단), 『조선문학』 1959.3.

한중모, 「소설 분야에서의 부르죠아사상의 표현을 반대하여—전재경, 조중곤의 작품을 중심으로」, 『조선문학』 1959.4.

한설야, 「공산주의 교양과 우리 문학의 당면과업」, 『조선문학』 1959.5.

류기홍, 「극문학에서 도식성을 극복하자」, 『문학신문』 1959.5.10.

한상운, 「씨나리오에서의 도식성을 반대하여」(지상토론), 『문학신문』 1959.6.21.

윤세평, 「작품과 빠포스 문제—신동철의 창작을 일관하는 반동적 미학사상」, 『조선문학』 1959.9.

김창석, 「공산주의자 전형 창조에서 제기되는 리론적 문제」, 『조선문학』 1959.12.

제3장

사실주의 발생·발전과 민족적 특성론[1]

1. 머리말: 문학사의 합법칙적 발전단계

이 글에서는 1950년대 중반~60년대 초반의 북한 리얼리즘[2] 논쟁을 개관하고 비판적으로 검토한다. 사실 북한의 리얼리즘론이라 하면 사회주의 리얼리즘에 입각하여 문예정책과 창작실천이 이루어지는 사정으로 볼 때 북한의 문학논쟁 전부를 다루는 일과 동일한 것으로 오해될 수도 있다. 다행히 북한의 문예비평사 자료를 보면 리얼리즘과 사회주의 리얼리즘을 별도의 항목으로 두고 논의를 전개한다는 사실을 알 수 있다. 리얼리즘 논의는 대개 고전문학 전공자가 우리 문학사의 합법칙적 발전단계를 논증하기 위하여 리얼리즘문학의 발생 발전 문제로 논의를 구체화하여 전개하는 것을 의미하고 있다. 그러나 별도의 논의란 연구영역의

---

1 이 글은 다음 논문을 저서에 맞게 개제, 수정한 것이다. 김성수, 「북한 학계 리얼리즘 논쟁의 검토」, 『실천문학』 1990년 가을호.

2 북한 학계, 비평계에서는 해방기에 가끔 쓰던 '레알리즘' '현실주의'를 '사실주의'로 통일해서 사용한다. 따라서 '사실주의'로 용어를 통일하는 것이 마땅하지만 우리 한국 문학장에서는 비평적 입장에 따라 세 용어가 혼용되고 있어, 이 글에서는 '리얼리즘'을 사용하기로 한다. 직접인용은 '사실주의'를 그대로 쓴다. '개념의 분단사'와 관련된 상세한 것은 「남북한 리얼리즘문학 비평 개념 비교」, 『현대문학의연구』 72, 한국문학연구학회, 2020.10 참조.

차이이지 문제의식의 단절이 아니란 점은 우리 학계의 일반적 형편과 다르다. 즉 북한문학의 현재적 당위성을 논증하기 위하여 사회주의 리얼리즘의 출현이 필연적이라는 사실을 염두에 두고 그에 이르는 우리 문학의 발전법칙을 규명하는 것이다. 따라서 논의는 리얼리즘의 원론적인 문제인 개념과 장르 문제부터 출발하여 각 시대에 대한 작가·작품 연구, 그를 뒷받침하는 시대사적 배경에 대한 사회과학적 천착 등이 다각적으로 이루어지고 있다.

논의가 더욱 의미를 더하는 것은 논쟁 자체가 1957~63년까지 오랜 시일 동안 수십 명의 쟁쟁한 학자가 동원되어 대토론회를 몇 차례씩 진행하고 그 과정을 논저로 남겼다는 사실이다. 이 중 『우리나라 문학에서 사실주의의 발생, 발전』(1963)은 남한학계에도 잘 알려져 있는데 이 글은 그 책이 나오기까지의 과정을 정리한다.[3] '사실주의의 발생, 발전' 논쟁을 개관하고 각 주장의 요지와 논쟁의 쟁점을 역사적 배경, 세계관과 미학, 구체적 작가 작품론 순으로 요약하고 논평한다.

2. 리얼리즘 논쟁의 전개양상

2.1. 논쟁의 경과

북한의 리얼리즘 논쟁은 1957년 김하명이 『조선어문』에 「조선문학에서의 사실주의의 형성에 관하여」라는 논쟁적인 글을 발표함으로써 본

---

3 북한 사회과학원 문학연구실 편, 김시업 해제, 『우리나라 문학에서 사실주의의 발생 발전 논쟁』, 사계절출판사, 1989.6 참조. 이하 윤기덕, 한룡옥, 고정옥, 한중모 등의 논문 서지는 내각주로 한다.

격적으로 시작되었다고 할 수 있다.[4] 김하명은 과학적인 문학사 서술을 위하여 우리 문학의 합법칙적인 발전과정으로서의 리얼리즘 형성문제를 다루게 되었다고 하면서 문제 제기의 두 가지 배경을 들고 있다. 첫째는 그 전해에 나온 리응수의 『조선문학사(1~14세기)』(교육도서출판사, 1956)에서 '고대 사실주의' '신화적 사실주의'라는 용어를 사용하여 문제가 있다는 것이다. 리응수의 문학사는 윤세평(15~19세기), 안함광(19세기 말~20세기)의 2, 3권과 함께 북한 최초의 본격적인 문학사로서 그 비중이 매우 큰 것이었다. 그런데 리얼리즘을 특정시기의 창작방법으로 인식하는 역사적 관점을 갖지 못하고 문학사의 초기 시기까지도 '~사실주의'라는 명칭을 붙였던 것이다. 이는 창작방법 내지 리얼리즘에 대한 이해 부족에서 기인한 것으로 생각할 수밖에 없어 본격적인 논의가 필요하게 되었다.

둘째, 리얼리즘 창작방법에 대한 국제적인 학술회의가 소련과학원 고리키명칭(기념) 세계문학연구소에서 개최되어 논의에 직접적인 영향을 끼쳤다는 점이다. 1957년 소련의 학술회의에서는 사회주의 리얼리즘의 일반원칙이 각 민족문학사의 구체적 경험과 어떻게 맞물리는지 그에 관한 방대한 토론이 벌어졌다.[5] 그 과정에서 리얼리즘 개념에 대해서는 엥겔스의 명제인, "디테일의 진실성 외에 전형적 환경 속에 전형적 성격을 진실하게 전달하는 것"으로 합의되었다. 토론 결과 리얼리즘문학의 전

---

4 김하명, 「조선문학에서의 사실주의의 형성에 관하여」, 『조선어문』, 1957, 4호. 창간시 격월간
   ─계간 논문집으로 4호는 7월에 발행되었다. 이 논문은 우리 고전문학에 나타난 사실주의의
   발생 발전 문제를 다룬 글이므로, 우리 근현대문학에 나타난 사회주의적 사실주의의 발생 발
   전 문제를 다룬 안함광의 이전 글과는 성격이 다르다. 안함광, 「조선에 있어서의 사회주의 사
   실주의의 발생 발전─1920년대 조선문학의 특성」, 『조선어문』, 1956, 1호 참조. 여기서 거론
   하는 '리얼리즘' 발생 발전 논쟁은 엄밀하게 말해서 1957년부터 시작된 우리 고대중세문학
   을 범주로 삼은 논쟁을 의미하며 '사회주의 리얼리즘' 발생 발전 논쟁은 근현대문학을 대상
   으로 1956년부터 시작되었다. 이하 인용은 한국식으로 고쳤음을 밝힌다.

5 이하 1956년 소련의 리얼리즘 논의는 다음을 참조하였다.: R. 쇼버, 유재형 역, 「예술방법의
   몇 가지 문제를 위하여」, 문학예술연구회 편역, 『현실주의연구 I』, 제3문학사, 1990, 60~61
   면; N. 툰, 최홍록 역, 「소련의 현실주의 논의」, 144~150면.

역사를 '리얼리즘과 반(反)리얼리즘의 투쟁'으로 파악하던 종래의 비변증법적인 입장이 폐기되고 리얼리즘을 합법칙적으로 발전하는 역사적 산물로 이해하자는 리얼리즘의 '역사화'가 합의되었다.

또한 이 원칙에 의해 세계문학사에서 리얼리즘이 실제로 발생한 시점이 논란되었다. 즉, 구체적으로 르네상스시대 문학과 1830~50년대 러시아문학 두 시기가 리얼리즘 발생시기로 논란되었는데, 대다수 토론자는 르네상스기 발생설에 동의하였다. 이러한 회의 결과는 북한 학계에도 자극을 주어 우리 문학에서 리얼리즘의 발생시점을 구명하려는 논의가 시작된 것이다.

김하명은 1957년의 글에서 우리 문학의 리얼리즘이 임진, 병자 양란 이후 17세기의 준비기를 거쳐 18세기에 형성되었으며 그때의 리얼리즘은 비판적 리얼리즘이라고 주장하였다. 그는 「홍길동전」을 우수한 비판적 리얼리즘소설로 평가한 최시학(1957)을 비판하고 연암 소설 등 실학파 문학에서 리얼리즘을 찾을 수 있다면서 구체적 작품 분석을 근거로 제시하였다. 그러나 '준비기'라는 용어나 비판적 리얼리즘의 개념을 우리 문학의 특수성에 맞춰 자의적으로 해석한 점 등 무리한 주장이 적지 않아 논란을 불러일으켰다.

우리 문학에서의 리얼리즘의 발생문제는 김하명의 문제제기와 때를 같이하여 1957년 11월 북한 과학원에서 처음 공개토론에 붙여졌다. 소상한 내용은 알려지지 않았으나 이후에 나온 글들을 종합해 보건대 고정옥, 신구현, 윤세평 등이 각각 자기 주장만 원론적으로 제시하는 데 머물렀던 것으로 짐작된다. 이때의 논의 중 이듬해 초 논문으로 발표된 고정옥(1958)의 주장을 보면, 리얼리즘에 대한 엥겔스의 명제를 19세기 서구의 비판적 리얼리즘소설에 한정되는 것으로 해석하고 서구와 역사적 발전과정이 다른 우리는 우리 나름의 리얼리즘 개념이 필요하다고 하였다. 그러면서 원시시대부터 맹아형태의 리얼리즘이 나타나 각 시대마다 각이한 형태의 리얼리즘이 계속되어 오늘날의 사회주의 리얼리즘에까지 이르렀다는 역사적 관점이 필요하다고 하였다. 이러한 주장은 신화적 리얼리즘, 고대적 리얼리즘, 9세기 최치원의 리얼리즘 등 문학사의 전개를 리얼리즘의 전개와 동일시하는 모순을 안고 있어 논쟁과정에서 비판의 초점이 되었다.

우리 문학에서 리얼리즘이 언제 발생했는가 하는 문제가 북한에서 심도 있게 논의된 것은 1958년 9월 5, 6일에 걸쳐 과학원 언어문학연구소에서 열린 '조선에서의 사실주의 형성에 대한 토론회'였다.[6] 이 토론회에서 고정옥은 리얼리즘을 "현실을 객관적으로 진실하게 반영하는 창작방법"으로 규정하고 9세기 최치원에 와서 리얼리즘이 창작방법으로서 작품에 작용하기 시작하였다고 하였다. 이에 반해 신구현, 한룡옥은 엥겔스의 명제를 리얼리즘의 개념으로 받아들여 12~14세기 이규보 이제현의 한시에서 리얼리즘이 형성되어 18~19세기에 발전 확립되었다고 주장하였다. 김하명은 시대적 제약과 사회역사적 조건의 미성숙으로 인해 9세기뿐만 아니라 12~14세기에도 리얼리즘이 형성되었다고 보긴 어렵다면서 18세기 실학사상가 연암에 와서야 리얼리즘이 형성되었으며 그는 곧바로 비판적 리얼리즘의 시원을 의미한다고 하였다. 이는 종전의 주장을 원칙적으로 반복한 것이지만 17세기 준비기설을 철회하는 등 약간의 견해 수정이 있었다.

이에 대하여 윤세평, 박종식 등은 동의를 표했지만 김민혁은 약간 의견을 달리하였다. 즉 18세기에 리얼리즘이 발생한 것에는 동의하지만 그것이 곧바로 비판적 리얼리즘이라고는 할 수 없다는 것이다. 비판적 리

---

6 이하 1958년 토론회 관련 논의는 『문학신문』 1958.9.25, 2면, 「사실주의 발생, 발전 문제」 제하 기사를 참조하여 정리하였다. 한편, 『문학신문』이 1961년 3월에 창간된 격일간지라는 『남북한문학사연표』, 한길사, 1990, 100면의 서술은 잘못이다. 이 신문은 1956년 12월 6일 창간되어 주1, 2회 발행된 주간신문이다.

얼리즘의 가장 중요한 속성인 자본주의사회 제도 하 부르주아적 관계에 대한 비판이 결여되었기 때문에 18세기 시원설은 무리라 하면서 1920년 대 발생설을 대안으로 제시하였다. 한편 토론의 진행과정에서 가장 많은 비판을 받았던 고정옥의 반비판은 주목할 만한 것이었다. 그는 신구현에 대하여 12~14세기 이규보의 리얼리즘은 선행 리얼리즘의 토대 없이는 불가능한 새로운 발전단계이지 창시, 형성은 아니라고 하였다. 김하명의 개념 적용에 대하여 비판하기를, 리얼리즘에 대해서는 엥겔스의 명제를 엄격히 적용하면서 비판적 리얼리즘에 대해서는 느슨하게 적용하는 모 순을 안고 있다고 하였다. 리얼리즘은 '유년, 성장, 성숙'의 역사적 발전 을 거치는 것이지 18세기라는 특정시기에 형성과 확립이 동시에, 그것도 비판적 리얼리즘이 동시에 형성·확립된다는 것은 불가능하다고 비판하 였다.

토론회 결과 우리 문학의 리얼리즘 발생시기는 9세기, 12~14세기, 18 세기 전후 등 크게 세 가지 의견으로 정립되었다. 또한 이 토론회는 1957 년의 토론과는 달리 리얼리즘의 범주를 창작방법으로 합의하고 작가론 적 이해를 심화시켰다는 데 의의가 컸다. 사실 고정옥, 한룡옥, 김하명, 박종식 등은 이미 최치원, 이규보, 박지원에 대한 논문이나 저서를 낼 정 도로 연구를 심화하여 리얼리즘 논의를 풍요롭게 하는 연구사적 토양을 마련해 놓고 있었다.

여기에서 제출된 의견 중 김하명, 한룡옥, 박종식, 김민혁 것은 이듬 해에 나온 『사실주의에 관한 론문집』(과학원출판사, 1959.3)에 수록되어 논 쟁의 구체적 성과를 살펴볼 수 있다. 더구나 이 논문집에는 리얼리즘 일 반에 대한 논문 외에 사회주의 리얼리즘의 발생문제에 관한 한중모의 글 도 함께 수록되어 있어 두 논의가 같은 시기에 함께 진행되었음을 말해준다. 이 토론회 후에 나온 『문학개론』[7]에는 18~19세기 리얼리즘 및 비판적 리얼리즘 발생설이 공식 견해처럼 나와 있으나 필자가 박종식이고 그 전후 해에 논란이 계속되는 것으로 보아 합의가 이루어지지는 않았다고 보아야 할 것이다.

리얼리즘 중 비판적 리얼리즘의 형성문제에 관해서는 1962년 5월, 엄호석, 윤기덕, 박종식, 윤종성, 김하명, 김병규 등이 참석한 언어문학연구소 토론회가 진행되었다. 여기서의 논의 쟁점은, 비판적 리얼리즘의 개념을 자본주의하 부르주아 비판으로 한정할 것인가 아니면 우리 역사의 특수성을 감안하여 조선 후기 봉건제 비판까지 확대할 것인가 하는 문제였다. 엄호석, 윤종성, 김병규 등이 전자를 지지하면서 1910년대 발생설을 주장한 반면, 김하명, 박종식, 윤기덕 등은 후자의 개념으로써 18, 9세기 연암 소설 발생론을 주장하였다. 토론 결과 의견의 일치는 보지 못했으나 부르주아적 인간관계의 비판에 주요한 관심이 돌려졌다.

리얼리즘의 역사적 형성문제는 1963년 2월 말에 사회과학원 언어문학연구소에서 네 번째이자 마지막 토론회가 대대적으로 이루어짐으로써 일단락되었다. 이 토론회의 내용은 논문집 『우리나라 문학에서 사실주의의 발생, 발전』(조선문학예술총동맹출판사, 1963.5; 사계절, 1989)이 출판되어 우리에게도 잘 알려져 있다. 그 내용을 보면 1958년의 토론에서 정립된 세 가지 견해차가 조금도 좁혀지지 않았음을 알 수 있다. 다만 비판적 리얼리즘 발생론만 좀더 심화되어 종래의 18세기 발생설을 비판하는 1910년대 발생설과 1920년대 발생설로 정리되었다. 논자들의 견해는 다음과 같다.

9세기 발생설; 고정옥, 동근훈, 권택무(윤기덕, 고대 리얼리즘, 신화적 리얼리즘)

---

7 박종식, 『문학개론』, 조선작가동맹출판사, 1960.4; 박종식·현종호·리상태, 『문학개론』, 교육도서출판사, 1961.

12~14세기 발생설; 한룡옥, 한중모, 안함광(김시업, '사대부 리얼리즘,' 임형택 '김
　　시습 현실주의')
18~19세기 발생설; 김하명, 현종호(윤기덕, 17세기설) (송재소, '실학파 리얼리즘')[8]
1910년대 비판적 리얼리즘 발생설; 엄호석, 최탁호(한중모, 안함광)
1920년대 비판적 리얼리즘 발생설; 김해균, 문상민, 리응수

　이 토론회 이후에는 리얼리즘의 발생, 발전 문제가 더 이상 학계, 비
평계의 주목을 받지 못한 듯하다 따라서 논쟁의 결론이 어떻게 났는지
알기는 어렵다. 다만 최근에 나온 리동수의 「우리나라 비판적 사실주의
문학 연구」(과학백과사전종합출판사, 1988)에 의하면 리얼리즘 발생시기는
12~14세기, 비판적 리얼리즘 발생시기는 1910년대 후반으로 제시되어
있어 논쟁의 결론을 간접적으로 알 수 있을 뿐이다.

　리얼리즘 논쟁과는 별도로 사회주의 리얼리즘의 여러 쟁점이 1950년
대 중반부터 1960년대 중반까지 논란되었다. 이 중 사회주의 리얼리즘의
발생, 발전 문제는 리얼리즘 논쟁과 유기적으로 연관된 것으로 비판적
리얼리즘 발생과 함께 우리 문학의 합법칙적 발전과정을 체계적으로 이
해하고 1920년대 '신경향파'문학의 위상을 올바르게 자리매김하려는 의
도에서 전개되었다.

　이와 함께 사회주의 리얼리즘 논쟁의 일환으로서 우리 문학의 '민족
적 특성'을 둘러싼 논쟁이 본격적으로 전개되었다. 이는 민족형식 문제
를 어떻게 구체화하느냐 하는 문제로서, 형식으로 이해하려는 편향과 사
상·내용으로만 이해하려는 편향이 극복되는 과정을 잘 보여준다. 또한
전형적 성격 문제도 하나의 쟁점으로 논란되는 것을 볼 수 있다. 즉, 우리
나라 근현대문학의 전개과정에서 사회주의 리얼리즘의 전형적 성격에

8　김시업, 임형택, 송재소 등 한국의 고전문학 연구자들도 나름대로 리얼리즘 발생론을 폈다.
　주12, 14 참조.

걸맞는 캐릭터 설정과 북한문학의 각 시기마다 작품 창작에 요구되는 전형적 인물의 성격을 어떻게 설정할 것인가 하는 문제가 깊이 있게 논의되었다.

그밖에도 사회주의 리얼리즘을 둘러싼 논란이 적지 않겠지만 전체적인 논쟁구도를 파악하기가 어려워 한마디로 설명을 하기가 힘들다. 왜냐하면 북한문학의 각 발전단계마다 중요하게 떠오른 문제점들이 대개 사회주의 리얼리즘 창작방법과 밀접하게 관련되는 것이라서 북한 문예비평사의 전체 판도를 전망하는 문제와 동일한 과업이기 때문이다. 다만 1960년대 후반 주체사상이 확립된 이후에는 창작방법을 둘러싼 어떠한 논쟁도, 이전과 같이 학문적인 논쟁 방식으로는 전개되지 않았다.

2.2. 리얼리즘의 개념과 서정시 장르 적용문제

북한의 리얼리즘 논쟁은 먼저 리얼리즘이라는 용어의 개념을 어떻게 이해하고 우리 문학에 구체화할 것인가를 둘러싸고 몇 가지 입장으로 나뉘어 전개되었다. 즉 엥겔스의 리얼리즘 명제를 어떻게 수용할 것인가에 따라 그것을 그대로 받아들이는 입장과 수정 적용하자는 입장, 그리고 별도의 규정을 제시하는 입장 등으로 구별되었다.

여기서 엥겔스(『예술론』, 조선작가동맹출판사 번역판, 1975)의 명제란, 그가 1888년 4월 마가렛 허크니스에게 보낸 편지에서 제시한 후 공식화된 리얼리즘 개념 규정인 "디테일의 진실성 외에 전형적 환경 속에 전형적 성격의 진실한 전달"을 가리킨다. 별도의 규정이란 고리키(『문학론』 제 2권, 국립문학예술서적출판사 번역판, 1958)가 문학의 기본적인 조류, 사조로 인정하는 "사람들과 그들의 생활조건을 분식하지 않고 정확하게 묘사하는 것"을 원칙으로 하는 경향을 말한다. 엥겔스 명제에서 논의를 출발은 하되 우리 문학의 특수성에 맞춰 그 핵심인 전형성만 취하고 리얼리즘의 규정은 별도로 "현실을 객관적으로 진실하게 반영하는 창작방법"이라고 하자는 것이 고정옥(1958) 이래 권택무, 동근훈, 한중모, 안함광 등의 개념 규정이다.

이는 원래 소련에서 찌모페예프, 아부라모비츠 등이 고리키의 규정에서 따온 넓은 의미의 일반 리얼리즘 규정이다. 리응수의 『조선문학사』(1956)에서 '신화적 리얼리즘'이니 '고대 리얼리즘'이니 하는 말을 붙인 것이나 고정옥이 '고대 리얼리즘'에서 사회주의 리얼리즘까지 발전단계를 설정하여 이를 역사적 관점이라 주장하는 것도 이러한 근거 때문이다. 그러나 이렇게 되면 모든 문학은 초현실적인 내용까지도 원래는 현실에서 출발한 것이므로 문학사의 전개가 곧바로 리얼리즘의 전개라는 무매개적 인식에 이르고 만다. 이는 생활의 진실한 반영이라는 규정만으로는 디테일 묘사의 정당성을 약화시키고 리얼리즘의 역사적 구체성을 사상시키는 문제점이 있다. '역사성, 역사적 관점'이란 고정옥이 이해하듯이 시간의 흐름으로서 발전단계를 설정하는 데 그치는 것이 아니라 합법칙적 역사 발전의 각 5단계에 일정한 특성을 부여하는 것을 가리켜야 할 것이다.

넓은 의미의 리얼리즘 규정은 그것이 아무리 세련되더라도 결국은 리얼리즘을 '진리충실성'과 동일시하는 오류를 피할 수 없게 되어 문학예술사에서 다양하게 발전해 온 여러 창작방법들의 특수성을 무시하게 되고, 결국 1957년 소련의 학술회의에서 이미 논박된 '리얼리즘과 반리얼리즘의 투쟁으로서의 세계문학사' 도식을 되풀이하는 것이 될 것이다. 더구나 일찍이 그를 주장했던 찌모페예프조차 『문학이론의 제문제』(교육도서출판사 번역판, 1957)라는 논저에서 곧바로 자기 주장을 바꾼 바 있다. 즉 어느 시대에나 존재하는 현실의 객관적 반영을 '실재성'이라 하여, 그러한 실재성의 토대 위에서 생활재료의 내부적 구조와 상호관련성에 의하여 특징적인 것, 본질적인 것을 반영하는 예술적 일반화인 '사실성'(또는 진실성)과 구별했던 것이다.[9] 이런 근거 하에 엘스베르그, 베뜨로프 등의 견해와 함께 엥겔스 명제로 돌아가 19세기 서구의 소설을 중심으로 리얼리즘을 파악하게 되었던 것이다. 따라서 실재성을 전형화의 중심으로 삼을 경우 9세기 발생론자들이 말하는 고대 리얼리즘이 인식 가능하지만 사실성을 내세울 경우 그런 인식이 불가능할 것이라는 것이 비판론자들의 주장이다.

리얼리즘의 개념 규정으로 엥겔스의 명제를 받아들일 경우에도 그를 우리 문학에 직접 적용하는 경우와 수정 적용하는 견해로 나누어졌다. 특히 윤기덕(1963:228)은 엥겔스의 명제를 전일적으로 관철하는 규범으로 이해하여 디테일의 진실성을 엄격하게 적용하고 '전형적 환경과 전형적 성격'이라는 두 속성의 관계를 단순한 나열이 아닌 '환경과 성격의 통일'로 파악하였다. 그러나 이는 19세기 서구 소설에 대한 평가를 기계적으로 적용하는 도식주의, 형식주의의 오류를 범한 것으로 볼 수밖에 없는 데다가, 그 적용 작품마저 김만중의 「사씨남정기」를 내세워 여러모로 논리적 무리를 안고 있다고 평가된다.

이와는 달리 김하명, 박종식 등은 엥겔스 명제를 리얼리즘 작품에 필수적인 요소로 생각하여 세부 묘사, 환경(사회역사적 배경 묘사), 성격(전형적 인물) 등의 항목으로 나누어 적용하고 있다. 그러나 둘 다 리얼리즘의 일반개념과 비판적 리얼리즘을 혼동하여 우리나라의 경우 18세기 연암 소설에서 처음부터 비판적 리얼리즘이 발생했다는 주장을 하게 되었다. 이렇게 되면 자본주의적 관계도 형성되지 않은 우리나라에서 세계 처음으로 비판적 리얼리즘이 발생했다는 주장이 되고 만다. 그래서 나중에 김하명(1963)은, 광의의 개념은 고리키의 일반 규정을 따오고 협의의 개념

---

9 한룡옥, 「사실주의 논의와 이규보의 문학」, 『사실주의에 관한 론문집』, 과학원출판사, 1959.3, 32~33면; 박종식, 「우리나라에서 사실주의 창작방법의 확립에 이르기까지」, 같은 책, 71면.

은 엥겔스 명제가 관철되는 것으로 나누어 파악하기도 하였다. 하지만 이 역시 우리 문학의 적용 경우에 고리키의 리얼리즘 일반개념은 엄격하게 적용하고 엥겔스의 비판적 리얼리즘 개념은 느슨하게 적용하는 등 자체 논리 전개에 일관성을 잃고 있다.

한룡옥 등 12~14세기 발생론자 일부는 엥겔스 명제의 수정 적용을 주장하였다. 한룡옥(1959:36)은 엥겔스 명제의 직접 적용은 우리 문학의 특수성을 무시한 도식적 기계적 태도라 비판하였다. 즉 19세기 서구와 러시아의 소설에 해당하는 명제의 각 요소를 그대로 적용할 것이 아니라 그 핵심인 전형성만 적용하자는 것이다. 이 주장은 그럴듯하긴 하지만 결국 엥겔스 명제의 핵심인 역사적 구체성을 사상시킬 위험, 일찍이 고정옥 등이 범했던 오류를 형태만 달리한 채 반복한 것으로 생각된다. 더구나 한중모(1962.3:49)가 주장했던 바 "생활의 본질에 대한 심오하고도 진실한 재현"이라는 지배적 창작원칙과의 차이를 찾을 수 없게 되어, 결국은 안함광과 함께 모두 다 12~14세기 발생론자로 통합이 되는 셈이다. 그러나 여기서 중요한 것은 리얼리즘의 적용 장르를 서구 중심의 소설 일변도에서 벗어나 서정시로 확대한 점이다.

리얼리즘이 서정시에도 적용 가능한 것인가 하는 문제는 다시 말해서 서정시도 소설과 마찬가지로 리얼리즘 창작방법 발생의 대표 장르인가 하는 문제로 치환할 수 있다. 적용대상이 문제되는 이유는 서정시의 경우, 엥겔스 명제의 디테일의 진실성, 전형적 환경, 전형적 성격 등 각 요소를 장르 특성상 곧바로 충족시키기 힘들기 때문이다.

서정시 장르 적용문제에 대하여 김하명, 박종식, 윤기덕 등 18세기 리얼리즘 발생론자들은 한결같이 비판적인 입장을 취하고 있다. 윤기덕(1963:235~237)에 의하면 서정시는 현실에 의해 환기된 체험으로 대상의 한 측면, 행동의 한 계기 속에서 성격을 창조하기 때문에 디테일의 진실성이 보장될 수 없고 예술적 재현방식도 객관적인 묘사가 아니기에 사회적 관계의 총체로서의 인간성격을 창조할 수 없다는 것이다. 설령 고정옥, 한룡옥 등이 반론을 펴는 대로 생활 속에서 본질적인 전형적 체험만 중시한다고 해도 인간 내부세계와 외부세계의 유기적 통일[10] 속에서 현실세계의 전면적 화폭을 보여주기는 어렵다는 것이다. 이에 대한 고정옥, 한룡옥 등의 반론도 만만치 않았다.

한룡옥(1959:37~39)은 서정시 비판론자들이 9세기 최치원, 12~14세기 이규보, 이제현 등이 창작한 한시에 비판의 초점을 맞추고 있는 것에 착안하여, 시기가 나중인 19세기 다산 정약용의 한시나 20세기 이상화 등 카프 시인의 프로문학기에도 리얼리즘 창작방법이 결여되었느냐고 반문하였다. 인간 내부세계와 외부세계의 유기적 통일의 시각에서 생활을 담으라는 요구도 소설에 국한된 것이며 다양한 생활체험 중에서 본질적인 것, 의미 있는 것을 찾아내는 '전형화'야말로 진정한 핵심사항이라고 하였다. 고정옥(1960.3:68, 71)도 리얼리즘에서 시를 제외할 수 없다면서 엥겔스 명제의 핵심인 전형성만 확보하면 되고 디테일과 환경은 소설과 다를 수 있으며 성격의 전형성 여부는 시인의 체험이 전형적 체험이냐 하는 데 초점을 맞추면 된다고 하였다. 한중모(1963:121)도 서정시에서는 서정적 주인공의 내적 체험과 생활감정의 진실성, 그것을 통한 시대정신과 생활적 진리의 반영에 중점을 두면 된다고 하여 비판론자들의 도식적인 개념 적용을 반비판하고 있다.

리얼리즘이 서정시에 적용되는가 하는 문제는 사실 우문이다. 소설뿐 아니라 서정시나 희곡 장르에도 리얼리즘이 관철됨은 문학사 인식상 당연한 것이다. 김하명 등 비판론자들의 비판도 엄밀하게 분석하면 적용 여부가 아니라 소설 장르에 비하여 가치평가상 차등을 두는 것이라 할

---

10 이는 벨린스키의 주장으로 김하명, 「다시 한번 조선문학에서의 사실주의의 형성에 관하여」, 앞의 책, 11면 재인용. 벨린스키, 『선집 4』, 조쏘출판사, 1958 참조.

수 있다. 이에 반해 옹호론자들의 반론은 대개 서정시 제외론에 대한 반비판으로 일관하고 있어 논쟁의 초점이 조금은 어긋난다고 하겠다. 서정시에서의 전형적 성격은 서정적 자아가 체현한 사상 감정과 특성이 시대의 본질을 충분하게 담고 있으면 될 것이며, 감정의 내적 논리가 종교적 도그마나 신비주의에서 벗어나 이성적으로 작용하고 있으면 묘사의 객관성이나 디테일의 진실성을 말할 수 있을 것이다. 윤여형의 「상률가」(橡栗歌)나 정약용의 「애절량」(哀絶陽) 같은 한시에서 시대의 본질을 생생한 세부 묘사로 형상화한 것을 볼 수 있는 것이다. 더구나 시가가 문학사에서 적잖은 비중을 차지하고 있는 우리 경우에는 시에서 리얼리즘의 발생 문제를 다루는 입장이 조금도 비과학적인 일이 아닐 것이다.

3. 우리 문학에서 리얼리즘, 비판적 리얼리즘의 발생

3.1. 9세기 리얼리즘 발생론

우리 문학에서 리얼리즘이 발생한 첫 시기를 9세기 최치원의 한시에서 찾는 견해는 고정옥 이래 권택무, 동근훈 등이 주장하고 있다. 리응수도 처음에는 자신의 문학사(1956)에서 사조로서의 리얼리즘 개념이 고대부터 중세까지 시기만 달리하여 지속된 것으로 서술한 바 있어 이들과 공통점이 있다고 할 수 있다. 특히 고정옥의 최초 견해(1958)나 권택무(1963)도 리응수와 마찬가지로 최치원 이전의 신화나 을지문덕의 「수나라 장수 우중문에게 주는 시」, 설총의 「화왕계」에서 리얼리즘을 찾고 있으나 설득력 있는 논의는 아니라고 하겠다.

리얼리즘 발생론은 엥겔스의 명제가 이러저러하게 적용되는 작가, 작품만 있다고 되는 것이 아니다. 리얼리즘적 기초 즉 사회역사적 배경과 세계관적 특성, 미학 등 주객관적 조건이 뒷받침되어야 시대적 본질-전형성이 획득되는 것이다. 9세기 발생론자도 최치원의 한시 「강남녀」, 「촉규화」, 「고의」, 「우흥」 등에서 봉건제하 신분제의 모순이 엿보인다고 주장하였다. 즉 작품에 형상화된 봉건지주계급과 농민의 대립이 신라 말기 애노, 적고 등의 농민폭동이 들끓던 봉건제의 모순을 반영한 것이고 고향을 그리는 마음이 지식인의 인도주의를 의미한다는 것이다. 최치원이 당대 최고의 한문학 지식인으로서 현실을 예리하게 형상화한 한시나 '전기적 소설'(고정옥, 1960:76)인 「쌍녀분」을 창작하는 등 상대적 진보성을 가졌다고 인정할 수는 있다.

그러나 나말여초의 역사적 전환기에 최승우, 최언위처럼 새로운 왕조에 몸을 던지지도 못하고 그렇다고 영락해가는 신라를 부흥시킬 엄두도 내지 못하고 가야산에 은거해 버렸으니 문제이다. 역사적 진보세력에 가담하지 못하고 「추야우중」에서처럼 자기한탄에 머물다가 사라졌으니 시대의 본질을 통찰하긴 커녕 현실도피자로 비난받을 법도 하다. 더구나 창작방법으로서의 인식론이나 미학의 자취를 찾기 어려우니 그 사상적, 작품적 한계 때문에 리얼리즘의 창시자라 하긴 곤란한 듯하다. 문제 해결의 대안으로는, 최치원 한 사람뿐만 아니라 최광유, 박인범, 최언위, 최승우 등 육두품 출신 문인 유학자집단이 골품제라는 신분제적 한계를 벗어나 상대적으로 진보적인 후삼국~고려의 역사담당층으로 전화하는 과정을 천착하는 것이 필요하다는 생각이다.

3.2. 12~14세기 리얼리즘 발생론

고려 중기 무신 집권기 이후 여말선초에 이르는 기간 동안에 리얼리즘이 발생하였다는 주장은 신구현, 한룡옥, 한중모, 안함광, 리동수 등이 하였다. 이 시기는 밖으로는 거란과 몽고의 침략으로 민족모순이 격화되고 안으로는 대토지 소유자인 문신귀족의 중세적 수탈에 의해 농민의 생활이 비참한 지경에 이르렀던 때였다. 삼별초의 저항 등 반침략투쟁으로 민족의식이 고취되었고, 봉건통치집단인 지주―귀족과 피지배집단인 농민―천민 사이의 계급모순이 심화되어 망이, 망소이, 김단, 김사미, 효심 등의 저항이 대규모 '농민전쟁'(한룡옥, 1959:46)으로 일컬을 정도로 계급투쟁이 격화된 시기였다.

12~14세기는 이규보, 이제현, 최자 등에 의하여 세계관과 미학이 새롭게 변모된 시기이기도 하다. 즉 이규보의 세계관에서 고려를 지배했던 불교의 주관적 관념론을 벗어나 유물론의 싹이 보이는 유교적 객관론이 엿보이며, 김부식으로 대표되는 중세 문신귀족의 형식주의, 모방주의적 작풍에 반대하여 '글을 애써 꾸미는 것'(用事)보다 '뜻을 새롭게 세우는 것'(新意,創意)에 주력하는 진보적 문학사상을 찾을 수 있는 것이다. 게다가 형상 창조의 수법으로서 "시 속의 그림"(詩中畵)이니 "사물에 의탁하여 뜻을 잡는다"(托物萬意)는 식으로 현실 표현의 리얼리즘적 수법이 거론되기 시작하였다.

세계관과 미학뿐 아니라 작품을 보아도 리얼리즘적인 한시를 찾을 수 있다. 이규보의 「농부를 대신해 읊는다(代農夫吟)」나 윤여형의 「도톨밤의 노래(橡栗歌)」를 보면 농민과 부자와의 대립을 제시하고 열심히 일해도 가난하기만 한 농민의 생활이 생생하게 그려져 모순과 충돌 속에 해방을 지향하는 봉건 농민의 전형을 디테일의 객관적 묘사와 함께 찾을 수 있다. 이들 외에도 이규보의 「동명왕편」 같은 장편서사시는 반침략 애국주의나 민족의식을 고취하는 작품이라는 평을 받고 있다.

이렇게 되면 리얼리즘의 발생조건을 두루 갖춘 셈인 것 같지만 차근차근 따져보면 문제가 그리 간단하지 않다. 주된 비판은 지주·귀족과 농민간의 갈등과 비극이 농민을 중심으로 하여 직접 묘사되지 않았고 '싸우는 농민'의 모습이 보이지 않는다는 것이다. 싸우는 농민이란 봉건제의 모순이 심화되어 계급해방을 위해 반항하고 투쟁하는 농민을 일컫는

말로서 그가 봉건제하의 전형적 성격을 가진 인물이라는 주장이다.[11] 설령 그런 의식이 깔려 있다고 해도 운명이나 신의 뜻 또는 존왕사상으로 결구가 되기 때문에 통치 계급의 동정에 불과하다 비난도 곁들여지고 있다. 다만 이러한 비판에 대한 한룡옥(1960:126~127)의 반비판을 보면, 그런 주장을 하는 이들(김하명, 박종식 등)이 대안으로 제시하는 18~19세기 발생론도 결국은 그런 한계에서 자유롭지는 못할 것이다. 더욱이 사회역사적 토대를 감안하면 농민봉기가 엄존하는데도 형상화를 못한 것은 이 시기 신흥사대부 세계관의 한계라 아니할 수 없는 것이다. 다만 대안으로서, 이규보, 이제현, 최자, 윤여형 등을 무신집권기 여말선초에 새로운 세계관을 가진 중소지주 출신 지식인집단이 신진 사인, 신흥 사대부라는 역사담당층으로 파악하여 '사대부 리얼리즘'의 개념을 설정하는 방안을 생각해볼 수 있을 것이다.[12]

3.3. 18~19세기 리얼리즘 발생론

18~19세기 리얼리즘 발생론자는 크게 두 부류로 나눌 수 있다. 김하명, 박종식 등 비판적 리얼리즘 동시 발생설과 김민혁, 안함광 등 별도 발생설이 있다. 이외에 현종호, 리응수, 윤기덕은 조금씩 다른 견해를 보이고 있는데 나름대로 논리적 무리가 엿보여 먼저 분석하기로 한다.

현종호(1963)의 주장을 보면, 12~14세기에 리얼리즘의 요소가 나타났고 18세기에 리얼리즘이 완전히 형성되면서 동시에 비판적 리얼리즘

---

11 봉건시대 민중의 전형으로 '싸우는 농민'을 설정한 것은 박종식, 앞의 책 85~87면 참조.

12 리동수, 『우리나라 비판적 사실주의문학 연구』, 과학백과사전종합출판사, 1988, 8면에서 12~14세기 문학이 사실주의 '창작방법의 특성을 구현'했다고 하고 30면에서는 '창작원칙은 요소적으로 구현'했다고 하여 일관성을 잃고 있다. 한편, 북한학계의 논의는 남한 학계에도 자극을 주어 다양한 논란을 불러 일으켰다. '사대부 리얼리즘'은 김시업의 소론이다. 김시업, 「고려 후기 사대부문학의 성격」, 성균관대 박사논문, 1989 참조.

의 요소가 나타났으며 근세문학(20세기 초를 지칭한 듯)에 와서 비판적 리얼리즘이 완전히 형성되었다는 것이다. 일견 논리적 정합성을 갖춘 주장인 것 같은데 12~14세기 발생론은 조목조목 비판하면서 18세기 비판적 리얼리즘 발생론은 옹호하고 있어, '요소'라는 빠져나갈 구멍을 만들어놓긴 했어도 사실은 자체에 논리적 모순을 안고 있는 것이라 생각된다. 윤기덕(1963)은 엥겔스 명제를 그대로 적용해야 한다면서 결국은 17세기 김만중의 「사씨남정기」를 예로 들고 있어 설득력을 잃고 있다. 그 작품에서 악인 교씨의 형상을 전형적 환경 하의 전형적 성격이 일관되게 나타난 것으로 보기엔 봉건제하 계급모순 파악을 정당하게 드러내지 못했다고 생각된다.

리응수는 「조선문학사(1~14세기)」(1956)에서 사조로서의 리얼리즘이 문학사에 지속된다고 서술한 이래 창작방법논쟁이 시작되어 비판을 받자 견해를 바꾸고 있다. 즉 1960년에는 리얼리즘이 자본주의 발생과 시기를 같이하고 비판적 리얼리즘이 자본주의 모순 비판을 전제로 한다면서 18~19세기에 리얼리즘이 발생하고(비판적 리얼리즘 발생 시기는 언급 없이) 신경향파 문학에 와서 사회주의 리얼리즘이 맹아적 초기 형태를 보인다고 하였다. 그러다가 1963년에는 리얼리즘의 태아적 맹아가 18세기 말 연암 소설과 19세기 판소리계 소설에서 나타나 1910년대 신소설과 이기영의 「오빠의 비밀편지」[13] 등에서 비로소 발생하고, 비판적 리얼리즘은 1920년대 국여생(양건식)의 「슬픈 모순」과 나도향의 「지형근」 「벙어리 삼룡이」, 이기영, 조명희의 작품에서 발생했다고 주장하였다. 이러한 리응수의 주장은, 리얼리즘 논쟁의 주류적 입장인 창작방법론에서 일탈하여 최초의 견해인 사조론을 계속 고집한 결과이기도 하겠지만, 비판적 리얼

---

13 「오빠의 비밀편지」가 비판적 리얼리즘 작품이라는 논증은 김성수, 「이기영의 초기 소설과
   사회주의 리얼리즘문학의 형성」, 『벽사 이우성 선생 정년 퇴임 기념 논문』, 창작과비평사,
   1990 참조.

리즘 소설인 「오빠의 비밀편지」를 그냥 리얼리즘이라 하거나 1918년 작인 「슬픈 모순」을 1920년대로 집어넣는 등 무리한 주장이 적지 않아 신뢰감을 주지 못하고 있다.

김하명은 북한의 리얼리즘 논쟁의 중심에 선 논자로서 그의 견해를 꼼꼼하게 살펴보면 시기에 따라 조금씩 주장을 수정하고 있어 주목을 요한다. 처음에는 리얼리즘이 "17세기의 준비기를 거쳐 18세기에 형성된 것으로 비판적 사실주의였다"(1957)고 했다가, "17~18세기에 창작방법으로서의 사실주의가 형성 확립되었다"(1959)고 한 후 다시, "18세기 말~19세기 초에 사실주의가 형성되었으며 비판적 사실주의의 시원을 열어놓았다"(1963)고 했던 것이다. 원래의 주장은 임진, 병자 양란 이후 사회역사적 토대의 변화와 소설문학의 발전을 의식하고 17세기 준비기라는 용어를 사용했으나 용어의 궁색함과 마땅한 작품 근거가 없는 등 논리에 무리가 많아 바로 17~18세기 형성 확립으로 견해를 수정했던 것이다. 그러나 이것도 형성과 확립이 동시에 이루어진다거나 비판적 리얼리즘의 논거로 든 연암 소설이나 판소리계 소설이 모두 18세기 이후의 산물이라서 17세기에 대한 논거가 없는 등 문제가 많은 주장이었다. 그래서 결국 18세기 말로 시기를 늦추고 비판적 리얼리즘도 '시원'이란 말로 후퇴한 듯하다. 그러나 자기 논리를 끊임없이 혁신하는 것은 학자로서 흠이 될 것이 아니며 리얼리즘 논의를 수준 높게 전개한 열의는 인정해야 할 것이다.

18~19세기는 양반지주와 농민[佃戶]의 사회적 대립이 노골화되는 등 조선조 봉건사회의 내적 모순이 심화되어 신분제의 동요가 나타나고 화폐경제, 과학기술의 발달, 실학파의 개혁사상 대두 등 리얼리즘 발생의 사회역사적 기초가 마련된 시기였다. 박지원, 홍대용, 정약용 등에게서 유물론적 세계관의 실마리를 찾을 수 있고 그들의 문학사상도 현실을 중시하는 미학을 정립할 단계에 이르렀다.

이 시기의 리얼리즘 작품을 보면 박지원의 한문소설과 판소리계 소설, 정약용의 한시 등이 있는데 그 리얼리즘적 특징을 다음과 같이 들 수 있다. 첫째, 이전까지의 작품에 많이 나왔던 신화적 환상의 극복 둘째, 붕괴기 봉건사회의 견제관계에 대한 분석적 묘사 셋째, 계급의 사회적 관계와 상호관계의 형상화 넷째, 줄거리 체계구성의 도식성 극복 다섯째, 언어의 개성화, 인물성격의 개성화 등이다. 이러한 인식하에 작품 분석의 수준도 크게 제고되었다. 이를테면 「흥부전」의 인물 분석에서 놀부를 봉건 말기 현금주의자의 전형으로, 흥부를 봉건제 모순에 의해 착취당하는 농민의 전형으로 파악한 것 등은 당시로선 탁월한 논의였다고 평가된다.

물론 18~19세기 작품에도 리얼리즘적 규준으로 볼 때 한계가 없는 것은 아니다. 연암 소설의 교술성 짙은 정론의 삽입이나 계몽성, 판소리계 소설의 초현실적 환상의 잔재, 구비설화와의 구체적 차별성이 없이 판소리의 내용적 특성이 나열된 것 등 한계는 얼마든지 지적될 수 있다. 더구나 김하명처럼 비판적 리얼리즘 발생론을 주장할 경우에는 자본주의제도 하 부르주아적 인간관계의 모순이라는 원칙을 우리 문학의 특수성에 어떤 방식으로 관철시키느냐를 두고 많은 논란을 벌일 수밖에 없을 것이다. 기실 이 문제는 별도의 쟁점이 되어 논쟁의 한 부분을 이루었다.

1950년대 말의 북한 국문학계의 연구수준에 의한 것이기는 하겠지만, 이 시기 역시 연암, 다산 등 한두 명의 문인이 개별적으로 연구되어 논증대상으로 되고 있는데, 이 또한 오늘날의 시각으로 볼 때 봉건해체기 몰락양반 출신이 중심이 된 비판적 사(士) 집단인 실학파를 역사담당층으로 보는 시각이 필요하다 싶다. 즉 이 시기를 '실학파 리얼리즘'[14]으

---

14 리동수, 앞의 책, 31면에 '실학파 사실주의'라는 용어가 보인다. 한편 북한 학계의 자극을 받아 남한 학계에서도 이 개념이 '실학과 현실주의'란 용어로 널리 사용되고 있다. 임형택, 「실학사상과 현실주의문학」, 『제4회 동양학 국제학술회의 논문집』, 성균관대 대동문화연구원, 1990; ____, 「고전문학에서 현실주의의 발전과 민족문학적 성취」, 『한국한문학연구』 17집, 한국한문학회, 1994; 진재교, 「실학파와 한시」, 한국고전문학회 편, 『문학과 사회

로 파악하여 이후 19세기 말 20세기 초의 부르주아 지식인에 의한 계몽기 리얼리즘과의 사적 연관관계를 설정해볼 수 있다는 생각이다.

3.4. 비판적 리얼리즘 발생론

비판적 리얼리즘은 엥겔스의 규정보다 고리키가 정의한 대로 "대부르주아에 의하여 부흥된 봉건귀족들의 보수주의에 반대하는 투쟁과 자유주의적이며 인도주의적 사상에 기초한 즉, 소부르주아의 민주주의를 조직하는 방법으로서의 투쟁"[15]으로 파악하는 것이 보다 구체성을 확보하는 것이 된다. 그런데 김하명, 박종식 등은 19세기 러시아문학에서 푸시킨, 폰위친 등 지주와 농민 사이의 모순을 형상화한 진보적 작가를 비판적 리얼리스트로 규정하는 것에서 착안하여 조금 개념을 달리했다.

즉 비판적 리얼리즘이란, 봉건적 지배와 부르주아 지배의 조건하에서 인간들 간의 사회적 관계가 인민대중에게 적대적이라는 것을 폭로 비판하는 과업을 수행한 19세기 서구, 러시아의 진보적 문학에서 주도적인 창작방법을 가리킨다고 하였다. 이는 러시아문학에서 푸시킨 등이 언급되는 이유가 지주-농민 간 모순 때문이 아니라 그 속에 내재하는 자본제적 관계의 맹아 때문이라는 점을 짐짓 간과하고 있는 것이다. 우리나라에서의 자본주의 발전을 볼 때 화폐경제의 발전과 계급 분화, 실학 등은 봉건 해체기 특징이지만 강조하여 비판적 리얼리즘의 발생시기를 소급하는 것은 보편성을 무시한 자유주의적 시각이라 생각한다.

비판적 리얼리즘이 자본주의제도와 밀접한 관계를 맺는 이유는 그 사회가 문학에 어떤 소재를 제공해주기 때문이 아니라 그 사회에서 생산력의 발전이 과학의 발전을 요구하고 그 고도로 합리화된 수탈구조가 사

집단』, 집문당, 1995 참조. 앞의 각주 8 참조.

15 M. 고리키, 「문학론」 제4권, 국립문학예술출판사, 1956, 161면.

회제도에 대한 냉철한 관찰을 촉진시켜준다는 데 있다. 즉 자본주의사회는 사람들의 의식에 변화를 주어 그런 비판성, 합리성이 작품 창작에도 작용하기 때문이다.

우리나라에서 비판적 리얼리즘이 발생한 시기에 관해서는 대략 18세기 말, 1910년대, 1920년대 등 세 가지 주장이 있다. 이 중 가장 타당한 것은 1910년대 발생론이라 하겠는데 그 이유는 다음과 같다.[16]

1910년대 일제의 병탄에 의하여 우리나라는 봉건적, 식민지적 모순이 첨예화되었으며 식민지 종주국의 제국주의 침략자와 최하층 근로대중과는 심각한 대립에 이르렀다. 봉건적 모순과 함께 일제의 독점적 자본이 침투하여 빈익빈 부익부의 논리에 의하여 최하층의 생활은 더욱 피폐해갔다. 이때 황금의 권력이 지배하는 자본주의사회의 사회악을 폭로 비판하는 합리성과 비판성을 갖춘 일군의 소설이 등장하였다. 소성의 「한의 일생」(1914), 「재봉춘」(1915), 걱정없을이(無憂生)의 「절교의 서한」(1916), 김명순의 「의심의 소녀」(1917), 유종석의 「냉면 한 그릇」(1917), 배재황의 「뽀뿌라 그늘」(1917), 주낙양의 「마을집」(1917), 백락천인의 「과모의 루」(1918), 양건식의 「슬픈 모순」(1918) 등이 그들이다. 이들에게서 비판적 리얼리즘의 출발을 찾아야 할 것이다. 이에 관해 리동수(1988)의 결론을 인용하기로 한다.

자본주의적 사회경제관계가 빚어낸 현실적인 모순에 대한 사실적인 파악과 객관적인 묘사, 그를 통하여 실현된 예리한 비판정신은 선행문학과 구별되는 새로운 사실주의적 문학사조의 배태과정을 촉진시켰으며 창작방법적 견지에서 비판적 사실주의라는 독자적인 특징을 갖춘 새로운 문학사조를 준비시켰다.

---

16 리동수, 앞의 책, 21~26면.

그리하여 우리나라에서 비판적 사실주의는 「한의 일생」(1914)으로부터 현실에 대한 강한 비판정신을 담은 사실주의적인 작품을 거쳐 「슬픈 모순」(1918)이 나오는 과정에 점차 사조적 특징을 맹아적으로 갖추면서 1910년대 후반기에 발생하였다.

1920년대에 들어와 비판적 사실주의는 새로운 역사적 조건에서 급격한 발전을 보게 되었으며 한용운, 김소월, 나도향, 현진건, 이익상을 비롯한 대표적인 작가들의 본격적인 창작과 때를 같이하여 사조적 면모를 완전히 갖추고 더욱 발전 풍부화되게 되었다.[17]

비판적 리얼리즘의 발생문제에 관해서는 대개 위에 인용한 리동수의 견해가 우리 문학의 실상에 비추어 일정 정도 타당하리라고 생각한다. 얼마 전까지 양건식의 「슬픈 모순」한 작품을 찾는 일에 남한 학자들의 관심이 몰리는 현상을 비판[18]한 적이 있는 지은이로서는, 주변작품까지 시야를 넓히려고 했던 양문규의 고찰[19]이 소망스럽긴 하였다. 다만 대상을 확대한 리동수나 양문규 등 모두에게 요청되는 앞으로의 논의 방향으로는, 그 작가들을 부르주아 출신의 비판적 지식인—고리키가 명명한 '부르주아의 방탕한 자식들'—으로 묶어세워 리얼리즘적 기초를 확보할 수 있는 논리와 역사적 근거를 찾는 일이라 생각한다.

또 한 가지 김소월 시의 창작방법을 북한의 공식입장대로 비판적 리얼리즘으로 받아들일 수 있느냐 하는 문제가 남는다. 주지하다시피 자본주의제도 하의 부르주아적 모순 비판·폭로라는 비판적 리얼리즘의 규준에, 소월 시의 특징인 식민지 농민에 대한 막연한 인도주의적 동정이나 망국의 애국주의적 격정으로 해석될 수밖에 없는 향토적 민족적 정서가

---

17 리동수, 앞의 책, 26면.

18 김성수, 「우리 문학에서 사회주의적 사실주의의 발생」, 『창작과비평』 1990. 봄, 249~250면.

19 양문규, 「「슬픈 모순」과 1920년대 비판적 사실주의 문제」, 『창작과비평』 1990. 봄.

맞아떨어질지 의문인 것이다.

4. 사회주의 리얼리즘 발생과 민족적 특성론

4.1. 우리 문학에서 사회주의 리얼리즘의 발생

리얼리즘 논쟁의 역사적 전개과정은 필연적으로 비판적 리얼리즘과 사회주의 리얼리즘이 우리 문학사에서 어떻게 합법칙적으로 발전해왔는지 그 과정에 대한 논의로 귀결되었다. 이는 리얼리즘의 발생, 발전 논쟁 자체가 북한문학의 현 단계(1950년대 말)가 갑자기 튀어나온 것이 아니라 오랜 문학사 발전의 합법칙적 발전 결과라는 것을 논증하는 현재적 의의를 가졌다는 데서도 알 수 있다. 이러한 관점에서 특히 중요한 사회주의 리얼리즘의 발생문제는 1920년대 문학에 대한 문학사적 자리매김과 관련되는 문제라고 할 수 있는데, 이에 대한 자세한 논의는 지은이가 정리한 바 있다.[20] 여기서는 그 쟁점을 재점검하고 거기서 다루지 못한 비판적 리얼리즘과 사회주의 리얼리즘의 직접적 관련 문제에 대하여 언급하기로 하겠다.

먼저 사회주의 리얼리즘의 리얼리즘적 기초인 1920년대 초·중반의 사회역사적 배경부터 살펴보자. 사회주의 리얼리즘이 발생하기 위한 주·객관적 조건으로는 일반적으로 마르크스레닌주의의 보급, 노동계급의 대중적 진출, 노동자 농민운동의 조직화, 작가의 진보적 세계관 획득, 진보적 작가조직 등을 제시할 수 있다. 이에 대하여 엄호석(1958), 리정구(1957) 등은 아직 여건이 형성되지 않은 것으로 보았고, 한중모(1959)는 이

---

20 이 책의 제1부 제4장 참조. 이하 사회주의 리얼리즘 발생 논쟁에 관한 별도 주석이 없는 것은 그 글을 참조.

에 반대하였다. 기왕의 연구를 종합해볼 때 20년대 초반에는 미약했던 토대가 중반에는 일정한 조건을 갖추는 것으로 볼 수 있다. 그 차이를 언급했던 박종식(1961)의 견해가 일견 타당함을 알 수 있다.

1917년 러시아 10월혁명이 일어나 전세계로 마르크스레닌주의가 보급되면서 우리나라에서도 이미 1920년 이전에 유입된 바 있다. 노동계급의 진출도 1920년대 중반에 오면 5만여 명의 공장노동자가 출현하여 일정한 토대를 이루고 있었다. 노동계급의 대중적 진출과 노농의 조직화란 결국 자본주의의 일정한 발전에 따라 노동자의 전국적인 존재와 투쟁이 전개되고 이들이 진보적인 세계관과 결합하기 시작했으며 전국적 규모를 가진 조직을 갖추었을 때를 의미한다고 할 수 있다. 우리나라의 경우 '조선노농총동맹'이 성립된 1924년을 전후한 시기를 해당시기로 볼 수 있다고 하겠다.[21] 작가의 진보적 세계관이나 조직 또한 조선프롤레타리아예술동맹(KAPF)이 1925년 8월 창건되고 그 무렵 조명희의 주도하에 이기영, 한설야 등이 마르크스레닌주의 학습소조를 진행시킨 것 등으로 미루어봐서 이때에 주체적 조건이 갖추어진 것으로 생각할 수 있다.

카프 창건의 전후에 창작된 이른바 '신경향파' 문학에 대한 평가가 사회주의 리얼리즘의 발생문제와 직결됨은 당연한 일이다. 이에 대한 북한의 논쟁 결과 신경향파문학을 '초기 프롤레타리아문학'이라 바꿔 부르고 그 시기도 1923년부터 1925년 카프 창건시, 1927년 카프 제1차 방향전환기까지 구획하여, 이들 문학을 '비판적 리얼리즘에서 사회주의 리얼리즘으로의 과도기'문학으로 정리하였다. 항용 북한에서의 카프 평가에 흔히 수식어처럼 따라다니는, "카프는 창건 첫날부터 사회주의적 사실주의

---

21 권의식, 「우리나라에서 노동계급의 형성과 그 시기」, 『력사과학』 1966-1호에 주로 근거한 것이다. 이에 대한 보나 사세한 논의는 김성일, 「북한 학계의 1920~30년대 민속해방운동 연구」, 『북한학계의 1920~30년대 노동운동 연구』, 창작과비평사, 1989; 도진순, 「1920년대 민족해방운동사 인식의 추이와 쟁점」, 『북한의 한국사 인식 II』, 한길사, 1990 참조.

를 자기의 창작방법으로 하였다"는 말은 이 점에서 엄밀한 것은 못된다고 하겠다. 왜냐하면 1927년의 신강령 채택과 1차 방향전환이 있기 이전 1925~26년 작품의 창작방법에는 사회주의 리얼리즘의 맹아만 보일 뿐 발생의 주요한 징표인 '대중과 연계된 계급해방의 투사'라는 전형적 성격 창조가 아직 이루어지지 않았던 것이다. 이 점은 최서해의 「탈출기」를 둘러싼 리정구, 방연승, 한중모 등의 논란에서 선명하게 쟁점화되는데 결국 초기 프로문학의 과도기론과 맞물리는 문제로 파악될 수 있다고 본다. 앞으로 초기 프로소설에 대한 분석에 의하여 이 문제가 천착될 것으로 예상된다.[22]

한편, 사회주의 리얼리즘 발생 논쟁의 한 쟁점으로 비판적 리얼리즘의 유산이 직접적인 관련으로 작용했는지에 대한 논의가 있었다. 우리가 알기로는 당연히 합법칙적 계승관계라는 공식입장을 상정할 수 있는데 이에 대한 김민혁(1959:107~111)의 문제제기가 리얼리즘 논쟁 전반에 걸린 문제라서 정리할 필요를 느낀다. 김민혁은 비판적 리얼리즘문학의 발전 결과 사회주의 리얼리즘이 당연히 발생한 것이라기보다는 사회주의 리얼리즘 창작방법의 혁신적 발현을 강조하였다. 이는 당시의 정치적, 문학사적 배경과 관련된 문제였다.

1956년 소련 공산당 20차 전당대회 이후 흐루시초프에 의한 스탈린 격하운동은 '개인숭배 배격'이라는 슬로건으로 집약되었고 이는 사상에서의 속류사회학주의와 도식주의 비판으로 구체화되었다. 이것이 1957년의 조선노동당 3차대회와 2차 조선작가대회에서도 그대로 받아들여져 문학예술의 전 영역에 걸쳐 그 어느 때보다도 풍성한 비판과 토론이

---

22 한 예로 이기영 초기 소설을 리얼리즘의 발전단계와 구체적으로 대응시켜 분석하면 다음과 같다. 비판적 리얼리즘소설─「오빠의 비밀편지」「실진」, 비판적 리얼리즘에서 사회주의 리얼리즘으로의 과도기─「가난한 사람들」「민촌」, 사회주의 리얼리즘소설─「원보」「조희 뜨는 사람들」(=「제지공장촌」). 「이기영의 초기 소설과 사회주의 리얼리즘문학의 형성」 참조.

전개되는 역사적 배경을 이루었던 것이다. 이때 이러한 해빙 무드를 틈타 유고슬라비아 등에서는 사회주의국가의 공식적인 미학-문예 발전사상 최고단계로 일컬어지는 사회주의 리얼리즘을 스탈린에 의해 조작된 용어 개념으로 비난하는 견해가 대두한 적이 있었다. 이에 대하여는 곧바로 수정주의적 견해로 비판 배격되었던 것이다.[23] 북한에서도 문예학자, 비평가 사이에 속류사회학주의, 도식주의를 비판하는 견해와 그에 반대하는 견해가 여러 논쟁의 이면에 깔려 있었는데 전자는 엄호석이 대표하고 후자는 김민혁, 박종식이 대표했다고 추정된다.[24]

김민혁은, 리얼리즘 발생 논의가 가진 의의로서, 사회주의 리얼리즘이라는 개념을 조작된 것으로 중상모략하는 수정주의자들에 반대하여 리얼리즘과 비판적 리얼리즘의 합법칙적 발전 결과라는 주장을 논증한 점은 인정하였다. 그러나 과거 문학유산의 계승에만 몰두하다 보니 반대로 사회주의 리얼리즘의 혁신성을 간과하여 이전 리얼리즘의 양적 연장만 강조하고 질적 차별성을 중시하지 않는 경향이 있다고 비판하였다. 여기서 사회주의 리얼리즘의 혁신성·질적 차별성이란, 과거의 리얼리즘에는 없는 공산주의적 당성을 의미한다고 하였다. 그에 따르면 자본주의사회는 비판적 리얼리즘과 사회주의 리얼리즘이 공존하지만 사회주의사회는 공산주의적 당성에 기초한 사회주의 리얼리즘만 존재한다는 것이다.

이러한 김민혁의 주장은 달리 반론이 없는 것으로 보아 타당하게 받아들였던 것 같다. 이는 비판적 리얼리즘을 사회주의 리얼리즘의 유산으로 상정할 수 없다는 것은 아니고 논의자의 정치적 입장을 환기한 것이

---

23 사회주의 리얼리즘이 작위적 개념이지 실체가 아니라는 주장은 에르몰라예프, 김민인 역, 「소비에트 문학이론」, 열린책들, 1989이 있다. 그에 대한 통렬한 비판을 『현실주의연구 I』, 편자 서문에서 볼 수 있다.

24 엄호석, 「문학평론에 있어서의 미학적인 것과 비속사회학적인 것」, 『조선문학』 1957.2| 박종식, 「전형성에 대한 수정주의적 견해에 반대하여」, 『새 시대의 문학』, 조선문학예술총동맹출판사, 1964 참조.

기 때문이다. 어쨌든 이러한 논의를 통해 리얼리즘 인식이 제고된 것은 사실이다. 즉, 비판적 리얼리즘은 인도주의, 애국주의에 기초하여 인민성의 이름으로 자본주의사회를 자유주의적 입장에서 비판하는 데 반해, 사회주의 리얼리즘은 '사회주의적 애국주의'[25]에 기초하여 인민성의 최고 형태인 당성의 이름으로 과학적 사회주의의 입장에서 자본주의사회를 비판하는 것으로 정리되었다. 또한, 현실적 제약 때문에 이루지 못한 착취사회 하 민중의 꿈, 미래지향성은 비판적 리얼리즘에서 혁명적 낭만주의의 형태로 별도로 표출되는 데 반해, 민중의 이상이 실현된 사회주의 사회에서는 현실의 낭만을 표현하는 수단으로서 사회주의 리얼리즘의 한 구성요소인 혁명적 낭만성으로 포섭된다고 합의되었다.[26]

4.2. 민족형식론과 '민족적 특성', 전형문제

사회주의 리얼리즘은 흔히 "사회주의적 내용에 민족적 형식을 결합한 것"으로 일컬어졌다. 이 명제는 그동안 슬로건으로만 외쳐졌을 뿐 우리 문학에 구체적으로 어떻게 관련되는지 그 본질적인 내용은 제대로 알지 못했던 것이 사실이다. 예를 들어, 김창주는 까간의 미학이론을 비판적으로 소개하는 글에서 까간의 민족형식론을 잘못 이해한 나머지 그 본령이 우리 문학의 본질적 이해에 어떤 의의가 있는지 전혀 고민해보지 않은 채 우편향이라고 폐기처분하는 데 급급하고 있다. "형식과 내용이 분리될 수 없는 것이라면 형식에서의 우편향은 실제로는 내용의 우편향

---

25 1950~60년대 북한 학계에선 민족주의를 맹비난하고 대안으로 '사회주의적 애국주의'를 제시하는데 이는 프롤레타리아 국제주의와 연계되어 있다는 점이 중요하다. 따라서 종족 이기주의로 전락할 위험이 있는 부르주아적 민족주의와 차별화하기 위한 개념으로 이해된다.

26 혁명적 낭만주의 문제도 1959년 앞뒤에 『문학신문』을 중심으로 논쟁이 전개되어 목록을 작성할 수 있을 정도여서 별도의 논의가 필요하다.

을 반증하는 것이다"[27]라는 말은, 민족형식론을 문학의 형식적 측면으로만 보는 형식편향적 입장을 논파한 까간의 이론[28]을 오해하여 마치 민족형식론자가 곧바로 형식주의자인 것처럼 착각한 치명적 오류가 아닌가 한다.

이런 평가는, 까간의 입장이 타당성을 확보하는 1950년대 말 소련에서의 논쟁과 비슷한 시기에 벌어진 북한의 '민족적 특성' 논쟁자료를 분석한 데 따른 판단이다. 북한의 사회주의 리얼리즘 논쟁의 일환으로 지속된 민족형식논쟁의 초기에 바로 김창주나 까간이 비판한 대로 문학형식으로 문제를 이해한 논자(유창선, 1958)가 있긴 하였다. 문학형식에서의 민족적 특성을 찾자는 것이 그의 주장인바 언어나 세태풍습 등의 일면적이고 피상적 묘사를 근거로 세우거나 원래는 사회주의 리얼리즘 발생 이전인 고전문학작품을 예로 드는 등 논의 전개에 무리가 많아 곧바로 비판의 대상이 되었으며 민족형식을 올바로 이해하는 논쟁의 출발이 되었다.

민족형식문제를 문학형식에서 찾는 것에 반대하여 김하명(1959.3.12)은 사회주의적 내용에 걸맞는 사회주의적 형식으로 해석하여 민족형식의 국제주의적 성격을 주장하였다. 그는 민족형식을 각각의 민족문학에 나타나는 생활반영의 진실성, 인민성이라는 내용으로 파악하였다. 이 견해 또한 내용·형식의 이분법에서 벗어나지 못하여 문학형식에는 민족적인 형식이 대응되고 내용에는 민족적인 특성이 대응된다는 식으로 착각하고 있다. 이러한 오해의 소지 때문에 "사회주의적 내용, 민족적 형식"

---

27 김창주, 「맑스주의 미학의 제문제」, 『창작과비평』 1990. 여름, 256면 참조. 그의 민족형식론 혐오는 이론주의 편향에 기인한 것으로 보인다. 참고로, 주체문예론에서는 민족형식문제를 그가 비난했듯이 문예의 형식으로 파악하고 있어 비판이 타당하다.

28 김창석, 「문학예술의 민족적 특성에 대하여」, 『조선문학』 1959.4, 121~122면 참조. 이하 북한의 민족형식 논쟁에 관해서는 권순긍, 정우택 편, 『우리 문학이 민족형식과 민족적 특성』, 연구사, 1990을 참조하라. 이 책은 지은이가 자료를 수집, 기획, 편집하여 편자와 함께 낸 것이다. 이하 서술은 그 책과 해설의 논증에 기댄 것이다.

명제를 지칭하는 개념으로는, 문학적 형식으로 오해될 여지가 있는 '민족적 형식' 대신 '민족적 특성'이란 용어로 통합되어 논쟁이 진행되었다. 이렇게 되어 형식 편향, 내용 편향은 자연히 사라지고 내용·형식의 변증법적 통합 인식을 전제한 후에 생산적인 논의가 전개될 수 있었던 것이다.

북한의 민족형식논쟁의 추이를 보건대 대체로 이해되기로는, 사회주의적 내용을 각 민족문학에 구현시키기 위해서 제시된 보편과 특수의 문제로 파악된다. 예를 들어 '공산주의자의 전형 창조'는 사회주의국가 공통의 보편성 차원이고 그것이 1960년대 북한의 상황에서 구체화되는 것은 '천리마기수'라는 노동영웅의 전형 창조로써 특수성 차원인 것이다. 결국 우리가 이해하는 민족형식이란, '전형적 공산주의자'라는 사회주의적 내용을 북한의 개별 민족적 특성—특히 이 경우에는 민족적 성격—으로 구체화시켜 '천리마기수'라는 민족형식을 창조하게 되는 데 본령이 있다는 것이다. 따라서 민족적 성격을 주된 논의대상으로 하는 민족형식론이 '전형'론과 밀접하게 관련됨은 당연한 일이라 하겠다.

민족형식론과 관련된 전형문제의 쟁점은 공산주의자의 전형 창조를 둘러싼 이론적 차원에서 제기되었다.[29] 윤세평은 한설야의 중편소설 「형제」를 예로 들어 '애국주의, 인도주의' 등 등장인물들의 공산주의적 정신, 도덕적 특질을 전형의 내용으로 들었다(1960). 김창석은 윤세평의 견해가 보편적 이데올로기 차원이지 민족적 성격은 아니라면서 '명확한 목적의식적 규정성, 고도의 자각성, 명랑성과 낙천성'을 예로 들었다(1960). 전형을 윤세평은 계급성의 보편적 속성과 동일시하였고 김창석은 각 민족에 특수한 심리적 구조, 기질로 잘못 생각했던 것이다. 이에 대하여 리

---

29 전형론은 단일 주제의 1회성 논쟁이라기보다는 여러 쟁점이 지속적으로 논란되었다. 이를테면 전형성의 도식주의와 수정주의 문제, 한설야의 『황혼』의 주인공 문제, '천리마기수'의 전형 창조 문제, 윤세중의 『시련 속에서』, 천세봉의 『석개울의 봄』, 석윤기의 『시대의 탄생』 등 대작 장편소설의 긍정적 주인공 문제 등이 있다. 여기서는 단시일 내에 집약적으로 논쟁이 이루어진 민족적 특성 논쟁의 갈래로서의 전형 논쟁만 다룬다.

상태, 최일룡 등이 각기 자기 주장을 덧붙였으나 위 두 편향을 근본적으로 극복하지는 못했다. 한룡옥은 윤세평의 계급성 우위론과 김창석의 기질론을 비판하고 살아 있는 인간형상에는 계급적인 것과 민족적인 것이 통합되어 나타난다고 주장하였다(1960.7.15).

그리고 대안으로 작가들의 현재적 창작실천에 도움을 주기 위해서는 1930년대 공산주의자 혁명가들이 가졌던 영웅적 성격과 용감성, 강의성, 불굴성 등을 현재 살아 있는 인간전형으로 창조하는 작업이 필요하다고 하였다. 이러한 논의는 민족형식론을 전형문제와 결부시켜 올바르게 이해하려는 노력을 보여주고 있으나 여전히 성격적 특질을 나열하는 데 머물러 한계를 보이고 있다.

전형이란 다양한 성격적 특질의 통일 속에서 본질적인 성격을 부각하는 것을 말한다. 이때 성격의 다양함이란 역사적으로 이루어진 다양한 현실과 현상에 대한 인간의 사회적 관계의 풍부함에서 나오는 것이다. 따라서 본질적 성격 묘사는 어떤 성격적 특질의 일면적 단순화가 아니라 온갖 다양한 성격의 통일 속에서 긍정적 특질을 함께 묘사해야 하는 것이다. 이때 성격적 특질의 다양함을 평균화하여 묘사하는 것이 아니라 사회역사적 본질을 가장 선명하게 체현하는 주도적 성격을 부각시키고 나머지 성격을 주도적 성격과의 상호관련 하에 묘사해야 한다. 이렇게 볼 때 사회주의 리얼리즘의 전형적 성격문제는 각 역사적 시기에 긍정적 주인공의 보편적 속성을 어떻게 구체화하여 부여할 것인가에 걸린다. 보편성부터 말한다면 사회주의 이상 실현을 위하여 행동과 실천으로써 투쟁하면서 세계관의 발전을 보여주는 투사야말로 긍정적 주인공에 해당할 것이다. 그렇다면 개별 시기의 구체적 전형은 어떻게 볼 것인가?[30]

---

30 박종식, 「사회주의적 문학예술의 긍정적 주인공」, 『우리나라에서의 맑스레닌주의 문학이론의 창조적 발전』, 과학원출판사, 1962 참조.

북한문학에서 전형으로 내세우는 인물성격은 1930년대 항일혁명투사의 영웅주의, 혁명적 낙관주의, 불굴의 용감성 등의 성격적 특질에 원형을 두고 있다. 또한 연암 소설 「예덕선생전」의 주인공 엄행수처럼 생산노동이 가진 인도주의적 성격에 기초하여 창조적 노동을 영위하는 인물성격도 중시되고 있다. 해방 직후 '평화적 민주 건설기'에는, 이기영 소설 『땅』의 주인공 곽바위처럼 토지개혁 등 민주개혁의 주인공이 내세워지고, 이른바 '조국해방전쟁기'에는 전쟁의 승리를 믿고 싸우는 조선 인민이 전형이며, 전후시기 1950~60년대 초에는 '천리마기수'라는 노동영웅이 전형으로 제시되고 있다. 이는 각 시대마다 체제가 요구하는 인간적 본질을 그대로 전형으로 삼는 도식주의의 산물로서 문학의 무개성화가 초래되지 않을까 우려된다. 하지만 사회 구성원 모두 본질적 변혁상황에 처했던 당시 북한 사회의 특성을 감안하면 꼭 그렇게 볼 수만은 없지 않을까 생각한다.

5. 코리아문학사의 미학적 공통점을 찾아서

지금까지 1950년대 중반부터 1960년대 초에 이르는 시기 북한의 리얼리즘 발생·발전 논쟁을 살펴보았다. 1945~53년 시기는 민주개혁과 전쟁에 경황이 없었고 1967년 이후에는 주체사상의 확립에 의하여 다양한 견해와 토론이 없었기에 그 사이 시기는 가히 논쟁의 시대라 할 만했다. 이는 문학뿐만 아니라, 예술의 타 분야, 역사, 기타 사회과학 전 분야에 공통된 현상이기도 하였다. 이러한 논쟁의 역사적 배경에 대하여는 사회주의적 물적 토대의 구축, 반종파투쟁으로 대표되는 북한정권의 역동적 변화, 주체사상으로의 귀결 등을 제시할 수 있다. 다만 이 시기 논의가 주체사상 이후와는 달리 정통 마르크스레닌주의에 입각하여 진행되었다는 사실은 염두에 둘 필요가 있다. 본 논의는 북한에서 실재했던 논쟁을 당대 자료에 근거하여 소개하면서 주체사상의 유일체계화(1967) 이전의 활발한 논의 자체에 의미를 부여하고자 한다.

북한의 각종 문학사류를 비교해보면 1950~1960년대에 나온 문학사에는 리얼리즘미학이 각 시대 평가의 중요한 척도로 사용되고 있음을 알 수 있다. 반면 주체사상의 유일체계화 이후 1970~1990년대 문학사에는 종래의 리얼리즘미학 논의의 치열함을 찾아볼 수가 없는데, 이것이 오늘날 주체문예이론의 한 특징이 아닐까 한다. 이를테면 리얼리즘 논쟁의 주요 논객이었던 한중모의 『주체사상에 기초한 사회주의적 사실주의 이론의 몇 가지 문제』(과학백과사전출판사, 1980) 같은 책을 보더라도 60년대까지의 논리적 치열함과 세련됨과는 거리가 있는 것처럼 느껴지는데 이것이 편견은 아닐 터이다. 북한 리얼리즘 논쟁의 비판적 검토는 민족문학사의 현실적 요구에서 나온 것인 만큼 여기서 제기된 쟁점이 언젠가 서술될 코리아문학사의 미학적 기반 구축에 도움이 되길 기대한다.

사실주의 발생·발전론 주요 목록

1. 사실주의 발생 논쟁

고정옥, 「조선 고전문학에서의 사실주의의 발전단계들」, 『조선어문』 1960-4.

고정옥, 「조선문학에서의 사실주의 발전의 첫 단계는 9세기이다」, 『우리나라 문학에서 사실주의의 발생, 발전』(조선문학예술총동맹출판사, 1963.5; 김시업 편, 사계절출판사, 1989).

고정옥, 「조선문학의 사실주의적 전통」, 『조선어문』 1958-1.

권택무, 「창작방향과 고대 사실주의 문제」, 『우리나라 문학에서 사실주의의 발생, 발전』, 김시업 편, 사계절출판사, 1989.

김민혁, 「사실주의의 개념에 대한 력사적 구체적 리해를 위하여」, 『사실주의에 관한 론문집』, 과학원출판사, 1959.3.

김하명, 「다시 한번 조선문학에서의 사실주의의 형성에 관하여」, 『사실주의에 관한 론문집』, 과학원출판사, 1959.3.

김하명, 「사실주의 개념과 조선문학에서의 그의 형성시기 문제」, 『우리나라 문학에서 사실주의의 발생, 발전』, 김시업 편, 사계절출판사, 1989.

김하명, 「조선문학에서의 사실주의의 형성에 관하여」, 『조선어문』 1957-4.

동근훈, 「사실주의에 관한 맑스, 엥겔스의 견해와 조선문학에서의 사실주의 발생, 확립 문제」, 『우리나라 문학에서 사실주의의 발생, 발전』, 김시업 편, 사계절출판사, 1989.

류창선, 「사실주의와 비판적 사실주의의 발생문제」, 『조선어문』 1959-4.

리응수, 「조선에서의 사실주의 발생시기 문제」, 『조선어문』 1960-3.

박종식, 「우리나라에서 사실주의 창작방법의 확립에 이르기까지」, 『사실주의에 관한 론문집』, 과학원출판사, 1959.3.

박종식, 「우리나라에서 사실주의문학의 발생과 발전」, 『문학개론』, 교육도서출판사, 1961.11.

안함광, 「우리나라 문학 발전에 있어서의 사실주의 문제」, 『우리나라 문학에서 사실주의의 발생, 발전』, 김시업 편, 사계절출판사, 1989.

윤기덕, 「사실주의에 관한 엥겔스 명제의 옳은 이해와 그의 발생시기 문제」,『우리나라 문학에서 사실주의의 발생, 발전』, 김시업 편, 사계절출판사, 1989.

한룡옥, 「사실주의 론의와 리규보의 문학」,『사실주의에 관한 론문집』, 과학원출판사, 1959.3.

한룡옥, 「조선문학에서의 사실주의 창작방법의 발생시기에 대하여」,『우리나라 문학에서 사실주의의 발생, 발전』, 김시업 편, 사계절출판사, 1989.

한룡옥, 「조선문학에서의 사실주의의 형성시기 문제와 관련하여 다시 한번 론함」,『조선어문』1960-5.

한중모, 「사실주의 문제와 조선문학」,『우리나라 문학에서 사실주의의 발생, 발전』, 김시업 편, 사계절출판사, 1989.

한중모, 「조선문학에서의 사실주의 발생과 발전에 대하여」(1) (2),『문학연구』1962-3~4.

현종호, 「사실주의 개념의 정당한 리해와 조선문학에서 그의 발생, 발전」,『우리나라 문학에서 사실주의의 발생, 발전』, 김시업 편, 사계절출판사, 1989.

2. 비판적 사실주의 발생 논쟁

김하명, 「조선문학에서의 비판적 사실주의의 형성 발전에 대하여」,『평양신문』1962.7.13.

김해균, 「비판적 사실주의 개념에 대한 몇 가지 의견」,『우리나라 문학에서 사실주의의 발생, 발전』, 김시업 편, 사계절출판사, 1989.

리동수, 「우리나라에서 비판적 사실주의의 발생 형성」,『우리나라 비판적 사실주의 문학연구』, 과학백과사전종합출판사, 1988.5.

리응수, 「사실주의 논의의 본질과 그 발생설의 역사적 경위에 대하여」,『우리나라 문학에서 사실주의의 발생, 발전』, 김시업 편, 사계절출판사, 1989.

문상민, 「비판적 사실주의 발생의 일반적 원리와 관련하여」,『우리나라 문학에서 사실주의의 발생, 발전』, 김시업 편, 사계절출판사, 1989.

박종식, 「우리나라에서 비판적 사실주의의 발생」,『문학신문』1962.8.28.

박종식, 「우리나라에서 비판적 사실주의문학의 발생」,『새시대의 문학』, 조선문학예술총동맹출판사, 1964.1.

엄호석, 「우리나라에서 비판적 사실주의 형성문제」, 『문학연구』 1962-2.

엄호석, 「우리나라에서의 비판적 사실주의」, 『문학신문』 1962.7.20.

엄호석, 「우리나라의 비판적 사실주의」, 『우리나라 문학에서 사실주의의 발생, 발전』, 김시업 편, 사계절출판사, 1989.

최시학, 「허균의 '홍길동전'」, 『청년문학』 1957.4.

최탁호, 「비판적 사실주의에서 환경과 성격」, 『우리나라 문학에서 사실주의의 발생, 발전』, 김시업 편, 사계절출판사, 1989.

민족형식과 민족적 특성론 주요 목록

권순긍·정우택 편, 『우리 문학의 민족형식과 민족적 특성』, 연구사, 1990.

류창선, 「문학형식에서의 민족적 특성」, 『조선문학』 1958.11.

김하명, 「문학의 민족적 특성과 생활반영의 진실성」, 『문학신문』 1959.3.12.

김창석, 「문학예술의 민족적 특성에 대하여」, 『조선문학』 1959.4.

고정옥, 「조선문학의 민족적 특성에 관한 몇가지 의견」, 『문학신문』 1959.10.2.

엄호석, 「공산주의자의 전형 창조를 위하여」, 『조선문학』 1959.11.

김창석, 「공산주의자의 전형 창조에서 제기되는 리론적 문제」, 『조선문학』 1959.12.

박종식, 「인민적 모멘트와 민족적 모멘트의 통일」, 『문학신문』 1959.12.4.

윤세평, 「「형제」와 민족적 특성문제」, 『문학신문』 1960.1.29.

한설야, 「중편소설 「형제」를 창작하기까지」, 『청년문학』 1960.2.

김창석, 「리론적 명백성을 요하는 문제」, 『문학신문』 1960.2.5.

방연승, 「「형제」와 민족적 특성의 론의」, 『문학신문』 1960.2.19.

엄호석, 「우리 문학에 있어서의 민족적 특성의 구현」, 『청년문학』 1960.3.

현종호, 「서정시에 운률이 필요하다—민족적 특성을 구현하기 위하여」, 『문학신문』 1960.3.15.

윤세평, 「민족적 특성에 관한 의견 상위점—문제의 소재를 명백히 하자」, 『문학신문』 1960.3.22.

한중모, 「긍정적 주인공과 민족적 특성」, 『문학신문』 1960.3.29.

윤세평, 「공산주의자의 전형 창조와 관련된 민족적 특성에 대한 약간의 고찰」, 『조선문학』 1960.4.

신구현, 「공산주의자의 성격 창조를 위하여」, 『조선문학』 1960.5.

리상태, 「전형 창조에서의 민족적 성격」, 『문학신문』 1960.5.10.

최일룡, 「민족적 특성에 대한 나의 의견」, 『문학신문』 1960.5.20.

한룡옥, 「민족적 특성에 대한 의견」, 『문학신문』 1960.7.15.

한욱, 「민족적 특성에 대한 몇가지 의견」, 『문학신문』 1960.9.2.

기자, 「론의의 새로운 발전을 위하여」, 『문학신문』 1960.9.6.(#민족적 특성 논쟁 정리)

안함광, 「문학의 민족적 특성 해명에서 제기된 몇가지 문제」, 『문학신문』 1960.9.20.

엄호석, 「민족적 특성의 문제와 관련하여」, 『문학신문』 1960.10.25.

박종식, 「우리 문학에서 주체의 확립과 민족적 특성」, 『조선문학』 1961.2.(『새시대의
　　　문학』, 문예총출판사, 1964에 재수록)

박종식, 「민족적 특성에 대한 수정주의적 외곡을 반대하여」, 『문학신문』 1962.3.27.

장형준, 「우리 문학예술에서의 주체 확립과 민족적 특성의 구현」, 『문학신문』 1965.
　　　9.28.

김기철, 「우리 문학에서의 민족적 성격에 대한 몇 가지 문제」, 『어문연구』 1966-1.

제4장

사회주의적 사실주의 발생·발전 논쟁[1]

1. 사회주의 리얼리즘 발생·발전 논쟁의 전개과정

이 글은 근대문학과 사회주의 리얼리즘의 관계에 대한 북한 학계의 논쟁을 소개하는 데 목적을 둔다.[2] 1950~60년대 북한 학계 및 비평계에서 벌어진 논쟁의 주제는 우리나라 문학에서 언제 사회주의 리얼리즘이 발생했는가 하는 문제였다. 이는 단순히 리얼리즘문학의 역사적 규정뿐만 아니라 리얼리즘에 대한 인식의 제고와 우리 문학사 전반을 거시적으로 바라보는 미학적 안목을 확립한 진지한 모색과정이었다.

북한 학계의 리얼리즘 논쟁은, 고대 중세문학을 둘러싼 리얼리즘 발생 발전 논쟁과 근현대문학을 둘러싼 비판적 리얼리즘, 사회주의 리얼리즘 발생 발전 논쟁을 축으로 전개되었다. 여기서는 후자에 중점을 두고

---

1 이 글은 다음 해설논문을 비평사에 맞게 개제, 수정한 것이다. 「근대문학과 사회주의 리얼리즘의 발생—1950~60년대 북한 학계의 사회주의 리얼리즘 발생 발전 논쟁에 대한 비판적 검토」, 김성수 편, 『우리 문학과 사회주의 리얼리즘 논쟁』, 사계절출판사, 1992.

2 이 글에서는 논문 발표 당시의 비평 지형도를 감안해서 '리얼리즘'을 주로 사용한다. 직접인용은 '사실주의'를 그대로 쓴다. '개념의 분단사'와 관련된 상세한 것은 김성수, 「리얼리슴(사실주의) 개념의 남북 분단사」, 구갑우 외 공저, 『한(조선)반도 개념의 분단사: 문학예술편』 제4권, (주)사회평론아카데미, 2021 참조.

리얼리즘의 개념이 당시 어떻게 수용되었고 사회주의 리얼리즘 창작방법이 구체적인 작가, 작품과의 관련 속에서 역사적으로 어떻게 규정되는지 다각도로 살펴보기로 한다. 특히 1920년대 '신경향파문학'을 '사회주의 리얼리즘의 맹아'로 규정했던 논쟁을 중점적으로 검토한다. 그 과정에서 논쟁의 이론사적 의의와 역사적 배경도 아울러 드러나리라 기대한다.

1.1. 논쟁의 발단과 리얼리즘 발생론

북한 학계에서 사회주의 리얼리즘 발생 발전 논쟁이 처음 발단된 것은 1956년의 토론회라고 할 수 있다. 즉, 1956년 5월 5일 조선작가동맹 중앙위원회에서 사회주의 리얼리즘의 발생 발전문제를 두고 엄호석이 발제하고 김명수, 박팔양, 안함광, 한효 등이 토론에 참가한 연구회가 진행되었다.[3]

엄호석은 1920년대 조선의 사회주의 리얼리즘은 당대 사회의 특질과 함께 소련 사회주의 리얼리즘 방법의 영향을 받아 발생하였다고 발제하였다. 10월혁명의 영향 아래 일어난 3.1운동 후 마르크스레닌주의학설의 광범한 보급과 반일 민족해방투쟁의 영도자로서의 조선 노동계급의 등장은 새로운 혁명투쟁의 단계를 열어놓았고, 혁명사업의 일익으로 복무할 것을 목적으로 한 신경향파작가들은 사회주의사상의 체현자로서 고리키에 의해 창시된 사회주의적 리얼리즘 창작방법을 습득하고 있었다. 그러나 신경향파문학은 혁명적 정세의 미숙과 작가 세계관의 한계로 '사회주의 리얼리즘 창작방법의 맹아기'의 문학이라고 규정된다.

이에 따라 사회주의 리얼리즘 창작방법의 발생, 발전은 두 시기로 나누어진다. 첫째 1920년대 초부터 1927년까지 신경향파시기로서 사회주

---

3 미상, 「'조선에서의 사회주의 리얼리즘의 발생 발전'에 관한 연구회」 기사, 『조선문학』 1956. 6, 210~211면 참조.

의 리얼리즘 맹아기다. 1927년 카프 재조직 이후 목적지향을 띤 방향전환론이 나온 이후가 사회주의 리얼리즘의 발생단계로, 이기영의 「고향」, 한설야의 「황혼」 등 대표작이 나온 시기이다. 토론 결과 신경향파문학의 특징으로 아름다운 인간성, 사회주의 이상, 일제에 대한 반항과 투쟁, 혁명적 낭만주의 등이 거론되었고, 한계점으로 사회주의 투사를 서사시적 화폭 속에서 보여주지 못했다는 점이 지적되었다.

이 토론회 이후 북한 학계는 1957년부터 1963년까지 리얼리즘·비판적 리얼리즘·사회주의 리얼리즘의 역사적 단계를 규정하는 대논쟁기에 접어들었다. 논쟁 주제는 우리 문학의 어느 시기에 리얼리즘·비판적 리얼리즘·사회주의 리얼리즘이 발생하여 역사적으로 발전해왔는지 규명하는 것으로서, 1957년부터 1963년까지 여러 차례의 토론회와 논쟁자료집이 제출되었다.[4] 리얼리즘의 발생 발전은 주로 고전문학을 중심으로 논의되어 활발한 토론이 벌어졌다. 그 결과 리얼리즘 발생시기로 9세기 최치원 문학, 12~14세기 이규보·이제현 문학, 18~19세기 박지원·정약용 문학 등 세 가지 주장이 정립되었다. 특히 18~19세기 발생설을 지지하는 학자 중에는 박지원·정약용의 문학이 곧바로 비판적 리얼리즘이라 주장하는 이도 있어 논쟁이 복잡하게 진행되었다. 이러한 견해차는 대개 리얼리즘의 개념에 대한 인식의 차이에서 기인하였다. 즉, 리얼리즘을 '현실의 객관적이고 진실한 반영'(고리키)으로 넓게 규정하는 것과 '디테일의 진실성 외에 전형적 환경 속에 전형적 성격의 진실한 전달'(엥겔스)로 좁게 규정하는 데 따른 개념차, 그리고 시에 있어서의 리얼리즘이 엥겔스 명제를 만족시키는가 하는 문제에 대한 견해차에 의해 적용대상 작가,

---

4 이에 대한 소개로는 다음과 같은 글이 있다. 김시업, 「북한 학계의 우리나라 사실주의 논쟁」(해제), 사회과학원 문학연구실 편, 『우리나라 문학에서 사실주의의 발생, 발신논생』, 사계실, 1989; 박희병, 「북한 학계의 사실주의 논쟁의 성과와 문제점」(서평), 『창작과비평』 1989. 가을호; 김성수, 「북한 학계의 리얼리즘논쟁 검토」, 『실천문학』 1990. 가을호.

작품이 달랐던 것이다.

비판적 리얼리즘만 해도 18~19세기 문학에서 발생했다고 보는 입장과 자본주의적 비판의 토대가 존재한 20세기 문학에서 발생했다고 보는 입장이 대립되어 있으며, 후자는 다시 1910년대 양건식의 단편소설 「슬픈 모순」 등에서 발생했다는 주장과 1920년대 김소월 시와 나도향 소설에서 발생했다는 주장이 대립되어 있는 형편이다. 이들 주장을 논자별로 정리하면 대략 다음과 같다.

> 9세기 최치원 문학의 리얼리즘 발생설—고정옥, 동근훈, 권태무(고대 리얼리즘 인정)
>
> 12~14세기 이규보 이제현 문학의 리얼리즘 발생설—한룡옥, 한중모, 안함광
>
> 18~19세기 박지원 정약용 문학의 리얼리즘 발생설—김민혁(엄호석, 윤종성, 김병규)
>
> 18~19세기 박지원 정약용 문학의 비판적 리얼리즘 발생설—김하명, 박종식, 윤기덕(현종호)
>
> 1910년대 양건식 문학의 비판적 리얼리즘 발생설—엄호석, 최탁호(한중모, 안함광)
>
> 1910년대 김소월 나도향 문학의 비판적 리얼리즘 발생설—김해균, 문상민(리응수)

이러한 상이한 입장의 논쟁을 통해 리얼리즘론의 인식이 제고되고 각 시기 작가, 작품에 대한 구체적인 논의가 심화되어 미학적 체계를 갖춘 문학사 서술의 기초를 이루게 되었다. 실제로 당시의 『조선문학통사』 (1959), 『조선문학사』(1960년판, 1962년판), 『문학개론』(1961) 등을 보면, 김하명, 박종식의 주장대로 18, 9세기 박지원·정약용 문학에서 리얼리즘이 발생했으며 그것이 곧바로 비판적 리얼리즘의 시원을 이루었다고 서술

되어 있어 논쟁의 추이를 알 수 있게 한다.[5]

1.2. 사회주의 리얼리즘 발생 발전 논쟁의 전개과정

사회주의 리얼리즘 발생 발전 논쟁은 이상과 같은 리얼리즘·비판적 리얼리즘 발생·발전 논쟁과 동일한 시기에 같은 맥락에서 전개되었다. 사회주의 리얼리즘 발생을 둘러싼 논쟁의 주된 관심사는 비판적 리얼리즘과 사회주의 리얼리즘의 교체기인 1920년대 문학, 보다 구체적으로는 '신경향파문학'을 어떻게 규정할 것인가 하는 문제가 초점이었다. 1956년의 토론회에서 보듯이 신경향파문학은 마르크스레닌주의의 보급과 노동계급의 출현, 고리키 문학의 영향 등 주객관적 조건을 토대로 사회주의 리얼리즘을 창작방법으로 습득할 수 있었으나 당시의 혁명적 정세의 미숙, 작가의 세계관적 한계 때문에 맹아적으로 실현될 수밖에 없었다. 즉 신경향파문학은 비판적 리얼리즘 단계는 넘어섰으나 여러 한계 때문에 사회주의 리얼리즘 단계가 확립되지는 못한 맹아기, 사회주의 리얼리즘으로의 과도기라고 규정되었던 것이다.

논쟁의 본격적 전개는 기존 통념이 가진 신경향파문학의 과도기론에 대한 엄호석의 비판[6]에서 비롯되었다. 그는 1920년대초 신경향파문학에 벌써 사회주의 리얼리즘이 맹아적 모습을 보였다는 기존 견해의 이론구조에 의문을 제기하였다. 사회주의 리얼리즘의 발생 발전문제가 이전 리얼리즘의 합법칙적 발전의 필연적 결과로 문학이론에 의해 해명된 것이 아니라 당대의 사회적 정세 특히 민족해방투쟁사의 연구 성과를 그대로 문학사에 대입하는 편향된 태도를 보였다는 것이 비판의 초점이었다. 사

---

5 북한의 여러 문학사에 나타난 리얼리즘의 양상이 어떻게 변모하는지 논의한 것으로는 「남북한 리얼리즘문학 비평 개념 비교」, 『현대문학의연구』 72, 한국문학연구학회, 2020.10 참조.

6 엄호석, 「조선문학에 있어서의 사회주의적 사실주의 발생과 관련하여」, 『조선어문』 1958-1.

회주의 리얼리즘 문제를 노동자. 농민운동의 발전으로 대치하려는 태도는 한계가 있는 것이다. 그런데 서론은 그렇게 해놓고 실제 논의 전개에서는 사회학적 편향을 보이고 말았다. 즉, 1920년대 초에는 사회운동의 역량이 미약했기 때문에 사회주의 리얼리즘이 발생할 수 있는 리얼리즘적 기초가 허약했다고 했던 것이다. 사회주의적 이상을 가진 작가가 다수 있다 할지라도 이 방법에만 고유한 리얼리즘적 기초로 되는 사회주의를 위한 노동계급의 혁명 투쟁이 없이는 이 방법을 창조할 수 없다는 것이 주된 논지이다. 또한 아직 사회주의 리얼리즘이 확립되지 않은 이유로 「낙동강」의 낭만적 성향을 근거로 들기도 하였다.

이에 반해 리정구는 20년대 작가를 비판적 리얼리즘 작가와 사회주의 리얼리즘 작가로 양분하고 전자에 이익상, 조명희, 이상화를 후자에 이기영, 한설야 등을 배치하여 신경향파시기에 둘이 공존했다고 주장하였다.[7] 이는 무리한 도식화로 말미암아 한 작가 내지 작가군의 미학적 발전을 역동적으로 포착하지 못하는 한계가 있다. 방연승은 리정구의 주장을 비역사적이라 비판하고 이상화 시와 최서해 소설의 구체적 분석을 통해 사회주의 리얼리즘 창작방법이 소재 차원을 넘어선 역동적인 개념이라는 사실을 논증하였다.[8] 그러나 사회주의 리얼리즘의 외연을 너무 넓게 잡아 그 복잡성을 변증법적 발전단계에서 파악하지 못하는 인식의 단순성을 노정하였다.

리상태는 엄호석이 주장하는 '리얼리즘적 기초의 미약'이라는 명제가 결국 비속사회학적 태도에 귀결된다고 비판하고 사회주의 리얼리즘으로의 과도기를 보다 세분하여 인식할 것을 주장하였다.[9] 즉, 같은 신경

---

7 리정구, 「신경향파 문학과 사회주의 사실주의」, 『문학신문』 1957.1.17, 2~3면; 「1920년대 우리나라 사실주의 문학의 정당한 이해를 위하여」, 『조선어문』 1958-3.

8 방연승, 「신경향파문학에 대한 평가에서 제기되는 몇가지 문제」, 『조선어문』 1958-4.

9 리상태, 「조선문학에서의 사회주의 사실주의 발생문제와 관련한 몇가지 의견」, 『조선어문』

향파문학이라 할지라도 그 전대문학의 영향관계가 백조파의 문학이냐 아니면 전대의 고전소설이냐에 따라 작가의 세계관이 달라진다고 하였다. 그러면서 이익상 문학을 비판적 리얼리즘, 최서해 이상화의 일부 작품을 사회주의 리얼리즘의 맹아적 단계, 조명희 이기영 한설야 송영의 작품을 사회주의 리얼리즘의 초기 특성 구현으로 규정하였다.

한중모는 엄호석, 리정구를 비판하고 이미 1920년대 초에 사회운동의 하부조직, 지방조직의 역량 강화에 의해 리얼리즘적 기초가 마련되었다고 하면서 사회주의 리얼리즘의 발생과 발전을 단계별로 제시하였다.[10] 즉, 사회주의 리얼리즘의 맹아적 단계에 「가난한 사람들」, 「민촌」, 「R군에게」를 들고 다음 단계에 「석공조합대표」, 「낙동강」, 「원보」를 놓고 완성기에 「과도기」, 「씨름」을 배치하는 식으로 작품들을 규정하였다. 또한 '신경향파문학'이란 개념의 시기와 용어, 대상작품에 혼란이 많다면서 '초기프롤레타리아문학'으로 대체할 것을 제안하였다.

박종식은 그의 『문학개론』(1961)에서 기존의 논쟁을 정리한 결론을 서술하였다. 그에 따르면 우리 문학에서 사회주의 리얼리즘의 발생시기는 1920년대 중반, 창작방법 발생의 주객관적 조건이 어느 정도 구비된 때가 된다. 주객관적 조건이란 대략 마르크스레닌주의세계관의 보급, 노동계급의 대중적 진출과 노동자 농민운동과 투쟁, 작가의 진보적 세계관 습득 등을 의미하는데 우리나라에서는 1925년경 카프 결성 무렵이 이에 해당된다고 할 수 있다.

엄호석-리정구-방연승-리상태-한중모-박종식 등의 논의를 거친 결과 리얼리즘의 개념에 대한 인식 수준은 문제가 많았지만 1920년대 프

1959-1.

10 한중모, 「1920년대 소설문학에서의 사회주의적 사실주의의 형성에 대하여」, 『사실주의에 관한 론문집』, 과학원출판사, 1959.

롤레타리아문학에 대한 비속적 견해, 독단주의적 견해들이 점차 제거되기 시작하였다. 독단주의적 견해란, '신경향파'문학에는 노동계급의 투사가 없기 때문에 사회주의 리얼리즘이 될 수 없다거나(리정구), 사회주의 이상이란 말로써 사회주의 리얼리즘 발생을 비속하게 단순화(엄호석)하는 경향들이다.

2. 리얼리즘에 대한 인식구조 비판

2.1. 리얼리즘에 대한 일반적 인식

여기서는 사회주의 리얼리즘 발생 발전 논쟁과정 속에서 드러난 각 논자들의 리얼리즘에 대한 인식수준을 다각도로 검토하기로 한다. 리얼리즘에 대한 인식을 보면 대체적으로 말해서, 이 시기 소련 문예학계의 영향을 받은 대로 창작방법으로 인식하면서 역사적 개념으로서의 발생 발전문제를 염두에 두고 있음을 알 수 있다.

각 논자에 대한 평가 이전에 먼저, 그들이 이론적 근거로 삼고 있는 당시의 일반적 이론구조 즉, '창작방법'내지 '창작방법으로서의 리얼리즘'에 대한 문예학적 인식 수준은 어떤 것이었는지 정리하기로 한다. 『문학개론』(1961)에 의하면, '창작방법'이란 작가가 생활자료를 어떻게 선택하고 어떻게 평가하며 어떻게 표현하는가의 예술적 일반화의 원칙이라고 규정하고 있다. 세계관과의 관계를 보면 둘은 분리되는 것도 아니고 일치되는 것도 아닌 변증법적 관계에 놓여있다. 작가의 세계관을 작가의 세계에 대한 견해와 표상의 총체로 본다면 창작방법은 현실을 형상적으로 일반화하는 원칙이며 결국 전형화의 원리를 지칭한다. 결국, 세계관은 창작과정에 참여하고 있지만 그 제반내용을 창작과정에 단순히 옮겨놓는 것은 아니라는 것이다.

한 작가에게 있어서 창작방법은 문체로 표출된다고 한다. 즉, 작가의 문체는 그가 의거하고 있는 창작방법의 물질적 표현이라는 것이다. 작가들의 독창성, 비반복성은 생활자료의 선택뿐만 아니라 작가들의 미학적 취향, 생활현상을 평가하고 판단하는 세계관의 높이와 표현방식의 차이, 작품 구성과 언어 구사의 특수성에 의해서 형성된다. 이와 같이 작가의 생활체험과 세계관에 의하여 규정되는 작품의 주제로부터 사상적 경향, 구성, 언어 등의 특수성 속에 나타나는 작가의 사상 예술적 독자성(개성)을 문체라고 하여 창작방법의 물질적 표현으로 규정하는 것이다.

'창작방법으로서의 리얼리즘'이란 창작방법의 역사적 산물로 인식되고 있다. 창작방법은 세계문학사 발전에 있어서 두개의 기본적인 현실묘사의 태도, 방향과 함께 그것을 구체적인 형상 속에 일반화하는 형상 구성의 원칙에 의해 역사적으로 발생하는데 각 나라의 민족문학에서는 리얼리즘과 낭만주의로 나타난다고 한다. 여기서 리얼리즘이란 현실 묘사의 태도에 있어서 객관적으로 주어진 생활자료의 선택을 지향하며 주어진 생활현상들의 본질적이며 특징적인 성격들을 '생활 그 자체의 형식'을 통하여 전형화하는 것으로 규정된다.

리얼리즘은 우선 현실을 객관적으로 묘사하는 데서 출발한다. 그러나 현실 묘사의 객관성에만 머문다면 현실을 피상적 기계적으로 복사하는 부르주아 자연주의와의 차이를 드러낼 수 없다. 리얼리즘은 생활현실의 본질적 특징적 성격을 반영하는 것을 원칙으로 삼기 때문이다. 즉, 현실의 합법칙적 발전을 반영하는 점이 중요한 것이다. 자연주의가 인간의 의식활동 일반에 고유한 생활 반영의 일반적 속성인 '실재성'을 특성으로 삼기 때문에 현실을 피상적으로 왜곡되게 반영하는 데 반해, 리얼리즘은 생활자료의 내부적 구조와 상호연관성을 통하여 특징적이며 본질적인 것을 반영하는 속성인 '사실성'을 특성으로 삼는다. 또한 리얼리즘이 문학예술에 고유한 방법이 되기 위해서는 생활의 형식 그 자체의 형식을 통하여 전형화하지 않으면 안 된다. 전형화의 원칙이란 엥겔스의 정식대로 '디테일의 진실성 외에 전형적 환경에서 전형적 성격을 진실하게 표현하는 것이다. 이상에서 보듯이 현실 묘사의 객관성, 사실성, 전형성 등의 완전한 결합이 리얼리즘의 특성이다. 리얼리즘은 예술적 반영의 제 원칙인 동시에 세계관의 발전과 긴밀하게 연관되어 일정한 역사적 단계에서 하나의 완전하고 통일적인 창작방법으로 되는 것이다.

그렇다면 창작방법과 문예사조는 어떤 관계일까? 이에 대하여 『문학개론』에서는 문예사조를 창작방법의 역사적 형태로 규정하고 있다. 예를 들어 어떤 특정시대의 작가들이 선행시대의 작가들로부터 전형화의 원리와 형상창조의 수법을 섭취함으로써 창작방법의 공통성이 형성된다고 하자. 이와 같이 작가들의 사상적 공통성과 미적 이상의 공통성에 의하여 조성되고 일정기간 지속되는 창작방법의 공통성의 역사적 발전을 '사조'(문예사조)라고 개념 규정할 수 있다는 것이다. 리얼리즘 창작방법의 창작원칙을 전형적 환경에서 전형적 성격의 창조라고 했을 때 이는 역사적 개념으로서가 아니라 추상적 개념으로서의 창작, 표현원칙을 말한 것이다. 그러나 동시에 창작방법은 역사적 개념이기도 하다. 창작방법은 일정한 역사적 시기에 일정한 사회적 시대적 요구에 의하여 발생 발전 소멸하기 때문이다. 예를 들어 '신경향파'는 1920년대초 노동계급의 역사적 진출과 함께 초기 자연발생적인 노동운동으로부터 조직적인 정치투쟁으로 과도기를 거치는 혁명투쟁을 반영하는 사회적 요구를 가지고 출현하여 중엽까지 존재했던 문학사조인 것이다.[11]

1950~60년대 북한 학계의 리얼리즘 인식은 당시의 세계 문예학계 일반의 조류를 반영하는 것이긴 하지만 편의적인 데 머무른 감이 없지 않

11 이상 창작방법, 리얼리즘, 문예사조 등에 대한 논의는 리상태 현종호 박종식, 『문학개론』, 교육도서출판사, 1961, 180~191면의 제3편 제2장 '창작방법과 사조'를 참조하여 정리한 것이다.

다. 즉, 리얼리즘을 창작과정에서의 표현의 규범으로 협소화하거나 세계문학사상의 2대 조류로 지나치게 넓혀 둘을 통일적으로 파악하지 못한 한계를 보였던 것이다. 또한 역사 발전의 합법칙성에 대한 인식을 곧바로 창작방법과 동일시하여 작가의 진보성을 리얼리즘 창작방법의 구현 태도와 혼동하고 있다. 이러한 인식 역시 창작방법에 대한 세계관의 선차성, 주체적 요인의 강조가 눈에 띄는 것이다. 이러한 한계는 리얼리즘, 사회주의 리얼리즘 발생발전 논쟁에 참여한 양쪽 논자에게도 그대로 드러나고 있다.

2.2. 각 논자의 리얼리즘 인식

리얼리즘의 개념을 천착한 김민혁(1959)은 역사적 개념으로서의 리얼리즘과 창작방법으로서의 리얼리즘을 구분하고 있다. 창작방법으로서의 리얼리즘은 현실의 객관적 묘사, 전형화의 원칙으로 대표되는 개념으로 형상화의 원칙을 지칭한 듯하다. 이런 측면에서 자본주의 맹아 이후의 '문예부흥기 사실주의'나 '계몽기 사실주의'라는 용어를 쓰는 것으로 보아 이 시기 리얼리즘 인식이 아직 편의적인 데 머무르고 있음을 알 수 있다. 이는 1956~57년 소련의 세계 및 러시아문학사에서의 리얼리즘 발생발전 논쟁의 성과를 그대로 받아들인 결과라 생각되며 그것이 당시 리얼리즘 인식 수준으로 이해된다. 역사적 개념으로서의 리얼리즘이란 흔히 엥겔스 개념의 실제 적용대상을 지칭하는 것으로, 비판적 리얼리즘을 자본주의의 승리와 관련된 역사적 범주로 규정하는 것과 맥락을 같이 하는 것이다.

그런데 고전문학에서의 리얼리즘 발생 논쟁에서 김하명(1957), 박종식(1959) 등이 연암, 다산의 실학파문학과 춘향전 등의 판소리계소설에서 리얼리즘의 맹아를 찾고 그것이 곧바로 비판적 리얼리즘이라 규정한 것은 바로 이 점에서 창작방법으로서의 리얼리즘과 역사적 개념으로서의 리얼리즘을 혼동하고 둘을 통일적으로 사고하지 못한 결과라 할 것이다. 김민혁은 실학파문학을 자본주의 비판의 결여로 해서 비판적 리얼리즘이라기보다 계몽기 리얼리즘으로 이해하고 있다. 이러한 리얼리즘 인식의 한계는 사회주의 리얼리즘 논쟁에도 그대로 나타난다. 방법개념으로서의 사회주의 리얼리즘의 특질이 리얼리즘 일반론 속에 묻혀버려 사회주의적 이상이라는 세계관적 강조점이 방법개념과 어떻게 통일적으로 관련되는가 하는 문제에 대한 고민은 보이지 않게 되는 것이다. 그래서 결국 논쟁과정에서 드러나는 여러 논자들의 리얼리즘 인식이 구체적인 예술방법보다는 사회역사적 조건이나 작가의 세계관에 지나치게 강조점을 주는 편향이 생기는 것을 알 수 있다.

엄호석은 사회주의적 성격의 문학이 리얼리즘적 기초를 가질 때 사회주의 리얼리즘이 성립한다고 생각하여, 작가의 사회주의적 이상이라는 사상적 세계관적 측면과 당대 노동운동 등 혁명투쟁의 성과를 강조했다. 그런데 '리얼리즘적 기초'로서의 사회역사적 조건에 따라 사회주의 리얼리즘의 성격이 규정된다고 본 것은 객관적 토대의 규정성을 지나치게 강조한 편향으로 생각된다. 요는 사회운동사에 미학이 규정되는 속류 사회학주의적 편향을 보인다는 말이다.

이에 반해 방연승은 창작방법으로서 사회주의 리얼리즘을 인식하고 구체적인 작품 분석을 통하여 전형화의 문제를 리얼리즘의 핵심으로 파악하는 등 올바른 접근방식을 택했다. 그러나 작품 분석을 통해 드러난 그의 창작방법 인식은 작가나 작품 주인공의 마르크스레닌주의적 세계관의 문제로 귀결되어 아쉬움을 준다.

한중모는 세계관의 문제를 중심에 놓고 새로운 문학현상으로서 사회주의 리얼리즘을 파악하고 있으나 토대에 대한 적극적인 탐구가 보이지 않는다. 1920년대 초중반의 사회역사적 조건에 대한 면밀한 모색 없이 무조건 사회주의적 토대가 마련되었다고 보는 것은 무리이다. 다만 주체적 조건을 강조한 것은 엄호석의 객관 편향에 보완되는 태도라 할 것이다. 리상태 또한 엄호석의 사회학적 편향을 보완하는 입장에서 논의를 펴고 있으나 사회주의 리얼리즘 창작방법에 대한 천착 없이 역사적 단계의 세분화에만 집착하고 비판적 리얼리즘과 구별되는 사회주의 리얼리즘의 변별점을 뚜렷이 제시하지 못하고 있다.

박종식은 『문학개론』에서 사회주의 리얼리즘의 특징을 자세하게 나열하여 리얼리즘 인식 수준을 확실하게 알 수 있게 한다. 즉, 사회주의 리얼리즘의 특징으로 레닌적 당성, 사회주의적 애국주의와 공산주의적 인도주의, 비판성, 혁명적 낭만성 그리고 '긍정적 주인공'의 전면적 진출 등을 나열하고 있는 것이다. 여기서 긍정적 주인공이란 사회주의를 긍정하고 그의 실현을 위해 투쟁하는 인간과 사회주의 및 공산주의를 건설하는 투사를 지칭하고 있다. 그 인물형의 속성으로는 사회주의적 목적지향성, 대중성, 창조적 노동과 계급투쟁 속에서 형성된 긍정적 자질 등이 거론되어 새로운 인간형의 창조가 사회주의 리얼리즘의 중요요소임을 확실히 하고 있다.

이들 논자들의 리얼리즘 인식에 대한 평가자료로서, 당시 북한 학계에 번역 소개된 소련의 논쟁자료에서 보이는 사회주의 리얼리즘 개념을 파악하는 과정에서 보이는 각각의 편향은 비판이 가능하다. 소련에서의 논쟁은 예술사의 독자성을 확보하는 의의를 가진 것으로 철학사를 관념론과 유물론의 투쟁으로 보듯 예술사를 리얼리즘과 반리얼리즘의 대립으로 보는 기존 통념에 대한 반성에서 나왔다. 소련 자료에 따르면 사회주의 리얼리즘 개념에 대한 잘못된 이해의 예로서, 사회주의 리얼리즘을 세계관으로 해석하는 것, 방법을 스타일(묘사 수법)적 요구들의 집계로 보는 것, 사회주의 리얼리즘을 예술 위에서 스스로 발전하는 추상으로 이해하는 것, 문학적 실천의 달성을 위한 소극적 일반화로 이해하는 것 등이 지적되고 있다.[12] 이에 따라 훗날 리얼리즘에 대한 인식이, 창작과 수용의 전과정에 관철되는 예술방법으로서 인식방법과 가치평가방법의 통일을 포괄하는 예술적 반영과정을 조정하는 기본적인 원리, 방식, 규칙들의 체계로 이해될 수 있는 길을 열어놓았던 것이다.

이러한 문제는 소련과 동독에서는 1960~70년대에 까간 미학 등을 통해 폭넓게 해결되었으나 1980년대 북한 자료에는 오히려 퇴보한 느낌이 든다. 예를 들어 리동수의 비판적 리얼리즘 관계 저서나 한중모의 사회주의 리얼리즘 관계 저서를 보면 사회운동과 문예의 기계적 관련, 내용과 형식의 분리, 리얼리즘을 세계관('당성')편향으로 이해하는 등 창작방법으로서의 인식을 더 발전시키지 못하고 있는 것으로 평가된다.[13] 심지어 리동수는 리얼리즘을 현실 반영의 원칙과 방법이라 하면서 문학의 사회역사적 단계 규정을 하기를, 봉건적인 사회관계를 반영하는 봉건사회의 리얼리즘, 자본주의적인 사회관계를 반영하는 자본주의사회의 리얼리즘, 사회주의적인 사회관계를 반영하는 사회주의 리얼리즘 식으로 이

---

12 웨. 에르. 쉐르비나 외, 계북 역, 「사회주의적 사실주의의 발생 및 발전」, 김성수 편, 『우리 문학과 사회주의 리얼리즘 논쟁』, 사계절출판사, 1992 참조.

13 한중모, 『주체사상에 기초한 사회주의적 사실주의 이론의 몇 가지 문제』, 과학백과사전출판사, 1980; 리동수, 『우리나라 비판적 사실주의 문학 연구』, 과학백과사전종합출판사, 1988 참조. 리동수에 의하면 비판적 리얼리즘은 리얼리즘 문학발전의 일정한 역사적 단계에 형성된 진보적 문예사조로 이해되고 있다. 그래서 자본주의적 사회관계가 형성되는 역사적 시기와 연관시켜 당대 현실을 기본적으로 유물론적 전제에서 해석하고 합리주의사상과 인도주의 이념에 기초할 것 등의 요소 및 발생 형성의 역사적 배경, 비판대상과 과업, 사조의 세계관적 기초와 창작이념의 견지에서 통일적으로 규정되어야 한다고 주장한다. 결론적으로 비판적 리얼리즘은 자본주의적 사회관계의 형성을 배경으로 발생한 리얼리즘의 한 역사적 형태로서, 합리주의사상과 인도주의이념에 기초하여 황금만능이 지배하는 자본주의사회의 사회악을 예리하게 비판한 진보적 문예사조로 규정된다. 이는 주로 김정일의 『영화예술론』(1973)에 기댄 규정이라고는 하지만, 일찍이 고리키가 언급한대로 "대부르주아에 의하여 부흥된 봉건귀족들의 보수주의에 반대하는 투쟁과 자유주의적이며 인도주의적인 사상에 기초한, 즉 소부르주아의 민주주의를 조직하는 방법으로서의 투쟁"으로 개념 규정된 것에 비해 진전된 것 같지 않다. 리동수, 같은 책, 7~15면; 고리키, 『문학론』 제4권, 국립문학예술출판사, 1956, 161면 참조.

해하고 있다. 이는 북한 문예학계에서 당파성을 기능주의적으로 이해하는 당성 개념에 바탕하여 리얼리즘 인식에 대한 편의주의적 속류사회학주의적 발상을 노정하고 있는 것으로 생각된다.

3. 신경향파문학과 사회주의 리얼리즘

3.1. 사회주의 리얼리즘 발생의 조건

사회주의 리얼리즘은 노동계급의 투쟁에서 그리고 노동계급이 자기의 세계사적 사명을 자각하고 자본주의제도를 전복하고 사회주의사회의 도래가 불가피하다는 사회주의적 이상이 확인될 때 필연적으로 발생하는 창작방법이다. 따라서 우리나라 사회주의 리얼리즘 발생의 사회역사적 조건에 대한 분석이 반드시 필요하다고 생각된다. 우리나라 노동계급은 3.1운동을 전후하여 비로소 계급으로서 형성되었으며 그들의 각성과 투쟁사가 짧음에도 불구하고 일제의 식민지 약탈정책의 폭압성과 10월혁명의 영향으로 급속하게 대중적 투쟁으로 발전하였다고 할 수 있다. 문제는 그 구체적인 근거와 1920년대의 어느 시점이냐 하는 것이다.

이에 대하여 엄호석은 신경향파문학의 한계, 사회주의 리얼리즘이 맹아형태로밖에 존재할 수 없는 사정으로 '사회주의를 위한 대중적 투쟁이 전개되지 않았'기 때문이라고 하였다. 이는 운동의 상층부만 현상적으로 인식한 것이 아닌가 생각된다. 또한 인식구조상 잘못의 하나는 객관적인 역사적 조건과 문예와의 관계에 대한 주관주의적 평가이다. 신경향파문학에서 사회주의 리얼리즘이 발생했다고 인정하면서도 창작방법 발생의 객관적인 주체적 조건을 인정하지 않는 것은 문제인 것이다.

한승보는 1920년대의 사회역사적 소선에 관해 누구보나도 적극적인 의미를 부여하였다. 그는 3.1운동을 거치면서 1920년대초에 부르주아 민족운동 중심의 민족해방운동이 종결되고 노동계급 중심의 민족해방투쟁으로 새로운 단계를 맞았다고 평가하였다. 그는 1920년대의 노농단체와 조선공산당이 상층 지도부의 기회주의와 종파주의 때문에 대중적 기초가 없었다는 주장에 대해 하부조직과 지방조직은 대중적 투쟁을 계속했다고 반론을 제기하였다. 그러나 민족해방투쟁의 초기형태에 대한 한중모의 주장은 1920년대 후반에나 타당하지, 소시민적 지식인 중심의 타협적 개량적 운동이 지배적이었던 1920년대 중반 이전에 대한 평가로는 무리라고 생각한다.

한중모를 제외한 논자들은 이 시기 운동의 한계에 대체로 동의하면서도 사회주의 리얼리즘의 객관적 조건에 해당되느냐 하는 문제에 대해서는 미묘한 차이를 보였다. 리정구는 엄호석과 마찬가지로 운동의 대중적 투쟁성이 미약했기 때문에 조건을 충족시키지 못했다고 하였다. 이에 반해 방연승은 대중투쟁이 미약하거나 없더라도 계급적 각성, 사회주의적 사상만 있으면 사회주의 리얼리즘에 도달한 것으로 보아야 한다고 반박하였다. 그러나 자본주의사회에서 사회주의를 위한 투쟁의 광범위한 대중적 기반이 없이 작가의 세계관만 중시하는 것은 또하나의 관념론에 빠질 위험이 없지 않다.

사회주의 리얼리즘의 발생은 주관적 조건과 객관적 조건 양쪽을 모두 고려할 때 비로소 정당한 논의를 할 수 있을 것이다. 이는 박종식의 논의에서 비로소 1925년을 전후한 시기가 사회주의 리얼리즘 발생의 주객관적 조건이 성숙된 시기로 규정됨으로써 논증되었다. 즉, 3.1운동 이후 민족해방투쟁이 부르주아 주도에서 노동계급 주도로 넘어가는 단계에 마르크스레닌주의가 도입되고 그에 세계관적 기반을 둔 노동자 농민운동이 일어나는 상황이 객관적 조건이고, 작가들이 사회주의적 이상을 갖게끔 진보적 세계관을 지니고 그에 따른 미학이론을 터득한 상황이 주관적 조건인 것이다.

박종식의 견해는 기본적으로 타당하긴 하지만 막연한 원칙론에 머물 뿐 운동의 조직적 토대에 대한 구체적 인식이 결여되어 있다. 즉, 1920년대의 노동운동이 우리나라 사회주의 리얼리즘 발생의 객관적 조건이긴 하지만 너무 막연한 규정이라는 것이다. 좀 더 엄밀하게 말한다면 1924년의 조선노농총동맹의 결성이라는 노동계급의 전국적 조직의 출현 시기를 구체적으로 언급할 수 있을 것이다. 마찬가지로 주관적 조건에 대해서도 1925년의 카프(조선프롤레타리아예술동맹)라는 진보적 작가의 조직 결성과 그해 여름 조명희, 이기영, 한설야의 마르크스레닌주의 학습소조 진행, 1927년의 목적의식론 대두와 카프의 방향전환(조직 개편)까지를 구체적 근거로 거론할 수 있지 않을까 생각된다.

3.2. 사회주의 리얼리즘의 맹아, 신경향파문학

북한 학계의 논의에 의해서 우리 근대문학에서 사회주의 리얼리즘이 발생한 시기가 구체적으로 1920년대 중반임이 드러난 것은 중요한 성과이다. 1930년대 카프 비평가들의 창작방법론 논쟁에서 사회주의 리얼리즘이 사회주의사회가 아닌 식민지 조선의 특수성에 비추어 적용 가능한가 하는 문제를 두고 논란을 벌인 것을 생각하면 발전이라고 할 수 있다. 잘 알려진대로 사회주의 리얼리즘은 사회주의 실현을 위한 대중투쟁이 광범위하게 벌어지는 곳이라면 어디든지, 이를테면 자본주의 사회의 틀 내에서도 발생 발전할 수 있다. 사회주의 리얼리즘의 초기 대표작인 고리키의 『어머니』가 나온 것이 1905년 무렵의 러시아라는 것이 그 좋은 예라 할 것이다.

기본적으로 자본주의 사회였던 식민지 조선에서는 3.1운동 이후 1920년대 초에 김기진, 박영희, 최서해, 조명희 등에 의해서 진보적인 문학이 싹텄는데, 이를 '신경향파문학'이라고 지칭하였다. 이 문학사적 실체와 리얼리즘의 발전이라는 미학적 인식과는 어떤 관계에 있는 것일까? 북한에서 벌어진 사회주의 리얼리즘 발생 논쟁은 궁극적으로 신경향파문학의 미학적, 문학사적 평가 문제로 귀착된다고 할 수 있다.

북한 학계에서는 신경향파문학이 사회주의 리얼리즘의 맹아형태라고 과도기론을 펴고 있다. 예를 들어 엄호석이 말한대로 비판적 리얼리즘을 넘어섰으나 사회주의 리얼리즘으로 썩 나아가지 못한 그러한 특수한 조류 즉 신경향파문학이 일정 기간 지속되었다는 것이다. 그런데 각 논자마다 '신경향파문학'의 개념과 해당시기, 미학적 규정에서 일정한 차이를 보이고 있는 점이 논쟁의 핵심이다. 우선 신경향파문학이 1920년대 초기프롤레타리아문학을 막연하게 지칭하고만 있지 구체적인 외연 설정은 합의되지 않았다.

신경향파문학은 일반적으로 1923년부터 1927년 카프의 제1차 방향 전환기까지로 우리에게 알려져있으나 북한에서는 이 또한 명쾌하지 않다. 이를테면 엄호석은 논쟁에서는 1920년대 초부터 1925년 카프 결성기까지 신경향파문학을 지칭하고 있으나 다른 글에서는 그 이후의 작품까지 포함하는 자체모순을 보인다. 그는 신경향파'작가'와 신경향파'작품'을 일치시키지 않아 혼동을 일으키게 한다. 즉 신경향파작가가 쓴 작품 중에는 신경향파적 경향이 아닌 것도 있다면서 「민촌」, 「탈출기」를 예로 들어 오류를 범하고 있다. 이에 반해 신구현은 이 두 작품을 신경향파문학에 포함시키고 시기를 카프 결성 이후까지 잡고 있다. 안함광은 문학운동과 작품을 분리하고 '1기 프롤레타리아문학' 개념을 도입하였다. 문학운동으로서의 신경향파는 3.1운동 이후부터 카프 결성까지이지만 문학작품 상 특질에서 볼 때에는 카프 결성 이후의 어느 시기까지 신경향파문학 즉, 제1기의 프롤레타리아문학이 계속되었다는 것이다. 이들 용어의 혼란을 비판한 한중모는 '신경향파문학'이란 말을 아예 없애고

'초기 프롤레타리아문학'으로 대체하여 사용하자고 제안하였다.[14]

그렇다면 신경향파문학의 리얼리즘적 단계 규정에 대한 각 논자의 입장은 어떻게 정리될 수 있을까? 엄호석은 신경향파문학의 개념과 대상작품에 혼란을 초래하긴 했으나 대체적으로 사회주의 리얼리즘의 범주이지만 맹아형태에 불과하다고 규정하였다. 리정구는 신경향파문학을 일률적으로 다루는 기존 견해를 비판하고 비판적 리얼리즘 작가와 사회주의 리얼리즘 작가의 공존으로 이 시기 문학의 미학적 특징을 규정하였다. 그는 최서해의 「탈출기」를 들어 주인공 박군이 사회주의 투사가 아니기 때문에 사회주의 리얼리즘 범주에 들지 않는다고 하는 등의 예증을 들어 최서해, 이익상, 이상화 문학을 비판적 리얼리즘으로 규정한 것이다.[15] 이에 대한 비판은 다른 모든 논자가 공통적으로 지적하는 것이어서 새삼스레 정리할 필요가 없을 정도로 무리한 주장이라 하겠다.

신경향파문학의 리얼리즘적 규정을 가장 정교하게 수행했던 리상태는 신경향파문학을 작가, 작품별로 세분하여 인식하였다. 즉 (1) 비판적 리얼리즘, (2) 사회주의 리얼리즘의 맹아, (3) 사회주의 리얼리즘의 초기 특성 등 세 부류의 공존으로 신경향파문학을 규정했던 것이다. 그의 견해의 핵심은, 신경향파문학이 사회주의 리얼리즘의 맹아형태로밖에 발생할 수 없었던 원인을 객관적 현실의 특성과 그 반영으로서의 작가들의 세계관의 복잡성에서 찾아 구체적으로 논증한 데 있다. 그는 우선 작가들이 소유한 과학적 사회주의 이상에도 불구하고 대중적 노동운동이 없었기 때문에 맹아기라는 엄호석 견해의 오류를 비판하였다. 왜냐하면 엄호석의 견해는 객관적 사회현실과 예술과의 관련을 직선적으로 설명하

---

14 한중모, 「1920년대 소설문학에서의 사회주의적 사실주의의 형성에 대하여」, 『사실주의에 관한 론문집』, 과학원출판사, 1959 참조.

15 리정구, 「신경향파문학과 사회주의 사실주의」, 『문학신문』 1957.1.17; ____, 1920년대 우리나라 사실주의문학의 정당한 리해를 위하여」, 『조선어문』 1958-3호.

려는 비속사회학적 견해이기 때문이다. 엄호석의 주장처럼 카프 재조직
이 이루어진 1927년부터 대중적 노동운동이 새로 발전한 것은 아니다.
조명희, 최서해, 이기영 등의 초기작이 자기의 생활체험으로 이루어진 것
으로 보아서도 초기 창작에 대중적 투쟁이 반영되지 않은 원인을 객관적
현실 자체의 특성으로만 말할 수는 없다.

예술창작이란 작가의 세계관, 미학적 이상, 생활체험의 특성을 통한
객관적 현실의 굴곡된 반영이기 때문에 신경향파작가의 복잡한 상황을
복잡함 자체로 인식할 필요가 있을 것이다.[16] 즉, 같은 신경향파작가라 할
지라도 상이한 사상, 미학, 생활체험으로 해서 고전문학의 리얼리즘적인
전통을 계승하거나 영향 받은 선행문학이 각이했던 것이다. 가령 이익상,
이상화는 백조파의 영향을 받았고, 한설야, 조명희, 이기영, 송영은 고전
소설의 전통과 소비에트문학의 영향을 받았다는 식으로 리상태는 문제
제기를 했던 것이다.[17]

신경향파문학을 비판적 리얼리즘이니 사회주의 리얼리즘의 맹아니
하는 일반적 개념으로 단순화할 것이 아니라 리얼리즘의 다양한 조류 중
에서 사회주의 리얼리즘이 어떻게 발생했고 그것이 어떻게 프롤레타리
아문학의 주류로 발전해갔는지 보는 것이 과학적 태도일 것이다. 1920년

---

16 신경향파문학의 복잡성을 전후기로 나누어 파악했던 견해가 그 한 대안이 될 수 있을 것이
   다. 그러나 전기 신경향파문학의 주류를 김기진, 박영희로 배치하여 송영, 이기영 등의 후
   기 신경향파문학과 대등하게 파악한 것은 과학적 문예학에 기초한 미적 반영론의 인식을
   결여한 태도의 산물이다. 오히려 비극성, 주관적 낙관성 등 신경향파소설의 미학적 특질을
   구체적으로 분석하여 김기진 등의 작품을 리얼리즘에 이르지 못한 자연주의로 이기영 등
   의 작품을 비판적 리얼리즘을 넘어서는 새로운 단계로 규정한 논의가 보다 온당한 듯싶다.

17 이익상에 대하여 리상태가 백조파의 영향을 든 것은 실증적 오류인 듯하다. 어쨌든 이익상
   문학이 영향 받은 선행형태의 한계로서 거론되어 예증된 만큼 본래 의도를 살린다면 「쫓기
   어가는 이들」 같은 소설이 바로 초기프롤레타리아문학이면서 비판적 리얼리즘에 해당하는
   예가 될 것으로 이해하면 될 듯하다. 이기영 등의 소련문학 영향이란 주로 고리키의 영향을
   지칭하는데 그가 바로 사회주의 리얼리즘 창작방법의 창시자이기에 논증이 성립된다고 할
   수 있다.

대문학에는 프롤레타리아작가는 아니지만 그 영향을 받아 훌륭한 비판적 리얼리즘 작가가 된 나도향, 김소월이 있기에 신경향파문학이란 배타적 틀만 고집하지 말고 근대 민족문학사의 전체 구도 하에서의 리얼리즘적 발전으로 작가, 작품들을 계보화할 수 있는 것이다. 나도향의 경우 모순의 원인을 반영하진 못했지만 무산계급운동의 운동과 프롤레타리아문학의 영향으로 계급적 모순을 무의식적이라도 반영하게 된다. 문인으로는 부르주아니 프롤레타리아니 표방할 것인지 알 수 없긴 하지만 프롤레타리아문학이 부흥할 것은 말할 것도 없다[18]고 한 데서, 프로문학에 대한 동요적 태도와 그 역사적 필연성을 어쩔 수 없이 인정해야만 하는 사상적 기초가 놓여 있는 것이다.

한편 조명희, 이기영, 송영, 한설야와 그에 미치지 못하는 이상화, 이익상, 최서해의 창작을 구분할 필요가 있다. 이에 대하여 리정구처럼 후자의 작품이 '생활긍정적인 빠포스, 사회개혁적인 빠포스'가 되지 못한다고 비판적 리얼리즘 작가로 규정하는 것은 곤란하다. 이에 대해서는 방연승의 자세한 작품론이 반증으로 온당한 듯하다. 다만 이익상의 경우 평론에 비해 소설이 따라가지 못하거나 주관적인 사상적 지향이 현실 속에 성숙되지 못해서 비판적 리얼리즘 한계를 넘어서지 못하였다고 보는 것이 타당하지 않나 싶다. 최서해의 「탈출기」, 이상화의 「폭풍우를 기다리는 마음」, 「극단」 등은 리정구의 부정에도 불구하고 사회주의적 리얼리즘 맹아로 규정되며 그들의 나머지 다른 작품들은 비판적 리얼리즘에 머물렀다고 대체로 평가되고 있다. 물론 문제의 초점은 이들 작품의 재단이 아니라 리상태의 말처럼 '그 작가의 발전방향, 발전하는 현상의 맹아와 그의 전도를 밝히는 것이 무엇보다도 중요한 것'이다.

이러한 논의 결과 신경향파문학의 리얼리즘적 규정에 대한 리상태의

---

18 나도향, 「뿌르니 프로니 할 수 없지만」, 『개벽』 1925.2.

결론은 다음과 같이 도식화할 수 있다.

비판적 리얼리즘─나도향, 김소월
신경향파이지만 비판적 리얼리즘─이익상
사회주의 리얼리즘의 맹아 도달─최서해의 「탈출기」, 이상화의 일부 작품
사회주의 리얼리즘의 초기 특성 구현─조명희, 한설야, 이기영, 송영

신경향파문학이 사회주의 리얼리즘의 범주에 포괄될 수 있느냐 하는 점이 좀더 구체적으로 논증되기 위해서는 「탈출기」 논쟁을 살펴보는 것이 유익할 것이다.

3.3. 사회주의 리얼리즘과 혁명적 낭만성

사회주의 리얼리즘과 선행문학의 유산 문제 즉, 전통의 문제도 만만하지 않은 쟁점이다. 여기에는 양편향이 존재한다. 하나는 사회주의 리얼리즘을 선행한 예술적 발전에서 분리하여 이전의 모든 예술적 원칙들과 방향들의 폭발로 간주하는 것이고, 다른 하나는 사회주의 리얼리즘의 혁신적 본질을 간과하고 비판적 리얼리즘의 당연한 발전 결과라는 생각이다. 두 편향을 극복하고 비판적 리얼리즘과의 차별성을 올바르게 규정하는 것은 사회주의 리얼리즘 논의의 또다른 과제라 할 것이다.

한편, 신경향파문학이 사회주의 리얼리즘으로 곧바로 규정되지 못한 근거로 작품 중에 자주 드러나는 '낭만주의적 주정 토로' 문제가 제기된 것을 어떻게 평가할 것인가 하는 문제가 별도로 남는다. 이는 확대하면 사회주의 리얼리즘과 혁명적 낭만주의의 관계를 논쟁 당시 북한 학계에서는 어떻게 인식했는지 하는 문제로 인식할 수 있다. 이에 대하여 엄호석, 리상태는 신경향파문학이 사회주의 리얼리즘의 맹아형태로 규정될 수밖에 없는 한계로써 혁명적 낭만성 문제를 취급하였다. 엄호석은

최서해의 「혈흔」의 주정적 토로, 조명희의 「낙동강」의 애상적 분위기 등을 들어 낭만주의적 토로가 리얼리즘적 묘사보다 우세한 것이 신경향파 문학의 첫째 특징이라고 하였고, 리상태도 초기 사회주의 리얼리즘 첫째 특성으로 리얼리즘과 혁명적 낭만성의 강한 결합을 들었다. 리상태는 혁명적 낭만성을 미래적 소재에 대한 묘사가 지배적이고 긴장된 '씨뚜아찌야'(상황 배경)를 조성하며 투쟁과 혁명에로 호소하는 낭만적 토로가 강조되는 것이라 하였다. 그에 따라 이기영의 「가난한 사람들」에서 보듯이 주인공의 감정 폭발은 사회주의사상의 표현형태지만 더 이상 발전을 보이지 못한 채 경향성에 머물러 한계를 보인다고 하였다. 안함광도 최서해론에서 신경향파문학의 창작방법상 특질로서 혁명적 낭만주의의 색채와 모멘트가 지배적이라고 하였다. 이는 혁명적 낭만주의에 대한 이해의 부족으로 인해 사회주의 리얼리즘과 대립된 개념으로 파악했기 때문에 나타난 오류라 할 것이다.[19]

이에 대하여 김민혁은 엄호석과 안함광이 리얼리즘과 낭만주의의 차이를 평균화하고 그것들을 리얼리즘 일반으로 보는 견해에서 출발하여 결국 창작방법으로서의 낭만주의를 인정하지 않는 결과를 빚는다고 비판하였다.[20] 한중모 역시 그들이 사회주의 리얼리즘의 맹아형태로서 신경향파문학의 낭만주의적 특색을 강조하다 보니까 '우세'니 '지배적'이니 하면서 과장했다고 하면서 낭만주의적 요소를 각 작가 개인의 창작적 개성으로 이해하자는 대안을 제시하였다. 예를 들어 「낙동강」의 혁명적 낭만주의 색조는 사회주의 리얼리즘 맹아기의 특징적 요소라기 보다는

---

19 안함광, 『최서해론』, 50~51면; 김민혁, 「사실주의 개념에 대한 력사적 구체적 리해를 위하여」, 『사실주의에 관한 론문집』, 107면에서 재인용; 김성수 편, 『우리 문학과 사회주의 리얼리즘 논쟁』, 36면.

20 김민혁, 「사실주의 개념에 대한 력사적 구체적 리해를 위하여」, 『사실주의에 관한 론문집』, 참조.

조명희의 창작적 개성이 잘 드러나 형상화에 성공한 경우로 평가하자는 것이다. 이러한 김민혁과 한중모의 견해도 혁명적 낭만주의에 대한 일면적 인식일 뿐 사회주의 리얼리즘의 내적 계기로 적극적으로 인식하는 단계에는 아직 이르지 못한 듯하다.

혁명적 낭만주의를 사회주의 리얼리즘과 정당하게 관련시킨 것은 박종식의 『문학개론』(1960)에 와서 체계화되었다. 원래 사회주의 사회 도래 이전 단계에서 사회주의 리얼리즘 문학을 창작하는 과정에서는 작가들이 사회주의적 이상을 가지고 있음에도 그것을 생활의 발전과정에서 표현할 수 없기에 미래의 혁명적 전망을 작품 주인공의 주관적 정서적 심정 표출에 담는 경향이 강했다. 작가들이 사회주의적 이상에 들떠 있기는 하나 그 이상을 곧바로 작품에 형상화시킬 수 있는 현실적 토대가 없을 때 다가올 미래를 선취하는 방법으로 꿈, 구호, 선언 등의 낭만주의적 경향이 사용되었던 것이다. 여기서의 낭만주의란 모순이 해결되지 못한 착취사회에서 이상과 현실이 어긋나는 주인공의 처지에서 이상을 실현하려는 강한 의지를 반영하기 때문에 리얼리즘에 대립되지 않고 보완되는 것이 특징인 것이다. 특히 사회주의 사회 직전에는 진보적 이상이 당시 지배적 사회제도에 억눌려 있기 때문에 그 이상을 긍정하기 위해서 혁명적 낭만주의가 필요했던 것이다. 진보적 이상을 가로막는 현실적인 걸림돌을 제거하려는 적극적인 공상(꿈, 구호, 선언)은 그 자체로는 허무맹랑하겠지만 이상을 실현하기 위한 투쟁을 고무하는 투쟁의 한 형식으로 바뀌는 것이다.

결국 신경향파문학의 낭만주의적 요소는 리얼리즘적 기초의 미약함을 반영한 결과 사회주의 리얼리즘에 대립되는 요소가 아니라 적극적으로 그 한 구성요소로 파악될 수 있는 것이다. 그 경우 사회주의 리얼리즘에 있어서 '혁명적 낭만주의'는 별도의 창작방법이 아니라 '혁명적 낭만성'으로 요소화되는 것이다. 혁명적 낭만성은 사회주의 리얼리즘 문학에서 긍정적 주인공의 성격을 예술적으로 과장하거나 미래의 승리에 대한 작가의 주정 토로가 표현될 때, 그리고 미래의 환상과 꿈을 직접 묘사할 때 현실 자체의 낭만을 반영하는 수법 등으로 나타나게 된다.

그렇다면 혁명적 낭만성이 걸림돌이 아닌데도 신경향파문학을 곧바로 사회주의 리얼리즘의 확립형태로 규정하지 못하는 이유는 무엇인가? 앞에서도 정리했지만 신경향파작가들의 진보적 세계관이 아직 초보단계였고 일부 선진적인 인자들이 있다 하더라도 그 이상을 구체적으로 형상화하기 어려웠기 때문이다. 작품 속에서 노동계급의 광범위한 대중투쟁이 묘사되고 대중에 뿌리박은 긍정적 주인공-사회주의 투사의 전형 창조가 이루어져야 할 것이다. 물론 이는 작품 등장인물의 성향을 소재적으로 제한 짓는 것이 아니라, 서술자의 태도가 노동계급의 세계관에 입각하여 사회주의적 전망을 가지고 그것을 내부로부터의 관점으로 그려내는 것에서 구체화될 수 있을 것이다. 이러한 요건을 만족시키는 시기는 신경향파문학-초기 프롤레타리아문학이 끝나고 제2기에 들어선 단계인 1927년 무렵이 될 것이다. 작품의 구체적 형상화까지 염두에 둔다면 전형화가 이룩된 초기 사회주의 리얼리즘 문학으로 조명희의 「낙동강」(1927), 이기영의 「원보」(1928), 한설야의 「과도기」 등을 조심스럽게 거론할 수 있을 것이다.[21]

---

21 이들 중 「원보」 분석은 「이기영의 초기소설과 사회주의 리얼리즘 문학의 형성」(1990)에서 시도한 바 있으나 문제가 많았다. 이주형의 비판이 자성의 계기가 되었다. 이주형, 「리얼리즘과 소설의 길」, 『창작과비평』 1991. 여름호, 361면 참조. 비판 요지로는, 경향소설을 비판적 리얼리즘 소설과 사회주의 리얼리즘 소설로 양분하고 작품의 소속을 규정하는데 큰 의의를 두는 편향(백낙청, 「민족문학론과 리얼리즘론」, 『한국 근대문학사의 쟁점』 수록)은 리얼리즘에 대한 진지한 모색을 가로막고 실제 작품을 판단하는 데 혼란과 무리를 초래한다는 것이다. 설령 구분이 필요하다 해도 '비판적/사회주의적'을 가르는 기준이 소재 차원에 머무는 등 모호하고, 실제 작품평가에 적용할 때 추상적 기준이 도식적 주관적으로 적용되어 실제와 맞지 않는 과대 단순평가의 오류를 빚었다는 것이다.

4. 논쟁의 역사적 성격

4.1. 리얼리즘 이론사적 의의

지금까지 우리나라 근대문학 특히 1920년대 신경향파문학과 사회주의 리얼리즘의 발생 발전 문제를 둘러싼 1950~60년대 북한 학계의 논쟁에 대해서 전체 구도를 비판적으로 분석하였다. 이제 이에 대한 우리의 평가를 어떻게 할 것인가 하는 문제가 남았다.

우선 짚고 넘어갈 것은 북한의 논쟁을 평가할 때 오늘날의 발전된 리얼리즘 개념을 절대화시켜 무조건 비판하는 비역사적 태도이다. 어느것이나 마찬가지이지만 북한의 리얼리즘논쟁도 1930년대부터 최근에 이르는 세계문학비평사의 흐름 속에서의 한 역사적 위치로 규정해야 생산적인 논의를 할 수 있을 것이다.

1950~60년대의 북한 리얼리즘 논쟁은 1930년대 카프문학운동과 1945~48년 기간의 남북한 초기 문학운동에서 중점적으로 거론된 바 있는 창작방법론의 역사적 전통과 연결된다고 하겠다. 즉, 소련에서 처음 사회주의 리얼리즘이 제창된 이래 당시 카프 비평가에 의해 사회주의 리얼리즘의 '조선적 적용'을 둘러싼 논란이 벌어지고, 해방 직후 남북한에서 각기 새로운 변혁단계론에 기반을 둔 '민족문학론'과 '신민족문학론'의 문학이념에 걸맞는 창작방법론으로서 '진보적 리얼리즘'(김남천, 한효)과 '고상한 리얼리즘'(리정구, 한식, 한효)이 제시되었던 비평사적 전통과 관련된 것이라 할 수 있다.

리얼리즘을 이렇게 '발생, 발전'이라는 구체적 역사성 위에서 논의할 수 있었던 직접적인 배경으로는 소련에서 벌어진 '리얼리즘의 역사적 발생 발전' 논쟁이 큰 영향을 끼쳤다고 하겠다. 소련의 당대 논쟁은 1956~57년 소련 과학원 어문학부와 막심 고리키 명칭 세계문학연구소에서 이루어진 '세계문학사에 있어서의 리얼리즘의 발생 발전 문제에 관한 토론회'를 앞뒤로 하여 촉발된 것이다. 이는, 당시 스탈린 사후 개인숭배가 배격되던 소련 및 동구사회의 지적 분위기 속에서 사회주의 리얼리즘론에 대한 우편향적 왜곡이 자행된 데 대한 반론의 성격을 가진 것이었다. 여기서 우편향적 왜곡이란, 사회주의 리얼리즘이 고리키 문학부터 존재했던 것이 아니라 스탈린에 의해서 나중에 조작된 개념이라는 수정주의적 태도로서 주로 유고슬라비아 문예학자에 의해 제기된 것이었다. 그에 대한 반론으로서는, 세계문학사에 오래전부터 존재했던 리얼리즘의 전통이 비판적 리얼리즘으로 발전하여 그 합법칙적 발전의 결과로 20세기 초에 사회주의 리얼리즘이 발생하여 1930년대에 비로소 '발견'되었다고 주장되었다. 여기서는 리얼리즘문학사를 '리얼리즘과 반리얼리즘의 투쟁'으로 보는 이전까지의 비역사주의적 태도를 비판하고 역사적 단계론을 중시하게 되었다. 세계문학사상 리얼리즘의 구체적인 발생시기로는 16세기 문예부흥기문학과 1840년대 전후의 러시아문학이 거론되어 격론이 벌어졌다.[22]

이 논쟁의 성과가 곧바로 북한에 소개되어 거의 같은 시기에 논쟁이 전개되었던 것이다. 한마디로 말해서 북한학계의 리얼리즘, 사회주의 리얼리즘 발생 발전 논쟁은 '소련의 1950년대 비평논쟁의 조선적 반영'으로 평가할 수 있다. 북한 학계의 논의에 의해서 우리 근대문학에서 사회주의 리얼리즘이 발생한 시기가 구체적으로 1920년대 중반임이 드러나고 그 과정에서 많은 작가, 작품이 깊이있게 분석된 것은 중요한 성과이다. 1930년대 카프 비평가들의 창작방법론 논쟁에서 발생시기는커녕 사회주의 리얼리즘이 사회주의사회가 아닌 식민지 조선에도 적용될 수 있는가 하는 문제를 두고 초보적인 수준의 논란을 벌인 것을 생각하면 이

---

22 R. 쇼버, 유재영 역, 「예술방법의 몇가지 문제를 위하여」, 『현실주의 연구』1, 제3문학사, 1990, 60~61면; N. 툰, 최홍록 역, 「소련의 현실주의 논의」, 같은 책, 144~149면.

는 발전이라고 하겠다. 왜냐하면 1930년대 카프의 창작방법 논쟁이 '조선적 특수성'에 초점을 맞추어 이전까지의 속류사회학주의를 극복하고 과학적 문예학으로 발전한 것이라고 높이 평가한다[23] 하더라도 한계는 여전히 남게 되기 때문이다. 다시 말해서 근본적으로 식민지 조선 사회 성격의 엄밀한 분석과 식민지시기 문학의 구체적 역사성에 대한 천착이 결여된 관념적 논쟁이었다는 한계가 조금도 벗겨진 것이 아니기 때문이다. 이런 점에서 1930년대 카프의 창작방법 논쟁의 의미를 '사회주의 리얼리즘의 조선적 구체화'라 한다면 1950~60년대 북한 학계의 리얼리즘 발생발전 논쟁은 '리얼리즘의 역사적 구체화'라 의미를 규정할 수 있을 것이다.

한편 이 논쟁, 사회주의 리얼리즘 발생 발전 논쟁은 곧바로 이어지는 1950~60년대 북한 사회주의 리얼리즘의 '민족적 특성', '전형', '혁명적대작' 논쟁의 전초라는 점에서도 중요하다. 사회주의 건설 초기에 대단한 생산력의 발전을 보였던 북한 사회의 당대적 요구에 부응하여 노동영웅의 예술적 형상이 부각되는 등 사회주의 리얼리즘의 '현실적 구체화'가 이루어졌던 것이다. 가령 연암 박지원의 한문 단편 「예덕선생전」을 두고 중세 계급사회에서 보기 드문 노동자 찬양이라는 주제사상이 리얼리즘 적 전통의 중요한 성과로 파악되는 배경에는 1950,60년대 '천리마운동 의 기수'인 노동영웅의 전형 창조 문제가 걸려 있었던 것이다.

4.2. 근대문학사 구도의 새로운 설정

북한 학계가 이 논쟁을 통해서 종래와는 다른 문학사 서술을 가능케 할 미학적 기초를 마련한 것도 평가할 점이다. 특히 근대문학사 구도의

---

23 이현식 외, 「사회주의 리얼리즘의 수용과 과학적 문예학으로의 전환」, 『1930년대 통일전선 과 리얼리즘의 제문제』(서울대 연세대 대학원 제1회 공동학술심포지움 자료집, 1990) 참조.

새로운 설정은 이전까지 임화의 「신문학사」(1940)가 제시한 틀을 전혀 다르게 대체한 것이다. 즉, 프롤레타리아소설사를 '박영희적 경향'과 '최서해적 경향'으로 이분하여 파악했던 구도 대신 비판적 리얼리즘 소설에서 사회주의 리얼리즘 소설로의 다면적인 발전과정으로 인식하는 새로운 구도가 확립되었던 것이다.[24]

이는 북한에서의 문예이론 건설의 실상과도 밀접하게 관련된다. 북한에서의 근대문학사 구도 설정과 프롤레타리아문학에 대한 미학적 규정은 실제로 논쟁과정의 열기만큼 실제 문학사에 반영되지는 않았지만 분리와 배제의 원칙은 충실하게 지켜졌다. 즉, 김기진. 박영희이 원천적으로 배제되고 임화. 김남천의 '문화노선'이 비판되었으며, 안함광. 한효의 문학사 연구가 이를 대체하였다. 그리고 이 논쟁을 통하여 이후 북한 학계, 비평계를 이끌 새로운 논자—김하명, 박종식, 엄호석, 리상태, 한중모 등이 대거 등장하여 주도권을 잡았다.

어쨌든 많은 한계에도 불구하고 북한 학계의 논쟁은 소기의 목적을 달성하고 있는 것으로 생각된다. 즉 1950~60년대의 북한문학이 우리 문학사의 오랜 리얼리즘적 전통의 필연적 귀결이며 최고의 단계인 사회주의 리얼리즘에 이르렀다는 논리적 근거가 제시되었다는 말이다. 리상태의 도식화에서 보듯이 최소한 이 당시 논자들의 수준이 신경향파문학을 비판적 리얼리즘에서 사회주의 리얼리즘으로 단선적으로 발전했다고 이해한 것 같지는 않다. 근대문학을 단순하게 비판적 리얼리즘과 사회주의 리얼리즘의 계기적 발전으로 보려는 단순논리를 극복한 데 의의가 있는 것이다.

---

24 이에 대한 자세한 논의는 민족문학사연구소, 『북한의 우리문학사 인식』 제3부에서 볼 수 있다. 그 책에서도 보듯이 이러한 근대문학사 구도는 1967년 이후 북한사회에 주체사상이 전일적으로 관철되면서 또 다시 바뀐다. 1926년의 타도제국주의동맹 결성시기를 현대사 기점으로 잡는 '주체사관'과 그에 기초한 주체문예론 때문에 사회주의 리얼리즘의 발생 발전론의 비평사적 의의는커녕 비평담론의 존재 자체가 통째 사라졌다.

더욱이 신경향파문학을 김기진과 박영희에 의한 일본 프롤레타리아 문학의 이식으로 보지 않고 리얼리즘적 전통에서 자리매김한 것은 중요한 의의를 가진다. 즉, 신경향파시기의 우리 사회주의 리얼리즘 문학은 고전문학의 리얼리즘적 전통을 계승하고 고리키 등 소비에트문학의 혁명적 경험을 섭취하였다는 것이다. 이기영, 한설야가 고대소설, 신소설에 심취했다거나 그들과 조명희 송영 등이 고리키의 영향을 받았다는 것이 그 증거로 제시되었다. 그러나 예술방법에 대한 인식, 당대운동에 대한 평가 등은 복잡하면서도 체계적인 변증법적 인식의 수준에는 이르지 못한 듯하다. 리얼리즘의 인식 자체는 당시나 지금이나 여전히 편의주의적이고 세계관 편향이어서 세심하면서도 구체적인 작품 분석의 성과가 반감되는 점이 지적될 수 있겠다.

4.3. 논쟁의 현실적 토대

사회주의 토대의 역사적 발생문제는 이에 대한 역사학계의 논쟁 성과를 반영한다면 대체로 1920년대 중반 조선노농총동맹에서 맹아, 1956년 토대 확립, 1958년 체제 확립으로 정리될 수 있다.[25] 1958년 8월에 북한 전역에 사회주의적 사회경제적 토대가 완성됨으로써 북한사회는 인민민주주의 체제에서 사회주의 체제로 이행하였는데, 이것이 논쟁의 물적 토대가 되었던 셈이다. 문예학계의 리얼리즘 발생 발전 논쟁은 당시 역사학계에서 벌어진 근대사 시대구분 논쟁과 함께 사회주의 토대 완성의 지적 표출, 상부구조적 반영이었던 것이다. 논쟁이 진행되던 시기에 스스로의 힘으로 사회주의 사회경제체제를 건설했다는 자부심의 표현으

---

25 황장엽, 「조선에서 사회주의적 토대와 상부구조의 발생 발전의 특수성」, 『력사과학』 1958-1호; 이병천 편, 『북한 학계의 한국근대사 논쟁』, 창작과비평사, 1989; 김경일 편, 『북한 학계의 1920,30년대 노농운동 연구』, 창작과비평사, 1989 참조.

로서 과거 문학에 대한 허무주의적 태도가 비판된 것도 같은 맥락 하에서 이루어졌다.

이는 정치적으로는 반대파 축출을 반영하고 있는데 이를 '문예계에서의 반종파투쟁'이라 볼 수 있다. 즉, 임화 김남천 등 남로당계를 부르주아 잔재로 배제하고 정률 기석복 등 소련파를 민족허무주의로 비판했던 것이다. 이를테면 정률은 조선에서의 사회주의 리얼리즘의 발생을 해방 이후 시기에서 찾으면서 1920년대 이후에 조선에서 발생 발전한 사회주의 리얼리즘의 혁명적 전통을 부인하려고 했으며, 기석복 역시 일제시대 조선문단의 기본적 방향은 비판적 리얼리즘이었다고 함으로써 해방전 문학에서의 사회주의 리얼리즘의 존재를 묵살하려고 했다고 비판받았던 것이다.[26] 이에 대하여 당시 논쟁의 의의에 대한 당사자의 평가는 다음과 같다.

> 즉, 우리 문학의 혁명적 전통인 20년대 프롤레타리아문학, 특히 초기프롤레타리아문학인 '신경향파'문학에 대한 허무주의적인 견해를 완전히 극복하였다는 사실이다. 예를 들어 임화는 초기프롤레타리아문학에 대하여 허무주의적 태도를 취하면서 그것은 자연발생적 투쟁을 반영한 문학이며, 아직도 명백히 리얼리즘적 방법이 수립되지 못하였고 주관주의적이며 감상적이며 자연주의적 경향을 가지고 있었다고 비방 중상하였다(소위 '문화노선'의 직접적 반영) 또한 해방 전에는 사회주의 리얼리즘이 발생할 수 없었다느니, 신경향파문학에는 이상이 없다느니 하는 불건실한 사상적 입장과 비과학적인 태도(정률, 기석복 등 소련파의 견해)도 극복되었다.[27]

---

26 최탁호, 「우리 문학의 사상적 순결성을 위한 당의 투쟁」, 『공산주의 교양과 우리 문학』, 과학원출판사, 1959, 64면 참조.

27 해방 전의 사회주의 리얼리즘 문학유산의 존재 여부를 의문시했던 정률, 기석복 등의 견해는 북한 사회의 내재적 발전을 무시하고 소련에 의한 외부적 충격에 강조점을 두려는 정치적 의도와 연결된 것으로 짐작된다. 이들 소련파 문인들에 대한 반론으로서 카프문학의 혁명적 전통을 강조하는 김일성의 직접적인 비판은, 본 논쟁과는 직접적인 관계가 없는 선행

그 결과 리얼리즘논쟁의 귀결은 주체사상의 맹아(1955년 12월의 김일성의 교조주의와 형식주의 비판)와 관련되고 이미 학계의 손을 떠나게 되는 것이다. 논쟁 과정에서 신경향파를 포함한 카프의 전통은 부각되지만 결국 궁극적으로는 '항일혁명문학'과의 관계에서 밀려나게 되는 것이다.

문건이지만 인상적이다. 1960년대 후반에는 카프문학이 아니라 만주 빨치산 시절의 항일 무장투쟁과정에서 '공연'된 '항일혁명문학'이 주된 전통으로 자리잡게 된다. 김일성, 「사상 사업에서 교조주의와 형식주의를 퇴치하고 주체를 확립할 데 대하여」, 『김일성 선집』 제4권, 조선로동당출판사, 1960 참조.

사회주의적 사실주의 발생·발전론 주요 목록

김성수 편, 『우리 문학과 사회주의 리얼리즘 논쟁』, 사계절출판사, 1992.

한효, 「조선문학에 있어서 사회주의 레알리즘의 발생조건과 그 발전에 있어서의 제 특징」, 『문학예술』 1952-6.

안함광, 「조선에 있어서의 사회주의 리얼리즘문학의 발생과 발전」, 『조선어문』 1956-1~3.

리정구, 「신경향파문학과 사회주의 사실주의」, 『문학신문』 1957.1.17.

한효, 「일반적인 것과 개별적인 것—신경향파 문학과 사회주의 사실주의 문학에 대하여」(지상토론), 『문학신문』 1957.4.11.

엄호석, 「조선문학에 있어서의 사회주의적 사실주의 발생과 관련하여」, 『조선어문』 1958-1.

리정구, 「1920년대 우리나라 사실주의 문학의 정당한 이해를 위하여」, 『조선어문』 1958-3.

방연승, 「신경향파문학에 대한 평가에서 제기되는 몇가지 문제」, 『조선어문』 1958-4.

리상태, 「조선문학에서의 사회주의 사실주의 발생문제와 관련한 몇가지 의견」, 『조선어문』 1959-1.

김민혁, 「사실주의의 개념에 대한 력사적 구체적 리해를 위하여」, 『사실주의에 관한 론문집』, 과학원출판사, 1959.

한중모, 「1920년대 소설문학에서의 사회주의적 사실주의의 형성에 대하여」, 『사실주의에 관한 론문집』, 과학원출판사, 1959.3.

박종식, 「우리나라에서 사회주의적 사실주의 문학의 발생과 발전」, 『문학개론』, 교육도서출판사, 1961.11.

엄호석, 「사회주의사실주의 창작방법」, 『조선문학에서의 사조 및 방법 연구』, 과학원출판사, 1963.11.

제5장

'천리마기수' 형상과 갈등론[1]

1. '천리마'라는 키워드

북한에서 사회주의 체제가 정착되었다고 공식화된 1958년 8월부터 주체사상이 유일화된 1967년 5월 사이의 10년을 대표하는 상징은 '천리마'라는 키워드이다. 6.25전쟁 후 전후 복구 건설과 인민 민주주의 체제가 완료되어 사회주의적 토대가 어느 정도 정착된 사회주의 건설기(1958~67) 북한 사회의 새로운 10년을 이해하는 열쇠가 바로 천리마인 셈이다. 하루에 천 리를 쉬지 않고 달린다는 동아시아 전래의 스펙터클한 속도 이미지가, 마침 맞게 우주 시대를 열었던 스푸트니크 발사(1957)와 함께 사회주의 체제의 우월성을 한껏 과시하는 문화정치적 상징으로 떠올랐다.[2]

북한 문학에 나타난 천리마기수 형상 문제와 관련된 유임하, 오태호,

---

1 이 글은 다음 논문을 저서에 맞게 개제, 수정한 것이다. 김성수, 「'천리마기수' 전형론과 사회주의 건설의 문화정치」, 『상허학보』 62, 상허학회, 2021.6.

2 미상, 「쏘련에서 세계 최초의 인공지구위성을 발사—쏘베트 과학의 또 하나의 눈부신 성과」, 『로동신문』 1957.10.6, 4면.

김은정, 이지순 등의 기존 연구는 적잖은 성과를 냈다.[3] 천리마운동의 시대정신과 천리마기수의 형상론, 그와 관련된 작가와 작품론은 일정한 성과를 거두었다. 다만 천리마운동의 동력과 구체적인 작가 작품론을 전형론, 갈등론 같은 미학적 연결고리 및 그로부터 파생된 비평 논쟁과 유기적으로 연결시켜 거시-미시적 분석을 아우르는 입체적 접근법이 아쉬웠다. 이에 이 글에서는 천리마운동의 시대정신에 문학예술이 응전한 총체적 맥락을 비평사적 흐름 속에서 재조명한다. 무엇보다도 '천리마기수 형상'론의 역사적 배경을 사회주의 기초 건설기(1958.8~)의 조직적 노동 동원에 인민대중이 자발적으로 동참하게 하는 문화정치적 맥락에서 보고자 한다. 작가들은 운동 주체의 가시적 상징이자 문화정치적 도구인 '천리마기수' 이미지를 구체적으로 형상화하여 생산 현장의 모범으로 내세웠던 것이다. 이 과정을 작가동맹 조직의 토론회, 『문학신문』의 비평 기획 시리즈, 작가 작품론을 횡단하는 방식으로 추적하여 분석 평가하기로 한다.

---

3 이와 관련된 기존 연구사는 다음과 같다. 유임하, 「천리마운동과 국가주의의 신화: 1960년대 북한소설의 두 가지 양상」, 『동악어문연구』 36, 동악어문학회, 2000, 617~635면; 오태호, 「『거센 흐름』에 나타난 천리마기수의 전형과 동요하는 내면 형상 연구」, 『국제한인문학연구』 5, 국제한인문학회, 2008.11, 57~76면; 김은정, 「천리마기수 형상론과 최명익의 『임오년의 서울』」, 『세계문학비교연구』 33, 한국외대 세계문학비교연구소, 2010.12; 김진아, 「천리마 시기 소설의 현대성과 천리마기수의 전형 창조」, 『한민족어문학』 58, 한민족어문학회, 2011.6, 111~135면; 이지순, 「천리마시대 노동영웅 이미지의 기원과 형성」, 『한국근대문학연구』 17-1, 한국근대문학회, 2016, 295~325면; 고자연, 「공산주의 전망과 갈등 문제—한설야 중편소설 「형제」(1959)를 중심으로」, 『한국학연구』 49, 인하대 한국학연구소, 2018, 243~282면; 김경욱, 「천리마 시대(1956~72) 북한의 교육교양 연구—북조선인의 된 생」, 『현대북한연구』 21-1호, 북한대학원대 심연북한연구소, 2018; 단국대 문화기술연구소 편, 『속도의 풍경: 천리마시대 북한 문예의 감수성』, 경진, 2020.

2. '천리마 작업반' 운동에서 '천리마기수' 형상론으로

1959년 당 공식 정책으로 채택된 '천리마운동'은 사회주의 선진국인 소련의 스타하노프운동과 중국의 대약진운동의 영향으로 시작되었다고 할 수 있다.[4] 처음에는 사회주의 기초 건설기의 자발적 노동 동원과 생산성의 급속 성장을 독려하기 위하여 스타하노프운동처럼 '천리마 작업반' 칭호 쟁취 운동이라는 초인적인 생산 경쟁으로 출발했지만, 특유의 천리마라는 기표/표상에 맞게 노동계급의 의식 개조 운동이 더해진 특징이 있다.

지은이가 당시 관련 자료를 찾아본 결과 사회주의 기초 건설의 표상으로 부각된 '천리마'란 단어 자체는 1958년 6월 20일자 『로동신문』의 2면 헤드라인에서 연원하였다.[5] 하지만 당 차원에서 전 사회적 운동으로 공식 발의된 것은, 1959년 3월 강선제강소 제강직장 진응원 작업반 총회의 결의와 진응원 작업반원들에게 '천리마 작업반' 칭호를 수여한 행사에서였다.[6] 강선제강소 강철 직장 진응원 작업반원들이 발기한 천리마 작업반 창조 운동은 짧은 기간 내에 노동자, 농민뿐만 아니라 상업 유통, 보건, 문학예술, 과학, 문화기관 등 비생산 부문까지 확산되어 사회 전반

---

4 류길재, 「'천리마운동'과 사회주의 경제 건설: '스타하노프운동' 및 '대약진운동'과의 비교를 중심으로」, 『북한 사회주의 건설의 정치경제』, 경남대 극동문제연구소, 1993, 43~79면 참조.

5 미상, 「천리마, 만리마로 달리는 해주―하성 간 철도 건설자들, 80여키로의 철로를 75일간에 부설하는 기적을 창조하고 있다'(2면 머리의 통단 슬로건이자 기획 제목)_기세 더욱 드높은 젊은 건설자들」, 『로동신문』 1958.6.20, 2면; 조근원(본사 기자), 「달리는 청년 철도」, 『로동신문』 1958.6.20, 2면.

6 「새로운 사회주의적 경쟁 형태인 '천리마 작업반' 운동을 발기」; 「〈결의문〉('천리마 작업반' 운동을 전개할 데 대한 강선제강소 제강직장 진응원 작업반 총회)」, 『로동신문』 1959.3.10, 1면: 「조선직업총동맹 중앙위원회 제12차 확대 전원회의 결정서, '천리마 작업반' 운동을 확대 발전시킬 데 대하여」, 『로동신문』 1959.3.16, 2면; 「강선제강소 진응원 작업반원들에게 '천리마 작업반' 칭호를 수여」, 『로동신문』 1959.3.16, 3면.

을 관통하는 생활신조와 시대정신이 되었다.[7]

천리마운동의 시대정신에 부합하여 문학예술장(literature-art fields)에서도 다른 생산 현장과 직장처럼 노동생산성을 높이고 실적 경쟁을 앞세운 속도전과 규모 확장 운동이 벌어졌다. 가령 공장과 농어촌의 '천리마 작업반' 호칭 쟁취 운동을 문예 부문에 원용한 '천리마 창작단' 운동,[8] '천리마 집단' 창조 운동,[9] '천리마 분과' 칭호 쟁취 운동,[10] 천리마 작업반(창작단) 운동[11] 등이 그 사례들이다.

그 중 하나인 '천리마 분과' 쟁취 운동을 보자. 1961년 2월 6일 작가동맹 회의실에서 시인들의 '천리마 분과' 칭호 쟁취를 위한 작가동맹 종업원 총회가 진행되었다.[12] 회의에는 작가동맹 한설야 위원장, 박팔양, 리북명 부위원장, 시인 박세영을 비롯한 시인 다수가 참가하였다. 회의에서는 정서촌 시분과위원장이 천리마기수들의 위훈을 문학 작품에 구현하는 것은 작가의 과업이라고 전제하면서 시인들의 활동실적을 보고하였

---

7 천리마 운동의 전 사회적 확산을 위한 선전선동 미디어 장치로 종래의 『로동신문』 『근로자』 같은 정론잡지와 별개로 대중교양종합지인 『천리마』가 1959년 1월에 16면짜리 소책자로 창간되었다가 1960년부터 40면 이상의 46배판 잡지로 널리 유통된 사실도 주목된다. 이와 관련된 별도의 후속 논문을 준비 중이다.

8 기자, 「결의문('천리마 창작단' 운동을 조직 전개할 데 대한 극립민족예술극장 창극단 총회)」, 『문학신문』 1959.4.23, 1면; 기자, 「예술부문에서 공산주의적 발기─국립민족예술극장 창극단 예술인들 '천리마 창작단' 운동을 전개할 것을 결의」, 『문학신문』 1959.4.23, 1면; 기자, 「국립제2연극극장 배우들 '천리마 창작단' 운동을 전개」, 『문학신문』 1959.5.7, 1면; 기자, 「'천리마 창작단' 운동에 궐기─국립예술영화촬영소 제3제작단에서」, 『문학신문』 1959.5.21, 1면; 기자, 「미술가동맹 조각분과위원회에 천리마 창작단 칭호 수여」, 『문학신문』 1960.5.6, 2면; 기자, 「천리마 창작단 창조 운동을 전개」, 『문학신문』 1960.9.23, 1면.

9 「문학부문에서 천리마 집단 창조 운동 확대」, 『문학신문』 1960.10.11, 3면.

10 기자, 「소설가들 '천리마 분과' 칭호 쟁취 운동에 궐기」, 『문학신문』 1960.11.4, 1면; 미상, 「결의문─'천리마 분과' 칭호 쟁취를 위한 조선작가동맹 종업원 총회에 참가한 소설가 일동」, 『문학신문』 1960.11.4, 1면.

11 기자, 「천리마운동의 불길을 더욱 높이자─문학예술부문 천리마 작업반(창작단)운동 참가자들의 경험 교환회」, 『문학신문』 1961.11.24, 3면.

12 김정흠(기자), 「시인들 '천리마 분과' 쟁취 운동에 궐기; 결의문」, 『문학신문』 1961.2.10, 1면.

다. 즉 1960년 한 해 동안 1,014편의 서정시, 260편의 가사, 6편의 가극, 2편의 씨나리오, 70편의 실화, 9편의 서사시, 9편의 서정서사시를 탈고 또는 발표하여 시대 현실을 폭넓고 심오하게 반영했다고 하였다.

토론에 참가한 시인 박세영은 강선제강소, 민병균은 기양뜨락또르공장, 리병철은 아오지탄광에서의 현지 생활을 통하여 노동 체험을 중요성을 천명하였다. 김북원은 평양의 분과 위원들도 지방에 직접 가서 사업하는 방법을 확립해서 중앙과 지방이 상호 돕는 기풍을 수립해야 한다고 주장하였다. 회의 결론에서 한설야 위원장은 작가들이 현실 속으로 들어가지 않고서는 좋은 작품을 쓸 수 없다는 것을 문학써클원들의 집체작품이 잘 보여주었다면서, 시를 형상화할 때 생활을 모르면 공허하고 추상적인 외침밖에 나올 수 없다고 하였다. 시에 생활이 없을 때에는 노동자, 농민의 공감을 불러일으킬 수 없으며 시인이 생산현장과 생활에 깊이 들어감으로써만 해결된다고 결론 내렸다. 다음은 결의문 내용을 요약한 것이다.[13]

시인들은 보다 높은 성과를 달성하기 위하여 공산주의적 창작 집단으로서의 '천리마분과' 쟁취 운동에 참가할 것을 다음과 같이 결의한다.

첫째, 당 문예 정책을 받들고 사회주의적 사실주의 기치 밑에 부르죠아 반동 문예 사상과 수정주의에 대하여 계속 타협 없는 투쟁을 전개하는 한편 교조주의를 반대하며 주체를 확립할 데 대한 당의 방침을 관철하기 위하여 투쟁할 것이다.

둘째, 1961년도에 장편서사시 10편, 서정서사시 3편, 서정시 641편(그 중 동시 31편), 가사 184편, 실화 46편, 씨나리오 5편, 가극 및 희곡 4편을 창작할 것이다.

---

13 시인들의 '천리마 분과' 칭호 쟁취를 위한 작가동맹 종업원 총회, 「결의문」, 『문학신문』 1961.2.10, 1면.

셋째, 작가들은 창작 출장 중 1개월 이상을 현지에 나가서 근로자들과 함께 생활하는 현지 파견을 수시로 진행할 것이다.

넷째, 서로 돕고 서로 배우고 배워주며 이끌어주는 공산주의적 생활 태도로 합평회, 토론회, 연구 발표회를 운영하며 동시에 개별 지도를 강화할 것이다.

다섯째, 사상-미학적 자질을 향상시키기 위하여 미학 학습을 생활화하며 특히 문학대학 강습반을 통한 교양사업을 강화하여 전체 시인들이 단기 강습을 체계적으로 받을 수 있도록 조직 사업을 진행하며 금년 중으로 10명의 맹원을 재교양할 것이다.

여섯째, 후비 육성을 위하여 정맹원은 2명 이상의 신인을 지도하며 현지 파견 맹원은 해당 직장 문학써클을 지도할 것이다. 시분과위원회는 평양견방직공장 문학써클을 집중 지도함으로써 이를 모범 써클 수준으로 올릴 것이다.

일곱째, 분과위원회 사업 체계와 사업 방법을 청산리 방법으로 개선하기 위하여 분과위원과 상무위원이 현지에 가서 시인들의 창작을 도울 것이다.

여덟째, 우리는 국가 법령과 사회 질서를 준수하며 생활을 문화 위생적으로 꾸리며 항상 근검한 정신으로 생활을 검박하게 하며 인간을 사랑하며 이웃과 동지 호상 간에 서로 화목하며 자녀 교양에 성실한 공산주의적 생활 기풍을 확립할 것이다.

1961년 2월 6일
시인들의 '천리마 분과' 칭호 쟁취를 위한 작가동맹 종업원 총회[14]

---

14 이렇게 『문학신문』 원문을 최대한 살려 자세히 요약하거나 직접 인용하는 이유는 이들 비평 논쟁 문건 자체가 희귀 자료, 1차 사료이기 때문이다. 『문학신문』의 존재를 우리 학계에 알리고 30년 넘게 연구해 온 지은이로서는 2480여 호 전체가 북한을 제외한 세계 어디에도 한 군데 다 보관되어 있지 않다고 추정한다. 지은이는 미국 워싱턴DC의 공문서 보관청(NARA)에 소장된 자료를 1988년에 방선주, 심형찬 선생님 도움으로 마이크로필름(1956.12~1965.12)을 구입하여 한림대 아시아문화연구소에 기증한 후 그것을 관내 대출하여 필름 리더로 읽으면서 정리한 바 있다. 그 중간보고가 1994년에 한림대출판부에서 간행한

핵심은 연간 시 창작 계획을 예년보다 높이 잡고 그것을 초과 달성해야 하고 그를 위해서 시인들은 단기 현지 파견-노동 체험을 해야 한다는 것이다. 한편으로는 후배 시인들을 지도하고 다른 한편으로는 최고 지도자가 그랬듯이 중앙의 상무위원, 분과위원 같은 조직 지도부, 문단 간부들도 지방 현장에 나가 몸소 노동 체험과 취재를 병행해서 모범을 보이는 '청산리 방법'을 실천하라는 내용이다.

그런데 문제가 몇 가지 있다. 시 창작의 예술적 질적 특성을 무시하고 무조건 계획 대비 목표를 초과 달성하라는 양적 경쟁을 강요하고 현지 파견과 노동 체험만 반복하면 저절로 창작이 잘되리라는 고식적 주장이다. 게다가 8번항은 문예의 특성을 간과한 고답적인 도덕운동의 상투적 슬로건이 사족처럼 덧붙여진 것에 불과하다. 이는 사회주의적 근대화를 위한 노동계급의 자발적 노동 동원을 양적 경쟁과 비자발적 노동, 속도전 개념으로만 기계적으로 적용한 결과 역효과를 불러올 우려까지 생긴다.[15] 문예 고유의 창작적 특성을 무시하고 일반적인 직장 내 생산실적 경쟁이나 업무 효율 경쟁과 동일한 방식을 창작 생태계에 기계적으로 적용하다보니 무리수가 없지 않았다. 가령 조선작가동맹출판사의 잡지와 단행본 편집 종사자들이 '천리마 편집부'란 칭호를 쟁취하는 경쟁을 벌이기까지 하였다. 창작단이든 분과든 편집부든 명칭에 상관없이 기실 그

『북한 '문학신문' 기사목록』이다. 희귀자료가 일실될까봐 통일부 북한자료센터에 복사 보관을 신청하여 현재 센터에 필름 사본이 있다. 안타깝게도 한림대 것은 1961년치 이후가 분실되었으며, 센터 것은 30년 넘은 필름이라 해독이 어렵다. 2016년에 이지순, 김민선, 고자연 선생님과 일부 자료의 복원을 시도하고 1956~67년치 기사목록을 작성했으나 원본의 90% 분량만, 그것도 필름 상태가 워낙 나빠 90% 정도만 해독 가능한 형편이다.

15 가령 천리마 운동과 관련된 1959년 8월 전람회의 안내 기사 제목이 "천리마는 만리 로케트로 될 것이다"였다. 「"조선의 천리마는 만리 로케트로 될 것이다"—우리나라 천리마 전람회 성과리에 폐막」, 『로동신문』, 1959.8.29, 5면. '인공지구위성'(우주 로켓) 발사에 성공한 김정은 시대의 문화정치적 상징 담론인 '만리마기수'의 기원이 실은 1959년부터 있었다는 주요한 증거일 수 있다.

내막은 '작업반'을 기계적으로 모방한 직장 내 생산실적 경쟁이나 업무 효율 경쟁일 뿐이다.[16]

문제는 예술의 특수성이다. 이미 작가동맹 시문학분과 시인들은 여타 직장처럼 연초 창작계획 대비 몇 편의 시를 더 많이 썼느냐 보다 천리마 기수들의 풍부한 감정을 더 잘 표현하는 것이 중요하다고 논의한 바 있다.[17] 작가들도 창작편수 늘리기 같은 외형적 실적 경쟁보다 천리마기수 의 예술적 전형화에 더 주력해야 한다는 데 합의하였다.[18] 요는 양보다 질 인 셈이다. 마침 김일성이 1960년 11월 27일 작가, 작곡가, 영화부문일군 들과 한 담화에서 천리마 시대에 맞는 문학예술의 특성을 살려 창작 실 적 경쟁이나 직장 내 직업윤리 개선이 아니라 천리마기수의 전형 창조를 지시하면서 문제가 해결되었다.[19] 문예 창작자는 예술의 특수성에 맞게 천리마기수의 새로운 성격을 탐구하고 전형화의 미학적 해명을 통해 북 한만의 민족적 특성을 구현하고 천리마운동이라는 당 정책이 현실 생활 에 반영되는 창작에 전념하라는 지시였다.

1960년 11월의 김일성 교시를 계기로 해서 이제 문학예술은 천리마 운동의 고유한 적용 대상 영역이 되었다. 직장 내 생산실적 경쟁 운동이 아니라 미학적 논란과 예술적 형상 여부로 과제가 현실화, 구체화되었

---

16 기자, 「'천리마 편집부' 칭호 쟁취운동에 궐기—작가동맹출판사 잡지 편집집단에서」, 『문학 신문』 1961.2.3, 1면; 정동혁(기자), 「천리마기수들에게 영광을!—조선작가동맹출판사 단행 본 편집부에 대한 천리마 작업반 칭호 수여식 진행」, 『문학신문』 1961.4.25, 1면. 단행본 편 집부장인 작업반장 윤세평이 수상 소감을 밝혔다. 윤세평, 「천리마기수의 영예를 지니고」, 『문학신문』 1961.4.25, 1면.

17 기자, 「천리마기수들의 풍부한 감정을—시문학분과위원회 확대위원회 진행」, 『문학신문』 1959.5.31, 1면.

18 미상, 「우리 시대의 영웅—천리마기수들의 전형화에 일차적 주목을」(사설), 『문학신문』 1960.9.2, 1면.

19 김일성, 「천리마 시대에 맞는 문학예술을 창조하자: 작가, 작곡가, 영화부문일군들과 한 담 화 1960년 11월 27일」, 조선로동당출판사, 1969 참조.

다. 즉, '천리마기수'의 형상을 어떻게 창작하고 천리마기수의 대표 캐릭터를 어떻게 그릴 것인가 하는 문제가 문학장의 쟁점으로 초점화된 셈이다. 물론 문학장 내에서 천리마기수의 형상을 보다 훌륭히 창조하기 위한 사회주의 경쟁도 없지 않았지만, 자칫하면 현지 파견 당한다는 염려속에 창작의 양적 실적 달성에만 급급했던 폐해는 사라졌다. 이제 운동주체인 '천리마기수' 이미지를 가시적 상징으로 형상화하여 생산 현장에서 재현할 수 있는 대표적 모범을 창조하는 일이 새로운 과제로 부각되었다.

3. 천리마기수 형상론: '천리마기수의 형상 창조를 위하여' 지상토론(1961)

1960년 11월 27일 김일성이 「천리마 시대에 맞는 문학예술을 창조하자」는 교시를 발표하자, 작가들의 관심사는 천리마기수의 성격을 전형론의 미학적 시각에서 논의하는 데 모아졌다. 전형 논쟁이 기획된 1961년 초는 어떤 문학사적 정황이었던가? 1953년 9월의 1차 조선작가예술가 대회에서 미술가, 작곡가동맹과 함께 직업 동맹 형태로만 초라하게 존재했던 조선작가동맹이 8년 만에 7개 예술 전 장르 동맹이 조선문학예술총동맹이란 완전체로 재결성된 시기였다. 문예총 위원장으로 추대된 한설야는 '천리마 시대의 문학예술 창조를 위하여'란 제하의 조선문학예술총동맹 결성 대회 보고에서 천리마기수의 형상을 창조하고 그 미학적 근거를 마련하는 데 작가 예술가들이 힘을 모으자고 하였다.[20]

---

20 한설야, 「천리마시대의 문학예술 창조를 위하여─조선문학예술총동맹 결성 대회 보고」,
『문학신문』 1961.3.3, 3~4면;『조선문학』 1961.3, 18~24면.

1961년 1월, 작가동맹 기관지인 주간『문학신문』편집국은 '천리마기수의 형상 창조를 위하여'란 제하의 지상토론을 기획[21]하여 10회 이상 집중 논쟁을 벌였다. 주요 평문은 다음과 같다.[22]

(1) 윤세평,「생활과 사상, 기교의 문제—천리마적 현실의 진실한 반영을 위하여」,『문학신문』1961.1.24.

(2) 박종식,「천리마시대와 서정시」,『문학신문』1961.1.31.

(3) 한형원,「드라마 쟌르에서의 성격 창조와 갈등」,『문학신문』1961.2.7.

(4) 오상요,「개성의 미와 천리마기수들의 전형 창조」,『문학신문』1961.2.14.

(5) 로금석,「생활과 갈등의 문제」,『문학신문』1961.2.25.

(6) 최일룡,「천리마의 현실과 전형 창조」,『문학신문』1961.2.28.

(7) 호창룡,「천리마시대 당 일군의 전형 창조」,『문학신문』1961.5.9.

(8) 윤세평,「생활적 갈등의 파악은 당면한 미학적 요구이다」,『문학신문』1961.6.11.

(9) 백철수,「천리마기수의 높은 형상창조를 위하여」,『문학신문』1961.7.21.

(10) 최일룡,「새것의 탐구와 갈등」,『문학신문』1961.7.25.

21　"작년 11월 27일 작가, 예술인들과의 접견 석상에서 하신 김일성 동지의 교시를 받들고 우리 작가, 예술인들은 자기들의 작품에서 천리마의 기상을 담기 위하여 지금 약동하는 현실 속으로 깊이 침투하여 천리마기수들과 함께 살며 배우며 창작하고 있다. 따라서 현실적 주제의 작품 창작 과정에는 긴급하게 해결하여야 할 새로운 리론 실천적 문제들이 허다하게 제기되고 있다. 그러므로 본사 편집국에서는 앞으로 문학예술의 각 쟌르에 걸쳐 천리마기수들의 형상 창조에서 제기되는 제반 문제들을 중심으로 지상토론을 전개하려 하는바 평론가들과 작가들, 신인들과 평범한 독자 대중들이 이에 적극적으로 참가하여 주기를 바란다." 편집국,「'천리마기수의 형상 창조를 위하여'」,『문학신문』1961.1.24, 2면. 윤세평의 발제 비평 머리에 붙은 편집자 주이다.

22　이 글의 독자 중에는 북한문학 "비평의 상황을 장황하게 중계하듯 설명하고 있기 때문"에 서론(실사구시, 매체론, 미디어 독법)의 문제의식과 불일치해서 불편할 수 있다. 이는 사후적 정전화로 훼손 왜곡 삭제된 당대 미디어 기획의 복원이라는 실사구시적 접근의 '일관된 방법론'이라고 해명한다.『조선문학』,『문학신문』,『로동신문』원문을 장황하게 직접 또는 요약 인용하는 이유는 이들 상당수가 고리아 남북 징전에서 겹일 삭세된 희귀한 1차 사료이기 때문이다. 자료가 더 이상 망실, 훼손되기 전에 디지털 콘텐츠와 데이터베이스 구축이 필요하다. 구경꾼의 한가한 평가보다 현장의 학문 노동이 절박하다.

(11) 한욱, 「천리마기수의 형상화와 우리 문학」, 『문학신문』 1961.8.25.

(12) 리상태, 「천리마기수의 전형 창조에서 새로운 창작적 앙양을 위하여」, 『문학신문』 1961.9.29.

첫 발제를 맡은 윤세평은 1960,61년 당시의 천리마기수의 대표 형상으로 윤세중 장편 『용광로는 숨쉰다』와 김병훈 단편 「길동무들」을 예로 들어 장단점을 논평하였다.[23] 천리마기수의 생활 소재가 감동적이라 할지라도 그것은 엄격히 말해 문학 이전이며 소재만으로 문학이 되는 것은 아니다. 거기에는 현실을 미적으로 파악하여 예술적으로 재현할 수 있는 작가 능력이 수반되어야 한다. 작가의 사상 미학적 견해, 기교가 중요한데, 성과작인 『용광로는 숨쉰다』도 '오체르크'(실화문학)적 성향이 보이고 장편인데도 다양한 인정세태 묘사가 부족하다. 다른 일부 작품들도 보도 기사나 실화 미담 수준을 벗어나지 못하고 사실 전달에만 그침으로써 개성이 없는, 예술 작품 이전에 머물고 만다는 것이다.

윤세평은 사실주의 문학의 예술적 기교를 다음과 같이 강조하였다: 생활에서 전형적인 것을 찾고 생활적 진실에 충실하도록 등장인물의 전형적 성격과 그들의 풍부한 내면세계, 그리고 인간관계의 복잡성과 다양성을 표현해야 한다. 사실주의 원칙을 무시하고 천리마기수의 소재에만 매달려 안이하게 사실 전달에 그치게 될 때 미담이나 위훈담이 될 뿐 천리마기수의 전형 창조와는 거리가 멀다. 따라서 이미 알려진 천리마 작업반운동의 일반적 명제나 해설을 가지고 작품의 사상을 대신해서는 안 된다. 천리마기수의 정신적 특질을 그의 심오한 내면세계를 통하여 형상화하고 작가의 풍부한 생활 체험과 함께 풍부한 사상과 예술적 기교가 필요하다.

---

23 윤세평, 「생활과 사상, 기교의 문제—천리마적 현실의 진실한 반영을 위하여」, 『문학신문』 1961.1.24, 2면.

이처럼 195,60년대 북한문학 다수는 생활의 진정한 창조적 반영을 '일반적인 사상의 체현으로 대체'한 결과 도식주의와 유형성에 빠진 '쓰라린 체험'을 가지고 있다. 윤세평의 발제는 천리마기수 형상론의 방향을 현실체험과 노동 찬양 같은 사상성보다 '사실주의 기교' 같은 미학으로 의제화함으로써 이후의 활발한 토론을 이끌었다.

박종식은 천리마 시대의 서정시가 현실의 복사, 기록, 보도를 일삼는 '땅에서 기여가는 시 문학'이 되어서는 안 되고, 현실에 풍만한 낭만을 반영한 혁명적 낭만의 문학, '나래 돋친 사실주의 문학'이 되어야 한다고 주장하였다.[24] 그는 천리마 현실은 대중적 혁신의 불길인 동시에 인간 개조의 공산주의 학교라는 김일성 교시[25]를 인용하면서, 천리마 시대의 시인은 시대 특성을 공민적 애정을 가지고 노래하는 투사-기수가 되어야 하였다. 시인에게 시대 긍정의 '공민적 빠포스'가 없으면 생기 없고 무력한 생활 기록자나 목격자로 전락하기에 관조적인 '목격자'가 아니라 근로자들과 함께 시대를 몸소 창조하고 그것을 자기 것으로 노래하는 투사라는 것이다. 그는 지면의 대부분을 수많은 실패작 비판에 할애하고, 박세영의 「봄의 재령강반에서」, 정문향의 「당의 노래」, 백인준의 「산」, 리선을의 「전변」, 리호일의 「수리개」 등을 성과작으로 꼽았다.

오상요는 천리마기수의 정신 도덕적 특징을 불요불굴의 영웅성, 자연 개조적 영웅성과 인간 개조의 위엄이라고 하였다.[26] 「길동무들」 주인공 명숙의 '비반복적인 개성의 미를 통하여 이루어진 형상'을 전형으로 예시하였다. 반면 「천리마 작업반」의 효식이, 「바다의 포수군」의 황명구,

---

24 박종식, 「천리마시대와 서정시」, 『문학신문』 1961.1.31, 2면.

25 천리마 작업반 운동은 "영웅적 조선 로동계급이 창조한 우리 시대의 훌륭하고 위대한 공산주의의 학교"(김일성, 「전국 천리마 작업반 운동 선구자 대회에서 한 연설」)이다. 김상훈, 『우리나라에서의 문화혁명에 관한 맑스-레닌주의 리론의 창조적 구현』, 1961, 45면.

26 오상요, 「개성의 미와 천리마기수들의 전형 창조」, 『문학신문』 1961.2.14, 3면.

「교대」의 순필이 등[27]의 형상은 전형에 미치지 못한다고 하였다. 명숙이처럼 "고상하고 세련된 품위를 가진 영웅이 아니라 투박하고 거칠고 옹졸한 성격이 아니면 대중과 동떨어진 '열성분자'들의 얼굴을 보게 되는 까닭"이라고 지적하였다. 계급적, 사상적으로 각성되지 못하였던 지난날 노동계급의 성격이었던 '투박, 조야성, '완고성' 같은 징표를 천리마기수 형상에 덧붙인다면 잘못이라는 것이 그의 결론이다.

최일룡의 비평[28]에서 흥미로운 대목은 천리마기수의 전형화에 실패했다고 단정한 단편소설 「소 관리공」[29]의 분석 평가이다. 소설의 한 대목을 보자.

> [천리마기수의 - 인용자 보충] 이 고상한 정신 앞에 제 집 염소를 사겠다고 짬짬이 일의 여가에 도끼자루를 깎고 그 자루를 팔 생각만 하는 춘보 령감의 리기주의가 우등불의 재 모양으로 깡그리 사그라지고 만다. 내가 쉰세 해 동안 일해온 것보다 그 절반밖엔 살지 않았지만 저 친군 나보다 훨씬 값지게 살고 있잖은가. 일에 대한 보람을 알고 있어. 삶의 진리를 아는 친구야. 천리마기수가 돼야 한다고 늘 말을 쌓더니 아마 저 명철이 같은 사람을 두고 말하는가부지.[30]

작가 김규엽은 천리마작업반운동 선구자인 진응원과 길학실의 자취를 따라 군당위원장과 농장관리위원장, 축산반원의 심경을 묘사한 바 있다. 천리마 시대 모범 농민인 명철이 캐릭터를 통해 부정 인물인 춘보영

---

27 황주열, 「천리마 작업반」, 『청년문학』 1960.12; 김현구, 「바다의 포수군」, 『조선문학』 1960.12; 김북향, 「교대」, 『조선문학』 1960.11.

28 최일룡, 「천리마의 현실과 전형 창조」, 『문학신문』 1961.2.28, 2면.

29 김규엽, 「소 관리공」, 『조선문학』 1961.1, 39~51면.

30 김규엽, 「소 관리공」, 『조선문학』 1961.1, 51면.

감을 교양, 감화시키는 내용으로, 천리마기수를 형상한 것으로 짐작할 수 있다. 60년이 지난 지금 읽어보면, 농촌 현실을 세심하게 그리면서 자연스레 전형을 획득하게 만드는 리얼리즘적 성취를 통해, 지도자 찬가나 정치 구호를 동원하지 않고도 미적 완성도를 기했다고 하겠다. 이는 당 제4차대회가 열렸던 1961년이야말로 북한체제가 경제 생산성이나 정치적 안정이 고조되어 그 예술적 반영도 고양되었던 시기였음을 확인하게 한다.

하지만 당시 평론가 최일룡의 평가는 전혀 달랐다. 김명철과 춘보 영감의 형상은 작가가 천리마기수의 전형화에 깊은 주의를 돌리지 않은 잘못된 예라는 것이다. 젊은 천리마기수의 긍정적 행동에 의하여 부정적 협동조합원을 개조하는 과정을 보여주려는 창작 의도와는 달리 두 인물이 과연 전형이 될 수 있는지 의심스럽다는 것이다. 왜냐하면 목축을 둘러싼 환경과 갈등이 천리마 시대의 전형성을 제대로 보이지 않기 때문이다. 가령 소를 더 살찌게 하려고 조합 외양간에서 나온 소털을 수매한 돈으로 개를 잡아 먹이는 것을 '천리마기수'의 긍정적인 전형적 행동으로 볼 수는 없다는 것이다. 그런 발상은 10년 전의 낙후한 현실을 반영한 것인데도 주인공이 자기 행동을 천리마기수다운 행동으로 생각하는 대목은 진실성이 없다는 것이다. 다른 맥락이지만 『용광로는 숨쉰다』의 오체르크적 요소를 작품의 부족점을 찾는 윤세평의 평은 옳지 않다고 반론을 펴기도 하였다.

이러한 비평 기획 시리즈에 이어 1961년 7월 조선작가동맹 회의실에서 '천리마기수들의 전형 창조와 관련한 몇 가지 문제들'에 대한 평론분과 연구토론회가 진행되었다.[31] 안함광의 발제 「천리마적 현실 반영과 전

---

31 리시영(기자), 「우리시대의 영웅—천리마기수들의 전형화에 대하여—평론분과 연구토론회 진행」, 『문학신문』 1961.7.18, 4면.

형화의 특성」에 대하여 많은 평론가, 작가들이 토론에 참가하였다.

안함광은 천리마기수의 전형 창조 문제와 관련하여, 아직도 인간을 전일적으로 생동한 형상으로 보여주는 대신 생산 공정의 해설 수단으로 전락시켜 인간의 내면세계를 왜소화하는 편향이 있다고 지적하였다. 물론 이를 극복해야 하지만 그렇다고 성격 창조를 위하여 인간과 노동을 대립 분리시키는 것도 안 된다고 하였다. 양자를 대립시키면 성격 묘사의 미숙성과 정신적 특질의 빈약성이 생긴 원인을 생산 문제만 취급했기 때문이라고 탓하거나 반대로 생산 문제 묘사를 피해야 인간 성격이 풍부하게 드러난다고 오해하는 편향이 생기기 때문이다. 인간 성격은 창조적 노동과 생산 활동을 통해 직접 묘사될 수도 있고 일상생활을 통해 간접 묘사될 수 있는 것이다.

이와 관련하여 『용광로는 숨쉰다』는 용광로 복구를 위한 상범의 영웅적 노력 속에서 노동계급의 사상 도덕적 풍모가 잘 드러났다고 상찬하였다. 작품에는 노동에 대한 공산주의적 태도, 노동과정에서의 인간관계가 '고매한 정신-도덕적 상태와 륜리 문제'로 묘사되었다. 따라서 생산 문제 묘사가 윤리 문제 묘사를 방해하는 듯 해석하는 일부 견해는 극히 기계적이며 피상적이라고 비판하였다. 또한 상범이와 학심이의 애정관계에서만 윤리문제를 보는 견해도 협애한 것이다. 윤리적인 것을 애정문제로만 생각하는 것 자체가 잘못이니만큼, 사랑이나 우정 등 윤리적인 내용도 생산-사회적 실천을 통해서 보여줄 수 있고 보여주어야 한다고 주장하였다.[32]

다음으로 1960,61년작 단편소설 「입당 보증인」, 「소 관리공」, 「천리마」, 「직임 작업반장」의 결함으로, 등장인물의 개성의 불명료성, 정신적

---

32 이 주장은 추후 평론으로 구체화되었다. 안함광, 「시대정신의 반영과 로동계급의 형상—장편 『용광로는 숨쉰다』에 대하여」(작가연단), 『문학신문』 1961.12.19, 2면.

빈약성을 지적하였다. 현실은 거창하며 천리마기수들은 비약적으로 성장하고 그들의 정신세계가 비상히 확대 심화되는데, 작중인물의 외부적 묘사나 생활의 해설 수준 서술로는 생동한 형상을 개성적 감성적으로 창조할 수 없다. 「천리마」, 「직임 작업반장」은 천리마기수의 새로운 성격적 특질의 발전을 밝혀내지 못하였다. 작가들은 인물 성격을, 사건 행태나 기타 외부적 표징만이 아니라 내면적 특질과의 통일 속에서 보여주어야 한다.

발제자는 계속하여 갈등 문제에 대하여, 도식적인 갈등의 '틀'을 억지로 고안해서는 안 된다고 하였다. 문학에서의 갈등은 생활에 기반을 두어야 하고 사상-주제적 특성에 따라 다양하게 설정 해결되지만, 그 본질이 '새 것과 낡은 것의 투쟁'이라는 기본을 잊어서는 안 된다. 그런데 일부 작품에서 '긍정에 의한 부정의 감화 교양'을 그린다면서 부정 인물을 변화시키는 천리마기수의 성격을 제대로 강조하지 못하거나 심지어 인위적 갈등까지 설정하고 있어 문제라고 지적하였다.[33]

다음으로 평론가 한형원이 시나리오의 천리마기수 형상을 토론하였다. 그는 인간 개조 사업에 대한 주제를 그린 시나리오들의 천리마기수의 형상이 이전보다 형상성이 부족하다고 하였다. 인간 개조 대상 인물이란 당 국가의 사업, 노동과 동떨어진 사람들인데, 작가가 그들을 사랑과 동정적 인물로 처음부터 설정함으로써 개조자인 천리마기수가 오히려 수동적 위치에 놓이는 편향이 있기 때문이다. 그렇게 되면 천리마기수에게 드라마가 있는 것이 아니라 개조 대상 인물에게 드라마가 집중되고 천리마기수의 정신세계는 부정 인물의 형상 뒤에 가려지고 만다.

한형원은 논란 중인 갈등 문제[34]에 대하여, 일부 극작과 시나리오에

---

33 안함광, 「긍정적 모범의 창조와 갈등의 문제」, 『문학신문』 1961.1.27, 2면.

34 한형원, 「드라마 쟌르에서의 성격 창조와 갈등」, 『문학신문』 1961.2.7, 3면; 로금석, 「생활과

서 천리마기수를 그릴 때 노동과 생활 속에서 진실한 갈등을 보여주는 대신 인정세태 미담 전달에 만족하는 편향이 있다고 지적하였다. 인간 개조를 주제로 한 작품에서 갈등의 도식이 적지 않게 나타나고 있는바, 흔히 천리마기수와 그가 개조할 대상 인물, 또한 천리마기수와 대립되는 보수주의자, 관료주의자가 등장한다. 일부 작가들은 생활의 실질 문제를 통하여 새 것과 낡은 것과의 투쟁 대신 한낱 인정관계를 묘사하는 경향이 농후한데, 그들 작품의 인간 개조는 긍정 인물의 동정에 의하여 부정 인물이 감화되는 것으로 손쉽게 해결됨으로써 적극적인 인간관계를 통한 새 것과 낡은 것과의 투쟁을 도외시한다. 이러한 안일하고 형식적인 창작 태도는 천리마기수들의 창조적 힘과 사상-도덕적 특질을 반영할 수 없을 뿐더러 도리어 왜소화하고 무기력하게 한다고 비판하였다.

다음으로 평론가 한욱은 노동과 윤리 문제의 유기적 연관에 대하여 강조하면서, 「용광로는 살아 숨쉰다」(『용광로는 숨쉰다』의 오기-인용주)의 구성을 문제 삼았다.[35] 즉, 작품이 주로 생산 활동 속에서 성격을 창조했기 때문에 '애정의 슈제트선'을 좀 더 두드러지게 표현했어야 했다는 것이다. 용광로 복구라는 현실 사건을 그대로 스토리에 옮김으로써 소설의 서사가 '오체르크'(실화=다큐문학)처럼 되어서, 상범이의 형상에서 '생산 활동 속 성격과 애정관계 속 성격의 호상 통일'을 찾아볼 수 없다고 지적하였다.

토론회에서 참석한 최일룡도 장편소설의 장르 특성을 최대한 이용하려면 노동 묘사를 주도적으로 하면서 가정세태적인 것도 함께 보여주는 것이라고 주장하였다. 다만 가정세태적인 것을 동시에 반드시 묘사해야만 하는 것은 아니라고 단서를 달았다. 상범이의 성격은 가정세태 묘

갈등의 문제」, 『문학신문』 1961.2.25, 3면.

35 한욱, 「천리마기수의 형상화와 우리 문학」, 『문학신문』 1961.8.25, 2면.

사가 없어도 "마음에 안겨온다"고 하면서 『용광로는 숨쉰다』 특유의 '오체르크적 스찔'에 주목하였다. 그러나 그는 실화 인물과 함께 허구 인물도 등장하기에 이 작품을 오체르크로 볼 수 없고 다만 '오체르크적인 사건 서술'이 있다고 해명하였다. 한편 「소 관리공」에 대하여 주인공 성격은 잘 묘사되었으나 전형적인 시대정신이 체현되지 못하였다고 지적하였다. 작가의 생활 파악이 부족하여 생활 디테일 묘사에서 유사성을 면하지 못하고 있다고 비판하였다.[36]

다음으로 평론가 강능수는 노동에서의 영웅주의를 묘사하는 것이 문학의 기본 과업이라 전제하면서도, 성격 발전의 혁신적 의의를 더 보여주어야 한다고 강조하였다. 『용광로는 숨쉰다』의 상범이, 태수의 성격 묘사가 『시련 속에서』의 태운이보다 발전했지만 용광로 복구의 장황한 묘사에 치우쳤다고 약점을 지적하였다. 가령 상범이와 학심이의 관계 묘사에서 문제만 던지고 해결을 보여주지 못한 점이 결함이라는 것이다. 한편 「소 관리공」 등 다른 단편소설에 대하여, 소설은 실화가 결코 아니라고 전제하고 최근 일부 작가들이 실화의 아름다운 이야기를 그대로 옮겨놓으면 곧 소설로 되는 듯이 오해하고 있다고 지적하였다. 감동적 소재라도 그것을 미적으로 일반화하는 작가의 사상과 기교가 있어야 하며 단편에서는 생활의 한 측면을 예리하게 반영하는 갈등을 제기하고 해결해야 한다고 하였다.[37]

소설가 백철수도 일부 소설가들이 감동적인 소재를 묘사하기만 하면 사상-예술성이 보장되는 듯이 오해하는 사실을 지적하고, 작가가 현실보다 높이 서기 위하여 현실의 심오한 체험이 필요하다고 강조하였다.

---

36 최일룡, 「천리마의 현실과 전형 창조」, 『문학신문』 1961.2.28, 2면; 최일룡, 「새것의 탐구와 갈등」, 『문학신문』 1961.7.25, 2면.

37 강능수, 「생활의 진실과 갈등」, 『문학신문』 1961.5.26, 2면.

『용광로는 숨쉰다』의 약점도 작가가 소재를 취사선택하지 못하고 벅찬 사건을 그대로 기록함으로써 뚜렷한 문제성을 제시하지 못한 데 있다고 하였다. 이러한 약점의 극복은 사건 그 자체보다 그 속에서 인간관계를 다양하게 제시하도록 작가의 사상과 열정이 집중되어야만 가능하다고 강조하였다.[38]

끝으로 1961년 1월에 천리마기수 형상론을 처음 본격 제기했던 평론가 윤세평이 토론을 정리하였다. 그는 『용광로는 숨쉰다』가 비약적인 현실 발전을 통하여 성격 발전이 잘 묘사되었다고 긍정 평가하면서 상범이 같은 전형이 더 많이 나와야 하겠다고 희망하였다. 상범의 성격 묘사는 『시련 속에서』의 림태운보다 진전되었고 이는 작가의 발전을 보여주는 것이지만 기록주의적인 편향은 극복해야 한다고 강조하였다.

토론회에서는 천리마기수 형상론의 한 부분이라 할 '갈등 논쟁'과 관련하여 평론가 윤세평, 안함광, 최일룡, 강능수 등이 토론하였는바 다음과 같이 합의에 이르렀다: 갈등은 사건 체계와 내적으로 연결된 형태로 발현될 수 있다. 왜냐하면 슈제트 자체 내에는 갈등이 포함되어 있기 때문이다. 극적 갈등은 긍정 인물과 부정 인물의 무대 상의 정면충돌로 나타날 수도 있으며 긍정적 주인공의 내면세계의 심리적 갈등을 통한 그의 사상, 빠포스(감정) 및 성격에 의하여서도 발현될 수 있다.[39]

이 시기 천리마기수 전형 비평 논쟁의 쟁점을 평론가 한욱이 1961년 8월에 발표한 평문[40]을 중심으로 항목별로 재구성해서 평가해 보기로 한다. 왜 한욱 평론인가 하면 논쟁의 각종 쟁점을 전 방위적으로 잘 정리했

---

38   백철수, 「천리마기수의 높은 형상창조를 위하여」, 『문학신문』 1961.7.21, 2면.

39   천리마기수의 형상화와 관련된 갈등 논쟁은 다음 장에서 별도로 분석 평가하기에 자료만 소개한다.

40   한욱, 「천리마기수의 형상화와 우리 문학」, 『문학신문』 1961.8.25, 2면.

기 때문이다.

첫째는 전형 창조라는 쟁점이다. 그에 따르면 전형이란 시대가 요구하는 인간, 시대의 이념을 구현한 인간을 말한다. 천리마 운동 초기의 인간형인 '천리마기수'의 전형 창조는 『시련 속에서』의 림태운, 『석개울의 새 봄』의 창혁이, 「길동무들」의 명숙이, 「'해주-하성'서 온 편지」의 칠성이, 「백일홍」의 현우혁, 「고기떼는 강으로 나간다」의 대성이 등의 성과를 냈다. 이들이 전형인 이유는 그들이 시대가 요구하는 인간의 비상히 다양한 형태에서 발현되는 정치 도덕적 특질을 자체 내에 구현했기 때문이다.

그런데 전형 창조가 어떤 정치 도덕적 규범의 기계적 결합에 의하여 이루어지는 것이 아님을 강조할 필요가 있다. 어느 시대건 긍정적 주인공-공산주의자가 구비해야 할 정치 도덕적 특징을 조목별로 정식화할 수 없다. 또 그렇게 하는 것이 도식이라서 문제가 아니라 문학에서의 전형 창조는 그러한 특질의 기계적 연쇄에 의해서가 아니라 해당한 환경과 정황에 상응하는 성격의 내적 통일에 의하여만 예술적 타당성을 획득할 수 있다는 의미에서 그러하다. 가령 『용광로는 숨쉰다』의 상범이, 태수, 학심 등이 '천리마기수' 전형인 이유는 그들이 용광로 복구 건설 과정에서 생긴 문제를 척척 해결하는 매사 만능 해결사가 아니라 운동에 동참하지 못하는 부정 인물의 정신 개조를 시키는 내면세계에의 깊은 침투를 묘사했느냐 여부이다.

둘째는 도식주의 극복과 형상성(질) 제고 문제이다. 천리마 시대 인간의 이념은 주객관적 조건의 통일에 의하여 천명되는바, 일반적 구호와 틀에 박힌 공식이 되지 않고 산 인간의 생생한 감정과 사상으로 심도 있게 구현되어야 예술적 완성도, '형상성(질)이 제고'된다. 이런 맥락에서 한욱은 제2차 작가대회(1956)에서 논란된 도식주의 극복과 형상성 제고 쟁점은 문예의 형식 문제가 아니라 사상 내용 문제라고 재규정한다. 그의 생각에 형상성 제고는 어떤 묘사수법의 개진이 아니라 자기 시대와 인간

에 대한 본질적인 이해의 심화를 의미한 것이라는 주장이다. 이는 '도식
주의 극복' 문제를 문예 창작에서의 창작 기교와 작가의 예술적 전유능
력으로 해석했던 제2차 작가대회(1956) 당시 주류 담론[41]과 달리 당적 원
칙과 사상 미학적 관점으로 재조명한 김하명, 한설야[42]의 사후적 견해를
상기시킨다.

셋째는, 천리마기수의 새로운 전형 창조에서 민족적 특성과 계급성
의 역관계에 대한 논란이다. 한욱은 천리마 시대의 전형을 창조하는 것
은 '사상적 내용의 풍부화와 진일보'를 의미하며 사상적 내용의 풍부화
가 민족적 특성의 풍만한 표현과 일치되었을 때 성과가 난다고 하였다.
민족적 특성과 계급성의 관계를 논할 때 보편 이론은 계급성이 주도적이
지만, 문제는 일부 논자들이 민족적인 것을 선진/낙후의 이분법으로 기
계적으로 나누는 도식에서 출발하여 결국 계급성 우위에 결론을 고정시
키는 데 있다.

한욱은 이러한 이분법과 계급 주도성에 이의를 제기한다. 맑스-레닌
주의의 공인된 진리에만 기대는 견해가 민족적 특성 구현의 측면에서 본
부정의 전형화를 부인하기 때문이다, 부정 인물이 민족적 특성의 낙후한
부분만 재현하는 것으로 간주되는 경우에도 그렇다는 것이다. 또 이보다
중요하게는 민족적 특성과 계급성의 관계에 대한 형이상학적 견해, 현실
을 떠난 공허한 이론을 결코 정당한 것으로 볼 수 없기 때문이다.

물론 계급적인 것과 민족적인 것이 상치(相馳)된 범주는 아니다. 사회

---

41 김우철, 「작품 비평에서의 비속화를 반대하여」(작가 연단), 『조선문학』 1956.12, 140~149면;
    엄호석, 「문학 평론에 있어서의 미학적인 것과 비속사회학적인 것」, 『조선문학』 1957.2,
    124~136면; 김명수, 「평론문학에서 '미학적인 것'을 바로 찾기 위하여」, 『조선문학』 1957.
    3, 135~144면.

42 김하명, 「평론의 선도성과 전투성에 대하여」, 『문학신문』 1959.2.5, 4면; 한설야, 「공산주의
    문학 건설을 위하여」, 『조선문학』 1959.3, 4~14면; 한설야, 「공산주의 교양과 우리 문학의
    당면 과업」, 『조선문학』 1959.5, 4~25면.

의 선진계급은 민족적 특성 체현에서도 전통을 계승하는 동시에 새로운 특성을 창조한다. 반대로 반동계급은 민족적 특성에서 낙후한 것, 보수적인 것의 옹호자로 등장하는 것 또한 사실이다. 그렇다고 계급적인 것과 민족적인 것을 직선적 상치 관계로 단정하는 것은 옳지 않다. 왜냐하면 두 범주가 실제 문학적 형상에서는 보다 복잡한 관계 속에서 구현되기 때문이다. 그렇기 때문에 민족적인 것과 계급적인 것을 기계적으로 일치시키는 것은 옳지 않다. 그것은 창작 실천에서 민족적 특성을 좋은 것과 나쁜 것으로 기계적으로 분리하는 또 다른 도식을 불러오기 때문이다.

한욱은 도식주의와 유형화에 반대하며 복잡하고 다양한 생활 현실을 있는 그대로 진실하게 반영하는 입장을 강조한 것으로 평가된다. 민족적 특성과 계급성의 기계적 대립과 후자의 우위만 고집하는 보편 이론을 교조적으로 받아들일 수 없다는 의도로 문제를 환기한다. 창작에서 공산주의자의 일반적 특질과 민족적 특성 구현이 따로따로 진행되는 것이 아니라 동시적으로 그려지는바 그 통합 정도는 작가의 현실 관찰의 심도에 달려 있다고 결론지었다. 림태운, 상범이, 명숙이 등, '기념비적인 천리마 기수의 인물 형상'들이 바로 그 성과라고 하였다.[43]

지금까지 본 것처럼 1960년대 초 북한의 작가 평론가들에게 가장 중심적 과제는 천리마운동이 성공적으로 펼쳐지는 자기 시대의 주인공인 공산주의자의 전형 창조였다. 이 글에서 천착하고 있는 천리마기수 형상론이란 결국 역대 전형론 중 특히 천리마운동 초기인 1960년 전후의 공산주의자 전형 창조 문제이다. 논쟁의 이론 구도를 보면, 작가의 '현실 침투'와 '현대성'[44] 문제, 도식주의 극복과 형상성(질) 제고 문제, 갈등 문제,

---

43 한욱 평문의 마지막 서술항목은 '갈등 문제'인데, 다음 4절에서 상론한다.

44 북한문학에서 '현실 침투'란 작가이 '현지 파견, 노동 체험'을 통한 현장 취재린 의미로서, 한국문학의 '현실 참여(앙가주망)'와 완전히 다른 개념이다. '현대성' 또한 현재적 의의, 당대적 참여 정도가 아니라 그때그때의 당 문예정책을 충실하게 수행하는 것을 의미한다.

민족적 특성 문제 등의 쟁점이 모두 전형 창조 문제와 긴밀하게 관련되어 있음을 알 수 있다.

비평 논쟁의 중심에는 『시련 속에서』의 림태운, 『석개울의 새 봄』의 창혁이, 『용광로는 숨쉰다』의 상범, 「길동무들」의 명숙이, 「해주-하성'서 온 편지」의 칠성이 같은 전형적 사례가 있다. 이들 용광로 복구 건설 노동자, 협동농장원, 양어공, 철도 노동자 등 전형적 캐릭터의 현실 개조와 의식 개조 및 형상성 수준을 두고, 작가동맹과 문예지에서 윤세평과 안함광의 발제와 후속 비평 시리즈가 1년 내내 전개된 것이다. 이후 1962년부터 1967년까지 최창섭 등 수십 명의 작가, 비평가들이 참여한 장르와 미학, 구체적 형상화방안 등 다양한 쟁점으로 확산된 비평 담론이 지속적으로 펼쳐졌다.[45] 비평 담론뿐만 아니라 '천리마기수 형상의 단편소설 계주' 같은 창작 기획도 시작되었다.[46]

4. 천리마기수 형상론의 확산, '갈등 논쟁'

천리마기수의 전형 논쟁은 창작과정에서의 '갈등 논쟁'을 동반하였

---

45 최창섭, 「천리마기수의 내면세계와 계급교양, 『조선문학』 1963.12; 최창섭, 「천리마 현실에서의 성격 창조, 『조선문학』 1964.7; 최창섭, 「천리마기수와 그의 성격 창조문제」, 『문학신문』 1965.1.22, 2면. 『조선문학』, 『문학신문』 데이터베이스에 의하면 1967년까지 '천리마기수' 키워드는 매년 적잖이 나오는데, 『문학신문』에서는 1968년 이후 사라진다. '천리마'란 키워드가 재소환된 2000년 전까지 『조선문학』에서 '천리마기수'가 기사 제목인 것은 4편이며, 1973년이 마지막이다. 정찬정, 「천리마기수의 생동한 형상을 위하여」, 『조선문학』 1973.11, 따라서 최근 김정은 시대 들어서서 '만리마/만리마기수'가 등장한 것은, 한동안 유행했던 "1970년대를 배우자!"는 구호가 유일사상 체계화와 개인숭배 열기에 대한 향수를 담은 것과 결을 달리 해서, 체제 건설기(1958-61)의 당과 노동계급의 일치단결한 경제성장에 대한 향수와 선전 효과를 의도한 것으로 추정된다.

46 김근오, 「'빨치산 투사, 천리마기수 형상의 단편소설 계주'_요영구의 봄」, 『문학신문』 1962. 2.13, 2면.

다. 즉 서사와 극문학 창작에서 필수적이라 할 '낡은 것과 새것, 부정과 긍정' 사이 갈등이 필요한지 따지는 논의가 병행되었다. 천리마운동의 성공적 열기 속에서 청산할 낡은 요소가 별로 없는 천리마 현실을 그리거나 그 대표 캐릭터인 천리마기수를 형상할 때 내러티브 진행, 스토리텔링의 흥미를 위해 무조건 갈등을 설정해야 하는지가 쟁점이었다.

맑스레닌주의 이념과 사회주의 리얼리즘 미학에 따르면 현실 생활에는 적대적인 모순과 비적대적인 모순이 있으며 선진적인 것과 낙후한 것 간의 모순이 있게 마련이다. 문제는 사회주의체제의 사회 경제적 토대가 완성되었다고 선언한 1958년 이후 북한 사회의 천리마운동 현실과 천리마기수의 전형을 예술적으로 표현할 때 이전 같은 갈등을 필수적으로 담아야 하는지 하는 것이다. 전통적인 갈등 필수론자들은 서사문학과 극문학의 본질상 '낡은 것과 새것, 부정과 긍정' 사이의 갈등은 당연하고 하였다. 특히 창작과정에서 갈등 설정이 필수적인 연극 영화 등 극장르의 장르 특성상 갈등이 천리마 시대에도 여전히 필수적이라는 주장이다.[47]

사회의 발전 과정이 낡은 것과 새것의 부단한 투쟁과 교체로 이루어질진대 우리의 전진이 빠르면 빠를수록 어제까지 아직 긍정적이며 새로웠던 것이 오늘에 와서 발생한 긍정적인 요소의 전진의 장애로 된다는 것을 알아야 될 것이다. 때문에 우리 문학 작품에서의 긍정적 주인공이나 모범의 창조에 있어서 갈등 문제는 어디까지나 '새 것과 낡은 것' 간의 문제로 설정되는 것이지 '좋은 것과 더 좋은 것' 간이라든가 '긍정적인 것과 더 긍정적인 것' 간의 갈등 문제는 설정될 수 없다고 생각한다. 긍정 인물들 간에 버려지는 갈등도 때로는 그것이 새것과 낡은 것으로, 또는 새것과 새것의

---

47 안함광, 「긍정적 모범의 창조와 갈등의 문제」, 『문학신문』 1961.1.27, 2면. 로금석, 최일룡, 리상태, 신고송 등 다수도 같은 입장이다.

발생 발전에 직접 장애를 주는 낡은 것으로 표현될 수 있다.[48]

반면, '낡은 것과 새것, 부정과 긍정' 사이의 갈등이 발생한 원인이 사회주의 체제 성립 후 해결되었으니 '낡은 것과 새것, 부정과 긍정'의 인위적 갈등을 억지로 설정할 것이 아니라 대신 다양한 갈등도 가능하다는 주장이 나왔다. 가령 '좋은 것과 더 좋은 것, 긍정적인 것과 더 긍정적인 것' 사이의 갈등을 그리거나 '갈등이 없는 갈등의 다양성'도 허용하는 식으로 무갈등도 가능하다는 주장이다.[49] 논란의 중심은 한형원의 다음과 같은 주장이다.

> '긍정적인 것의 더 긍정적인 것'과의 갈등을 주장한 일부 작가들의 견해에 대해서 언급할 필요가 있다. (중략) 드라마 쟌르인 〈즐거운 일터〉에 상식적으로 통칭하는 갈등이 없음을 알게 되며 갈등이 없어도 희곡이 성립될 수 있다는 견해를 가질 수도 있게 한다. 그러나 나는 여기에 갈등이 있다고 주장하며 그 갈등이 바로 '긍정적인 것의 더 긍정적인 것'과의 갈등에서 표현되었다고 강조하고 싶다.
>
> 이 점에서 나는 안함광 동지의 론설의 한 구절에 동의할 수 없다. 평론가는 긍정적 측면을 많이 가지고 있는 자기 론설에서 작품의 갈등과 사건의 체계는 현실의 본질적 측면을 천명하고 있기만 하면 어떠한 단면, 삽화적인 사실, 오해 등에서도 구성될 수 있다고 주장하였다. 이 주장은 평론가 안함광 동지가 론설의 많은 부분에서 언급한 '긍정적인 것의 더 긍정적인 것'과의 갈등을 거부하는 주장을 견지하기 위해 강조되었다. (중략)
>
> 우리는 이 희곡이 갈등을 무시하였다고 말할 수 없다. 부정적 인물이 없는 집단에서 갈등이 성립될 수 있었던 원인은 사건 체계가 현실의 본질을

---

48 최일룡, 「새것의 탐구와 갈등」, 『문학신문』, 1961.7.25, 2면.

49 연극이론 전공인 평론가 한형원의 대표적인 주장으로, 비평적 맥락에 따라서 강능수, 윤세평, 한설야 등도 일부 동의한다.

반영하고 갈등을 제거한 데 있는 것이 아니라 바로 이러한 갈등을 보드빌적 수법으로 해결하였다는 데 있다.[50]

한형원은 연극 〈즐거운 일터〉 평에서 문학작품의 갈등은 대체로 사건 체계의 진행과 내면적으로 연결되지만 반드시 그렇게 되어야만 한다고 단정하는 것이 잘못이라는 안함광 견해[51]를 비판하였다. 하지만 그도 〈즐거운 일터〉 평에서 이 연극에서 상식적으로 통칭하는 갈등이 없다고도 하고 '긍정적인 것과 보다 긍정적인 것' 간의 갈등이 있다고도 함으로써 자체 모순에 빠졌다.[52] 그래서 평론가 윤세평은 창작에서 갈등을 '옳게 설정'하는 것만으로는 부족하며 옳게 설정된 이 갈등을 '정당하게 해결 짓는 것이 중요'하다고 대안을 제시하였다. 문제는 일부 작가들이 시대가 처한 역사적 단계와 계급적 역량의 다양한 움직임을 명확하게 파악하지 못해 갈등 해결을 너무 안이하게 묘사하는 '도식화의 경향'을 벗어나지 못한 데 있다고 지적하였다. 갈등의 설정 여부가 중요한 것이 아니라 해결과정을 얼마나 실감나게 전형적으로 형상했느냐가 중요하다는 것이다.

한설야는 「천리마 시대의 예술」에서 갈등 문제와 관련하여 다음과 같이 일반론을 폈다: "생활을 모르는 작가들은 갈등을 생활에서 찾을 대신 머리로 만들어내며 인위적인 갈등에 사로잡혀 생활적 갈등을 찾지 못하고 있다. 인위적 갈등은 도식적 갈등으로 귀결된다. 작중에서 긍정 인물과 부정 인물을 도식적으로 설정하고 그들마다 긍정성과 부정성을 증명하는 사건, 설명, 묘사를 인위적으로 만든다. 생활 현실의 단순화하고 일

---

50 한형원, 「드라마 쟌르에서의 성격 창조와 갈등」, 『문학신문』 1961.2.7, 3면. '보드빌'은 경희극을 말한다.

51 안함광, 「긍성석 보범의 창조와 갈등의 문제」, 『문학신문』 1961.1.27, 2면.

52 최일룡의 지적이다. 「천리마의 현실과 전형 창조」, 『문학신문』 1961.2.28, 2면.

면적이며 직선적 이해에서 도식적 인위적인 갈등이 나온다."[53]

　로금석은 '긍정적인 것과 보다 긍정적인 것' 사이에 갈등이 있다고 주장한 한형원의 이론에 찬성할 수 없다고 하였다. 그런데 〈즐거운 일터〉는 완전히 갈등을 무시했다고 평하였다. 얼핏 보면 논리적 모순이다. 이 경우 갈등 필수론자인 평론가가 택한 평가방식은 이 '희곡'이 한형원 주장처럼 천리마 시대의 새로운 갈등 설정 방식인 '긍정적인 것과 보다 긍정적인 것' 사이의 갈등을 그린 것이 아니라 갈등을 제대로 그리지 못한 실패작이라는 것이다. 독자 머릿속에서 극적 형상의 선명한 군상을 볼 수 없기 때문에 어느 하나 개성화된 인물이 없는 작품으로 혹평하였다.[54]

　1961년 1월의 『문학신문』 비평 기획물인 '천리마기수의 형상 창조를 위하여' 제하의 천리마기수 전형론은 최초 발제자인 윤세평의 6월 평문에 이르러 중간 정리와 함께 갈등 논쟁으로 확산되었다.[55] 그에 의하면, 문예 창작에서의 갈등 문제는 극문학뿐만 아니라 서사문학에서도 중요한 의의를 가진다. 왜냐하면 작품에 등장하는 캐릭터들의 성격적 충돌을 드러내는 갈등은 바로 현실 생활의 본질적 모순과 대립 투쟁에 기초하고 있기 때문이다. 이런 전제 아래 지난 평론들을 메타비평하였다. 가령 안함광이 「긍정적 모범의 창조와 갈등의 문제」에서 문예 창작과정에서의 갈등이 사건진행과 유기적으로 연결되어야만 하는 것은 잘못이라 했는데, 이는 극문학의 장르 특성을 간과한 오류라고 지적하였다. 극문학에서

53　한설야, 「천리마 시대의 예술─전국 예술 축전 농촌 부문 서클 경연을 보고」, 『문학신문』 1961.2.25, 2면. 요약 인용이다.

54　로금석, 「'천리마기수의 형상 창조를 위하여'(지상토론)_생활과 갈등의 문제」, 『문학신문』 1961.2.25, 3면.

55　윤세평, 「생활적 갈등의 파악은 당면한 미학적 요구이다」(작가연단), 『문학신문』 1961.6.11, 1면. 이 글은 천리마기수 형상론의 외연을 갈등론으로 확산시킨 기폭제 구실을 하였다. 1961년 1월의 의제 선점(1번 참조)과 반 년 후 10여 편의 논쟁을 중간정리한 후 쟁점 확산과 방향 전환을 촉발한 문제적 평론이다.

사건과 갈등을 분리시키고 갈등이 사건 진행과 연결되지 않아도 플롯이 성립될 수 있다는 것은 그릇된 주장이기 때문이다.

윤세평이 보기에 갈등 없이는 극작품이 될 수 없으며 갈등에 기초하지 않은 사건 진행은 있을 수 없다. 왜냐하면 안함광뿐만 아니라 최일룡도 〈즐거운 일터〉 평에서 이런 미담 전달 수준의 작품은 갈등 설정 없이도 나올 수 있다고 했기 때문이다. 윤세평은 최일룡이 감동적 내용을 그린 소설 작품이라면 '오체르크적인 감을 주어도 무방하다는 듯이 잘못 주장'하고[56] 있을 뿐만 아니라 갈등 문제에 대하여도 '좋은 것과 더 좋은 것' 간의 갈등이라는 무갈등론에도 통하는 주장을 논박했다고 보았다. 결국 극작품이 갈등 없이도 성립될 수 있다거나 갈등이 사건 체계의 진행과 연결되지 않아도 된다는 등의 견해도 잘못이라며 양비론을 폈다.

강능수는 「생활의 진실과 갈등」에서 미학적 갈등을 단순히 새 것과 낡은 것과의 형식적인 갈등의 복사로만 보는 견해를 반대하면서 문학적 갈등의 다양성을 규정하는 생활적 갈등의 다양성을 강조할 대신에 보다 문학적 갈등의 다양성에 중점을 두고 해명하였다.[57] 즉 '낡은 것과 새것, 부정과 긍정' 사이의 갈등이 없어진 사회주의체제인 만큼 없는 문제를 억지로 만드는 갈등 설정이 굳이 필요한지 의문을 제기하고 작위적 갈등 설정을 우회적으로 비판한 셈이다. 이는 한형원의 주장과 상통하는 것인데, 훗날 주체문예론의 이데올로그로 활약하는 강능수의 숨은 의도가 엿보인다고 평가할 수 있다.

이후 1964년에 재점화한 갈등 논쟁은 장르와 미학, 구체적 형상화방안 등 다양한 쟁점으로 확산되었다. 그 결과 천리마운동이 성공적인 성

---

56 아름다운 인간의 감동적 내용을 그린 소설 작품이라면 '오체르크적인 감을 주어도 무방'하다는 것은 최일룡의 『용광로는 숨쉰다』 평을 지칭한 것이다. 최일룡의 앞의 글 참조.

57 강능수, 「생활의 진실과 갈등」, 『문학신문』 1961.5.26, 2면.

과를 보인 무결점의 천리마 시대이고 시대를 대표하는 천리마기수의 전형화 과정에 굳이 인위적인 갈등 요소를 설정할 필요가 없다는 방향으로 흘러갔다. '갈등 다양화'론이 점차 갈등 불필요론으로 바뀌었다. 이러한 비평사적 변화 끝에 수령과 당의 무오류론과 맞물려 '혁명적대작' 창작론이나 '민족적 특성'론과 결합되더니만 결국 주체문예론의 '작위적 갈등 불필요론-무갈등론'으로 귀결되었다.

5. 천리마기수, 사회주의 건설의 문화정치적 상징

북한에 사회주의체제가 처음 정착된 1958년부터 주체사상이 유일화된 1967년 사이의 10년 동안 '천리마운동'이 전 사회를 지배하였다. 천리마란 표상/기표는 처음 '천리마 작업반' 칭호 쟁취 운동처럼 증산 경쟁으로 출발하여 노동계급 및 인민대중의 전 방위적 의식 개조 운동으로 확산되었다. 이러한 시대정신에 부합하여 문학예술은 '천리마기수' 이미지를 가시적 상징으로 형상화하여 생산 현장의 모범으로 내세웠다.

당시 문학작품에 나타난 천리마기수의 전형으로는 『시련 속에서』의 림태운, 『석개울의 새 봄』의 창혁이, 『용광로는 숨쉰다』의 상범, 「길동무들」의 명숙이, 「'해주-하성'서 온 편지」의 칠성이, 「백일홍」의 현우혁, 「고기떼는 강으로 나간다」의 대성이 등이 대표적이다. 이들 용광로 건설 기사, 협동농장원, 양어공, 철도 노동자, 선로 낙석 감시원 등은, 노동 생산성이 월등할 뿐만 아니라 강인한 현실 개조 의지와 헌신적인 의식 개혁에도 앞장서 시대정신을 표상하는 상징으로 우뚝 섰다. 이들은 사회주의적 증산 경쟁에 노동자들을 자발적으로 참여하게 하려는 당 정책에 부합하여 부정적 인물을 변화시키는 도덕적 긍정적 인물로 그려져 천리마운동의 모범이 되었다. 이런 식으로 현지 파견 문예 창작자가 생산 현장에서 노동계급과 함께 노동하며 취재한 모범 사례가 천리마/기수로 형상화되고 가시적 텍스트로 그려진 속도와 헌신의 스펙터클한 이미지가 다시 생산 현장의 예술 선동으로 작동하는 것이다.

이상에서 보듯이 '천리마기수 형상'론은, 천리마운동 주체로 진취적 기상을 지닌 '천리마기수' 이미지를 가시화한 문화정치적 전략의 산물로 볼 수 있다. 단기간에 사회주의 체제를 완성하고 노동계급의 자발적 노동 동원 시스템을 통해 엄청난 경제 성장과 의식 개혁에 성공했다는 사회 전반의 자부심이 천리마기수 전형론과 갈등 논쟁의 현실적 역사적 배경이라고 할 수 있다. 당 제4차 대회와 문예총이 열렸던 1961년의 자기 체제와 문학, 문단에 대한 자부심이 매우 고양되어 있을 때였다. 이러한 맥락 하에서 문학장 내부 시선에서 비평논쟁을 다시 보면, 작가동맹이 1953년 9월에 직업 동맹 형태로만 초라하게 존재했다가 8년 만에 완전체로 재결성된 조선문학예술총동맹(1961년 3월) 결성 대회를 전후한 이념적 조직적 미학적 슬로건으로 '천리마기수'의 스펙터클이 부각된 것이라 할 수 있다. 당시 세간에 널리 알려진 천리마작업반운동의 선구자 진응원이 쓴 수기 「첫 봉화」와 김규엽 단편 「소 관리공」은 심지어 55년이 지난 2016년까지도 여전히 대표작으로 회상된다.[58]

한편, 천리마기수의 전형 논쟁은 창작과정에서의 '갈등 논쟁'을 동반하였다. 즉 서사와 극문학 창작에서 필수적이라 할 '낡은 것과 새것, 부정과 긍정' 사이 갈등이 필요한지 논란이 병행되었다. 천리마운동의 성공적 열기 속에서 청산할 낡은 요소가 별로 없는 천리마 현실을 그리거나 그 대표 캐릭터인 천리마기수를 형상할 때도, 내러티브 진행, 스토리텔링의 흥미를 위해 무조건 갈등을 설정해야 하는지가 쟁점이었다. 특히 연

---

58 홍철진, 김은희, 「천리마에서 만리마에로!—『조선문학』 잡지에 비낀 당 대회의 나날들을 안아보며」(정론), 『조선문학』, 2016.5, 18~19면 참조.

극 영화 등 갈등 요소 설정이 필수적인 극장르의 장르 특성상, '낡은 것과 새것, 부정과 긍정' 사이의 갈등이 없어진 사회주의체제인 만큼 없는 문제를 억지로 만드는 갈등 설정이 굳이 필요한지 의문이 제기되고 작위적 갈등 설정이 비판받기도 하였다.

다만, 서사와 극장르의 장르 특성도 그렇거니와 사회주의 기초 건설기에는 아직 완벽한 공산주의 사회가 아니므로 어느 정도 사회적 해결과제가 남았다고 전제하고 '낡은 것과 새것, 부정과 긍정' 사이의 갈등까지는 아니더라도, '좋은 것과 더 좋은 것, 긍정적인 것과 더 긍정적인 것' 사이의 갈등이라도 그리는 것이 필요하다는 주장이 나왔다. 하지만 자기 시대가 아무런 문제없이 완벽한 천리마 시대이고 시대를 대표하는 천리마기수 형상에 별다른 갈등이 있을 수 없다는 무갈등론이 점차 힘을 얻더니, 수령과 당의 무오류론과 맞물려 결국 주체문예론의 작위적 갈등 불필요론 내지 무갈등론까지 나왔다. 주체문예론으로의 일방적 도정이 비평사에서도 가시화된 것이다.

'천리마기수' 형상론 주요 목록

기자, 「천리마기수들의 풍부한 감정을—시문학분과위원회 확대위원회 진행」, 『문학신문』 1959.5.31.

사설, 「우리 시대의 영웅—천리마기수들의 전형화에 일차적 주목을」, 『문학신문』 1960.9.2.

기자, 「문학부문에서 천리마집단 창조운동 확대」, 『문학신문』 1960.10.11.

김일성, 「천리마시대에 맞는 문학예술을 창조하자: 작가, 작곡가, 영화부문일군들과 한 담화 1960년 11월 27일」, 조선로동당출판사, 1969.

미상, 「결의문—'천리마분과' 칭호 쟁취를 위한 조선작가동맹 종업원 총회에 참가한 소설가 일동」, 『문학신문』 1960.11.4.

엄호석, 「천리마운동과 창작 정열」, 『조선문학』 1961.1.

최일룡, 「나래치는 천리마기수들 속으로」(작가연단), 『조선문학』 1961.1.

엄호석, 「하나의 전형으로 수많은 새 인간들을 길러내자—작가 예술인에게 주신 김일성 동지의 11월 27일 교시와 관련하여」, 『문학신문』 1961.1.13.

윤세평, 「생활의 사상, 기교의 문제—천리마적 현실의 진실한 반영을 위하여」, 『문학신문』 1961.1.24.

사설, 「천리마기수의 전형 창조를 위하여」, 『문학신문』 1961.5.1.

박종식, 「천리마시대와 서정시—서정시에서 수상 동지의 교시를 관철하기 위하여」, 『문학신문』 1961.1.31.

기자, 「시인들 '천리마분과' 쟁취운동에 궐기; 결의문」, 『문학신문』 1961.2.10.

한형원, 「드라마쟌르에서의 성격 창조와 갈등」, 『문학신문』 1961.2.7.

오상요, 「개성의 미와 천리마기수들의 전형 창조」, 『문학신문』 1961.2.14.

로금석, 「생활과 갈등의 문제」, 『문학신문』 1961.2.25.

최일룡, 「천리마의 현실과 전형 창조」, 『문학신문』 1961.2.28.

사설, 「천리마시대의 문학예술 창조를 위하여」, 『조선문학』 1961.3.

신고송, 「갈등은 언제나 긍정과 부정 간의 투쟁이다」, 『문학신문』 1961.3.14.

오승련, 「시대의 진실과 천리마기수들의 형상」,『문학신문』1961.5.16.

기자, 「씨나리오 창작과 천리마기수 형상」,『문학신문』1961.6.6.

리진화, 「천리마시대의 아동 주인공」,『문학신문』1961.6.6.

기자, 「우리 시대의 영웅―천리마기수들의 전형화에 대하여―평론분과 연구토론
　　　회 진행」,『문학신문』1961.7.18.

백철수, 「천리마기수의 높은 형상 창조를 위하여」,『문학신문』1961.7.21.

최일룡, 「새것의 탐구와 갈등」,『문학신문』1961.7.25.

한욱, 「천리마기수의 형상화와 우리 문학」,『문학신문』1961.8.25.

리진화, 「천리마 현실과 아동문학」,『문학신문』1961.8.29.

리상태, 「천리마기수의 전형 창조에서 새로운 창작적 앙양을 위하여」,『문학신문』
　　　1961.9.29.

미상, 「천리마기수 전형 창조와 집체창작」(권두언),『조선문학』1961.11.

장형준, 「천리마 현실과 문학예술의 발전(5인 집체평론)」,『문학신문』1961.11.28-
　　　12.1.

방연승, 「천리마기수들의 전형 창조에 대한 나의 소감」,『청년문학』1961.12.

기자, 「천리마기수들을 형상화한 작품을 더욱 왕성하게 창작하자―조선작가동맹
　　　중앙위 제31차 상무위 진행」,『문학신문』1961.12.12.

로금석, 「천리마기수들의 전형 창조와 작가의 시대적 감각」,『조선문학』1962.1.

최언경, 「전형 창조와 혁명적 낭만성의 문제」,『청년문학』1962.2.

한경수, 「극문학에서 천리마기수의 형상」,『문학신문』1962.10.30.

강성만·권택무, 「천리마기수 전형 창조에서 극문학이 거둔 빛나는 수확」,『조선문
　　　학』1962.11.

리억일, 「천리마기수의 전형 창조에서 영화예술이 달성한 성과」,『문학신문』1962.
　　　11.27.

편집부, 「천리마기수 형상에서 더 풍만한 수확을 위하여」,『청년문학』1962.12.

로금석, 「천리마기수의 훌륭한 형상―최근의 우리 단편소설들에 대하여」,『로동신
　　　문』1962.12.3.

엄호석, 「천리마시대의 서정과 서정적 주인공」,『문학신문』1962.12.7.

신고송, 「더욱 선명한 사상성과 다양한 예술성으로—극문학에서 천리마기수 형상 문제와 관련하여」, 『문학신문』 1962.12.21.

방연승, 「천리마기수의 형상화에서 거둔 몇가지 문제점」, 『조선문학』 1963.2.

엄호석, 「천리마의 서정과 시정신」(3회 연재 평론), 『조선문학』 1963.3.(2회-1963.5, 3회-1963.6)

호창룡, 「천리마기수의 형상과 계기 해명」, 『청년문학』 1963.3.

미상, 「천리마기수 형상과 당면한 몇가지 문제」, 『문학신문』 1963.5.14.

엄호석, 「천리마시대의 미와 서정시」, 『문학신문』 1963.5.17.

사설, 「천리마기수 전형 창조에서 가일층의 전진을 이룩하자」, 『조선문학』 1963.11.

최창섭, 「천리마기수의 내면세계와 계급교양」, 『조선문학』 1963.12.

엄호석, 「천리마현실과 극적 갈등」, 『문학신문』 1964.1.24.

장형준, 「천리마시대 아동들의 전형적 성격 창조를 위하여」, 『조선문학』 1964.3.

김갑기, 「선행문학에서 긍정적 주인공들과의 련관에서 본 천리마기수 전형의 특성」, 『문학연구』 1964-6.

최창섭, 「천리마 현실에서의 성격 창조」, 『조선문학』 1964.7.

최창섭, 「천리마기수와 그의 성격 창조문제」, 『문학신문』 1965.1.22.

리상태, 「천리마현실 반영과 단편소설」, 『문학신문』 1965.2.12.

사설, 「천리마기수들의 형상을 더 많이 더 훌륭하게 창조하자」, 『문학신문』 1965.11.26.

김갑기, 「천리마기수의 형상을 투사의 품격에로」, 『문학신문』 1967.1.17.

김병걸, 「시대의 요구와 천리마기수의 형상」, 『문학신문』 1967.3.28.

리수립, 「천리마기수의 새로운 전형의 탐구」, 『문학신문』 1967.4.14.

김일성, 「천리마시대에 상응한 문학예술을 창조하자, 『조선문학』 1967.5-6.

강세창, 「천리마기수의 정신세계와 서정시」, 『문학신문』 1967.7.7.

리택진, 「투쟁 속에서 발전하는 수령의 전사—천리마기수의 성격」, 『문학신문』 1967.8.18.

유병건, 「천리마기수-부사의 선형을 두고」, 『문학신문』 1967.8.25.

박영근, 「혁명투사의 전형 창조와 현대성의 요구」, 『문학신문』 1967.8.25.

리상현, 「혁명투사의 성격특징과 그 장성」, 『문학신문』 1967.9.5.

김성우, 「천리마기수의 형상과 작가의 혁명적 기백」, 『문학신문』 1967.9.19.

김병걸, 「천리마기수의 형상화에서 혁명전통의 구현」, 『문학신문』 1967.9.22.

장형준, 「천리마 현실을 반영할 데 대한 김일성 동지의 교시를 철저히 관철하자!」, 『문학신문』 1967.11.24.

한중모, 「천리마기수의 시대적 전형을 창조할 데 대한 김일성 동지의 교시를 철저히 관철하기 위하여」, 『문학신문』 1967.12.18.

보론: 천리마기수 형상과 「개나리」지상토론[59]

1. 머리말: 문예비평 논쟁의 물적 기초, 『문학신문』의 '지상토론'란

북한문학을 대표하는 주간 『문학신문』은 제2차 조선작가대회 (1956.10)의 결정으로 1956년 12월 6일 창간되었다. 1968년 3월 1일자로 휴간될 때까지 신문의 미디어 콘텐츠는 공식적인 당(黨)문학론, '주체·수령·선군' 담론으로 제한된 정전(문학선집·교과서·문예사전·문예이론서)에서 누락되고 축소 왜곡된 1차 사료에 해당한다. 따라서 남북에 거의 알려지지 않은 자료, 이를테면 문예비평 자료를 복원하면 일종의 이념형인 '코리아문학사'의 재구성이 가능하다.

이런 문제의식 하에서 주목해야 할 부분은 『문학신문』의 기획 고정란인 '지상토론' 게재 문건이다. 이를 일별하면, '사회주의 사실주의 (발생) 논쟁'(1957.1~58.9), '극문학(희곡, 씨나리오)의 도식성 비판' 논쟁 (1959.5~7), '영화 〈한 청년이 걷는 길〉 논쟁'(1959.11~12), '신동철 단편 「들」 논쟁'(1958.11~69.2), '변희근 단편 「개나리」 논쟁'(1960.5~7), '예술영화 〈한 지대장의 이야기〉 논쟁'(1966.5~6), '예술영화 〈최학신의 일가〉 논쟁'(1967.3~4)

---

59 이 글은 다음 논문을 저서에 맞게 개제, 수정한 것이나. 김성수, 「북한 문학비평논쟁의 리일리즘과 당(黨)적 원칙의 길항―『문학신문』의 「개나리」 '지상토론'(1960)의 비판적 분석」, 『북한연구학보』 24-2, 북한연구학회, 2020.12.

등의 지상(紙上) 논쟁을 찾아볼 수 있다. 이들 중 '사회주의 사실주의 발생 발전 논쟁'은 『문학신문』뿐만 아니라 『조선문학』, 『조선어문』 등 적잖은 문예지와 학술지, 학술대회와 단행본으로 수 차례 정리되었다. 이 논쟁은 우리 학계에도 일찍부터 알려져 그 문학사적 비평사적 의의가 검토된 바 있다.[60] '신동철 단편 「들」 논쟁'[61]은 제2차 조선작가대회(1956.10) 이후의 '도식주의 비판' 논쟁의 끝머리에서 전재경의 「나비」와 함께 우경화의 사례로 역풍을 받았던 사례로, 우리 학계에서 그 의의가 정리되었다.[62]

『문학신문』이 간행되던 1956~60년에는 북한 문예조직이 작가, 작곡가, 미술가동맹밖에 없었고, 음악, 연극, 영화동맹 등이 재결성된 1961년 이후에도 한동안 비문학 예술장르를 포괄할 문예지나 예술매체가 없었다. 그래서 '문학'신문에 〈한 청년이 걷는 길〉, 〈한 지대장의 이야기〉, 〈최학신의 일가〉처럼 영화 관련 논쟁이 여럿 실렸던 것이다. 다만, 극문학과

---

60 미상, 「'조선에서의 사회주의 사실주의 발생 발전'에 대한 연구회」, 『조선문학』 1956.6; 김하명 외, 『우리나라 문학에서 사실주의의 발생 발전』, 조선문학예술총동맹출판사, 1963.5; 김성수, 「우리 문학에서 사회주의적 사실주의의 발생」, 『창작과비평』 67호, 1990년 봄호; 김성수, 「근대문학과 사회주의 리얼리즘의 발생: 1950,60년대 북한 학계의 사회주의 리얼리즘 발생 발전 논쟁에 대한 비판적 검토」, 김성수 편저, 『우리 문학과 사회주의 리얼리즘 논쟁』, 사계절출판사, 1992 참조.

61 신동철, 「들」(단편), 『조선문학』 1958.11, 84~90면; 엄호석, 「전투적 쟌르인 서정시와 단편소설의 예술적 성능을 제고하자」, 『문학신문』 1958.11.27; 계북, 「서정 세계의 추구(작가 연단)」, 『조선문학』 1959.1, 98~103면; 김근오, 「'들'에 방황하는 '서정'—신동철의 「들」에 대한 항변(작가 연단)」, 『조선문학』 1959.2, 123~129면; 김하명, 「평론의 선도성과 전투성에 대하여—1958년 평론분과 총화회의 보고(요지)」, 『문학신문』 1959.2.5, 3~4면; 한설야, 「공산주의 문학 건설을 위하여」, 『조선문학』 1959.3, 4~14면; 한설야, 「공산주의 교양과 우리 문학의 당면 과업」, 『조선문학』 1959.5, 4~25면; 김민혁, 「문학의 현대성 문제와 로동계급의 집단적 영웅주의」, 『조선문학』 1957.5, 129~144면; 엄호석, 「공산주의적 교양과 창작의 질적 제고를 위하여」, 『조선문학』 1959.8, 109~124면; 윤세평, 「작품과 빠포스 문제—신동철의 창작을 일관하는 반동적 미학사상」, 『조선문학』 1959.9, 126~132면.

62 오태호, 「1950~60년대 북한문학의 지배 담론과 텍스트 평가의 균열 양상 고찰—전후 복구기(1953)부터 유일사상체계 형성기(1967)를 중심으로」, 『민족문학사연구』 61, 민족문학사학회, 2016.8; 고자연·김성수, 「예술의 특수성과 당(黨)문학 원칙—1950년대 북한문학을 다시 읽다」, 『민족문학사연구』 65, 민족문학사학회, 2017.12 참조.

영화는 전공이 아니라서 본격 논의를 하기 어렵다. 이에 그동안 남북한 학계에서 전혀 거론된 바 없는 변희근의 단편소설 「개나리」를 둘러싼 당시 평단과 독자란의 논란(1960.5~7)을 「개나리」 논쟁'으로 호명하여 그 경과와 의의를 살펴보고자 한다.

2. 변희근 단편 「개나리」 지상토론의 경과

1960년 7월의 '「개나리」 논쟁'은, 『문학신문』 편집자가 변희근 단편 「개나리」[63](1960.5)의 주제와 캐릭터 및 서사 분석과 관련하여 '지상토론' 란에 평론가 윤세평, 리상태, 호창룡, 한욱과 작가 김영석, 김북향의 비평을 차례로 싣고 마지막에 독자 투고를 여럿 편집한 후 결산 총평까지 한 매체 기획의 산물이다. 그런데 북조선의 문학사나 문학전집, 교과서, 남북의 기존 연구 그 어디에도 「개나리」와 비평논쟁의 존재는 알려지지 않았다. 이에 신문에 게재된 당시 비평 자료를 발굴하여 그 비평사적 문학사적 의미를 분석하고자 한다.

「개나리」의 내용을 간단히 정리해 보자. 주인공 삼녀(56세)는 6.25전쟁이 나던 해에 비료공장 변류기를 지키다 폭사한 아들 용민이 때문에 해방산 기슭 안골의 낡은 돌각담집을 10년째 지키고 있다. 초급 당 위원장과 농촌 지도원 봉수 영감이 새 아파트로 이사하라고 해도 아들에 대한 그리움 때문에 거절한다. 삼녀는 마지막 남은 이웃 칠성이네마저 류정리 아파트로 이사가는 바람에 심란하지만 용민이가 심고 가꾼 개나리꽃 울타리로 위안을 삼는다. 하지만 아들의 옛 약혼녀 영순이가 영예군인과 결혼하고 전쟁고아로 거둬들인 의붓아들 용일이의 불만 섞인 작문

---

63 변희근, 「개나리」, 『조선문학』 1960.5, 4~29면. 닐미에 '(1960년 3월)'이라고 창작시기기 부기되어 있다. 남한 중심적 시각에서 북한 정전에서 탈락한 「나비」 같은 문제작도 수록한 신형기, 오성호 편, 『한국문학선집(4) 북한문학』(문학과지성사, 2007)에도 「개나리」는 실리지 않았다.

을 보자 마지못해 이사를 결심한다. "우리 형님은 자기 목숨을 바쳐 공장을 지킨 영웅"이지만 형에 대한 미련 때문에 새 아파트로 가지 않아 낡은 집이 싫다는 작문 내용 때문이다. 이삿날 아들에 대한 그리움을 상징하는 개나리 그루터기를 가져간다.

소설 결말은 다음과 같다.

> "비둘기 날개치며/ 날으는 거리/ 불타버린 집터에/ 새로 지은 집/
> 복구 건설 노래를/ 높이 부르며/ 승리의 기쁨 안고/ 이사를 가요."
> "이제 삼녀가 떠 옮긴 개나리는 새 집 마당에서 봄마다 가지를 치고 더 아름답게 필 것이다. 그 개나리와 더불어 삼녀도 영순이도 용일이도 자애로운 해'볕에 상처를 가진 마음속에 기쁨과 행복의 꽃이 활짝 피여 날 것이다. 숫한 사람들의 고귀한 목숨이 바쳐진 그 꽃, 눈물과 고통을 이기고 다시 피여난 그 꽃을 이제는 그 어떤 사나운 폭풍도 건드리지 못할 것이다. 우리는 억세게 그 폭풍을 막아야 하며 영영 이 지구에서 그것을 쓸어 버려야 한다."[64]

이 작품을 쓴 변희근(邊熙根)은 1924년에 함북 함주군에서 태어났다. 초기작으로 「첫눈」(1952), 「빛나는 전망」(1954), 「겨울밤의 이야기」(1955) 등이 있는데, 「빛나는 전망」으로 문명을 떨치기 시작하였다. 주체문예의 유일화(1967) 이후 단편 「철의 력사」(1967)와 『지하의 별들』(1970), 『생명수』(1978), 『뜨거운 심장』(1984) 등의 수령 형상 중장편소설로 북조선을 대표하는 작가 반열에 올랐다.[65]

그런데 변희근의 초기작 「빛나는 전망」(1954)과 출세작 「철의 력사」

---

64 윗글, 29면.

65 박태상, 「북한소설 '생명수'에 나타난 북한 농촌의 수리화 사업」, 『북한의 문화와 예술』, 깊은샘, 2004 참조.

(1967) 사이의 변곡점이 된 것이 바로 「개나리」이다. 1960년 5월에 이 작품이 나온 후 6월 14일부터 7월 22일까지 『문학신문』 제2면 '지상토론' 란에는 다음과 같은 평문과 독자투고가 사전 기획물처럼 동일 위치에 시리즈로 실렸다.

(1) 윤세평, "단편 「개나리」에서 론의해야 할 문제」(1960.6.14)

(2) 김영석, 「단편소설 「개나리」가 보여준 인간 성격들은 과연 당적인가?」 (1960.6.17)

(3) 리상태, 「단편소설 「개나리」에서의 작가의 미학적 관점과 비극적 모찌브」(1960.6.28)

(4) 호창룡, 「단편 「개나리」에 대한 항변」(1960.7.1)

(5) 김북향, 「「개나리」에 반영된 외곡된 현실」(1960.7.5)

(6) 한욱, 「미학적 관점과 형상 창조」(1960.7.8)

(7) '단편소설 「개나리」에 대한 독자들의 목소리' 특집 기획(1960.7.12): 박봉호(선반공), 「우리의 어머니와는 다르다」; 백영세(평북도 의주 원화중학교 교원), 「성격의 외곡과 파탄」; 김효관(황해남도 안악군 대추리 대성농업협동조합 문학써클 책임자), 「우리 마을에서 있은 일」; 신순희(청진교원대학 학생), 「어머니는 왜 원쑤를 미워할 줄 모를가」; 박희만(함북 청진시 청진건설학교), 「보는 관점이 낡은 데 있다」.

(8) 편집국, 「단편소설 「개나리」와 그의 교훈—지상토론을 끝마치면서」 (1960.7.22)

논쟁의 경과를 파악하기 위하여 이들 기획 평문을 자세히 정리해보자.

(1) 윤세평의 문제 제기: 윤세평이 문제 삼는 것은 주인공 삼녀를 비롯한 등장인물의 캐릭터 설정이다. 전쟁의 상처 극복이라는 주제 자체가 사실주의 원칙에서 벗어나 작가의 주관적 독단에서 출발했다고 비판한다. 죽은 이들의 자취에 집착하는 식의 감상적 비애로는 전쟁 상처를 극복할 수 없을 터이다. 평자가 보기에, 전사자의 위훈에 대한 긍지와 적에

대한 적개심으로 한층 높은 정신세계에 오르는 것이 전쟁을 겪은 보통 어머니들의 현실적이며 본질적인 감정이다. 그런데도 소설에서 아들 생각밖에 못하는 주인공의 마음 상처를 아파트 이사처럼 환경만 바꾸는 정도로 해결하려는 것은 '비전형적이며 비본질적인 비애의 감정'이라 문제가 있다.[66]

작품에서 삼녀 형상은 영웅적 최후를 마친 아들의 어머니가 아니라 아들에 대한 눈먼 정 때문에 분별을 잃고 신령에 접한 사람 같은 초라한 인간으로 나타난다. 죽은 용민이와 영순이의 약혼사진을 신주 모시듯 두고 영순을 10년 동안 처녀로 늙게 둔 것이 말이 되며, 용일이도 전쟁고아 해결의 상징보다 작가의 성급한 주견을 노출시킬 뿐 전형적 표현이 아니다. 작가의 주관적 도식에 의한 정황과 인물 성격의 자의적 처리 때문에 「개나리」는 아무런 진실감을 안겨주지 않는다. 「개나리」는 정황과 인물 성격의 진실성을 왜곡했고 삼녀의 심리세계를 잘못 그렸는데 이는 '작가의 빠포스'와 관련된다. 죽은 아들에 대한 지나친 집착으로 인해 비애와 고독에 빠진 삼녀의 형상은 '혁명적 락관주의에 음영을 끼친 것'이다.

윤세평은 작가가 심리 묘사에 주력한 것 자체는 예술적으로 거대한 힘을 가지지만, 아들에 대한 과장된 집착과 애수의 진창으로 몰아넣은 것은 작가가 계급적 원칙을 관철시키지 못하고 심리세계를 변증법적으로 파악할 대신에 고립적으로 본 데 있다고 비평한다. 결론적으로 이는 생활 현실로부터 이탈된 작가의 주관을 경계하는 동시에 '작가의 계급적 원칙성과 전투적 빠포스를 관철시키는 문제가 1차적이라는' 것을 가르쳐 주고 있다.

(2) 김영석의 비판: 작가 김영석은 이 소설의 결함이 작중인물을 노동 생산과 노동 현장 속에서 그리지 않은 데 있다고 비판한다.

---

66 윤세평, 「단편 「개나리」에서 론의해야 할 문제」, 『문학신문』 1960.6.14, 2면.

"지난날 우리는 인간을 로동과정에서 묘사해야 한다는 원칙적 문제를 곡해하거나 불충분하게 이해하여 다만 로동 행정을 그리는 데 그치거나 작중인물들이 기계 속에 파묻혀 버렸던 쓰라린 경험을 가지고 있다. 우리가 지금 요구하는 것은 물론 그것이 아니다. 소설 속 인물들이 어디서 무엇을 하든 그에게서 오늘날 우리 시대의 주인으로서의 전투적 기개가 드러나며 오늘만 로동하는 게 아니라 내일도 생산에서 혁신적 역할을 놀고 신뢰감을 가질 수 있는 인간으로 묘사할 것을 요구한다.

그런데 이 작품 주인공 삼녀가 로동자로 설정되기는 했지만 로동자로서의 투지와 혁명적 락관주의를 찾아볼 수 없다. 주인공은 로동 속에 있는 게 아니라 죽은 아들만 생각하고 세월을 보내기 때문이다."[67]

평자에 따르면 전쟁 상처를 극복하려면, "슬픔을 단지 슬픔에 그치지 않고 강인한 정신세계를 지향하고 무궁무진한 생활력을 창조하며 슬픔을 극복하는 과정에서 자신의 주권을 옹호하며 원쑤에 반대하는 구체적인 사업으로 증산 경쟁에 뛰어들었"어야 가능하다. 주인공 삼녀의 형상을 "소극적으로밖에 근로하지 않거나 협애한 주관적 세계에다 주인공을 몰아넣고 묘사한다면 그 인간 성격은 필연적으로 진보와 혁신 대신 퇴보와 락후성을 면치 못하게 될 것"이라고 비판한다. 게다가 소설 「개나리」에서 그 전 집과 아파트를 단지 두 개의 동등한 건물로 여기는 것은 잘못이라 지적하는데, 이는 전후 복구기에 새로 지은 주택으로 이사하는 사람들의 가슴 속에는 "원쑤를 타승한 감정에 충만되어 있"기 때문이다.

다른 비평가와는 달리 김영석은 작가이기 때문에 작품 문체와 캐릭터 설정도 지적한다. 소설의 문장 템포가 매우 느리며 명료하지 못하고 심리묘사가 더욱 문제라는 것이다. 게다가 삼녀와 봉수 영감뿐만 아니라

---

67 김영석, 「단편소설 「개나리」가 보여준 인간 성격들은 과연 당적인가」, 『문학신문』 1960.6. 17, 2면.

초급 당 위원장의 형상도 잘못되었다고 캐릭터 설정도 지적한다. 당 위원장이라면 새집 이사를 통한 개인 차원의 심리적 위로가 아니라 "공장 당원들을 당의 사상으로 교양하는 문제인데 사상적으로 락후한 삼녀와 기타 인물들의 계급 교양에 대해서는 아무런 고려도 돌리지 않"아 잘못이 아닐 수 없다고 한다.

(3) 리상태의 반론: 리상태는 앞선 비평 2편을 거론한 후 자기 의견을 편다.[68] 서두에서 선행 비평의 핵심을 요약한 후 자기 주장을 덧붙인다. 「개나리」의 결점을 진실성 부족으로 본 것은 윤세평이고 노동자 캐릭터 형상을 노동 현장과 생산과정 속에서 그리지 못해 문제라고 한 것은 김영석이다. 리상태는 작가 변희근이 전쟁통에 희생된 아들에 대한 삼녀의 추억과 슬픔보다 그녀의 강인한 정신세계와 생활에 대한 혁명적 낭만을 보여주었어야 했다고 지적한다. 그럼에도 불구하고 작가는 인간의 비극적 체험을 생활의 부단한 발전과정에서 이해하고 묘사하지 못했기 때문에 삼녀가 추억과 애수의 포로가 되어 그 미궁으로부터 일보도 전진할 수 없었던 데 작품의 심각한 오류가 있다는 것이다. 전쟁통에 아들을 잃은 어머니의 고통과 슬픔을 묘사했기 때문에 결함이 있는 것이 아니라 그걸 묘사할 때 계급적 입장을 관철시키지 못한 것이 문제라고 한다.

전쟁에서 고통 받은 인간들이 비극을 어떻게 극복하고 새로운 노동과 투쟁으로 전개하는지 그 과정을 그리라고 강요할 수는 없다. 그러나 그 비극을 어떤 관점에서 묘사했는가는 중요한데 이 작품은 슬픔에만 머문 한계가 있다. 평자가 보기에 「개나리」 주인공 삼녀의 '비극적 모찌브의 묘사에서 이런 오류의 원인'은 '창작에서 계급적 입장의 불철저성, 묘

---

68 "어떤 논자들은 작품의 중요한 결함이 진실성의 부족이고 로동자 주인공이 생산과 유리되어 묘사됐기 때문이라고 한다. 물론 옳은 지적이다. 그러나 작품의 본질적인 결함으로 보다 중요한 것은 작가의 미학적 태도와 관점이다." 리상태, 「단편소설 「개나리」에서의 작가의 미학적 관점과 비극적 모찌브」, 『문학신문』 1960.6.28, 2면.

사에서 생활적 진실성 원칙의 결여'에 있다. 결론적으로 「개나리」는 사상적 측면에서 감상적 애수와 타협할 해로운 경향이 있고 묘사 원칙 측면에서는 자연주의적인 경향이 나타나게 되었다는 것이다. 리상태가 주목한 비판점은 작가 변희근의 사상미학적 태도와 관점인데, 사상적으로는 감상적 애수와 타협할 여지를 주었고 미학적으로는 자연주의적인 편향이 보인다고 정리하였다.

(4) 호창룡의 비판: 신포고등수산전문학교 교원인 호창룡은 전후 복구 건설기라는 시대가 요구하는 전쟁 유가족의 전형을 다음과 같이 전제한다. 전쟁을 겪은 보통 어머니들은 감상적 비애와 고독의 감정에 사로잡힌 것이 아니라 영웅적으로 싸우다가 희생된 아들에 대한 자랑과 긍지로 충만되어 있으며 슬픔과 비애를 뛰어넘어서 증오와 복수심을 가지고 생활하고 있다. 이것이 실재하는 생활인데도 「개나리」는 무기력과 비애와 고뇌의 진창 속에서 헤매는 캐릭터를 보여줘서 적에 대한 항거정신을 거세하고 무장해제시킨다. 그는 작가가 "비현대적이며 생활적 기초가 없는 우리 시대에 없는 것을 분장하려니까 작가가 불가피하게 현실을 외곡하지 않을 수 없었으며 독자들을 기만"했다고 매도한다.[69] 가령 작품 속의 '마음의 상처'는 영웅적 인간에 대한 자랑스러운 추억이며 긍지 가득찬 현실에 실지로 존재하는 '마음의 상처'와 천양지차가 있는 단지 하나의 슬픔이여 애수일 뿐이라고 일갈한다.

한편 작품에서 당과 인민의 참된 관계가 왜곡, 유린되었는데, 전사자 유가족인 삼녀가 '만년 감투'인 봉수 령감의 말은 듣지만 당 위원장의 말은 듣지 않을 것이라는 대목을 근거로 맹비난한다. 이는 "당에 대한 불신임이며 당과 군중과의 관계에 대한 란폭한 유린이(…) 전사자 유가족에 대한 모독이며 중상"이라는 것이다. 당은 문학예술에서 당성과 계급성을

---

69   호창룡, 「단편 「개나리」에 대한 항변」, 『문학신문』 1960.7.1, 2면.

옹호할 것을 강조했는데도, 작가는 당 정책과 현실의 본질에 대한 파악이 부족하여 "극히 비본질적이며 비현실적인 하나의 기담"을 표현했다고 비판한다.[70]

(5) 김북향의 지적: 작가 김북향은 작가의 미학관과 사회주의적 사실주의 창작방법 상의 오류를 지적한다. 그는 이 작품의 한계가 적에 대한 계급적 관점 결여에 있다고 비판한다. 즉 '미제와 그 주구에 대한 저주와 증오의 빠포스'와 '놈들에게 항거해 일어나려는 전투적 기백'은 없고 눈물과 비애에만 빠져 문제라는 것이다. 김북향이 보기에 용민이 같은 영웅적 노동자의 어머니라면 삼녀는 그 자신도 "용민이가 목숨 바쳐 지킨 공장을 나두 목숨 바쳐 지키자"고 하면서 아들의 뜻을 이어가는 전형적인 조선의 어머니며 혁신자가 되어야 하는데 그렇지 못하니, 작품의 문제 설정과 성격 묘사가 비전형적, 비현실적이라고 지적하는 것이다. 결론에서 「개나리」가 "천리마 시대의 감정과 랑만이 아니라 먼 옛날의 추억에 매혹되어 부르는 애가와 같다."[71]라고 명쾌하게 규정한다.

그런데 여기서 김북향의 개인 내력을 보면 당시 이러한 비판을 하는 것이 진정성 있게 느껴진다.[72] 김북향은 1956년 9월, 한창 제2차 작가대회의 '도식주의 비판과 예술의 특수성 옹호, 속류사회학적 편향 비판'이 거론되던 우경화 분위기에도 불구하고, 당시 문단 대세와는 달리 노동체험과 당문학을 옹호했기 때문이다. 즉, 당 기관지에 기고한 「작가와 현실」에서 다음과 같이 말했다.

'현실로 들어가라!' 이것은 사회주의 사실주의 문학의 철석같은 전투적

---

70 위와 같은 곳.

71 김북향, 「「개나리」에 반영된 외곡된 현실」, 『문학신문』 1960.7.5, 2면.

72 김명진, 「『조선문학』으로 떠올려본 전 세대 작가들(14)」, 『조선문학』 2019.10, 49~52면(작가인 아들의 아버지 회상기) 참조.

구호이다. 왜냐하면 장엄하고 벅찬 현실 속에 파고 들어가지 않는다면 우리 인민의 영웅적 투쟁과 생활의 서사시를 생동하게 진지하게 노래할 수 없기 때문이다. 문제는 현실 속에 들어가는 작가들의 실천에 있다. 나의 경험에 의하면 이것이야말로 높은 정신력과 인내력, 불요불굴의 노력이, 요구되는 다난하고도 복잡한 자기극복의 과정이며 새 생활을 향하여 난관과 애로를 능히 헤치고 나아갈 수 있는 탓으로 단련되는 전투과정이다.[73]

그는 1956년 문평제련소에서 공장신문 주필로, 1960년 즈음에는 천내리세멘트공장 제조직장에 근무하였다. 그 무렵 『문학신문』 기자(김연성, 윤광연)들이 공장에 찾아와 「로동과 창작」, 「현실침투와 창작」 등의 제목으로 작가 방문기를 냈는데, 그들은 한결같이 "소성로 앞에서 작업복차림으로 로동자들과 꼭같이 일하는 김북향을 볼 수 있"었다고 썼다.[74] 이렇게 현지 체험 노동을 성실히 하면서 거기서 얻게 되는 체험을 창작에 그대로 구현했기에, 변희근 단편에 대한 김북향의 노동자적 시선의 비판이 설득력을 가진다고 평가할 수 있다.

(6) 한욱의 비판: 한욱은 소설 캐릭터들의 모성애와 의리 등 민족 고유 정서와 개나리의 상징성을 비판한다. 그는 우선 어머니의 고독과 슬픔이 당의 배려에 의해서 어떻게 극복되는가를 그리려던 작가의 '주관적 의도'가 실제 작품과 맞지 않는다고 지적한다.

주인공 삼녀의 형상을 통해서 제시된 「개나리」의 기본 이념은 무엇인가? 지난 전쟁에서 많은 사람들이 받은 마음의 상처는 헤아릴 수 없이 크며 그렇기 때문에 "우리는 억세게 그 폭풍을 막아야 하며 지구에서 그것을 영영 쓸어버려야 한다"는 '평화의 리념'이다. 이것이 바로 단편 「개나리」의

---

73 김북향, 「'작가대회를 앞두고'_작가와 현실」, 『로동신문』 1956.9.2, 3면; 김명진, 윗글 49면.
74 김명진, 앞의 글, 50면.

숨어있는 기본 빠포스다. 그러나 이러한 문제제기부터가 잘못된 것이다. 「개나리」가 실패한 원인은 이 그릇된 관점에 있다고 생각한다.[75]

한욱이 보기에 사회주의적 사실주의 창작방법은 주제 선택과 주제 구현 방법에서 창작의 자유를 보장하지만, 그렇다고 현실에 있는 현상이면 아무 것이나 다 창작 소재로 될 수 있다는 것을 의미하지는 않는다. 「개나리」 작가는 천리마 시대의 전형으로 볼 수 없는 것을 과장하였을 뿐더러 창작의 뚜렷한 목적도 없이 불필요한 기교를 부린 나머지 시대 흐름과 동떨어진 사말적(事末的) 현상에 구애되어 파탄을 면치 못했다고 비판한다.

굳이 「개나리」의 모성애와 약혼녀의 의리를 '민족적 색채' '민족적 정서, 민족 감정'으로 의미를 부여할 수도 있지만, 그것은 이미 낡아버렸거나 별 의미가 없는 관습을 이상화함으로써 진실성이 떨어지고 천리마 시대의 생활감정과도 맞지 않는다. 소설 속 인물은 무기력하고 패기 없는 정신세계의 소유자들이며 케케묵은 관습의 보유자들일 뿐이다. 예컨대 삼녀가 죽은 용민이를 잊지 못해 그가 살아생전 사용하던 물품을 낡은 집 그 자리에 두고 아들을 추억하는 것을 민족적 풍습으로 묘사했을지 모르나, 평자가 보기에 그것은 천리마 시대가 요구하는 고유의 민족적 풍습이 아니다. 한욱은 삼녀가 아파트로 이사 가면서 옛집에 대한 추억을 잊지 못해 개나리를 안고 간 점도 감상에 빠졌다고 비판한다.

⑺ 독자 비평: 이러한 평론가, 작가들의 비판 일색 릴레이 평문이 '지상토론'란에 여섯 차례나 이어진 후『문학신문』7월 12일 자에는 그동안 투고된 독자들의 반응이 집중 편집되었다. 먼저 '단편소설 「개나리」에 대한 독자들의 목소리' 편집자 주를 보자. 편집자는 지상토론을 마무리하

---

75 한욱, 「미학적 관점과 형상 창조」, 『문학신문』 1960.7.8, 2면.

는 특집 기획에서 '독자들의 목소리'를 여럿 제시하고 있다. 그에 따르면 독자들은 「개나리」에서 시대정신과 객관적 현실, 현대인의 성격에 대한 왜곡, 생활을 혁명적 발전과정에서 보지 못한 작가의 미학적 관점의 오류, 사회주의적 사실주의 창작 방법과는 인연이 없는 묘사 방법 등에 대하여 일치된 불만을 표시하고 있다고 전한다. 특히 주인공을 비롯한 등장인물 어느 한 인물에서도 시대의 흐름을 느낄 수 없을 뿐만 아니라 작가의 주관적 독단으로 인물들을 외곡 기형화함으로써 생활과 인간을 모욕하였다고 비판하고 있다.

가령 「우리 어머니와는 다르다」고 독후감을 보낸 선반공 박봉호는 자신도 소설 속 인물처럼 전쟁 때 누이와 형님을 잃었기에 「개나리」를 읽으면서 자기 어머니 생활과 비슷한 점이 있기에 기대 속에 읽기 시작했다고 한다. 그러나 우리 어머니와는 다르구나는 생각이 들었는데 그 이유는 삼녀처럼 전쟁 상처를 안고 비애에만 빠지지 않기 때문이다. 독자는 만일 현실 속 유가족들이 삼녀같이 비애에만 잠겨 있다면 그것은 '원쑤들 앞에 굴복함을 의미'하지 않겠는가 반문한다. 전쟁 유가족인 자기 집도 삼녀의 새 집처럼 아파트는 아니지만 마을 사람들이 늘 찾아와서 일을 도와주고 이야기도 들려주며, 직장 간부들도 종종 찾아와서 생활의 이모저모를 보살피고 애로점을 해결해 주니 적적하지 않다고 한다. 그러기에 「개나리」는 우리 생활과 다르며 삼녀 형상은 독자의 어머니 현실과 판이하게 다르다고 항변한다.[76]

중학교 교원인 독자 백영세는 소설 속 등장인물들의 성격 묘사에도 문제가 많다고 하며, 청진교원대학 학생 신순희는 소설 주인공 삼녀가 마음 속 상처로 인한 비애에만 빠져 있고 왜 전쟁 원수인 미제와 남조선에 대한 적개심을 강하게 드러내지 않는가 비판하고 있다. 이러한 비판

---

76 박봉호(선반공), 「우리의 어머니와는 다르다」, 『문학신문』 1960.7.12, 2면.

은 황해도 협동농장의 문학서클 모임에서도 공론화되었다.[77] 문학서클 독서토론에서는 「개나리」 작가가 절대로 「빛나는 전망」을 쓴 작가가 아니라는 말이 나올 정도로 「개나리」에 대한 비난이 거셌다.

한 서클원에 따르면 작업반 내 독서조에서 이 작품을 낭독하다가 주인공과 비슷한 경험을 한 아주머니에게 면박을 당했다는 것이다. 사연인즉, 전쟁기 '임시적 강점시기'에 리 위원장이었던 남편과 3남매를 피살당한 경험의 비슷한 처지의 고명순 아주머니는 적에 대한 증오심을 불태우며, 희생된 남편과 자식 대신 당을 위해서 헌신하는 조합반 모범 분조장으로 활동하고 있다. 10년째 망자에 대한 비애에 빠져 있는 허구 속의 삼녀와 대비되는 전형적 인간형으로 고명순 캐릭터를 현실에 실재하는 반증으로 내세운 셈이다.

물론 독자들이 작가에게 하나같이 비판만 한 것은 아니었다. 이 소설이 나오기 전까지 평소 변희근에 대한 기대와 옹호가 독자들의 주된 흐름이었다. 가령 그의 출세작 「빛나는 전망」(1954)이나 소설이 잡지에 실릴 5월 무렵 같은 신문에 실린 다른 독자의 편지[78]를 보면 변희근에 대한 대중의 기대가 컸음을 알 수 있다. 심지어 7월의 논쟁 직후 8월에 『문학신문』에 기고한 홍남 공장 지대 탐방기[79]에서 보듯이 변희근의 문단적 위상은 쉽게 흔들리지 않는 듯 보였다.

(8) 편집진의 총평: 1960년 7월 22일자 『문학신문』을 보면, 편집국 명의로 「단편소설 「개나리」와 그의 교훈―지상 토론을 끝마치면서」라며

---

77 백영세(평북도 의주 원화중학교 교원), 「성격의 외곡과 파탄」; 신순희(청진교원대학 학생), 「어머니는 왜 원쑤를 미워할 줄 모를가」; 김효관(황해남도 안악군 대추리 대성농업협동조합 문학써클 책임자), 「우리 마을에서 있은 일」, 『문학신문』 1960.7.12, 2면.

78 한수홍(함경남도 신흥군 홍경리), 「변희근 선생에게('독자-작가'란)」, 『문학신문』 1960.5.10, 2면.

79 변희근, 「화학 공업의 도시 홍남에서」, 『문학신문』 1960.8.5, 3면. 현지 보도 기사 참조.

논쟁을 결산하는 총평 기사가 시리즈 7번째이자 대미를 장식한다.[80] 내용을 요약하면, 단편소설 「개나리」는 지상 토론과 '독자들의 목소리'에서 정당하게 비판된 것처럼 천리마 시대 현실과 주인공 삼녀의 성격을 심각하게 왜곡하였다. 작가가 전쟁 유가족 어머니들이 슬픔을 어떻게 이겨내고 낙천적으로 살며 투쟁하는가 하는 예술적 해답을 찾으려 했겠지만, 그릇된 사상 미학적 관점과 생활의 왜곡된 반영으로 말미암아 사상 예술적으로 잘못을 범하게 되었다고 정리한다.

비평가와 독자, 편집자가 공통으로 지적하는 「개나리」의 과오와 결함은 무엇인가? 우선 주제 자체가 부당하게 설정되는 바람에 작품이 예술적으로 파탄될 수밖에 없었다. 작품에서는 주인공의 마음의 상처를 치유하는 방도로 새 아파트 이사로 문제 해결을 설정하였다. 이것이 잘못이라는 것이다. 적에 대한 분노, 영웅적 투쟁을 통해서 문제를 해결해야지, '분노의 빠포스'가 없이 고독과 비애에 잠긴 무기력한 생활과 애수의 감정은 곤란하다는 것이 중간 결론이다.

『문학신문』 편집자는 다음으로, 소설 「개나리」의 문제점을 '인물, 구성, 슈제트, 전개, 성격' 측면의 비판을 조목조목 정리하고 있다. 지상 토론과 독자 목소리가 공통적으로 지적한 문제점은 천리마 시대에는 삼녀 같은 유가족이 없다는 것이다. 선반공 박봉호는 "우리 어머니와는 다르다"고 분격해서 말했고, 고명순 작업분조장은 자기가 겪은 생활감정과는 전혀 비슷하지 않다고 반박하였다. 10년 넘도록 아들 방을 그대로 두고 그의 유품을 만지며 비애에 잠기고 약혼자가 시집 갈 걸 생각하면 "몸이 오싹거리고 마음이 부질부질 끓는" 그런 인물이 어머니의 전형이 아니며 현실에는 없다는 것이다. 그런데 작가는 이런 기형적이며 허위적 인물을

80　편집국, 「단편소설 「개나리」와 그의 교훈─지상 토론을 끝마치면서」, 『문학신문』 1960.7. 22, 2면.

자의로 설정하고 그의 성격 발전의 논리를 합리화하려고 당 위원장 같은 다른 인물들까지 정상적인 사고와 행동을 하지 못하는 불구화되고 왜곡된 인물로 만들었다고 비판한다.

『문학신문』 편집자가 결론지은 「개나리」 실패의 교훈을 무엇인가.

> 그러므로 예술성을 규정하는 조건은 무엇보다 먼저 생활의 진실한 반영 여기에 있다. 만일 작가가 요구를 거슬리고 자신의 주관과 독단으로 생활을 꾸밀 때 「개나리」 같은 파멸적 운명을 면치 못할 것이다. (중략) 「개나리」의 교훈은 작가의 현실 연구가 소재 탐구로 그쳐서는 안 된다는 것을 우리에게 가르쳐 준다. 무엇보다도 현실 탐구는 로동계급의 사상을 배우며 그들의 정신세계를 심오하게 파악하는 것이 되어야 한다. 작가 변희근은 「개나리」 창작에서의 실패를 심각한 교훈을 삼아 맑스레닌주의 세계관과 미학적 안목을 더욱 높이며 현실 속에 깊이 침투하여 생활에 본질을 파악하고 그 속에서 새롭고 아름다운 것을 탐색해야 한다.[81]

결론을 보면 "작가의 사상미학적 관점에서 맑스레닌주의적인 세계관과 미학관에 서지 않으면 당적 계급적 입장에서 생활의 본질을 파악하지 못하므로 작가들은 맑스레닌주의적인 세계관을 더욱 튼튼히 확립해야 한"다는, 어찌 보면 상투적인 일반론에 머문다. 작가들은 언제나 시대정신의 높이와 당적인 안목을 가지고 생활을 고찰하며 누구를 위하여 무엇을 어떻게 쓸 것인가에 대한 명확한 사상적 지향과 미학적 관점이 확고해야 한다는 것이다.

---

81 위와 같은 곳.

3. 천리마기수 형상의 현실 반영과 당적 원칙

1960년의 「개나리」 논쟁 후 변희근의 문단 내에서의 입지는 점차 좁아진다. 11월 1일자 『문학신문』에 단편 「젊은 심정」을 게재하고, 11월 2일 작가동맹 산하 소설가들이 '천리마분과' 칭호를 받기 위한 결의대회를 열고 개별적 창작 결의를 하는 현장에 그의 모습을 잠시 보이긴 한다.[82]

단편 「젊은 심정」은 「개나리」 논쟁 이후 변희근의 창작 방향이 결정적으로 바뀌는 과정을 잘 보여준다. 주인공은 비날론공장 건설에 필요한 가스탱크의 지붕을 만드는 프레스 작업에 참가한 노동자 영진이이다. 그는 제대군인인 작업반장 명근이가 "용접기는 전사들의 총과 같다"는 말에 자극받아 "나의 용접기는 조국 땅을 이어붙이는 무기이다"고 써붙이고 프레스 용접 작업에 매진한다. 하지만 열정만 가지고 일을 하다 동료들과 갈등을 벌이기도 했으나 결국 순삼이 등 동료들 과 함께 밤을 새워 기한 내에 프레스 한 대를 제작하는 과업을 달성한다는 노동 찬가, 생산 미담으로 끝맺음한다. "결국 네 줄기 용접광이 서로 경쟁이나 하듯이 어둠을 가르고 번뜩이기 시작했다 그 불광은 날이 훤히 밝을 때까지 꺼지지 않았다"고 결말지어 천리마 시대의 선의적 경쟁을 통한 자발적 노동 동원을 선동하고 있다.[83] 이 정도면 생산 현장의 문제점을 지나치게 자세히 묘사하거나 심리 묘사에 주력하여 자연주의적 우경화에 빠지지 않았으니 당 문학 원칙을 견지했다고 할 수 있다.

『문학신문』 지면에 따르면 소설가들의 개별 창작 결의에서 1960년 11월 당시 변희근이 제시한 새해 창작 목표는 다음과 같다: 중편소설 「브

82　송찬웅(본사 기자), 「소설가들, 《천리마 분과》 칭호 쟁취 운동에 궐기」, 『문학신문』 1960.11.4, 1면.

83　변희근, 「젊은 심정」, 『문학신문』 1960.11.1, 2~3면.

리가다의 깃발」(가제, 흥남비료공장 질소직장 노동자들의 '압축기 다기대 운동'을 주제로 한 것) 1961년 1월 말까지 탈고, 중편소설 「인민의 부엌」(가제, 김순자 '이중천리마작업반원'들의 공산주의적 의식 개변을 주제로 한 것) 1961년 12월 31일까지 탈고, 단편소설 2편(노동계급을 주제로 한 것) 1961년 12월 말까지 완성, 실화 2편 1961년 12월 말까지 완성.[84] 이렇게 평소와는 달리 과도하게 많은 분량의 창작 계획을 다른 문단 원로(이기영, 한설야, 최명익, 엄흥섭 외), 중진(리갑기, 박승극, 차자명 등)들과 함께 지면에 공개하고 있다.

그러나 지은이가 1961년 이후 『문학신문』, 『조선문학』, 『조선중앙년감』 등을 확인한 결과 2년 동안 작가가 창작 계획을 공표한 중단편소설은 물론 실화나 수필, 그 어떤 문건도 찾을 수가 없었다. 아마도 그 기간 동안 '현지 파견' 명목으로 문단을 떠나 생산 현장에서 노동에 종사했을 것으로 추정된다. 그가 다시 중앙 문단에 복귀한 것은 1963년이다. 1963년 단편 「제목 미상」[85](『문학신문』 1963.4.23), 단상 「'주인공들'에 대한 생각」(『문학신문』 1963.6.4), 단편 「전사의 길」(『문학신문』 1963.8.20), 「두섭 로인」(『조선문학』 1963.8), 「장편 『지하의 별들』을 쓰면서」,(『문학신문』 1964.4.24) 「혁명투사를 형상하자!_혁명적 성격의 탐구」(『문학신문』 1964.12.22) 등으로 복귀한다.

이후 그는 생활 현장의 솔직한 관찰과 섬세한 심리묘사를 통해 실제 현실을 사실적으로 묘사하는 사실적 기법을 당문학 원칙과 거리가 먼 자연주의적 태도라고 단정 또는 자기검열하고 당이 원하는 창작에 주력한다. 즉 현실 반영 대신 당적 원칙이라는 미명 아래 당과 국가가 원하는 천리마 시대의 이상적 캐릭터를 전형으로 형상화한 셈이다. 나아가 노골적으로 개인숭배적 수령 형상 문학 창작에 앞장선다. 가령 주체사상의 유

---

84 「소설가들의 개별 창작 결의(2)」, 『문학신문』 1960.11.8, 1면.

85 마이크로필름 훼손으로 해독 불능.

일화(1967) 이후 「철의 력사」(1967) 같은 단편, 『생명수』(1978) 같은 장편이 대표작이 되었다. 출세작 「철의 력사」는 융단폭격으로 폐허가 된 상황에서 용광로 제작 기술자가 최고 지도자 김일성의 도움으로 문제를 해결하고 노동의 보람을 느낀다는 '전후 복구 건설' 주제를 담고 있다. 『생명수』는 대자연 개간사업인 어지돈 관개공사에서 박대성을 비롯한 봉산벌 사람들이 김일성의 현지지도 덕에 삭도기중기를 만들어 공사에 성공하는 군중노선방식과 혁명적 수령관을 담고 있다. 두 작품은 주인공이 용광로 개발과 관개수로 공사 중 난제에 부딪쳤을 때 수령이 일거에 난관을 해결해줘서 노동계급에게 시혜를 베푸는 수령 형상의 전형적인 서사 구조를 보인다.[86]

다시 「개나리」 논쟁으로 돌아가 보자.

「개나리」는 '전후 복구와 사회주의 기초 건설기'(1953~60)에 후방 인민들이 6.25전쟁의 상처를 어떻게 극복할 것인가 하는 쟁점을 다룬 문제작이다. 전쟁 피해를 복구하고 사회주의 토대의 기초를 건설할 집단농장과 자주관리 공장제를 주된 내용으로 하는 시대정신을 '천리마'라는 가시적인 상징 이미지로 삼아 당과 인민, 지도자가 하나되어 건설 노동에 전심전력하던 1960년 당시의 역사적 배경에서 나온 작품이다. 당시 당과 국가의 관심사는 전쟁 유가족의 상처와 전쟁고아의 피해를 치유하는 것부터 시작하여 인민들이 어떻게 하면 전쟁 피해를 복구하고 새로운 이상사회를 건설하는 노동현장에 자발적으로 참여할 수 있는지 하는 것이었다.

그런데 전후 후방 인민들이 전쟁 상흔을 안고 계속 비탄에만 빠질 것인가, 아니면 적에 대한 증오심을 고양하는 한편 그 적개심을 상처 회복과 복구 건설 노동으로 승화시키는 당적 원칙을 지킬 것인가 하는 문제

---

86 박태상, 「북한소설 「생명수」에 나타난 북한 농촌의 수리화 사업」, 『북한의 문화와 예술』, 깊은샘, 2004 참조.

는 이분법적 선택이 아닐 것이다.[87] 「개나리」 논쟁의 비평사적 문학사적 의미를 보면 사회주의 리얼리즘 미학의 입장에서 사실적 심리 묘사와 당 문학 원칙의 길항관계를 어떻게 지혜롭게 설정할 것인가 하는 문제로 논쟁의 이론적 수준을 한 단계 고양했어야 하는데 그렇지 못했다. 이 작품이 비탄과 애수의 감정을 쇄말적(瑣末的)으로 묘사한 자연주의적 오류를 보인다는 리상태의 미학적 비평은 단연 돋보인다. 반면, 당문학론의 당적 원칙에 어긋났다고 이구동성으로 비판한 것은 동어반복에 불과하다. 따라서 지상토론 기획자인 편집진이 이 작품이 당적 원칙에서 벗어난 사상미학적 오류를 보였다고 총정리한 후, "사회주의적 사실주의를 창작방법으로 한 우리 문학은 벅찬 현실과 영웅적 시대를 건설하는 근로자들의 생활을 진실하게 묘사하며 근로대중을 사회주의 의식으로 교양할 공산주의 당성으로 관철될 것을 요구한다."[88]는 상투적 결론에 머문 점은 안타깝다.

당시 북조선의 평가와 달리 '코리아 문학사' 서술을 위한 북한문학비평사 연구의 일환으로 이 논쟁을 재조명해 보면, 「개나리」 논쟁은 1956년 이후 3년 동안 북한 문학장을 뒤흔들었던 '도식주의 비판' 논쟁의 대미를 장식하는 비평사적 의미가 있다고 판단된다. 1955년부터 도식주의 비판론에 편승해서 사회주의 리얼리즘의 우경화를 시도했던 서만일, 전재경, 리순영, 신동철, 윤두헌 등은 1960년 이후 사라졌다. 반면 안막, 전초민, 엄호석 등은 후일 복권되었다. 그런데 거기에 휘말리지 않고 평소 당 문예정책에 충실한 「빛나는 전망」 같은 출세작으로 문명을 날리던 유망주 변희근이 시범 케이스로 집중 비판을 받은 것이 바로 「개나리」였던

---

87 참고로 동 시기 남한의 전후문학은 손창섭의 「잉여인간」으로 대표되는 자학과 비애, 염세적 정조가 지배적이었다.

88 편집국, 「단편소설 「개나리」와 그의 교훈―지상 토론을 끝마치면서」, 『문학신문』 1960.7. 22, 2면.

셈이다.

이에 다시 도식주의 비판론을 작품평 위주로 돌아보면, 1956~59년 당(黨)문학 원칙의 풍부화라는 정세 급변에 따라 활발한 미학적 논쟁이 벌어진 바 있다. 논란작은 안막, 「무지개」, 김영철, 「'국방군' 병사에게」, 신동철, 「전사와 황소」, 전초민, 「꽃씨」, 리순영, 「산딸기」, 서만일 「봉선화」 등의 서정시와, 김영석, 「이 청년을 사랑하라」, 전재경, 「나비」 등의 소설이다. 이들 작품은 작가동맹 제17차 상무위(1955년 5월)에서 '사상성 희박, 계급의식의 미약, 진실성 부족, 현실인식의 안일성, 목가성' 등의 이유로 비판받았다. 그러다가 제2차 작가대회(1956.10)를 기점으로 이들 작품과 작가, 그리고 그를 '비속사회학주의에 맞선 미학적인 것'의 담지자로 옹호했던 엄호석, 김우철 등이 복권되었다.[89] 하지만 1958년 10월, 11월의 김일성 교시[90]를 터닝포인트로 재비판되었고, 그 과정에서 예술의 특수성을 내세웠던 엄호석, 김우철은 물론 당성 원칙을 거론한 김명수, 윤두헌 등도 비판받았다.[91]

도식주의 비판론에 대한 당과 문단 지도부의 역풍이 공론화된 것은 1959년도 작가동맹 연초 보고에 나온 김하명의 공개 비판이다. 그는 김

---

89 이러한 세태 변화는 문예지가 아닌 당 기관지까지 영향을 미쳤다. 오상근(기자), 「생기발랄한 문학 창작을 위하여!」, 『로동신문』 1956.11.15, 3면 참조.

90 도식주의에 대한 반비판과 수정주의 비판이라는 문예노선 변경은 1956년 이후 해이해진 당 기강을 바로 잡는 계기가 된 1958년의 당대표자회에서 본격 등장한다. 당은 소련파, 연안파를 종파분자로 규정, 축출하고 '민주주의적 중앙집권제원칙'을 재확인하고, 수정주의와 우경투항주의를 경계하였다. 여기서 언급된 수정주의와 우경투항주의가 문학에 있어서 도식주의 비판과 극복에 대한 반론의 근거로 작동하였다. 문예노선의 좌향좌에 강력한 영향을 미친 것은 두말할 것도 없이 김일성 교시 「작가 예술인들 속에서 낡은 사상 잔재를 반대하는 투쟁을 힘있게 벌릴 데 대하여(1958.10.14)」와 「공산주의 교양에 대하여(1958.11.20)」이다.

91 김명수, 「평론문학에서 '미학적인 것'을 바로 찾기 위하여—엄호석의 「문학평론에서 미학적인 것과 비속사회학적인 것」은 중심으로」, 『조선문학』 1957.3; 윤두헌, 「사회주의 사실주의의 길에서—제2차 작가대회 이후의 우리 문학 창작상에 나타난 문제들에 대하여」, 『조선문학』 1957.4 참조.

일성 교시에서 거론된 '낡은 사상잔재라 할 보수주의와 보신주의'와 자유주의적 작풍을 도식주의 비판론자들이 드러냈다고 하였다.[92] 이러한 도식주의 '반비판'론의 근거로 거론된 작품이 1958년 말에 나온 리순영과 신동철의 단편 「진달래」와 「들」이다. 그런데 본론에서 상세 분석한 1960년의 변희근 단편 「개나리」가 그런 잘못된 전철을 또 밟은 셈이다. 그나마 논쟁 이후 문단과 정전에서 영영 사라진 리순영, 신동철과 그들의 작품과 달리 변희근은 창작 방향을 바꿔 2년 만에 문단에 복귀한 점이 주목될 뿐이다.

그런데 「개나리」 논쟁을 정교하게 복원, 재조명하면서 흥미로운 사실을 확인하게 되었다. 논쟁 와중에 「개나리」 주인공인 노동자 캐릭터를 작가가 생산 현장의 노동 행정 속에서 그리지 않았으니 문제라고 비판하며, 당 문학 원칙을 교조적으로 주장하는 평문[93]을 기고한 김영석이 실은 비슷한 비판을 받은 적이 있기 때문이다. 김영석은 원래 비평가가 아니다. 불과 5년 전에 「이 청년을 사랑하라」라는 세태소설[94]을 써서 처음에는 '사회주의 레알리즘의 성취'[95]로 평가받았으나 바로 '안온한 목가적 분위기에 사로잡혀 있다'고 다른 작품들과 함께 공개 비판받은 적이 있다.

1955년 2월에 발표된 김영석 단편 「이 청년을 사랑하라」는 처음에는 평론가이자 문예지 『조선문학』 주필인 엄호석의 비호 아래 안막, 리순영, 신동철 등의 작품들과 함께 '사회주의 레알리즘'으로 평가 받았다. 그러나 5월에 열린 작가동맹 제17차 확대상무위원회에서 작가동맹 홍순철 서기장이 엄호석의 평론을 '사상적 오유'에 빠진 우경화 예로 공개 비

---

92 김하명, 「평론의 선도성과 전투성에 대하여」, 『문학신문』 1959.2.5, 4면.

93 김영석, 「단편소설 「개나리」가 보여준 인간 성격들은 과연 당적인가?」, 『문학신문』 1960.6. 17, 2면.

94 김영석, 「이 청년을 사랑하라」, 『조선문학』 1955.2.

95 엄호석, 「사회주의 레알리즘과 우리 문학」, 『조선문학』 1955.3, 137면.

판하고 제재를 가한다.[96] 이전 같으면 검열에 걸려 인쇄되지 못했을 리순영, 「서정시 3편」, 안막, 「서정시 4편」, 전초민, 「꽃씨」, 김영석, 「이 청년을 사랑하라」 등을 작가동맹 기관지에 그대로 실은 편집자로서의 책임이 있는데다가 더욱이 평론가로 그들 문제작을 '레알리즘 서정시,' '사회주의 레알리즘의 성취'로 적극 옹호했기 때문이다.

흥미로운 것은 제2차 작가대회를 전후로 해서 김영석 단편 「이 청년을 사랑하라」가 '1차 옹호(엄호석), 2차 비판(홍순철), 3차 재옹호(김우철, 엄호석), 4차 재비판(김하명)'의 대상으로 롤러코스터를 타듯 논란이 된 점이다. 그런 그가 문단 시류의 변화를 읽고 재빨리 당적 원칙에 입각해 평소 자기보다 당성이 강했던 변희근을 저격한 셈이다. 이러한 김영석의 변신이야말로 「개나리」 논쟁의 문학사적 의미를 우회적으로 암시한다고 볼 수 있다. 결국 「개나리」 논쟁은 1956년 이후 3년 동안 북조선 문단을 뒤흔들었던 '도식주의 비판' 논쟁의 대미를 장식하는 비평사적 의미가 있다고 하겠다.

4. 사회주의적 사실주의의 좌경화와 주체문학으로의 도정: 「개나리」 논쟁의 비평사적 의의

『문학신문』 '지상토론'란의 「개나리」 논쟁(1960)은 1956~59년의 도식주의 비판 논쟁의 대미를 장식한 사회주의 리얼리즘의 좌경화로 대못을 박은 격이다. 당시 문단의 전후 맥락을 감안해볼 때, 『문학신문』 편집진 등 당과 문예당국은 「개나리」 논쟁을 의도적으로 기획 수행한 혐의가 없지 않다. 한설야를 비롯한 문예 관료들은 도식주의 비판에 편승한 '우경

---

96 이들 작품은 '사상성 희박, 계급외시외 미야, 진실성 부족, 현실인식이 안임성, 목가성' 등의 이유로 공개 비판된다. 미상, 「고정란 '작가동맹에서'_동맹 제17차 확대상무위원회」, 『조선문학』 1955.6 참조.

기회주의자'들을 대폭 '현지파견'등으로 정리함으로써 문예노선을 좌향좌시킨 1959년의 반동을 감행한 바 있다. 그럼에도 불구하고 안심이 안되어 당 정책에 충실한 작가들의 혹시 있을지도 모르는 현실 수리적 자연주의 작풍을 우회적으로 경고하고 싶었는지도 모른다. 가령 「개나리」 주인공처럼 전쟁통에 자식을 잃었다고 10년째 비탄에 빠지는 게 아니라, 같은 처지에 빠진 보통 인민대중의 유가족 입에서 "생산을 많이 내는 일이 원쑤를 갚는 일이라는데 더 일해야지."라고 해야 한다는 식이다. 이것이 천리마시대가 전형으로 삼은 '생활의 론리'이며, 동시에 우리나라 '보통 어머니들의 생활일 것'이라는 한 독자의 발언[97]을 굳이 강조한 것이 한 근거이다.[98]

논쟁 이후 변희근의 문단 내 자취를 찾을 수 없기에, 그동안 '현지 파견'되었을 것으로 추측한다. 그가 다시 중앙 문단에 복귀한 1963년 이후 그의 작품을 보면 생활 현장의 솔직한 관찰과 섬세한 심리묘사를 통해 실재하는 현실을 사실적으로 묘사하는 것을 당적 원칙과 동떨어진 자연주의적 태도라고 자기검열하고 당이 원하는 방향으로 창작한다. 이 시기 북조선 문학의 역사적 대세는 '사회주의적 사실주의' 미학의 좌경화로 고착되고 이후 주체문학으로 일방통행하는데, 변희근도 시류를 따랐던 셈이다. 도식주의 비판 논쟁 결과 사라진 리순영, 신동철, 전재경, 서만일 등과는 달리 안막, 전초민, 엄호석처럼 복귀에 성공한 것이다.

한걸음 더 나아가 「개나리」 논쟁의 비평사적 의의를 생각한다면, 남북한의 기존 공식 문학사에서 누락된 실체 복원 및 복권을 통해 '코리아 문학사의 이북 조선편'을 채울 콘텐츠로 삼을 수도 있다. 변희근은 북한

---

97 박봉호, 「'단편소설 「개나리」에 대한 독자들의 목소리'_우리의 어머니와는 다르다」, 『문학신문』 1960.7.12, 2면.

98 편집국, 「단편소설 「개나리」와 그의 교훈—지상 토론을 끝마치면서」, 『문학신문』 1960.7.22, 2면.

정전인 '조선문학사'의 대표 작가지만, 그의 초기 문제작 「개나리」는 본론에서 규명했듯이 사회주의 리얼리즘 문학의 당(黨)적 원칙 논쟁을 통해 당성 미달로 정전에서 탈락했다. 한편 '한국문학사'의 자장에서는 변희근이란 작가 존재 자체가 언급되지 않거니와, 설령 남북한 통합적인 포용적 시각에서 그를 받아들여도 북한문학의 대표작으로 「빛나는 전망」이나 『생명수』 정도가 거론될 터이다.

개념사적 의미에서 조선문학사나 북한문학사가 아닌 이념형인 가칭 '코리아문학사 이북편'을 상정한다면, 「개나리」는 1950년대 전쟁의 상흔을 이북지역 주민들이 어떻게 안고 살았는지 사실적으로 잘 보여주는 사례로 재조명, 재평가할 수 있다. 여기에 「개나리」 논쟁의 역설적 의의가 있다. 북조선에서 이 논쟁을 공론화하고 비난 일변도의 비평들과 독자란 기획까지 동원해서 정전에서 배제, 탈락시킨 이유는 무엇일까. 아마도 6.25전쟁의 상처를 개인적 비애와 나약한 정신승리 식으로 심리 묘사하는 자연주의적 창작방법을 원천봉쇄하고 오로지 적에 대한 적개심만 표현하고 거기서 표출된 전투적 분노를 '전후 복구 건설과 사회주의 기초 건설'을 위한 자발적 노동 동원의 동력으로 전환시키려는 의도였을 것이다. 그것이 천리마 시대 당 문예정책의 공론이었을 터이다.

그래서 수령론과 주체사실주의를 내세운 훗날 주체문예론의 그물망에는 이 작품이나 논쟁의 존재나 가치가 별반 없기에 아예 무시되었다. 하지만 코리아 이남 연구자의 현미경적 시선으로 논쟁을 복원하고 작품의 가치를 다시 보면, 이북지역에선 보기 드물게 전쟁 상처가 섬세하게 잘 드러난 전후문학 문제작으로 재평가될 수 있다. 「개나리」에서 사회주의 체제 하 '전후 복구'가 단순히 정치경제적·사회환경적 측면에서의 공공 가치뿐만 아니라 인민들의 내면의 상처까지 치유하고 토종 꽃 개나리로 상징되는 민족 고유의 정서적 통합을 전쟁 상처 극복의 전형으로 삼은 점이 주목할 만하기 때문이다.

이렇게 보는 근거가 바로 '한국문학, 북한문학, 조선문학'의 기존 패러다임을 개념사적으로 넘어선 '코리아 문학사'의 시각이며, 동시에 묻혀버린 자료를 발굴해서 이름 붙여 의미화를 실천한 매체론적 접근법 덕분이라고 하겠다. 이는 1960년 「개나리」 논쟁의 비평가, 독자, 편집 기획자가 의도하지 않았던 것을, 60년이 지난 2020년에 이남에서 뒤집어 해석한 점에서 역설일 수 있다. 여기에 '통일 문학사 서술을 위한 북한비평사 연구'의 진정한 의의가 있다고 생각한다.

「개나리」 지상토론 목록

김일성, 「작가 예술인들 속에서 낡은 사상 잔재를 반대하는 투쟁을 힘있게 벌릴데 대하여(1958년 10월 14일)」, 『김일성 선집』, 조선로동당출판사, 1987.

김일성, 「공산주의 교양에 대하여(1958년 11월 20일)」, 『김일성 선집』, 조선로동당출판사, 1987.

윤세평, 「단편 「개나리」에서 론의해야 할 문제」, 『문학신문』 1960.6.14.

김영석, 「단편소설 「개나리」가 보여준 인간 성격들은 과연 당적인가?」, 『문학신문』 1960.6.17.

리상태, 「단편소설 「개나리」에서의 작가의 미학적 관점과 비극적 모찌브」, 『문학신문』 1960.6.28.

호창룡, 「단편 「개나리」에 대한 항변」, 『문학신문』 1960.7.1.

김북향, 「「개나리」에 반영된 외곡된 현실」, 『문학신문』 1960.7.5.

한욱, 「미학적 관점과 형상 창조」, 『문학신문』 1960.7.8.

박봉호 외, 「'단편소설 「개나리」에 대한 독자들의 목소리'_우리의 어머니와는 다르다」 외, 『문학신문』 1960.7.12.

편집국, 「단편소설 「개나리」와 그의 교훈—지상토론을 끝마치면서」, 『문학신문』 1960.7.22.

제6장

수정주의 비판론[1]

—김창석 『미학개론』과 연극 〈소문 없이 큰일 했네〉 논쟁

1. 머리말: 수정주의 비판의 문화정치학

이 글에서는 1960년대 초 북한 사회주의적 사실주의 문학예술의 '수
정주의 비판'론을 분석한다. 사회주의적 사실주의 미학의 좌우편향은 도
식주의와 수정주의인데, 좌편향인 도식주의 비판론에 대한 선행 연구[2]는
적잖이 이루어졌으나 우편향인 수정주의 비판론에 대한 논의는 과문한
탓인지 보지 못했다. 주체문예론 이전의 195,60년대 북한 문예 비평사
원문 자료의 보고인 『문학신문』, 『조선문학』의 접근과 해독이 워낙 어려
운 탓이다.[3] 이에 사회주의적 사실주의 문학비평 논쟁의 복원과 함께, 평

---

1 이 글은 다음 논문을 저서에 맞게 개제, 수정한 것이다. 김성수, 「1960년대 초 북한 문학비평
의 수정주의 비판론—김창석 『미학개론』과 연극 「소문없이 큰일했네」 논쟁」, 『반교어문연
구』 57, 반교어문학회, 2021.4.

2 1950~60년대 북한문학은 '부르주아미학사상의 잔재' 비판, '도식주의 비판'과 '수정주의 비
판,' '천리마기수 형상'론을 거치면서 사회주의 리얼리즘의 자기정립과정을 거쳤다. 김성수,
「전후문학의 도식주의 논쟁」, 『문학과 논리』 3호, 태학사, 1993; 「1950년대 북한문학과 사회
주의 리얼리즘」, 『현대북한연구』 제3호, 경남대 북한대학원, 1999.12; 고자연 외, 「예술의 특
수성과 당(黨)문학 원칙—1950년대 북한문학을 다시 읽다」, 『민족문학사연구』 65호, 민족문
학사학회, 2017.12 참조.

3 『조선문학』, 『문학신문』 원문을 직접 인용, 요약하는 이유는 이들 문건 중 상당수가 북한 정
전에서 검열 삭제한 희귀한 1차 사료이기 때문이다.

론가이자 미학자인 김창석의 복권 및 미학이론 복원을 통한 코리아적 시각의 디아스포라 문학예술사 재구성까지 기한다.

북한문학비평사의 전개과정에서 사회주의적 사실주의 미학의 수정주의적 편향이 논쟁의 중심에 선 것은 1958~62년의 정치적 이념적 논란과 1959~61년의 미학 논쟁 두 차례였다. 전자는 당시 사회주의 종주국이었던 소련의 스탈린식 전체주의를 반대한 유고슬라비아의 독자노선을 현대 수정주의라 비판했던 정치투쟁이었으며, 후자는 김창석의 『미학개론』(1959)과 경희극 〈소문 없이 큰일 했네〉(1962)를 천리마운동이 활발하게 진행되던 현실을 외면하고 소련 이론을 무비판적으로 수용한 수정주의라 전면 비판했던 미학논쟁이었다. 이 글에서는 김창석의 『미학개론』과 경희극 〈소문 없이 큰일 했네〉가 소련 리얼리즘 미학의 교조적이고 축자적인 수용에 급급해서 급변하는 북한의 천리마 현실을 외면했다는 미학논쟁의 전말을 살펴보고 그 비평사적, 문학사적 의의를 재조명한다.

수정주의 비판론은 원래 유고슬라비아의 독자노선을 비판하는 정치투쟁에서 비롯되어 미학과 문예 창작으로 확산되었다. 수정주의란 무엇인가? 『정치사전』(과학백과사전출판사, 1985)에 따르면, 수정주의는 우경 기회주의적 사상조류를 일컫는다. 사회주의가 널리 퍼진 19세기 말~20세기 초에 부르주아에게 매수된 노동계급 상층, 혁명운동의 타락분자들이 맑스주의를 기회주의적으로 전유한 것을 수정주의라고 부르게 되었다. 이들은 당의 영도와 계급독재를 부인하고 계급투쟁을 반대하며 피아의 경계를 모호하게 하여 계급적 적에게 굴복한다. 겉으로는 반제를 표방하면서도 제국주의와의 투쟁보다 타협을 내세워 평화주의와 환상을 퍼뜨려 인민을 사상적으로 무장해제시키고 피압박인민의 혁명 열기를 가라앉힌다. 그들은 혁명적 조직 규율을 반대하고 자유주의를 고취하며 이기주의를 조장하고 사람들이 열심히 일하기 싫어하게 하기에, 사회주의를

병들게 한다.[4]

북한에서 1958,9년 현대 수정주의 비판론이 나온 것은 헝가리 혁명 (1956)의 영향을 차단하고, 소련 중심 국제공산당의 강력한 영향에서 벗어나 독자노선을 걸었던 유고슬라비아연방의 티토주의(북한식 표기 '찌또이즘')에 반대하는 국제주의 연대과정에서 나온 것이다. 북한에서 문제 삼은 것은 1958년의 '유고슬라비아공산주의자동맹' 제7차 당대회에서 채택한 신 강령이었다. 이를 두고 코민포름과 북한은 현대판 수정주의라고 맹비난한 데 반해[5] 소련의 위성국가에서 벗어나 스탈린식 전체주의를 반대한 독자노선은 서방세계에게 '인간의 얼굴을 한 사회주의'라는 긍정적 평가를 받기도 하였다.

그 중 1958,9년 북한에 소개된 미학 분야의 수정주의 비판론[6] 요지는

---

4 세계 사회주의 운동사에서 수정주의가 크게 문제된 적은 3차례였다. 엥겔스 사후 1895년 베른슈타인, 카우츠키 등 사회민주주의자가 주도했던 제2국제당(2차 인터내셔널)의 수정주의, 스탈린 사후 제20~22차 당대회 시기(1956-64년) 흐루시초프(북한식 표기 '흐루쑈브')의 현대 수정주의, 1986~87년 제27차 당대회 이후 고르바초프(북한식 표기 '고르바쵸브') 페레스트로이카(북한식 표기 '촉진-개혁 개편')노선의 현대 사회민주주의 등이다. 미상, 「현대 수정주의의 대두와 그 력사적 변천」, 『조선로동당의 반수정주의 투쟁 경험』, 사회과학출판사, 1995, 7~41면 참조.

5 엠. 바쓰낀(쏘련 교수), 「수정주의와의 투쟁의 력사적 필연성」, 『로동신문』 1958.1.22, 4면; 미상, 「현대 수정주의는 비판되여야 한다(《인민일보》 사설)」, 『로동신문』 1958.5.6, 4면; 미상, 「수정주의는 국제 로동운동에 대한 주되는 위협으로 된다(웽그리아와 파란의 당 및 정부대표단들의 공동 성명)」, 『로동신문』 1958.5.14, 4면; 미상, 「현대 수정주의를 반대하여」(정론), 『로동신문』 1958.5.15, 2면; 미상, 「유고슬라비야의 수정주의는 어째서 미 제국주의자들의 환영을 받고 있는가?」, 『로동신문』 1958.6.14, 4면; 최상익 편, 「현대 수정주의를 반대하여」(『로동신문』 1958.5.15, 정론), 『현대 수정주의를 반대하여』, 조선로동당출판사, 1959, 18~28면; 최상익 편, 「현대 수정주의와의 투쟁은 모든 공산주의자들의 신성한 의무」(『로동신문』 1958.6.14, 사설), 『현대 수정주의를 반대하여』, 조선로동당출판사, 1959, 29~35면; 뻬. 쎄도페예브 외, 최상익 편역, 「유고슬라비야 공산주의자 동맹 강령 초안에 관하여」(『꼼무니쓰트』 1958년 제6호), 『현대 수정주의를 반대하여』, 조선로동당출판사, 1959, 36~78면. 이상의 북한 서지는 『로동신문』 기사목록과 『조선로동당의 반수정주의투쟁 경험』(1995)을 참조하여 작성하였다.

6 유리 보레브(쏘련), 장우 박화영 역, 「미학 리론에서의 수정주의를 반대하여」, 『문학신문』 1958.7.3, 4면; 한형원, 「문학예술 분야에서 나타난 국제 수정주의적 경향을 반대하여」, 『조선문학』 1958.10, 110면; 박영근, 「'조선작가동맹 제4차 전원회의 토론(요지)'_국제 수정주의를 반대하여—박영근의 토론」, 『문학신문』 1959.4.23, 3면; 한형원, 「미학에서의 국제 수정주의자들의 추악한 발광을 반대하여」, 『문학신문』 1959.9.22, 4면.

다음과 같다: 문학예술에서 부르주아사상과 수정주의는 문학예술에서의 당성 계급성을 부정하고 문학예술에 대한 당적 지도, 문학예술의 사회적 혁명적 역할, 창작에서의 사상적 지향성, 사회주의적 사실주의의 생활력을 전면적으로 거부하는 것이다. 수정주의는 맑스레닌주의 가면 속에서 소위 '전 인류적인 것, 인도주의, 창작의 자유' 등을 운운하면서 초당성, 초계급성을 주장하고 있다. 결국 수정주의는 문학예술을 부르주아의 사상적 노복으로 전락시킬 것을 획책하고 있다. 이것은 다름 아닌 반동적 부르주아 당성을 강요하는 것 외에 아무것도 아니다.[7] 이렇게 미학 이론과 문학예술 창작에서 나타난 국제 수정주의적 경향을 반대하는 북한 문예당국의 대안은 사회주의적 사실주의의 기치를 고수하고 당성, 계급성을 옹호하는 원론적인 것이었다. 적어도 1959년 김창석의 미학 이론[8]이 등장하기 전까지는 사회주의적 사실주의의 당적 원칙과 수정주의 편향의 구체적 실체가 그리 뚜렷하게 드러나지 않았다.

본론에서는 1958년부터 1964년에 이르기까지 북한 문학예술장을 휩쓴 수정주의 비판의 문화정치학을 미시적으로 분석하기 위하여, 경희극 〈소문 없이 큰일 했네〉에 대한 범 문단적인 토론회와 『문학신문』의 기획 비평, 김창석의 『미학개론』(1959) 비판을 정리, 평가하기로 한다. 그를 통해 사회주의적 사실주의 미학의 당적 원칙과 수정주의 비판론의 실체가 첨예한 쟁점이 되었기 때문이다.

7 미상, 「우리 문학예술의 당성, 전투성을 가일층 제고하자!」(사설), 『문학신문』 1962.3.13, 1면.

8 김창석, 「전형론」. 『미술』 1957, 3호, 3면; 김창석, 「다시 한번 예술적 전형에 대하여」(지상 노튼), 『문학신문』 1957.8.1, 2면; 김창석, 「문학예술의 민족적 특성에 대하여」, 『조선문학』 1959.4, 120면; 김창석, 「공산주의자의 전형 창조에서 제기되는 리론적 문제」, 『조선문학』 1959.12, 95면; 김창석, 『미학개론』, 국립미술출판사, 1959.12.

2. 경희극 <소문 없이 큰일 했네> 비판과 논쟁(1962)

1958,9년 북한에 소개된 미학 분야의 수정주의 비판론은 한동안 잠잠하다가 1962년 초에 청진에서 초연된 경희극 <소문 없이 큰일 했네>를 계기로 폭발하였다. 문예분야의 수정주의 비판 논쟁은 미학 원론 상의 김창석 미학이론 비판과 구체적 작품평인 경희극 <소문 없이 큰일 했네> 비판이라는 두 축으로 1년 내내 전개되었다.

<소문 없이 큰일 했네>는 평론가이자 미학자인 김창석의 지도 하에 극작가 권준원이 희곡을 쓰고 리수익이 연출하였다. 천리마운동이 한창 벌어지던 1961년를 전후해서 청진 페놀공장의 자력갱생을 목표로 한 공장 혁신사업을 풍자적 소동극으로 그린 전 4막 5장의 '가볍지 않은' 경희극이다. 이는 동 시기에 인기를 끈 경희극 <산울림>(1961.12)의 성공과 인기에 편승해서 마침 청진 페놀공장으로 하방해 있던 김창석이 재기[9]할 의도로 공연한 것으로 추정된다.

김창석이 내심 모범으로 삼은 인기작 <산울림>은 어떤 작품인가? 극작가 리동춘(1925~1988)의 대표작으로 1961년 6월에 외금강[10]에서 희곡이 쓰여진 후 9월에 원산연극단에 의해 강원도민예술극장 무대에 올려졌고 10월에 신문에 소개[11]되었다. 20대 청년 황석철이 협동농장 관리위원장 등 기성세대의 '소극성과 보수주의'를 극복하고 범바위산을 개간함

---

9 김창석, 「경희극에서의 성격 창조 문제—경희극 <산울림>을 중심으로」, 『문학신문』 1961.10. 24, 2면. 「 」 표기한 것은 문자로 인쇄된 희곡 텍스트를 의미하며, < > 표기한 것은 비문자(非文字) 공연(performance) 텍스트를 지칭한다.

10 리동춘 희곡 「산울림」은 전 4막으로 총 4회에 걸쳐 『문학신문』 1961.10.13~24, 2~4면에 연재되었는데, 연재가 끝난 1961.10.24, 4면 부기에 '1961년 6월 외금강에서'라고 되어 있다.

11 리동춘, 「산울림」(4회 연재 희곡), 『문학신문』 1961.10.13~24; 리동춘, 「생활과 함께—경희극 「산울림」을 쓰고」, 『문학신문』 1961.10.13, 4면; 리정식(기자), 「경희극 <산울림>이 창조되기까지」, 『문학신문』 1961.10.17, 3면; 리동춘, 「산울림」, 『장막희곡』, 조선문학예술총동맹출판사, 1963, 63~164면. 1963년판본을 제공해주신 한상언 님께 감사드린다.

으로써 알곡 증산이라는 당적 과제 달성에 성공한다는 내용이다. 사회주의 기초 건설이라는 시대적 과제를 '약동하는 천리마 현실'로 그리되 협동농장 운영의 세세한 디테일에 여전히 남아 있는 잘못된 현실을 가벼운 풍자로 고쳐나감으로써 혁명적 낭만성이라는 명분으로 현실을 뛰어넘는 이상을 담았다고 평가 받았다.[12]

작품은 북한 연극사에서 경희극의 시초로 평가받고 있다.(『로동신문』, 2010.4.28) 경희극 〈산울림〉은 가벼운 웃음을 통해 1961년 당시 농촌 현장에 남아 있는 부정적 요소를 비판, 교정함으로써 "사회주의 제도가 수립된 이후 천리마시대에 맞는 극형태를 새롭게 발전시키는데 크게 기여한 작품이며 우리 근로자들을 계속혁명, 계속전진의 사상으로 교양하는 데 이바지한 성과작의 하나"라는 훗날의 평가를 받았다.[13]

그런데 첫 공연으로부터 50년이 지난 2010년 4월, 이번에는 국립연극단에 의해 평양에서 경희극 〈산울림〉의 재창조 공연이 있었다. 이 재창조 공연은 2010년 4월 27일 첫 공연에서 2012년 10월 5일 500회 공연에 이르기까지 모두 40만 관객을 기록하였다.(『로동신문』, 2012.10.6) 북한 연극사에서 1961년 작 〈산울림〉이 천리마시대를 대표하는 작품으로 재수록[14]되어 정전이 된 점도 주목할 만하다. 이 희극은 현실에 안주하지 않고 계속적인 혁신으로 나아가고자 하는 '계속혁명'의 정신, 그리고 낡은 보수주의에 사로잡힌 인물을 '개조'하여 새로운 역사 개척의 대열에 동참시키는

---

12 한현철, 「희극 쟌르의 발전에서의 커다란 성과—강원도민예술극장 연극 〈산울림〉에 대하여」, 『문학신문』 1961.9.29, 3면; 신고송, 「천리마 현실과 희극—리동춘 작 〈산울림〉에 대하여」, 『조선문학』 1961.12, 115면; 리상태, 「생활과 랑만」, 『조선문학』 1962.3, 114면.

13 미상, 「산울림」(희곡), 『문예상식』, 문학예술종합출판사, 1994, 274면.

14 리동춘, 「산울림」(희곡), 『조선예술』, 2010년 7~9월호. 재수록이라, 1961, 1963, 2010년 세 판본의 비교 분석이 필요하다.

'동원의 정치학'을 그려내고 있기 때문에 높이 평가받았다.[15]

반면 권준원 작, 리수익 연출 〈소문 없이 큰일 했네〉는, 〈산울림〉과 비슷한 스토리에 고골리의 〈검찰관〉식 풍자[16]를 덧붙여 풍자적 경희극을 시도한 것이다. 제1막의 서두는 지방의 페놀공장 지배인이 중앙에서 권위 있는 전문가 만수가 온다고 문예서클 악대를 동원하고 청년들에게 깃발을 들리우고 역두 환영을 나가게 하며 환영 인원을 동원하다 못해 학교 선생까지 총동원한다. 제2막에서 지배인이 만수에게 공을 뺏길까 봐 실험실을 빌려주지 않는데, 이는 관료주의 행정 풍자라는 의도가 지나쳐 천리마시대 현실에 대한 조롱으로 비쳐질 수 있다. 게다가 당 간부까지 이를 제때 시정하지 않았으니 당에 대한 중상모략으로 비화될 여지까지 있다. 제3막에서 실험실 폭발사고가 나자 등장인물들이 우왕좌왕하다가 울바자 구멍으로 드나드는 장면이 있다. 이런 풍자는 서구 퇴폐 예술에서나 볼 수 있는 것이기에 '서구 양풍 일색'으로 비난받게 되었다.[17]

이 작품 등장인물의 기이한 행태와 그에 대한 장형준의 비평을 예로 보자. 페놀 생산을 담당한 공장 지배인은 이미 실험실장 동훈이를 비롯한 연구 집단에게 페놀 연구 사업을 맡겨 왔다. 그런데 중앙에서 파견된 전문가인 기술 일꾼 만수가 단지 어리다는 구실 하에 실험실마저 빌려주

---

15 박영정, 「경희극 〈산울림〉 열풍과 대고조 시대의 북한연극」, 『플랫폼』 26, 인천문화재단, 2011.3, 24~28면; 김미진, 「경희극 〈산울림〉의 위상 변화와 현재적 의미」, 『한국문화기술』 21, 단국대 한국문화기술연구소, 2016, 7~21면.

16 중앙에서 파견한 관리를 착각으로 성대하게 환영하는 소동은 고골리의 5막 풍자극 〈검찰관〉(1836) 서두와 비슷하다. 김창석은 풍자극에 대한 고골리와 벨린스키의 미학적 해명을 염두에 둔 듯하다. 『미학개론』, 79면 참조.

17 장형준, 「수정주의적 미학 견해를 반대하여—청진연극극장의 경희극 〈소문 없이 큰일 했네〉에 대하여」, 『문학신문』 1962.3.6, 2면을 참조하여 내용을 재구성하였다. 정전이 된 「산울림」과는 달리 〈소문 없이 큰일 했네〉 대본은 숙청 작가 것이라 도저히 구할 수 없었다. 본고가 경희극 작품론이 아니라 수정주의미학의 메타비평론이기에 당시 16편의 비평문 인용으로 내용을 재구성한 것이다.

지 않는등 아무런 방조도 하지 않으며 심지어 그를 모욕하며 연구를 방해할 수 있겠는가? 평자가 보기에 이런 지배인은 천리마 현실에선 한 사람도 없다. 지배인은 그가 참말 지배인이라면 페놀 생산과 관련하여 그 어떤 업무라도 제대로 해야 하는데, 작자는 그를 '희극적 인물'로 만들기 위해 그의 심리를 병적으로 보이게 하며 행동은 광적으로 기형화하였다.

등장인물들의 기이한 행태에 대한 신랄한 비평은 3막의 페놀 실험 폭발 사고 장면에서 더욱 극명하게 나타난다. 지배인은 폭발 소리를 듣고 연기 자욱한 실험실에 들어갔다 나오며 사람들이 상했다고 진료소로 달려간다. 그러나 그 사이에 아무렇지도 않은 주인공 김만수와 진숙은 폭발 소동 속에서도 몸은 돌보지 않고 페놀이 발견되었다고 기뻐서 돌아간다. 기뻐서 돌아가는 김만수를 본 지배인은 그가 '돌았다'고 생각한다. 게다가 나이도 어린 만수가 천리마기수니까 당의 지도와 중앙의 도움 없이 지방에서 페놀 연구에 자체적으로 성공한다는 상황 설정도 문제였다. 연극에서 '자체 해결'이란 말이 비아냥조로 쓰인 예를 보면 다음과 같다.

"룡삼 - 모든 것을 "자체 해결하자!"하는 동무라면서?
진숙 - 네, '자체 해결'군이예요, 호호호.
룡삼 - 하하하!"

인용은 당 위원장 룡삼과 '로력 혁신자' 진숙이가 만수의 '자체 해결'을 조롱하는 발언이다.[18] 아무리 풍자극이지만 이런 방식으로 장면이 연출되니 비평 대상이 되지 않을 수 없었다.

〈소문 없이 큰일 했네〉 논쟁은 1962년 2월 28일 조선작가동맹 극문

---

18 김하명은 이를 인용하면서 '자력갱생'에 대한 당의 구호를 '웃음' 속에서 희롱한 것이며 "당의 령도적 역할을 란폭하게 외곡하"는 것이라 지적하였다. 김하명, 「『미학개론』과 〈소문 없이 큰일했네〉에 발로된 그릇된 견해를 반대하여」(평론), 『조선문학』 1962년 4월호, 124면.

학분과와 3월 1일 조선연극인동맹 주최로 진행된 토론회를 계기로 시작되었다.[19] 총론격의 극문학분과와 연극인동맹 토론에서는 전 문학예술장의 대표적인 인사들이 총동원되어 이 연극이 풍자 경희극을 빙자하여 천리마운동이 활발하게 진행되던 시대 분위기를 왜곡 비방하고 서구식 극작법으로 사상적 미학적 오류를 범했다고 비판을 모았다. 작가동맹 중앙위원회 최영화 부위원장, 리지용 극문학분과 위원장, 주동인 씨나리오 창작실장을 비롯하여 극작가 김광현, 리지용, 백인준, 김창석, 권준원, 서인기, 리정식 등이 참가하였다.

토론회에서는 〈소문 없이 큰일 했네〉가 당 정책과 현실을 왜곡했을 뿐만 아니라 천리마기수의 형상을 기형적 인간으로 우롱하고 조소하는 등 미학적 오류를 범했다고 비판받았다. 주인공 만수와 공장 지배인, 당 간부 할 것 없이 등장인물들이 기괴한 부정형 일색이고 억지웃음을 보였다고 지적 받았다.

김광현은 이 경희극의 '웃음'은 생활 진실과는 대치되는 날조된 '웃음'이며 부정적 인물들의 소동이 자아낸 '웃음'이 천리마 현실을 중상 비방하고 천리마기수를 조소하는 데 '사명'을 두었다고 조롱하였다. 리정식은 경희극에 설정된 '사건', '갈등', '인물'이 김창석의 '부르죠아 미학관에 의해 조작'되어 사회주의적 사실주의 문학예술을 모독했다고 하였다. 백인준은 생활의 필연성에서 오는 웃음의 다양성은 인정하지만 생활의 본질, 인간의 내면세계에서 흘러나오는 맑고 명랑하고 행복에 찬 승리자의 웃음을 취급해야지 〈소문 없이 큰일 했네〉처럼 '웃음'을 위한 '웃음'으로 꾸며내는 것은 현실을 왜곡 날조하는 것이라고 하였다. 리지용은 이 작품이 〈산울림〉의 본을 따르려고 했으나 그와는 정반대의 비사실

---

19 김정식(기자), 「수정주의적 사상—미학적 견해와 무자비하게 투쟁하자—경희극 〈소문 없이 큰일 했네〉에 대한 연구토론회에서」, 『문학신문』 1962.3.6, 2면.

주의적 경희극으로 떨어지고 말았다고 비판하였다.

토론자들의 일치된 비판에 지도원 김창석과 극작가 권준원은 자아비판을 하지 않을 수 없었다. 김창석은 비판을 접수한다고 하면서 현실을 왜곡한 작품이 나오게 된 것을 전적으로 자기에게 책임이 있다고 하였다. 당 정책을 대할 때 자기의 그릇된 사상 체계로 그릇 판단함으로써 엄중한 사상-미학적 오류를 범하게 되었고 이를 교훈 삼아 당적 사상으로 자신을 튼튼히 무장할 결의를 말하였다. 권준원도 자신이 평소 당이 인도하는 대로 창작하지 않았기 때문에 현실을 왜곡하고 천리마기수를 희롱한 작품을 창작했다고 반성하였다. 생산현장에서 생활의 본질을 파악하기 위해 노력할 대신 머릿속으로만 현실을 '고안'했다고 고백하면서, 앞으로는 당 정책에 따라 당적인 안목으로 현실을 관찰하고 창작하겠다고 결의를 밝혔다.

토론회를 주재한 최영화는 경희극 토론회를 통해 문학에 부분적으로나마 남아 있는 일부 불건전한 사상-미학상 견해들을 제 때에 극복하기 위한 투쟁을 일층 강화해야 한다고 강조하였다. 이 작품이 엄중한 사상-미학적 오류를 범한 것은 김창석의 『미학개론』을 비롯한 미학이론이 사회 계급적 전형과 예술적 전형을 분리시키고 초계급적이고 '전 인류적인 것'을 주장한 수정주의적 미학 때문이라고 결론지었다.[20]

〈소문 없이 큰일 했네〉 2차 토론회는 다음날인 3월 1일, 이번에는 조선연극인동맹 중앙위원회 주최로 모란봉극장에서 진행되었다.[21] 연극인동맹 부위원장 박영신, 정리일의 주도 하에 리정식이 발제하고 공훈배우 리서향, 리단, 연출가 안영일, 전암, 배우 리재현, 신동철, 김홍제 등이 토

20　김정식(기자), 「수정주의적 사상—미학적 견해와 무자비하게 투쟁하자—경희극 〈소문 없이 큰일 했네〉에 대한 연구토론회에서」, 『문학신문』 1962.3.6, 2면.

21　차균호(기자), 「수정주의의 사상미학적 관점을 철저하게 분쇄하자!—경희극 〈소문 없이 큰일 했네〉에 대한 연구토론회에서」, 『문학신문』 1962.3.13, 3면.

론하였다. 토론자들은 내용과 형식에서 반사실주의적이며 수정주의적인 이 작품을 무대에까지 올리게 된 것은 전적으로 수정주의의 미학관에 사로잡힌 김창석의 조작의 결과이며 이를 무원칙하게 접수한 청진연극극장 성원들의 불건전한 창작 태도와 관련된다고 이구동성으로 발언하였다.

토론자들은 이 작품이 당 정책과 당 간부의 행태를 비방하였을 뿐만 아니라 당 교양방침인 '긍정에 의한 부정의 감화' 원칙도 위반했다고 지적하였다. 가령 한도수는 작품에 부정인물을 교양 개조시킬 만한 긍정 인물을 등장하지 않은 점과 지배인이 만수에게 '만화로 풍자하는 방법이 제일'이라고 폭언하는 장면을 예로 들었다. 안영일은 천리마기수를 모욕하였다면서, 우둔하고 교활하며 파렴치한 패덕한으로 형상화된 지배인과 무능한 책벌레인 실장, 봉건사상의 화신인 박씨 등의 형상을 예로 들었다.

토론에 참여한 연극인들이 주로 지적한 것은 이 연극의 극작술이다. 그들은 〈소문 없이 큰일 했네〉가 '서구라파식' 희극 형식을 기계적으로 모방하여 현실을 억지로 틀어 맞추려 했기에 인위적 '웃음'을 강요하고 비정상적인 광대 짓으로 값싼 웃음을 사려 했다고 하였다. 작품의 반사실주의적인 세부 묘사수법으로 빈대머리와 안경다리, 개바자구멍의 설정, 기형적 몸짓과 허풍 행동, 난장판 조성 등을 예로 들면서, 이들 수법은 웃음의 사회 계급적 본질을 말살하고 말초신경만 자극하는 부르주아 반동 문예사상을 보였다고 지적하였다.

연극인들의 일치된 비판에 전날 작가동맹의 김창석과 권준원처럼 연출가 리수익도 자기비판을 하지 않을 수 없었다. 그는 2년 동안이나 영안화학공장에 나가서 현지 체험을 하면서도 시대의 본질을 보지 못하고 천리마기수들을 진심으로 사랑하고 공감하지 못하였기 때문에 냉담하고 관조적으로 현실 부정의 해독적 작품을 창조하게 되었다고 반성하였

다.[22]

 〈소문 없이 큰일 했네〉에 대한 이틀간의 토론회를 통하여, 극작가와 연출자가 이처럼 서구 부르주아 풍자극처럼 연극을 망친 것은 지도원인 김창석의 수정주의적 사상 미학 때문이며 당적 원칙에 입각한 사회주의적 사실주의 미학의 관철이라고 결론지었다. 작가와 연극인동맹 모임에서 공연을 지도한 김창석, 원작자 권준원, 연출자 리수익이 자신들의 사상 미학적 잘못을 자아비판하는 것은 창작 합평회나 공연 시연 자리에서 흔히 있을 수 있는 일이다. 하지만 연극 하나 가지고 작가동맹과 연극인동맹 지도부와 극작가, 연극 종사자들, 1급 비평가들이 총동원되어 비판 일색의 토론을 주도하고 게다가 문예지 등 미디어로 공론화가 지속되는 경우는 매우 이례적이다.[23]

 수정주의 비판론의 줄기는 다른 한편으로 김창석 미학을 기반으로 창조된 풍자적 경희극 〈소문 없이 큰일 했네〉를 '서구식 양풍'의 수정주의 극작술의 산물로 비판하는 공연방식 평에도 이어졌다. 가령 한경수는 아예 '경희극'(?)이라고 따옴표와 물음표까지 동원하여 〈소문 없이 큰일 했네〉의 장르적 본질까지 의문을 표한다.[24] 그에 따르면 페놀 생산을 위한 한 공장 집단의 생산력 향상 과정을 희화화한 이른바 '경희극'은 예술적 전형을 사회적 전형과 의도적으로 대립시켰다. 〈산울림〉처럼 경희극 장르의 이름을 빌렸지만 실은 부르주아사회의 모순을 폭로 비판하는 '부르죠아 보드빌(경희극)' 수법으로 천리마 현실을 난폭하게 왜곡하였으며

---

22 차균호(기자), 「수정주의의 사상미학적 관점을 철저하게 분쇄하자!—경희극 〈소문 없이 큰일 했네〉에 대한 연구토론회에서」, 『문학신문』 1962.3.13, 3면.

23 북조선문학예술총동맹이 원산문학가동맹이 출간한 시집 『응향』(1946)을 집중 비판하고 검열관을 파견했던 『응향』 사건'이 떠오른다.

24 한경수, 「웃음의 사회계급성을 옹호하여—연극 〈소문 없이 큰일 했네〉에 대하여」, 『문학신문』 1962.3.9, 2면.

시대 영웅인 천리마기수들을 어릿광대로 묘사하면서 이들을 풍자 대상으로 전락시켰다.

'경희극' 〈소문 없이 큰일 했네〉는 또한 일반적인 희극 묘사 수법인 과장, 우연, 오해, 착오 등을 경희극의 장르 특성으로 신비화하였다. 예술에서 내용과 형식의 분리, 내용으로부터 형식의 '해방'을 추구하였으며 순수 형식주의적 취향은 필연적인 것과 우연적인 것, 본질적인 것과 비본질적인 것, 아름다운 것과 추악한 것을 '희극적으로' 전도하는 데까지 이르렀다. 결국 경희극의 형식 자체마저 파괴하는 자가당착에 빠졌다고 강하게 비판하였다. 그의 뒤를 이어 최일룡, 권택무, 강성만, 강능수, 리운룡 등도 경희극의 장르 특성상의 갈등 유발과 풍자극 특유의 과장된 웃음의 특성을 의도적으로 외면하고 당시의 긍정 현실을 악의적으로 왜곡 중상했다고 일치해서 비판을 가했다.[25]

3. 김창석의 미학적 수정주의 비판 논쟁

경희극 〈소문 없이 큰일 했네〉 논쟁은 1962년 2월 28일 조선작가동맹 극문학분과와 3월 1일 조선연극인동맹 주최 토론회로 일단락되는 듯하였다. 지방의 공연 한 편에 대한 범 문단적 전면 비판과 공개 기사화가 분명 지나친 면도 있다. 하지만 당 문예정책 당국은 1956년 이래의 미학적 우경화를 원천적으로 봉쇄하기 위한 일벌백계가 필요하였다. 그 표적

---

25 최일룡, 「희극 쟌르에서 당성과 계급성을 철저히 구현하자!」, 『문학신문』 1962.3.13; 권택무, 「당 정책과 시대정신을 외곡한 수정주의적 작품─〈소문 없이 큰일 했네〉에 대하여」, 『문학신문』 1962.3.16; 강성만, 「수정주의적 희극 리론을 반대하여」, 『문학신문』 1962.3.20; 강능수, 「생활의 외곡과 형식주의적 희극 수법」, 『문학신문』 1962.3.27; 리운룡, 「형식주의적 연극 체계를 반대한다─경희극 〈소문 없이 큰일 했네〉의 무대 형상과 관련하여」, 『문학신문』 1962.3.30.

은 김창석의 미학적 수정주의였다. 김창석 미학처럼 그 시대를 대표하는 계급적 전형이 될 수 없는 예술적 형상을 리얼리즘이나 풍자적 경희극으로 옹호하게 되면 그 전형이 그려내는 생활 내용은 사회 역사적 본질과 일치하지 않아도 되니 문제라는 것이다.

가령 김하명은 「소문 없이 큰일 했네」가 김창석이 『미학개론』에서 주창한 수정주의적 미학사상의 구체화라고 비판하였다.[26] 왜냐하면 이 작품이 천리마기수의 성격을 기형화하였으며 당 정책을 시비했기 때문이다. 작품에서 천리마시대 생활의 진실과 본질을 반영한 것이 아니라 '웃음' 그 자체를 목적으로 했기 때문에 현실생활과 인물 성격을 웃음에 복종시켜 자의로 기형화하였다. 이러한 태도와 수법은 부르주아의 형식주의 예술에 고유한 것이라고 지적하였다.

작중 캐릭터가 개성적으로 형상화만 잘되면 시대적 대표성 여부나 사상 미학적 수준 여부와 상관없이 전형으로 인정받을 수도 있다. 사회주의적 사실주의 창작방법의 전형이론에 배치되는 이런 반박논리로 장형준, 안함광, 윤세평, 리상태 등의 비평가들은 김창석 미학을 전면 비판하였다. 이러한 미학적 견해를 용인하면 전후 복구 건설의 시대정신을 외면하고 전쟁통에 죽은 자식에 대한 그리움만 강요하는 변희근 단편소설 〈개나리〉[27]의 주인공 삼녀도 훌륭한 예술적 '전형으로 외곡'되며,[28] 〈소문 없이 큰일 했네〉 같은 '반사실주의적 작품'도 훌륭한 연극으로 간

26　김하명, 「『미학개론』과 〈소문 없이 큰일했네〉에 발로된 그릇된 견해를 반대하여」(평론), 『조선문학』 1962년 4월호, 124면.

27　변희근, 「개나리」, 『조선문학』 1960.5, 4~29면. 말미에 '(1960년 3월)'이라고 창작시기가 부기되어 있다.

28　「개나리」의 여주인공 삼녀의 진형화 논쟁에 대한 논의로, 김성수, 「북한 문학비평논쟁의 리얼리즘과 당(黨)적 원칙의 길항—『문학신문』의 '개나리' '지상토론'(1960)의 비판적 분석」, 『북한연구학보』 24-2, 북한연구학회, 2020.12 참조.

주되지 않을 수 없다.[29]

그런데 김일성의 3월 교시[30]가 나오자 수정주의 비판론은 문단 내 자기비판으로 봉합되기는커녕 더욱 확산되었다. 『문학신문』 사설과 장형준, 안함광 등 1급 평론가들이 미학 상의 '전 인류적인 것,' 계급문화론, 무갈등론 등의 비평적 쟁점에 대하여 소련의 보편 미학을 교조적으로 수용한 김창석 미학을 전면 비판하였다.[31] 그 요지는 다음과 같다: 김창석의 수정주의 미학은 그가 전형을 '사회 계급적 전형'과 '전 인류적 전형'으로 분리하여 고찰한 데 기인한다. '전 인류적 전형'은 '초 력사적' '초 계급적'인데, 이는 전형 개념의 사회 계급적 본질을 부정하고 거세하려는 부르주아 '순수'예술과 수정주의 미학의 반동적 주장이다. 그는 '전 인류적 전형'이 가지는 불멸의 미학적 가치는 그 작가들이 마치 거기에 '전 인류적인 것'을 묘사한 때문이라고 하였다.

김창석은 자기 논문과 책에서 천리마 시대의 작가 예술인들에게 공산주의자의 성격 창조에서 '전 인류적인 측면에 대하여 깊은 관심'을 돌려야 한다고 한 바 있다.[32] 그의 이론에 따르면 사회주의적 사실주의의

---

29 안함광, 「예술적 전형에 대한 수정주의적 견해를 철저히 배격한다(김창석 『미학개론』 비판)」, 『문학신문』 1962.3.16, 2면.

30 1962년 3월 11일 김일성 교시에서 경희극 〈소문 없이 큰일 했네〉(1962.1) 관람평 이후 김창석 『미학개론』(1959)까지 재소환해서 함께 비판한다. 이후 북조선의 현실에 맞는 조선로동당 정책과 '항일혁명문학예술' 전통을 중시하는 특유의 사회주의적 사실주의 창작방법을 이론화하는데, 이는 소련의 보편 미학과 의도적으로 차별화하면서 주체사실주의 미학으로 가는 복선 구실을 한다.

31 장형준, 「수정주의적 미학 견해를 반대하여—청진연극극장의 경희극 〈소문 없이 큰일 했네〉에 대하여」, 『문학신문』 1962.3.6; 사설, 「우리 문학예술의 당성, 전투성을 가일층 제고하자!」, 『문학신문』 1962.3.13; 안함광, 「예술적 전형에 대한 수정주의적 견해를 철저히 배격한다」, 『문학신문』 1962.3.16.

32 김창석, 「전형론」, 『미술』 1957. 3호, 3면; 김창석, 「다시 한번 예술적 전형에 대하여」(지상토론), 『문학신문』 1957.8.1, 2면; 김창석, 「문학예술의 민족적 특성에 대하여」, 『조선문학』 1959.4, 120면; 김창석, 「공산주의자의 전형 창조에서 제기되는 리론적 문제」, 『조선문학』 1959.12, 95면; 김창석, 『미학개론』, 국립미술출판사, 1959.12.

사회주의적 내용은 일정한 민족적 구체성 속에 표현되는 국제주의적인 것과 민족적인 것의 통일체이다. 민족적 구체성을 떠난 그 어떤 추상적인 사회주의적 내용도 문학예술에서는 존재할 수 없다는 것이다. 이후 김창석은 이를 전형성 논의와 연결시켜 사회적 전형과 예술적 전형의 차이 중 하나로 민족적 특성 표현을 든다. 여기에서 그는 역사적으로 형성된 민족적 특성을 몇 가지 들면서, 예술적 전형이 사회계급적 측면들과 아울러 전 인류적인 측면도 포함한다고 하였다. 또 민족의 전체 계층에게 공통적으로 적용되는 민족적 성격을 지닌다는 것, 그리고 사회계급적 본질을 적나라하게 직접적으로 표현하는 것이 아니라 인간적인 것, 윤리적인 것, 심리적인 것을 통하여 발로한다고 하였다.[33]

공산주의자의 전형 창조에서는 사회 계급적 본질을 밝히는 것보다 '전 인류적인 것'에 더 '관심'을 가질 것을 요구한다. '전 인류적인 것'이란 사랑, 모성애와 같은 윤리 문제이다. 이것은 사랑, 모성애 같은 윤리 문제 형상화에 주목하게 하면서 계급적 입장을 떠나 '전 인류적,' '초계급적'인 것으로 눈을 돌려 형상화하라는 것이다. 그러니 부르주아 '순수' 예술가나 수정주의 미학자의 주장과 다르지 않다는 것이다. 이는 사회주의 문학예술의 정수인 공산주의 당성과 영웅적 주제에서 벗어나는 것이다. 결국 김창석 이론은 문학예술에서 '전 인류적', '전 계급적', '인도주의'를 말하는 국제 수정주의의 반동이론에 뿌리를 같이 하고 있는 것이다.[34]

장형준, 안함광에 의하면, 계급적 본질이 드러나지 않는 '전 인류적

---

33 김창석, 「문학예술의 민족적 특성에 대하여」, 『조선문학』 1959.4, 120면; 김창석, 「공산주의자의 전형 창조에서 제기되는 리론적 문제」, 『조선문학』 1959.12, 95면; 김창석, 『미학 개론』, 국립미술출판사, 1959.12.

34 윤세평, 「수정주의적 미학리론을 반대하여—김창석의 『미학개론』을 중심으로」, 『문학신문』 1962.3.13; 안함광, 「예술적 선형에 대한 수정주의적 긴해를 철저히 배격한다」, 『문학신문』 1962.3.16; 리상태, 「'전 인류적인것'에 대한 수정주의적 견해를 배격한다」, 『문학신문』 1962.3.20.

인 사랑이나 모성애에 관심을 가지라는 수정주의적 미학 견해에서 〈소문 없이 큰일 했네〉 같은 수정주의 창작이 나온 것은 이상할 것이 없다. 김창석 미학에 의하면 '웃음'도 '전 인류적인 것'[35]으로 되기 때문이다. 그렇기에 경희극의 기형적이고 비전형적인 희극적 인물들을 '전 인류적 전형'으로 생각했을 수도 있겠지만 장형준, 윤세평, 안함광 입장에선 황당하다고 아니할 수 없다.

더욱이 상기한 1962년 2월 28일 조선작가동맹 주최의 범문단적 토론회가 개최되기 전까지 김창석은 자신의 사상 미학적 오류를 수긍하고 공개적인 자아비판을 하지 않았다. 장형준에 의하면, 작품 시연회에서 관계자들에게 비판받았을 때도 인정하지 않고 비판자들에게 도전적으로 대했다고 한다. 그런 논쟁적 태도조차 그가 수정주의 미학을 고집하는 것으로 궁지에 몰리는 구실만 되었다. 그 결과 소련 미학을 이론만 교조주의적으로 수용[36]한 것으로 매도되었다. 게다가 미학이론만 그런 것이 아니라 경희극의 실제 창작실천에서도 외국 방식을 그대로 따왔으니, 더욱 엄중한 사상 미학적 과오를 범했다고 단죄될 수밖에 없었다. 비평가들은 김창석의 미학적 오류와 경희극의 실패를 통해, 천리마 시대의 모든 작가, 예술인들이 공산주의 당성에 입각하여 국제 수정주의의 침습과 교조주의적 수용에 반대하여 북한 고유의 사회주의적 사실주의의 기치를 높이 들어야 한다고 입을 모았다.[37]

---

35 김창석이 풍자극 장르만 한정해서 말한 것을 일반화시켜 비판한 것으로 평가된다. 『미학개론』, 161~165면 참조.

36 "주체적 립장을 떠난 그의 『미학개론』은 미학 범주들과 예술의 특성들을 서술하는 본론 부분에 들어가서 우리 문학예술의 실정과는 부합되지 않거나 인연이 먼 남들의 작품 실례나 남들의 미학 론의들을 잡다하게 무비판적으로 끌어들이는" 오류를 범했다. 윤세평, 「수정주의적 미학리론을 반대하여—김창석의 『미학개론』을 중심으로」, 『문학신문』 1962.3.13.

37 장형준, 「수정주의적 미학 견해를 반대하여—청진연극극장의 경희극 〈소문 없이 큰일 했네〉에 대하여」, 『문학신문』 1962.3.6, 2면; 안함광, 「예술적 전형에 대한 수정주의적 견해를 철저히 배격한다」, 『문학신문』 1962.3.16, 2면; 김하명, 「『미학개론』과 〈소문 없이 큰일 했

이들 비평을 요약하면 김창석이 소련의 사회주의 리얼리즘 미학을 천리마 시대의 북한 현실에 맞게 창조적으로 변용하지 않고 축자적으로 해석하거나 유고슬라비아의 현대수정주의처럼 '서구라파식 양풍'으로 가득한 무원칙한 연출기법을 보였다는 것이다. 여기에 연장렬 등이 비판을 보탰으며 박종식은 당시의 또 다른 문예비평적 논란 주제였던 '민족적 특성'론까지 접합하여 논의 지평을 확대하였다.[38] 논쟁 이후 1년이 흐른 시점에서 안함광은 현대 수정주의자들은 전형적인 것을 사회 역사적 현상의 본질과 분리된 것으로 주장하면서 그것으로써 문학예술의 전 인류적 의의에 대한 논리적 거점으로 삼고 있다고 재차 '전 인류적인 예술적 전형' 주장을 논파한다.

> (현대 수정주의자들은-인용자) 작가들이 만일 후세에 길이 살아남을 전 인류적인 작품을 창작하려면 사회 계급적인 본질과는 관계없는 어떤 초계급적이며 영원한 것을 그려야 한다고 생각하고 있으며 또 바로 여기로부터 이른바 '모성애', '사랑' 등을 묘사한 '전 인류적인 예술적 전형'을 주장하면서 그것을 사회 계급적 전형과 대치시키고 있다. 여기에는 문학예술의 산 실천과 구체적인 력사적 교훈을 무시 외곡하는 극악한 독단주의적 궤변이 있다.
>
> 우리는 사회와 계급을 초월한 '순수한', '모성애', '사랑'이라는 것을 알지 못한다. 뿐만 아니라 세계의 고전치고 당해 시대의 사회 력사적 현상의 본질을 반영하지 않고 거기로부터 외면하고 있는 작품이란 것을 알지 못

네〉에 발로된 그릇된 견해를 반대하여」, 『조선문학』 1962.4, 119면.

38 소련 주도의 코민포름이 유고슬라비아 티토주의를 수정주의라고 비판할 때, 쟁점은 개별 국가의 민족적 특수성을 용인할 것인가가 쟁점이었다. 박종식은 유고식 독자노선과 달리 소련 중심의 국제주의 연대와 스탈린식 영도는 필요하지만 천리마운동이 활성화되던 북한 현실에 맞게 사회주의적 사실주의 창작방법이 창조적으로 석용되어야 한다고 한나. 언장렬, 「창작방법과 세계관 문제에 대한 수정주의적 외곡을 반대하여」, 『문학신문』 1962.3.23; 박종식, 「민족적특성에 대한 수정주의적 외곡을 반대하여」, 『문학신문』 1962.3.27, 3면.

한다.[39]

천리마 시대 사회주의 문학예술의 미학 이론과 창작방법론이 김창석
에 의해 한 단계 질적인 비약을 보인 것은 사실이다. 소련과 동구에서의
논의 전개양상을 폭넓게 파악하고 있고 미학에 대한 상당히 깊이 있는
식견을 갖춘 김창석은 문학예술에서의 민족적 특성은 그 내용에도 형식
에도 표현된다는 견해를 보였다. 사회주의적 내용의 측면에서도 민족적
특성이 표현되며 형식적 측면에서는 모국어, 구성과 장르의 다양성 등의
요소를 지닌다고 하였다. 민족적인 것과 계급적인 것은 불가분리의 변증
법적 통일관계를 이루고 있다는 전제 아래 예술의 계급적 성격은 민족적
특성을 근절시키지도 감소시키지도 못한다는 것이다. 계급투쟁이 민족
의 멸망을 초래할 수 없으며 모든 계급이 하나의 통일적인 민족적 환경
속에서 살며 민족적 공통성을 가지고 있기 때문이라고 주장하였다.[40]

김창석 미학은 보편성과 개별성의 통일로서의 전형이라는 상투적인
전형론이나 이상적인 투사형 인간형상을 전형으로 설정하는 북한의 도
식적인 당 문학론과 정치 편의주의적인 전형론에 비하면 보편 미학에 가
깝다. 물론 그의 전형론이 소련 이론을 축자적으로 번역하다시피 소개한
교조주의적 태도는 충분히 인정된다. 다만 당 정책과 수령의 지시에 따
라 집단적으로 정치적 단죄를 쉽게 하는 문단 풍토의 좌경화, 물신화에
대한 지적은 하지 않을 수 없다.[41]

---

39 안함광, 「예술적 전형에 대한 수정주의적 리론을 반대하여」, 『문학신문』 1963.10.18, 1면.

40 김창석, 「문학예술의 민족적 특성에 대하여」, 『조선문학』 1959.4 참조.

41 이 시기 최대의 문제적 이데올로그 김창석의 부침은 소련 발 사회주의 리얼리즘 미학의 운
    명을 잘 보여준다. 사회주의적 보편성과 프롤레타리아 국제연대성이란 명분으로 보편 미
    학을 축자적으로 번역, 수용했던 1957~62년 북한 문학예술장의 역동성이 사라져버린 것이
    다. 북에서도 처음에는 소련 출신 기석복, 정률, 김창석, 변월룡 등의 소련 발 사회주의 리얼
    리즘을 선진적 미학으로 높이 평가하였다. 가령 1957년 전국미술전람회 전체 소감과 개별

4. 천리마운동과 사회주의적 사실주의의 창조적 수용

1962년 북한 문학예술장을 뒤흔든 수정주의 비판론은 한편으로는 김창석 미학에 대한 원론적 비판으로, 다른 한편으로는 풍자 경희극 〈소문 없이 큰일 했네〉의 '양풍' 극작술에 대한 공연평 비판으로 펼쳐졌다. 비판자들은 극장르의 장르 특성인 갈등 설정과 풍자 특유의 공격적 웃음의 본질을 외면하고 천리마운동의 대의 앞에 그 어떤 체제 비판도 허용하지 않는 점에서 일치단결하여 김창석과 경희극 연출진을 조리돌림하다시피 하였다. 같은 경희극인데 〈산울림〉은 한입처럼 고평되고 〈소문 없이 큰일 했네〉는 집중포화를 맞은 이유는 무엇일까? 1962년 시점의 문예정책상 준거는 천리마운동의 열기를 고양하고 천리마기수의 형상을 잘 그려 생산 현장의 모범으로 삼게 하도록 당 정책에 충실한 창작을 하라는 극히 원론적인 내용이었다.[42]

당시 평가작은 장편소설 『력사』, 『두만강』, 가극 〈밀림아 이야기하라〉, 음악무용서사시 〈영광스러운 우리 조국〉, 조각 〈천리마 동상〉, 연극 〈붉은 선동원〉, 〈해바라기〉, 영화 〈분계선 마을에서〉 등이다. 반면, 김창석 『미학개론』, 경희극 〈소문 없이 큰일 했네〉, 김상오의 시 〈고백〉은 당 문예정책을 무시하고 사회주의적 사실주의에서 이탈한 문제작으로 공개 비판되었다.[43]

작품에 대한 김창석의 평가가 지닌 무게감이 한 예이다. 그러나 당 문예노선이 1958년의 김일성 교시 이후 '수정주의 미학 비판'이란 명분으로 이들을 비판하면서 한때 기세등등했던 이들이 반종파투쟁의 대상으로 전락하여 거의 악마화되었다. 김성수, 「195,60년대 북한 문예매체 지형과 사회주의 문화정치」, 『대동문화연구』 108, 대동문화연구원, 2019.12, 80면 참조.

42 김일성이 1960년 11월 27일 교시 「천리마시대에 맞는 문학예술을 창조하자」와 제4차 당 대회 결정의 문예분야 내용이다.

43 미상, 「우리 문학예술의 당성, 전투성을 가일층 제고하자!」(사설), 『문학신문』 1962.3.13, 1면.

1962년 하반기 논쟁의 결산 무렵에 김하명, 윤세평 등이 맑스레닌주의 보편 미학을 교조적 축자적으로 그대로 수용하면 수정주의로 왜곡되니 만큼 천리마운동으로 대표되는 북한 현실에 맞게 미학이론을 북한식으로 창조적으로 재구성해서 구현해야 하는 것으로 논쟁은 정리되었다. 그 숨겨진 이면의 내용은 사회주의 리얼리즘 원론에 명확하게 규정되지 않은 북한 특유의 당 정책에 맞게 미학 노선을 독창적으로 정해야 한다는 것인데, 특히 수령론과 당 정책 무오류론으로 논의가 수렴되었다.[44]

1962년 말부터 유고슬라비아의 현대 수정주의 노선에 대한 코민포름의 비판(1958)이 재소환되었다. 1958년의 정치 논쟁을 재론하면서 미학 분야로 확산 및 구체화하였다. 1963,4년에 이르면 '국제수정주의 미학 비판'으로 정치 이념 상의 비판과 미학 창작 상의 비판을 하나로 결집하게 되었다.[45] 박종식은 다음과 같이 수정주의 미학 비판론을 정리한다.

현대 수정주의자들은 전형성에 관한 이 정당한 맑스레닌주의적 원칙에 대하여 '일면적'이며 '번쇄철학적'이라고 시비하면서 사실에는 사실주

---

44 "수정주의의 반동적 본질은 수령의 역할을 무시하고 그를 반대하는 것이다. 수령의 역할을 부인하며 권위를 헐뜯는 것은 맑스-레닌주의의 혁명적 진수를 근본적으로 수정하는 것이며 혁명을 끝까지 하지 않으려는 표현이다. 당은 반드시 수령의 사상으로 무장하고 수령의 령도 밑에 혁명 투쟁과 건설 사업을 유일적으로 지도하여야 한다. 수령의 역할을 부인하는 수정주의는 결국 당의 령도를 거부하고 로동계급을 무장해제시켜 혁명을 하지 않으려는 악랄한 행위이다." 미상, 「수정주의란 무엇인가?」, 『천리마』 1971.7, 44면 요약 인용. 이를 보면 수정주의를 스탈린식 개인숭배에 기초한 전체주의 독재에 반대하는 것으로 규정함을 알 수 있다.

45 박영근, 「변절과 타락을 설교하는 부르죠아 사상의 탁류—유고슬라비야 수정주의 문학의 진상」, 『문학신문』 1962.11.2; 미상, 「부르죠아 문예사상과 수정주의의 침습을 배격하고 문학예술 창작에서 당성,계급성을 고수하여 사회주의적 사실주의의 기치를 더욱 높이 들라」, 『문학신문』 1963.8.13; 하수홍, 「찌또 도당의 수정주의적 미학 견해를 반대하여」, 『문학신문』 1963.9.3; 하수홍, 「수정주의자들의 '혁신'의 반동성」, 『문학신문』 1963.10.11; 안함광, 「예술적 전형에 대한 수정주의적 리론을 반대하여」, 『문학신문』 1963.10.18; 김하명, 「현대 수정주의자들의 '전인류적인 것'을 반대하여」, 『문학신문』 1963.11.15; 리상태, 「세계관과 창작방법에 대한 수정주의적 견해를 반대하여」, 『조선문학』 1964.2.

의 전형 창조의 내용을 거세하는 데로 빠져들어가고 있다. 이리하여 그들은 전형의 추상적 형식들만을 주워 모으기 시작하였고 여기로부터 '영원한 것', '전 인류적인' 전형이 등장하였다. 사랑, 가정 세태적인 주제가 범람하였고 형식주의 및 추상과 예술이 범람하기 시작하였다. 문학예술에서 참으로 '영원한 것'—그것은 당해 사회적 력량, 사회 력사적 합법칙성의 진실한 예술적 반영에 있는 것이다. 이렇게 하여 창조된 전형들은 당해 시대와 함께 살았을 뿐만 아니라 다음의 시대에까지 살았다. 바로 이것은 영원한 것이 객관적 현실에 있으며 사회 력사적 구체성 속에서 찾아야 한다는 것을 의미한다.

(중략) 그런데 현대 수정주의자들은 이같은 시대적 전형의 진정한 내용을 적대시하고 여기에 '은밀한 테마'의 '전 인류적 전형'을 내세운다. 다시 말하면 그들은 현 시대의 혁명적 현실의 사실주의적 반영을 적대시하고 색정, 애수, 음침한 가정 세태의 묘사와 추구로써 인민의 계급적 각성을 마비시키려 무기력 속에 잠들게 하고 있다. 이리하여 지금 수정주의가 자리 잡은 곳에서 세기말적 퇴폐 문학이 횡행하고 있다.[46]

천리마운동으로 상징되는, 사회주의 기초 건설기의 총동원 운동이 벌어지던 1960년 전후 북한 사회와 당-국가시스템 속에서는 보편적인 문학예술적 상상조차 제한되었다. 심지어 연극 공연에서의 풍자나 유머조차 자기 체제를 조금이라도 비판하거나 조롱하면 절대로 안 된다는 사회적 합의가 공공연하게 내세워졌다. 사회 구성원의 암묵적 합의 정도가 아니라 최고 지도자부터 말단 관료, 문예 창작자 및 수용자인 인민대중 전체가 전일적인 선전시스템에 일사분란하게 복종할 것을 강요받았다. 김창석의 리얼리즘 미학론과 그의 지도로 공연된 〈소문 없이 큰일 했네〉는 풍자 경희극을 표방했는데도 천리마운동을 왜곡 비방했다고 집중적

---

46 박종식, 「전형성에 대한 수정주의적 견해에 반대하며」, 『새시대의 문학』, 조선문학예술총동맹출판사, 1964.6, 129면.

으로 공개 비난받았다.

사람과 작품을 하나 딱 찍어서 심하다고 할 정도로 많은 이들이 돌아가며 공개비판을 집요하게 반복한 김창석의 수정주의 비판론이야말로 바로 일벌백계식 검열 시스템이 과잉 작동된 사례라고 할 수 있다. 그 결과 당 문예노선이 허용하는 사회주의적 사실주의 창작방법의 실질적 외연과 내포가 체제에 대한 무한긍정 선전에 고정되었다. 이후 작가와 예술인들의 창조적 실험은 검열-숙청의 위험을 감수해야 하니만큼 당국에서 시키는 것만 공장 생산품처럼 만들어내는 자기검열이 작동하지 않을 수 없었다.

결론적으로 수정주의 비판 논쟁은 1956년 이래의 도식주의 비판론이 초래한 북한 문학예술의 우편향, 또는 사회주의적 사실주의의 풍부화, 우경화를 비판하고 대안으로 김일성 교시와 천리마 시대정신 등 이른바 '조선적 특성'에 맞게 문예 창작의 미학적 기초를 창조적으로 수용하는 좌향좌의 계기가 되었다. 동시에 '민족적 특성론, 천리마기수 형상론, 갈등론' 등, 동 시기의 관련 비평 논쟁과 더불어 주체문예론 형성의 일방적인 중간 도정으로 기능하게 되었다.

다만 이러한 일련의 논의가 모아지면 195,60년대 북한 사회주의적 사실주의 문학비평사의 복원과 함께, 평론가이자 미학자인 김창석의 복권 및 그의 미학이론 복원을 통한 한반도적 시각의 디아스포라 문학예술사 재구성까지 기할 수 있다. 주체문예론으로 일원화된 현금의 북한 정전에서 존재가 아예 지워진 김창석 미학과 〈소문 없이 큰일 했네〉를 복원, 복권하여 통일 코리아 문학사의 일부로 재구성할 것을 기대한다.

수정주의 비판론 주요 목록

김창석, 「전형론」, 『미술』 1957. 3호.

김창석, 「다시 한번 예술적 전형에 대하여」(지상토론), 『문학신문』 1957.8.1.

김민혁, 「미학 분야에서의 수정주의를 반대하여」, 강능수 외, 『문예전선에 있어서의 반동적 부르죠아 사상을 반대하여 (자료집 3)』, 조선작가동맹출판사, 1958.

유리 보레브(쏘련), 장우 박화영 역, 「미학 리론에서의 수정주의를 반대하여」, 『문학신문』 1958.7.3.

한형원, 「문학예술 분야에서 나타난 국제 수정주의적 경향을 반대하여」, 『조선문학』 1958.10.

박영근, 「국제 수정주의를 반대하여-조선작가동맹 제4차 전원회의 토론」, 『문학신문』 1959.4.23.

한형원, 「미학에서의 국제 수정주의자들의 추악한 발광을 반대하여」, 『문학신문』 1959.9.22.

김창석, 『미학 개론』, 국립미술출판사, 1959.12.

김창석, 「리론적 명백성을 요하는 문제」, 『문학신문』 1960.2.5.

장형준, 「미학에서 당성을 고수하기 위하여」, 『문학신문』 1960.11.29.

김정식(기자), 「수정주의적 사상-미학적 견해와 무자비하게 투쟁하자-경희극 〈소문 없이 큰일 했네〉에 대한 연구토론회에서」, 『문학신문』 1962.3.6.

차균호(기자), 「수정주의의 사상미학적 관점을 철저하게 분쇄하자!-경희극 〈소문 없이 큰일 했네〉에 대한 연구토론회에서」, 『문학신문』 1962.3.13.

장형준, 「수정주의적 미학 견해를 반대하여-청진연극극장의 경희극 〈소문 없이 큰일 했네〉에 대하여」, 『문학신문』 1962.3.6.

한경수, 「웃음의 사회계급성을 옹호하여-연극 〈소문 없이 큰일 했네〉에 대하여」, 『문학신문』 1962.3.9.

사실, 「우리 문학예술의 딩싱, 전무싱을 가일층 제고하자!」, 『문학신문』 1962.3.13.

윤세평, 「수정주의적 미학리론을 반대하여―김창석의 『미학개론』을 중심으로」, 『문학신문』 1962.3.13.

최일룡, 「희극 쟌르에서 당성과 계급성을 철저히 구현하자!」, 『문학신문』 1962. 3.13.

안함광, 「예술적 전형에 대한 수정주의적 견해를 철저히 배격한다」, 『문학신문』 1962.3.16.

권택무, 「당 정책과 시대정신을 외곡한 수정주의적 작품―〈소문 없이 큰일 했네〉에 대하여」, 『문학신문』 1962.3.16.

리상태, 「'전인류적인것'에 대한 수정주의적 견해를 배격한다」, 『문학신문』 1962. 3.20.

강성만, 「수정주의적 희극 리론을 반대하여」, 『문학신문』 1962.3.20.

연장렬, 「창작방법과 세계관 문제에 대한 수정주의적 외곡을 반대하여」, 『문학신문』 1962.3.23.

박종식, 「민족적특성에 대한 수정주의적 외곡을 반대하여」, 『문학신문』 1962.3.27.

강능수, 「생활의 외곡과 형식주의적 희극 수법」, 『문학신문』 1962.3.27.

리운룡, 「형식주의적 연극 체계를 반대한다―경희극 〈소문 없이 큰일 했네〉의 무대 형상과 관련하여」, 『문학신문』 1962.3.30.

김하명, 「『미학개론』과 〈소문 없이 큰일 했네〉에 발로된 그릇된 견해를 반대하여」, 『조선문학』 1962.4.

박영근, 「변절과 타락을 설교하는 부르죠아 사상의 탁류―유고슬라비야 수정주의 문학의 진상」, 『문학신문』 1962.11.2.

하수홍, 「찌또 도당의 수정주의적 미학 견해를 반대하여」, 『문학신문』 1963.9.3.

하수홍, 「수정주의자들의 '혁신'의 반동성」, 『문학신문』 1963.10.11.

안함광, 「예술적 전형에 대한 수정주의적 리론을 반대하여」, 『문학신문』 1963. 10.18.

김하명, 「현대 수정주의자들의 '전인류적인 것'을 반대하여」, 『문학신문』 1963. 11.15.

장형준, 「긍정적 형상 창조를 거부하는 수정주의를 반대하며」, 『청년문학』 1963. 12.

김재하, 「현대수정주의자들의 '전인류적인 것'의 본질」, 『청년문학』 1964.1.

리상태, 「세계관과 창작방법에 대한 수정주의적 견해를 반대하여」, 『조선문학』
1964.2.

박종식, 「전형성에 대한 수정주의적 견해에 반대하며」, 『새시대의 문학』, 조선문학
예술총동맹출판사, 1964.6.

제7장

'혁명적대작' 창작론[1]

1. 대작 장편을 통한 대중 교양

이 글은 1960년대 중반의 '혁명적대작' 창작론을 『문학신문』, 『조선문학』, 『조선어문』 등 문예미디어의 비평 논쟁 중심으로 분석한다. 이는 주체문예론의 정전화 탓에 지워진 사회주의적 사실주의 비평사의 실상을 당시 미디어 콘텐츠를 통해 복원하는 기획의 일환이기도 하다.

1950년대 말부터 60년대 초까지 북한 사회는 '사회주의 기초 건설기'를 거쳐 '전면적 건설기'로 옮겨가는 5개년 계획(1957~60), 7개년 계획(1961~63, 1964~68)의 수행기였다. 1950년대 중반부터 사회주의 건설을 위하여 사회 전 역량을 집중한 '천리마운동'이 벌어지고 문학장에서도 그에 부응하는 작품 창작이 활발하게 진행되었다. 이 시기 문학비평담론은 노동영웅인 '천리마기수' 형상 문제에 집중하다가 어느 정도 성과를 거두자 60년대 중반부터 3,4년간 '혁명적대작' 창작론으로 관심사를 넓혀갔다. 논쟁은 천세봉의 『석개울의 새봄』, 『고난의 력사』, 『대하는 흐른다』, 석윤기의 『시대의 탄생』, 황건의 『아들딸』, 박태원의 『계명산천은

---

1 이 글은 다음 평론을 저서에 맞게 개제, 대폭 수정 보완한 것이다. 김동훈, 「장편소설론의 이상과 '대작장편' 창작방법논쟁」, 『한길문학』 1992. 여름호.

밝았느냐』, 윤시철의『거센 흐름』등 1960년대에 쏟아져 나온 북한의 대표적인 장편소설 창작의 이론적 토대가 되었다.

'혁명적대작'은 무엇인가? 이러한 개념이 나오게 된 배경에는 당대의 역사적 토대가 자리 잡고 있음은 물론이다. 1960년대에 이르자 북한 사회에는 1930년대 항일무장투쟁이나 해방 직후 토지개혁 등 '민주건설기'를 체험하지 못한 세대가 다수 등장하게 되었다. 이들을 사회주의 건설현장에 동참하라고 선동할 때 아무리 '천리마운동'으로 자발적 노동동원을 독려해도 한계가 있었다. '청산리정신, 청산리방법,' '대안의 사업체계'²라는 특유의 군중동원운동을 벌였지만 인민대중의 자발적 참여를 진작시키기 위해서는 의식교육(교양)이 더욱 강화되어야 할 필요가 있었다. 이에 청년 노동자와 청소년을 대상으로 하여 혁명 전통을 일관된 체계로 교육하는 데 대작 장편 문예물이 좋은 수단으로 인식되었다.

그전까지 '천리마기수의 형상'론을 펼 때에는 문예의 소재로 1930년대 항일무장투쟁이나 1950~53년의 전쟁, 60년대 초의 천리마운동이 각기 독립적으로 다루어졌다. 그러나 '혁명적대작'이라는 개념을 쓰면서 1930년대부터 60년대 당대까지가 중간의 민주건설기나 6.25전쟁기, 전후 복구시기, 사회주의 건설기 등과 함께 일관된 '조선혁명'의 역사적 단계로 인식되었다. 이에 이 시기 전체를 반영하기 위해서는 장편 또는 '대

---

2 '청산리 방법'은 김일성이 1960년 2월 평안남도 강서군(남포직할시 강서구역) 청산협동농장을 현지지도하며 시범을 보인 상하 소통형 경제관리체계이다. '대안의 사업체계'는 1961년 12월 김일성이 대안전기공장을 현지지도를 하고 나서 만든 공장관리지침이다. 당과 권력기관의 관료주의·형식주의·명령주의의 오류를 극복하고 당과 인민대중이 긴밀한 관계를 유지하며 간부의 실무지도능력을 높이는 것이다. 그 내용은 상부기관이 하부기관을 도와주고 윗사람이 아랫사람을 도와주는 것이며 간부가 늘 현지에 내려가 실정을 알아보고 문제를 해결하는 것이다. 사회 전 분야에서 정치사업, 사람사업을 앞세워 대중의 열의와 창조적 적극성을 유도한다. 이렇게 되면 관료주의, 행정실무주의가 극복되고 대중과의 사업에서 계급노선과 군중노선을 통일하여 모든 일을 대중 자신의 일로 전환시킬 수 있게 된다 이러한 조직방식의 변모가 '혁명적대작' 창작의 문예조직적 토대가 되었음은 물론이다. 정치사전, 경제사전 참조.

형식'의 작품이 요구되었던 것이다. 따라서 어느 정도 논의가 진행됨에 따라 '혁명적대작'의 개념은, 대중을 혁명적으로 각성시키며 그들을 혁명가로 키우는 데 이바지하는 작품으로서 전반적인 혁명투쟁과정과 그 과정에서 투사로 성장하는 주인공의 성격이 묘사되어야 한다고 규정되었다. 그리고 형식에 있어서 대형식의 작품, 내용에 있어서 광활한 서사시적 화폭을 담되 시대의 본질, 시대의 특성, 시대의 주류를 보여주어야 한다고 규정되었다.[3]

2. '혁명적대작' 창작방법론의 전개

2.1. 당 문예정책과 사전 논의

'혁명적대작' 창작론은 1960년대 초에 기왕의 '천리마기수 형상'론과 단편소설 창작론의 연장선상에서 시작되었다. 이전에도 '혁명적대작'이란 용어는 산발적으로 사용되었으나 이 시기에 와서 비로소 당 문예정책과 결합되어 조선작가동맹 구성원의 구체적인 관심사로 떠올랐다. 예를 들어 1964년 2월 『문학신문』 사설은 「혁명적대작 창작에 화력을 집중하자」라는 슬로건 아래 대작이 갖추어야 될 주제의 현대성, 전형화 원칙, 혁명적 낙관주의, 독창적 구성, 평론의 지도성을 조목조목 제시하였다.[4] 같은 맥락에서 『조선문학』 4월호 권두언도 혁명적대작 창작이 시대적 요구라고 주창하였다.[5] 이들 매체가 조선작가동맹 중앙위원회 기관지임에 비추어볼 때 혁명적대작의 요구는 시대적 요구이자 작가들에게 부

---

3 장형준, 「혁명적대작 창작을 위하여」, 『문학신문』 1964.11.20, 1면.

4 미상, 「혁명적대작 창작에 화력을 집중하자」(사설), 『문학신문』 1964.2.25, 1면.

5 미상, 「혁명적대작의 창작은 시대의 요구이다」(권두언), 『조선문학』 1964.4, 4면.

과된 지침이기도 하였다.

당시 당 지도부는 문예분야에서 천리마운동을 구체적으로 형상화하는 '혁명적대작' 창작에 주력할 것을 요구하였다. 당 중앙위원회는 제4기 제7차 및 8차 전원회의를 통해 사회주의 건설에서 새로운 대고조를 이룩하기 위해 대내적으로는 노동계급의 계급교양이 요구되고 대외적으로는 조국 통일의 염원을 이루기 위해 전쟁과 통일 투쟁에 대한 교양이 요구된다고 한 것이다. 이에 대중을 교육하고 그들의 관심을 진작시킬 필요가 있기 때문에 혁명 전통을 주제로 한 대작을 창작할 것을 정책화했던 것이다. 이미 이전부터 대작 장편의 창작원칙에 대한 산발적인 논의를 벌이던 작가동맹에서도 당 문예정책에 따라 이를 주된 과제로 삼게 되었다.

이러한 문예계 안팎의 요구에 의해 '혁명적대작 창작'론의 본격적인 제창은 5월 5일 조선작가동맹 8차 전원회의에서 정식 안건으로 채택되었다. 작가동맹 8차 전원회의에서는 이 문제가 "혁명적대작 창작에 력량을 집중하며 공산주의 수양을 높이자!"라는 슬로건으로 정리되어 그 미학적 원칙이 논의되었다.[6] 그에 따르면 대작 창작에서 중요한 것은 영웅 서사시적 생활의 화폭을 그리는 데 있으며 투사의 전형을 창조한다는 것은 혁명 전통으로 근로자들을 무장시키고 항일 빨치산의 혁명정신과 혁명적 낙관주의로 대중을 교육한다는 것이다. 그러기 위해서는 마르크스 레닌주의 미학원칙의 확립, 당 문예정책과의 유기적 관련, 작가동맹 조직 사업에 있어서 '대안의 사업체계와 청산리 방법'의 구현, 작가의 당성 계급성 제고 등의 요건이 필요하다고 하였다.

비평계에서는 방연승의 발제 「혁명적대작의 창작과 공산주의 투사의

---

6 미상, 「혁명적대작 창작에 력량을 집중하며 공산주의 수양을 높이자!—조선작가동맹 중앙위원회 제8차 전원회의 확대회의 진행」, 『문학신문』, 1964.5.8, 1면.

형상」7를 시작으로 산발적인 논의가 다양하게 진행되었다. 이 시기의 비평적 관심은 본격적인 '혁명적대작' 창작방법론을 둘러싼 사전 논의 성격을 가졌다. 가령 '갈등론' '노동계급 전형 창조론' '노동계급 형상론,' 6.25전쟁 소재의 '혁명적 작품 창작'론 등의 주제를 가지고 연재물과 지상토론 형태 등으로 진행되었다.

1964년 9월 7일 작가동맹에서는 "우리 시대 로동자계급의 영웅적 형상을 더 훌륭하게 창조하자!"는 슬로건 아래 '노동계급 전형 창조 문제에 대한 연구회'를 진행하였다.8 사회주의 건설기에 와서 개인의 이익과 사회적 이익이 통일되어 있다고 해서 노동계급의 구체적인 생활감정을 묘사하는 데 소홀히 하고 공장 등의 전형적 환경 설정에만 급급한 것은 문제가 있다고 지적되었다.9 이때의 관심사는 천리마운동의 기수와 마찬가지로 노동영웅을 '대중적 영웅주의'에 입각하여 형상화시키는 것이었다. 노동계급의 영웅적 투사적 면모를 그리되 노동자들의 구체적인 생활 감정 속에서 형상화할 것이 요구되었다. 그를 위하여 주인공의 내면세계에 대한 묘사에 관심을 돌려야 한다는 것이다. 이렇게 되면 소설의 성격 창조와 상황의 관계에 있어서 그 성격들의 진실성 여부가 작가의 역량 즉 독창성과 많이 관련된다고 할 수 있다. 즉, 상황에 인물성격이 선규정되어버리는 편향, 이를테면 공장의 생산공정, 생산적 정황이 주인공 노동자의 인간성격을 희미하게 하거나 가려버리는 편향이 극복될 수 있는 것이다. 따라서 그 미학적 지향은 이전의 '천리마기수' 형상론이 가지고 있었던 혁명적 낭만주의에 입각한 주관성, 관념성을 극복하고 좀더 현실성을

---

7 방연승, 「혁명적대작의 창작과 공산주의 투사의 형상」, 『문학신문』 1964.6.2, 1면; 방연승, 「조국해방전쟁을 반영한 작품 창작을 위하여」, 『조선문학』 1965.2, 36면.

8 미상, 「우리 시대 로동계급의 영웅적 형상을 더 훌륭하게 창조하자!—로동계급 전형 창조 문제에 대한 연구회 진행」, 『문학신문』 1964.9.11, 1면.

9 박종식, 「장편소설과 로동계급의 형상」, 『문학신문』 1964.9.8, 1~2면.

확보한 것이 되었다.

혁명적대작과 관련된 김일성 교시가 나오기 직전인 1964년 10월 무렵의 논쟁, 즉 6.25전쟁을 소재로 한 '혁명적 작품 창작' 논의는 1950년 6.25전쟁에 관련된 문예창작에 대한 미학적 원칙을 확보하는 데 중점이 있었다. 전쟁에서 외세의 침략에 맞서 싸우는 군인 전사의 영웅적 면모를 형상화하는 것이 60년대 중반의 노동영웅 형상화와 맞물린 문제라는 사실이 확립되었다. 그러나 이들 논쟁은 대작 창작을 여전히 슬로건의 차원에서 거론하였고, 그것도 소설분야 등 대상 장르가 부분적으로 한정되는 한계가 있었다.

2.2. 「혁명적 문학예술을 창작할 데 대하여」(1964.11.7) 분석

앞에서 본대로 산발적이면서 준비적인 논의들이 '혁명적대작' 창작론이라는 본격적인 논쟁으로 집중되게 된 결정적인 계기는 1964년 11월 7일의 김일성 교시였다. 「혁명적 문학예술을 창작할 데 대하여」라는 문건은 1960년 11월 27일의 천리마시대 예술정책론 교시와 함께 60년대에 나온 가장 중요한 문예론 지침이라 할 수 있다.

여기서 천명된 문예론은 다음과 같은 다양한 내용을 담고 있다.

첫째, 노동계급의 생활을 그린 〈붉은 꽃〉, 〈정방공〉, 〈인민교원〉 등 영화의 성과를 다른 문학예술로 확대해야 한다는 주장이다. 다만 통일을 염두에 둘 때 남조선 현실을 그린 작품에는 중요한 결함이 있는데 그를 극복해야 한다. 그 결함이란 남조선 사람의 통일을 위한 투쟁 형상화에 주력해야 하는데 진실성이 부족하고 영웅적 주인공을 뚜렷하게 부각시키지 못하고 있다는 것이다. 이는 이전까지의 남조선 소재 작품이 상투성과 관념성을 지니고 있었다는 반증이다.

둘째, 혁명 선동 교양을 빨치산 투쟁에만 국한시키지 말고 토지개혁, 당 건설, 6.25전쟁, 남한에서의 통일 투쟁 등으로 폭을 넓혀야 한다는 주장이다. 이 주장이 바로 '혁명적대작' 창작론의 지침이 되었다. 즉 "력사적 사건들을 줄거리로 하여 조선혁명의 발전과 함께 투쟁 속에서 자라나는 주인공들의 전형적인 모습을 그려낸다면 과연 하나의 대작이 되지 않겠습니까. 이런 작품을 써야 사람들에게 과연 혁명이란 파란곡절이 많구나 하는 것을 깨닫게 할 수 있으며 사람들을 혁명적 랑만주의정신으로 교양할 수 있으며 감옥에 있는 동무들에게도 희망과 용기를 줄 수 있습니다." "우리는 특히 청년들을 혁명적 락관주의정신으로 교양해야 합니다."[10]라고 하여 대작의 요건과 기능을 간단하게 언급하고 있다.

셋째, 문예작품의 '창작비율'을 구체적으로 규정하고 있다. 창작비율이란 개념은 우리에게 생소한 것인데, 문예창작에서 앞으로 다루어야 할 소재를 양적으로 미리 규정하는 의미를 지닌다. 즉, "나는 사회주의 건설에 관한 문예작품과 혁명투쟁에 관한 문예작품의 창작비률을 5대 5로 할 것을 제기합니다. 그리고 혁명투쟁에 관한 것은 북조선의 것을 4, 남조선의 것을 1 정도로 하는 것이 좋으리라 생각합니다."(452면)라고 하여 구체적인 분량을 제시하고 있다. 이는 계획경제의 개념이 문예학에 도입된 것으로 생각되는데, 당대에 실제로 이러한 규정에 맞게 창작의 비율이 제한되었는지는 확인되지 않는다. 다만 1970,80년대에는 이러한 계획창작(창작지침)이 실제로 이루어진 것을 볼 때 주체사상 확립 이전부터 이미 이러한 제약이 존재했음을 추정할 수 있다.

넷째, 음악 부분에서 기존의 보수주의 관행이 비판되었다. 즉 민족정서와 거리가 먼 재즈 같은 서양음악이 비판되었고, 판소리는 '쐑소리'이며 남도창은 양반들의 탁성이므로 계승해야 할 민족문화유산으로서는 배제되어야 한다고 지적되었다. 대신 전통 고유악기의 개량화 등 '창조

---

10 「혁명적 문학예술을 창작할 데 대하여」, 『김일성 저작집』 18권, 조선로동당출판사, 1982, 444, 445면.

적 계승을 통해 혁명적인 노래를 창작'하자는 대안이 나왔다. 이러한 주장을 통해 이후부터 북한 학계에서 한때 민족문화유산으로 평가받던 판소리가 배제되고 고유악기를 개량하여 현대화하는 작업이 이루어진 근거가 되었다.

끝으로 작가 예술인들은 노동자 농민 등 군중 속에 들어가 배워야 귀족화, 관료화되지 않고 혁명에 도움이 될 것이라 하여 그들의 창작풍토를 환기시키고 있다. 이러한 발언의 이면에는 아마도 60년대에 들어서서 이전 같은 혁명적 열기가 달아오르지 않고 서서히 관료화되어가는 문예종사자의 현실과 그를 비판하는 당 지도부의 마찰이 있었다는 반증을 찾을 수도 있다. 앞에서 본대로 '청산리 방법, 대안의 사업체계' 같은 대중운동방식이 도입되어 문예조직에서 관료주의나 행정실무주의를 극복한 것과도 맞물린 문제라 할 수 있다. 작가, 예술인들이 그 과정에서 농촌이나 공장, 탄광 등으로 '현지학습'을 하러 가게 되는 것도 생각할 수 있는데 이러한 행태가 우리 눈에는 '숙청'으로 비춰지게 된 것일지도 모른다.

이상과 같은 최고지도자의 교시를 어떻게 받아들일 수 있을까? 역사주의적 안목으로 김일성의 문예론을 평가할 때, 특정 시기 특정 장르에 대한 구체적 설명형태의 문건이 시간적 거리가 멀수록 규범화, 화석화되고 초역사적 위력을 발휘하게 되는 일을 종종 볼 수 있다. 이러한 절대주의적 해석과 부분 인용에 의한 일반화의 오류가 당연시될 수 있는 북한 문예학계의 내적 동인, 필연적 논리는 무엇일까 하는 것이 쟁점인데, 결과적으로는 주체문예로의 일방적 도정으로 가는 기반 다지기로 귀결되었다.

기실 1960년대에 한해서 말한다면 교시와 당 문예정책이 기계적으로 문예논쟁을 규정하는 것만은 아니라고 할 수 있다. 최소한 문예학의 내재적인 전개과정이 당 정책과 맞물려 논쟁이 구체화되는 양상을 보이는 것이다. 김의 교시가 절대화, 초역사화되지 않고 있고 그나마 그것이 나오기 전에 이미 신문이나 작가동맹, 또는 개인 차원에서 분위기가 이루어져 있고 교시는 그 논의의 맥락을 집약하는 데서 크게 벗어나지 않았다는 것이다. 비평논쟁의 발전을 내재적인 맥락에서 읽어내기 위해서는 교시와 당 문예정책, 문예학의 전개과정 등의 관계를 단선적인 기계적 결합으로 볼 것이 아니라 역동적인 관련양상으로 파악해야 할 것이다. 물론 그러한 파악을 위해서는 관련 자료에 대한 총체적인 시야를 확보할 필요가 있다. 문예논쟁에 관한 몇몇 자료만 보고 비평사를 재단하는 것은 비역사주의적 인식에 빠질 위험이 있는 것이다.

특히 「혁명적 문학예술을 창작할 데 대하여」의 전반적 내용에서 볼 때 이전까지 '항일 빨치산 투쟁'만 문예 창작의 중심이 된 좁은 시야에서 벗어나 '혁명적대작 창작' 논의의 주된 근거로 다양한 제재가 적극 장려되고 있음을 알 수 있다. 이러한 변화의 의미는 무엇일까? 교시 직전까지 전쟁과 남한 인민의 투쟁을 주된 제재로 한 '혁명적 작품' 창작 논의에서 교시 이후 '혁명적대작' 창작론으로 바뀌게 된 데에서 보듯이 '대작'의 제재적 다양성과 서사시적 폭, 시간적 길이가 중시되고 있다. 이는 과거 역사를 포괄적 총체적으로 볼 수 있는 안목이 가능할 만큼 북한 사회가 안정을 구가한다는 뜻일 것이다.

문학 창작의 주제와 소재를 예로 들면, 이전까지 1930년대 항일무장투쟁기 빨치산 활동이나 1950년대 이후의 천리마운동에 초점화되었던 예술적 상상의 시야가 해방 직후 당 건설 및 민주개혁시기, 6.25전쟁기 등 시공간적 확대가 이루어지고 파편화된 소재 하나하나가 '조선혁명'이라는 전체를 일관하는 하나의 흐름으로 취급되었다. 이는 이 시기에 와서 북한 사회가 총체성을 가진 사회로 안정되었으리라는 추측을 가능케 하면서 동시에 혁명 1세대와 새로운 세대 간의 의식의 격차가 엄연히 있음을 추정하게 하는 대목이다.

2.3. 작가동맹의 혁명적대작 창작론

김일성 교시를 계기로 하여 문예총 산하 단체들은 조직적인 토론을 벌여 대작 장편을 둘러싼 여러 문제에 대하여 미학적 해명을 시도하였다.

먼저 1964년 11월 22일부터 5일간 조선작가동맹 중앙위원회에서 '혁명적 작품 창작 연구토론회'가 진행되었다.[11] 천세봉 위원장에 의해 보고된 내용을 보면 혁명적대작을 창작하기 위한 방도로서 작가의 사상적 준비, 미학적 학습, 주인공의 성격 문제, 형상성 제고의 방식문제 등이 제기되었는데 이들 항목이 이후 논쟁에서 지속적으로 토론되었다.

우선 작가의 사상 문제를 보면, 토론자들은 작가가 작가 이전에 애국자, 투사가 되어야 하며, 혁명가의 정신세계를 습득해야 한다고 주장하였다. 이는 작가의 주관적인 욕망만으로는 불가능하므로 정치적 식견과 풍부한 지식을 가져야 하고 군중 속에서 배우는 기풍이 필요하다고 하여 작가의 노동현장체험을 더욱 강조하는 것이다. 미학문제에 있어서는 마르크스레닌주의 미학을 주체적으로 수용하기 위하여 미학이론을 습득하고, 당 문예정책과 김일성 교시를 학습해야 한다고 하였다. 주인공의 성격을 창조하기 위해서는 현실의 주인공을 설정하고 작가가 투사의 정신세계에 들어갈 정도로 혁명적 열정을 지녀야 한다고 하였다.

다음으로, 주제와 사상의 문제가 제기되었다. 토론자들은 대작이 다룰 주제는 '현대성'의 원칙에 입각해야 한다면서 혁명의 연장선상에서 당대 사람들을 투쟁정신과 방법으로 교육하는 것이라고 하였다. 그러기 위해서는 평범한 생활 속에서 가치있는 것을 찾아내는 작가적 안목이 필

---

11 최창학(본사기자), 「혁명 투사를 형상하자!_혁명적대작과 혁명가의 영웅적 성격 창조—소설 분과 연구토론회 진행」, 『문학신문』 1964.12.1, 2면; 박금중, 「혁명적 주인공들의 성격 창조 외 형상성 제고 문제─혁명적 작품 창작을 위한 연구 토론회 계속(제4일 오후 및 제5일)」, 『문학신문』 1964.12.1, 2면; 최창학(본사기자), 「씨나리오와 희곡 창작에서 혁명적대작을!—극문학 분과 연구토론회 진행」, 『문학신문』 1964.12.1, 3면.

요한데 그것은 작가의 미학적 이상이 높아야만 가능하다고 하였다. 이에 따라 구체적으로 제재 영역의 확대가 본격적으로 거론되었다. 1930년대 항일무장투쟁, 6.25전쟁, 남한의 통일투쟁 등이 주요 소재로 떠올라 각기 구체적인 문제들이 논란되었다.

또한 주인공의 성격 창조 문제가 토론되었다. 대작에서는 완성된 주인공이 아니라 완성을 지향하는 인간형이 취급되어야 하며 역사적 사건 속에서 투사로 성장하는 인물을 그려져야 한다고 합의되었다. 즉 대작의 주인공은 거대한 역사적 흐름 속에서 자기 운명을 변화시키고 그 과정에서 보통사람의 평범성을 벗고 시대적 본질을 온 몸으로 체현하는 비범성을 띠는 영웅-투사가 되어야 한다는 말이다. 토론 결과 성격의 발전과정을 혁명투쟁과의 연계를 통하여 형상화하고 성격의 개성화와 일반화의 통일을 보장하며 그들의 정신적 내면세계를 폭넓게 보여주어야 한다고 정리되었다. 또한 인물의 성격이 뚜렷하게 드러날 수 있도록 전형적 환경을 종횡으로 분석적으로 묘사하는 것도 필요하다고 하였다.

마지막으로 사실주의적 묘사정신이 중요한 문제로 거론되었다. 토론자들은 생활에 대한 사실주의적 묘사에서 중요한 것은 작가가 생활을 생활 자체의 형식으로 그리는 것이라고 하면서 기성관념에 얽매여 공식주의적 작품 창작에 빠지는 편향을 비판하였다. 종래에는 작가의 관념이 생활의 진실한 국면을 흐리게 하고 생활을 복잡하고 다양한 그 자체의 형식으로 보여주는 것이 아니라 단순한 구성으로 꾸미거나 미리 마련된 도식적인 틀에 생활재료를 끼워맞추는 일까지 있다는 것이다. 이는 작가가 생활에 대한 충분한 체험과 연구를 하지 않은 채 사실주의적 묘사정신을 갖추지 않고 사실의 전달을 나열하는 데 급급했기 때문이라고 할 수 있다. 따라서 현장 체험과 미학 학습, 형상성을 제고하기 위한 작가적 역량을 확대하는 데 최선의 노력을 기울여야 한다는 것이다. 형상성을 제고하기 위해서는 역사적 사건이나 미담에 대한 기록주의를 지양하고 진실한 세부묘사에 주력할 수 있는 필요가 있다고 하겠다. 그러기 위해서는 작품 전체의 정서적인 흐름에 걸맞는 특징적이고 인상적인 세부묘사가 반드시 요구될 것이다. 이러한 사실주의적 묘사정신은 혁명적대작의 이상을 구체적 작품으로 형상화하는 데 반드시 필수적인 조건이라 할 것이다.

이상과 같은 토론회를 통해 '혁명적대작'의 개념은 다음과 같이 정리되었다; 인민대중을 혁명적으로 각성시키며 그들을 혁명가로 키우는 데 이바지하는 작품으로서 혁명투쟁과정과 투사의 성격이 묘사되어야 한다. 형식에 있어서 대형식의 작품, 내용에 있어서 광활한 서사시적 화폭을 담되 시대의 본질, 시대의 특성, 시대의 주류를 보여주어야 한다. 혁명적대작은 혁명의 시대를 폭넓게 묘사하되 서사시적으로 반영하여야 하며, 혁명가의 형상을 기본주인공으로 창조하되 그의 운명을 예술적으로 일반화해야 하며, 혁명사상을 표현하되 그것이 작품에 일관되고 충만되어야 한다. 동시에 사상성과 예술성의 통일이 이루어져야 한다.

작가동맹 중앙위원회에서 '혁명적 작품 창작 연구토론회'가 진행된 후 곧바로 소속 분과의 구체적 실천방도에 대한 토론회가 이어졌다. 작가동맹 산하 각 분과의 혁명적대작 창작방법론 토론회에서는 다음과 같은 문제가 제기되었다.

먼저, 소설분과에서는 혁명적대작과 혁명가의 영웅적 성격 창조에 관한 연구토론회(1964.11.26~28)가 진행되었다.[12] 여기서 가장 중점적으로 논의된 것은 주인공의 영웅적 성격과 전형성의 관련 문제였다. 혁명적대작은 당연히 혁명투사의 영웅성이 부각되어야 할텐데 이러한 과제가 리얼리즘 장편소설의 전형화원칙과 어떻게 관련되겠는가 하는 문제였다. 결

---

12 최창학(본사기자), 「혁명 투사를 형상하자!_혁명적대작과 혁명가의 영웅적 성격 창조—소설 분과 연구토론회 진행」, 『문학신문』 1964.12.1, 2면.

국 완결된 인물이 아닌 완결을 지향하는 인물형이 제시되었고 그를 위해서 다면적 정황과 다부작(多部作)이 필요하다고 결론지어졌다. 그밖에 혁명적 낙관주의, 갈등의 설정, 구성, 세부의 사실주의적 묘사정신 등이 거론되었다.

시분과에서는 "시문학의 혁명적 기백과 형상성을 더욱 높이자"는 슬로건 아래 논의가 진행(1964.11.26~12.3)되었다.[13] 그 결과 시인의 혁명적 열정과 미학적 견해를 고양하는 것도 중요하지만 역사적 사건을 대상소재로 하여 대작 시를 쓰기 위해서는 서사시를 창작해야 한다는 데 의견이 모아졌다.

극문학분과에서는 '씨나리오와 희곡 창작에서 혁명적대작을!'이라는 슬로건 아래 연구토론회(1964.11.26~28)를 진행하였다.[14] 대작을 연극, 영화에 담기 위해서는 혁명적대작 희곡과 시나리오를 써야 하는데, 그것은 다장면(多場面) 연출과 극적 구성의 심화를 통해서 가능하다고 논의되었다.[15]

평론분과에서는 '혁명적대작을 더 잘, 더 많이 창작하기 위하여'라는 슬로건 아래 연구토론회(1965.2.15)가 진행되었다.[16] 평론이 창작을 지도하는 선도적 기능을 강화하고 천리마시대에 맞는 전투성을 강화할 것이 거론되었다. 혁명적대작 창작을 위한 미학적 문제에 대한 토론으로서는 작

---

13 박금중, 「혁명적 주인공들의 성격 창조와 형상성 제고 문제—혁명적 작품 창작을 위한 연구토론회 계속(제4일 오후 및 제5일)」, 『문학신문』 1964.12.1, 2면.

14 박금중, 「혁명적 주인공들의 성격 창조와 형상성 제고 문제—혁명적 작품 창작을 위한 연구토론회 계속(제4일 오후 및 제5일)」, 『문학신문』 1964.12.1, 2면.

15 최창학(본사기자), 「씨나리오와 희곡 창작에서 혁명적대작을!—극문학분과 연구토론회 진행」, 『문학신문』 1964.12.1, 3면.

16 리상태가 발제하고 방연승, 연장렬, 엄호석이 토론하였다. 차균호(본사기자), 「'혁명투사를 형상하자'_혁명적대작을 더 잘, 더 많이 창작하기 위하여—작가동맹 평론분과위원회에서 연구토론회 진행」, 『문학신문』 1965.2.23, 1면.

가의 세계관 및 대중 인식교양 문제, 대작의 개념, 전형론, 갈등론 등이 논의되었다.

작가동맹 외에도 영화인 동맹에서 '혁명적대작 창작과 영화예술'이란 주제로 연구토론회(1965.1.15~19)를 진행하였다.[17] 토론에서는 영화의 특수성이 주로 거론되었다. 즉, 영화에서 혁명투사의 영웅적 성격을 그릴 때는 문학과 달리 반드시 다부작(多部作)일 필요가 없고 서사적 화폭에만 얽매일 필요도 없다고 주장되었다. 영화는 서사적, 서정적, 극적 묘사방식을 종합하는 예술이므로 단일작에서도 회상수법이나 교차, 대비수법 등을 통해 얼마든지 거대한 역사적 화폭을 담을 수 있다는 것이다. 이는 영화예술의 특수성을 반영하는 견해라고 하겠는데, 이를 통해 북한에서 당 문예정책이나 교시가 장르적 특성을 고려하지 않은 채 무조건 관철되는 것만은 아니라는 사실을 알 수 있다.

이러한 분과 토론 결과 '혁명적대작' 창작방법론은 문예학예 각 장르에서 다음과 같이 구체화되었다: 시-서사시 창작론, 소설-대작 장편소설 창작론, 연극 영화-영웅적 투사의 극적 형상화론, 비평-비평의 선도성·전투성 강화론. 이 중 가장 주목할 성과를 낸 것은 장편소설분야이다.

2.4. 혁명적대작 주인공으로서의 투사의 형상화문제

혁명적대작 창작방법 논쟁에서 가장 주된 쟁점이 된 것은 작품 주인공인 혁명투사의 성격을 어떻게 형상화할 것인가 하는 문제였다. 왜냐하면 혁명적대작이란 결국 혁명의 시대를 살아온 투사의 '성격 발전의 역사'를 형상화한 것에 다름 아니기 때문이다. 이 문제를 두고 '혁명투사를

---

17 한태갑(본사기자), 「혁명적대작 창작과 영화예술—영화인동맹 연구토론회 진행」, 『문학신문』 1965.1.26, 3면.

형상하자'란 슬로건을 내건 지상논쟁[18]이 유례없이 2년간이나 벌어진 것은 우연이 아닌 것이다. 그렇다면 그 쟁점은 무엇인가 정리해보자.[19]

첫째, 성격 발전의 문제는 쉽게 논의의 일치를 보았다. 흔히 선입견을 가지고 생각하면 혁명적대작의 주인공은 당성이 강한 영웅적 성격의 투사라고 생각하기 십상이지만 실상은 그렇지 않다. 논쟁에 의하면 혁명적대작의 주인공은 처음부터 영웅성을 띤 투사로 등장하는 것이 아니라 보통사람이 역사적 사건을 겪으면서 고난을 당하고 운명이 바뀌면서 세계관의 변모를 겪은 끝에 비범한 혁명투사로 성장해가는 인물인 것이다. 보통사람이 투사로 성장하는 과정을 그리는 것은 대중 교육의 측면에서도 유리한 방식이다. 왜냐하면 어느 누구도 처음부터 완성된 인간으로서 투쟁에 들어서는 것은 아니기 때문이다. 고정된 인물형상이 제시되는 경우 그 숭고함에 의해 감동은 있을지언정 혁명은 어떤 특정한 사람만 하는 것이라는 생각이 독자대중에게 스며들 것이다. 그에 반해 혁명적대작의 주인공은 처음부터 평범한 사람으로 설정됨으로써 독자들이 나도 투쟁대열에 낄 수 있구나 하는 공감과 자신감을 불러일으키게 한다는 것이다. 특히 대작의 외형적 규모와 질적 특성 때문에 주인공의 내면세계 묘사까지 작가의 세심한 배려가 미치게 되므로 이전의 사건 중심 작품의 평면적 인물형상이 지닌 편향을 극복할 수 있는 것이다.

둘째, 주인공의 규모에 대해서도 논쟁이 있었다. 장형준은 대작의 서사시적 화폭을 수용하기 위해서는 주인공이 여럿 등장해야 하고 복잡한

---

18 황건, 「혁명적대작과 혁명가—주인공의 영웅적 성격 창조」, 『문학신문』 1964.12.15, 1~2면; 안함광, 「혁명적대작의 성과와 형상의 론리」, 『조선문학』 1966.11, 81면; 장형준, 「혁명전통 주제의 대작 창작에서 제기되는 중요한 사상-미학적 요구」, 『조선문학』 1967.9, 82면. 전체 목록은 본 장 말미 참조.

19 차균호(본사기자), 「'혁명투사를 형상하자'_혁명적대작을 더 잘, 더 많이 창작하기 위하여— 작가동맹 평론분과위원회에서 연구토론회 진행」, 『문학신문』 1965.2.23, 1면.

구성이 되어야 한다고 주장하였다.[20] 이에 대하여 윤세중은 많은 주인공이 등장하며 시대를 다 포괄해야만 대작이 되는 것이 아니라고 하였다. 시대의 본질이 반영된 비범하고 비반복적인 성격이라면 혁명가 한사람의 일생을 그리는 과정에서도 대작이 가능하다고 하였다.[21] 이러한 대립에 대하여 김명수는 대작을 시공간적인 용량이나 인물의 성격 문제 하나만으로 규정하는 것은 일면적이라 비판하였다. 만일 용량만 따진다면 희곡작품은 대작으로 되기 어려울 것이며 서사시적 화폭도 필수적인 요소는 될 수 없다는 것이다.[22] 또한 윤세중처럼 비범한 성격을 일면적으로 강조하는 것은 곤란하다고 하면서 비범한 성격을 평범한 성격과의 통일 속에서 보여야 한다고 하였다. 그는 혁명적대작을 규정하는 것은 그 작품이 해당 사회의 사업 진전에 추동력을 지니는가 여부로 따져야 한다고 하였다. 인물 성격도 외형적 규모나 비범성 여부가 아니라 혁명시대를 형상화하는 전형화의 폭과 깊이가 체현된 정도로 규정되어야 한다는 것이다. 김영석도 김명수의 의견에 동의하면서 등장인물의 외형, 숫자로써 대중적 영웅주의를 대신할 수 없으며 작가의 문제의식이 중요하다고 하였다. 당대사회의 전모를 형상화하는 것도 사건을 과다하게 설정하는 데서 다양성을 가지는 것이 아니라 혁명가를 중심인물로 하여 중심적인 사건 속에서 전모가 드러나게끔 만드는 데서 작가가 시대를 포괄할 수 있다는 것이다.

셋째, 심리 묘사로 대표되는 주인공의 내면세계를 형상화할 때 해당 시대와의 유기적 관련성이 전제되어야 한다는 점이 논의되었다. 대작에서 성격의 발전을 주인공의 심리 묘사 속에서 보여주는 것은 유형화되고

---

20 장형준, 「혁명적대작 창작을 위하여」, 『문학신문』 1964.11.20, 1면.

21 윤세중, 「혁명적대작과 구성」(단상), 『문학신문』 1965.1.5, 1면.

22 김명수, 「'혁명투사를 형상하자'_주제, 성격, 사건」, 『문학신문』 1965.3.26, 1~2면.

도식적인 성격 묘사를 극복하고 산 인간을 다룬다는 의미에서 일면 긍정적이다. 그러나 형식주의적 문예 작품처럼 심리 묘사 자체가 중요한 것은 아니다. 어디까지나 시대적 본질과 연관된 의미에서 주인공의 심정적 변화가 포착되어야 하는 것이다. 그의 내면세계를 제대로 그리기 위해서는 그것을 전형적 환경과의 통일 속에서 보여주는 것이 필요한 셈이다.

이러한 성격 논의를 통해 볼 때 혁명적대작 창작방법 논쟁을 통하여 전형화 법칙에 대한 이해가 심화되어 리얼리즘 인식의 제고가 이루어지고 있음을 알 수 있다.

3. 대작 논쟁의 쟁점과 작품론

3.1. 대작 논쟁의 미학적 쟁점

혁명적대작 논쟁의 가장 중요한 쟁점은 전형화법칙을 어떻게 구체화하는가 하는 문제이다. 이 점에서 다음과 같은 조령출의 고백은 시사적이다.

우리에게는 우수한 혁명적이며 전투적인 작품과 기념비적인 대작이 부족하다. 그것은 우리의 작가 예술인들이 혁명적 시대가 제기하는 거대하고 심오한 미학적 주제를 탐구하며 혁명 력사와 투사의 전형을 높은 미학적 리상 속에 재현하지 못하는 사정과 주요하게 관련되어 있다.

우리 문학예술 작품들에서 아직도 자취를 감추지 못한 기록주의 편향, 성격들의 류형성, 줄거리들의 류형성, 갈등의 모호성 등의 모든 결함들은 생활에 대한 작가 예술인들의 미학적 주장과 형상의 독자성이 결여된 사

정과 관련된다.[23]

'기록주의' 편향, 등장인물 성격의 유형성, 줄거리의 유사성, 갈등의
모호성 등 형상화상의 모든 결함은 결국 생활에 대한 작가의 미학적 견
해와 형상의 독창성이 결여된 데서 나온 것이다. 요는 개성과 보편성의
통일이라는 전형화 법칙이 작품으로 구체화되는 형상화 문제가 관건인
것이다. 이들 문제를 중심항목으로 하여 혁명적대작 논쟁의 쟁점을 간단
히 정리해보자.

먼저 기록주의 편향을 극복할 방법이다. 이 문제는 원형(모델)과 전형, 역
사적 사실과 문학적 진실성의 변증법적 관련 문제로 일반화시킬 수 있다.

리얼리즘문학을 창작할 때 작가들은 실재한 사건과 개별적인 모델에
근거하여 작품을 창작하긴 하지만 있는 그대로의 역사적 사실을 모사(복
사)하는 것이 아니라 전형화의 법칙에 입각하여 성격과 환경을 예술적으
로 일반화시키는 것이 원칙이다. 그런데 이러한 전형화의 법칙에 어긋나
는 편향을 많이 볼 수 있다. 이를테면 30년대 빨치산 투쟁이나 50년대 전
쟁의 역사적 사실을 있는 그대로 전달해야 원형에 손상이 가지 않는다
는 주장이 있었다. 이는 문예의 특수성을 간과하고 사실 전달에 급급하
여 작품 속에 사건과 인물을 기계적으로 모사하는 '기록주의' 편향을 띠
게 된다. 이렇게 되면 작품은 실제 사실을 전달하는 서술적 산문으로 전
락하며 문학성을 띤다 해도 사건의 순차적인 전개가 줄거리 위주로 되어
주인공의 성격 창조가 이루어지지지 못하게 된다. 서술자 또한 일반적인
정황을 개괄하여 설명하는 해설자, 이념의 전성관으로 전락하게 된다.

작가는 실제 사건과 모델을 보고 거기에 기초하되, 과감한 주관화를

---

23 조령출, 「혁명적인 작품 창작을 위하여 사상미학적 교양사업을 강화하자」, 『문학신문』,
1964.11.24, 4면.

시도함으로써 오히려 혁명 투사의 정신적 풍모를 효과적으로 드러낼 수 있는 것이다. 이를 위해서는 있었던 사실에 얽매일 것이 아니라 혁명적 낭만주의에 입각한 리얼리즘적 전형화가 이루어져야 한다. 즉, 당대 사회 역사적 배경을 가장 잘 보여줄 수 있는 전형적 성격과 전형적 환경을 대담하게 창조할 수 있는 작가적 역량을 보일 수 있는 것이다. 이것은 현실의 소재를 예술적으로 일반화할 때 필연적으로 나타나는 전형화법칙의 요구이며 현실에 더욱 충실한 리얼리즘적 입장이다.

둘째, 등장인물 성격 및 줄거리의 유형성·유사성을 극복하는 방법이다. 이는 개성과 보편성의 통일로서 인물성격과 환경을 전형화시키는 문제로 일반화할 수 있다.

노동계급의 전형 창조 문제에서 전과 결정적으로 달라진 것은 등장인물의 형상이 환경에 종속되거나 사건 줄거리에 매이지 않고 생동성을 띠게 그리라는 것이다. 즉, 노동계급의 주인공을 단순히 공장이나 농촌에서 일만 열심히 하는 생산자로만 보는 것이 아니라 시대의 역사적 흐름을 타고 성장하는 혁명투사로 시대 전형으로 보여주어야 한다는 것이다. 노동영웅으로서 형상화되었던 천리마운동의 기수가 이 시기에 와서는 1930년대 빨치산 투쟁이나 6.25전쟁 당시의 과거 면모와 비교되거나 세대간 문제로 대비되어 그 역사적 일관성을 선명하게 했던 것이다. 또한 반드시 생산공정이 아니더라도 다양한 생활 속에서 세계관의 변모를 보여주는 내면세계의 묘사가 이루어져 인물형상의 생동감이 더욱 확대되었다.

또한 주인공인 혁명투사의 영웅성을 부각시키다 보면 흔히 빠지기 쉬운 도식주의도 극복해야 한다. 이는 영웅주의와 낭만주의의 관계, 영웅적 성격을 담보하는 혁명적 낙관주의정신을 전투장면, 생산장면 같은 외면 묘사에만 활용할 것이 아니라 주인공의 심리 변화 등 내면세계 묘사에 용해하는 데서 가능하다. 고난이 클수록 마지막 승리를 낙관하는 주인공의 심리를 고통의 가중 속에 적절히 배치하는 것이다.

셋째, 갈등의 모호성을 극복하는 방법인데, 이는 갈등론으로 일반화할 수 있다.

천리마기수 형상론에서의 갈등론은 일반적으로 단순갈등론으로 성격지을 수 있다. 그에 반해 대작 논쟁에서의 갈등론은 복합갈등론이라 하겠는데, 갈등을 무원칙하게 나열하거나 인위적으로 설정하지 않는다는 점에서 자연주의적 갈등과 다르다고 할 수 있다. 사회역사적 배경을 폭넓게 설정하는 것은 생활을 그 복잡성과 다양성 속에서 반영해야 할 리얼리즘 장편소설에서는 당연한 요구이다. 갈등의 경우에도 하나를 통하여 많은 것을 보여주며 한 가지 사실을 다각적으로 분석적으로 묘사하는 것이 필요한데, 이것이 장편소설의 갈등의 특징이다. 그러나 주인공의 성격을 다면적으로 폭넓게 보여준다고 해서 갈등을 이것저것 제시하여 자연주의적으로 일반화하는 것이 능사는 아니다.

장편소설에서는 당시 시대상과 생활의 복잡성과 다양성 속에서 본질적 의의를 가지는 갈등을 포착하고 그러한 적대적 모순 속에서 주인공의 성격이 변화 발전하는 것을 그려냄으로써 작품의 사상을 해명하게 만드는 것이 옳은 태도이다. 이때 본질적 의의를 가진 갈등을 기본갈등이라 하고 그렇지 못한 것을 부차적 갈등이라 할 수 있다. 기본갈등은 계급적 민족적 모순에 입각한 제국주의자와의 적대적 관계로 설정하고 나머지를 주변에 배치하는 것이 대작 장편의 갈등론이라 하겠다. 다양한 갈등이 설정되었다 해도 성격이 생동하지 못하게 형상화되는 것은 갈등을 예리화하여 천명하지 못했을 뿐만 아니라 그 과정이 성격 형성의 계기로 되도록 하지 못했기 때문이다. 즉, 다양한 갈등의 설정과 복잡한 역사적 사건의 도입이 주인공의 운명과 그의 성격 형성과 유기적으로 결부되지 못한 데 있다. 이를 극복하기 위해서는 다양한 갈등을 층위를 두고 설정하되 궁극적으로 주인공의 세계관 형성과정에 기여하는 방식이 되도록 묘사해야 하는 것이다. 예를 들어 애정과 가정, 행복과 윤리 등의 문제에 결부된 갈등의 묘사는 가능한대로 혁명투쟁과 투사의 정신세계를 부각하고 보완하는 데 이바지해야 하며 작품에 드러난 사상을 심화 확대하는 데 기여해야 하는 것이다.

마지막으로 주제와 사상의 관계가 명확하게 설정되어야 구체적 형상화가 가능하다.

혁명과정에서의 주인공의 성격 발전과정을 전형화의 법칙에 따라 작품으로 형상화하기 위해서는 작가의 독창성이 요구되는 것은 물론이다. 이때 평범한 생활 속에서 가치있는 것을 찾아내는 작가적 안목이 필요한데 그것은 작가의 미학적 이상이 높아야만 가능하다고 할 수 있다. 그런데 작가적 안목이 부족하여 주제와 관련된 두 가지 편향이 생길 수 있다. 그 하나는 작가가 작품에서 내세운 사상적 주장을 제대로 소화하지 못한채 소재에 대한 주관적 열망에 사로잡혀 조급하게 글을 쓰는 경우이며, 다른 하나는 작가의 사상적 수준이 낮아 이미 상식화된 사실을 반복하는 경우라고 하겠다.

주제와 사상의 관계도 단순한 동일시나 분리가 아니라고 지적될 수 있다. 주제와 사상을 동일시할 경우 주제만 좋으면 사상도 훌륭해질 것이라고 한다거나 역으로 사상만 잘 갖추면 주제도 좋아질 것이라고 하여 문학을 단순화할 위험이 있는 것이다. 반대로 주제와 사상을 분리할 경우 그 유기적 관련을 무시하고 주제를 소재나 생활재료로 대치해버릴 위험이 있는 것이다.

논쟁을 통해 주제란 생활 자체나 소재가 아니라 그 속에서 작가가 시대적 본질로 새로 발견한 사상을 의미한다고 정리되었다. 이러한 생각은 작가의 세계관과 창작방법의 관계를 연상시키며 작품으로 형상화된 사상이란 의미의 주제 인식에 이르고 있음을 알 수 있다. 주체사상에 입각한 문예이론에서는 이러한 주제와 사상의 변증법적 관련 대신에 '종자'

라고 하는 초월적 추상개념을 도입함으로써 문제의식이 달라지고 있는 것을 볼 수 있는데, 그 개념의 생소함 때문에 아직 평가를 내리기 어렵다는 생각이다.

3.2. 논쟁의 구체화, 장편소설 『안개 흐르는 새 언덕』 재론

혁명적대작 창작론의 구체적 성과로서 이 시기 대표적인 장편소설들에 대한 본격적인 작품론이 1965년 후반부터 1966년에 걸쳐 줄을 이었다. 이를테면 천세봉의 『석개울의 새봄』, 『고난의 력사』, 『대하는 흐른다』, 석윤기의 『시대의 탄생』, 황건의 『아들딸』, 박태원의 『계명산천은 밝았느냐』, 윤시철의 『거센 흐름』 등, 민족문학의 성과로서도 손색이 없을 법한 장편소설들이 쏟아져 나오고 이에 대한 본격적인 논의도 높은 수준을 보였다.

일찍이 김재용이 주목한 천세봉의 『안개 흐르는 새 언덕』도 이런 일련의 대작 장편소설 중 한 편이다. 여기서는 그의 작품론[24]이 가진 문제점을 지적함으로써 논의를 대신하고자 한다.

혁명적대작과 관련된 김재용의 『안개 흐르는 새언덕』론은 논의의 진전만큼 한계도 적지 않은데 특히 연구의 초창기적 행태를 벗어나지 못하는 실증적 한계는 문제이다. 세부자료에 대한 구체적인 실증적 작업이 결여(소략한 서지작업)된 채 일부 문건만으로 쉽게 전체 판도를 그리는 것은 역사주의 원칙에 어긋나는 대표적인 예가 될 것이다. 『안개 흐르는 새 언덕』에 관한 2편의 글, 그것도 여러 편의 문건 중 안함광의 서평과 김일성 교시로써 당대 문예정책의 유일사상화 조류를 재단하는 것은 지나치게 무리한 일반화가 아닐 수 없다. 우선 '대작 장편' 논쟁에나 잠깐 언급될

---

24 김재용, 「유일사상체계의 확립과 북한문학의 변모」, 『한길문학』 1991. 겨울호 참조.

법한 비평가의 개별적 서평과 문학사를 획기(劃期)하는 당 최고지도부의 문예 관련 교시를 동일선상에 놓는 것 자체가 역사주의적 안목에서 볼 때 문제이다. 게다가 소설과 영화 텍스트가 동일하다는 전제도 확인되기 어렵고 설령 동일작품에 대한 평가라는 점에서 대비가 가능하다고 해도 긍·부정의 단순대비로써 문학예술 일반에 대한 성급한 단정 및 문학사적 평가를 감행하는 것은 모처럼의 소중한 시도마저 그 의의를 상실하게 만드는 일인 것이다. 실상 안함광의 평론자료는 1960년대 중반부터 꾸준하게 논의된 혁명적대작 창작논쟁 끝 무렵의 극히 일부분에 지나지 않기 때문에 앞으로의 본격적인 논의나 연구의 토대로 자리잡기에는 무리하다고 생각되는 것이다. 한 가지만 예를 들어보자.

　　북한문학에서 흔히 긍정적 주인공은 원칙을 견지하는 강한 사람으로만 제시되어 영웅화되기 십상이고 그리하여 인물성격의 진실한 사회주의적 재현에 도달하지 못한 경우가 허다하다. 이 역시 부정적 인물과 긍정적 인물을 이분법적으로 나누는 단순갈등론에서 비롯된 것이지만 이러한 경향이 북한문학 전반에 편재해 있었던 것이다. 그런 점에 비추어볼 때 『안개 흐르는 새언덕』에서의 강림의 인물 형상화는 돋보이는 점이 있다는 것이 안함광의 논지인 것이다.[25]

　　위에서 지칭한 '북한문학'이 구체적으로 어느 시기의 어떤 유형을 말하는지 분명하지는 않지만 60년대 중반에 와서 많은 작품과 비평이 『안개 흐르는 새 언덕』 및 안함광 이외에도 이분법적 인물형상이나 단순갈등론에 빠지지 않은 것은 분명하다. 앞에서 길게 소개했듯이 이분법적 인물형상이나 단순갈등론은 '천리마기수' 형상론 및 해당 작품에나 해당될 법한 일부분인 것이다. 오히려 위에 거론한 당대의 대표적 장편소설

25　윗글, 179면.

들은 완성을 지향하는 주인공의 성격 발전을 보여주고 있으며 다양하고 복잡한 갈등구조를 보이고 있다고 할 수 있다.

이런 점에서 혁명적대작 창작론과 관련되어 『안개 흐르는 새 언덕』이 가진 의미는 차라리 창작론의 우편향을 초래한 문제작으로 평가하는 것이 온당하다. 혁명의 핵심과는 거리가 있는 신파조 묘사와 분위기라든가 혁명의 역사적 사건과 구체적으로 굳게 결합되지 못한 채 순영이가 갑작스레 세계관 및 성격 변화를 보이는 대목 등은 당적 계급적 원칙에서 문제가 있다. 김일성의 1967년 1월의 교시 또한 이런 점을 지적한 것으로 판단된다. 이러한 사실은 이미 대작 논쟁의 와중에서 나온 「깊이 있고 내용이 풍부한 영화를 더 많이 창작하자」(1966.2.4)에서 지적되었듯이 주제의 핵심을 잡지 못한 채 너무 많은 분량을 한 작품 속에 포괄하려는 데서 빚어질 수 있는 대작주의적 편향과도 관련된다고 하겠다.

4. 대작 논쟁의 비평사적 의의

4.1. 논쟁의 비평사적 의의

북한에서는 1958년 8월에 사회 전반의 사회주의적 개조가 완성되었다고 공식화되어 있다. 이를 사회주의의 전면적 건설로 확대하기 위해 사회 전 노동력을 집중화 조직화한 것이 1956년부터 거의 10여 년간 지속된 '천리마운동'이라 할 것이다. 문예부문도 '천리마시대'에 걸맞는 작품을 창작하는 데 구성원 전체의 노력을 집중하여 몇 가지 성과를 내긴 했으나 한계도 없지 않았다. 이에 혁명적대작 창작론이 제창되어 문예정책, 소설이론 등 문예원론, 비평론, 작품 등 여러 방면에서 폭넓은 성과를 낼 수 있었던 것이다.

이러한 성과가 나온 것은 무엇보다도 문예 내재적인 발전의 결과다.

즉, 노동영웅을 주관주의적으로 형상화하는 단순하고 단일한 미학(천리마기수 형상론)만으로는 당시 북한사회의 복잡한 생활상과 근로대중의 다양한 생활 정서를 포괄할 수 없기 때문에 대작 장편을 통한 광범한 생활자료의 예술적 일반화가 요구되었다는 것이다.

대작 장편이 나오게 된 문학적 토양은 『고향』, 『황혼』 등 해방 전 장편소설의 유산, 『땅』, 『두만강』, 『개마고원』, 『서산대사』 등 해방 후 북한의 사회주의 리얼리즘 장편소설 발전의 풍부한 성과, 그리고 소련을 비롯한 세계 사회주의 리얼리즘의 혁명적대작의 영향을 들 수 있다.

이 논쟁을 통해 가장 괄목할 것은 아마도 리얼리즘 인식의 진전이 꼽힌다. 1956년부터 1963년까지 진행된 리얼리즘 발생 발전논쟁의 경우에는 엥겔스의 명제를 축자적으로 해석하거나 기계적으로 적용하려는 도식주의적 편향을 보였다. 이에 반해 '혁명적대작' 논쟁에 오면 전형화법칙에 대한 진전된 인식을 보이고 있다. 주인공의 성격 창조 문제를 환경과의 상호관련 속에서 통일적으로 사고하는 진전된 인식을 보이는 것이다. 다만 적대적 모순이 사라졌다는 당대 북한에서는 연극 내지 문학에서의 갈등론 또는 무갈등론이 어떻게 평가되는가, 그 입론 및 논란의 미학적 근거는 무엇이며 지금 우리에게 무슨 의의가 있는가 하는 문제는 대단히 중요하다고 하겠는데 앞으로의 과제로 남긴다.

논쟁을 통해 장편소설론의 총체성이 실체로 인식되고 한 세대(1930년대~60년대)에 이르는 '조선혁명'시대의 본질에 대한 포괄적 인식이 이루어진 것도 중요할 것이다. 따라서 분열된 시대상을 극복하고 총체성 획득이 가능할 만큼 이념적 통합 내지 사회적 단합이 이루어졌다는 사실을 반영한다고까지 볼 수 있는 것이다.

결론적으로 이 논쟁은 리얼리즘론, 장편소설론의 진전을 가져오고 1960년대에 쏟아져 나온 북한의 대표적인 장편소설 창작의 이론적 토대가 되었다고 정리될 수 있다. 이 논쟁을 비평사적으로 평가해볼 때, 1967

년부터 확립되기 시작한 주체사상에 입각한 문예이론의 전사(前史)로서의 위치와 그 이전까지 문예학계를 풍미한 '마르크스레닌주의 문예이론의 주체적 수용'이라는 슬로건 하에 진행된 창작방법론의 수준과 방향을 추정케 한다. 결과론이지만 개인숭배적 선전문학인 총서 '불멸의 력사' 창작론으로 귀결되었다는 문학사적 현실을 직시하지 않을 수 없다.[26]

한편, 논쟁의 한계도 간단히 짚고 넘어가도록 하겠다.

첫째, 리얼리즘이 그 내포가 상당히 튼실해진 반면 그 문예학적 위상 자체는 창작방법의 차원에서 묘사기법의 차원으로 전락한 감도 없지 않다. 엄호석의 다음과 같은 언급이 그 좋은 예라 하겠는데, 이러한 리얼리즘론의 실용주의적 변조가 나중에 주체문예이론으로 이행하는 하나의 문예학적 지표가 될 것으로 예상된다.

사실주의는 물론 방법이지만 좁은 의미에서는 묘사의 성격을 말하기도 한다. 그러나 그것이 방법에 대하여 말하건 묘사의 성격에 대하여 말하건 사실주의라는 말에서 울리는 중요한 것은 생활에 대한 진실한 묘사의 정신이다. 그만큼 사실주의는 생활 묘사의 진실성과 거의 동의어로 사용되고 있다. 그러나 생활 묘사의 진실성의 문제는 혁명적 작품 특히 혁명적대작을 창작하는 작가들에게는 더욱 긴절한 미학적 요구로 제기된다.[27]

둘째, '현대성'의 원칙이 지닌 한계가 지적될 수 있다. 현대성의 원칙은 과거의 인물 사건을 그리는 데 있어서도 현대 생활과의 정신적 연계를 밝히는 것을 중요시하고 있다. 예를 들어 6.25전쟁을 배경으로 한 군인들의 생활을 묘사하는 경우, 항일 빨치산 출신 군 간부와 해방 후 새로

---

26 남원진, 「'혁명적대작'의 이상과 '총서'의 근대적 문법」, 『현대소설연구』 40, 한국현대소설학회, 2009.4 참조.

27 엄호석, 「혁명적 작품 창작에서의 사실주의 묘사 정신」, 『문학신문』 1964.12.11, 1면.

성장한 세대와의 인간관계를 통하여 그림으로써 갈등을 심화하고 현재적 의의를 강조하게 되는 것이다. 과거를 그릴 때에도 현재적 요구에 맞게 형상화한다는 이러한 '현대성'의 원칙은 우리가 판단하건대 정치주의적 실용주의적 편의주의적 편향을 띨 수 있다고 생각된다.

셋째, 김일성 교시 「깊이있고 내용이 풍부한 영화를 더 많이 창작하자」(1966.2.4)에서 보듯이 혁명투쟁의 전 과정을 하나의 예술적 화폭 속에 다 담으려는 대작주의적 편향이 지적될 수 있다.[28] 대작이 그 자체의 방만한 구성으로 인해 핵심을 놓치게 된 측면도 없지 않을 것이다.

4.2. 논쟁의 현실적 의의

끝으로 혁명적대작 창작방법론의 현실적 토대에 대하여 생각해보기로 하자.

이 시기 북한사회는 '사회주의의 기초 건설기'를 거쳐 '전면적 건설기'로 옮겨가는 7개년 계획(1961~63, 1964~68)의 수행시기였다. 이때는 1950년대 중반부터 사회 노동력의 역량을 집중화한 '천리마운동'이 벌어지고 '천리마운동의 기수'를 상징화하는 문제에 관심이 모아졌다.

'혁명적대작'이 나오게 된 배경에는 당대의 역사적 토대가 자리잡고 있음은 물론이다. 이 논쟁은 북한 사회가 상대적으로 사회경제적 안정기에 놓여있다는 역사적 사실을 반영하고 있다. 즉, 총체성 획득이 가능한 북한 사회의 자신감이 표현되어 있다는 말이다. 혁명적대작이라는 개념이 쓰이면서 1930년대부터 60년대 당대까지가 중간의 민주건설기나 6.25전쟁기, 전후 복구시기, 사회주의 건설기 등과 함께 일관된 '조선혁명'의 역사적 단계로 인식되었다. 문예분야에 있어서 이전까지는 1930년

---

28 『조선문학사』 1959~1975, 과학백과사전출판사, 1977, 17면.

대 항일무장투쟁기 빨치산 활동이나 1950년대말 이후의 천리마운동에 한정되던 문예인의 시야가 해방 후 당 건설 및 민주개혁시기, 전쟁시기 등으로 넓어지고 독립된 소재들이 전체적인 일관된 흐름으로 취급되었다. 이는 이 시기에 와서 북한 사회가 총체성을 가진 사회로 안정되었다는 역사적 사실을 반영하였으리라는 추측을 가능케 한다.

다음으로, 근로자와 청소년 교육 문제가 배경으로 자리잡고 있다. 이 시기 북한 사회가 총체성을 지향하면서 동시에 혁명 1세대와 새로운 세대 간의 의식의 격차가 엄연히 있음을 알 수 있게 하는 대목이기도 하다. 이 점에서 논쟁 초기의 다음과 같은 지적은 시사하는 바가 크다.

> 사회주의 건설이 진척됨에 따라 과거 착취사회의 고역을 직접 체험해보지 못한 젊은 세대들이 더 많이 자라나게 되는바 그들에 대한 계급 교양사업을 강화하지 않는다면 그들은 자기의 부모들이 지주, 자본가의 착취, 억압 하에서 어떻게 비참한 생활을 해왔으며 제국주의자들과 계급적 원쑤들이 어떻게 포악하고 야수적인가를 철저히 알지 못하며 따라서 혁명에 지장을 초래하게 된다. 또한 비록 과거 착취사회 하에서 고통스러운 생활을 해온 사람들이라 하더라도 계급 교양을 강화하지 않는다면 오늘의 성과와 행복한 생활에 도취하여 쓰라린 옛 처지를 망각하고 안일성과 해이성에 빠지기 쉽다. 그러므로 계급 교양을 강화하는 것은 모든 사회주의 나라에서 그러한 것처럼 우리나라에 있어서 잠시도 등한히 할 수 없는 중요한 혁명과업이다.[29]

이 시기 북한 사회에는 항일무장투쟁이나 해방 직후 민주건설기를 체험하지 못한 세대가 다수 등장하였다. 이들을 '천리마운동'으로 집약시켜 사회주의 건설작업을 수행해나가는 데 있어서 자발성에 한계가 있

---

29 연장렬, 「혁명투사의 전형 창조와 계급 교양」, 『문학신문』 1964.8.25, 2면.

었다. 이들을 위주로 한 대중운동과 자발적 참여를 진작시키기 위해서는 의식교육(교양)이 더욱 강화되어야 할 필요가 있었다. 이에 근로자와 청소년을 중심으로 하여 대중에게 혁명 전통을 일관된 체계로 교육하는 데 대작 장편 문예작품이 좋은 선전 교육기능을 했던 것이다.[30]

셋째, 이 시기 북한 사회의 가장 중요한 역사적 과제였던 사회주의의 전면적 건설과 통일이라는 문제를 대중에게 선전하고 교육한 측면이다. 혁명적대작은 당 정책의 구체적 당면과제에 사회 구성원의 관심을 집중시키고 그들을 이념적으로 통합하는 데 일정하게 기여했다고 할 수 있다.

30　장형준, 「혁명전통주제의 대작 창작에서 제기되는 중요한 사상-미학적 요구」, 『조선문학』 1967.9, 82면.

'혁명적대작' 창작론 주요 목록

미상, 「혁명적대작 창작에 화력을 집중하자」(사설), 『문학신문』 1964.2.25.

미상, 「혁명적대작의 창작은 시대의 요구이다」(권두언), 『조선문학』 1964.4.

미상, 「혁명적대작 창작에 력량을 집중하며 공산주의 수양을 높이자!—조선작가동
맹 중앙위원회 제8차 전원회의 확대회의 진행」, 『문학신문』 1964.5.8.

방연승, 「혁명적대작의 창작과 공산주의 투사의 형상」, 『문학신문』 1964.6.2.

연장렬, 「혁명투사의 전형 창조와 계급 교양」, 『문학신문』 1964.8.25.

장형준, 「혁명적대작 창작을 위하여」, 『문학신문』 1964.11.20.

엄호석, 「혁명적 작품 창작에서의 사실주의 묘사 정신」, 『문학신문』 1964.12.11.

황건, 「혁명적대작과 혁명가—주인공의 영웅적 성격 창조」, 『문학신문』 1964.12.15.

한진식, 「혁명투사를 형상하자!_조국 통일 주제의 서정시와 관련하여」, 『문학신문』
1964.12.15.

안함광, 「혁명적대작의 창조와 전형화의 몇 가지 문제」, 『문학신문』 1965.1.5.

박영근, 「우리 시대 장편소설의 미학적 구조의 특성—혁명적대작 창작과 관련하
여」, 『문학신문』 1965.1.22.

연장렬, 「대작 창작과 구성의 다양성」, 『문학신문』 1965.2.2.

리상태, 「혁명적대작과 장편소설에서의 예술적 일반화 문제」, 『조선문학』 1965.2.

차균호(본사기자), 「'혁명투사를 형상하자'_혁명적대작을 더 잘, 더 많이 창작하기
위하여—작가동맹 평론분과위원회에서 연구토론회 진행」, 『문학신문』
1965.2.23.

엄호석, 「혁명적대작과 소재와의 작업」, 『문학신문』 1965.2.26.

오승련, 「대작 창작과 서사시적 화폭 묘사」, 『문학신문』 1965.3.2.

리수립, 「혁명적 서정의 탐구를 위하여(혁명적대작 창작을 위한 지상 연단)」, 『조선문학』
1965.3.

강창호, 「혁명적대작에서의 투사-주인공의 성격 창조」, 『문학신문』 1965.3.19.

미상, 「혁명적대작 창작과 우리 문예학의 과업」. 『문학연구』 1965-1호(3.29).

리억일, 「혁명적대작의 미학적 특성과 그의 형상적 구현 문제」, 『문학연구』 1965-1.

최일룡, 「혁명적대작과 주인공」, 『문학신문』 1965.3.30.

강능수, 「혁명적대작에서의 주인공」, 『문학신문』 1965.4.9.

연장렬, 「혁명적 주제의 탐구와 주제 령역의 확대(혁명적대작 창작을 위한 지상 연단)」, 『조선문학』 1965.4.

최일룡, 「혁명적대작과 구성(혁명적대작 창작을 위한 지상 연단)」, 『조선문학』 1965.6.

원진관, 「서사시 구성 형태에 대한 몇가지 소감(혁명적대작 창작을 위한 지상 연단)」, 『조선문학』 1965.6.

오승련, 「혁명적대작 창작과 전형화 문제」, 『문학연구』 1965-2호(6.29).

엄호석, 「혁명적대작과 슈제트 문제(혁명적대작 창작을 위한 지상 연단)」, 『조선문학』 1965.8.

박영근, 「풍부한 내면세계, 생동한 정신생활—혁명적대작 창작과 주인공의 내면세계의 묘사」, 『조선문학』 1965.9.

장형준, 「혁명적대작과 주인공의 성격 창조」, 『조선문학』 1965.10.

김하명, 「위대한 혁명의 력사와 혁명적대작」, 『문학신문』 1965.10.15.

오승련, 「대작 창작과 작가의 사실주의적 묘사 정신」, 『문학신문』 1965.11.9.

엄호석, 「혁명적대작과 구성의 기교」, 『조선문학』 1965. 11-12합호.

이창유, 「대작 창작과 형상 체계의 조직」, 『문학신문』 1965.12.24.

최일룡, 「혁명적대작과 사실주의 묘사정신」, 『조선문학』 1966.2.

리시영, 「혁명적대작의 구성상 특징」, 『어문연구』 1966-1호(3.29).

김병걸, 「혁명적대작에서 작가의 창작적 개성과 예술적 기교」, 『조선문학』 1966.6.

안함광, 「혁명적대작의 성과와 형상의 론리」, 『조선문학』 1966.11.

장형준, 「혁명전통주제의 대작 창작에서 제기되는 중요한 사상-미학적 요구」, 『조선문학』 1967.9.

제2부

주체사상체제기
주체사실주의 비평사

제1장

프로문학의 유산과 항일혁명문학의 전통론[1]

1. 프로문학과 항일혁명문학의 문학사적 정통성 논쟁

이 글은 1920~30년대 카프(KAPF) 중심의 프롤레타리아문학과 1930년대 항일혁명문학 간의 문학사적 정통성 논쟁을 분석하여 북한문학의 기원과 전통이 무엇인지 탐색한다. 이를 위해 북한 학계에서 자기 문학의 기원과 관련하여 프로문학을 어떻게 평가했는지 그 역사적 변모를 분석한다. 북한에서는 원래 1950년대까지는 프로문학이 북한문학의 유일한 전통이라 하였다. 1960년대부터는 김일성의 만주에서의 빨치산 투쟁 때 창조되었다는 '항일혁명문학(예술)'이 새로운 전통으로 부각되었다. 1967년 주체사상이 유일사상체계로 절대화되자, 프로문학의 전통은 무시되고 항일혁명문학예술만이 유일한 전통으로 공식화되었다. 1980년대 중반부터 한동안 괄호 속에 은폐되었던 프로문학의 존재가 부분적으로 복권되었다. 1992년 김정일의 저서 『주체문학론』에서는, 프로문학을 과거 진보적 민족문학의 '유산'으로, 항일혁명문학은 '전통'으로 위계화시켰다.

---

1 이 글은 다음 논문을 저서에 맞게 개제, 수정한 것이다. 김성수, 「프로문학과 북한문학의 기원」, 『민족문학사연구』 21호, 민족문학사학회, 2002.12.

이 점에서 김재용과 신형기의 선행 연구는 뚜렷하게 입장이 대비된다.[2] 김재용의 『북한문학의 역사적 이해』(1994)에서는 카프문학이 북한문학의 중요한 선행 전통이었는데 반종파 투쟁이라는 정치적 이유로 말미암아 항일혁명문학에 그 자리를 내준 것으로 파악하고 있다. 그에 반해 신형기, 오성호의 『북한문학사』(2000)에서는 북한문학을 북한이라는 나라의 건국 역사를 이야기로 쓴 것이라고 규정하고 민족해방의 서사물인 항일혁명문예가 그 기원이라고 논증하였다. 따라서 프로문학은 북한문학의 기원과 인연이 별반 없는 것으로 서술하고 있다. 지은이는 현 단계 북한 학계의 공식 입장인 주체문학론의 문학사 전통론에 상대적으로 가까운 후자보다는 과거 문학의 실상을 추적한 전자의 역사주의적 리얼리즘적 시각에 동의하며, 그동안 그런 입장에서 북한문학을 연구해왔다.[3]

프로문학과 북한문학의 기원 문제와 관련하여 김재용은 주목할 만한 논의를 내놓았다. 그는 북한에서 프로문학을 어떻게 평가했는가 하는 점을 사회과학원의 문학사를 중심으로 살핀 결과, 『조선문학통사』(하권, 1959)의 적극적 평가와 『조선문학사』(1981년판 전 5권 중 제3권)의 '어정쩡한 상태로의 방치', 그리고 『조선문학사』(1995년판 전 16권 중 제9권)의 '전면적 복권'으로 정리하고 있다.[4] 그러나 북한 학계의 공식 입장에서는 '당

---

2 김재용, 『북한문학의 역사적 이해』, 문학과지성사, 1994; 『분단구조와 북한문학』, 소명출판사, 2000; 신형기, 『북한소설의 이해』, 실천문학사, 1996; 신형기 오성호, 『북한문학사』, 평민사, 2000.

3 김성수, 「우리 문학에서 사회주의적 사실주의의 발생」, 『창작과비평』 1990년 봄호; 「북한 학계 리얼리즘 논쟁의 검토」, 『실천문학』 1990년 가을호; 『우리 문학과 사회주의 리얼리즘 논쟁』, 사계절출판사, 1992); 『통일의 문학 비평의 논리』, 책세상, 2001 등 참조.

4 김재용, 「남북의 근대문학사 서술과 프로문학의 평가」, 『남북한 한국학 연구의 접점』, 고려대 민족문화연구원 정기 학술대회 발표자료집, 2000.11, 97~105면; 『민족문화연구』 제33호, 2000.12 참조. 지은이는 김재용의 소론에 전반적으로 동의하면서도, 항일혁명문학과의 역관계가 반종파 투쟁의 산물이라거나 현 단계에서 프로문학이 '전면적으로' 복원되었지만 아직 임화 등은 교류와 논의 대상에서 유보시키자는 등 몇 가지 쟁점에서는 의견을 달리 한다.

과 수령의 영도'를 받지 못한 한계 때문에 프로문학을 문학사적 전통과 유산의 주요 영역으로 삼는 것에 대해서 여전히 부정적이라는 사실 또 한 부인할 수 없다. 카프를 중심으로 한 일제하 프로문학의 위상을 북한 문학의 기원과 관련해서 생각해 볼 때 항일혁명문학예술에 유일한 정통 성을 두는 북한 학계의 공식적 입장을 감안한다면 프로문학이 '전면적으로' 복권되었다고 판단하는 것은 성급하다.

따라서 1920~30년대 카프를 중심으로 한 프롤레타리아문학이 북한 문학의 기원인지 규명하기 위해서는 북한 학계에서 자기 문학의 기원과 관련하여 프로문학을 어떻게 평가해왔는지 그 역사적 변모를 보다 면밀하게 분석하고 그 의미를 해석하는 작업이 필요하다. 이를 통해 프로문학에 대한 남북의 공통 접점을 찾을 수 있기 때문이다. 우리 학계는 남북 공통의 문학유산으로서의 프로문학이 갖는 의미를 정당하게 인식하고 서로의 견해차를 좁혀 언젠가 씌어질 통합 문학사 서술을 향한 열린 자세와 상호 소통의 노력을 기울여야 할 것이다.

2. 프로문학에 대한 과거 북한 문예학계의 평가

북한의 문학사 서술에서 프로문학에 대한 평가가 어떻게 달라져 왔는가 하는 점을 밝히기 위해서는 반 세기 동안 북한 문예학계에서 이루어진 문학사의 사적 변모를 정리할 필요가 있다. 프로문학에 대한 북한 문단, 학계의 평가가 역사적으로 변모해 온 과정을 간단히 정리하면 다음과 같다.

2.1. 프로문학 유일 전통론

첫 단계에서 카프를 중심으로 한 프로문학은 북한문학의 유일한 전통이었다. 해방 직후 열린 1946년의 조선로동당 중앙상무위 제11차 회의 결정서에서 카프를 두고 "일제 통치 하에서 사회주의적 사실주의 예술방법에 립각한 문예활동으로써 민족해방 투쟁에 기여한 진보적 반일 문학예술 단체"라고 명확히 규정하고 있다.[5] 카프 문학을 두고 사회주의적 사실주의 문학의 영광스러운 전통이라 언급한 것을 보면 해방 후 북한문학의 전사로 카프문학을 염두에 두고 있음을 알 수 있다.[6]

1947년 3월 28일 조선로동당 중앙상무위 제29차 회의에서는 '북조선에 있어서의 민주주의 민족문화 건설에 대한 문제'를 토의하고 결정서를 채택했는데, 그에 따르면 문학예술은 레닌적 당성 원칙에 입각해서 조국과 인민에 복무해야 한다고 규정하고 있다. 또한 "조선 사람의 영웅적 로력과 승리와 영광을 고상한 사실주의적 방법으로 그리되, 전 재능과 력량을 건장한 창조적 로력에 바치여 조선 사람의 고상한 민족적 품성을 형성하는 사업에서 혁신적 조직자가 되며 민주주의 새 조선 사회를 건설하는 투사들의 선진대렬에 나서라고 문학가 예술가들에게 호소한다"라고 하여 북한 문학의 창작방법과 사회적 기능에 대하여 규정하고 있다.

북한의 대표적인 국문학자이자 문예정책 입안자인 김하명은 8.15해방 15주년기념평론집에서 '고상한 사실주의'의 기본 특성이 그 성격과 사명에 있어서도 바로 사회주의적 사실주의를 말한 것이라고 해명하고 있다.[7] 혁명적 낭만성에 입각한 긍정적 주인공이 민주건설기 조국 건설

---

5 윤세평, 「우리의 민족문화유산에 대한 관념론적 허무주의에 반대하여—림화의 반인민적 『조선문학』과 그 사상적 잔재를 분쇄하자」, 『조선어문』 1956년 4호(격월간, 7월호), 20면 참조.

6 윗글, 23면.

7 김하명, 「조선 로동당의 문예정책의 빛나는 승리」, 『전진하는 조선문학』, 조선작가동맹출판사, 1960, 18~19면 참조. 고상한 리얼리즘에 대한 1947년의 한효 글에서는 사회주의적 사실주의와의 관계 설정이 명쾌하지 못하다. 다만, 리얼리즘에 대한 엥겔스 명제 중의 '디테일의 명확성'에 대한 해석에서 단순한 사실적 묘사 차원이 아니라 민주건설기의 현실을 정확

에 헌신하는 것을 그 내용으로 하는 고상한 사실주의가 바로 이 시기 사회주의적 사실주의의 구체화라는 것이다. 나아가 우리 문학사에서 사회주의적 사실주의를 확립 발전시킨 것이 바로 프로문학이었다는 것이 정설이었다.[8]

북한에서 카프문학이 새삼 중시된 데는 50년대 중반 소련파의 카프 비판에 대한 반비판에서 본격적으로 비롯되었다. 당시 기석복, 정률, 전동혁 등 소련파의 카프 비판, 부정론에 따르면, 일제하 프로문학은 아직 사회주의 리얼리즘에 이르지 못한 비판적 리얼리즘이며 해방 후 소련문학의 직접적 영향을 받은 후에야 북한문학에서 비로소 사회주의 리얼리즘이 발생했다는 것이다.[9] 해방 후 북한문학만이 사회주의 리얼리즘문학이라는 기석복, 정률 등 소련파의 주장에는 일제하 카프의 전통을 폄하하고 구 소련문학의 권위에 기대 우리 문학을 규정하는 외국의 선진문학 사대주의나 외세 추종의식이 일정 정도 담겨 있다고 판단된다.[10]

히 반영해야 한다는 언급 등을 미루어볼 때 고상한 리얼리즘의 본질이 사회주의적 사실주의에 맞닿아 있다고 할 수 있다. 한효, 「고상한 리얼리즘의 체득」, 『조선문학』 창간호, 1947.9, 283~286면 참조.

8 김하명, 같은 글, 22면.

9 카프를 전면적으로 부정했다는 기석복 등의 50년대 중반 1차 자료 문건은 찾지 못했다. 기석복, 정률 등의 주장은 그들을 비판한 2차 자료에서 거론된 것들이다. 다만 임화, 김남천 등이 북조선문학예술총동맹에 합류했던 1950년 여름에 기석복이 쓴 글 중에서 카프 결성과 초기 활동에 일정한 역할을 한 박영희, 김기진을 일제 간첩이라고 맹비난하는 것은 찾아볼 수 있다. "반동작가 박영희는 카프에 잠입하였다. 그의 목적은 조선의 혁명적 문학을 와해시킬 목적으로 또 일제의 간첩자와 연락을 충실히 실천하기 위하여 카프에 기어들었던 것이다." 기석복, 「꼬스모뽈리티즘과 그 앞잡이인 반동 이론가들을 반대하여 무자비하게 투쟁하자」, 안함광 외 『문학의 전진』, 문화전선사, 1950, 252면. 이를 통해 1953년 종전 이후부터 1955년 사이에 기석복 등 소련파 문인이 일제하 박영희 등의 간첩 매도와 마찬가지로 임화 등을 미제 간첩으로 매도하고 그 논리의 연장선상에서 아예 일제하 카프를 전면 비판한 것으로 추정된다.

10 "박창옥과 그 추종분자들은 다른 나라 문학에 대한 무원칙한 숭배와 노예적 굴종사상으로부터 우리 문학유산에 대한 극난한 허무주의에 사도삽혔나. 이 사들은 위내한 수령님께서 조직 령도하신 항일혁명투쟁의 영향 하에 국내에서 활발히 전개된 로동운동을 배경으로 발생 발전한 국내 프로레타리아 문학과 당시에 활동한 진보적 문학예술단체인 카프의 활

이에 맞서 김일성은 훗날 주체사상의 기원으로 일컬어지는 1955년 교시에서 카프문학이 북한문학의 중요한 전통이라고 반박했다.[11] 한효, 안함광, 한설야 등 카프 출신의 작가, 비평가들도 소련파의 사대주의적 발상에 대한 비판을 하는 과정에서 프로문학을 더욱 높이 평가하고 20년 대에 이미 사회주의 리얼리즘문학이 발생 발전했다고 주장하였다. 카프의 프로문학에서 사회주의 리얼리즘이 발생 발전하여 해방 후 북한문학에 이르렀다는 논의는, 북한문학의 기원이 소비에트문학의 영향 하에 이루어진 해방 직후 문학이 아닌 일제 강점기 카프문학에 있음을 확실시한 것이라고 할 수 있다.

1950년대 중후반에 북한 문예학계를 뒤흔든 사실주의 대논쟁은 북한 문학의 이러한 역사적 정통성을 확보하기 위한 것이었다.[12] 근대 이전 리얼리즘 문학의 연면한 문학 유산이 계몽기의 비판적 리얼리즘과 일제 강점기 카프의 프로문학에 이어져 사회주의 리얼리즘문학으로 개화하고 그 전통이 해방 후 북한문학의 고상한 리얼리즘, 사회주의 리얼리즘으로 이어진다는 문학사적 정통성을 기본구도로 한 것이다.

1956년 10월에 열린 제2차 조선작가대회에서 채택된 조선작가동맹

동을 전적으로 부정하는 언행들을 서슴지 않고 감행하였다." 리수립, 『위대한 수령 김일성 동지 문학령도사』 3권, 문학예술종합출판사, 1994, 43면. 이 문제와 관련된 보다 폭넓은 문학예술사적 흐름에 대해서는 다음 문건을 참조할 수 있다. 리기주, 『위대한 수령 김일성 동지 문학예술 령도사』, 문예출판사, 1991, 226~236면.

11 1955년 12월의 김일성 교시 「사상 사업에 있어서 교조주의와 형식주의를 퇴치하고 주체를 확립할 데 대하여」, 『김일성 저작집』 9권, 조선로동당출판사, 1980, 471~472면. "내가 박창옥과 그를 추종하는 사람들에게 무엇 때문에 카프를 반대하느냐고 물어보니 그들은 대답하기를 일부 변절자들이 있었기 때문이라고 합니다. 그러면 우리나라의 우수한 프로레타리아 작가들이 주요 핵심으로 활약했던 카프가 무의미한 존재였단 말입니까? 우리는 카프의 투쟁 업적을 높이 평가해야 합니다."

12 김성수, 「우리 문학에서 사회주의적 사실주의의 발생」, 『창작과비평』 1990년 봄호(『통일의 문학, 비평의 논리』, 책세상, 2001, 재수록); 「북한 학계 리얼리즘 논쟁의 검토」, 『실천문학』 1990년 가을호; 『우리 문학과 사회주의 리얼리즘 논쟁』, 사계절출판사, 1992 등 참조.

규약에 따르면 카프를 중심으로 한 일제하 프로문학이 북한문학의 혁명적 전통임을 분명히 하고 있다.

> "조선작가동맹은 맑스-레닌주의와 그 미학리론을 자기의 창작 활동의 지침으로 삼는다. 조선작가동맹은 사회주의적 사실주의를 창작의 기본 방법으로 한다. 조선작가동맹은 우리나라의 유구한 력사를 통하여 개화 발전한 민족문화유산의 진보적 전통과 조선 프로레타리아예술동맹(카프)의 혁명적 전통을 계승한다."[13]

위에서 보듯이 규약 제2조에서 카프문학을 북한문학의 전통으로 규정하고 진보적 문학사의 구도를 세운 것이다. 그 결과가 안함광의『조선문학사』(1956년판),『조선문학사』(전 16권 중 제10권, 1964), 과학원의『조선문학통사(하)』(1959), 박종식의『문학개론』(1960, 1961년판) 등에서 잘 드러난다.

가령,『조선문학통사』하권에서 서술된 근대문학사에서 가장 큰 비중을 차지하고 있는 것은 프로문학이며 그 미학적 원칙은 사회주의 리얼리즘이었다. 근대문학의 역사적 흐름을 볼 때 1910년대에 형성된 비판적 리얼리즘이 1920년대에 들어서 사회주의 리얼리즘으로 발전하였다고 보고 있다. 초기 프로문학 즉 신경향파문학은 비판적 리얼리즘에서 사회주의 리얼리즘으로 넘어가는 과도기에 나온 것으로 한편으로는 비판적 리얼리즘의 성격을 가지고 있고 다른 한편으로는 사회주의 리얼리즘의 성격을 병행적으로 가지고 있다고 정리되었다. 그러다가 카프의 제1차 방향전환이 있었던 1927년 이후의 프로문학은 사회주의 리얼리즘으로 발생 발전했다는 것이다.[14]

---

13 「조선작가동맹 규약」(제2차 조선작가대회 채택),『제2차 조선작가대회 문헌집』, 조선작가동맹출판사, 1956, 396면.

14 김성수,「우리 문학에서 사회주의적 사실주의의 발생」;『우리 문학과 사회주의 리얼리즘

하지만 북한문학의 기원과 관련하여 일제하 카프 및 해방 직후 프로문학의 구체적 실상이 일직선상의 단선적 발전만을 보인 것은 아니었다. 이 시기 북한에서의 프로문학에 대한 평가가 일정 정도 과장, 왜곡될 수밖에 없었던 가장 커다란 이유로는 남로당계 문인들에 대한 부르주아 미학사상의 잔재 비판 문제였다. 1952년 말 이후 임화와 김남천 등 과거 일제하에서 프로문학 출신의 문학가들이 '미제 간첩'으로 비판을 받은 바 있기에 이들에 대한 언급은 불가능하였다.[15] 그렇기 때문에 프로문학사를 서술하면서 이들을 제외하고 서술하려고 하니까 곳곳에서 무리가 생겼다. 정치적 갈등이 문학사 및 미학 영역에 일방적으로 관철되는 바람에 프로문학의 전체상이 심각하게 훼손되었던 것이다.[16] 이 과정에서 프

논쟁』; 김재용, 「북한의 프로문학 연구 비판」, 『북한문학의 역사적 이해』, 문학과지성사, 1994 등 참조.

15　김재용, 「북한 문학계의 반종파 투쟁과 카프 및 항일혁명문학」, 『북한문학의 역사적 이해』, 문학과지성사, 1994 참조.

16　프로문학의 위상 변화를 반종파투쟁과 관련시켜 설명한 김재용의 정치사적 해석에 대해서 일찍이 지은이는 미학적 접근으로 해석을 보완한 바 있다. "이와 관련하여 이 시기 비평사의 본질을 '반종파 투쟁'의 일환으로 보는 시각도 있다. 예를 들어 1950년대 북한비평사의 흐름을 남로당 비판에서 8월 종파사건까지 일관된 반종파 투쟁으로 파악하고, 임화·김남천, 기석복·정률, 한효·안함광 등 몇몇 개인에 대한 비판으로 정리하는 방식이 그것이다. 이는 정치적 사건 위주로 문예비평을 바라봄으로써 문예의 특수성을 망각하고, 그 전모를 몇몇 개인의 문제로 한정함으로써 사회주의 문예조직의 특성을 몰각한 인식태도를 보이게 된다. 그러한 오류에서 벗어나기 위해서는 당 문예정책과 문예조직의 변모, 문학계 내의 다양한 논의에 대한 미학적 의미를 파악하고 그 역사적 현실적 배경을 추론해야 할 것이다. 이를테면 1953년의 임화·김남천에 대한 비판은 그 자체로는 남로당 제거라는 정치적 사건의 일환이라는 의미가 크다고 할 수 있다. 그러나 비평사적으로 보면 이 시기 미학논쟁의 쟁점과 그 의의는, '부르주아미학 잔재'에 대한 비판을 통한 사회주의 리얼리즘미학의 자기 정립과 도식주의화, 그리고 제1차 작가 예술가대회를 통한 조직의 재정비라는 측면이 보다 중요하다고 할 수 있는 것이다." 「1950년대 북한 문예비평의 전개과정」, 『한국 전후문학 연구』, 성균관대출판부, 1993.1, 256면. 그런데 2002년 7월의 민족문학사연구소 학술회의에서 지은이가 정치주의 편향에 빠져 미학적 접근을 하지 않아 큰 문제라고 지적 받았으니 반성하지 않을 수 없다. 학문하는 사람으로서 자기 글에 평생 책임져야 한다는 원칙을 새삼 확인한 부메랑 효과로 받아들인다. 다만, 프로문학과 북한문학의 기원을 논하는데 정치적 접근 말고 문학적 미학적 접근을 하라는 토론자 주문에 의문이 없지 않다. 그것이야말로 정치/미학 이분법에 빠진 순수주의, 미적 자율론자의 전형적인 오류 아닌가. 실사구시에 철

로문학운동의 전면모를 객관적으로 그리기 어려웠고 이러한 한계는 이 시기 문학사뿐만 아니라 이후 문학사에 지속적으로 드러나게 된다.

2.2. 프로문학과 항일혁명문학의 위상 변화

두 번째 단계에서 이른바 '항일혁명문학(예술)'이 발굴, 재조명되면서 종래의 프로문학과 함께 대등한 차원에서 북한문학의 전통으로 자리잡았다. 북한 문학계에서 항일혁명문학은 1950년대 말부터 본격적으로 논의되기 시작하였다. 1930년대에 이루어진 항일 빨치산 활동이 재조명되면서 그 과정에서 창작, 공연되었던 가요, 촌극 등 구비전승 작품들이 발굴되고 그들이 재창작되면서 이른바 항일혁명문학(예술)로 개념 규정되었던 것이다. 치열한 논쟁 과정에서 결국 항일혁명문학을 중심에 놓은 구도가 힘을 얻게 되면서 프로문학은 그것과는 비교가 되지 않는 하위의 것으로 규정되었다.

물론 처음부터 항일혁명문학이 중심이었던 것은 아니다. 1961년 3월 재조직된 조선문학예술총동맹의 규약에 보인 바와 같이, "조선문학예술총동맹은 우리나라의 유구한 력사를 통하여 발전한 진보적인 민족문화유산과 조선프로레타리아예술동맹(카프)의 문학예술 전통, 특히 1930년대 항일 무장 투쟁 시기의 혁명적 문학예술 전통을 계승 발전시킨다."라고 하여 프로문학과 항일혁명문학이 나란히 서술되었던 것이다.[17]

그렇다면 북한 문예학계에서 프로문학과 항일혁명문학의 위상은 어떠한 역관계를 보였을까? 처음에는 별개였다가 일정 단계의 논의 후에 항일혁명문학이 프로문학에 영향을 주었으며 북한문학의 유일한 전통으

저하되, 정치 경제 사회 등 역사적 접근과 미학적 접근을 상호보완해서 논의하는 것이 지은 이의 연구 원칙이다.

17 「조선문학예술총동맹 결성 기사」, 『문학신문』 1961.3.27, 1면.

로 재평가되기에 이른다. 이 과정에서 가장 중요한 계기로 작용한 것은 1959년의 '우리 문학의 혁명 전통에 대한 학술발표회'였다. 여기서 북한 문학의 새로운 유산 및 전통으로 김일성 부대가 30년대에 만주에서 벌였던 항일무장투쟁 과정에서 구비전승되었던 민요, 촌극이 '혁명가요' '혁명 연극'으로 재개념 규정되면서 위상이 높아졌던 것이다. 더욱 주목되는 사실은 아직 항일혁명문예라는 장르 명칭조차 부여받지 못한 이들 문학의 위상을 강조하기 위하여 한 걸음 더 나아가 항일무장투쟁 과정에서 구비전승된 혁명적 가요와 혁명적 촌극 등이 국내 프로문학의 창작에 영향을 주었다는 식으로 논의가 진행되었다는 점이다.[18]

당시 학술대회를 보고한 신문 기사에 따르면, 항일 무장 투쟁이 국내 프롤레타리아 문학에 준 영향을 사료적인 측면에서 논증하고 있다. 평론가 현종호는 원래 「항일무장투쟁 과정의 영향 하에 발전된 국내 프로레타리아문학」라는 제목으로 발표된 논문에서 한설야, 이기영, 송영 등이 카프문학을 창작할 때 멀리 만주지방에서의 무장투쟁 소문에 사기가 올랐다는 회고를 논증 자료로 삼아 항일혁명문학의 우위성을 주장하였다.[19] 예를 들어 한설야가 1930년대 항일 무장 투쟁이 국내 프로레타리아 문학 예술 발전에 거대한 영향을 주었으며 프로 작가 예술가들을 창작 활동에 사상적으로 고무 추동하여 주었다고 언급한 『황혼』 재간본의 인용문을 들었다.[20] 또한 이기영도 「나의 창작 경험」이라는 글에서 『고향』

---

18 기자, 「우리 문학의 혁명전통에 대한 학술보고회 진행」; 현종호, 「항일무장투쟁의 영향 하에서 발전된 국내 프로레타리아 문학」, 『문학신문』 1959.8.28, 2면.

19 현종호, 「항일무장투쟁 과정에서 창조된 혁명문학의 문학사적 의의」, 과학원 문학연구실 편, 『항일무장투쟁 과정에서 창조된 혁명적 문학예술』, 과학원출판사, 1960 참조.

20 한설야, 『황혼』, 조선작가동맹출판사, 1959, 88~89면. 개작된 작품에는 30년대의 원작에 없던 직업혁명가 '박상훈'이 등장한다. 주인공 준식의 배후에 나타나 일종의 '오르그' 역할을 하는 박상훈은 식민지 시대 사회변혁운동이 김일성의 항일무장투쟁과 연결된 것이었음을 암시하는 존재인 셈이다. 한설야는 자신의 문단적 위치를 공고히 하기 위하여 자신의 대표작을 개작하고 그 의미를 김일성과의 직접적인 연계로 논증하는 발 빠른 정치적 의도를

을 창작할 때 이와 같은 영향을 받았다고 쓴 것을 예증하였고,[21] 송영도 「조선 문학의 자랑」이란 소론에서 항일 무장 투쟁의 영향에 대하여 지적하였다고 하였다.

끝으로 학술대회 보고자는 1930년대 항일혁명문학이 국내에로 침투하였다는 것을 언급하였다. 이 침투가 작가들의 사상적 및 미학적 부분에 어떤 영향을 주었는가에 대하여 이야기하면서 레닌적 당성 원칙을 더욱 심오하게 하였으며 다른 하나는 반동 작가들과의 투쟁에서 사회주의적 사실주의 창작 방법을 고수하고 더욱 발전시킨 데 있다고 하였다.

그런데 이러한 논리에는 적잖은 비약과 무리가 엿보인다. 이를테면 1959년의 한설야 회고는 1930년대에 씌어진 자신의 대표작 『황혼』 재간본을 두고 당시에 멀리 만주에서 항일 빨치산 활동을 하던 김일성 부대의 소식을 듣고 그에 고무되어 창작에 임했다는 정도였다. 그런데 이 회고가 어느 사이에 프로문학이 김일성이 창작한 항일혁명문학의 '직접적 영향'을 받은 주요한 증거로 둔갑하였다. 카프를 위시한 프로문학이 항일혁명문학의 영향을 받아 창작되었다는 논리가 당연시되어버린 것이다. 일제 강점기의 진보적 작가들이 멀리 만주에서의 무장 투쟁의 소문

드러낸다. 『황혼』의 개작 부분에 관해서는 다음 논문을 참고할 수 있다. 김병길, 「한설야의 『황혼』 개작본 연구」, 『연세어문학』, 제30-31합호, 1999.2 참조.

21 『고향』에 대한 당대 학자의 논문에서도 프로문학에 대한 항일혁명문학의 영향과 긴밀한 연계를 언급하고 있는데, 직접적인 증거라고 보기엔 논리적 무리가 있다. "장편 「고향」에서 높은 사상 예술적 높이를 달성하게 된 원인은 첫째로, 이 시기 객관적 현실이 비상히 앙양된 혁명적 기분으로 충만되어 있었다는 사실과 관련된다. 특히 김일성 원수를 비롯한 견실한 공산주의자들의 지도에 의하여 민족해방 투쟁이 적극적인 무장투쟁 단계에로의 발전은 카프 작가들에게도 거대한 고무력을 주었다. 단편 「김 군과 나와 그의 안해」의 모찌브는 바로 이러한 사정을 실증하여 주는 좋은 실례 중의 하나다. 해외로부터 국내에 파견된 직업적 혁명가인 김 군과 민촌 자신과의 직접적인 련계는 작가의 사상적 각성에만 영향을 준 것이 아니라 사회주의적 사실주의의 획기적 발전을 조건지어주는 예술적 개화에도 영향을 주었다. 그것은 단편 「김 군과 나와 그의 인해」가 빌표된 후 즉시 장편 「고향」의 집필에 착수한 사실을 보아도 넉넉히 짐작된다." 리상태, 『리기영의 창작 연구』, 조선작가동맹출판사, 1959, 106~107면.

에 감격해서 창작과정에서 사기가 올랐다는 것은 어느 정도 개연성이 있다. 하지만 그것이 곧바로 무장 투쟁 과정에서 구전된 가요, 촌극들이 프로문학 창작에 직접적 영향을 주었다는 논거가 되지는 못할 것이다.

오히려 항일 유격대들이 만주 지역에서 무장 투쟁을 하면서 국내 소식에 목말라 할 때 카프에서 간행된 문학작품 등 국내 문건들이 유입되어 그들의 투쟁을 고무했을 가능성도 적지 않다. 이를테면 만주 지역에 유포된 카프 잡지 『별나라』 등 국내 진보운동세력의 문건이 무장투쟁 세력권 내의 주민들에게 항일운동의 사기를 진작하는데 기여했다는 김일성의 일화가 그 한 예가 될 것이다.[22] 이를 통해 볼 때, 만주의 무장투쟁기 혁명문예가 국내의 카프문학 창작에 직접적 영향을 주었다고 일방적으로 단정하긴 어렵다. 그보다는 국내의 진보적 문학가들의 창작 활동에 만주 등지의 항일투쟁 소문이 일정한 동기 부여 구실을 했으며, 역으로 이국땅에서의 힘든 투쟁과정 중에 국내의 진보적 문학 작품들이 어느 정도 사기 진작에 도움을 주는 식으로 '상호상승작용'을 불러일으켰다고 판단하는 것이 온당한 해석이라고 생각한다. 그런데도 국내의 진보적 문

---

22 연장렬의 다음과 같은 언급은 프로문학이 만주에서의 무장투쟁에 '직접적 영향'을 주었다는 증거가 될 수 있다. "프로레타리아 문학은 근로 인민들의 절대적인 지지를 받았으며 국내에 있어서뿐만 아니라 멀리 일본이나 동북 지방의 조선 사람들에게도 영향을 주었다. 1920년대에 프로레타리아 문학이 동북지방(길림)에 침투하였던 정형은 당시 김일성 동지의 지도 하에 길림 조선인 소년회 회장으로 사업한 동지의 회상을 통하여서도 알 수 있다. (중략) 김일성 원수께서 우리들이 모인 장소에 나타나시기만 하면 손뼉을 치고 펄펄 뛰고 딴스까지 하는 아이도 있었고 어떤 아이는 매달리고 업히고 끌어 잡아당기고 왼통 법석이 납니다. 그것은 물론 그의 인품이 인자하고 너그럽고 고상하신 데도 있지만 직접적인 것은 옛이야기(동화)를 정말 재미나게 들려 주셨기 때문에 아주 거기에 반해버렸던 것입니다. (중략) 그때 소년잡지 『별나라』에 두 팔이 없는 소년이 입으로 글을 쓰는 사실이 난 일이 있었는데 이 사진을 우리들에게 돌려 보이시고 난 뒤에 이런 말씀을 하셨습니다. '두 팔이 없어도 이렇게 글씨를 잘 쓰는데 두 팔이 건전한 우리들이야 말할 게 있나요. 남한테 지지를 맙시다. 조선 민족이란 자랑을 빛내입시다.' (『백두산은 어데서나 보인다』, 21~22면) 『별나라』는 주지하는 바와 같이 카프의 작가들이 발행한 아동문학 잡지였다." 연장렬, 「항일무장투쟁 과정에서 창조 보급된 혁명가요」, 과학원 문학연구실 편, 『항일무장투쟁 과정에서 창조된 혁명적 문학예술』, 과학원출판사, 1960, 47~48면.

학에 대한 항일혁명문학의 일방적인 영향에 관한 논의만 더욱 강화되다가 결국 주체사상의 전일적 지배에 따라 항일혁명문에 유일 전통론이 고착화되어버렸다.

이후 북한문학사에서 일제 강점기 프로문학은 그 한계가 지적되고 대신 항일혁명문학이 유일한 대안으로 제시되는 구도가 완성되었다. 그 논리의 출발점은 아마도 다음과 같은 현종호의 문학사적 평가일 것이다.

> 20년대 조선 프로레타리아 문학은 우리 문학의 력사에 있어서 처음으로 레닌적 당성 원칙을 구현한 문학이었음에도 불구하고 그것은 아직 그의 모든 원칙들을 전면적으로 그리고 심오하게 구현한 문학으로는 되지 못하였다. 20년대 프로레타리아 문학의 주인공들은 일반적으로 계급 투쟁의 리념에 불타기는 하였으나 아직 그의 리상은 구체적이고 과학적인 단계로 성숙되지 못하였다. 항일무장투쟁 과정에서 창조된 혁명문학은 30년대 조선 로동운동의 새로운 정세 하에서 20년대 문학의 이와 같은 미숙성을 극복하고 그를 더 높은 단계로 발전시킨 문학이다.[23]

2.3. 항일혁명문학의 유일 전통론

주지하다시피 북한에서는 1967년 5월에 열린 조선노동당 제4기 제15차 전원회의를 계기로 해서 주체사상의 유일사상 체계화를 통해 사회체제의 전면적인 혁신이 이루어졌다. 이에 따라 북한문학사도 결정적인 방향 전환을 하게 되었다. 원래 항일 무장 투쟁 과정에서 구전된 집단창작물인 가요, 촌극이 김일성이 직접 창작한 불멸의 명작으로 재규정되고 절대화되었다. 김정일이 주도한 '제1차 문학예술혁명'에서 4.15문학창작단 등이 항일혁명문학예술을 재창작하게 된 것이다. 그것을 북한문학의

---

23 현종호, 「항일무장투쟁 과정에서 창조된 혁명문학의 문학사적 의의」, 과학원 문학연구실 편, 『항일무장투쟁 과정에서 창조된 혁명적 문학예술』, 과학원출판사, 1960, 122면.

유일하고 절대적인 전통-기원으로 확립하기 위해 혁명연극이었던 「피바다」「꽃 파는 처녀」 등을 소설, 영화, 가극 등으로 재창작하고, 『영화예술론』(1973)에서 구체화된 '종자론' '속도전' 등에 입각한 새로운 창작방법을 그 이론적 지침으로 삼았던 것이다. 이러한 흐름 속에서 문학예술의 창작과 비평, 향유의 전 과정에 주체사상이 전일적으로 관철되는 유일사상 체계화의 후유증이나 문제점은 적지 않다. 무엇보다도 문학예술을 둘러싼 토론과 논쟁 등 학문적 논의의 분위기와 학계 시스템이 사라져버린 것이 가장 큰 문제라고 생각된다.

70년대의 세 번째 단계에서 프로문학은 북한문학의 전통과 유산의 반열에서 아예 사라졌다. 이를테면 평론가 장형준은 다음과 같이 언급하고 있다.

> 로동계급의 혁명적 문예 전통은 혁명 승리의 길을 개척한 수령의 사상을 구현하고 수령의 사상을 실현하기 위한 투쟁에로 인민대중을 불러일으킨 혁명적인 문학예술 유산이다. 이러한 유산, 이러한 전통은 오직 로동계급의 탁월한 수령에 의하여 맑스-레닌주의가 그 나라 혁명운동과 밀접히 결부되고 혁명 승리의 길이 빛나게 개척되는 과정에서만 창조될 수 있다.
> (중략)
> 그러므로 수령의 령도를 받지 못하고 수령의 사상을 구현하지 못한 문학예술은 진실로 로동계급적이며 혁명적인 문학예술로 될 수 없다. 이로부터 1920년대 전반기에 우리나라에서 창조된 초기 프로레타리아 문학예술이나 그후에 창조된 카프 문학예술은 비록 로동계급의 사상을 반영한 유산이라고 하더라도 우리 문학예술의 혁명 전통으로 될 수 없다.
> 우리의 혁명적 문예 전통은 항일 혁명 투쟁 시기에 위대한 수령 김일성 동지에 의하여 이룩되였다. 수령님께서는 이 시기에 영생불멸의 주체사상에 기초하시여 주체적 문예사상을 창시하시고 불후의 고전적 명작들의 창조과정을 몸소 지도하시였으며 조선인민혁명군 대원들과 혁명적 인민들 속에서 혁명문학예술을 군중적으로 찬란히 개화 발전시키시였다.

우리 문학예술의 혁명 전통은 주체적 문예사상을 구현하고 항일 혁명 투쟁의 영웅적 현실을 반영한 것으로 하여 특히 수령님의 직접적 지도 밑에 창조된 불후의 고전적 명작들이 기본으로 되고 있는 것으로 하여 가장 주체적이며 혁명적인 영광스러운 혁명 전통이 된다.[24]

70년대 이후 항일 혁명 투쟁 과정에서 나왔다는 항일혁명문학이 근대 문학사에서 가장 중심적인 것으로 평가받기 시작하였는데 그 근거로 제시된 것은 김일성이라는 수령의 영도와 조국광복회라는 당의 조직적 지도였다. 그렇기 때문에 과거 근대문학사 서술에서 중심적 위치를 차지하였던 프로문학은 더 이상 항일혁명문학과 동등한 반열에서 서술될 수 없었다. 이를 반영한 문학사가 사회과학원의 5권짜리 『조선문학사』(1977~1981)의 제3권이다. 『조선문학사』제3권에서 일제하 프로문학은 그 형해만 남은 모습으로 서술되었다. 이 문학사에서는 1926년 타도제국주의 동맹의 결성을 계기로 문학사적 현대가 시기 구분되었기 때문에 여기에 맞추어 프로문학도 난도질되었다. 그리하여 1920년대 초부터 1926년까지의 문학 즉 초기 프로문학은 그 자체로서 기술되었지만 그 이후 즉 1927년 이후의 문학은 항일혁명투쟁의 전개에 따라 진행된 것으로 묘사되었다. 즉, 항일혁명문예의 직접적 영향 하에 일제하 진보적 문학이 이루어졌는데, 그 일부가 프로문학이라는 식으로 서술된 것이다. 프로문학 자체에 대한 서술은 극히 축소되어 앞뒤 맥락과 전반적 분위기를 이해하기가 힘들다. 이는 다시 말해서 프로문학의 역사적 의미 부여나 문학사

---

24 장형준, 「우리 당의 혁명적 문예 전통과 그 빛나는 계승 발전」, 『근로자』 1973.9, 48~49면.
    참고로 이 문건을 면밀하게 분석하면, 1973년 당시만 해도 「피바다」 「사향가」 등 항일혁명
    문학예술 작품들이 김일성의 '직접적 창작'으로 표명되지 않았다는 사실을 확인할 수 있다.
    유격대원들의 '군중적 창작'을 '지도'했다는 것이 이때까지의 공식 입장이었다. 그런데 이들
    작품에 대한 현재 북한 학계(정책당국)의 공식적 입장은 김일성이 '친히 창작'한 '불후의 고전
    적 명작'으로 규정되었다. 이러한 변모과정에 대한 북한예술 전공자의 천착이 필요하다.

적 성격 규정을 의식적으로든 무의식적으로든 하지 않았다는 뜻이다. 특히 1927년 이후의 문학은 1950~60년대 문학사에선 사회주의 리얼리즘의 시각에서 의미 부여되었지만 1970~90년대에 들어서는 항일혁명문학 때문에 그러한 기준과 용어를 갖다 붙이기 어려워졌기 때문에 '어정쩡한 상태로 방치'되었던 것이다.

이것은 항일혁명문학을 상위에 놓아야 하고 그 밑에 프로문학을 배치해야 하는데 이를 어떤 식으로 설명해야 할지 그 논리를 세우기 어려웠기 때문이다. 당시 제기된 북한의 문예정책 즉 유일사상체계를 그대로 문학사의 기술에 적용하려고 하는 과정에서 필연적으로 제기될 수밖에 없는 것이다.

80년대 중반 이후 네 번째 단계에서 프로문학이 일정 정도 복권되어 북한문학의 유일한 전통인 항일혁명문학에는 미치지 못하지만 중요한 문학유산으로 자리매김되었다. 1986년에 나온 『조선문학개관』과 은종섭의 『조선 근대 및 일제하 소설사 연구』에서 프로문학의 모습이 다시금 일정정도 복원되었다. 뒤에 상세하게 살펴보겠지만 90년대 중후반에 나온 15권짜리 문학사에서는 주체사상과 수령론에 입각한 항일혁명문학 일변도의 이전 문학사보다도 프로문학에 대해서 보다 구체적으로 보완 서술되고 있다. 물론 이 문학사에서도 항일혁명문학과 프로문학의 관계에 대해서는 이전과 마찬가지로 주류와 비주류로 구분하고 있다. 그러나 프로문학 전체상이 복원되거나 근대문학의 중심으로 서술되지는 않는다 하더라도 그것의 전체적 면모가 항일혁명문학으로 인하여 별달리 훼손되지 않았다는 점이 중요하다.[25]

---

25 김재용은 1990년대 15권짜리 문학사 제9권(1995)에서 항일혁명문학과는 무관하게 프로문학의 독자적 전개과정에 대해 서술이 이루어지고 있다는 점에서 이전의 그 어떤 문학사보다 프로문학 그 자체에 대한 서술이 구체적이고 전면적이라 할 수 있다고 주장했다. 하지만 최근 문학사에서 프로문학의 '전면적 복권'이 이루어졌다고 했는데 많은 단서조항을 붙이긴 했지만 임화, 김남천 등 남로당계 문인의 복권이 유보되어 있는 한 '전면적'이란 규정은

3. 항일혁명문학의 '전통'을 보완하는 프로문학의 '유산'

북한 학계에서 프로문학의 일정한 복권이 이루어진 시기가 1980년 대 중반으로 생각되는데 그 근거로는 『조선문학개관』 제2권과 은종섭의 『조선 근대 및 해방전 현대소설사 연구』 2권(1986)을 들 수 있다. 연구사의 전후맥락에서 프로문학이 부분적으로 복권된 구체적인 연구사적 근거로 생각된다. 때문에 비평계와 학계의 연구가 일정하게 진전되다가 그 정치적 반영물로서 당 최고지도부인 김정일의 지침서인 『주체문학론』 (1992)으로 구체화된 것이 아닐까 판단되기도 한다.[26]

현 단계에서 프로문학 등 민족문화의 유산과 항일혁명문학의 전통은 어떤 역관계로 설명될 수 있을까? 북한 문학계에서는 1970~80년대 20여 년간 고전문학, 민족문화의 유산이 항일 빨치산문학의 전통에 상대적으로 가려져 있었다. 당연한 말이지만 민족문화유산에는 사회주의, 공산주의를 위한 혁명투쟁 속에서 창조된 혁명적 문화유산도 있고 그 이전 선조들이 이룩한 고전문화 유산도 있을 것이다. 그런데 북한 문예학계에서는 근 20여 년 동안 항일혁명문예의 전통 이외의 다른 전통은 정당하게 인정하지 않았다. 대표적으로 식민지시대 문학에서 가장 진보적인 부분이라 할 카프문학을 의도적으로 축소 왜곡, 무시해왔다.

1992년에 나온 김정일의 『주체문학론』에는 1960년대 중반 이후 오랫동안 간과되었던 카프 문학 등 과거 진보적 문학에 대한 원론적 복권이 이루어져 있다. 『주체문학론』 제2장 '유산과 전통'에서 항일혁명문학

여전히 어불성설이라고 생각한다. 김재용, 「남북의 근대문학사 서술과 프로문학의 평가」, 『남북한 한국학 연구의 접점』, 고려대 민족문화연구원 정기 학술대회 발표자료집, 2000.11 참조.

26 이에 대해서는 김성수, 「북한 문예이론의 역사적 변모 고찰」, 『1994 북한 및 통일연구 논문집』 제2권, 통일원, 1994; 「북한 문예이론의 역사적 변모와 김정일의 '주체문학론'」, 『북한 문화연구』 제2집, 한국문화정책개발원, 1995 참조.

의 전통 못지 않게 민족문화유산도 중시되어야 한다는 언급을 한 것은 주목을 요한다. 그동안 이 문제에 대한 많은 편향이 있었기 때문이다.

김정일은 『주체문학론』에서 "카프문학에 대한 평가와 처리를 공정하게 하여야 한다"고 하면서 카프문학의 복원을 주장한다. 그는 유산이 있고 난 다음 전통도 있는 것이라고 하면서 항일혁명문학은 문학유산이면서 동시에 전통인 반면, 카프문학은 문학유산이지 결코 전통은 아니라는 것이다.[27] 이에 대하여 김정일은 과거 민족문화유산에 대한 무시와 간과는 구라파중심주의에 빠진 민족허무주의와 사대주의의 발로라고 비판하고 반침략 애국주의 정서를 갖춘 고전문학은 얼마든지 높이 평가해야 한다고 하였다. 그 결과 1927년의 방향전환 후 카프문학은 사회주의적 사실주의문학으로 정당하게 인정해야 한다고 했으며 비판적 사실주의 문학이나 20세기 초엽의 이해조, 이인직, 이광수, 최남선 등도 응당한 수준에서 취급해야 하고 일제 강점기에 진보적인 작품을 창작한 신채호, 한용운, 김억, 김소월, 정지용, 심훈, 이효석, 방정환, 문호월, 나운규 등을 공정하게 평가해야 한다고 하였다.

물론 이러한 과거 민족문학예술 유산을 옳게 계승 발전시킬 때 역사주의적 원칙과 현대성의 원칙을 확고히 견지해야 한다는 전제조건을 달긴 하였다. 그래야 복고주의와 민족허무주의를 극복하고 민족문화유산에서 진보적이며 인민적인 것을 현대적 미감에 맞게 비판적으로 계승 발전시킬 수 있다는 것이다. 이런 전제조건의 이면에는 과거 진보적 문학전통을 '전면적으로' 복권시키면 1930년대 빨치산 문학예술의 정통성이 조금이라도 흔들릴까 싶은 우려도 엿보인다. 즉, 민족문화유산을 고전 문화유산으로만 보아도 안되며 김일성의 항일혁명운동과정에서 만들어졌

---

27 김성수, 「김정일 시대의 '주체문학론' 비판」, 『북한연구』 18호, 1994년 겨울호, 대륙연구소, 1994.12; 김재용, 「국가사회주의 붕괴 이후의 북한문학과 『주체문학론』」, 『민족문학운동의 역사와 이론 2』, 한길사, 1996 참조.

다는 혁명적 문학예술 전통을 과거의 민족문화유산과 뒤섞어놓고 그 위치를 모호하게 하여도 안 된다는 식으로 여러 겹의 단서조항이다. 때문에 혁명적 문학예술은 '전통'이라 규정하고 민족문화는 '유산'이라 하여 질적 차별성을 뚜렷하게 하고 있는 것이다. 그 결과 둘의 관계는, "혁명적 문학예술 전통은 민족문화유산의 핵이며 중추이다. 혁명적 문학예술 전통은 그 질적 내용에서 민족문화유산의 최고봉을 이룬다."는 식으로 위계화되어 있다. 유산과 전통에 대한 이러한 기준을 제시하였기 때문에 문학사가들은 부담 없이 카프문학을 재구성하고 적극적으로 평가할 수 있었던 것이다.

북한 문학계에서는 1970~80년대 20여 년간 카프를 중심으로 한 프로문학 같은 진보적 문학사 전통이 항일 빨치산문학의 전통에 눌려 정당하게 평가되지 못하고 연구나 출판도 이루어지지 않았다. 항일혁명문학 유일 정통론이 다양한 과거 문학 중 상대적으로 중요한 진보적 문학 전체를 무시, 왜곡함으로써 문학예술인들을 편협하고 도식적인 시야에 오랫동안 고착시키고 그 결과 현 단계 문학 창작이나 인민대중의 정서 함양을 저해하는 많은 편향이 있었기 때문이다. 이에 대하여 김하명은 "(오류는) 혁명적 문학예술 전통을 민족문화유산과 계선 짓는다고 하면서 유산과 전통이 아무런 련관도 없는 것으로 갈라놓는 데서 표현되였다. 이러한 편향은 흔히 혁명적 문학예술 전통과 민족문화유산 일반과의 계선을 똑똑히 그을 데 대한 당의 원칙적 요구를 그릇되게 리해한 것"이라고 비판하였다.[28]

그동안 항일혁명문학의 전통과 이전 문학의 유산을 구별하고 후자를

---

28 김정일, 『주체문학론』, 77~83면; 김하명, 「유산과 전통의 계승 발전에 관한 독창적이고 주체적인 리론」, 『문학신문』 1993.1.15, 2면. 김정일이 카프문학에 대한 평가와 처리를 공정하게 해야 하며 심지어 이광수, 최남선도 문학사에서 응당한 수준에서 취급하여야 한다고 한 언급은 대단히 중요하다.

펌하했던 것은 항일혁명문학의 '순결성'을 고수하기 위함이지, 특별히 항일문학이 이전 문학의 전통과 관계가 없기 때문에 무시한 것은 아니라는 해명이 주목할 만하다. 현재 북한 주체문학의 원조 또는 직접적 기원이 되는 항일 빨치산 문학도 기본적으로는 계급적 성격의 사회주의문예일 뿐만 아니라 민족문학의 유산이라는 점을 강조함으로써 민족적 특수성에 대한 재조명이 이루어지는 것이다. 이는 북한 문학계에서 비로소 카프 등 이전 문학의 전통을 원론적으로 인정하기 시작했다는 증거이다. 항일혁명문학도 민족문학의 전체적 흐름 속에서 보아야 한다는 것은 타당한 지적이지만 기실 이는 주체사상에 입각한 문학이론에서 전통적인 마르크스레닌주의 미학보다 상대적으로 반외세적인 민족주의(사회주의적 애국주의)가 강조된 데서 나온 것으로 보인다.

이렇듯 북한 사회 내부에서 프로문학에 대한 평가가 긍정적으로 바뀌게 된 데에는 프로문학 또한 항일혁명문학과 마찬가지로 현재의 북한 문학을 존재하게 만든 기원으로 상정할 수 있다는 김정일 시대의 새로운 '전통과 유산'론에 기인한 비교적 균형 잡힌 역사인식의 소산으로 생각된다. 유일사상 체계화에 주력했기에 다른 나라와의 비교나 오래전 민족문화 전통과의 연계를 외면해 온 김일성 시대의 당 문예정책처럼 직접적으로 만주에서의 투쟁 경험만 절대화할 필요가 상대적으로 줄어들었을 것이기 때문이다. 다만 프로문학의 전통과 항일혁명문학의 전통 사이에 현존하는 위계질서는 철저하게 규정하고 있다. 즉, 1959~67년 시기처럼 둘을 아무런 원칙 없이 병치하거나 7,80년대처럼 프로문학을 북한문학의 기원에서 아예 무시하는 편향은 드러내지 않되 동일한 반열이 아니라 '유산 대 전통'이라는 항일혁명문학 전통 우위론을 확실하게 정립하고 있다.

그렇다고 해서 이전 문학의 유산에 대한 새삼스러운 강조가 북한에서 오랫동안 외면했던 민족문학의 이념을 복원시키려고 나온 것은 아니다. 오히려 1990년대 초의 사회주의 몰락과 김일성이라는 수령의 죽음 이후 동요하는 체제 위기 이후 반외세 자주성을 강조해야 할 당면한 정치적 필요에서 나온 측면도 있다. 문예학적으로는 몰락한 동구 사회주의 권에서 통용되었던 사회주의 리얼리즘 대신 다른 미학이 필요했을 것이다. 이러한 역사적 배경과 내재적 요구가 새로운 미학, 즉 보편성을 상대적으로 중시하는 마르크스레닌주의에 기초한 사회주의 리얼리즘미학 대신 조선민족제일주의라는 특수성, 자기중심성을 극단적으로 강조하는 주체미학을 낳게 한 것으로 해석해야 할 터이다.

이런 저간의 논의과정에서 여전히 노골적으로 카프문학의 복권에 대한 반감을 드러내는 논자도 없지 않았다.

> 지난 시기 일부 사람들은 우리 당의 혁명 전통을 상하좌우로 넓힌다고 하면서 과거 애국전통을 혁명 전통으로 취급하고 실학파문학이나 카프문학도 우리 문학의 혁명 전통으로 삼아야 한다고 주장하였다. 이것은 우리의 혁명 전통을 오가잡탕으로 만들고 그 순결성을 흐리게 하려는 반동적인 궤변이다. 과거의 실학파문학이나 카프문학이 민족문화유산이라고 하여 우리 문학의 혁명 전통으로 될 수는 없다.[29]

하지만 프로문학을 항일혁명문학과 비슷한 위상을 부여하는 논의조차 허용하지 않는 이러한 완고한 주장은 더 이상 대세를 이루지 못했다. 오히려 카프 등 이전 문학의 유산과 항일혁명문학의 전통을 아울러 강조하고 있는 점이 주체문학론의 진전된 시각이며 이에 따라 그동안 중단되었던 항일혁명문학 이외의 민족문학 유산에 대한 연구와 작품 재보급 등 후속 작업이 이루어진 것이다. 즉, 1960년대 중반 이후 오랫동안 간과되

---

29 사혁순, 「친애하는 지도자 김정일 동지께서 밝히신 혁명적 문학예술 전통을 민족문화유산 속에서 볼 데 대한 리론」, 『조선어문』 1993-3호, 6면.

었던 실학파나 카프 문학 등 과거 진보적 문학에 대한 원론적 복권이 이루어진 것이다. 이런 맥락에서 1995년의 『조선문학사』 제9권에서 류만은 프로문학을 해방전의 진보적 문학 '유산'으로 재조명한 것이다.

> 해방 전에 창작된 프로레타리아 문학을 비롯한 진보적 문학은 로동자, 농민 등 무산대중의 사회적 해방을 위한 지향을 반영하고 민족문학의 고유한 특성을 살리고 진보성을 고수해나간 것으로 하여 우리나라의 우수한 과거문학 유산에 속한다. (중략)
> 프로레타리아 문학은 우리 혁명 발전에서 나서는 문제들에 옳은 해답을 주지 못하고 계급투쟁에 대한 문제를 주체적 립장에서 해명하지 못한 것을 비롯하여 전형 창조에서와 예술적 형상에서의 결함과 미숙성 등 일련의 제한성을 가지고 있다. 이것은 로동계급의 당과 수령의 령도를 받지 못한데 근본요인이 있으며 작가들의 세계관적 제한성과 관련된다.
> 프로레타리아 문학은 이러한 본질적인 약점과 제한성을 가지고 있음에도 불구하고 일제 식민지 통치의 암담하던 시기 무산대중의 리익을 옹호하고 사회적 해방을 지향한 진보적 문학으로서, 우리나라 사회주의적 사실주의 문학 발전에 이바지한 것으로서 우리나라의 우수한 문학유산으로 된다.[30]

하지만 위에서 보듯이 현 단계 북한에서의 프로문학 평가는 1959년 현종호의 '프로문학 한계/항일혁명문학 우위' 명제로부터 별로 벗어나지 않은 것으로 평가된다. 류만의 문학사 해당부분을 볼 때, 일제하 프로문학에 대해서 항일혁명문학과의 대비를 통한 한계를 먼저 서술하고 그 한계 내에서 혁명 '전통'이 아닌 민족문화 '유산'으로만 문학사적 의의를 가진다고 서술하는 방식이 그렇다.

---

30 류만, 『조선문학사』 제9권, 과학백과사전출판사, 1995, 5면, 28면.

1920~30년대 카프를 중심으로 한 프로문학이 일제의 가혹한 정치적 탄압과 박해 속에서도 항일 민족해방운동의 일환으로 진행된 것은 주지의 사실이다. 문제는 프로문학운동이 만주에서 진행된 김일성 주도의 항일 무장 투쟁과 직접적으로 밀접하게 연관되었는가 하는 점인데, 이는 앞으로 남북 학계가 공동으로 풀어야 할 중요한 쟁점이다.

　　현 단계에서 북한 학계의 공식 견해는 프로문학이 일제하 착취 받는 노동계급의 참상을 고발하고 그 처지를 극복하기 위한 투쟁을 수행했다는 데는 동의하고 있다. 그러나 항일투쟁이라는 민족해방운동의 방향—북한에서 말하는 '조선혁명'—을 제대로 잡지 못하고 주체성을 찾지 못해서 리얼리즘미학에서 말하는 전형 창조와 같은 예술적 성취에 이르지 못했다고 한계를 지적하는데, 이는 문제가 있다. 나아가 이러한 결함의 근거로 김일성을 지칭하는 당과 수령의 지도문제를 거론하는 것은 논란의 여지가 적지 않다. 류만 문학사의 문맥상 주체성은 곧 주체사상을 의미하는 바, 국내의 프로문학운동이 만주지역에서 이루어진 수많은 게릴라 활동 중 하나에 불과한 20대 청년 김일성의 지도를 받지 않아 문제라는 지적은 적절한 평가라고 할 수 없기 때문이다.

　　주지하는 바와 같이 카프 중심의 프로문학운동은 초기의 국내 공산주의운동과 다각도로 관련 맺고 있었고 그 과정에서 파벌 같은 한계를 노출하긴 했으나 기본적으로 마르크스레닌주의에 기초한 계급문화의 창조 발전에 기여하였는바, 이는 사회주의운동과 민족해방운동의 일환으로 일정한 역할을 수행하였다. 그런데도 프로문학에 대한 북한 학계의 지속적이고 확고한 평가절하에는 실상 임화, 김남천 등 조선문학가동맹 출신 남로당계 문인들에 대한 오랜 금기와 관련된 것으로 해석된다. 이 문제와 관련하여 조총련계 학자인 김학렬의 다음과 같은 평가가 저간의 사정을 판단하는 데 도움이 될 것이다.

카프와 그 활동에서는 심중한 제한성도 발로되였다. 그것은 기본적으로 부르죠아문학관의 여독, 종파적 해독을 뿌리채 청산하지 못한 것이다.

물론, 카프의 견실한 작가들은 로동계급의 문학 창조를 위한 투쟁을 벌리면서 주로 소부르죠아 지식인 출신으로 이루어진 대렬의 제한성을 극복하기 위하여 꾸준한 노력을 기울이었다. 로동계급 속에 들어가 로동체험을 하고 대중을 계몽하면서 수양을 쌓기도 하였다. 그러나 그들은 대렬 안에 들어온 기회주의적 경향, 부르죠아 문학관을 청산하지 못한 채 행세식으로 프로문학운동에 나선 자들과의 투쟁을 잘하지 못하였다.

내용과 형식 문제를 둘러싼 론쟁이나 대중화론 등에서 이미 그 정체가 드러났으나 그러한 부정적 경향을 철저히 극복하기 위한 강한 조직적 투쟁을 벌리지 못하였다. 결국 대렬을 튼튼히 꾸리지 못하고 박영희, 김기진, 림화, 김남천, 백철 등 변절자가 속출하였으며 두 차례에 걸치는 일제의 파쑈적인 검거와 강제해산 앞에 옳게 대처하지 못하고 조직적 운동의 종말을 고하는 결과를 빚어내고 말았다.

림화, 박영희, 김기진, 백철, 김남천 등은 나중에는 친일문학의 기치를 맨 앞장에서 휘두르는 데로 나아갔다. 이러한 제한성이 발로되게 된 것은 결국은 카프가 진정한 로동계급의 당의 령도, 탁월한 수령의 령도를 받지 못하였을 뿐 아니라 작가의 수양이 부족하였으며 그 세계관적 제한성을 극복하지 못하였다는 데 기인하는 것이다.[31]

이와 같은 평가와 프로문학에 대한 현재 북한 학계의 입장을 가장 풍부하게 잘 드러내는 것이라 생각한다.[32] 북한 문예학계의 역사적 흐름을 돌이켜볼 때, 현재에 이르러 과거 30년 동안에 비해서 프로문학에 대한 상당한 평가를 복원했다고 해도 1960년대 중반의 수준에 이르지는 못했

---

31 김학렬, 『조선프로레타리아문학운동연구』, 김일성종합대학출판사, 1996, 74면, 75면.

32 신영호, 『조선문학비평사연구(19세기 말~1940년대 전반기)』, 김일성종합대학출판사, 2003, 114~117면.

다는 점을 부정할 수 없다. 더욱이 카프문학의 일정한 복원이 이루어진 현 단계 문학사에서도 여전히 근대문학사 전체구도와의 대비에서 아직도 불구적이라고 느낄 수밖에 없는 이유는 무엇보다도 임화, 김남천, 이원조를 비롯한 조선문학가동맹 출신 프로문학가들이 대거 배척, 원천봉쇄되고 있다는 점이다. 그 이전에 비해 한설야 등을 복권시킴으로써 카프문학을 상대적으로 온전하게 만들고 있는 것은 사실이지만 여전히 전체상 복원에는 많이 모자란다.

4. 북한문학의 기원을 둘러싼 프로문학과 항일혁명문학의 위상 변화

지금까지 북한문학의 기원과 전통을 둘러싼 프로문학과 항일혁명문학의 위상 변화를 살펴보았다.[33] 1950년대까지는 사회주의적 사실주의 발생 발전 논쟁 등을 통해 프로문학이 북한문학의 전통으로 당연시되었다. 주체사상의 유일사상 체계화(1967) 이후 문학사에서는 주체사상에 기초한 문예이론과 항일혁명문학 유일정통론에 밀려 프로문학이 존재감을 잃었다. 다행히도 『주체문학론』(1992)에 힘입어 카프문학이 진보적 민족문학의 '유산'으로 규정되어 일정 정도 복권되어 재평가되었다.

이런 저간의 사정과 관련하여 향후 남북의 문학계가 통일된 민족문

---

33 구체적인 작품 분석을 통하여 프로문학과 북한문학의 공통점을 밝힘으로써 프로문학이 북한문학의 기원인지 규명하는 작업을 정밀하게 진행하지 못한 것은 과제로 남는다. 이를테면 『땅』, 『두만강』처럼 프로문학과의 실질적 연계를 논증할 수 있는 1950~60년대 북한 문학과의 관련성은 구체적인 작품론으로써 논증할 수 있을 것으로 기대한다. 그러나 현 단계로선, 〈피바다〉류의 항일혁명문학예술의 전통에 기댄 총서 『불멸의 력사』류의 수령형상문학이나 그를 포함한 주체문학 대표작에서는 프로문학의 흔적을 쉽게 찾기 어렵다. 이제야 카프 출신 문인이나 일제하 프로문학에 대한 회상과 논의가 복원되었지 사회주의문학 일반의 특징을 회복한 카프 대표작 같은 작품을 발견할 수는 없다는 말이다.

학사를 서술하기 위한 공통된 문학사적 전통을 언급할 때 카프를 중심으로 한 1920~30년대 프로문학은 중요한 접점이 될 수 있다.[34] 다만 북한에서 언급조차 금기시하는 임화, 김남천, 이원조 등 휴전선에서 떠돌고 있는 남로당계 카프 문인들의 원혼을 외면하고 남북 문학계의 교류와 이해, 문학사 통합을 운위할 수는 없다고 생각한다.

---

34 이와 관련해서 대표 문학지 『조선문학』에 흥미로운 글이 실려 주목을 요한다. 남북한 문학인들이 1920, 30년대의 카프 문학을 매개로 하여 앞으로 학술교류와 공동연구도 가능할 것이라고 제안한 점이다. 문성철은 남한의 역사문제연구소 문학사연구모임에서 낸 『카프문학운동 연구』(역사비평사, 1989)을 예로 들어 80년대 이후 남쪽의 카프문학 연구 상황을 상세하게 소개한 뒤, 카프문학에 대한 남과 북의 입장 차이가 있기는 하지만 교류가 가능할 것이라고 논평하고 있다. 다만, 카프문학이 정당하게 평가받지 못한 책임의 일부가 북한에도 있다는 지적에 민감한 반응을 보이거나 노동계급문학의 중심을 카프문학운동에서 찾는 것을 오류로 규정하는 태도에선 여전히 확고한 항일혁명문학 정통론의 신념이 느껴진다. 문성철, 「카프의 문학운동에 대한 남조선 진보적 문학인들의 연구동향」, 『조선문학』 2001.10, 72~73면 참조.

프로문학의 유산과 항일혁명문학의 전통론 주요 목록

기석복, 「꼬스모뽈리티즘과 그 앞잡이인 반동 이론가들을 반대하여 무자비하게 투쟁하자」, 안함광 외, 『문학의 전진』, 문화전선사, 1950.

안함광, 「해방전 진보적 문학」, 『조선문학』 1955.8.

김일성, 「사상사업에 있어서 교조주의와 형식주의를 퇴치하고 주체를 확립할 데 대하여(1955.12.28)」, 『김일성 저작집』 9권, 조선로동당출판사, 1980.

윤세평, 「우리의 민족문화유산에 대한 관념론적 허무주의에 반대하여—림화의 반인민적 『조선문학』과 그 사상적 잔재를 분쇄하자」, 『조선어문』 1956-4.

송영, 「해방전의 조선 아동문학—카프시기 아동문학을 중심하여」, 『조선문학』 1956.8.

신고송, 「조선연극이 걸어온 길—그 혁명적 전통에 대하여」, 『조선예술』 1956.10.

신고송, 「극단 신건설의 조직과 그 역할」, 『조선예술』 1957.7~8.

윤세평, 「우리 문학의 광휘로운 혁명적 전통」, 『문학신문』 1958.8.21.

송영, 「카프 창건의 전야」, 『문학신문』 1958.8.21.

현종호, 「항일무장투쟁의 영향 하에서 발전된 국내 프로레타리아 문학」, 『문학신문』 1959.8.28.

연장렬, 「항일무장투쟁 과정에서 창조 보급된 혁명가요」, 과학원 문학연구실 편, 『항일무장투쟁 과정에서 창조된 혁명적 문학예술』, 과학원출판사, 1960.

현종호, 「항일무장투쟁 과정에서 창조된 혁명문학의 문학사적 의의」, 과학원 문학연구실 편, 『항일무장투쟁 과정에서 창조된 혁명적 문학예술』, 과학원출판사, 1960.

한설야, 「카프문학의 빛나는 전통—카프 창건 35주년 기념보고대회에서 한 한설야 동지의 보고」, 『문학신문』 1960.8.24.

한설야, 「투쟁의 문학—카프 창건 37주년에」, 『문학신문』 1962.8.24.

장형준, 「우리 당의 혁명적 문예 전통과 그 빛나는 계승 발전」, 『근로자』 1973.9.

김정일, 『주체문학론』, 조선로동당출판사, 1992.

김하명, 「유산과 전통의 계승 발전에 관한 독창적이고 주체적인 리론」, 『문학신문』
1993.1.15.

사혁순, 「친애하는 지도자 김정일 동지께서 밝히신 혁명적 문학예술 전통을 민족문
화유산 속에서 볼 데 대한 리론」, 『조선어문』 1993-3.

김학렬, 『조선프로레타리아문학운동연구』, 김일성종합대학출판사, 1996.

문성철, 「카프의 문학운동에 대한 남조선 진보적 문학인들의 연구동향」, 『조선문
학』 2001.10.

신영호, 『조선문학비평사연구(19세기 말~1940년대 전반기)』, 김일성종합대학출판사,
2003.

제2장

'항일혁명문학(예술)' 전통론[1]

1. 주체문예론의 기원을 다시 묻는다

주지하다시피 1967년 이후 북한의 공식 문학은 주체문학, 즉 주체사상에 기초한 주체적 사실주의 문학이다. 하지만 1945년 북한 체제가 시작되었을 때부터 주체문학은 아니었다. 그 이전에는 사회주의적 사실주의 문학이었다. 마르크스레닌주의의 보편적 이념 속에 인민성·계급성·당파성을 지녔으며 사회주의적 내용을 민족적 형식에 담은 사회주의 리얼리즘 문학이었다. 그 전통은 192,30년대 카프를 중심으로 한 프롤레타리아문학에서 연원을 찾을 수 있다. 하지만 1967년 주체사상의 유일사상체계화 이후 북한문학은 프로문학에서 자신의 역사적 전통을 찾는 대신 새로운 '전통을 만들어'낸다. 그 만들어진 전통이 '항일혁명문학(예술)'[2]이

---

1 이 글은 다음 논문을 저서에 맞게 개제, 수정한 것이다. 김성수, 「'항일혁명문학(예술)' 담론의 기원과 주체문예의 문화정치」, 『민족문학사연구』 60, 민족문학사학회, 2016.4.

2 따옴표한 '항일혁명문학(예술)'이란 지은이의 명명 자체가 문제의식을 압축해서 보여준다. 현행 '주체문학'은 1992년 김정일의 『주체문학론』 이전까지는 '주체사상에 기초한 문예, 주체문학예술, 주체문예'로 불리거나 그 하위범주로 혼용되었다. 왜냐하면 그 기원이 1930년대 항일유격대의 무장 투쟁기 전투 간 휴식 중의 예술선동에서 출발한 '혁명(的) 문학예술'이었기 때문이다. 공연대본 같은 개인 창작 문학작품이 추후 공연된 것이 아니라, 1950년대 수집된 빨치산 참가자들의 회상기에 담긴 예술선동 기억을 토대로 1970년대에 공연과 문헌으로

다. 처음에는 몇몇 작가들이 만주 등지로 항일 빨치산 전적지를 답사하여 투쟁 참가자들의 예술선동 관련 기억과 증언을 구술 채록하거나 참가자들의 회상기가 문헌으로 정리되다가, 주체사상 유일화와 문학예술혁명(1970년대 초)의 결과로 북한 문학예술사의 유일무이한 전통으로 절대화된 것이다.

그 명칭도 처음에는 만주 빨치산의 '무장투쟁'과정에서 예술선동으로 수행된 '가요, 군중가요, 정치연설, 이야기, 군중극' 등 '인민창작'의 '군중문학, 군중예술' 가까운 것이었다. 그렇게 범칭으로 불려서는 가치가 더 이상 높아지지 않으니 '무장투쟁' 대신 '혁명투쟁'으로 '혁명'자(字)가 환치되거나 '혁명적'자(字)가 덧붙어 '혁명(적)가요, 혁명(적)정론, 혁명(적)설화, 혁명(적)전설, 혁명(적)연극'으로 격상되었다. 1959년 조선작가동맹 중앙위원회에서 개최한 '우리 문학의 혁명 전통에 대한 학술발표회'에서 북한문학의 새로운 유산 및 전통으로 김일성 유격대가 1930년대에 만주에서 벌였던 항일무장투쟁 과정에서 구비 전승되었던 민요, 촌극이 '혁명가요' '혁명 연극'으로 개념 규정되면서 위상이 사뭇 높아졌다. 게다가 한술 더 떠 아직 '항일혁명문학예술'이라는 장르명조차 부여받지 못한 이들 아마추어문예의 위상을 드높이기 위해, 만주에서 구전된 '혁명적 가요'와 '혁명적 연극'이 국내 프로문학 창작에 직접 영향을 주었다는 주장까지 나왔다.[3] 왜, 어떻게, 투쟁이 '혁명'이 되고 가요가 '혁명(적)'가

(재)창작되었기에 원체험과 최초 기억에는 별다른 명명이 없었다. 그래서 이들을 수집, 분류, 장르 명명과 미학 등 의미화를 시도한 1950년대 당시에는 '항일혁명문학'으로 호명되지 못했다. 1970년대 초의 '문학예술혁명' 결과 '혁명적 문학예술-혁명문학예술-항일혁명문학예술(문예)-항일혁명문학'으로 장르명의 분화, 변천 후 비로소 주체문학의 '전통'으로 적통화(嫡統化)된 것이다. 이 과정에서 1930년대 김일성의 직접 창작을 1970년대 김정일의 창작 지도로 재창작했다는 수령론이 작동된 점도 주체문예의 문화정치학에서 눈여겨볼 대목이다.

3 기자, 「우리 문학의 혁명전통에 대한 학술보고회 진행」; 현종호, 「항일무장투쟁의 영향 하에서 발전된 국내 프로레타리아 문학」, 『문학신문』 1959.8.28, 2면 참조.

요가 되며 국내에 '(직접적) 영향'을 주었는지는 물을 수 없었다.[4]

그리고 '혁명적 문학예술-혁명문학'으로 일컬어지던 일군의 텍스트들은 이후 외연과 내포를 확대하더니 1967년 유일사상이 전면화되면서 '항일혁명문학(예술)'이라는 신성불가침 존재로 정착되었다. 이제 '혁명문학' 또는 '항일혁명문학(예술)'이라는 전통을 계승한 '주체문예리론'체계와 그를 기반으로 창작된 주체문예 담론이 탄생하게 된다. 바야흐로 항일혁명문학예술의 전통을 계승한 주체문예의 문화정치가 본격화되는 것이다. 가령 2014년의 흔한 문학담론처럼, "항일혁명문학예술을 창조 발전시키는데서 결정적 역할을 한 것은 주체적 문예사상이였다. 항일혁명문학예술은 주체사상과 주체적 문예사상을 사상리론적 기초로 하는 새 형의 혁명적 문학예술로 태여날 수 있었다."[5]는 순환논리가 문학예술 장(field)을 지배하게 된 것이다.

그런데 '항일혁명문학(예술)'의 연원과 주체문예의 문화정치는 어떤 과정을 거쳐 북한 사회 또는 문학예술 장 전체를 지배하게 되었을까? 이 글은 바로 위와 같은 궁금증을 당대 문예지와 후대 문학사 자료를 통해 미시적·비판적으로 풀어보려는 시도이다. 이미 적잖이 나와 있는 북한의 공식 문학사와 이론서, 교재 등 공식 문건들은 이구동성으로 '주체문학으로의 일방적 도정'을 정당화하고 있기에 이러한 합리적 의심이 끼어들 여지가 없었다.

'항일혁명'이란 이름의 유격대 활동을 '항일혁명문학(예술)'과 관련시

---

4 일종의 '이데올로기적인 불러내기—호명(ideological interpellation)'이 작동되었고 정치 너머의 불멸의 초법적 입법자에 의해 그 어떤 다른 질문도 포기하게 만들었다. 조르조 아감벤, 박진우 옮김, 『호모 사케르』, 새물결, 2008, 85면 참조.

5 문경숙, 「항일혁명문학예술 발전에 쌓아올리신 위대한 령도」, 『문학신문』 2014.8.16(루계 제2259호), 2면.

킨 선행 연구는 정치학, 사회학 분야에서 체계적으로 이루어졌고[6] 문학예술 연구도 적잖이 있다.[7] 하지만 195,60년대 당대 자료, 특히 『조선문학』, 『조선어문』, 『문학신문』 등 문예미디어를 면밀하게 검토하면 새로운 사실을 이면적 독해로 찾아낼 수 있지 않을까? 당대 문예지 자료를 통한 문예장의 역동성을 실증적으로 논증한 성과는 과문한 탓인지 아직 없는 듯하다. 이러한 문제의식에서 195,60년대 문예지 자료의 문헌 고찰과 매체 독법을 통해 '항일혁명문학(예술)' 담론이 문학예술 장의 헤게모니를 획득하는 과정을 미시 분석한다. 나아가 그를 유일 전통으로 삼은 주체 문예론 형성이 문예장에 어떠한 문화정치적 영향을 끼쳤는지 탐색한다.

'항일혁명문학(예술)' 담론이 단초를 보인 시기는 북한 역사에서 가장 역동적인 사회 변동이 이루어진 때였다. 즉 1956년 '8월 반종파투쟁'사건부터 1967년 '주체사상의 유일사상 체계화'정책 전면 시행까지라고 생각한다. 문학예술사도 사회주의 제국(諸國)의 보편적인 사회주의 리얼리즘 문예에서 북한 특유의 주체문예로 이행·교체되는 시기가 바로 이때였다.

'8월 반종파투쟁'사건이란 무엇인가? 스탈린 사후(1953.3.5) 개인숭

---

6 서재진, 『김일성 항일무장투쟁의 신화화 연구』, 통일연구원, 2006; 강진웅, 「북한의 항일무장투쟁 전통과 민족 만들기―민족주의와 권력, 담론, 주체」, 『한국사회학』 46-1, 한국사회학회, 2012; 조은희, 「역사적 기억의 정치적 활용: 북한의 『항일빨찌산 참가자들의 회상기』 분석을 중심으로」, 『통일과평화』 4-2, 서울대 통일평화연구원, 2012 등 참조.

7 김재용, 「북한문학계의 반종파투쟁과 카프 및 항일혁명문학」, 『역사비평』 1992. 봄호; 유임하, 「항일무장투쟁의 혁명 전통화와 만주의 심상지리―송영의 『백두산은 어데서나 보인다』(1959)를 중심으로」, 『경계와소통』 1호, 경희대 역사문화연구소, 2010.6; 김은정, 「만들어진 전통과 '항일혁명투쟁시기 문학'」, 『민족문학사연구』 43, 민족문학사학회, 2010.8; 이영미, 「북한문학 연구와 텍스트의 해석―남북한 '통합'문학사에서의 텍스트 《피바다》」, 『한국현대문학연구』 33, 한국현대문학회, 2011; 천현식, 「'피바다식 혁명가극'과 감정훈련: '집단주의'와 '지도와 대중'을 중심으로」, 『현대북한연구』 13-3, 북한대학원대, 2010; 남원진, 「혁명적 문학의 발명」, 『한국언어문화연구』 68, 한국언어문화학회, 2019.4. 특히 천현식의 논문이 포함된 『북한의 가극 연구』, 선인, 2013는 비록 항일혁명문학예술 담론의 기원과 문화정치적 접근은 아니지만 이 분야 연구의 수준을 대표한다고 판단된다.

배 비판과 집단지도체제로 바뀐 소련 제20차 당 대회의 영향 하에 개최된 1956년의 제3차 조선로동당 대회는 김일성 집권세력에게 최대의 위기였다. 민생의 희생을 초래한 중공업 우선정책과 최고지도자 개인숭배는 8월 당 전원회의에서 소련파, 연안파 양측의 조직적인 저항과 비판을 초래한다. 최창익, 박창옥, 서휘, 윤공흠 등 일종의 반 김일성 연합전선은 개인숭배와 중공업 우선책의 부당성을 지적한다. 집단지도체제 전환과 농업·경공업부터 살리자는 반대파의 주장은 빨치산 경력으로 개인숭배를 고취하고 중공업 중심의 계획경제를 밀어부쳤던 집권세력에게 강력한 도전이었다. 하지만 김일성 세력의 반격인 '반종파투쟁' 결과 반대파들은 '반당, 종파'로 몰려 해외로 도피하거나 숙청당한다.[8] 1957년 8월의 제2기 최고인민회의 대의원 선거를 통해 김일성은 다시 한 번 권력 기반을 강화한다. 1958년 3월 1차 당 대표자회를 통해 대대적 숙청을 감행하여 '8월 종파사건'을 마무리한다. 이때부터 김일성의 항일 빨치산 경력은 더욱 강조되며 정권 정통성의 주된 근거가 된다.[9]

1956년 하반기부터 1959년 상반기까지 3년은 격동의 시대였고 문학예술 장에도 강력한 파장을 몰고 온다. 처음에는 3차 당 대회 과정에서 부각된 '개인숭배와 교조주의' 비판 담론이 부각된다. '교조주의 비판'의 예술적 반영이라 할 '도식주의 비판' 담론이 나오고 그 결실이 제2차 조선작가대회(1956.10)로 가시화된다. 1958년 11월까지 2년여 동안 창작방법(미학)에 대한 세계관 우월주의와 비속사회학적 좌편향이 비판받고 그 대안으로 예술의 상대적 특수성을 인정하는 리얼리즘의 풍부화, 다양화

---

8 이종석, 『새로 쓴 현대북한의 이해』, 역사비평사, 2000; Andrei Lankov, "Kim Takes Control: The 'Great Purge' in North Korea, 1956~1960," *Korean Studies* Vol.26, No.1, Hawai'i: University of Hawai'i, 2002 참조.

9 이 시기 간행 유포된 『조선통사』, 과학원출판사, 1959가 바로 김일성 주도의 항일 빨치산 활동을 현대사의 주된 동력으로 서술한 역사 만들기 예라 하겠다.

가 전 장르에서 이루어진다.[10]

　이 시기 창작은 다양해지고 비평 논쟁이 활발해진다. 특히 '도식주의 비판' 논쟁, 사회주의적 사실주의 대논쟁이 그 예이다. '우리나라 문학에서 사실주의, 비판적 사실주의, 사회주의적 사실주의'의 발생·발전론, 민족형식과 '민족적 특성'론, '천리마기수'의 전형론, 혁명적대작 창작론 등의 쟁점이 토론회와 지상논쟁으로 『조선문학』의 특집 기획뿐만 아니라 계간(격월간) 『조선어문』, 주간 『문학신문』 등 다양한 미디어를 통해 백가쟁명으로 전개된다.

　하지만 그 반동으로 1958년, 김일성 교시 「작가 예술인들 속에서 낡은 사상 잔재를 반대하는 투쟁을 힘있게 벌릴데 대하여」(1958.10.14)와, '천리마운동' 제창 초기에 경제 성장에의 자발적 동원 체제 구축을 위한 예술 선동을 주창한 교시 「공산주의 교양에 대하여」(1958.11.12)를 계기로 도식주의 비판 담론은 일격에 반전된다. 도식주의 비판 담론이 '수정주의 및 우경기회주의'로 반비판되는 것이다. 이러한 격동기에 195,60년대 '사실주의 대논쟁'의 귀결점은 '항일혁명문학예술 담론의 탄생'[11]과 그를 새로운 유일 전통으로 삼은 '주체문예리론의 형성' 담론으로 전환된다. 문학예술 장을 풍부하게 만들었던 사실주의 논쟁은 문예지의 각종 특집 기획을 통해 결국 1960년대 중후반 '항일혁명문학예술'의 발굴과 '혁명적 문학예술'론의 정초 및 그 귀결점으로서의 '주체문예리론' 형성으로 1968년 최종 정리되었다. 도대체 그 과정에 어떤 일이 있었을까?

10　한설야 외, 『제2차 조선작가대회 문헌집』, 조선작가동맹출판사, 1956 참조.

11　북한 문학예술 장에서 이를 처음으로 전면화, 공식화된 결정적 문건은 과학원 문학연구실 편, 『항일무장투쟁 과정에서 창조된 혁명적 문학예술』(과학원출판사, 1960)이라고 생각한다. 김재하, 김오준 등이 혁명가요, 혁명연극, 혁명전설을 체계적으로 분석하고 의미를 부여한 이 책에 대한 서적평도 참조할 수 있다. 현종호, 「『항일무장투쟁과정에서 창조된 혁명적 문학예술』에 대하여」, 『문학신문』 1964.6.19, 2면.

2. 항일혁명문학(예술) 담론이 어떻게 문학예술 장을 지배하게 되었을까

1956~68년의 역동적인 문학예술 장의 격류 속에서 역사의 물결이 달라지는 변곡점은 언제 어디였을까? 당 정책을 대변하는 최고 지도자의 교시 말고 문학예술 내재적 시각에서 볼 때, 사회주의 리얼리즘의 우편향이라 할 '도식주의, 기록주의 비판'담론에서 '수정주의, 우경기회주의'로 반비판되는 결정적 반전의 계기는 무엇일까?

지은이는 1958년 후반기부터 우편향에 대한 이념적 조종 또는 좌경화로 정향된 정세 급변이 외인이라고 판단한다. 『조선문학』으로 대표되는 북한 문예 지형의 매체사적 변모만으로 보더라도 1956년 10월 제2차 작가대회가 열려 작가동맹 전체 조직에 커다란 변화가 있었고 기관지 편집진도 예외가 아니었다.[12] 즉 이전의 엄호석 주필, 김명수 부주필 체제에서 조벽암 주필, 전재경 부주필 체제로 교체된 것이다. 『조선문학』 1956년 11월호(통권 111호)부터 주필 조벽암, 부주필 전재경, 부장 현희균, 편집위원 김순석·박태영·서만일·전재경·조령출·조중곤 등이 편집진을 이루어 1958년 5월까지 지속되었다.

'항일혁명문학예술' 담론의 매체사적, 문단사적 등장 배경 중 하나로 특기할 만한 사실은 조벽암 의 뒤를 이어 1958년 6월 새로 등장한 박웅걸 『조선문학』 주필 체제의 단명이다. 1958년 6월, 주필 박웅걸, 부주필 전재경, 편집위원 김순석·김승구·서만일·신구현·조령출 체제가 새로 출범했으나 불과 4개월만에 하차했던 것이다. 아마도 제2차 작가대회(1956.10)의 '도식주의 비판' 노선에 편승해서 기존의 비문학 정책 선전지

---

12 미상, 「작가동맹에서—동맹 각급 기관들의 선거와 각 부서 성원들의 임명」, 『조선문학』 1956.11(루계 111호), 202~204면.

적 지향보다 '예술의 상대적 특수성'을 앞세울 수 있었던 시세를 활용한 조벽암, 박웅걸 주필체제의 경질이 '항일혁명문학예술' 담론 대두의 매체사적 원인(遠因) 아닐까 추정해본다.

박웅걸 체제(1958.6~1958.9)가 단명한 것은 당 최고 지도부와 작가동맹이 '수정주의 비판'으로 노선을 변경하면서 창작 중심 문예지로의 정향이 역풍을 맞은 것으로 풀이된다. 『조선문학』 1958년 8월호(7월 18일 간행)부터 10월호가 간행된 9월 18일 사이에 박웅걸 주필, 전재경 부주필, 그리고 김순석, 서만일 등 편집위원 다수가 새 편집진 출범 4개월 만에 경질된다.[13] '현지 파견' 등으로 숙청된 "우리 문학예술 부면에 우연적으로 잠입한 반당적 이색 종파분자"로 호명된 이들 편집진은 교체되고 1958년 11월호부터 익명의 편집위원회가 출범한다.[14]

그리고 그 일련의 조치들의 연장선상에서 조선작가동맹 중앙위원회는 1959년 제4차 전원회의 결정서에서 3차 당대회와 2차 작가대회 이후 3년이 경과된 과정에서 초래된 우편향을 자기비판하고 김일성 교시 「작가 예술인들 속에서 낡은 사상 잔재를 반대하는 투쟁을 힘있게 벌릴데 대하여」(1958.10.14)를 계기로 결정적인 방향 전환을 선언한다. 즉 "부르죠아사상에 물젖은 안막, 서만일, 윤두헌을 폭로 비판"하고, 공산주의사회로 이행하기 위하여 근로자들과 청소년들을 공산주의사회의 인간으로 교양 육성하기 위한 공산주의문학 건설이 당면과업이라 한다. 또한 수령론의 단초라 할 "하나는 전체를 위하여, 전체는 하나를 위하여" 담론과 '천리마작업반 운동'의 참가 자의 전형−후일 '천리마기수' 전형−담론으로 발전시키자고 제안한다.

---

13 한설야, 「권두언」, 『조선문학』 1959.3, 5면의 비판 대상으로 박웅걸 등이 지속적으로 거론된 사실을 방증으로 들 수 있다.

14 김성수, 「선전과 개인숭배: 북한 『조선문학』의 편집 주체와 특집의 역사적 변모」, 『한국근대문학연구』 32, 한국근대문학회, 2015.10, 465면 참조.

이러한 문예노선의 급격한 변화를 재빨리 읽은 비평가 윤세평은 「시문학에서 부르죠아 사상잔재를 반대하여」(1959.1)에서 도식주의 비판론을 강하게 반비판한다. 즉 '도식주의와 구호시를 반대하되 전투적 빠뽀스를 살린' 김철의 『갈매기』를 고평한 반면, "김순석의 시집 『황금의 땅』과 같이 도식주의와 구호시를 반대한다는 간판 밑에 자기의 부르죠아사상 잔재를 로출시킨 사례들도 발견하게 된다."고 비판한다.[15] 가령 김순석 시편 「가을 저녁에」 중에서 "아, 어느 화가도 참아 못 내인/ 이 풍요한 황금'빛 가을 저녁에/ 내 얼을 잃고 섰는 행복감이여!" 같은 시 구절을 두고 무사상성의 시이며, 훗날 문학사적 정전(특히 남한 학계)으로 평가할 만한 대표작 「저무는 고개'길에」, 「내 가서 느끼는 생각」, 「황소 싸움」등 시편의 고독과 애수를 비판하고 의혹의 시선을 거두지 않는다. 게다가 1958년에 시인 박아지와 평론가 김명수가 과거 김순석의 「마지막 오솔길」을 옹호한 평까지도 소급 비판한다. 즉 '신작로, 전선줄, 트랙터'가 보이는 새로운 사회주의 건설기 농촌 풍경에 대한 감격보다 오솔길로 상징되는 사라져가는 고향의 낡은 것에 대한 미련과 집착, 서러움과 애착을 시인이 드러냈으니 부르주아 감정이라고 비판 매도하는 것이다.[16]

그런데 '도식주의 반비판'이라는 문예노선 변경과 관련하여 지은이가 주목하는 동맹 중앙위 결정서의 숨은 핵심은 따로 있다. 바로 더 많은 시인 극작가 평론가들을 '로동 파견 조치'에 처한다며 상무위원회에 그 내용을 위임한 것이다. 이는 미학적 사상적 비판의 후속조치로 창작활동의 물적 토대를 박탈하겠다는 결의로 풀이된다. 즉, 1953년 9월의 전후처리과정에서 '부르주아미학사상 잔재와의 투쟁' 명목 하에 임화, 김남천, 이태준, 이원조 등 조선문학가동맹 출신의 월북 작가 다수를 남로당

---

15 윤세평, 「시문학에서 부르죠아 사상잔재를 반대하여」, 『문학신문』 1959.1.4, 3~4면.

16 박아지, 「시집 『황금의 땅』을 읽고」, 『문학신문』 1958.7.3, 2면.

계열로 숙청, 하방했던 방식과 비슷하게 일시적으로 우경화(?)된 작가·예술가들을 '현지 파견, 로동체험'[17]시킨 것이다.

이러한 작가·예술가의 '현지 파견'은 일제 강점기 이래 레닌적 당(黨) 문학 원칙에 익숙지 않은 문인, 예술가, 지식인 계층의 소부르주아적 근성을 없애고 계급의식을 고취시키기 위한 노동 체험과 근로현장의 창작 소재 취재라는 명분에서 지극히 당연한 것이며, 해방 직후부터 일상적으로 지속해 온 사업이기에 별다른 의미가 없다고도 할 수 있다. 하지만 앞뒤 맥락상 이번에는 다르다고 추정된다. 가령 1959년 제4차 전원회의 결정서의 연장선상에서 한설야로 대표되는 동맹 수뇌부는 칼날을 휘두른다. 조직 결정서 격의 권두 평론 「공산주의 교양과 우리 문학의 당면과업」[18]을 통해 당에서 '수정주의자'로 규정한 고위 관료 최창익, 박창옥, 서휘 일파의 '추종분자'로 홍순철, 한효, 안막, 윤두헌, 서만일 등 문인을 호명, 비판한다. 또한 조중곤, 전재경 등을 '이색분자'로 규정하며, 김순석, 신동철, 김명수, 엄호석 등을 도식주의 비판에 편승한 '우경 기회주의자'로 비판한다. 이들은 상무위의 조치에 따라 전원 '현지 파견' 조치된다.

당시 김일성 교시(1958.10.14)와 조선로동당 중앙위의 서한에 따라 당시 현지 파견된 작가는 어느 정도 규모일까? 『조선중앙년감』 등 여러 관련 자료로 추산해 볼 때 195,60년대 현지파견 작가의 규모는 매년 '평양 거주 활동자 160명'의 '3분의 1'인 5,60명이 상시적으로 농촌, 공장, 탄광, 어촌, 인쇄공장 등에서 노동체험을 하고 있음을 알 수 있다. 가령 작가동맹 15차 상무위(1958.12.26) 진행 결과 26명의 작가, 22명의 미술가, 4명 이상의 작곡가들이 황해제철소, 흥남질소비료공장, 희천기계공장, 남

17　조선작가동맹 중앙위, 「조선작가동맹 중앙위원회 제4차 전원회의 결정서」, 『문학신문』 1959.4.16, 1면. 같은 문건이 『조선문학』 1959.5, 26~28면에도 실렸다.

18　한설야, 「공산주의 교양과 우리 문학의 당면과업」, 『조선문학』 1959.5, 4~25면.

포제련소, 만년광산, 신계농장을 위시한 주요 생산현장에 노동체험을 하러 파견되었다는 현지 출발 기사를 확인할 수 있다.[19]

작가동맹 15차 상무위 결정과 관련하여 박웅걸 서기장의 사회 아래 열린 '현지 파견 작가 협의회'(58.12.26) 기사[20]에서는 현지 파견과 관련한 다양한 토론이 나온다. 소설가 변희근은 흥남질소비료공장에서 6년째 근무하며 시인 박근은 비날론공장 건설장의 용접공, 리병철은 청진제강소의 기사, 김영철은 송남탄광의 굴진공, 허춘은 농업협동조합원으로 노동 체험을 한다고 소식이 전해진다. 가령 김규엽은 "우리는 로동하며 창작하련다"면서 '현실 속으로!'란 슬로건과 원고지를 옆구리에 끼고 거대한 붓과 펜을 노동자의 곡괭이와 삽처럼 둘러멘 작가, 예술가들의 모습을 삽화로 담은 선전화와 함께 현지파견을 찬양한다. 반면 어떤 경우에는 생산현장에 현지 파견되었어도 창작사무실에서 직맹 사무실로 책상만 옮겨놓거나 집에 틀어박혀 있으면서 가끔씩 공장에 나가보는 '형식적 태도'로는 천리마기수인 노동계급의 감정과 생활을 깊이 체험할 수 없다고 비판받았다.[21]

현지파견의 모범 사례는 김영철 작가이다. 그는 1957년 말부터 1년째 송남탄광 굴진공으로 근무하되, 도시의 작가 출신이라서 경노동인 사무직임을 받았지만 자발적으로 중노동, 유해노동을 자원했다는 미담이다. 심지어 현장 취재를 통한 원고 청탁도 집필은 간접 휴식이라며 거절한다. "로동자가 된 이상 어디까지나 로동 규율에 복종하자!"면서 노동과

19   작가동맹 중앙위, 「현지에 나가 있는 작가 동지들에게!」, 『문학신문』 1959.1.4, 2면. 성명서 참조.

20   김규엽 기자, 「우리는 로동하며 창작하련다」, 『문학신문』 1959.1.1, 2면.

21   현지 파견 작가의 이런 잘못된 행태로 한병각을 들었다. 기자, 「작가 아닌 '작가'」, 『문학신문』 1958.10.30, 2면.

집필은 별개라고 강변한 것을 높이 산다.[22] 이들뿐만 아니라 매년 5,60명씩 작가·예술가들이 협동농장, 공장, 탄광, 어촌 등지로 파견되어 중노동, 경노동, 유해노동을 체험하는데 이 '현지파견' 사업은 이전보다 대폭 확대된 것이다.

이때 주목할 사실이 하나 있다. 현지 파견 등으로 하방되었던 작가·예술가들의 복권과 복귀 명분으로 생산현장 체험을 취재한 작품화 외에 항일 빨치산 투쟁을 창작하면 면책이 당겨지는 징후가 여럿 예증된 점이다. 빨치산 투쟁을 전경화시키되 형상화 방식을 전형화가 아니라 이상화, 쉽게 말해서 찬양 일변도로 형상화하는 것이다. 가령 문단에서 우경화 분자로 규정되어 현지 파견 후 재빨리 변신하여 복권한 사례로 민병균 시인을 들 수 있다. 그는 장편 서사시 「어러리벌」, 「조선의 노래」(1953)[23]로 1954년 초 '조선인민군 창건 5주년 기념 문학예술상'을 받은 중견 시인이었다. 당시 현상 모집의 1등(상금 40만 원)이 조기천 유고 시집, 『조선은 싸운다』였고, 상금 20만 원의 2등이 민병균의 「조선의 노래」였으니 그 당대적 평가 수준을 짐작케 한다.[24] 뿐만 아니라 그는 1954년부터 56년까지 작가동맹 시분과위원장과 신인 육성기관인 작가학원의 시반 교수였다.

민병균은 1956년 2월 기석복, 정률 등 소련파를 추종했다고 하여 김

22 김영철, 「나의 로동 체험」, 『문학신문』 1959.1.1, 2면.

23 민병균, 「어러리벌」, 『문학예술』 1953.1; 「조선의 노래」, 『조선문학』 1953.10.

24 「조선인민군 창건 5(五)주년 기념 문학예술상' 수상 작품 발표」, 『조선문학』 1954.2, 63~65면. 비상업적 명예 부여 의미를 지닌 사회주의권 특히 인민군 관련 문학상은 당대적 평가이자 일종의 정전화 과정인데 놀랍게도 거액의 '상금액수'를 수상작 선정 발표에 명시하는 상금제는 북한의 문단사, 문학사상 전례가 없어서 특기할 만하다. 참고로 150면짜리 문학 월간지인 『조선문학』의 당시 정가가 100원이었다. 우리로 치면 1만 원짜리 월간지의 1등 상금이 4천만 원인 셈이다.

조규와 함께 작가동맹 중앙위, 상무위에서 제명된 바 있다.[25] 같은 해 10월의 제2차 작가대회를 계기로 도식주의 비판 담론이 대세를 이루자 사회주의 리얼리즘의 유연화에 편승하여 상대적으로 서정성이 짙은 「시 3편」(『조선문학』 1958.3)을 쓰면서 문단에 복귀하였다. 하지만 시기가 좋지 않았다. 그의 시는 곧바로 전재경의 단편 「나비」, 전초민의 시 등과 함께 수정주의, 우경화된 시 창작의 나쁜 사례로 비판받게 되는 것이다. 그리고 한동안 문예지에서 이름이 보이지 않는 것으로 보아 또 다시 현지 파견 조치를 당한 것으로 추정할 수 있다.

그러다가 새로 나온 문단 복귀작이 「어머니와 아들들」이다. 그런데 이 작품은 '연길현에서'란 부기에서 보듯이 '만주 빨치산 취재 시편'[26]이다. 이런 예가 바로 항일혁명문학의 문단적 기원의 한 사례로 해석될 수 있지 않을까. 즉, 상대적으로 서정성 짙은 「시 3편」(1958.3)을 수정주의, 우경화된 시 창작으로 비판받고, 『조선문학』지 편집위원으로 선전지 우위 대신 문예지 지향 시도 등의 혐의로 1958년 10월경 하방되어 제철소로 현지 파견되었다가 성공적으로 문단에 복귀할 때 항일 빨치산 찬가를 썼던 것이 우연이 아니라는 말이다.

가령 『조선문학』 1959년 4월호만 봐도, 제철소 건설장 소성로 용접공을 늙은 혁신자로 찬양한 「위훈 중에서」, 공장 굴뚝 공사 완공의 환희를 담은 「건설자들의 노래」, 완공된 소성로의 불길 높이 밝히는 기사를 찬양하는 「우리의 기사」 등 제철소 건설 노동 체험을 한 묶음으로 편집한 후 빨치산 찬가로 시작(詩作) 방향을 바꾼다. 즉 「어머니와 아들들—연길현에서」부터는 「밀영의 노래」(1960.4), 「빨찌산들의 자취를 따라 외 1편」

---

25 「제3차 조선로동당대회(1956.1.27) 관련 제23차 상무위원회 박팔양 서기장 보고와 결정서 1,2」 중 결정서(1) 사항이다. 『조선문학』 고정란 '작가동맹에서' 『조선문학』 1956.2월호, 214~219면 참조.

26 민병균, 「어머니와 아들들」, 『조선문학』 1959.9.

(1960.10), 「심장에서 북바쳐 나오는 목소리로」(1961.9) 등으로써, 항일 빨치산 투쟁 찬가를 계속 창작하여 작가동맹에서 당성을 인정받는 방식이다.

이런 경우가 민병균만 해당되는 것은 아니다. 가령 그의 빨치산 찬가 「어머니와 아들들」이 실린 『조선문학』 1959년 9월호 목차만 훑어보더라도 리윤영의 단편소설 「군화」, 민병균 시 「어머니와 아들들」, 전초민 시 「배는 가리라」 등이 다 유격투쟁 비슷한 소재와 주제를 다룬다. 이들이 현지 파견 작가의 문단 복귀 대안으로 현장 노동 찬가나 항일 빨치산 형상화가 선택된 듯한 징후인 셈이다. 민병균의 만주 빨치산 취재 시편, 전초민의 어촌 체험, 백석의 종축장 양돈 체험, 정하천 시와 현희균 오체르크의 발전소 건설 체험, 박승수의 탄광 채탄 체험, 리영환의 저인망어선 어부 체험 등 현지 파견 작가의 노동체험 보고 후 그들은 적정한 시기에 정치적으로 복권되고 문단에 복귀한다.

이렇게 급변하는 문단 내외의 역동적 흐름 속에서 작가들은 마르크스-레닌의 순수한 이념과 유물론·변증법의 아름다운 논리, 그리고 인민에 대한 무조건적인 사랑과 사실주의 미학에 대한 예술적 열정 등등이… 아니라 '조선혁명'의 미명 하에 현실화된 지속적 배제 논리(자아비판, 현지 파견, 노동 체험이라는 아름다운 이름으로 행해진 하방, 숙청)의 칼날 앞에 자기 이름이 나오지 않도록 타자를 끊임없이 배제한다. 그 출구 중 하나가 '현장 노동체험에서 나온 노동 찬가'와 '빨치산 투쟁 찬양'이 아니었을까. '현지 파견'이란 미명의 칼날을 피해 평양에 아직 남아있었던 작가·예술가들은 항일 빨치산 활동기의 여러 투쟁 면모를 예술로 형상화하려 경쟁적으로 애쓰게 된다. 그렇게 하지 않을 수 없었다. 더욱이 바로 이 무렵이 항일유격대에 대한 제1차 전적지 조사가 끝난 이후부터 최현을 비롯한 '항일무장투쟁 참가자들의 회상기'가 간행되기 시작했던 시기였다(1~12권: 1959~1969, 13~14권: 2007). 그 결과 전 사회적으로 항일무장투쟁사에 대한

관심이 촉발되었던 것이다.[27]

1966년 10월 제2차 당 대표자회가 열리면서 북한 사회는 격렬한 변화를 맞는다. 전후 복구건설기와 천리마운동 시기 내내 고도 성장 일변도였던 북한 경제가 정체에 빠져 7개년 계획의 목표 달성이 불가능해진 것이다. 게다가 국제정치적으로도 위기에 처하자 집권 세력은 난국을 돌파하기 위하여 김일성 개인숭배를 신격화 차원으로 끌어올리고 주민동원체제를 더욱 강화하였다. 그 결과 1967년 5월의 당 제15차 전원회의를 계기로 '주체사상의 유일사상 체계화'가 결정된다. 이에 따라 마르크스 레닌주의라는 보편적 이념에 기반을 둔 사회주의적 사실주의 문학예술의 미학논쟁 등 토론문화는 일거에 소멸되다시피 하였다. 중국의 문화대혁명(후일 '10년 대란'으로 재규정되기도 한)을 떠올리게 하는 일종의 분서갱유로 인한 문학예술사적 공백을 채우기 위하여 문학·예술·문화계 전체를 항일혁명문학예술이라는 빨치산 담론으로 단일대오를 삼게 된다. '항일혁명문학예술' 담론은 김일성 개인숭배를 넘어서 외연을 확장한다. 그의 부모와 친인척, 처, 아들 김정일까지 이른바 '혁명가정, 혁명적 가계(家系)'의 문학예술이 발굴, 발견, 창조되고 어느 사이에 신성불가침으로 성역화되면서 '주체문예리론으로의 일방통행식 도정'이 시작되는 것이다.[28]

---

27 1961년 조선로동당 4차대회(일명 '승리자대회')는 반종파투쟁 후 만주 빨치산파가 지도체제를 석권하는 분기점이 된다. 이를 전후하여 박달의 『서광』(1960-61), 림춘추의 『청년 전위』(1,2부, 1962), 백봉 이름으로 집체창작된 『민족의 태양 김일성 장군』(전 3권, 1968)이 간행되었다. 유임하, 「항일무장투쟁의 혁명 전통화와 만주의 심상지리—송영의 『백두산은 어데서나 보인다』(1959)를 중심으로」, 『경계와소통』 1호, 경희대 역사문화연구소, 2010.6 참조.

28 정통 맑시스트이자 사회주의 리얼리스트들은 '주체문예리론의 급격한 부상'이라는 새로운 정세에 발 빠르게 적응하려고 1960년대 중반의 '민족적 특성과 민족형식'과 '혁명적대작 창작론'의 성과를 '혁명적 문학예술' 담론과 접목하려 시도하였다. 권순긍의 해설논문 「우리 문학의 민족적 특성」(1990)에 따르면, 민족형식과 민족적 특성 논쟁의 최종 기착지는 항일혁명문학예술의 전통을 계승한 주체문예리론으로 결정된다. 마찬가지로 장형준, 「혁명 전통 주제의 대직 창의에서 제기되는 중요한 사상미학적 요구」, 『조신문학』 1967.9, 82면에서도 혁명적대작 창작론의 최종 도달점이 '불멸의 력사' 총서 같은 수령형상문학으로 귀착되는 논리를 보여준다. 김성수, 「장편소설론의 이상과 '대작장편' 창작방법논쟁」; 남원진,

3. 프로문학 대신 항일혁명문학이 문학사 적통이 되기까지

북한 문학(예술)사에서 이른바 만주와 간도에서의 '항일혁명문학예술'
의 물적 토대로서의 '항일 빨치산 무장투쟁'에 대한 담론이 그 역사적 실
체와 기억의 결합이 최초로 구현되는 시기는 기실 명확하지 않다. 북한
사회 내부에서 항일혁명문학의 존재가 밝혀진 것은 6.25전쟁 직후에 이
루어진 항일유격투쟁 전적지 조사단의 활동 이후이기 때문이다.[29] 전적
지 조사단은 1953년 8월 26일부터 동년 12월 21일까지 113일간에 걸쳐
동북 만주 일대의 유격지구의 근거지, 밀영지, 전투지, 김일성의 유소년
시절의 연고지 등 90여 곳을 찾아 당시 유격대 노대원, 원주민, 기타 관
계자 7백여 명과 담화를 나누며 조사활동을 벌였다. 전적지 조사반은 국
립중앙박물관 일꾼, 과학원 력사연구소 연구원, 작가, 영화촬영반, 사진
사, 화가 등으로 꾸려졌다. 조사반 일원으로 참가한 송영이 '오체르크' 풍
의 기행문을 엮어 간행한 것이 바로 『백두산은 어데서나 보인다』(민주청년
사, 1956)이다. 송영의 전적지 현지 답사 보고서(오체르크풍의 기행문)『백두산
은 어데서나 보인다』는 동만과 북만 지역에 산재한 항일 전적지 90여 곳
에 대한 답사과정에서 현지인들로부터 접한 증언들을 토대로 폐허가 된
밀영지와 전적지에서 느끼는 감격과 소회를 담은 일화 모음이라고 할 수
있다.[30]

「'혁명적대작'의 이상과 '총서'의 근대소설적 문법」 참조.

29 김재용, 「북한문학계의 반종파투쟁과 카프 및 항일혁명문학」, 『북한문학의 역사적 이해』,
    문학과지성사, 1994, 200~209면.

30 유임하는 이 텍스트의 특성을 "만주 지역에서 김일성의 생장지와 항일무장투쟁을 벌인 전
    적지를 중심으로 전과(戰果)를 회상하며 현지인들의 증언을 토대로 역사와 기억의 중간적인
    담론 형태를 보여준" 것이며, 송영의 퍼소나인 서술자가 단순한 구술 기록을 넘어서 "역사
    와 재기억의 담론방식으로 '역사의 현장'에서 '역사화'한" 것으로 규정한다. 유임하, 「항일
    무장투쟁의 혁명 전통화와 만주의 심상지리」 참조.

항일혁명문학(예술)은 해방기, 전쟁기에는 별다른 관심을 받지 않다가 전후 복구기부터 본격 주목받았다. 송영의 빨치산 투쟁 참가자들의 증언채록모음인 『백두산은 어데서나 보인다』(1956)와 빨치산의 회상기 연재(『조선문학』, 『문학신문』)를 비롯해서 1930년대의 유격 투쟁 활동이 '뒤늦게' 작위적으로 조명되었다.[31] 이후 유격대 활동에서 전승, 공연되었던 가요, 촌극, 정치연설 등이 광범위하고 지속적으로 수집되었다. 특히 1959년 조선작가동맹 중앙위에서 개최한 '우리 문학의 혁명 전통에 대한 학술발표회'에서 만주에서의 무장투쟁에서 구전되었던 민요, 촌극, 이야기가 '혁명가요' '혁명연극' '혁명설화'로 명명되면서 단순한 기억 속 존재가 개념화·의미화되었다. 추후 주체문예론의 이데올로그들의 의해 '혁명문학 예술'로 장르 규정되고 '맑스-레닌주의문예리론의 창조적 적용'이라는 미학 이론적 근거까지 부여받게 된다.[32]

혁명 문학 예술은 김일성 동지의 고시와 방침에 의거하여 전통과 혁신 문제를 정당하게 해결하고 자기 발전을 수행하였다. 인민 대중이 알기 쉬운 길—이는 민족 고전과 인민 창작의 고상하고 다양한 형식에 인민 대중의 절박한 문제를 담아 리용하는 길이며 새로운 생활이 요청하는 새로운 형식을 창조하는 길이다.

연극에서는 현대극과 함께 인형극, 가면극, 창극 등 다양한 민간극 형식이 리용되었다. 실례로 상연된 창극을 본다면 재래의 고전 창극 형식에다

---

31 조은희, 「역사적 기억의 정치적 활용; 북한의 『항일빨찌산 참가자들의 회상기』 분석을 중심으로」, 『통일과 평화』 4권 2호, 서울대 통일평화연구원, 2012, 111~155면 참조.

32 김재하, 「항일무장투쟁 과정에서 창작된 혁명적 문학에서의 사회주의 사실주의의 특성」, 『조선어문』 1959.7; 한중모, 「김일성 원수의 항일무장투쟁 과정에서 창작된 혁명가요의 몇 가지 특성」, 『조선어문』 1960.1; 윤세평, 「우리나라에서 맑스-레닌주의 미학의 창조적 구현」, 『조선문학』 1962.4; 안함광, 「혁넁문학예술의 혁신적 득성과 그의 발전에 기어한 사싱 미학적 원칙」, 『조선문학』 1962.5; 신구현, 「해방 후 우리 문학예술에서 전통과 혁신에 관한 맑스-레닌주의문예리론의 창조적 적용」, 『조선문학』 1963.9 등 참조.

새로운 형식을 담고 창에서 현대 음악을 도입하여 리용하였다. 가요도 사정은 매일반이다. 빨찌산 대렬 내에서는 혁명 가요와 함께 민요들과 고전 가요들이 널리 불려진 사실과 빨찌산 군중 가요 공작 요강에 '조선 예전 노래 곡조'를 옳게 리용할 것을 주요하게 내세운 사실에 비추어 볼 때 혁명 가요는 우리나라 가요의 진수를 계승하고 있는 것을 알 수 있다.[33]

더욱이 아직 '항일혁명문학예술'이라는 위계가 높은 장르로 명명되지 못한 이들 '군중예술'(아마추어문예)의 위상을 제고하려고 이들이 1930년대 국내의 프로문학 창작에 직접 영향을 주었다는 주장까지 사료를 덧붙여 등장하였다.[34] 그런데 그 사료라는 것이 실은 1930년대 당대 자료가 아니라 카프 출신 월북 원로 작가들의 회상기라는 점이 문제다. 가령 평론가 현종호의 「항일무장투쟁 과정의 영향 하에 발전된 국내 프로레타리아문학」를 보면 한설야·이기영·송영이 창작할 때 멀리 만주지방에서의 투쟁 소문에 고무되었다는 회고를 증거 삼아 카프문학에 대한 '혁명(적)문학'의 우위를 주장하였다.[35] 한설야의 『황혼』 재간본 서문,[36] 이기영의 창작수기 「나의 창작 경험」,[37] 송영의 수필 「조선문학의 자랑」에서 항일 무장 투쟁을 언급한 것이 직접적 영향의 결정적 증거이자 사료가 되는 식이다.

이후 북한문학의 기원 담론에서 정통성은 항일혁명문학(김일성)의 몫

---

33 신구현, 「해방 후 우리 문학예술에서 전통과 혁신에 관한 맑스-레닌주의 문예리론의 창조적 적용」, 139면. '공화국 창건 15주년 기념' 문학사 평론 기획물의 하나에서 항일무장투쟁 시기 문학예술의 실체를 밝힌 대목이다.

34 기자, 「우리 문학의 혁명전통에 대한 학술보고회 진행」; 현종호, 「항일무장투쟁의 영향 하에서 발전된 국내 프로레타리아 문학」, 『문학신문』 1959.8.28, 2면.

35 현종호, 「항일무장투쟁 과정에서 창조된 혁명문학의 문학사적 의의」, 과학원 문학연구실 편, 『항일무장투쟁 과정에서 창조된 혁명적 문학예술』 참조.

36 한설야, 『황혼』(재간본), 조선작가동맹출판사, 1959, 88~89면.

37 리상태, 『리기영의 창작 연구』, 조선작가동맹출판사, 1959, 106~107면.

이고 카프를 중심으로 한 프로문학(한설야, 이기영) 및 비판적 사실주의 등 진보적 문학(최서해, 채만식)이나, 기타 민족주의문학(한용운, 이육사)은 부차적 유산 수준이라는 위계가 고착화되었다. 1959년판 『조선문학통사』(하권)까지 북한문학의 적통이자 기원으로 대접받았던 프로문학은 이후 항일혁명문학과 동등한 반열에서 거론될 수 없었다. 이를 반영한 문학사가 1970년대판 5권짜리 『조선문학사』(1977~81)의 제3권이다.[38]

이 문학사에서는 1926년 타도제국주의 동맹의 결성을 계기로 문학사적 현대가 시기 구분되었기 때문에 1927년 이후의 현대문학은 빨치산 문학에 일방적으로 영향 받은 것으로 묘사되었다. 즉, "1930년대 항일혁명문예의 직접적 영향 하에 일제하 진보적 문학이 이루어졌다."고 서술하는데, 이러한 문학사 인식은 문제다. 특히 '김형직 강반석 등 혁명가계 문학'의 과잉서술과 카프문학에 대한 과도한 폄하가 대표적인 예이다.

주지하다시피 진보적인 항일문학운동으로서의 프로문학예술은 카프를 중심으로 한 '조직과 주체, 이념과 미학'을 유기적으로 연결시켜 시대를 풍미한 실체적 문예운동이었다. 즉 1922년부터 34년까지 카프라는 조직과 진보적 지식인 출신 문인 예술가 및 노동자 농민 출신 작가들이라는 주체가 엄연히 활동했고, 사회주의사상, 특히 마르크스레닌주의라는 이념과 유물변증법적 창작방법부터 사회주의 리얼리즘에 이르는 창작방법과 미학 논쟁을 통한 이론적 체계를 갖추고 김기진·박영희·조명희·이기영·한설야·임화·김남천·송영·박세영 등 대표 작가와 『고향』·『황혼』·『인간문제』·『산제비』 등 장르별 대표작 등의 체계를 갖춘 완결된 실체였다. 그럼에도 불구하고 어느 순간 북한의 문학사 서술에서 프로문학운동은 1926년 타도제국주의동맹 결성기를 앞뒤로 '근현대' 시기 구분의 문학외적 강제 때문에 실상이 인위적으로 분리되고 그 콘텐츠조

---

38   김하명·류만·최탁호·김영필, 『조선문학사3(1926~1945)』, 과학백과사전출판사 1981.

차 축소·폄하·형해화되어버린다.

나중에 만들어진 '항일혁명문예' 담론과 그의 '직접적 영향'이라는 사후적 구도에 짜맞추려고 이미 역사적으로 실재했던 카프를 중심으로 한 일제하 프로문학 자체에 대한 서술은 극히 축소되어 앞뒤 맥락과 전반적 분위기를 이해하기 어렵게 분산시켜버린 것이다. 이는 다시 말해서 프로문학의 역사적 의미 부여나 문학사적 성격 규정을 의도적으로 하지 않았다는 뜻이다. 특히 1927년 이후의 문학은 1950,60년대 북한의 문학사 서술에선 사회주의 리얼리즘의 시각에서 의미 부여되었지만 1970,80년대에 들어서는 항일혁명문학예술의 '선'존재 때문에 그러한 기준과 용어를 갖다 붙이기 어려워졌기 때문에 '어정쩡한 상태로 방치'했던 것이다.

이것은 항일혁명문학을 상위에 놓아야 하고 그 밑에 프로문학을 배치해야 하는데 이를 어떤 식으로 설명해야 할지 그 논리를 세우기 어려웠기 때문이 아닐까 추정한다. 1960년대 말 제기된 북한의 문예정책 즉 유일사상체계를 그대로 문학사의 기술에 적용하려고 하는 과정에서 모순과 파탄, 그리고 전면적으로 새로운 역사(일반사와 부문사, 특히 문학예술사) 구도의 요청이 필연적으로 제기될 수밖에 없는 것이다. 그런데 1967년에 결정된 문예정책과 노선 즉 유일사상체계를 일방적으로 문학사 기술에 적용하려는 과정에서 필연적으로 초래할 수밖에 없었던 무리와 모순이 적지 않았다. 그것은 일제하 프로문학에 대한 문학사적 난도질이라고까지 해석 가능하다.

1980년대 중반 이후 프로문학이 일정 정도 복권되어 북한문학의 유일한 적통인 항일혁명문학에는 미치지 못하지만 중요한 문학유산으로 자리매김되었다. 1986년에 나온 박종원의 『조선문학개관(2)』과 은종섭의 『조선 근대 및 일제하 소설사 연구』에서 프로문학의 모습이 다시금 일정 정도 복원되었다. 1990년대판 16권짜리 문학사(1990~2012)에서는 주체사상과 수령론에 입각한 항일혁명문학 일변도의 5권짜리 사회과학원 문학사(1977~81)나 김일성종합대학판 문학사(1982)보다도 프로문학에 대해서 보다 구체적으로 보완 서술되고 있다.[39]

16권짜리 『조선문학사』 제8권(1992)을 비교하면 항일혁명문학에 대한 서술의 기조는 이전과 기본적으로 동일하지만 몇몇 차이점이 있다. 문학사 서술 편제의 변화를 보면, 항일혁명문학예술을 실제 이상으로 과잉 서술하고 기존의 프로문학을 비롯한 진보적 문학의 실상을 지나치게 축소 왜곡했던 1981년판 『조선문학사 제3권 1926~45』 편제의 무리수를 보완하기 위한 노력이 보인다. 가령 1992년판 문학사에선 '항일혁명문학'을 제8권에, '1926~45년' 문학을 제9권으로 분권하여 별도 서술하였다. 또한 1981년판엔 1) 김일성의 문예지도, 2) 혁명가요, 3) 혁명연극, 4) 혁명가극, 이야기와 동화 5) 혁명가요, 6) 혁명연극, 7) 인민창작 등으로 병렬했던 시기별 장르사를 1992년 판에선 각 장르의 위상을 시문학, 극문학으로 격상하고 김일성 개인 창작을 더욱 중시했으며 나머지 부분을 약화시켰다. 물론 이 문학사에서도 항일혁명문학과 프로문학의 관계는 우열이 명확하다. 다만 프로문학 전체상이 복원되거나 근대문학의 중심으로 서술되지는 않는다 하더라도 그 전모가 1977년판 문학사 서술처럼 형해화되지는 않았다. 이제 북한 학계의 공식적인 문학사 구도에서 항일혁명문학과 프로문학은 위계적 병행 관계로 설정된 셈이다.[40]

---

39 북한의 역대 문학사 서술의 비교 평가는 민족문학사연구소 남북한문학사연구반, 『북한의 우리 문학사 재인식』, 소명출판사, 2014 참조.

40 북한의 역대 문학사에서 항일혁명문학의 위상 변모는 프로문학과의 역학관계, 수령문학과의 관계 측면에서 이미 논의되었다. 김성수, 「프로문학과 북한문학의 기원」(2002); 김은정, 「만들어진 전통과 '항일혁명투쟁시기 문학」(2010); 김성수, 「북한의 문학사 서술에 나타난 수령문학의 위상: 〈불멸의 력사〉 총서의 위상 변모」, 『북한의 우리 문학사 재인식』(2014).

4. 항일혁명문학(예술) 담론의 그늘에 다시 불을 비춰보니

1959년을 기점으로 북한 문단 예술계에서 작가 예술가들은 경쟁적으로 만주 빨치산 활동기의 여러 투쟁 면모를 형상화하려 애쓴다. 1930년대 만주 빨치산 활동기의 여러 무장 투쟁의 존재를 유격대 참가자들의 기억에 의존한 구술 채록과 회상기 연재 등으로 문헌화, 발굴한 후 그를 '항일무장투쟁기의 혁명적 예술'로 명명하게 된다. 아예 없었거나 오랫동안 잊혀졌던 존재에 '혁명적'이란 레토릭으로 잠정적인 이름을 붙이고 다시 그 이름을 실존하는 현존재로 격상시킨다. 더욱이 이를 '항일혁명문학예술'로 호명함으로써 이데올로기적 불러내기가 문예 창작의 지침이 되었고 시나브로 문학사, 예술사를 전일적으로 지배하는 신성불가침의 절대적 존재로 바뀌게 된다. 그러다보니 이미 있었던 존재, 가령 북한 문학예술의 또 다른 조상이었고 한때는 유일한 적통이었던 '카프를 중심으로 한 반일 프로문학예술'이라는 존재와 이름을 원천적으로 봉쇄하거나 가치를 폄하하는 식으로 억압하는 당위가 되기도 하였다.[41]

그러자 반대급부로 1945~58년 마르크스레닌주의 보편론에 입각한 유물사관적 역사의 합법칙성 산물이라 할 '인민민주주의체제→사회주의체제 건설→공산주의체제 준비' 단계별 프로세스도 '주체문학예술로의 일방적 도정'이라는 새로운 대체재 앞에서 다분히 부정적인 의미로 격하되었다. 1930년대 김일성 유격대의 만주 빨치산 무장 투쟁 활동기를 '항일혁명(투쟁)시기'로 호명하고 이를 일종의 건국(투쟁)시기로 재규정하면서 신화화된 고전적 고대(1930년대)와 신성불가침의 주체시대(1967년 이후~ 현재) 사이의 사회주의 기초 건설기(195,60년대)는 가치론적 함축에서

---

41 랑시에르 식으로 말해서 세계를 규정하는 감성의 분할 속에 개입하여 행동 주체들의 역능을 구획하고 문학의 정치를 수행하는 것이다. 자크 랑시에르, 유재홍 옮김, 『문학의 정치』, 인간사랑, 2009, 17면 참조.

부정적 위치를 할당받을 수밖에 없었다. 마찬가지 논리로 1940년대 후반의 '고상한 리얼리즘' 담론과 195,60년대의 사회주의적 사실주의 대논쟁으로 대표되는 '사회주의 리얼리즘 문학예술의 좌우경화'[42]시기는 30년대 항일혁명문학기와 1967년 이후 주체문학기 사이의 '혼란스런 중간시기'로 평가절하하게 된다.

여기에 더해, 최고 권력자 승계작업의 지렛대로 선동선전의 위력을 일찌감치 간파한 결과 당 사업을 선전선동부에서 시작(1964.6)하게 된 후계자 김정일의 존재와 그의 주도적인 역할도 항일혁명문학예술 담론의 정초과정에 결정적 힘으로 작용하였다. 그는 과거 문예 전통의 어떤 부분, 가령 아버지의 빨치산 활동 중간의 전투휴식시간의 예술선동 장면을 기억, 발견하고 '혁명적 예술'로 호명한 후 '항일혁명문학예술' 담론을 발명, 발전시켜나갔다. 무릇 어떤 이론이든지 가시적이고 구체적인 근거가 있어야 대중에게 감성적 설득력이 있을 터이다. 그 어떤 문예노선이나 정책, 이론 같은 담론 차원보다 수용자 대중에게 중요한 것은 눈앞에 보이는 작품이다. 즉 문학작품이나 공연물이 있어야 대중적 설득력을 얻게 마련이다. 그래서 김정일의 주도로 조직된 4.15문학창작단, 국립연극단, 백두산창작단, 피바다가극단 등의 집체창작으로 〈용진가〉〈반일전가〉〈사향가〉 등 '혁명가요'가 문헌으로 정착되고, 〈피바다〉〈꽃 파는 처녀〉〈한 자위단원의 운명〉〈3인 1당〉〈혈분만국회〉 등 '혁명연극'(엄밀하게 말해서 기억 속의 예술선동 공연물)이 가극, 연극, 소설, 영화, 음악무용서사시 등의 현대 장르로 각색, (재)창작되었다.

특히 김정일이 항일무장투쟁의 기억을 전통으로 격상시키고 새로운 사회주의적 애국주의로 충만된 민족을 상상하는데 감성적으로 설득했던

---

42 김성수, 「사실주의 비평논쟁사 개관—북한 비평사의 전개와 『문학신문』」, 『북한 『문학신문』 기사 목록—사실주의 비평사 자료집』, 한림대출판부, 1994 참조.

(재)창작 텍스트는 '혁명연극'에서 분화된 '혁명가극'이었다. 1971년 〈피바다〉, 1972년 〈꽃 파는 처녀〉 등 빨치산 투쟁을 그린 북한식 오페라에 의해 대중들은 자기가 실제로 목격하거나 체험하지 못한 항일 유격대의 투쟁을 비로소 실감하게 되었다. 나아가 김일성 주도의 빨치산 투쟁을 '혁명전통'이라고 호명함으로써 정치적 정당성을 획득하고 인민대중의 삶 속에 각인되는 계기로 작동하였다.[43]

가령 1970년대에 다양한 장르로 (재)창작된 〈피바다〉의 1930년대 원형은 김일성 개인의 창작물이 아니라 〈혈해지창〉이라는 팔로군의 구전가요와 관련된 빨치산 연극 〈혈해〉(1936)라는 것이 정설이다.[44] 그것은 창작자와 향유층이 선명하게 구별되지 않는 민중문학예술의 일반적인 특성상 팔로군과 동북항일연군 공동의 민중창작의 산물일 개연성이 크다. 팔로군의 한 지대라 할 동북항일연군 제6사에서 전투 중간 휴식 시간에 아마추어 예술선동대원에 의해 보급된 구전가요 〈혈해지창〉과 그와 결합된 소인극(素人劇), 촌극이 원형이었을 것이다. 그것을 북한 예술사의 전범으로 규정한 〈피바다〉라는 오페라(그 장르명조차 '〈피바다〉식혁명가극'[45])로

---

43 "피바다식 혁명 가극은 '감정훈련'을 통해 '집단의 감정'을 만들어냈으며 신화화와 서사를 오가며 대중 스스로 항일무장투쟁을 경험하게 했던 감성의 정치의 기제였던 것이다." 천현식. 「'피바다식 혁명가극'과 감정훈련: '집단주의'와 '지도와 대중'을 중심으로」, 『현대북한연구』 13-3, 북한대학원대, 2010, 201~240면 참조.

44 윤세평, 「혁명연극 「혈해의 노래」에 대하여」, 『조선문학』 1961.4; 윤세중, 「〈혈해〉론」, 『조선문학』 1961.4, 94~104면; 천현식, 『북한의 가극 연구』, 선인, 2013, 223~241면 참조. 천현식은 역대 북한 자료를 시계열적으로 치밀하게 정리했으나 그에 대한 평가와 해석은 지은이와 다르다.

45 천현식은 북한 공식 문헌을 분석하여 다음과 같이 공연을 재구한 바 있다. "연극 〈혈해〉는 김일성의 부대가 1936년 2월 남호두회의 이후 장백지구로 이동하며 1936년 8월 무송현 만강부락에서 체류할 때 2막 3장으로 40~45분 정도 공연되었다. 당시 연극 〈혈해〉(2막3장)와 함께 연극 〈성황당〉(1막), 〈경축대회〉(2막)가 함께 공연되었다. 그리고 1939년 9월 김일성부대가 시난차 전투에서 승리한 후 연극 〈혈해〉와 〈경축대회〉가 공연되었다고 한다. 이렇듯 일제강점기 항일무장투쟁 당시 공연되었다고 하는 연극 〈혈해〉, 즉 연극 〈피바다〉는 1953년 9월 초순부터 12월 하순까지 100여 일 간 '김일성 원수 항일유격투쟁전적지조사단(국립중앙해방투쟁박물관, 과학원 력사연구소, 작가, 영화촬영반, 사진사, 화가)'이 만주 일대 유격지대에서 항

호명·발명·(재)창작·각색되는 일련의 창작기제(선전시스템 작동)과정은, '항일혁명문학예술의 문화정치학'으로 판단컨대 주체사상의 전 사회적 유일체계화의 문예적 필요성에서 만들어진 전통일 터이다.[46]

따라서 〈피바다〉로 대표되는 혁명가극, 나아가 항일혁명문학예술은 김일성이라는 빨치산 지도자의 개인적 창작물이라기보다는 공동창작물이었기에 그를 두고 후일에 천재적 개인의 창조물로 호명한 것은 '만들어진 전통'의 한 예라고 아니할 수 없다.[47] 거기에 더해 개인숭배와 절대권력에 기반을 둔 철권통치와 민간부문 경제의 희생을 괄호 속에 넣고 군수산업과 중공업 중심 계획경제로의 일방적 도정에 인민대중을 자발적 동원하는 데 '천리마기수' 전형화론 등 각종 문예 담론이 보태졌다. 이들 담론과 혁명 가극인 〈피바다〉 등 집체창작물을 활용함으로써 혁명문

일혁명운동의 역사를 수집 발굴하면서 처음 공개된다." 천현식, 「북한 가극의 특성과 변화 —혁명가극에서 민족가극으로」, 북한대학원대 박사논문, 2012, 160면; 천현식, 『북한의 가극 연구』, 83~219면 참조.

46 그 결과물이 『영화예술론』, 『주체사상에 기초한 문예리론』일 것이며 그 이데올로그는 황장엽, 장형준, 리수립, 김하명, 한중모, 권택무, 정성무, 현종호, 강능수, 연장렬, 방연승 등으로 추정된다. 역으로 1967년 주체문예론 형성과정에서 문학장에서 멀어진 이들로 195,60년대 논객이었던 한설야, 안함광, 윤세평, 한효, 박종식, 리상태, 리정구, 신구현, 서만일, 홍순철, 김창석, 김명수 등이 있다. 유일체계화된 주체사상, 김일성주의와 그 선전수단으로서의 개인숭배문학인 '주체문예리론' 체계를 용납하지 못한 이들이 역으로 정통 맑시스트이자 사회주의 리얼리스트였을 것으로 짐작된다.

47 〈피바다〉에 대한 장르명칭이 문화정치적 맥락에 따라 계속 변전/진화한 것을 당대 문예지 자료로 확인할 수 있다. 다음 예를 보라. 권택무, 「항일무장투쟁 시기의 혁명적 연극 활동」, 『조선문학』 1959.6, 13면; 윤세중, 「〈혈해〉론」, 『조선문학』 1961.4, 94~104면; 미상, 「혁명적 작품 〈피바다〉에 대하여」, 『조선문학』 1970.4, 62면; 미상, 「불후의 고전적 명작 〈피바다〉 중에서—혁명가극 〈피바다〉」, 『조선문학』 1972.2, 47면; 미상, 「'〈피바다〉식 혁명가극' 의 가일층의 발전을 보여주는 걸출한 대작」, 『조선문학』 1973.2, 4면. 1959년 당시에는 창작자 미상의 '혁명적 연극 활동'의 하나에 불과했던 촌극 공연 정도의 존재가 1970년에는 '혁명적 작품'으로 불리고 1972년에 와서 김일성이 직접 창작했다는 의미의 '불후의 고전적 명작'인 '혁명가극' 칭호를 부여받는다. 1973년의 『영화예술론』에서 마침내 〈피바다〉식 혁명가극'이다는 장르명칭까지 그 대표작으로 격상된다. 실은 1961년 윤세중 글에서 백두산 지역 촌로들의 구전기록을 송영이 채록한 것이라고 명기하고 있는데도 불구하고 이데올로기적 호명이 사후적으로 강행된 셈이다.

학예술의 문화정치를 성공적으로 펼쳤다고 할 수 있다.[48]

이러한 창작과 유통 과정에서 김일성 권력은 신성화되고 신성화된 권력에서 북한식 상상의 공동체 개념이 사후적으로 만들어졌으며 민족 그 자체도 가시적 구체물로 형상화될 수 있었다. 항일혁명문학예술은, 결국 1967년 유일사상체계화 이후 김일성주의자의 승리에서 소급하여 스토리텔링을 만들어낸 결과론적 신화화의 과정이라고 아니할 수 없다. 이는 서구 중심주의적 근대 학문체계로는 포섭되지 않는 담론, 서구학자의 '시공간의 식민화'가 지닌 인식론적 가치체계에 맞선 '시공간의 탈식민화'(인도, 아프리카 문화의 특성 규정의 전례)를 기도했다는 긍정성도 없지 않다. 하지만 북한 문학예술 장에서 항일혁명문학예술 담론의 유일화, 절대화는 수많은 역기능을 초래한 점을 간과할 수 없다. 한때 북한 문학예술의 기원이자 부모 격이었던 카프를 중심으로 한 프로문예 같은 진보적 문학 예술사 전통의 부정이나 외면이 그 좋은 예라 하겠다.

프로문학뿐만 아니라 카프 밖의 진보적 근대문학 대부분이 만주 빨치산문학의 기세에 눌려 정당하게 평가되지 못한 것이 엄연한 사실이다. 현재까지도 여전히 현실적 힘을 발휘하는 항일혁명문학예술 유일 정통론이 다양한 과거 문학 중 상대적으로 중요한 진보적 문학 전체를 무시, 왜곡함으로써 문학 예술인들을 편협하고 도식적인 시야에 오랫동안 고착시키고 그 결과 현 단계 문학 창작이나 인민대중의 정서 함양을 저해하는 많은 편향이 있었기 때문이다. 이것이야말로 항일무장투쟁 혁명 전통과 북한 문학예술의 딜레마라고 아니할 수 없다.

---

48 우리가 보기에 이는 '정치'가 아니라 '통치' 심지어 '치안'이라고 폄하할 수도 있다. 랑시에르는 공동체 안의 삶을 운영하는 기술이나 이해관계의 조정이라는 통상적 의미의 정치를 '치안'으로 구별하여, 기성질서를 근본적으로 재배치하고자 하는 진정한 '정치'와 차별화한다. 자크 랑시에르, 양창렬 옮김, 『정치적인 것의 가장자리에서』, 길, 2008, 231~232면 참조.

5. 마무리: 만주 빨치산 문학을 코리아문학사에 품으려면

김정일은 김일성 시대 중기, 후기(1967~86~94)에 김일성의 1930년대 '항일혁명문학예술'을 발견, 호명, 발명(1967~73)하고 〈피바다〉로 대표되는 일군의 (재)창작물을 문학예술사의 새로운 전통으로 삼은 후 그들 다시 유일무이한 정통이자 적통으로 만들었다. 이러한 일련의 과정인 '문학예술혁명'을 통해 『영화예술론』, 『주체사상에 기초한 문예리론』 등으로 이론적 체계화(1973~84)를 시도한 후, 신성불가침의 문예 전범(교의?)으로 '주체문예리론' 총서 시리즈를 체계화(1986~94)하여 '문화혁명'방식의 통치이데올로기로 삼았다.

오늘날 북한의 공식 문학사는 항일혁명문학의 '전통'과 근대의 진보적 문학의 '유산'을 질적으로 위계화한 후 후자를 의도적으로 폄하한다. 문제는 항일혁명문학(담론)과 진보적 근대 리얼리즘문학 사이의 논리적 연결고리를 찾는 일이다. '타자의 시선'에서 봐도 항일혁명문학의 실체를 '이야기된 국가,'[49] 작위적으로 조작된 건국신화라고 무조건 부정하고 애써 무시하고 말 일은 아니다. 현재 북한 주체문학의 원조 또는 직접적 기원이 되는 만주 빨치산 문학도 기본적으로는 계급적 성격의 사회주의문예일 뿐만 아니라 근대적 민족문학 유산의 하나라고 '앞으로 서술할 통합 문학사'(현 단계로선 이념형일 뿐이지만)의 품에 포섭 가능하다고 재규정할 수 있다. 항일혁명문학이 김일성과 '혁명적 가계'의 개인숭배문학의 변형태로 비판될 수도 있겠으나, 일제 강점기 항일 레지스탕스문학의 일

---

49 신형기는 김일성이 북한 지도자가 되는 데 항일무장투쟁의 전력 여부가 아니라 그에 관한 이야기가 결정적인 역할을 했다고 지적한다. 이야기의 역능과 관련하여 김일성의 항일투쟁사가 민족 이야기(nation narrative)로 쓰였다는 점이다. 신형기, 「이야기의 역능과 김일성」, 『현대문학의 연구』 41, 한국문학연구학회, 2010.5 참조.

정 부분으로 포섭될 수 있다는 말이다.[50]

이런 맥락에서 항일혁명문학을 진보적 근대문학의 일부로 포용하면, 코리아 민족 문학사의 전체적 흐름 속에서 그 위상을 재조명할 수 있다. 즉, 카프문학의 한계로 언급되는 프롤레타리아 국제주의 추수와 식민지 민중 구성 중 소수에 불과한 대공장 노동자계급 중심의 노농동맹에 지나치게 경도된 전통적인 마르크스레닌주의미학의 인식론적 편향을 넘어서서 상대적으로 반외세적 민족주의(사회주의적 애국주의) 우위라는 가치론적 지향을 강조한 북한의 독창적 산물로 재평가할 수 있을 것으로 판단된다. 또한 보편적인 문예학 원론의 준거로 보면 1990년대 몰락한 동구 사회주의권에서 통용되었던 사회주의 리얼리즘미학 대신 북한 특유의 독자적인 미학이 필요했을 것으로 이해 가능하다. 이에 따라 프로계급의 국제적 연대와 보편을 중시하는 마르크스레닌주의에 기초한 사회주의 리얼리즘 미학 대신 '조선민족제일주의'라는 특수성, 자기중심성을 극단적으로 강조하는 주체미학을 일반화시킨 것이리라. 즉 만주 빨치산 문학이라는 특정 시기 특정 집단의 일시적 현상인 역사적 실재를 어느 시대 어느 집단에게도 적용 가능한 초역사적 실체로 인식론적 보편화를 작위적으로 시도한 무리수로 해석해야 할 터이다.

결국 '통합 민족 문학사'의 선험적 체계에서는 카프 등 진보적 근대문학의 전통과 '항일혁명문학'의 상상적 공동체를 아울러 강조할 필요가 있을 것이다. 아마도 김정일의 『주체문학론』(1992) 이후 북한 학계도 이 점에 착안하여 '전통과 유산'의 층위를 환치시켰을 것이다. 항일 혁명(무장투쟁)의 전통과 북한 문학예술의 실제가 딱 맞아떨어지지 않는 현실 부

---

50 구하기 힘든 자료를 동원하여 횡단적 분석과 추론을 통해 본론에서 애써 논증한 문제의식은 반북, 반김이 아니다. 항일혁명문학(예술)이라는 '만들어진 전통'을 앞으로 쓸 통합 문학사에서 어떻게 수용할 것인가 하는 도발적이면서도 근본적인 문제제기다. 이와 관련하여 북한 혁명무용의 기원을 밝힌 박영정의 「가극 〈열세 집〉의 북한 수용 양상과 그 의미」, 『한국극예술연구』 45, 한국극예술학회, 2014의 사례를 참조할 수 있다.

적합성을 자기 완결적 논리로 봉합하기 위하여 항일혁명문학예술을 신성불가침적 존재로 절대시하고 그를 '전통'으로 격상시키고 카프문예등 진보적 근대문학을 '유산'이라는 환치된 위계화로 딜레마 극복을 시도한 것이 아닐까 싶다.

북한에서는 1959년 현종호의 '프로문학 한계/항일혁명문학 우위' 명제를 강고하게 견지하고 있다. 카프를 중심으로 한 일제하 프로문학이 착취 받는 식민지 노동계급의 참상을 고발하고 그 처지를 극복하기 위한 투쟁을 수행했다는 데까지는 인정한다. 그러나 지도자(김일성)의 영도와 당(타도제국주의동맹, 조국광복회)의 부재로 항일투쟁이라는 민족해방운동의 정향, '주체성'을 찾지 못해서 사회주의미학의 예술적 성취에 이르지 못했다고 한계를 지적하는데, 이는 미학적 보편과 특수의 관계가 전도된 논리라서 문제가 있다. 게다가 결함의 근거가 김일성 같은 절대자 '수령'의 지도 부재 탓이라는 데는 선뜻 동의하기 어렵다.

주지하는 바와 같이 카프 중심의 프로문학운동은 화요회, ML파, 조선공산당 등 초기의 국내 공산주의운동과 다각도로 관련을 맺고 있었다. 그 과정에서 소련과 일본의 추종이라든가 파벌싸움 같은 한계를 노출하긴 했으나 기본적으로 마르크스레닌주의에 기초한 계급문화의 창조·발전에 기여하였는바, 이는 보편적 차원의 사회주의운동과 탈식민 민족해방운동의 일환으로 일정한 역할을 수행했다고 보는 것이 온당하다. 그런데도 프로문학에 대한 1967년 이후 현재까지 북한 학계의 지속적이고 확고한 평가절하에는 실상 임화, 김남천, 이태준, 이원조 등 조선문학가동맹 출신 남로당계 문인들에 대한 오랜 금기와 그 이후에도 계속 반복된 정통 마르크스레닌주의자-사회주의 리얼리스트(해방 직후 프로문맹 출신인 한설야, 한효, 안함광, 윤세평 등과 195,60년대 신진 이론가였던 박종식, 리상태, 리정구, 김민혁, 김명수, 윤두헌, 서만일, 홍순철, 김창석 등) 배제의 논리와 숙청의 역사와 관련된 것으로 해석된다. 이는 앞으로 북한 사회가 이들 과거사를 포용할 수 있는 단계로 전향적으로 나아갈 때에나 해결될 수 있는 문제이다.

　이런 맥락에서 북한 문학예술사 정전의 딜레마는 여전히 현재진행형이라 아니 할 수 없다. 일제 강점기 카프 전통을 계승한 사회주의 리얼리즘 문학예술의 좌우경화를 드러냈던 195,60년대 문학예술사의 '실상'을 애써 외면하거나 콘텐츠 대부분을 괄호 속에 넣어버리고 대신, 1930년대 '항일혁명문학(예술)의 전통을 계승한 주체문학예술로의 일방적 도정'으로 일방적으로 규정·재단해 온 것은 문제이다. 철권통치와 그를 떠받치는 개인숭배 문학예술을 전범화한 1967년 이후의 잣대('1967년 체제')로써 한반도 이북의 근현대 문학예술사 전체를 재단한 것은 앞으로 서술하게 될 '통합 문학예술사' 체계에서는 포용하기 어렵기 때문이다. 195,60년대 북한 권력층 특히 70년대 지도자 세습의 정치적 필요와 문화정치적 산물로 만들어져 실제 이상 과잉평가되고 신성시되어버린 따옴표 '항일혁명문학예술'의 원래 모습을 복원·복권하는 것이 낫다는 생각이다. 가령 유격 투쟁 중간의 휴식시간에 즉흥 공연되었을 기억 속 실체로서 〈피바다〉의 문학·문화사적 위상을 북한 주체문학의 유일 적통이라는 만들어진 전통 담론 대신 〈독립군 아리랑〉 같은 저항민요, 군중예술로 자리매김할 수 있다는 생각이다. 1930년대 항일무장투쟁기 '만주 빨치산의 예술선동' 또는 비전문·비전업 군중문학예술의 저항담론적 가치로 재조명하는 등 새로운 방향의 의미화·가치 부여 방안을 고민할 때이다.

'항일혁명문학(예술)' 전통론 주요 목록

윤세평, 「시문학에서 부르죠아 사상잔재를 반대하여」, 『문학신문』 1959.1.4.

김민혁, 「공산주의 교양의 강력한 무기―항일무장대오에서의 혁명적 문학예술에 대하여」, 『문학신문』 1959.1.22.

신구현, 「우리 당의 혁명전통 형상화를 위하여」, 『문학신문』 1959.1.22.

강능수, 「우리 문학에서의 수령의 형상」, 『조선문학』 1959.4.

김재하, 「항일무장투쟁과정에서 창작된 혁명적 문학」, 『문학신문』 1959.4.12.

한설야, 「공산주의 교양과 우리 문학의 당면과업」, 『조선문학』 1959.5.

권택무, 「항일무장투쟁 시기의 혁명적 연극 활동」, 『조선문학』 1959.6.

김재하, 「항일무장투쟁 과정에서 창작된 혁명적 문학에서의 사회주의 사실주의의 특성」, 『조선어문』 1959-4.(1959.7)

김재하, 「항일무장투쟁과정에서 창작된 혁명가요에 반영된 국제주의사상」, 『문학 신문』 1959.9.29.

박태민, 「1930년대 혁명투사들의 형상 창조와 관련하여」, 『청년문학』 1959.11.

연장렬, 「혁명가요의 몇가지 사회적 특징」, 『조선문학』 1959.11.

리근영, 「항일무장투쟁 시기에 김일성 동지를 선두로 한 공산주의자들이 사용한 조 선어의 풍부한 인민적 성격」, 『조선어문』 1960-1.

한중모, 「김일성 원수 항일무장투쟁 과정에서 창작된 혁명가요의 몇 가지 특성」, 『조선어문』 1960-1.

한중모, 「김일성 원수의 항일무장투쟁 과정에서 창작된 혁명가요의 몇가지 특성」, 『조선어문』 1960-1.

황건, 「소왕청에서―항일유격전적지 답사일기 중에서」, 『문학신문』 1960.2.23.

안함광, 「공산주의 교양과 혁명문학―혁명가요의 사상예술적 특성의 고찰을 중심 으로」, 『문학신문』 1960.4.1.

신구현, 「김일성 동지의 혁명적 문예사상」, 『조선문학』 1960.8~10.

박종원, 「항일혁명투사의 진실한 성격 창조를 위하여 제기되는 문제」, 『조선문학』

1961.3.

윤세평, 「혁명연극 「혈해의 노래」에 대하여」, 『조선문학』 1961.4.

연장렬, 「항일무장투쟁 과정에서 창조 보급된 혁명가요」, 과학원 문학연구실 편,
『항일무장투쟁 과정에서 창조된 혁명적 문학예술』, 과학원출판사, 1960.

현종호, 「항일무장투쟁 과정에서 창조된 혁명문학의 문학사적 의의」, 과학원 문학
연구실 편, 『항일무장투쟁 과정에서 창조된 혁명적 문학예술』, 과학원출판
사, 1960.

윤세평, 「우리나라에서 맑스-레닌주의 미학의 창조적 구현」, 『조선문학』 1962.4.

안함광, 「혁명문학예술의 혁신적 특성과 그의 발전에 기여한 사상미학적 원칙」,
『조선문학』 1962.5.

신구현, 「해방 후 우리 문학예술에서 전통과 혁신에 관한 맑스-레닌주의문예리론
의 창조적 적용」, 『조선문학』 1963.9.

현종호, 「『항일무장투쟁과정에서 창조된 혁명적 문학예술』에 대하여」, 『문학신문』
1964.6.19.

강능수, 「혁명전통 주제 작품에서의 전형성 문제」, 『조선문학』 1967.4.

강능수, 「항일무장투쟁과 우리문학의 과업」, 『청년문학』 1967.5.

장형준, 「혁명전통 주제의 대작 창작에서 제기되는 중요한 사상미학적 요구」, 『조
선문학』 1967.9.

길창진, 「항일무장투쟁 시기 창작된 혁명시가의 사상적 심오성과 인민적 형식」,
『어문연구』 1967.4-7.

연장렬, 「항일무장투쟁과정에 창조된 혁명적 문학예술」, 『청년문학』 1967.7~10(4
회).

리령, 「항일무장투쟁과정에서 창조된 혁명연극의 빛나는 전통」, 『어문연구』
1967.10.

최일룡, 「수령의 충직한 전사—항일유격대원들의 전형적 성격」, 『문학신문』
1967.10.3.

제3장

주체문예론의 형성과 유일체계화[1]

1. 주체문예론'체계'의 실사구시적 접근

현재 북한 당국은 '항일혁명문학예술의 전통'을 계승한 '주체문학의 일방적 도정'이라는 주체의 문학관과 문학사, 비평 담론을 절대화하고 있다. 1967~75년에 정립된 주체문예론이라는 유일이론체계다. 수령의 지도로 창조된 '항일혁명문학의 전통'을 계승한 주체문학예술론만 신성불가침의 유일체계로 군림한다. 문학예술의 내용과 사상, 미학과 창작방법이 하나로 통합된 전일적 체계를 가진 문예학설로 고정되어 있다. 주체문예론은 마르크스레닌주의 이념에 입각한 사회주의적 사실주의 보편이론[2]의 북한식 적용과정에서 태동하였다. 주체문예론의 이데올로그들

---

1 이 글은 다음 논문을 저서에 맞게 개제, 수정한 것이다. 김성수, 「주체문예론 연구(1): '주체문예리론체계'의 통시적 분석」, 『국제한인문학연구』 31, 국제한인문학회, 2021.12, 11~38면. 「주체문예론 연구(2): '주체문예리론체계'의 공시적 분석」, 『상허학보』 64, 상허학회, 2022.2.

2 므. 고리키, 『문학론』, 국립출판사, 1956; 게. 엘. 아브라모위치, 김민혁 역, 『문학개론(대학용)』, 조선교육도서출판사, 1955; 웨. 이. 레닌, 김필환 편역, 『문학에 관하여』, 조선로동당출판사, 1958; 박종식, 『문학개론』, 조선작가동맹출판사, 1960; 박종식·현종호·리상태, 『문학개론』, 교육도시출판시, 1961. 이상이 보편이론시이며, 미상, 『(데학용)문학개론』, 교육도서출판사, 1970.가 주체문예론으로 이행하는 과도기적 교과서이다. 김성수, 「북한 문예이론의 역사적 변모 고찰」, 『1994 북한 및 통일연구 논문집』 제2권, 통일원, 1994 참조.

이 사회주의 진영의 보편적인 이념과 미학에 기초한 사회주의적 사실주의 문예이론을 '창조적으로 적용'[3]하다가 선행 이론과 차별화된 독자 이론을 새로 만든 것이다.

주체문예론과 관련된 우리 학계의 기존 논의는 적지 않은 성과를 올렸다. 다만 『영화예술론』(1973), 『주체사상에 기초한 문예리론』(1975), 『주체문학론』(1992) 같은 기본서나 종자론과 관련된 '주체적문예리론연구' 총서 중 몇 권만 보고 주체문예론의 내용과 특징을 소개, 논평한 것이 대부분이다.[4] 북한문예비평·이론사에서 더 중요한 '문예리론총서 주체적문예사상'(12권, 1982), '김정일의 문예리론총서'(40권, 1987)는 목록조차 제대로 알려지지 않았다. 주지하다시피 주체문예론은 한두 권의 이론서로 설명할 수 있는 단일 이론이 아니라 문학예술의 원론과 장르에 걸친 수십

---

3 과학원 문학연구실 편, 연장렬 외, 『우리나라에서의 맑스-레닌주의 문예리론의 창조적 발전』, 과학원출판사, 1962; 한중모, 『주체사상에 기초한 사회주의적 사실주의리론의 몇가지 문제』, 과학백과사전출판사, 1980; 김태경, 「북한 '사회주의 리얼리즘의 조선화(Koreanization)': 문학에서의 당의 유일사상체계의 역사적 형성」, 서울대 박사논문, 2018.

4 홍기삼, 『북한의 문예이론』, 평민사, 1981; 성기조, 『북한의 비평문학 40년』, 신원문화사, 1990; 김동훈, 「김정일 시대의 『주체문학론』 비판」, 『북한연구』 18호, 1994년 겨울호, 대륙연구소, 1994; 김동훈, 「북한 문예이론의 역사적 변모와 김정일의 『주체문학론』」, 『북한문화연구』 2집, 한국문화정책개발원, 1995; 전영선, 『북한의 문학예술 운영체계와 문예이론』, 역락, 2002; 고인환, 「『주체문학론』의 서술 체계 고찰」, 『한국 민속과 문화』 6, 경희대학교 민속학연구소, 2002; 동국대 한국문학연구소 편, 『북한의 문학과 문예이론』, 동국대출판부, 2003; 서동수, 「김정일의 『주체문학론』 고찰—『주체사상에 기초한 문예이론』과의 비교를 중심으로」, 『겨레어문학』 30, 겨레어문학회, 2003, 143~170면; 김종회 편, 『북한문학의 이해 3: 『주체문학론』 이후의 작품과 방향성』, 청동거울, 2004; 전영선, 『북한의 문학과 예술』, 역락, 2004; 손종업, 「종자이론과 북한 문예이론의 특징」, 『어문논집』 35, 중앙어문학회, 2006, 185~208면; 북한대학원 편, 『북한 문화, 둘이면서 하나인 문화』, 한울아카데미, 2006; 임옥규, 「『주체문학론』의 이념과 창작방법」, 『남북문화예술연구』 8, 남북문화예술학회, 2011, 75~105면; 오창은, 「북한의 문예창작방법론: '종자이론'의 형성과 발전」, 김선아, 「영화국가 만들기: 『영화예술론』을 통해 본 사회주의 영화미학에 대한 고찰」, 단국대 한국문화기술연구소 편, 『주체의 환영—북한 문예이론에 대한 비판적 이해』, 경진, 2011; 장용철, 「북한 '종자론'의 문예론적 특성과 통치담론화에 관한 연구」, 『평화학연구』 13-4, 한국평화통일학회, 2012, 89~112면. 이들 모두 『문예리론총서 주체적문예사상』 12권, 『김정일 문예리론총서』 40권, 『주체적문예리론연구』 25권, 주체음악총서 15권, 기타 주체미술총서, 주체영화리론총서, 주체문학전서 등 100여 권 중 2,3권으로 북한 문예이론을 논단하였다.

권의 방대한 이론서들이 '리론체계'를 이룬 후 계속 수정 보완된 이론이다. 그런데도 주체문예론이 어떻게 형성되어 유일체계화되었는가 하는 비평·이론사적 맥락을 역사주의적으로 통찰한 연구를 찾기 어렵다. 백여 권에 달하는 총서로 연속 간행된 '주체문예리론체계' 전체를 역사적 변천 속에서 분석하지 않고, 구하기 쉬운 이론서 몇 권만 검토하여 이론체계 전반을 논단하는 비역사주의적인 일반화의 오류가 반복되었다.

기실 수십 년 동안 간행된 수십 권의 『문예리론총서 주체적문예사상』, 『김정일 문예리론총서』, 『주체적문예리론연구』 시리즈와, 김정일의 『영화예술론』부터 『주체문학론』까지의 예술론, '주체음악총서,' '주체미술총서,' '주체영화리론총서,' '주체문학전서' 등의 전체 이론구도를 단번에 파악하기는 매우 어렵다. 무엇보다도 한 자리에서 이들 총서 시리즈 백여 권을 한꺼번에 볼 수 없다는, 학문 연구의 기본 중 기본인 자료 확인부터 난망한 것이 엄혹한 현실이다.[5] 이 글에서는 선행 논의의 공통된 한계를 넘어서서 문헌 분석법으로 방대한 '주체문예리론체계'의 형성과 유일체계화과정을 비평사적으로 정리한다. 주체문예론을 하나의 고정불변한 이론체계로 전제하지 않고 비평사적 변화 추이를 역사주의적으로 논의하되, 자료 수집의 한계를 겸허하게 받아들여 전모 파악을 위한 중간 교통정리를 시도한다. '주체사상에 기초한 문예이론'이 유일체계화된 앞뒤 맥락의 비평사적 분석에서 출발하여, '문예사상, 문예리론' 연구 총서의 이론구도를 각종 문헌 고찰을 통해 통시적으로 분석한다.

---

5 주체문예론 총서'들'의 제목과 기획만 확인했을 뿐 전체를 다 찾아보지 못한 자료 수집의 한계를 넘기 위한 집단지성의 도움을 요청한다.

2. '항일혁명문학예술' 전통과 주체문예론의 형성

2.1. '항일혁명문학예술'의 전통 만들기

주지하다시피 북한은 모든 역사적, 사상적, 문화적 기원을 항일무장투쟁에서 찾고 있다. 그에 따라 북한의 역사 자체가 주체사관으로 정립되어 있으며, 문학예술 분야에서도 그 근원을 항일무장투쟁 시기의 문학예술, 즉 '항일혁명문학예술'에서 찾았다.

항일혁명문학예술의 전통과 주체문예론의 유일체계화 과정을 간략하게 정리해보자. 주체문예론은 마르크스레닌주의 이념에 입각한 사회주의적 사실주의 문예이론을 주체사상에 기초하여 '창조적으로 적용'한 결과라고 한다.[6] 사회주의 진영의 보편적인 이념과 미학을 북한만의 방식으로 하다가 아예 선행 이론과는 차별화된 독자적 문예이론으로 변전하였다. 여기에는 사회주의 다른 나라에서는 찾아보기 힘든 '항일혁명문학예술'의 전통과 최고 지도자인 수령의 문예론 영도 같은 북한만의 특수성이 작동하였다. '주체사상의 유일사상 체계화'(1967)에 따라 주체문예 담론이 창안하여 창작과 비평의 유일 기준으로 되었던 것이다.

주체문예론의 맹아는 1950~60년대 '혁명(적) 문예'의 발견과 재정리 과정에서 비롯되었다. 1955년부터 송영을 비롯한 작가들이 만주 등지로 항일 유격대 전적지를 답사하여 빨치산 투쟁 참가자들의 기억과 증언을 채록, 보고한 것이 나중에 문학예술사의 유일 전통으로 정전화되었다. 1966~70년 김일성의 부모인 김형직, 강반석 등이 20세기 초 야학과 부녀회에서 대중을 교육했다는 계몽시가가 발굴되어 비슷한 방식으로 '혁명 가정(가계)' 문학이란 명칭으로 격상되어 정전이 되었다.

---

6 과학원 문학연구실 편, 연장렬 외, 『우리나라에서의 맑스-레닌주의 문예리론의 창조적 발전』, 과학원출판사, 1962 참조.

1959~75년 김하명, 리수립, 장형준, 한중모, 현종호, 김정웅, 강능수 (강진) 등 주체문예론의 이데올로그들은 김일성의 '항일혁명문학예술'과 김형직 등 '혁명 가정(가계)'의 문학을 재정리하여 문학예술사의 전통으로 만들었다. 이전까지 1920~30년대 카프를 중심으로 한 진보적 프롤레타리아문학에서 자신의 문학사적 전통을 찾던 대신 새로운 전통을 발견하고 심지어 발명한 셈이다.[7] 그 '만들어진 전통'이 바로 '항일혁명문학예술'이다. 문학이 아니고 문학예술인 이유는 가령 〈피바다가〉노래를 기초로 한 촌극 〈혈해〉 등이 문자로 기록된 문학텍스트가 아니라 기억 속의 예술선동물, 즉 공연물이었기 때문이다.

기실 명명법도 눈길을 끈다. '항일무장투쟁과정'에서 구연, 공연되었던 '군중가요, 정치연설, 설화, 군중극' 등은 일종의 '인민창작' 구전문학으로 추정할 수 있다. 그렇게 범박한 일반명칭으로 불려서는 가치 있게 보이지 않았는지 '혁명(적)'이란 자구를 붙여, '항일무장투쟁과정' 대신 '항일혁명투쟁기'의 '혁명(적)가요, 혁명(적)정론, 혁명(적)연극'으로 격상되었다. 가령 1959년 조선작가동맹 중앙위원회에서 개최한 '우리 문학의 혁명 전통에 대한 학술발표회'[8]에서 북한문학의 새로운 전통으로 김일성이 주도한 항일 빨치산의 무장투쟁 과정에서 구전되었던 민요, 촌극이 '혁명가요' '혁명 연극'으로 개념 규정되면서 위상이 높아졌던 것이다.[9]

1960년에 전년도의 학술토론회 발표문이 논문집 『항일무장투쟁 과

7　김성수, 「프로문학과 북한문학의 기원」, 『민족문학사연구』 21호, 민족문학사학회, 2002.12; 이 책의 2부 1장 참조.

8　기자, 「우리 문학의 혁명전통에 대한 학술보고회 진행」; 현종호, 「항일무장투쟁의 영향 하에서 발전된 국내 프로레타리아 문학」, 『문학신문』 1959.8.28, 2면.

9　김성수, 「'항일혁명문학(예술)' 담론의 기원과 주체문예의 문화정치」, 『민족문학사연구』 60, 민족문학사학회, 2016.4; 이 책의 2부 2장 참조.

정에서 창조된 혁명적 문학예술』(1960)[10]로 나온 이후 카프의 프로문학 대신 북한문학의 직접적 조상은 '항일혁명문학예술'의 전통이 되었다. 가령 김일성 회갑을 기념해서 간행된 『위대한 주체사상의 빛발 아래 개화발전한 항일혁명문학예술』(1973)에 따르면, 항일혁명문학예술은 "조국해방을 위한 영웅적인 혁명투쟁과 밀접히 결합되어 철저히 조선혁명의 성과적 수행에 복무한 힘 있는 사상적 무기였다."고 선언되었다.[11] 이 논문집은 일제 강점기 만주지역에서 김일성이 주도한 항일무장투쟁 시기에 나온 빨치산 예술선동물을 '항일혁명가요, 항일혁명연극, 혁명적이며 인민적인 무용과 미술'로 규정하였다. 나아가 김일성의 직접 지도를 받지 않은 '인민창작'까지 묶어 현금 북한문학예술의 유일 전통으로 규정함으로써 주체문예의 역사적 도래가 필연적이라는 역사주의적 발전법칙의 틀에 맞춰졌다.

'항일혁명문학예술'이 문학사, 예술사의 유일 전통으로 자리 잡는 데는 일정한 메커니즘이 존재한다, 처음에는 기억 속의 존재를 소환해서 이름을 부여(명명)한 후, 비평가·학자의 토론을 거쳐 '혁명(적)'이란 관형어 수사(修辭)로써 의미와 가치를 더하는 순서로 의미화가 강력하게 실현되었다. 〈피바다〉노래나 촌극 〈혈해〉[12] 등은 팔로군 지대(枝隊)와 연계된 동북항일연군이란 이름의 유격대원들이 투쟁 중간의 휴식시간에 노래를 부르고 정치연설을 하고 간단한 촌극을 통해 사기를 높였던 것이 원

---

10 과학원 문학연구실 편, 『항일무장투쟁 과정에서 창조된 혁명적 문학예술』, 과학원출판사, 1960.

11 사회과학출판사 편, 『위대한 주체사상의 빛발 아래 개화발전한 항일혁명문학예술』, 사회과학출판사, 1971.

12 연변 조선족 문단에서 발굴한 까마귀의 1937년 작 〈혈해지창〉 극본과 김일성이 1936년 직접 창작했다는 혁명극 〈피바다〉의 관계는 결코 단순치 않다. 김정은(중국 학자), 「조선의 "불후의 고전적명작" ≪피바다≫의 뿌리를 더듬어」, 『중한언어문화연구』 9, 천진: 천진사범대 한국문화연구중심, 2015 참조.

초형태였을 터이다. 그들 1930년대의 아마추어 예술 선동에 대한 파편적 기억이 1950년대 중반부터 구술 채록을 통해 소환, 기록되고 비평가 학자들에 의해 가치 있는 그 무엇으로 명명되고 존재감이 생겼다. 게다가 1970년에 그 가치를 최고 지도자가 '조선혁명의 힘 있는 무기'로 규정하는 순간, 최초의 파편화된 기억은 어느새 체계화된 문화정치적 명분과 힘을 얻게 되는 것이다.

항일혁명문학예술은 더 이상 〈피바다가〉노래와 촌극 〈피바다〉 같은 파편적 기억 속의 아마추어 공연물이 아니라 혁명적 노래, 혁명적 가극 등으로 명명됨으로써 이념적 명분과 나름의 미학적 논리, 그리고 어엿한 예술로서의 가치를 갖추게 되었다. 나아가 서구식 가극(오페라, 오페레타)과 구별하기 위해서 혁명(적)가극으로 수식어만 붙인 정도가 아니라 '〈피바다〉식 혁명가극'이란 독자적인 장르 개념으로 격상되었다. '〈피바다〉식 혁명가극'이란 명명을 하는 순간, 항일무장투쟁기라는 특정 시기와 만주 지역이란 시공간적 한계에만 특정된 특수한 경우가 아니라 인류 보편적인 장르명인 오페라 개념과 동격인 장르적 보편성을 얻은 셈이다.

1970년대 이후의 북한 극장르는 바로 '〈피바다〉식 혁명가극'과 '〈성황당〉식 혁명연극'을 유일한 예술사적 전통으로 삼아 그를 모델로 대부분의 공연물이 창작, 공연되는 방식으로 나아갔다. 여기에는 4.15문학창작단의 항일혁명문학과 수령형상문학, 피바다가극단, 국립연극단, 만수대예술단 등의 항일혁명연극·가극, 조선예술영화촬영소의 영화 등 창작 실천으로 가시화되었다. 그리고 사회과학원 (주체)문학연구소와 김일성종합대학 성원을 비롯한 주체문예론의 이데올로그들에 의해서 이론적 기초가 마련되었다. 항일무장투쟁기의 항일혁명문학예술 공연 기억을 '가극, 영화, 연극, 소설, 음악무용시' 등으로 재창작하는 과정에서 주체문예 창작과 이론의 단초가 나왔던 것이다.

2.2. 주체문예론의 형성: 『영화예술론』, 『주체사상에 기초한 문예리론』

주체문예론의 이론적 단초는 김정일 「영화예술론」(1973)[13]에서 처음으로 이론화, 체계화되었다. 처음에는 〈피바다〉·〈꽃 파는 처녀〉·〈한 자위단원의 운명〉 등의 항일혁명공연물을 영화로 재창작하는 과정에서 영화예술의 이론적 기반을 새로 만들어 북한만의 독자적인 예술론으로 발전시킬 의도에서 나왔다. 예술 총론에 해당하는 1장 '생활과 문학'에서 문학은 인간학이라 규정하고, 예술작품의 주제사상적 알맹이인 "종자는 작품의 핵"이라는 '종자론'이 언급되었다.[14] 영화론의 본론인 2~6장은 영화의 연출, 연기, 촬영, 영화미술, 영화음악 관련 내용이 서술되어 있다.

영화에 한정되지 않는 예술 전반의 이론과 관련된 내용은 7, 8장 '예술과 창작, 창작지도'이다. 여기에서 창작과정은 혁명화, 노동계급화과정으로 이루어지며 '속도전'이 혁명적 문학예술 창작의 기본 원칙이라고 선언되었다. 또한 혁명적 창작 실천은 새로운 창작지도체계를 요구하며, '집체적 유일 심의' 방법으로 창작이 지도되어야 하며, 창작을 총평하는 '창작총화'에서는 전형을 일반화하여야 한다고 규정하고 있다.

영화예술론의 의미를 영화장르에 한정해서 보면 영화를 빨치산 활동 당시의 '혁명적 공연'처럼 연출하라는 것이 핵심이다. 가령 영화감독의 사명을 서술한 '영화와 연출'에서 연출가를 '예술 창조와 제작 기획, 사상 교양 일체를 장악하고 제작에 참여하는 구성원들을 지도해 나가는 사령관'으로 규정하는 것이 한 예이다. '성격과 배우' 편에서는 배우들에게

13　김정일, 「영화예술론」(1973.4.11. 연설), 『영화예술론』, 조선로동당출판사, 1977. 책은 「영화예술론」(연설)과, 대작 창작론 등 관련 논문 3편이 함께 실려 있어 문장부호를 구분했다. 1977년판 단행본 외에 『주체의 문학예술에 대하여』 3권(1989), 『김정일 선집』 3권(1994) 판본, 『김정일 전집』 20권(2018) 판본이 있다. 김정일, 『영화예술론』, 조선로동당출판사, 1977(단행본, 1~410면, 「영화예술론」 외 논문 3편); _____, 「영화예술론」, 『김정일 전집(1973.4~1973.5)』 20권, 조선로동당출판사, 2018.

14　『영화예술론』, 16면.

사생활에서도 주체사상에 투철히 입각하여 생활하면서 도덕적인 생활을 해야만 좋은 영화를 만들어낼 수 있다고 강조하였다. 이는 자본주의 영화 연출가는 감독이라 하여 영화 제작의 전권을 휘두르는 독점 권력자인 반면 제작비를 대주는 자본가의 기술자이자 직공[15]에 불과하다고 비판한 대안이다. '혁명'이란 레토릭으로 문학예술 창작의 메커니즘을 빨치산 투쟁방식으로 규정, 통제하려 한 것이다. 이런 방식이 이후 북한영화 창작론의 교과서이자 절대적 권위를 가진 지침서, 교본이 되었다.[16]

그런데 『영화예술론』은 영화뿐만 아니라 이후 모든 문예 창작과 이론의 기원이 된 점이 중요하다. 이후에 나온 북한 문학예술 창작과 비평의 교과서이자 절대적 권위를 가진 지침서[17]이면서, 동시에 방대한 주체문예론체계와 창작지침의 근본 원천이 되었기 때문이다. 주체문예론은 이 책을 발원지 삼아 주체문예 총론이란 호수(湖水)와 장르별 주제별 이론체계란 강물이 되었다고 해도 과언이 아니다. 『영화예술론』에서 사회주의적 사실주의 문예이론체계와 차별화된 빨치산 예술선동 연출의 경험과 '종자론, 속도전' 같은 특유의 창작지침이 처음 나왔다. 가령 총론의 여섯 번째 항목 "규모가 대작이냐 내용이 대작이냐"는 양자택일적 문제는 이미 답이 후자에 담겨 있는 어법이다. 서구식 무대극처럼 전문 배우가 무대에서 공연하기 힘든 처지에서 '혁명적, 속도전'이란 빨치산식 발상은 물자 부족과 비전문성 등 객관적으로 열악한 조건을 일거에 극복하는 마법의 단어로 기능하였다. 1960년대 중반의 '혁명적대작 창작' 논쟁의 해

---

15 장형준, 「문학예술혁명의 본질과 원칙」, 『문학예술혁명(문예리론총서 주체적문예사상 3)』, 문예출판사, 1982, 12면.

16 "『영화예술론』은 주체적 문예리론의 총서일 뿐 아니라 주체철학의 위대한 총서로 된다. 주체의 문예리론총서인 영화예술론은 문학예술의 종합체인 영화예술에서 혁명을 이룩함으로써 문학예술혁명의 본보기를 훌륭히 마련하고 있다." 강승춘, 『영화예술론에서 주체철학의 몇가지 문제』, 사회과학출판사, 1992, 15면.

17 강승춘, 『영화예술론에서 주체철학의 몇 가지 문제』, 사회과학출판사, 1992.

답을 최고 지도자가 딱 부러지게 제시한 셈이다.[18]

『영화예술론』(1973)의 시론(試論)적 주장은 『주체사상에 기초한 문예리론』(1975)에서 모든 문학예술장르에 적용 가능한 일반이론으로 확산되었다. 『주체사상에 기초한 문예리론』은 사회과학원 문학연구소 명의의 집체저작인데, '조선로동당 창건 30돐 기념'으로 간행된 대중교양서이다. 그 내용은 '주체적인 사회주의적 문학예술의 본성과 특징, 창작, 창작자'로 되어 있다. 제1편 '주체적인 사회주의적 문학예술의 본성과 특질'에서는 '공산주의적 인간학, 당성·로동계급성·인민성'을 서술[19]하고, 제2편 '주체적인 사회주의적 문학예술의 창조'에서는 문학예술작품의 '종자,' 사회주의적 문학예술에서의 전형성 등을 언급하고 있다.

서문을 보면 김일성의 '주체사상을 구현하고 있는 가장 혁명적이며 과학적인 문예이론'이라 하여 마르크스레닌주의 미학의 보편 원칙은 사라지고 새로운 자기완결적 체계를 선언적으로 서술하고 있다. '주체적인 사회주의 문학예술'에 대한 당과 수령의 지침을 절대기준으로 삼아 '종자론', '속도전', '공산주의적 인간학' 등의 개념을 동원하여 최고 지도자인 '수령의 교시에 따르는 것이 훌륭한 문학활동'이라는 식이다. 영화라는 특정 장르 제작 과정에서 시론 삼아 선보였던 창작지침 수준의 '종자론, 속도전' 개념이 여기서 비로소 영화를 포함한 예술 창작 전반에도 적

---

18 『영화예술론』, 60면; 김성수, 「장편소설론의 이상과 '대작 장편' 창작방법논쟁」, 『한길문학』 1992. 여름호; 이 책의 1부 7장 참조.

19 소련발 사회주의적 사실주의 보편미학의 3요소인 '인민성, 계급성, 당파성'의 순서와 이름이 북한에선 변용된다. 게. 엘. 아브라모위치, 김민혁 역, 『문학개론(대학용)』, 조선교육도서출판사, 1955; 박종식, 『문학개론』, 조선작가동맹출판사, 1960에서는 '계급성, 당성, 인민성'으로 표기되다가, 1970년부터 '계급성'이 '로동계급성'으로 바뀐다. 미상, 『문학개론(대학용)』, 교육도서출판사, 1970, 26~44면. 주체문예론이 형성된 『영화예술론』(1973), 『주체사상에 기초한 문예리론』(1975)부터 『주체문학론』(1992) 이후에는 '당성, 로동계급성, 인민성'으로 순서와 이름이 고정된다.

용 가능한 창작론으로 일반화가 시도되었다.[20]

『주체사상에 기초한 문예리론』은 『영화예술론』에서 선보인 새로운 이론적 시험을 문학예술 일반으로 확대한 초보적 이론서이자 대중교양용 지침서 성격을 띤다. 아직 이론체계가 제대로 확립되지 않아 선언적 명제의 반복으로 서술이 이루어진 과도기적 이론서로 평가된다. 이 책에서 표명된 문예이론은 마르크스레닌주의 보편론의 '북한적 구체화'를 거쳐 주체사상이란 별개의 사상체계에 기반을 둔 새로운 문예학의 시도라 할 수 있다. "주체적인 사회주의 문학예술은 공산주의적 인간학"이라는 명제는 문예를 인간학이라는 총체적인 범주로 격상시켰다는 점에서 일견 긍정적이다. 그러나 당성, 계급성 개념의 실용주의적 편의주의적 개변, 개인숭배적인 정치주의 편향, 반역사주의와 이론의 교조화 등 문제가 적지 않다. 무엇보다도 동어반복적 선언 수준의 함량 미달인 비체계적 파편적 논리 등 한계도 적지 않다.[21]

3. 주체문예론의 계보와 유일체계화과정

3.1. 주체문예론의 사상 강령, '문예리론총서 『주체적문예사상』'

『영화예술론』은 특정 장르의 사례만 이론화했고, 『주체사상에 기초한 문예리론』은 범박한 명제와 선언이 반복 서술된 대중교양 수준의 초

---

20 『주체사상에 기초한 문예이론』을 보면, "제7장 문학예술작품의 종자; 7.1 종자는 문학예술작품의 기본핵, 7.2 종자의 파악과 예술적 가공 / 제9장 사회주의적 문학예술 창작에서의 속도전; 9.1 속도전은 창작의 높은 속도와 질을 다 같이 보장하는 주체적인 창작원칙, 9.2 속도전은 사회주의 공산주의 건설시기의 혁명적인 창작원칙"에서 보듯이 별다른 이론적 심화 없이 소제목이 내용을 요약한다.

21 서동수, 「김정일의 『주체문학론』 고찰—『주체사상에 기초한 문예이론』과의 비교를 중심으로」(2003) 참조.

보적 이론서라는 한계가 있었다. 이러한 한계는 1981~82년 조선문학예술총동맹 중앙위원회 주체적문예사상연구실을 중심으로 기획 집필된 '문예리론총서『주체적문예사상』' 전 12권이 나옴으로써 극복되었다. 총서의 권별 제목과 기획 집필을 담당한 기관 및 공저자는 다음과 같다.

(1) 조선문학예술총동맹 중앙위원회 주체적문예사상연구실 기획, 장형준·려원만·김진태 집필,[22] 『사회주의문학예술의 본성과 시원(문예리론총서 주체적문예사상1)』, 문예출판사, 1981.

(2) 사회과학원 문학연구소 기획, 김하명·정홍교·한득진·박승숙 집필, 『사회주의 공산주의 문학예술 건설원칙(문예리론총서 주체적문예사상2)』, 문예출판사, 1982.

(3) 김형직사범대학 기획, 장형준·윤종성·현종호·리동수·박춘명·리기주 집필, 『문학예술혁명(문예리론총서 주체적문예사상3)』, 문예출판사, 1982.

(4) 조선작가동맹 중앙위원회 기획, 리수립·오승련·최길상·최언경 집필, 『주체의 문학예술창작리론(문예리론총서 주체적문예사상4)』, 문예출판사, 1982.

(5) 김일성종합대학 기획, 윤기덕·박용학·김용부·김춘택·천태식·리동원 집필, 『문학예술에 대한 당의 령도와 작가 예술인들의 활동(문예리론총서 주체적문예사상5)』, 문예출판사, 1982.4.

(6) 사회과학원 문학연구소 기획, 김정웅 외 집필, 『주체의 문학 리론(문예리론총서 주체적문예사상6)』, 문예출판사, 1982.

(7) 평양영화대학 기획, 김룡봉·한룡숙·김종호·전병관·리양일·길봉순·김득권·김혜숙 집필, 『주체의 영화예술 리론(문예리론총서 주체적문예사상7)』, 문예출판사, 1982.9.

(8) 조선문학예술총동맹 주체적문예사상연구실·조선음악가동맹 중앙위

---

22 각권 서문 말미에 공저자명(共著者名)이 나오지만, 판권지엔 집체작으로 되어 있다. 이하 12권 동일. 기획 집필을 담당한 기관명은 1권 서문에 있다.

원회·조선미술가동맹 중앙위원회 공동기획, 김최원·강진·황지철·주문
결·조인규 집필, 『《피바다》식 혁명가극 창작원칙(문예리론총서 주체적문예
사상8)』, 문예출판사, 1982.10.

(9) 국립연극단·평양영화대학 공동기획, 리대철·성두원 집필, 『《성황당》식
혁명연극 창작원칙(문예리론총서 주체적문예사상9)』, 문예출판사, 1982.11.

(10) 평양음악무용대학 기획, 안병윤·정봉섭·황민명·박예섭·한휘국·김명
림·오일룡, 『주체의 음악예술 리론(문예리론총서 주체적문예사상10)』, 문예
출판사, 1982.

(11) 평양미술대학 기획, 『주체의 미술 리론(문예리론총서 주체적문예사상11)』,
문예출판사, 1982.

(12) 평양음악무용대학·평양교예단 공동기획, 김창완·리만순·박소운·신순
기 집필, 『주체의 무용 및 교예 리론(문예리론총서 주체적문예사상12)』, 문예
출판사, 1982.12. (김창완·리만순, 1편 주체의 무용 리론, 박소운·신순기, 2편 주체
의 교예 리론)

주체문예론의 이론적 얼개는 조선문학예술총동맹 주체적문예사상연
구실, 「『주체적문예사상』(전 12권)을 내면서」에서 전체 장르를 망라하는
체계로 처음 선보였다. 총서 제1권 서문에 따르면 김정일이 "온 사회를
김일성주의화"하려는 주체사상의 유일체계화의 일환으로 "주체적문예
사상을 사상, 리론, 방법의 전일적인 구성체계를 가진 완성된 공산주의문
학예술 강령으로" 발전시켰다고 되어 있다. 주체적 문예사상은 주체사상
과 마찬가지로 "유일하게 옳은 지도사상이며 인류문예사상 가장 높고 빛
나는 자리를 차지하는 로동계급의 위대한 혁명적문예사상"이라고 자처
하였다.[23] 여기서 이념적 수사를 빼면 핵심은 문예 창작의 '사상, 리론, 방
법의 전일적 체계' 강령으로 판단된다.

---

23 주체적문예사상연구실, 「문예리론총서 『주체적문예사상』 전 12권을 내면서」, 『문예리론총
서 주체적문예사상(1) 사회주의문학예술의 본성과 시원』, 문예출판사, 1981, 서문.

즉 문예의 본질과 사업원칙, 전통론과 창작론, 조직론 등이 다섯 권으로 기획되고, 그 원칙 아래 장르별 이론이 일곱 권 망라되었다. 조선문학예술총동맹 중앙위원회 주체적문예사상연구실에서 기획하고 장형준·려원만·김진태가 집필한 『사회주의문학예술의 본성과 시원』, 사회과학원 문학연구소에서 기획하고 김하명·정홍교·한득진·박승숙이 집필한 『사회주의 공산주의 문학예술 건설원칙』, 김형직사범대학에서 기획하고 장형준·윤종성·현종호·리동수·박춘명·리기주가 집필한 『문학예술혁명』, 조선작가동맹 중앙위원회에서 기획하고 리수립·오승련·최길상·최언경이 집필한 『주체의 문학예술창작리론』, 김일성종합대학에서 기획하고 윤기덕·박용학·김용부·김춘택·천태식·리동원이 집필한 『문학예술에 대한 당의 령도와 작가 예술인들의 활동』 등의 원론이 다섯 권으로 체계화되었다.

같은 방식으로, 『주체의 문학리론』, 『주체의 영화예술리론』, 『《피바다》식혁명가극 창작원칙』, 『《성황당》식혁명연극 창작원칙』, 『주체의 음악예술리론』, 『주체의 미술리론』, 『주체의 무용 및 교예리론』 등의 장르별 이론도 체계화되었다. 특기할 만한 것은 전통적인 7대 예술장르 중에서 건축이 빠지고 가극과 교예가 들어간 점과, 가극과 연극이란 일반명사와 변별되는 북한만의 고유 창조 장르인 《피바다》식혁명가극, 《성황당》식혁명연극이 장르적 보편성을 꾀한 점이다.

문예사상 총서 12권의 대강을 한 권으로 요약한 『주체의 문예리론 연구』에 의하면,[24] 북한의 사회주의문학예술은 항일 빨치산활동기 예술선동을 신격화한 '혁명적문예전통'을 역사적 뿌리로 삼아 그를 계승 발전시켰다. 문학예술의 본질이 인간학이기에 사회주의문학예술의 본성은 '공산주의적 인간학'이다. 공산주의적 인간학으로 사회주의문학예술의

---

24 한중모·정성무, 『주체의 문예리론 연구』, 사회과학출판사, 1983.

본성을 특징짓게 되면, 문학예술의 창작과 비평에서 주체를 확립하고 민족적 형식과 사회주의적 내용의 결합을 새롭게 해석할 수 있다. 원래 사회주의적 내용이라고 하는 당 중앙의 정책적 보편성을, 다민족·다언어·다문화가 섞인 15개 국가 연방체제인 소비에트공화국연방(나아가 국제공산당 코민테른) 산하의 개별 민족국가 단위의 특수성에 따라 각기 다른 민족어와 민족문화 형식으로 전달하자는 것이 사회주의 리얼리즘의 민족형식론이었다.[25] 그런데 미학적 보편과 특수의 문제였던 스탈린의 저 유명한 정식화와 달리, 북한에서는 "조선사람의 비위와 감정에 맞는 민족적 형식의 리용"으로 문예창작을 하자는 것을 "주체 확립"으로 재규정, 변용하였다.

사회주의적 사실주의 창작방법의 형상화원리도 '인민성, 계급성, 당파성' 구현에서 '당성, 로동계급성, 인민성'으로 변용하였다, 전형론도 "혁명과 건설의 참된 주인공의 전형을 창조하는 것은 사회주의적 사실주의창작방법의 주요 형상과제"로 단순화하고 대신 새로운 창작지침으로 종자론을 제창하였다. 종자의 탐구와 그 형상적 구현에서 종자는 작품의 핵이므로 그 선택과 가공에서 전형적 성격을 창조할 수 있다고 하였다.[26]

---

25 "이. 웨. 쓰딸린은 자기의 로작 「맑스주의와 언어학의 제문제」에서 다시금 민족적 형식에 관하여 언급하면서 그 구성 요소로서의 언어를 지적하였다. 언어의 '계급성'을 주장한 마르를 비판하면서 쓰딸린은 다음과 같이 썼다. "민족적 언어가 민족문화의 형식이며 또 민족적 언어가 부르죠아적 및 프로레타리아트적 문화에 복무할 수 있다는 사실이 이 동지들에게는 명백하지 않은가? 현재의 로씨야, 우크라이나, 백로씨야 등 나라의 문화가 내용에 있어서는 사회주의적이며 형식에 있어서는 즉 언어에 있어서는 민족적이라는 맑스주의자들의 주지의 공식을 정말 우리 동지들은 모르는가? 민족적 언어가 민족문화의 형식이며 또 그것이 없이는 민족문학이란 존재할 수도 없으며 발전할 수도 없다." 김창석, 「문학예술의 민족적 특성에 대하여」, 『조선문학』 1959.4 참조.

26 리수립, 「작품의 종자」, 『주체의 문학예술창작리론』, 5~43면.

3.2. 주체문예론의 '이론'체계 『친애하는 지도자 김정일 동지의 문예리론 총서』와 '창작실천'체계 『주체적문예리론연구』 총서

『주체적문예사상』 총서를 '사상 강령'적 기본 설계도로 삼아 『친애하는 지도자 김정일 동지의 문예리론총서』(1982~87), 『주체적문예리론연구』(1989~2007) 총서에서 '이론'과 '창작실천' 지침을 정리하였다.[27] '김정일 문예리론총서,' '주체적문예리론연구' 총서는 '총서 주체적문예사상'의 '사상'을 강령 삼아 하위 문예장르와 세부 이론, 창작실천, 형상방법별로 이론서 40권, 25권으로 나왔다.[28] 『주체적문예사상』 12권과 병행해서 『친애하는 지도자 김정일 동지의 문예리론총서』에서 주체적 문학예술의 총론과 예술장르별, 세부장르별로 이론화되었다.

'주체문예리론체계'의 사상-이론-창작실천-장르론 4단계 중 가장 방대한 콘텐츠가 담긴 총서는 『친애하는 지도자 김정일 동지의 문예리론총서』이다. 장형준 외, '김정일 문예리론총서'(문예출판사, 1982~87)는, 『문예리론총서 주체적문예사상』(12권, 1982)의 사상 강령을 이론체계로 구체화하기 위하여 전 40권으로 기획되었다. 1982~84년에 1권부터 20권, 1985~87년에 21~40권까지 나왔다.[29]

	저자	서명	출판년도	비고
1	장형준	김일성주의문학예술 건설	1983.10	
2	김진태	혁명적문학예술 전통과 그 계승발전	1982	

---

27 그와 병행 또는 이어서 장르별 이론서 시리즈로 주체음악총서(1986~2002), 주체미술총서(1995~), 주체영화리론총서(1998~), 주체문학전서(2000~)가 간행되었다.

28 '친애하는 지도자 김정일 동지의 문예리론총서' 40권은 자료를 다 찾지 못해 내용만 간략히 다룬다. 계여제, 「주체적문예리론의 대전서―『친애하는 지도자 김정일 동지의 문예리론총서』 1~20권 출판에 즈음하여」, 『조선예술』 1985.2(루계 338), 4~9면.

29 40권을 다 찾지 못해 본격 논의는 후일을 기약한다. 총서 존재조차 제대로 거론된 적이 없어 목록부터 소개하고 국내외 집단지성의 협조를 바란다.

	저자	서명	출판년도	비고
3		문학예술에서의 주체 확립		
4	정성무	문학예술혁명	1983	장형준, '주체적문예사상' 총서 4권과 동일 서명
5		공산주의 인간학		
6	김하명	문학예술작품의 종자	1982	동일 서명 주의
7		문학예술작품의 성격 창조		
8		문학예술작품의 생활 묘사		
9	최언경	문학예술작품의 구성	1982.2	구성, 사건, 갈등, 감정조직
10		예술적 갈등과 극성		
11	김진태	문학예술작품에서의 감정조직	1984.10	
12	려원만	문학예술작품의 양상	1984.9	문학연구론문집(8), 사회과학출판사, 2010. 재간
13	리수립	창작에서의 독창성	1982.2	
14	려원만	혁명적대작	1982.2	
15	오승련	문학예술의 당성, 계급성, 인민성	1984.2	본문 '로동계급성'
16	한중모	사상성과 예술성, 철학적 심오성		
17		전형성과 진실성		
18		수령형상창조리론		
19	오승련 리수립	소설창작리론	1984.12	1,2장 오승련, 3장 리수립
20		시창작리론		
21	한룡숙 강진	영화문학창작리론	1985.8	
22	한송남	연출리론	1985	
23	전병관	배우연기리론	1985.9	
24	리양일	촬영예술리론	1985.6	
25	최정길 김봉순 김혜숙	기록,과학,아동 영화예술리론	1985.10	
26	김최원 외	〈피바다〉식혁명가극리론	1985	
27	강진	〈성황당〉식혁명연극리론	1986	
28	조인규	조선화창작리론	1986.3	『문학신문』1986.4.15, 4면
29		기념비적미술창작리론	1986	
30	박현종 김순영	공예 및 산업미술 창작리론	1986	
31	황시철	가요창식리론	1986.3	『분학신문』1986.4.15, 4년
32		기악창작리론		

	저자	서명	출판년도	비고
33	주문걸	무용예술리론	1986	
34	박소운	교예예술리론	1986	
35		혁명적창조체계와 속도전		
36	현종호 김용부	작가 예술인들의 사상예술적 준비	1987	
37		문학예술의 대중화	1987	
38		예술선전과 대외활동	1987	
39	김영복 리정현 리명생	예술교육	1987	
40	윤기덕 박용학 리동원	문학예술에 대한 당의 령도	1982.2	유일적지도, 군중로선, 속도전

이 총서는 김정일의 문예이론을 "전면적으로 체계화하여 해설한 전
40권의 대전서"로 규정된다.[30] 총서를 보면 북한만의 사회주의문학예술
명칭이 조금씩 변모한 것을 확인할 수 있다. 1975년엔 처음 '주체사상에
기초한 문예'라는 의미의 '주체적문예'로 지칭하다가 1983년에 나온 '김
정일의 문예리론총서' 제1권에선 '김일성주의문학예술'로 명명하였다.
하지만 이후부터 '주체문예'로 확정되어 오늘에 이르렀다.

'김정일의 문예리론총서' 40권의 내용을 대별하면, 제1권부터 17권
까지 주체적문학예술 건설의 사상과 이론, 주체적문학예술의 창작론, 문
학예술 형식론 등 문예 일반론이고 '리론'字로 정리된 18권부터 34권까
지 소설, 시, 가요, 무용 등 장르별 창작론이며, 35권부터 40권까지 문예
사업과 교육 조직론이다.

1권『김일성주의문학예술』은 '김일성주의문학예술'로 명명한 주체문
학예술의 본질과 당문학적 건설 원칙을 정리하였다. 2권『혁명적문학예
술전통과 그 계승발전』에서 주체문학예술의 기원을 1930년대 항일 빨치

---

30 계여제, 「주체적문예리론의 대전서─『친애하는 지도자 김정일 동지의 문예리론총서』 1~20
    권 출판에 즈음하여」, 『조선예술』 1985.2(338), 4면.

산 무장투쟁과정에서 창조, 공연된 '항일혁명문학예술' 전통에서 찾았으며, 문학예술에서의 주체 확립을 통해 새로운 문예론을 만드는 것을 '문학예술혁명'이라 하였다. 5권에서 문학의 본성을 '공산주의적 인간학'이라 규정하였다.

6권에서 14권까지 창작 관련 이론이 '종자'론, 캐릭터 형상론, 생활묘사론, 구성론, 갈등론, 감정조직론, 양상론, 대작 창작론 등 세부항목별로 서술되어 있다. 창작에서의 독창성 확보를 위한 미학적 원칙으로, 문학예술의 '당성, 로동계급성, 인민성' 원칙을 견지하고, 사상성과 예술성, 철학성, 전형성과 진실성을 옳게 결합하라는 지침이 권별로 정리되어 있다. 김일성주의문학예술의 새로운 창작이론으로 '종자론과 속도전'을 소개하고, 문예 창작사업에 대한 당과 수령의 지도에 철저하게 복무하는 것을 자주시대·주체시대 작가 예술인들의 사명으로 규정하였다. 제18~34권은 문학, 영화, 〈피바다〉식혁명가극, 〈성황당〉식혁명연극, 음악, 미술, 무용 및 교예 등 장르별 이론서이다.[31] 제35~40권은 문예 사업과 교육, 조직지도론이다. 창작체계와 속도전, 작가 예술인의 사상교양, 대중화, 선전과 대외활동, 예술교육, 당의 지도 등이다.

위의 두 총서의 뒤를 이어 1989년부터 간행된 '주체적문예리론연구'는 전질은 아니라도 개별 단행본으로 우리에게 비교적 널리 알려졌다. 원래 15권으로 기획되었으나 25권까지 더 간행되었다. 권별 제목은 다음과 같다.[32]

장영, 『주체적문예리론연구1: 작품의 인간문제』, 문예출판사, 1989.
김정웅, 『주체적문예리론연구2: 종자와 그 형상』, 문예출판사, 1988.4.

---

31 실물을 찾지 못한 이론서 내용은 계여제의 서평을 참조해서 추정하였다. 윗글, 4~8면.
32 제4, 16, 17권은 미출간인지 실물을 찾지 못했다. 집단지성의 도움을 청한다.

리동원,『주체적문예리론연구3: 작품의 주인공』, 문예출판사, 1990.

방형찬,『주체적문예리론연구5: 작가의 창작적 사색과 예술적 환상』, 문예 출판사, 1992.

강진,『주체적문예리론연구6: 우리식 극작법』, 문예출판사, 1990.

김려숙,『주체적문예리론연구7: 작품의 심리묘사』, 문학예술종합출판사, 1994.

장용남,『주체적문예리론연구8: 서정과 시 창작』, 문예출판사, 1990.

장희숙,『주체적문예리론연구9: 소설 창작과 구성』, 문학예술종합출판사, 2000.

명일식,『주체적문예리론연구10: 희곡 창작과 대사』, 문학예술출판사, 2002.

윤기덕,『주체적문예리론연구11: 수령형상문학』, 문예출판사, 1991.

리수림,『주체적문예리론연구12: 혁명송가문학』, 문예출판사, 1989.

김홍섭,『주체적문예리론연구13: 소설 창작과 기교』, 문예출판사, 1991.

김용부,『주체적문예리론연구14: 철학적 심오성과 문학예술작품』, 문학예 술출판사, 2002.

리호윤,『주체적문예리론연구15: 민족의 운명문제와 영화예술』, 문학예술 종합출판사, 2000.

황정상,『주체적문예리론연구18: 과학환상문학 창작』, 문학예술종합출판 사, 1993.

장영·리연호,『주체적문예리론연구19: 동심과 아동문학 창작』, 문학예술 종합출판사, 1995.

김린서,『주체적문예리론연구20: 영화촬영가의 창작적 개성』, 문학예술출 판사, 2006.

김정웅,『주체적문예리론연구21: 주체문학 건설』, 문학예술출판사, 2007.

안희열,『주체적문예리론연구22: 문학예술의 종류와 형태』, 문학예술종합 출판사, 1996.

서재경,『주체적문예리론연구23: 주체의 문학 창작』, 문예출판사, 2007.

리현순,『주체적문예리론연구24: 문학형태론』, 문학예술출판사, 2007.

리기도,『주체적문예리론연구25: 주체의 문예관과 외국문학』, 문학예술종 합출판사, 1996.

총서 성격을 가늠할 수 있는 제1권 서문을 보자.

주체적 문예사상과 리론을 깊이 연구하고 그것을 창작실천에 정확히 구현하는 것은 오늘 우리의 문예리론가들과 창작가들의 영예롭고도 신성한 의무이다. 그러므로 지난 시기 이미 『주체적문예사상』(전 12권)과 『친애하는 지도자 김정일 동지의 문예리론총서』(전 40권)가 나온 조건에서 『주체적문예리론연구』에서는 주체적 문예사상과 리론을 창작실천에 구현하는데서 제기되는 문제들을 체계화하여 서술할 것을 목적하고 있다. 『주체적문예리론연구』는 우선 15권을 내놓으며 자료가 확증되는데 따라 계속 내보내려 한다. 주체적 문예사상과 리론을 창작실천과 결부하여 연구 서술한 이 책이 독자들의 사상미학관을 높여주고 작가, 예술인들의 창작과 예술활동을 고무하는데 도움을 주게 되기를 바란다.[33]

‘주체적문예리론연구’ 1권 서문에서 규정했듯이, ‘문예리론총서 주체적문예사상’은 주체문예의 ‘사상’을, ‘친애하는 지도자 김정일 동지의 문예리론총서’는 ‘이론’을, ‘주체적문예리론연구’는 ‘창작실천’을 체계화하였다. 이에 따라 ‘주체문예리론체계’란 ‘문예리론총서 주체적문예사상’(1982) 12권을 ‘사상적 강령’으로 삼아 ‘친애하는 지도자 김정일 동지의 문예리론총서’(1987) 40권으로 ‘이론’체계를 세우고, ‘주체적문예리론연구’(1989~2007) 25권으로 ‘창작실천’ 관련 문제를 정리한 것으로 파악된다. ‘주체적문예사상’총서가 주체문예의 사상 강령을 위주로 정리한 데 비해, ‘주체적문예리론연구’는 주체문예의 세부 장르와 세부 이론, 형상 방법별로 하위 체계화한 이론 총서 시리즈다.

그런데 이론총서의 간행번호와 실제 출간순서는 체계적이지 않다. 간행번호순으로 보면, “작품의 인간문제, 종자와 그 형상, 작품의 주인공,

---

33 편집부, 「서문」, 『작품의 인간문제』, 문예출판사, 1989.

작가의 창작적 사색과 예술적 환상, 우리식 극작법, 작품의 심리묘사, 서정과 시 창작, 소설 창작과 구성, 희곡 창작과 대사, 수령형상문학, 혁명송가문학, 소설 창작과 기교, 철학적 심오성과 문학예술작품, 민족의 운명문제와 영화예술, 과학환상문학 창작, 동심과 아동문학 창작, 영화촬영가의 창작적 개성, 주체문학 건설, 문학예술의 종류와 형태, 주체의 문학 창작, 문학형태론, 주체의 문예관과 외국문학" 등이며 출간년도조차 1989~2007년 들쭉날쭉하며 총서라고 하기엔 논리적 정합성 면에서 파편적, 비체계적이다.

굳이 이들 총서를 대별하면, 문예 원론과 개별 장르별 이론으로 나눠 볼 수 있다. 원론 성격 이론서는 "작품의 인간문제, 종자와 그 형상, 작품의 주인공, 작품의 심리묘사, 작가의 창작적 사색과 예술적 환상, 철학적 심오성과 문학예술작품, 주체문학 건설, 주체의 문학 창작" 등이다. 이들 책은 선행한 '문예리론총서 주체적문예사상'에서 제대로 다루지 못한 창작과정의 이론적 지침을 상술하고 있다, 가령 장영의 『작품의 인간문제』를 보면, "인간문제의 본질과 그 제기의 력사적 고찰, 주요한 인간문제, 인간문제의 형상화" 등 앞선 총서에 빠진 내용이 보완되어 있다. 그럼에도 불구하고 이들 총서 3종'들'로 체계화된 시리즈가 집대성되면서 자연스레 주체문예론의 방대한 이론체계가 특정 이론이 아닌 보편이론을 지향할 수 있게 되었다.

'문예리론연구'의 장르별 이론서는, 예술장르 전체를 분류한 『문학예술의 종류와 형태』와 문학의 세부 분류와 하위장르 이론인 『문학형태론』이 논리상 앞에 있어야 한다.[34] 세부 하위 장르별 이론서로는 "서정과 시

---

34 '혁명적 소품' 외에 문학, 영화, 〈피바다〉식 가극, 〈성황당〉식 연극, 음악, 무용, 미술, 교예 등 8대 장르로 예술장르체계가 위계화되는 논거는 한중모·정성무, 「3장 문학예술형태의 발전」, 『주체의 문예리론 연구』, 사회과학출판사, 1983; 정성무, 『시대와 문학예술형태』, 과학백과사전종합출판사, 1987, 37면; 한중모, 김정웅, 김준규, 『주체적문예리론의 기본 3』, 문예출판사, 1992; 단국대 문화기술연구소 편, 『북한 문학예술의 장르론적 이해』, 도서출판

창작, 소설 창작과 구성, 소설 창작과 기교, 우리식 극작법, 희곡 창작과 대사, 수령형상문학, 혁명송가문학, 민족의 운명문제와 영화예술, 과학환상문학 창작, 동심과 아동문학 창작, 주체의 문예관과 외국문학" 등이 있다. 그런데 음악과 연극, 가극, 미술 등은 이 총서에 빠졌는데, '주체음악총서,'[35] '주체미술총서'에서 별도 이론체계가 간행 중이기 때문이다. 그렇다면 '주체영화리론총서'가 있는데도 『(15)민족의 운명문제와 영화예술』, 『(20)영화촬영가의 창작적 개성』이 여기에 들어간 것은 총서 성격이나 출판 관행상 앞뒤가 맞지 않다.

3.3. 주체문예의 장르별 이론체계

주체문예론의 계보를 역사주의적으로 고찰하면 1973년 『영화예술론(1973.4.11)』이 나왔을 때가 제1차 문학예술혁명이라고 할 수 있다. 1974년에 가극론, 1988년에 연극론이 나왔고, 1992년에 무용, 건축, 음악, 미술, 문학론이 한꺼번에 단행본으로 나왔다. 김정일 명의의 장르론 단행본은, 『영화예술론(1973.4.11)』, 『가극예술에 대하여(1974.9.6)』, 『연극예술에 대하여(1988.4.20)』, 『무용예술론(1990.11.30)』, 『건축예술론(1991.5.21)』, 『음악예술론(1991.7.17)』, 『미술론(1991.10.16)』, 『주체문학론(1992.1.20)』 순으로 간행되었다.[36] 주체문예의 장르론'체계'는 1988~92년의 제2차 문학예술혁명 과정에서 지침이 확정되었다. 장르별 이론화 순서를 보면 영화, 가극, 연극, 무용, 건축, 음악, 미술, 문학 등 8대 장르를 망라하였다. 이 중에서 4대 장르인 『음악예술론』, 『미술론』, 『영화예술론』, 『주체문학론』 등 단행본을 바탕으로 다시 '주체음악총서(1986~92), 주체미술총서(1995~), 주체영화리

경진, 2010, 35면 참조.

35 음악 외에 연극, 가극, 무용, 교예론을 포함한다.

36 책 표기 안의 날짜는 교시 발표일이고, 단행본 간행일이 다른 점을 유의해야 한다.

론총서(1998~), 주체문학전서(2000~)' 등 장르별 총서가 세분되어 장르별 이론체계화 작업이 진행되었다.

가령 주체음악총서(1986~92)는 주체문예론'체계'의 음악장르론 단행본인 『주체의 음악예술리론: 문예리론총서 주체적문예사상10』을 갈래와 분야별로 나누어 확대한 총서라고 할 수 있다.

황지철·김경희·안병윤, 『주체적음악예술 건설방침: 주체음악총서1』, 평양: 문예출판사, 1986.

리차윤, 『주체적음악예술의 혁명전통: 주체음악총서2』, 평양: 문예출판사, 1989.

황지철, 『주체의 가요예술: 주체음악총서3』, 평양: 문예출판사, 1986.

김경희·림상호, 『《피바다》식 혁명가극1: 주체음악총서4』, 평양: 문예출판사, 1991.

김최원, 『《피바다》식 혁명가극2: 주체음악총서5』, 평양: 문예출판사, 1991.

안병윤, 『주체의 기악음악: 주체음악총서6』, 평양: 문예출판사, 1989.

김성봉, 『주체의 영화음악: 주체음악총서7』, 평양: 문예출판사, 1990.

박동식·권용하, 『우리식의 무용, 연극 및 교예음악: 주체음악총서8』, 평양: 문예출판사, 1991.

김종호, 『아동음악: 주체음악총서9』, 평양: 문예출판사, 1991.

남영일, 『민족음악의 계승발전: 주체음악총서10』, 평양: 문예출판사, 1991.

김득청, 『주체적 음악연주: 주체음악총서11』, 평양: 문예출판사, 1991.

연중흡, 『음악예술의 창작 및 창조체계: 주체음악총서12』, 평양: 문예출판사, 1990.

김영복, 『주체의 음악예술교육: 주체음악총서13』, 평양: 문학예술종합출판사, 1992.

황기완·리완부, 『음악예술의 대중화: 주체음악총서14』, 평양: 문학예술종합출판사, 1992.

김명규·박명선, 『주체적음악예술의 방송 및 출판: 주체음악총서15』, 평양:

문학예술종합출판사, 1992.[37]

주체 음악총서 이외의 주체미술총서(1995~), 주체영화리론총서(1998~), 주체문학전서(2000~)는 각각 10권 정도 간행되었다는 사실을 알 수 있다. '주체문학전서'는 『주체의 문학리론』(1982)의 설계를 바탕으로, 『주체문학론』(1992)에서 구체화된 문학장르 이론의 확산과 구체화의 산물이다.

　　"『주체문학전서』는 위대한 령도자 김정일 동지의 불후의 고전적로작 『주체문학론』의 내용을 우리 인민과 세계 진보적 인류에게 해설 선전함으로써 로작이 담고 있는 천재적인 문예 사상과 리론, 로작이 혁명적인 문학 발전에 기여하게 되는 불멸의 업적을 만대에 길이 빛내일 목적 밑에 집필되었다."[38]

　　'주체문학전서'가 『주체문학론』을 보다 상세하게 해설 선전함으로써 김정일의 문예사상과 이론, 업적을 빛낼 목적으로 집필되었다고 기획 의도를 밝힌 것처럼, 장르별 단행본의 이론적 심화와 하위장르별 세분화 확산을 꾀하고 있다. 『주체문학전서』 제1권부터 9권까지 자료를 보면, '주체의 문예관, 주체문학의 혁명 전통, 시문학, 소설문학, 아동문학, 령도자와 작가, 우리식 평론' 등의 제목으로 미루어보아 장르별로 기존 이론을 재정리한 것으로 추정된다.[39]

37　국립국악원 특수자료실에 15권 전질이 아카이빙되어 있다. 자료를 구해준 천현식 선생님께 감사드린다.

38　윤종성·현종호·리기주, 「서문」, 『주체문학전서(1): 주체의문예관』, 문학예술종합출판사, 2000, 7면.

39　방형찬·김선일·조선화, 『주체문학전서(2): 주체문학의 혁명 전통』, 문학예술종합출판사, 2002; 『주체문학전서(3): 송가문학?』, 문학예술출판사; 최실상, 『주체문학전서(4) 시문학』, 문학예술출판사, 2006; 김홍섭, 『주체문학전서(5) 소설문학』, 문학예술출판사, 2006; 정룡진, 『주체문학전서(6) 아동문학』, 문학예술출판사, 2008; 리수립, 『주체문학전서(7) 령도자와

4. 마무리: 주체문예론의 문화정치

지금까지 주체사상에 기초한 주체문예론의 역사를 간략하게 정리하였다. 먼저 1930년대 '항일혁명문학예술'을 문학예술사의 유일 전통으로 삼아 시론적으로 선보인 초기 형태의 문예이론이 영화이론서로 정리되었다. 영화이론의 가설을 다른 문학예술 장르에 적용해서 일반화를 시도한 '주체사상에 기초한 문예리론'이 주체문예론의 기초 설계이자 대중용 교재라 할 수 있다. 주체문예론의 이데올로그들은 『문예리론총서 주체적문예사상』(1982, 12권), 『친애하는 지도자 김정일 동지의 문예리론총서』(1982~87, 40권), 『주체적문예리론연구』(1989~2007, 25권), 『주체문학전서』(2000~) 등 방대한 '주체문예리론체계'를 집대성하여 이를 전일적 유일체계로 정착시켰다. 주체문예론의 전일적 유일체계란 체계 밖의 다른 반증을 전혀 용인, 허용하지 않는 자기완결적 소우주란 뜻이다. 마치 종교 경전처럼 어떤 사실과 주장이 서술될 때 특정한 용어와 개념을 동원한 문장으로 명제화되면, 그에 대한 반증, 반론은 허용되지 않고 크고 작은 차원의 위계화된 해석과 해설만 반복되는 것이다.

이를 시계열적으로 재구성하면 다음과 같다.

(가) '문예리론총서 주체적문예사상': 장형준·려원만·김진태, 『사회주의문학예술의 본성과 시원』(문예출판사, 1981) 등 12권.
(나) '김정일 문예리론총서': 장형준, 『김일성주의문학예술 건설』(문예출판사, 1983) 등 40권.
(다) '주체적문예리론연구': 장영, 『작품의 인간문제』(문예출판사, 1989) 등 25권.
(라-1) '주체음악총서': 황지철·김경희·안병윤, 『주체적음악예술 건설방

___

작가』, 문학예술출판사, 2008; 『주체문학전서(8) 극문학?』, 문학예술출판사; 박춘택, 『주체문학전서(9) 우리식 평론』, 문학예술출판사, 2013.

침』(문예출판사, 1986) 등 15권.

(라-2) '주체미술총서': 김교련, 『주체미술 건설』(문학예술종합출판사, 1995) 등.

(라-3) '주체영화리론총서': 리현순, 『사회주의영화예술 건설』(문학예술종합
출판사, 1998) 등.

(라-4) '주체문학전서': 윤종성·현종호·리기주, 『주체의 문예관』(문학예술종
합출판사, 2000) 등.

주체문예론체계는, 『영화예술론』(1973)을 필두로 가극, 연극, 무용, 건
축, 음악, 미술, 문학 등 8대 장르론을 기반으로 '사상, 이론, 창작방침, 장
르' 4영역으로 체계화되었다. 즉 '문예리론총서 주체적문예사상', '김정
일의 문예리론총서,' '주체적문예리론연구총서,' 그리고 음악, 미술, 영화,
문학의 장르별 총서가 간행되었다. 이들 100여 권의 총서를 계보화하면,
'총서 주체적문예사상'에선 주체문예의 '사상'을, '김정일 문예리론총서'
에선 '이론'을, '주체적문예리론연구'총서에선 '창작 실천'방법, 4대 장르
별 총서에서 장르 세부 이론을 체계화하였다. 『영화예술론』부터 『주체문
학론』에 이르는 장르 원론 →『문예리론총서 주체적문예사상』의 사상 강
령 →『친애하는 지도자 김정일 동지의 문예리론총서』의 이론 →『주체
적문예리론연구』의 '창작실천'방법 → '주체음악총서, 주체미술총서, 주
체영화리론총서, 주체문학전서'의 장르별 각론 등 4단계로 구성되었다.
주체문예론은 이렇게 문학예술의 '사상–이론–창작실천–장르론'으로 체
계화, 유일화되었다.[40]

주체문예론의 비평사적 전개과정을 통찰할 때, 유일사상체계화에 따
라 이론 체계 밖의 다른 반증을 전혀 용납하지 않는 자기완결적 논리가

---

40 김성수, '주체분예론 연구(1): '주제문예리론체계'의 동시적 분식」, 『국제한인문학』 31, 국
제한인문학회, 2021.12; 『주체문예론 연구(2): '주체문예리론체계'의 공시적 분석」, 『상허학
보』 64, 상허학회, 2022.2 참조.

동어반복됨을 알 수 있다. 우리 문학의 역사적 전통을 통째로 교체한 유일체계화의 이론적 패러다임이 문제인 것이다. 가령 1960년대 초까지 북한 문학의 선행 존재인 1920~30년대 카프를 중심으로 한 프롤레타리아 계급문학에서 사회주의문학의 기원이나 문학사적 전통을 거론하던 것을 싹 제거하는 방식이다. 사회주의 진영의 보편적인 문학예술사 대신 김일성과 그의 집안사람들인, 이른바 혁명가정(혁명가계)의 르네상스적 천재성으로 문학예술의 기원과 전통을 대체한 데서 주체문예론이 태동하였다. 심지어 그 전통은 김일성 선후대까지 '혁명가정'과 '백두혈통'의 행적을 신화에서 역사로 치환한다. 그들의 문학적 예술적 행적과 언행은 어느 누구도 추호의 의문을 제기할 수 없는 신성불가침의 진리로 공식화된다. 주체문예는 그들의 개인 신화를 건국서사시와 수령형상문학으로 재현하고, 주체문예론은 '주체, 혁명' 같은 마법의 레토릭을 동원하여 창작과 비평 전 과정을 전면적으로 통제한다.

문학예술과 관련된 최고 지도자의 언급과 당 정책이 '주체, 혁명' 같은 특정 용어·개념으로 수사, 명제화되면, 찬반토론이나 비판적 논쟁 없이 위계적으로 조직화된 해설만 경전 해석 시스템처럼 작동되는 것이다. 자기가 예술적 상상과 비평적 담론의 자발적 주체라는 환영(幻影)에 빠진 줄인형, 마리오네트가 수령과 당의 뜻대로 문예 창작과 비평을 일사분란하게 수행하는 선전기능만 남는다. 결국 개인숭배적 신화의 역사화, 신화의 이념화(이데올로기)가 주체문예(론)의 문화정치적 기능인 셈이다.[41]

---

41 주체문예론 체계와 관련된 비평목록은 별도의 후속논의를 기약한다.

제4장

'3대혁명소조원'과 '숨은 영웅' 형상론[1]

1. 주체문학 전성기(1967~1994)의 주체형 인간 전형

1967년 5월, 당 제15차 전원회의를 계기로 북한사회는 '주체사상의 유일사상 체계화'가 확립되었다. 마르크스레닌주의 이념에 기반을 둔 사회주의적 사실주의 문학예술의 백가쟁명은 낡은 사상 잔재로 비판되고 일거에 소멸되었다. 대신 항일 빨치산문학예술 담론이 문학예술장을 유일 지배하게 되었다.[2] 1967~68년의 정치사, 문학사, 문화사적 변모는 가히 혁명적이었다. 문예지만 보더라도 '도서정리사업'으로 수십 종의 정간물이 폐간되고 수백 종의 단행본이 사라졌다. 그나마 폐간을 면한 『조선문학』, 『조선예술』, 『청년문학』 등은 중국의 문화혁명을 방불하게 할 정도로 개인숭배 선전물로 가득 채워졌다. 가령 이때부터 김일성이란 최

---

1 이 글은 다음 논문을 저서에 맞게 개제, 수정한 것이다. 김성수, 「주체문학 전성기 『조선문학』(1968~94)의 매체전략과 '3대혁명소조원' 전형론」, 『한국근대문학연구』 37호, 한국근대문학회, 2018.4. '숨은 영웅' 형상론은 새로 썼다.

2 항일혁명문학예술 관련 논의는 김재용, 「북한문학계의 반종파투쟁과 카프 및 항일혁명문학」, 『역사비평』 1992. 봄호; 김성수, 「프로문학과 북한문학의 기원」, 『민족문학사연구』 21, 민족문학사연구소, 2002.12; 김성수, 「'항일혁명문학(예술)' 담론의 기원과 주체문예의 문화정치」, 『민족문학사연구』 60, 민족문학사학회, 2016.4; 이 책의 2부 1, 2장 참조.

고지도자의 문예 관련 발언이나 동향 기사가 무조건 신문, 잡지 전면에 배치되었다. 그의 언행과 동향, 교시가 모든 문학예술 창작의 신성불가침한 유일 전범으로 자리잡았다. 개인숭배와 선전에 역사적 정통성을 부여하기 위하여 조선전사 같은 일반 역사뿐만 아니라 문학사, 예술사도 항일 빨치산 무장 투쟁기의 예술선동물이 '항일혁명문학예술'이한 고상한 명명법으로 신성불가침의 권위를 지닌 적통으로 규범화되었다. '항일혁명문학예술'의 적통과 함께, 수령형상문학도 존재감을 절대화하였다. 김일성과 김형직, 강반석 등 '혁명가정, 혁명가계(家系)'의 아마추어 구전문학이 발굴, 발견, 각색, 창조되면서 '주체문예로의 일방적 도정'이 시작되었다.

그런데 북한의 공식 문학사를 보면, 주체사상의 유일체계화가 확립된 1967년부터 김일성이 사망한 1994년까지를 흔히 '주체문학 전성기'라 한다. 비평사적 흐름을 거시적으로 통찰하면, 1950~60년대의 사회주의 리얼리즘 보편 미학에서 1970~80년대의 주체사실주의 미학으로 이행하는 '주체문학으로의 일방적 도정'으로 규정할 수 있다. 이 글은 당시 시대정신을 집약한 주체형 인간형이란 추상적 개념이 실제로 문학작품으로 표현된 대표 형상인 '3대혁명소조원'과 '숨은 영웅' 형상론(1975~93)을 시, 소설, 비평 중심으로 분석한다.[3]

---

3 '3대혁명소조원'과 '숨은 영웅' 형상을 다룬 선행 연구로는 김재용, 「1980년대 북한 소설 문학의 특징과 문제점」,『북한문학의 역사적 이해』, 문학과지성사, 1994; 오성호, 「주체 시대의 북한시 연구—'숨은 영웅'의 형상과 그 의미」,『현대문학의연구』 36, 2008이 있다. 이 주제를 전면적으로 다룬 안민희는『조선문학』지 1971~80년 10년치에 수록된 120편의 단편소설을 네 가지 갈등양상으로 분류하고 그 키워드로 '3대혁명소조원'의 형상을 분석하였다. 안민희, 「북한의 '3대혁명 문학'에 나타난 갈등양상 연구: 1970년대『조선문학』에 실린 단편소설을 중심으로」, 한국외대 교육대학원 석사논문, 2009.

2. '3대혁명소조원' 형상론

'주체문학 전성기'라는 1970~80년대 북한문학장에 새롭게 등장한 대표적 인간형은 과연 누구인가? 이른바 '3대혁명소조원'의 전형, '청년인테리'는 어떤 성격적 특징을 가졌을까? 먼저 이 무렵 『조선문학』지에 실린 김정호의 시 한편을 보자.

심장이 끓고/ 강산이 끓는/ 이 땅 이 하늘을 붉게 물들이며/ 세차게 휘날리는 세 폭의 붉은 기치//
위대한 수령님의 부르심 따라/ 당의 전투적 호소 받들고/ 혁명의 북소리 높이 나아가는/ 우리의 진군길 우에/ 장엄하게 울리는 구호//
'사상도 기술도 문화도 주체의 요구대로!' (하략)[4]

「높이 들자 3대혁명 붉은기」는 당 정책이 제시한 3대혁명이란 추상적 구호를 가시적 이미지로 구체화하기 위하여 깃발과 목청 높여 외치는 외침, 두 이미지를 동원한다. 서정적 자아는 깃발을 든 청년이다. 앞으로 힘차게 달려나가는 청년의 손에는 '과학, 기술, 문화'란 글씨가 굵고 거칠게 쓰인 붉은 빛깔의 세 갈래 폭 깃발이 들려 있다. 그리고 '주체의 요구대로!'라며 목청껏 소리를 지른다. 청년 주체의 기세를 따라 힘차게 흔들리는 깃발의 시각적 역동적 이미지와 '사상도 기술도 문화도 주체의 요구대로!'라는 목청 높인 구호가 지닌 청각적 이미지가 결합되어 강렬한 인상을 남긴다. 시를 읽는 독자들은 앞에 나선 선구자이자 청년 주체인 서정적 자아와 함께 크게 소리치며 앞으로 달려나가야만 할 것 같은 공감대, 행동 충동을 느끼게 한다. 따라서 이 시는 선동적이다. 깃발을 들고

---

4 김정호, 「높이 들자 3대혁명 붉은기」(시), 『조선문학』 1976.2, 53면.

대중의 앞장에 서서 소리 지르며 달려나가는 청년이야말로 바로 1970년대 중반 북한문학이 새롭게 창조한 '3대혁명소조원'의 이미지일 터이다.

'사상 기술 문화의 3대 혁명' 담론은 1973년 말에 시작[5]되었지만 『조선문학』 특집인 '3대혁명 기치 높이 힘차게 앞으로,' '사상도 기술도 문화도 주체의 요구대로' 등 1975년 6월호부터 1976년 9월호까지 기획 연재되면서 널리 알려졌다.[6] 3대혁명소조원─청년인테리의 전형론을 본격 논의한 평론가 렴희태는 "3대혁명의 기치 밑에 오늘의 혁명적새시대는 주체형의 공산주의혁명가들인 3대혁명소조원, 특히는 새세대 청년인테

---

5 『조선문학』1973년 12월호의 '3대혁명의 기치에 따라 힘차게 전진하는 조양탄광' 특집 기획을 보면 신진순 시, 「수령님의 아들들」 등 시 6편, 김정길 실화문학[이전의 '오체르크' 우리의 '논픽션 르뽀문학'] 「억세게 자란 수리개」, 기자 방문기, 「조양탄광에 달려나간 시인들을 찾아서」가 실려 있다.

6 다음은 『조선문학』지에 실린 3대혁명 주제의 문건이다. 미상, 「3대혁명주제의 문학작품 창작에서 새로운 양양을 일으키자!」(머리글), 『조선문학』 1975.5, 3면; '3대혁명기치 높이 힘차게 앞으로' 『조선문학』 1975.6, 1975.7 특집 기획; 정창윤, 「혁명소조원 김동무」(소설), 『조선문학』 1975.6, 20면; 김홍무, 「시대의 흐름속에서」(소설), 『조선문학』 1975.7, 21~32면; 렴희태, 「3대혁명기치 높이 힘차게 앞으로」_3대혁명소조원─청년인테리의 전형적 성격 창조를 위하여」(론설), 『조선문학』 1975.7, 56~59, 70면; 미상, 「3대혁명붉은기쟁취운동'에 힘차게 이바지하는 혁명적문학작품 창작에서 일대 양양을 일으키자!」, 『조선문학』 1976.2, 29면; 림종근, 「3대혁명 활짝 꽃핀 그날에로」(시), 『조선문학』 1976.8, 59면; 장영, 「혁명전위들에 대한 다함없는 찬가─가사 〈3대혁명소조원 우리 소조원〉에 대하여」, 『조선문학』 1977.3, 39면; 류만, 「위대한 수령님께 기쁨을 드리기 위해 몸바쳐 싸우는 3대혁명소조원이 우리문학의 주인공이다」(지상토론), 『조선문학』 1977.4, 62면; 미상, 「충성의 혁명전위─3대혁명소조원들의 형상을 빛나게 창조하자」(론설), 미상 『조선문학』 1977.6, 49면; 미상, 「3대혁명소조원을 형상한 작품 창작이 활발히 벌어지고 있다」(동맹소식), 『조선문학』 1977.7, 38면; 장형준, 「3대혁명소조원의 전형 창조에서 나서는 문제」(지상토론), 『조선문학』 1977.11, 48면; 김정호, 「주체의 기치 높이 3대혁명 다그쳐가자」(가사), 『조선문학』 1982.8, 38면; 백수길, 「우리는 농촌 3대혁명의 영예론 첫 파견원」(가사), 『조선문학』 1983.1, 62면; 강명복, 「자랑하노라 3대혁명소조원들을」(시), 『조선문학』 1983.2, 55면; 박영태, 「혁명의 전위─3대혁명소조원들의 성격창조를 위하여」(평론), 『조선문학』 1988.5, 29면; 로정법, 「소조원의 붉은 수첩」(수필), 『조선문학』 1988.5, 34~35면; 최언경, 「우리 시대 청년전위─3대혁명소조원의 형상에서 나서는 몇가지 문제」(평론), 『조선문학』 1989.11, 38면; 신경애, 「3대혁명소조운동 발단 20돐 기념」_첫 소조원의 모습 앞에서」(수필), 『조선문학』 1993.2, 57면; 장정춘, 「3대혁명소조원들의 형상을 창조하는것은 우리 문학의 중요한 과업」(론설), 『조선문학』 1993.12, 51면; 김휘조, 「나는 당의 3대혁명소조원이다」(시), 『조선문학』 1995.2, 79면.

리들을 우리 시대의 인간전형으로 등장시키고 있다."면서 그들의 실체를
다음과 같이 규정한다.

> 혁명적 새세대인 청년인테리들은 오늘 힘차게 추진되고 있는 3대혁명
> 운동의 전초선에 서있는 혁명전위이며 공산주의 건설의 믿음직한 선구자
> 들이다. (중략) 우리 시대의 시대적 전형으로서의 청년인테리들의 성격적
> 특질은 무엇보다 먼저 그들이 오직 수령님의 불멸의 주체사상으로 무장한
> 새형의 공산주의혁명가이며 최신 과학기술을 소유한 청년인테리이며 새
> 것을 좋아하고 낡은것을 대담하게 버리는 혁명성이 강한 주체형의 혁명적
> 새세대들이라는데 있다. (중략) 성격적 특질은 위대한 수령님에 대한 끝없
> 는 충성심에 기초하고 있으며 주체의 교육만을 받고 주체형의 피만이 끓
> 어넘치는 혁명적 새세대, 주체형의 청년공산주의자들의 사상정신적 순결
> 성과 혁명성에서 오는 것이다.[7]

1970~80년대 북한문학에서 바람직한 인간형으로 제시한 3대혁명소
조원은 세대론적으로 보면 빨치산이나 전쟁, 전후 복구를 체험하지 못한
1950~60년대 출생 신세대들이다. 그들이 갖춰야 할 첫째 덕목은 수령에
대한 충성이다. 다음으로 청년 지식인, 신세대의 주요한 성격적 특질은
사회주의 건설에 대한 정치적 자각과 지향, 패기와 정열만이 아닌 사상,
기술, 문화적으로 높은 자질을 갖춰야 한다는 점이다. 그들은 혁명과 전
쟁을 겪지 못했기에 어떤 특출난 인간, 천성적으로 타고난 '영웅적 인간'
이 아니라 평범한 노동자, 농민의 아들딸들이다. 하지만 70년대 당 정책
목표인 3대혁명 추진에 장애물이 되는 '낡은 사상과 그릇된 현상과는 그
것이 비록 작은 것이라 하더라도 타협 없이 투쟁하는 그들의 성격적 특

---

7 렴희태, 「3대혁명소조원―청년인테리의 전형적 성격창조를 위하여」, 『조선문학』 1975.7,
   57~58면.

질'이 중요하다. 물론 낡고 침체한 인습의 투쟁을 잘 형상하기 위해서는 그들 청년 지식인들이 선배세대의 낡은 관습과 비타협적으로 투쟁하는 데 그칠 것이 아니라 새것을 창조하는 능력도 중요하다. 중요한 것은 새것을 창조하기 위한 투쟁에서 주인공 혼자만 애쓰는 것이 아니라 그들이 대중 속에 들어가 수령에의 충성심을 강화하고 그들의 혁명적 열의와 창조적 지혜를 적극 발동시키는 풍모를 잘 보여주어야 한다.[8]

1975~94년『조선문학』지에 실린 3대혁명 주제의 작품과 비평의 역사적 추이를 살펴보면 처음에는 3대혁명의 당위성을 계몽하고 다음에는 구체적 형상화로 '3대혁명소조원'이란 새로운 캐릭터를 제안한다. 즉, 3대혁명주제의 문학작품을 창작한다는 것은 온갖 낡고 침체하고 보수적인 것을 쓸어버리고 사상, 기술, 문화 혁명 수행에서 일어나는 혁명적 변혁과정을 형상하며 우리 시대의 '혁명전위인 3대혁명소조원'들의 전형을 그린 혁명적 작품을 쓴다는 것을 말한다는 점이다.

그러면 3대혁명소조원의 형상은 어떻게 해야 하는가? 1970~80년대 문학의 대표전형인 3대혁명소조원의 성격적 특징은 한마디로 "당성, 로동계급성, 인민성의 최고표현인 수령님에 대한 충실성을 성격적 핵으로 하는 주체형의 공산주의혁명가"이다. 이들은 수령의 권위를 절대화하며 교시를 신조화하고 교시 수행에서 무조건성의 원칙을 지키는 것을 자기 신념으로 삼는다.[9] '주체형의 공산주의혁명가'를 3대혁명소조원이라 하고 그들의 전형을 창조하는 것이 이 시기 북한문학 발전의 합법칙적 요구이며 '자주적인 산인간'의 전형 창조를 기본으로 하는 공산주의인간학으로서의 기본형상 분야라 강조하는 것이다.

---

8 윗글, 59면.

9 미상, 「3대혁명주제의 문학작품 창작에서 새로운 양양을 일으키자!」(머리글), 『조선문학』 1975.5, 3면.

여기서 두 가지 문제가 생긴다. 첫째는 수령에의 충실성이 과연 미학적 요소인가 하는 점이다. 엄밀하게 말해서 정치학·윤리학의 도덕적·실천적 범주인 '충실성'을 미학적 요소의 최고표현이자 상위개념으로 자리매김하는 것은 일종의 미학적 파시즘이라 아니할 수 없다. 정치의 미학화, 통치의 심미화이기 때문이다.[10] 둘째, 3대혁명소조원의 전형 창조에서 지도자에 대한 충성이 당성보다 더 중요하다는 의도를 전제적 통치술로 비판한다 해도 실제 문예 창작에서 어떤 인간형을 구체적으로 그리라는 것인지 하는 문제가 별도로 남는다.

그에 대한 해법은 다음과 같다. 즉, 3대혁명소조원들의 전형을 창조하는 데서 중요한 것은 '청년인테리들의 생동한 성격'을 잘 그려야 한다는 점이다. 3대혁명소조원, 청년인테리들은 주체교육을 받으며 사회주의, 공산주의 건설자로 자라난 평범한 노동자, 농민들의 아들딸들이자 새로운 혁명, 즉 3대 혁명의 전위이다. 그러므로 주체의 혈통을 가진 이 혁명의 새 세대들은 선진 과학기술로 무장하여 새로운 사회주의문화를 소유한 '새 형의 청년인테리'라는 것이다.[11]

성혜랑 단편 「혁명전위」(『조선문학』 1974.10)의 주인공이 좋은 예시라 하겠다. 영희는 3대혁명소조원으로 시대가 원하는 '청년인테리'의 전형적 성격적 특질이 훌륭히 구현된 인물로 평가된다. 작품에서 주인공 영희는 신발공장에 3대혁명소조원으로 파견된 후 선배 직장장 만수와 갈등을 빚는다. 그래서 자기를 버리고 만수 입장에도 서보고 다른 생산자 입장

---

10 원래 이 개념은 독일 비평가 발터 벤야민이 「기술복제시대의 예술」에서 파시즘 분석의 패러다임으로 제시한 용어인 '정치의 심미화'에서 유래했으며, 이를 북한문학을 새롭게 이해하는 인식틀로 접근한 것은 일찍이 신형기에 의해서 이루어졌다. Walter Benjamin, 반성완 편역, 『발터 벤야민의 문예이론』, 민음사, 2003; 신형기, 「남북한문학의 '정치의 심미화'」, 『민족이야기를 넘어서』, 삼인, 2003, 180~194면 참조.

11 미상, 「3대혁명주제의 문학작품 창작에서 새로운 앙양을 일으키자!」(머리글), 『조선문학』 1975.5, 3면.

에도 서본다. 그러자 직장장이 자투리가 남은 '로화고무'를 덮어놓고 쓸 수 없다고 하면서 손쉽게 생산실적을 높이려는 자기중심적 사고방식과 보수주의적 사업태도가 문제라는 점을 알게 된다. 선배 직장장을 대하는 '청년인테리'의 심리 묘사를 보자.

> "(류체 속에서 류체의 속도를 따르지 못하는 인자는 마찰을 일으키는 법이지. 그것이 급류일수록 마찰은 더 큰거야. 그건 곧 저항으로 되지.)
> 그렇다. 우리의 대진군은 충성의 급류이다. 이 급류 속에서 충성이 모자라는 인자는 저항이 된다. (중략) 영희는 오늘의 대진군 속에서 만수 자신이 어떤 인자로 되여있는가를 그에게 일깨워주고 도와주어야 한다는 강한 의무감에 뒤따르는 자기 우위성을 처음으로 느꼈다. 그는 비로소 자기 사명을 깨달은 것 같았다."[12]

영희는 과학기술 발달로 급변하는 시대의 전진 속도를 따르지 못한 채 과거 경험과 감에만 의존하는 선배 직장장을 마치 흐르는 액체 속에서 유체 속도를 따르지 못하는 '인자'에 비교한다. 이러한 묘사를 통해 관습에 의존하는 선배 세대와 과학 기술 교육을 제대로 받아 지식과 이론으로 무장한 신세대 소조원의 성격적 특성 대비를 뚜렷하고 생동하게 보여주는 것이다.

교육을 받아 지식으로 무장한 3대혁명소조원들이 공장, 농촌, 직장 등 생산현장에서 일을 대하는 태도는 또한 혁신적 헌신적이다. 가령 중간관료층, 북한식으로 표현하면 '지도일군'들에게 남아있는 관료주의, 요령주의, 주관주의, 형식주의 등 낡은 사업방법과 사업작풍을 극복하고 항일유격대식으로 군중 속에 들어가 일하는 참다운 혁명의 지휘성원으로 되도록 도와주는 과정을 잘 보여주어야 한다. 이는 '직장상사'인 기성세

---

12 성혜랑, 「혁명전위」, 『조선문학』 1974.10, 39면.

대들에게는 세대론적 계급투쟁으로 받아들여질 수도 있다.

　3대혁명소조원의 전형 창조는 창작 현장에서 어떻게 실행되고 있을까?『조선문학』1977년 7호의 '동맹소식'란을 예로 들면 창작자들 속에서 이른바 '혁명전위-3대혁명소조원'의 투쟁모습을 보여주는 작품 창작이 줄기차게 벌어지고 있다고 한다. 가령 1977년만 해도 소설가 강복례, 김영길, 림재성이 각각 3대혁명소조원을 형상화한 단편소설을 창작한 데 이어 많은 소설가들이 3대혁명소조원을 '우리 시대의 참다운 주인공'으로 형상화하는 데 정열을 쏟아붓고 있다. 소설가 리택수는 광산에 파견되어 노동자들의 창조적 재능을 발휘하는 혁명소조원의 아름다운 정신적 풍모를, 소설가 로종익은 북한 특유의 농사방식인 '주체농법'을 실천하기 위해 애쓰는 농촌현장 혁명소조원의 생동한 투쟁 모습을 그려낸다. 또한 허춘식, 김삼복, 박사영, 권장석, 리형순, 박찬은 등 많은 소설가들이 지도자에게 충성을 다하는 '주체형의 혁명적 주인공'들인 3대혁명소조원의 다양한 생활상을 담은 단편소설을 창작하고 있다.[13]

　구체적인 작품 예시로 정성훈의 단편소설 「기쁨」[14]을 들어보자. 이 작품은 3대혁명 형상론을 당 문예정책으로 제시한 초기에『조선문학』1976년 3호의 특집 기획란[15]의 '사상도 기술도 주체의 요구대로!' 주제 하에 장영의 평론 「'3대혁명붉은기쟁취운동'을 잘 반영하는 것은 현 시기 우리 문학 앞에 나선 중요한 임무」 등과 함께 실린 단편이다. 주인공

13　미상, 「3대혁명소조원을 형상한 작품창작이 활발히 벌어지고 있다」(동맹소식), 『조선문학』 1977.7, 38면.

14　정성훈, 「기쁨」, 『조선문학』 1976.3, 52면.

15　1976년 3호의 '사상도 기술도 주체의 요구대로!' 특집 기획란에는 장영 론설, 「'3대혁명붉은기쟁취운동'을 잘 반영하는것은 현시기 우리 문학 앞에 나선 중요한 임무」; 김홍무 단편소설, 「시대의 요구」; 변홍영 시, 「세 폭의 붉은기 아래」; 김화견 시, 「영광의 첫 자리」; 주희 시, 「검덕의 아침」; 김희종 시, 「소조와 함께라면」; 조빈 시, 「어버이 심려를 덜어드리는 처녀」; 최국산 시, 「사랑의 봄씨앗」 등이 실려 있다.

인 농촌 여성 은희가 바로 기술교육을 받은 청년인테리이자 '혁명전위, 3대혁명소조원'이다. 그녀는 농장 기사장에게 한 정보당 벼 수확고를 높이기 위해 새로운 벼 품종을 받아들일 것을 제안한다. 처음에 상급자인 기사장은 은희가 3대혁명소조원이라 파격적인 제안을 마지못해 받아들인다. 주인공은 협동농장이 실험할 새 벼 품종의 기술 데이터를 기사장에게 주기 위하여 밤길을 걸어 다른 농장에 가서 고생스레 자료를 구해 온다. 이렇게 헌신하는 주인공의 소조원다운 정성에 마침내 기사장이 막연하게 불편해했던 흐린 마음이 사라지고 감복한다. 이를 평론가 장형준은 "새로운 벼종자를 혁명소조원의 의견이라 하여 마지못해 받아들이는 농장 기사장으로 하여금 그것을 심장으로 받아들이도록 하는데서" '혁명전위, 3대혁명소조원'의 구체적 형상을 뚜렷이 볼 수 있다고 논평한다.[16]

마찬가지 논리로 리종렬의 단편소설 「해빛을 안고 온 청년」[17](1976.9)의 주인공 김준오 또한 제련소의 굴뚝직장에서 헌신하는 3대혁명소조원의 전형으로 호명된다. 어느 제련소 굴뚝에서 산업폐기물인 비산먼지가 많은데도 방진설비가 제대로 가동하지 못하고 있을 뿐 아니라 지배인 엄영선이 그 설비로 다른 일, 즉 도로 포장을 위한 모래를 구워내려 하는 것을 보고 준오는 분격을 금치 못하며 이러한 비리와 투쟁한다. 기술혁신의 앞장에 서서 굴뚝직장에 남아있는 유해가스와 먼지를 말끔히 없애는 청년 소조원의 희생적인 노력에 결국 상급자인 엄영선 지배인과 유성학 기사는 감동을 받게 되며 자기들의 그릇된 사고관점을 고치게 된다. 주인공의 고군분투 형상에서 평론가 장형준, 박영태는 결심한 것을 끝까지 관철시키는 '새로운 과학기술의 도입과 조직에 대한 헌신'이라는 덕목을 찾아내는데, 이것이 바로 3대혁명소조원의 성격적 특징이라고 한다. 따

---

16 장형준, 「3대혁명소조원의 전형 창조에서 나서는 문제」(지상토론), 『조선문학』, 1977.11, 48면.

17 리종렬, 「해빛을 안고 온 청년」, 『조선문학』 1976.9, 14면.

라서 그들 3대혁명소조원들은 기성세대인 직장 상급자들의 '보수주의, 경험주의를 비롯한 온갖 낡고 침체한 것'을 반대하고 새것을 지향해나가는 투쟁의 기수 청년으로 규정된다.[18]

3대혁명소조원들은 어떻게 탄생하는가? 이와 관련하여 흥미로운 수필이 있어 인용한다.

> 사람들이 흔히 불 밝은 대학의 강의실을 배움의 교정이라고 부르듯이 3대혁명소조원으로 일하고 있는 우리들은 또 다른 의미, 사회와 현실이라는 넓은 의미에서 새로운 교실에 대한 표상을 느껴 안을 때가 있다. (중략) 대학 때에 설계합평회에서 '백화점' 설계를 1등으로 당선시킨 박동무의 경우라고 해도 실지 소조기간이 아니였다면 어느 공공건물의 한 대상건축이나 겨우 담당하고 있을 것이다. 기계공학을 전공한 리동무는 그가 흥미를 가진 유압식기계의 반축계산만을 전공할 것이며 화학을 배운 설동무는 고분자합성의 산 비밀을 알기 위해 실험실을 집으로 삼고 실험에만 열중하고 있을 것이다.
>
> 고작이면 설계실과 계산실, 실험실만을 대상하고 그 울타리 속에서 에돌았을 우리들이 3대혁명소조활동기간에 얼마나 풍부한 지식과 산 리론을 체득하여 자신의 면모를 사회와 혁명 앞에 떳떳이 내놓았던가.
>
> (중략) 어제는 조립작업반에 놓여있던 흑판이 이 밤에는 치차작업반에 옮겨와 순수 공식만이 아닌 나라의 귀중한 설비관리의 주인으로서의 자각을 가슴과 가슴들에 깨우쳐준다. (중략)
>
> "고맙수다. 소조원동무, 우리 현장이야말로 3대 혁명의 훌륭한 교실이우다!"
>
> (아, 3대혁명의 교실!)
>
> 허식 없는 투박한 음성의 그 말을 듣는 순간 나는 코허리가 시큰해지며

---

18 강형준, 「3대혁명소조원의 전형 창조에서 나서는 문제」(지상토론), 『조선문학』 1977.11, 50면; 박영태, 「혁명의 전위—3대혁명소조원들의 성격 창조를 위하여」(평론), 『조선문학』 1988.5, 32면.

눈굽이 뜨거워올랐다. (중략) 종래의 과학이 한 세기가 지나도 점령하지 못했으며 또 점령할 수 없다고 인정하던 새 주물방법이 우리의 교실에서 바로 3대혁명전위들에 의하여 그 결실을 보게 된 것이리라.[19]

한용걸 수필에 의하면 사상, 기술, 문화라는 3대혁명의 세 내용은 서로 따로 노는 것이 아니라 기계의 '치차'(톱니바퀴, 기어)처럼 서로 맞물려 돌아간다. 과학기술을 이론적으로만 배우는 교육과정과 물건을 생산하는 생산현장을 상호 연계시키는 의식개혁을 사상문화혁명으로 받아들인다. 이공계 기술교육을 받은 청년 지식인들은 반드시 생산현장인 공장에서 실습체험을 해야 비로소 진정한 교육을 마쳤다고 할 수 있다는 것이다. 교실에서 이론교육만 하는 데 그치지 않고 현장실습과 노동체험을 필수코스로 마쳐야 교육과정이 완료된다는 일종의 동원 논리도 되는 셈이다. 이전처럼 항일 빨치산이나 전쟁 영웅, 전후 복구 건설과 사회주의 기초 건설기 제대군인의 노동 동원과는 세대적 차별화가 되는 7080 청년세대들에게 수령에 대한 충성을 새로운 자발적 노동동원의 원동력으로 삼으려는 의도가 아닐까 풀이해 본다.

강명복의 시 「자랑하노라 3대혁명소조원들을」(1983)을 보면 탄광 갱(坑)에 처음 들어가는 청춘 광부의 심정을, "3대혁명으로 만발해가는 80년대의 화원/ 그 화원의 한떨기 꽃/ 3대혁명붉은기 갱으로"[20] 하고 표현한다. 예전 선배들이 막장에 들어갈 때는 항일 빨치산이나 전쟁 영웅의 희생적 투쟁정신과 복구 건설기 사회주의체제 기반을 닦았던 선구자적 자부심으로 잠재력을 모두 끌어올린 과잉노동을 '천리마기수' 같은 노력영웅의 미명 하에 수행하였다. 반면 그런 역사적 경험이 전무한 1970~80

---

19 한용걸, 「3대혁명의 교정에서」(수필), 『조선문학』 1981.7, 27~28면.

20 강명복, 「자랑하노라 3대혁명소조원들을」(시), 『조선문학』 1983.2, 55면.

년대 청년세대들에게는 어떻게 탄광 막장 갱에 자발적으로 들어가 힘든 노동을 수행하게 할까? 그것은 공을 세워도 위훈을 자랑하지 않고 겸손하게 '숨은 영웅'으로 지내는 삶, 시에서 '한 떨기 꽃'으로 미화된 3대혁명소조원의 이미지를 먹고 사는 것이다. 그리고 그 표면에는 '수령에 대한 충성심'으로 무서운 갱 안에 들어간다는 모범답안을 표명한다. 그래서 주체문예론의 이데올로그들은 그들을 두고 '우리의 미더운 길동무―우리 시대의 참다운 주인공들인 혁명전위'로 치켜세우는 것이다.[21]

1975년 시작된 3대혁명소조원 전형론을 정리한 1988년 평론을 보면, 1973년 말 3대혁명소조운동이 발단된 때로부터 '우리 시대의 참다운 인간전형' 대표로 '김준오, 영희, 채숙'을 자랑스러운 주인공으로 꼽고 있다.[22] 이들 새로운 인간형의 두 덕목, 혁신과 헌신이 가능한 동력은 무엇인가? 주체문예 전형론에 따르면 그것이 바로 수령에의 충실성, 무조건적인 충성이다. 처음 3대혁명소조원의 전형 창조론이 제시된 1975년 초 당이 규정한 대로 "당성, 로동계급성, 인민성의 최고표현인 수령님에 대한 충실성을 성격적 핵으로 하는 주체형의 공산주의혁명가"가 바로 이들 1970~80년대 문학의 주인공인 셈이다. 그들은 최고 지도자의 권위를 절대화하며 그의 교시를 신격화하고 그가 말하는 명령을 무조건 수행한다는 원칙을 자기 생활신념으로 삼기/삼아야 하기 때문이다.

---

21 장영, 「혁명전위들에 대한 다함 없는 찬가―가사 〈3대혁명소조원 우리 소조원〉에 대하여」, 『조선문학』 1977.3, 39면; 류만, 「위대한 수령님께 기쁨을 드리기 위해 몸바쳐 싸우는 3대혁명소조원이 우리문학의 주인공이다」(지상토론), 『조선문학』 1977.4, 62면; 미상, 「충성의 혁명전위―3대혁명소조원들의 형상을 빛나게 창조하자」(론설), 『조선문학』 1977.6, 49면; 박영태, 「혁명의 전위―3대혁명소조원들의 성격창조를 위하여」(평론), 『조선문학』 1988.5, 29면; 최언경, 「우리 시대 청년전위―3대혁명소조원의 형상에서 나서는 몇가지 문제」(평론), 『조선문학』 1989.11, 38면.

22 "김준오(리종렬 단편소설 「해빛을 안고온 청년」, 『조선단편집』 3), 영희(단편소설 「혁명전위」 성혜랑, 단편소설집 『혁명전위』), 채숙(영화문학 「정춘의 심장」 리춘구)을 비롯하여 혁병의 선위인 3대혁녕소소원들의 감동적인 형상이 응당한 자리를 차지하게 되었다." 박영태, 「혁명의 전위―3대혁명소조원들의 성격창조를 위하여」(평론), 『조선문학』 1988.5, 29면.

3. '숨은 영웅' 형상론

주체문학 전성기의 전반부(1970년대 중반~80년대 초반) 비평사를 주도한 3대혁명소조원 형상론의 뒤를 이어 후반부인 80년대 문학사 내내 대안으로 거론된 것은 '숨은 영웅' 형상이다. 이는 연륜이 부족한 청년 엘리트 출신의 만능천재형이지만 현실감이 떨어지는 3대혁명소조원 형상의 문제점을 극복하기 위한 방편이다. 일상생활을 영위하는 우리가 흔히 볼 수 있는 인민대중들 중에서 앞에 나서지 않고 수령에 대한 충성과 당 정책을 묵묵히 실천하는 캐릭터를 숨은 영웅으로 호명하고 그를 새로운 전형으로 삼았던 것이다. 가령 혁명, 전쟁, 천리마운동의 영웅이 아닌 일상생활 속의 '보통 사람들'이 문학예술의 중심에 등장한다. 대표적인 예가 남녀 간의 애정과 결혼, 이혼을 주제로 한 소설의 등장이다. 물론 이전 작품에도 남녀 간의 애정선이 있었지만 그것은 어디까지나 부수적 스토리라인이었지 소설의 중심이 될 수 없었다. 하지만 80년대에는 '숨은 영웅'이라는 당 정책을 매개로, 평범한 청춘남녀가 등장한 것이다. 한국의 우리에게 비교적 널리 알려진 남대현의 『청춘송가』(1987), 백남룡의 『벗』(1988), 최상순의 『나의 교단』(1982), 김교섭의 「생활의 언덕」(1984)의 주인공 같은 일상형 영웅이 바로 이러한 캐릭터라 할 수 있다.

특히 숨은 영웅을 그린 대표작 『벗』을 보자. 작품은 가정법원 판사의 눈으로 본 평범한 가정의 부부 갈등을 다룬 중편소설이다. 이혼 수속 중인 부부를 화해시키려는 판사의 노력을 통해 다양한 인간관계가 드러나고 있다. 주인공 정진우와 한은옥 부부는 판사와 농업연구가로서, 남의 가정의 행불행까지 돌보면서 정작 자기 가정의 안정을 아내의 연구사업에 빼앗긴 판사의 고민과 갈등이 드러난다. 이들의 갈등이 미해결되면 자식이 피해를 보는 채림 부부의 이혼처럼 귀결될 것이고 긍정적으로 해결되면 연공·여교원 부부처럼 의좋은 관계가 될 것이다.

다른 한편 등장인물 간의 지위 간 갈등이 있다. 중간관리자와 인민대중의 관계는 어떠해야 하는가에 대한 당 관료들의 갈등이 있다. 정진우와 채림, 예술단 부단장의 만남과 대화를 통해, 인민에게 봉사하는 벗으로서의 판사와 인민 위에 군림하는 도 공업기술위 간부, 예술단 간부의 관료주의적 폐해가 대비되고 있다. 1980년대 후반~90년대 중반까지 북한 문학예술의 주요한 주제로 '관료주의 비판'이 있다. 가정사 같은 개인 간의 세세한 문제까지 뿌리 깊이 잠식된 관료적 작태에 대한 비판을 보인다. 이는 역으로 북한 사회가 혁명 1세대의 의지 차원으로는 해결되지 않는 관료제의 폐해가 만연되어 있고 인민의 자발성, 창발성만으로 사회가 움직이지 않는다는 것을 의미한다. 관료주의적 인간형과 주체형 인간형의 대립구도는 매우 중요한 문제이다. 이를 통해 인민의 일상생활 속에 숨어있는 영웅적 관료의 모습이 주체형 인간으로 형상화된다.

작품에서 가장 감동적인 대목 중 하나는 리석춘이 정 판사가 가져다 준 주물사(주물용 고운모래)가 못 쓸 것인 줄 알면서도 고맙게 받는 장면이다. 선반공이 마땅한 주물용 모래를 구하지 못해 고생하는 것을 보고 자기가 몸소 추위를 무릅쓰고 강바닥을 파내온 정 판사의 성격도 훌륭하다. 그러나 그가 '인민의 벗'임이 드러나는 영웅성은 리석춘이 모른 체 고맙게 받아주었기 때문에 생긴 것이다. 여기서 '주체형 인간형'이란 시대정신의 총아 캐릭터는 그 자신의 타고난 영웅성에 의해 의미를 띠는 것이 아니라 인민 대중 속에서 자연스럽게 떠받들어져 가치가 만들어졌을 때 위력을 발휘하게 된다는 사실을 알 수 있다.

주체사상체제에서는 가정의 행복이 개개인의 노력에서 나오기보다는 전 사회의 사회적 정치적 유기체에서 파생된다고 한다. 따라서 사회적 정치적 인간관계에 판검사 같은 중간관료(고급관리)의 군림('갑질') 같은 동맥경화 현상이 일어나면 실핏줄에 해당하는 개별 가정과 개개인의 일상도 불행해진다고 한다. 따라서 사회 유기체가 원활하게 움직이기 위해서는 개인과 가정의 행복이 기본바탕이 되어야 하며 동시에 당이나 각급 기관에서 일하는 관료들이 인간적으로 연대되어야 한다는 것이다. 80년대 북한 문학예술이 내세우는 새로운 인간형인 주체형 인간이란 일상생활 속에서 남들도 자기 가족처럼 돌보는 헌신적인 관계를 맺으면서도 자기를 내세우지 않는 '숨은 영웅'이 되는 셈이다. 이런 맥락에서 백남용의 『벗』은 정진우 판사라는 '인민의 벗'인 '주체형 인간' 캐릭터를 그린 '사회정치적 생명체' 이론의 구체적 예시가 될 것이다.

'숨은 영웅' 형상은 다른 형상과는 달리 세대나 신분, 혹은 기타의 사회적 위치와 무관하게 인민 개개인의 내면적 자질이나 태도와 관련해서 규정된 것이다. 수령에 대한 충실성, 조국과 인민에 대한 헌신, 무엇보다도 남들이 알아주거나 국가가 보상해 주기를 바라지 않으면서 묵묵히 일하는 존재라는 점에서 '숨은 영웅'은 북한이 요구하는 "주체형 인간의 본보기"가 될 수 있었다.

그렇다면 '숨은 영웅' 형상론의 역사적 배경은 무엇인가?

1980년대 북한은 1960년대 주체사상의 성립과 70년대 주체사상의 안정화 단계를 거치면서 건국 이래 '체제에 대한 자신감'이 가장 넘쳤던 시기였다. 제6차 당 대회(1980년 10월)에서는 당 지도이념에서 마르크스 레닌주의가 삭제되고 주체사상이 유일하게 채택되었으며, 김정일이 공식적 후계자로 선포되었다. 지도자에 대한 충성 맹세가 대를 잇고 후계 구도를 정당화하는 개인숭배의 선전선동이 문예 창작의 주된 목표로 정해진다. 김정일은 1964년 당 사업에 참여한 후 당 중앙위원회 제4기 15차 전원회의(1967.5)를 계기로 위상이 올라 1974년 후계자로 내정되었다. 1970년대에는 '70일 전투'와 '3대혁명소조운동'을 주도하고, 6차 당대회 (1980.10)에서 후계체제를 확립하였다. 이러한 정권 안정에 따른 정치적 자신감 덕분에 1980년 1월의 제3차 조선작가대회[23]와 1986년 3월의 제6차 문예총 대회를 계기로 문학예술분야의 이념적 유연화 조치가 성사되었다.[24] 당시 당 문예정책 슬로건이 주체문학 건설에서 새로운 창작적 진전을 꾀하기 위한 '숨은 영웅' 형상론이다. 즉, 당과 수령, 조국과 인민을 위하여 숨은 영웅의 모범을 따라 배우자는 사회운동을 반영한 창작에 주력하자는 것이다. 로동신문은 당 제6차대회(1980.10) 준비 기획으로 "숨은 영웅들의 모범을 따라 배우자!, 당과 수령을 위하여, 조국과 인민을 위하여"라는 구호 하에 지상토론을 연재하였다.[25]

이러한 당 정책에 따라 1980년대 문학에는 생활 속 '숨은 영웅' 이야기가 다양하게 등장하였다.

1980년대 북한 문학예술의 역사적 배경을 먼저 찾아보면 지도자 찬가만 북한 문학예술의 전부가 아님을 쉽게 알 수 있다. 1980년 1월에 열린 제3차 조선작가동맹대회에서 제시된 당 최고지도부의 문예정책을 보면, '주체형의 공산주의자의 전형 창조, 숨은 영웅의 형상화, 자연주의와 도식주의의 극복' 등을 지침으로 하였다. 부연하면, 80년대 당대의 다양한 사회주의 현실을 소재로 하되, 평소 잘 알려지지 않은 평범한 인물을 찾아내 그들의 일상생활과 내면에 숨겨진 영웅성을 자연스럽게 그리고

23 미상, 「혁명적인 문학작품 창작에서 새로운 양양을 일으키자—조선작가동맹 제3차대회가 진행되었다」, 『로동신문』 1980.1.11, 3면. 제6차 당대회(1980.10)와 제3차 작가대회(1980.1) 관련 논의는, 김성수, 「당(黨)문학의 전통과 7차 당 대회 전후의 북한문학 비판」, 『상허학보』 49, 상허학회, 2017.2, 393면 참조.

24 조선로동당 중앙위원회, 「조선작가동맹 제3차대회 앞(축하문)」, 『조선문학』 1980.2, 10~12면; 미상, 「우리 당이 문학예술사업에서 이룩한 업적을 옹호고수하고 계승발전시키자」, 『로동신문』 1986.3.28, 1면; 조선로동당 중앙위원회, 「조선문학예술총동맹 제6차대회 앞(축하문)」; 미상, 「우리 당이 문학예술사업에서 이룩한 업적을 옹호고수하고 계승발전시키자」, 『로동신문』 1986.3.28, 1면.

25 미상, 「당과 수령을 위하여, 조국과 인민을 위하여!_그 충성심의 높이를 따라, 높은 담구정신으로, 정열을 다 바쳐, 진지한 노력을 거쳐서만, 꾸준한 실천 속에서」(지상토론), 『로동신문』 1980.1.7, 4면.

그들을 따라 배우자는 것을 문예 창작 및 비평의 목표로 한다는 것이다.

현실은 작가들에게 있어서 창작활동의 기본 무대이다. 모든 작가들은 들끓는 현실 속에 깊이 들어가 생활 체험을 쌓는 한편 대중 속에서 배출된 주체형의 공산주의자의 참된 전형을, 당과 혁명, 조국과 인민에게 끝없이 충직한 숨은 영웅들을 널리 찾아내어 그들의 고상한 풍모와 아름다운 정신세계를 훌륭히 형상화함으로써 당 제6차 대회를 승리자의 대회, 통일 단결의 대회로 맞이하기 위한 당원들과 근로자들의 투쟁을 힘차게 고무 추동하여야 한다. (중략) 창작에서 로동계급적 선을 확고히 세우는 동시에 개성적 특성을 옳게 살리며 철학적 심도를 보장함으로써 사상 예술성이 높은 우수한 작품들을 더 많이 창작하여야 한다.[26]

중앙당의 축하문에 의하면, '숨은 영웅'이란 "대중 속에서 배출된 주체형의 공산주의자의 참된 전형을, 당과 혁명, 조국과 인민에게 끝없이 충직한" 인물이다. 그 어떤 바람이 불어도 오직 한 마음 당과 수령을 위하여, 조국과 인민을 위하여, 몸 바쳐 투쟁하여 소문 없이 큰일을 한 열렬한 애국자, 참다운 공산주의자"로 "커다란 위훈을 세우고도 그 어떤 평가나 보수도 바람이 없이 오직 혁명을 위하여 모든 것을 다 바쳐 꿋꿋이 일해나가는" 존재를 의미했다.[27] 이러한 숨은 양웅의 인물 형상은 90년대 초까지 지속되었다.[28]

---

26 조선로동당 중앙위원회, 「조선작가동맹 제3차대회 앞」(축하문), 『조선문학』 1980.2, 10~12면.

27 머리글, 「당 6차 대회를 혁명문학 건설의 새로운 일대 앙양으로 맞이하자!」, 『조선문학』 1980.3, 4면.

28 한기운, 「숨은 영웅들의 신념과 의지를!」(새해결의), 『조선문학』 1991.1, 17면; 류만, 「90년대 인간성격 창조문제에 대한 소감」(작가연단), 『조선문학』 1991.1, 38면.

4. '3대혁명소조원', '숨은 영웅' 형상론의 문화정치

주체사상이 유일체계화된 1967년부터 김일성이 사망한 1994년까지 '주체문학 전성기'에 창조된 새로운 인간형은 '3대혁명소조원' 형상이다. 이 시기 특히 강화된 개인숭배로 인해 1970~80년대 문학작품의 등장인물은 수령에 대한 무조건적 충성을 절대 덕목으로 갖춰야만 하였다. '3대혁명소조원' 형상론(1975~93)을 『조선문학』 수록 비평담론 중심으로 살펴보니, 주체문학 전성기라는 1970년대 중반~90년대 초 작품의 대표 전형은 주체형 공산주의 덕목을 갖춘 '3대혁명소조원'임을 알 수 있다. 이들은 "우리는 수령밖에 모른다"는 '수령바라기'들이다. 이들 맹목적 충성형 청년세대를 아이러니하게도 '주체형 인간'인 3대혁명소조원으로 호명한 셈이다.

3대혁명소조원은 성혜랑 단편 「혁명전위」(1974) 주인공 영희처럼 수령에 대한 무조건적 충성을 절대 덕목으로 갖춘 '청년인테리'이다. 빨치산 투쟁과 전쟁 체험, 의욕만으로 혁명을 수행했던 선배 세대와 달리 정규교육을 받아 이론과 논리로 무장한 지식인, 과학기술자, 기술교육을 받은 청년 노동자·농민이 '3대혁명소조원'의 전형이다. 이들의 특징은 다른 시기 대표 전형과 어떻게 구별되는가? 1950년대 말~60년대 초 '천리마기수' 전형이 사회주의체제 건설기의 선구자적 자부심을 지닌 노력경쟁운동의 노동영웅이라면, '3대혁명소조원' 전형은 1970년대 중반 이후 주체체제 완성기의 신세대를 지도자에 대한 무한 충성 경쟁으로 새롭게 동원한 '충신 효자'형 노동영웅이라 할 수 있다. 선배들처럼 빨치산 투쟁이나 전쟁 영웅, 체제 건설의 선구자적 자부심을 가질 수 없었던 1950년대 중반~60년대 중반 출생 베이비붐세대를 노동현장으로 자발적으로 편입시키기 위한 동원 전략으로 새로운 캐릭터가 필요했을 터. 이때, 오직 수령에 대한 충성만을 행동준거로 삼아 '과학·사상·문화혁명'의 명분 하에 실제로는 희생과 헌신의 노동에 자발적으로 동참케 한 것이다. 다만 그 혹독한 노동의 대가가 구체적인 경제지표나 실질적 생활 향상보다는 지도자에 대한 충성에 부합한다는 추상적인 명예 차원이라는 점이 간과 되어서는 안 된다.

사회주의 초창기(1946~58)의 '긍정적 주인공'과 사회주의 건설기(1954~66)의 '천리마기수'의 실제 직업이 '혁명 투사'적 감성을 지닌 공장 노동자·협동농장 분조원이었다면, 주체문예론 형성기(1966~75)의 '주체형 인간'은 빨치산 투쟁의 간고분투 정신을 모범 삼은 항일혁명투사형 노동계급이었다. 이들이 항일혁명투사·전쟁영웅과 함께 성장하거나 최소한 실체를 목격한 선배 세대라면, 주체문학 전성기(1975~94)의 후배 세대라서 선배 '주체형 인간'의 활약상을 구전·전설로만 주입받아 배웠던 후속세대에게 선배들 같은 공감을 요구하기 어려웠을 것이다. 이에 수령에 대한 충성을 새로운 덕목으로 무장한 신세대, 열악한 환경 속에서 체험과 의욕으로만 혁명을 수행했던 선배와 달리 정규교육을 받아 어느 정도의 논리와 이론으로 무장한 청년세대, 직업으로는 지식인·과학자·기술자, 또는 기술교육을 받은 청년 노동자·농민이 바로 '3대혁명소조원'(1976~91)의 실체인 셈이다.[29]

그런데 3대혁명소조원의 전형 창조론을 정리해보니 문제점도 명확하게 드러난다. 북한의 7080 세대가 요구하는 새로운 인간형이야말로 '완

---

29 동학 이지순 선생님이 3대혁명소조원이 발명될 수밖에 없었던 사회정치적 맥락을 보완해주셔서 인용한다. 3대혁명소조원은 수령에의 충성을 교육받고 자라난 새 세대이자 혁명전위인 1970년대 주체형의 공산주의자이다. 그들은 항일유격대의 신념을 정서화하여 수령의 명령을 무조건 관철하는 전위였다. 당은 충성과 사상으로 무장된 도시 청년 인테리인 그들을 농어촌 구석구석까지 파견함으로써 항일혁명사, 주체사상, 유일체제를 사상 교육하려는 의도도 강했다. 체제 전체의 모세혈관까지 사상개조하는 것을 목표로 했기에 기술적으로 미숙한 청년들이 노동현장에 대거 파견되었고, 그로 인해 갈등이 발생하지 않을 수 없었다.

성된 인간, 만능의 인간'[30]처럼 이질적으로 느껴지기 때문이다. 북한문학의 주인공들이 다 그렇긴 하지만 이들도 지도자에 대한 무조건적 맹종에 기인해서인지 무오류, 무갈등의 만능천재로만 그려진다. 타자의 시선에서 보면 이들의 작중 사건에서 실제 생활 현장의 실감이 별반 나지 않는다는 점이 문제이다. 아무리 엘리트코스로 정규 기술교육을 받고 이론과 지식으로 무장하고 충성심이 넘친다고 해서 초보자 청년이 평소 익숙지 않은 기계를 구동하거나 논밭을 바로 경작할 수 있을까 의문이다. 자잘한 실무적 문제가 생기면 그때그때 임기응변으로 해결하기도 하고 모르면 선배 경험자에게 물어보기도 하면서 온갖 시행착오 끝에 계획을 달성하는 것이 현실인 법이다. 고민도 없고 막히는 일이 없이 교육받은 지식만으로 문제를 척척 해결하는 것으로 그려야 3대혁명소조원의 전형적인 형상이 창조되는 것은 아니다.

실제 현실에서 문제와 맞닥뜨려 이리저리 해결책을 모색하는 과정에서 성장하고 변화 발전하는 것이 인간 생활이리라. 단순하지만 변치 않는 생활의 논리를 무시하면 작품 캐릭터의 성격 설정은 이상화되고 플롯은 진실성을 잃는다. 여기에 바로 3대혁명소조원의 전형론의 한계가 있을 것이다. 1980년대 말부터 현실 사회주의 체제의 문제가 속속 드러나면서 이들 형상은 더 이상 전형성을 얻을 수 없었다. 지도자에 대한 절대 충성과 헌신성을 갖춘 만능천재 같은 이들 형상은 현실에 기반을 둔 전형이 아니라 지나치게 이상화된 문화정치적 수사에 불과하였다.

3대혁명소조원의 전형론의 한계는 대안으로 제시된 '숨은 영웅' 전형론에도 일정하게 해당된다. 당과 문예당국은 인민대중에게 '숨은 영웅 따라 배우기 운동'을 통해 '천리마기수'나 '영웅' 칭호를 받지 못하더라도

---

30 박영태, 「혁명의 전위—3대혁명소조원들의 성격창조를 위하여」(평론), 『조선문학』 1988.5, 30면.

스스로 알아서 묵묵히 공동체를 위해 희생하고 헌신할 것을 요구하였다. 하지만 체제 자체의 비효율성, 그리고 해방 이후 줄곧 유지되었던 동원 체제가 초래한 인민들의 누적된 피로가 이런 주의주의적 동원을 통해 극복될 수 있는 것은 아니었다. 따라서 현실의 침체는 점점 가속화되었다. 그럼에도 불구하고 '주체문학 전성기' 문학은 관성처럼 수령에 대한 충성과 효성을 다하는 주체형 인간이라는 마법의 단어로 3대혁명소조원과 숨은 영웅 캐릭터를 양산하였다. 이들 주체형 공산주의자가 이룩한 놀라운 '기적'과 '위훈'을 찬양함으로써 애초에 표방했던 사실주의의 기율에서 완전히 벗어났다.[31]

북한사회는 1980년대 중반부터 사회주의체제의 내적 균열이 두드러졌다. 관료주의와 형식주의, 인간 본성의 이기적 유전자를 자극할 인센티브 결여로 말미암아 개인의 창의성과 자발성을 이끌어내지 못한 채 '사회주의 락원'의 꿈을 달성하지 못했다. 현실 사회주의 체제의 문제가 속속 드러나면서 '3대혁명소조원,' '숨은 영웅' 형상은 더 이상 전형성을 얻을 수 없었다. 최고 지도자인 수령에 대한 절대 충성과 헌신성을 갖춘 만능천재 같은 이들 형상은 현실에 기반을 둔 전형이 아닌 지나치게 이상화된 문화정치적 수사에 불과했다. 문학예술이 새로운 인간형으로 내세운 혁명소조원, 숨은 영웅이 실은 자발적 노동동원이 어려운 청년세대를 어떻게든 동원해보려는 문화정치 전략으로 판단된다. 타자의 시선에 볼 때 '충신과 효자'의 낡은 상징을 통해 '어버이' 지도자에 대한 신앙 차원의 충성심으로 생산현장에 투입하려는 경제선동으로밖에 보이지 않는다.

---

31 오성호, 「주체 시대의 북한시 연구—'숨은 영웅'의 형상과 그 의미」, 『현대문학의연구』 36, 한국문학연구학회, 2008 참조.

'3대혁명소조원'과 '숨은 영웅' 형상론 주요 목록

미상, 「3대혁명 주제의 문학작품 창작에서 새로운 앙양을 일으키자!」, 『조선문학』
　　1975.5.

렴희태, 「3대혁명소조원―청년인테리의 전형적 성격 창조를 위하여」, 『조선문학』
　　1975.7.

미상, 「'3대혁명붉은기쟁취운동'에 힘차게 이바지하는 혁명적문학작품 창작에서
　　일대 앙양을 일으키자!」, 『조선문학』 1976.2.

장영, 「혁명전위들에 대한 다함 없는 찬가―가사 〈3대혁명소조원 우리 소조원〉에
　　대하여」, 『조선문학』 1977.3.

류만, 「위대한 수령님께 기쁨을 드리기 위해 몸바쳐 싸우는 3대혁명소조원이 우리
　　문학의 주인공이다」, 『조선문학』 1977.4.

미상, 「충성의 혁명전위―3대혁명소조원들의 형상을 빛나게 창조하자」, 『조선문
　　학』 1977.6.

장형준, 「3대혁명소조원의 전형 창조에서 나서는 문제」, 『조선문학』 1977.11.

머리글, 「당 6차 대회를 혁명문학 건설의 새로운 일대 앙양으로 맞이하자!」, 『조선
　　문학』 1980.3.

김삼복, 「3대혁명전위들의 형상을」, 『조선문학』 1981.1.

박영태, 「혁명의 전위―3대혁명소조원들의 성격 창조를 위하여」, 『조선문학』
　　1988.5.

최언경, 「우리 시대 청년전위―3대혁명소조원의 형상에서 나서는 몇가지 문제」,
　　『조선문학』 1989.11.

한기운, 「숨은 영웅들의 신념과 의지를!」, 『조선문학』 1991.1.

류만, 「90년대 인간성격 창조문제에 대한 소감」, 『조선문학』 1991.1.

로종익, 「3대혁명소조원 작가와 현실체험」, 『문학신문』 1991.2.1.

한동홍, 「3대혁명소조원의 새로운 성격창조에서 나서는 몇가지 문제」, 『문학신문』
　　1991.5.24.

계여제, 「'3대혁명소조운동에 이바지하는 문학작품을 더 많이 창작하자'_3대혁명
　　소조원 형상에서 이룩한 빛나는 성과」, 『문학신문』 1993.2.12.

장정춘, 「3대혁명소조원들의 형상을 창조하는 것은 우리 문학의 중요한 과업」, 『조
　　선문학』 1993.12.

제5장

'주체문학론' 해석론[1]

1. 사회주의 리얼리즘의 폐기와 새로운 미학의 모색

1986~92년에 『주체문학론』 등 김정일 명의의 장르별 이론서가 단행본으로 나온 후, '주체음악총서, 주체미술총서, 주체영화리론총서, 주체문학전서' 등 장르별 이론총서가 연이어 간행되었다.[2] 1990년대 초 사회주의진영의 몰락에 따른 위기감에서 북한 당국은 더 이상 사회주의적 사실주의를 표방할 수 없게 되었다. 이에 현실 사회주의 진영의 몰락에 따라 더 이상 현실적 근거를 잃은 '선행한 사회주의적 사실주의'의 제한성을 극복한 새로운 창작방법으로 『주체문학론』(1992)에서 '주체사실주의'가 대안으로 제시되었다. 이 책에서 이전까지 전통적인 사회주의적 사실주의 패러다임으로 『주체적문예사상』, 『주체의 문예리론 연구』에서 펼

---

1 김성수, 「김정일 시대의 「주체문학론」 비판」, 『북한연구』 18호, 1994년 겨울호, 대륙연구소, 1994.12; 「북한 문예이론의 역사적 변모와 김정일의 「주체문학론」」, 『북한문화연구』 제2집, 한국문화정책개발원, 1995.4. 두 논문을 단행본에 맞게 대폭 수정 보완하였다.

2 '문예리론총서 주체적문예사상' 제6~12권의 문학, 영화, 가극, 연극, 음악, 미술, 무용, 교예 등 장르별 이론은 1988~92년의 제2차 문학예술혁명 과정에서 김정일 담화 「가극예술에 대하여」(1974), 「연극예술에 대하여」(1988)부터 서서 『음악예술론』, 『미술론』, 『무용예술론』, 『건축예술론』, 『주체문학론』(조선로동당출판사, 1992) 등의 장르별 지침서로 수정 보완되었다. 이후 '주체음악총서, 주체미술총서, 주체영화리론총서, 주체문학전서'로 확산되었다.

친 주장을 '주체사실주의'라는 새로운 명명의 패러다임으로 논리를 수정 보완하였다.

주체사실주의론이 처음 나올 무렵에는 종래의 사회주의적 사실주의 와 어떻게 다른지 몰라 혼선이 있었다. 이를테면 대표적인 주체문예론 이 데올로그인 비평가 김정웅이 『주체문학론』 직전까지 여전히 주체사상에 입각한 사회주의적 사실주의를 유일한 창작방법으로 강변했던 것이다.

> 사회주의적 사실주의는 가장 선진적이고 혁명적이며 과학적인 창작방 법이다. 사회주의적 사실주의와 같이 그처럼 과학성과 혁명성으로 일관되 여 있으며 거대한 형상적 위력과 무궁무진한 생활력을 가지고 있는 창작 방법은 력사에 있어본 적이 없으며 또한 있을 수도 없다.[3]

김정일 교시(1992.1)가 나오기 직전까지 비평가, 학자들은 문예 창작에 서 사회주의적 사실주의 이외의 창작방법은 있어본 적이 없으며 있을 수 도 없다고 하는 확신에 찬 단언을 하였다. 이는 북한 문건에서 늘상 보아 온 상투적인 문구만은 아니다. 오히려 숨은 문맥을 읽어보면 1990년대 초의 동유럽 사회주의 몰락의 위기에서 북한의 주체사회주의체제를 지 키려는 고심에 찬 자기최면이 느껴진다. 그런데 몇 달 후 김정일 『주체문 학론』이 나오자 상황은 일변하였다.

> 인민대중의 자주적 요구와 근본리익에 맞게 사회주의 문학예술을 건설 하려면 우리 식의 창작방법인 주체사실주의 창작방법에 철저히 의거해야 하며 문학예술에 대한 당의 령도를 확고히 보장하고 혁명적 문학예술전통 을 굳건히 옹호 고수하고 빛나게 계승 발전시켜나가야 한다.

---

3 김정웅 「문학예술분야에서 사회주의적 사실주의의 기치를 고수하기 위하여」, 분기간(계간) 『조선어문』 1991-3호(7.20), 3면.

주체시대 사회주의문학예술의 유일하게 옳은 창작방법인 주체사실주의는 주체의 철학적 세계관에 기초하여 인간과 생활을 보다 진실하게 그려냄으로써 문학예술로 하여금 인민대중에게 참답게 복무할 수 있게 하는 창작방법이다.[4]

북한에서 말하는 이른바 '우리 식의 사회주의적 사실주의' 즉, 주체사실주의는 그 형성의 사회역사적 경위와 철학적 기초뿐만 아니라 미학적 원칙에 있어서 선행한 사회주의적 사실주의와 질적으로 구별되는 새로운 창작방법이라고 한다. 불과 몇 달 전까지 그토록 완강하게 고집했던 사회주의적 사실주의는 '선행한'이라는 꼬리표가 붙어 극복되어야 할 한계가 있는 창작방법으로 비판, 삭제되고 '우리 식의'라는 형용사를 붙여 새로운 창작방법이 제안되었다. 비록 처음에는 '우리 식의'라는 형용사를 붙여 과도적 의미를 내세우지만 논리 전개상 귀결점은 전면 교체였다. 결국 '전혀 새로운,' 그래서 가장 훌륭하고 '유일하게 옳은' 창작방법으로 주체사실주의가 내세워져 종래의 사회주의적 사실주의를 뛰어넘은 (불과 몇 달 전까지 있어본 적이 없으며 있을 수도 없다고 했던 바로 그 창작방법) 것으로 규정된 것이 역사적 사실이다.

북한 문학사에서 1945~67년 문학은 기존의 마르크스레닌주의 이념에 입각한 사회주의 리얼리즘 문학이었으며, 이것이 1970년대 들어 주체사상에 기초한 주체문학예술로 그 이념과 이론이 바뀐 것은 주지의 사실이다. 그래도 그 시기에는 주체사상에 기초한다고 하면서 사회주의적 사실주의라는 용어 자체는 폐기하지 않았다. 그러다가 현실 사회주의가 몰락한 1992년을 기점으로 사회주의 리얼리즘의 정통성이 내부 비판되던 것이 '주체사실주의문학'으로 대체되었다. 사회주의적 사실주의 대신 주

---

4 고철훈, 「문학예술 창작에서 사회주의 원칙을 철저히 견지하자」, 『조선어문』 1992-3호(7.20), 23면.

체사실주의로 개념과 용어가 대체되는 과정을 당시 비평자료를 통해 검토하도록 한다.

(가) 주체사실주의, 이는 우리 식의 사회주의적 사실주의 창작방법이다.[5]

(나) (수령에 대한 충실성 – 인용자) 이것은 우리 문학이 창조하는 주체형의 인간 전형을 선행한 주인공들과 구별짓는 기본 징표로, 나아가서는 우리의 주체사실주의를 사회주의적 사실주의와 근본적으로 구별짓는 중요한 징표로 되었다.[6]

(다) 선행시기에 존재하였던 창작방법 가운데서 가장 진보적인 창작방법인 사회주의적 사실주의에서도 인간의 전형적 성격창조의 길을 옳바로 밝혀줄 수 없었다. 오로지 주체사상에 기초하고 있는 인간 중심의 문예관인 주체의 문예관만이 인간의 본질적 속성에 대한 예술적 일반화로서의 전형의 본질로부터 출발하여 새 시대의 참다운 인간 전형인 주체형의 공산주의적 인간 전형 창조문제, 그리고 전형화의 원칙과 방도에 이르기까지 전형 창조에서 나서는 모든 문제를 옳게 해결할 수 있는 뚜렷한 길을 밝혀준다.[7]

(가)는 김정일의 『주체문학론』이 나온 직후 학계 비평계의 원로들이 각 부분을 크게 나누어 해설하는 글에서 나온 표현이다. 김정일의 주체문학론에서 내세우는 주체사실주의가 아직은 기존의 마르크스레닌주의 미학이론에 입각한 사회주의적 사실주의 문학의 권위를 업고 있다. 다만

---

5 한중모, 「주체사실주의는 우리식의 창작방법」, 『문학신문』 1993.1.22, 2면.

6 최언경, 「주체형의 공산주의적 인간전형 창조에 대한 완벽한 리론적 해명」, 『문학신문』 1993.5.7, 2면.

7 강문철, 「주체적 문예관은 주체적인 전형성 리론의 사상적 기초」, 『조선어문』 1994-1호(2.20), 15면.

현실사회주의의 몰락이라는 세계정세에 대응하기 위하여 나온 '우리식 사회주의' '우리식대로 살자'는 당 슬로건에 맞춰 '우리식'의 사회주의적 사실주의란 말을 썼을 뿐이다.

그러나 1년 후 학계 비평계의 중진들이 각 부분을 세부적으로 해설하는 글 (나)에서는 그 사이의 진전된 논의 결과를 보여준다. 주체사실주의를 사회주의적 사실주의와 변별시키면서 그 중요한 징표로 전형화원리의 한 구성요소라 할 인물성격의 전형성 기준에 '수령에 대한 충실성'을 가장 중요한 기준으로 세운 것이다. 다만 1993년의 이 글에서는 아직 변별점만 말했지 노골적으로 사회주의적 사실주의를 비판하지는 않았다.

1994년에 나온 신진 비평가의 글 (다)에서는 사회주의적 사실주의론에서 말하는 전형화원리의 한계를 지적하고 주체의 문예관에 입각한 주체사실주의만이 유일한 최고의 창작방법이라고 공공연히 언급되고 있다. 이에 기존의 마르크스레닌주의문예론에 입각한 사회주의적 사실주의 문학이 어떻게 주체의 문예관에 기초한 주체사실주의 문학으로 대체되었으며, 그 이론구조와 전망은 어떤지 정리하기로 한다.

2. 주체문학론의 해석

2.1. 문학 정전의 경전 해석학식 해설

주체문학론이란 단행본 제목이면서 동시에 주체의 문예관, 사상, 이론, 방법의 전일체계라 할 수 있다.[8] 김정일 시대의 새로운 문학 경전이라할 『주체문학론』(1992)에 요약된 '주체문학론'은 제2차 문학예술혁명 이

---

8 리수립, 「자주시대 문학의 앞길을 휘황히 밝혀주는 불멸의 대 저작 『주체문학론』」, 『조선문학』 1992.10, 23면.

후 문학이론'체계'로 확산된다. 이 체계의 기초설계를 담은 책『주체문학론』은 7장 32절로 되어 있다.

1. 시대와 문예관—주체의 문예관, 인민대중의 자주위업, 주체의 인간학, 사상성과 예술성, 이색사상조류의 침습
2. 유산과 전통—유산과 전통, 혁명적문학예술 전통, 민족문학예술 유산
3. 세계관과 창작방법—주체사실주의 력사, 사람 중심의 세계관, 사회주의적 내용과 민족적 형식
4. 사회정치적생명체와 문학—사회정치적생명체론, 수령형상창조, 수령형상생리, 당의 위대성, 주체적 인간 전형
5. 생활과 형상—종자론, 성격문학과 사건문학, 형상의 힘, 지성, 구성, 언어
6. 문학형태와 창작실천—시, 소설, 아동문학, 평론
7. 당의 령도와 문학사업—당의 령도, 문학운동, 문학 대중화, 작가는 혁명가

문예학자, 비평가들은 책 전체, 장절, 절별, 항목별에 이르기까지 해설 논문을『문학신문』,『조선어문』등에 지속적으로 게재하였다.

"『주체문학론』은 친애하는 지도자 동지의 주체적 문예사상과 문학령도의 정수라고 말할 수 있습니다. (중략)『주체문학론』을 깊이 연구하여 창작 실천에 철저히 구현함으로써 우리 주체문학의 대부흥기를 마련하기 위한 사업에 적극 이바지해야 할 것입니다. 바로 이 길이 당의 영원한 동행자, 충실한 방조자, 훌륭한 조언자, 당 문예노선의 철저한 옹호자, 적극적인 관철자로서의 우리 시대 작가의 본분을 다해나가는 가장 올바른 길이 아닙니까."[9]

비평·이론사적으로 볼 때『주체문학론』의 위계화된 해설과정도 주목

---

9 최영화·강능수·김하명·신구현 외,「불멸의 대강을 받아 안고」(좌담),『조선문학』1993.1, 33면.

된다. 김정일의 '고전적 명작' 7개장을 장형준, 리수립(총론), 김정웅(1장), 김하명(2장), 한중모(3장), 현종호(4장) 같은 1급 학자, 비평가가 장별로 해설[10]하고, 다시 오승련, 리창유, 천재규 등의 2급 학자, 비평가들이 하위 25개 절별로 해설[11]을 덧붙이고 다시 하위 항목에 대한 소해설이 따르는, 위계화된 해설이 마치 종교 경전의 해석학처럼 조직적으로 수행되는 시스템이다. 수령제 하의 주체사상체제에서 폐쇄적인 유일사상체계가 어떻게 예술적 상상을 규율하고 지식을 재생산하는지 상징적으로 보여준다고 하겠다.[12]

1994년 7월 김일성의 갑작스런 사망에도 불구하고 북한 문학예술장에 큰 변화가 없었던 이유는 1992년 5월 김정일의 주도 아래 '제2차 문예혁명'이 이미 선언되었다는 점도 중요하다. 김정일이 연극, 음악, 문학,

---

10 장형준, 「우리시대의 위대한 문학리론총서—불후의 고전적로작 『주체문학론』에 대하여」, 『문학신문』 1992.12.4, 1면; 김정웅, 「주체의 문예관은 자주 시대의 새로운 문예관」, 『문학신문』 1993.1.8, 2면; 김하명, 「유산과 전통의 계승발전에 관한 독창적이고 주체적인 리론」, 『문학신문』 1993.1.15, 2면; 한중모, 「주체사실주의는 우리식의 창작방법」, 『문학신문』 1993.1.22, 2면; 현종호, 「사회정치적생명체는 주체문학의 영원한 형상원천」, 『문학신문』 1993.1.29, 2면; 방연승, 「친애하는 지도자 김정일 동지께서 『주체문학론』에서 독창적으로 밝히신 주체의 문예관에 대하여」, 『조선문학』 1993.2.9, 25면; 장형준, 「주체사실주의는 우리 시대의 가장 옳바른 창작방법, 최고의 사실주의 창작방법이다」, 『조선문학』 1993.5.9, 19면; 최길상, 「당의 령도는 사회주의문학의 생명선」, 『문학신문』 1993.5.14, 2면; 김정웅, 「종자에 대한 리론의 정당성과 진리성」, 『문학신문』 1993.5.28, 2면.

11 오승련, 「문학의 지성세계에 대한 주체적 해명」, 『문학신문』 1993.6.18; 김용부, 「형상의 힘은 진실성과 철학성에 있다」, 『문학신문』 1993.7.2; 리창유, 「구성이 좋아야 작품이 산다」, 『문학신문』 1993.7.9; 백영철, 「언어형상에 관한 독창적이고 완벽한 리론」, 『문학신문』 1993.8.20; 천재규, 「소설의 특성에 대한 주체적 해명」, 『문학신문』 1993.9.17; 장영, 「아동문학의 기본 특성에 대한 주체적 해명」, 『문학신문』 1993.10.15, 2면; 강진, 「극문학을 다양하게 발전시킬 데 대한 독창적인 이론」, 『문학신문』 1993.10.22, 2면; 리성덕, 「텔레비죤문학의 형태적 특성에 대한 독창적이고도 완벽한 해명」, 『문학신문』 1993.10.29, 2면; 박춘택, 「우리식 평론에 대한 주체적 리론」, 『문학신문』 1993.11.5, 2면.

12 나중에는 이러한 학자 위계와 등급에 상관없이 해설이 나온다. 같은 지면에 정성무가 5장 1설 송자론을 해설하고(「설학성의 구현은 주체식문학예술 진실의 립립칙적 요구」, 『그선이문』 1994-4호(11.20), 7면), 박철호가 3장(「주체사실주의의 본질적 특징」, 12면), 리기백이 4장(「사회정치적생명체는 주체문학예술의 기본형상원천」, 8면)을 해설하기도 한다.

미술, 무용, 건축 등 예술 각 장르의 지침서를 저술하여, 먼저 나온 『영화예술론』과 함께 문예 전 분야의 장르별 이론을 좀더 유연하게 수정 보완하였다. '제2차 문예혁명'의 가장 큰 특징은 문예물의 중심 주제를 전 인민의 노동계급화 및 혁명화에서 김정일 체제를 확고하게 구축하기 위한 '수령 옹위정신'의 고양으로 옮긴 것이다.[13]

2.2. '주체의 문예관, 전통과 유산' 해석론

『주체문학론』의 해석론 결과 이전의 사회주의적 사실주의와 차별화된 주체사실주의문학론의 비평이론적 면모가 드러났다. 먼저 사람 중심의 세계관과 주체의 문예관에 대한 논의를 보자.

주체의 문예관에 대하여 김정일은 "우리 시대가 요구하는 문예관은 주체의 문예관이다. 주체의 문예관은 한마디로 말하여 사람을 중심에 놓고 문학예술을 대하는 관점과 립장이다. 주체의 문예관은 주체사상을 기초로 하고 있다."라고 하였다.[14] 이에 대한 해석을 보면 사람 중심의 세계관이라는 주체사상의 명제를 문학론에 거의 그대로 대입시킨 것이다. 즉, "주체의 문예관은 문학작품에서 사람을 그 본성에 맞게 자주적이고 창조적이며 의식적인 존재로 보고 그릴 것을 요구하며 세계와 자기 운명의 주인으로 된 자각을 가지고 자연과 사회를 자기의 의사와 요구에 맞게 창조적으로 개척해나가는 자주적인 인간의 전형을 창조하는 것을 기본 형상과업으로 내세우고 있다."라는 표현은 전혀 새로운 주장이 아니다.[15]

---

13 은종섭, 「수령형상 창조는 우리 문학의 지상과업」, 1993.2.12, 1면; 최언경, 「주체형의 공산주의적 인간 전형 창조에 대한 완벽한 리론적 해명」, 1993.5.7, 2면; 최길상, 「당의 령도는 사회주의 문학의 생명선」, 『문학신문』 1993.5.14, 2면.

14 김정일, 『주체문학론』, 5면; 김정웅, 「주체의 문예관은 자주시대의 새로운 문예관」, 『문학신문』 1993.1.8, 2면.

15 김정웅, 「주체의 문예관은 자주시대의 새로운 문예관」, 『문학신문』 1993.1.8, 2면.

주체사상의 기본 명제를 가지고 문학작품 창작의 지침으로 삼고 있을 뿐이다.

사람 중심의 세계관을 가지고 인민대중의 자주성을 척도로 하여 문학 작품의 주인공을 그리는 일이 곧 주체의 문예관인 셈이다. 이렇게 되면 아름다움에 대한 미학적 판단기준도 달라진다. 칸트, 헤겔의 관념론적 미학과 마르크스레닌주의 미학과도 변별되는 주체의 미학관이 그 근거가 된다. 주체의 미학관의 견지에서 볼 때 아름다운 것의 기준이 종래 미학과 다르다. 즉, 아름다움이란 사람의 자주적인 요구와 지향에 맞으며 사람에 의하여 정서적으로 파악하는 사물현상이며 그 기준은 인민대중의 지향과 요구라는 것이다. 문학예술이 추구하는 궁극적인 목적인 아름다운 것의 추구는 결국 자주적인 인간의 생활과 투쟁 속을 그리는 것으로 귀착된다.[16]

다음으로 민족문화유산과 항일혁명문학의 전통의 관계를 보자.

『주체문학론』에는 1967년 이후 20년 가까이 외면되었던 실학파나 카프 문학 등 과거 진보적 문학에 대한 원론적 복권이 이루어져 있다. 너무나 당연한 말이지만 민족문화유산에는 사회주의, 공산주의를 위한 혁명투쟁 속에서 창조된 혁명적 문화유산도 있고 그 이전 시기 선조들이 이룩한 고전문화 유산도 있을 것이다. 그런데 북한 문예학계에서는 근 20여 년 동안 항일혁명문예의 전통 이외의 다른 전통은 정당하게 인정하지 않았다. 고전문학이나 식민지시대 문학에서 진보적인 부분이라 할 비판적 리얼리즘이나 카프문학을 의도적으로 축소, 왜곡, 무시해왔다.

이에 대하여 김정일은 과거 민족문화유산에 대한 무시와 간과는 구라파중심주의에 빠진 민족허무주의와 사대주의의 발로라고 비판하고 반

---

16 김정일, 『주체문학론』, 9면; 김정본, 『미학개론』, 사회과학출판사, 1991; 임채욱, 「북한의 미의식 연구」, 『북한문화연구』 제1집, 한국문화예술진흥원 문화발전연구소, 1993.12 참조.

침략 애국주의 정서를 갖춘 고전문학은 얼마든지 높이 평가해야 한다고 하였다. 그 결과 계몽기문학이나 민요, 시조, '궁중예술'까지 실학파문학과 함께 문학사에서 공정하게 처리해야 한다고 하였다. 또한 근현대문학사에 있어서도, 1927년의 방향전환 후 카프문학은 사회주의적 사실주의 문학으로 인정해야 한다고 했으며 비판적 사실주의 문학이나 20세기 초엽의 이해조, 이인직, 이광수, 최남선 등도 응당한 수준에서 취급해야 하고 일제시대에 진보적인 작품을 창작한 신채호, 한용운, 김억, 김소월, 정지용, 심훈, 이효석, 방정환, 문호월, 나운규 등을 공정하게 평가해야 한다고 하였다.

물론 이러한 과거 민족문학예술 유산을 계승발전시킬 경우 역사주의적 원칙과 현대성의 원칙을 확고히 견지해야 한다는 전제조건을 달긴 하였다. 그래야 복고주의와 민족허무주의를 극복하고 민족문화유산에서 진보적이며 인민적인 것을 현대적 미감에 맞게 비판적으로 계승발전시킬 수 있다는 것이다. 실은 과거 진보적 문학 전통을 복권시키면 1930년대 빨치산 문학예술의 정통성이 흔들릴까 싶어 많은 유보조건을 달고 있는 것이 사실이다. 즉, 민족문화유산을 고전 문화유산으로만 보아도 안되며 김일성의 항일혁명운동과정에서 만들어졌다는 혁명적 문학예술 전통을 과거의 민족문화유산과 뒤섞어놓고 그 위치를 모호하게 하여도 안된다는 단서조항이다. 때문에 혁명적 문학예술은 '전통'이라 규정하고 민족문화는 '유산'이라 하여 질적 차별성을 뚜렷하게 하고 있는 것이다. 이에 대하여 김하명은 "혁명적 문학예술 전통을 민족문화유산과 계선짓는다고 하면서 유산과 전통이 아무런 련관도 없는 것으로 갈라놓는 데서 표현되었다. 이러한 편향은 흔히 혁명적 문학예술 전통과 민족문화유산 일반과의 계선을 똑똑히 그을 데 대한 당의 원칙적 요구를 그릇되게 리해한 것"이라고 비판하였다.[17] 그 결과 둘의 관계는 "혁명적 문학예술 전통은 민족문화유산의 핵이며 중추이다. 혁명적 문학예술 전통은 그 질적 내용에서 민족문화유산의 최고봉을 이룬다."로 위계화되어 있다.[18]

그동안 항일혁명문학의 전통과 여타 문학의 유산을 구별하고 후자를 외면한 것은 항일혁명문학의 '순결성'을 고수하기 위함이지, 특별히 항일문학이 여타 문학과 관계가 없기 때문에 무시한 것은 아니라는 해명이 특이하다. 이는 북한 문학계에서 비로소 카프 등 이전 문학의 전통을 원론적으로 인정하기 시작했다는 증거이다. 항일혁명문학도 민족문학 흐름 속에서 보아야 한다는 것은 타당한 지적이지만, 기실 주체문예론이 마르크스레닌주의문예론보다 배타적 민족주의 성향을 강하게 띠어서 문제였던 것이다. 진보적 민족문학 유산에 대한 새삼스러운 강조는 1990년대 초의 사회주의 몰락과 체제 위기를 맞아 반외세 자주성을 강조한 정치적 필요에서 나온 것으로 보아야 할 것이다.

2.3. 주체사실주의 창작방법론

주체문학론에서 가장 주목을 끄는 것은 이른바 주체사실주의 창작방법론이다. 주체사실주의는, 유물변증법적 세계관에 기초하여 현실을 혁명적 발전과정에서 역사적 구체성을 가지고 묘사할 것을 원칙으로 내세운 종래 마르크스레닌주의의 사회주의 리얼리즘 규정과는 달리 사람 중심의 세계관, 주체의 세계관에 기초하여 새로운 미학적 원칙을 제기한 창작방법이라고 한다. 이는 주체의 문예관에서 보듯이 주체사상의 기본

---

17 김정일, 『주체문학론』, 77~83면; 김하명, 「유산과 전통의 계승 발전에 관한 독창적이고 주체적인 리론」, 『문학신문』 1993.1.15, 2면.

18 김하명, 「유산과 전통의 계승 발전에 관한 독창적이고 주체적인 리론」, 『문학신문』 1993. 1.15, 2면.

명제를 그대로 창작방법으로 대응시킨 것이다. 철학사상의 기본적인 명제를 실제적이고 구체적인 창작론에 전일적으로 관철시키는 것은 문제가 없지 않다. 이에 대하여 비평가 한중모는 '우리 식의 사회주의적 사실주의 창작방법'이니, 사람 내지 인민대중을 주체로 형상화하는 것이니, 사람을 중심으로 세계를 보고 자주성을 기본척도로 하여 생활을 형상화하며 전형화 및 진실성의 기준으로 삼는다고 해석하였다.[19]

주체사실주의의 핵심은 민족적 형식에 사회주의적 내용을 담는다고 했을 때의, 그 사회주의적 내용 여부에 있다. 여기서 말하는 사회주의적 내용이란 주체사상을 구현한 혁명적 내용으로서 거기에는 인민대중의 자주성을 옹호하고 모든 문제를 주인다운 입장에서 창조적으로 풀어나가는 내용, 인간의 제일생명은 정치적 생명이며 사람의 사상이 모든 것을 결정한다는 내용, 주체의 혁명관과 인생관, 집단주의적 생명관을 세워나가는 내용이 포함되어 있다.[20]

리얼리즘론의 핵심이라 할 수 있는 전형화원리에 대한 이론도 전혀 다르다. 리얼리즘의 개념 정의에 대한 엥겔스의 고전적인 정식화는 '디테일의 진실성 외에 전형적 환경 하의 전형적 성격의 진실한 재현'이다. 이에 대하여 주체사실주의론에서는 전형화이론을 달리 설명하고 있다.

주체의 문예관에 기초한 주체의 전형론에서는 전형이 계급성의 체현자로뿐만 아니라 민족성의 체현자로도 된다는 것을 밝히고 있다. 즉, 문학이 나라와 민족의 자주성에 대한 문제를 가장 중요한 인간문제로 내세워야 하며 전형을 계급의 대표자뿐 아니라 민족의 대표자로 그려야 한다

---

19 한중모, 「주체사실주의는 우리식의 창작방법」, 『문학신문』 1993.1.22, 2면 참조. 사회주의 리얼리즘과 사회주의적 사실주의, 주체사실주의의 관계와 역사적 변모에 대해서는 「남북한 리얼리즘문학 비평 개념 비교」, 『현대문학의연구』 72, 한국문학연구학회, 2020.10 참조.

20 한중모, 「친애하는 지도자 김정일 동지의 불후의 고전적 로작 『주체문학론』은 새시대 문학 건설과 창조의 강령적 지침」, 『조선어문』 1993-1호(2.20), 7면.

는 것이다. 그 근거로 계급적 처지와 요구의 반영만이 전형의 본질을 이루는 것은 아니며 민족이 있고서야 계급이 있으며 민족성을 떠난 계급성이란 존재하지 않는다는 논리를 펴고 있다.[21]

또한 전형을 계급적 본질의 일반화에 국한시킨다면 인간의 정신도덕적 풍모와 자질을 보여줄 수 없게 되며, 다른 한편 무계급사회, 자주화된 공산주의사회 현실을 반영한 경우에도 전형이란 존재하지 않게 될 것이라는 주장을 펴고 있다. 이는 공산주의적 이상의 체현자라는 보편적인 규정만으로는 수령에 대한 충성을 운위할 수 없기 때문에 나온 논리로 생각된다. 결국 전형론에서 참다운 공산주의적 인간 전형을 창조하기 위해서는 공산주의자의 세계관, 인생관에서 기본핵을 이루는 혁명적 수령관을 그려야 하며, 그 정신도덕적 풍모에서 기본을 이루는 수령에 대한 충실성을 기준으로 해야 한다는 논리로 귀착되고 있는 것이다.

결국 기존의 마르크스레닌주의미학에 근거한 사회주의 리얼리즘이나 과도기적 형태의 '주체사상에 기초한 사회주의적 사실주의'와 차별화된 주체사실주의의 핵심은 다른 데 있다.[22] 즉, 계급성보다 민족성을 앞세우고 '수령에 대한 충실성'을 전형화원리의 기준으로 끌어올린 데 숨겨진 핵심이 있는 것이다.

> 수령에 대한 충실성은 주체형의 공산주의적 인간의 기본품성이고 성격의 핵이며 바로 여기에 사회정치적 생명체의 공고성을 담보하는 기본 요인이 있다. (중략)

---

21 최언경의 윗글과 강문철, 「주체적 문예관은 주체적인 전형성 리론의 사상적 기초」, 『조선어문』 1994-1호, 12~14면 참조.

22 마르크스레닌주의문예론에 근거한 사회주의 리얼리즘(1950~60년대)과 주체사실주의(1990년대)를 비평사저 이론사저으로 이어주는 과도기 명칭인 '주체사상에 기초한 사회주의적 사실주의'에 대해서는 한중모, 『주체사상에 기초한 사회주의적 사실주의 리론의 몇가지 문제』, 과학백과사전출판사, 1980 참조.

이것은 우리 문학이 창조하는 주체형의 인간전형을 선행한 주인공들과 구별짓는 기본 징표로, 나아가서는 우리의 주체사실주의를 사회주의적 사실주의와 근본적으로 구별 짓는 중요한 징표로 되었다.[23]

사회정치적 생명체과 결합된 창작방법론에 의하면 형상론도 정해진 길을 따르게 되어 있다. 수령에 대한 충실성과 충성 및 효성의 결합체가 북한 문학의 주인공으로 인물화되는 것이다. 이는 '이념의 인물화'라고 할 수 있는데, 리얼리즘론에서 말하는 전형화와는 달리 이상화를 예술 형상원리로 강변하니 문제가 있다. 게다가 그것을 주체사실주의의 유일한 전형화라고 우기는 데서 문제는 더욱 심각해진다.

이러한 주체사실주의론의 전형화 논리는 대단히 주관주의적이며 편의주의적이다. 인간은 사회적 존재이며 계급성을 떠난 전형이란 존재할 수 없는데도 인간의 사회적 처지에 대한 객관적 분석은 간과하고 지나치게 주의주의(主意主義)적인 데 치중하고 있다. 미적 반영론의 객관주의적 편향을 우려한 나머지 지나치게 주관적 당파성을 강조하고 있는 것이다. 사람이 처한 객관적 여건보다 주관적인 의욕을 더욱 중시하는 것은 동구 사회주의 몰락 이후 북한의 '우리식 사회주의' 경제제도를 밀고 나갈 수밖에 없는 현실을 잘 반영하고 있다.

자본주의 시장경제처럼 물질적 욕구를 자극하여 노동을 강제할 수도 없고 다른 나라의 원조도 없이 자력갱생으로 살아야 하는 북한의 경제 상황에서 오로지 인민대중의 자발적인 도덕적 욕구에 의해서만 노동을 집약하고 관리하려면 도리 없이 '애국'이라든가 '의리와 동지애' 같은 정치도덕적 동기 부여에 의존할 수밖에 없는 것이다. "민족이 있고서야

---

23 최언경, 「주체형의 공산주의적 인간전형 창조에 대한 완벽한 리론적 해명」, 『문학신문』, 1993.5.7, 2면 참조.

계급이 있으며 민족성을 떠난 계급성이란 존재하지 않는다."[24]는 말이 공공연하게 나오는 이유도 예전 사회주의 국가들의 '배신'을 겪으면서 안으로 똘똘 뭉치는 이념적 기반을 사회주의적 의미의 민족주의(애국주의)로 삼았기 때문이다.

주체사실주의 창작방법론에서는 한때 가장 진보적인 창작방법이라 했던 사회주의적 사실주의에서도 인간의 전형적 성격 창조의 길을 올바로 밝혀줄 수 없다면서 오로지 주체사상에 기초하고 있는 인간 중심의 문예관인 주체의 문예관만이 인간 본질에 가장 다가간 예술적 일반화 원리라고 주장하였다. 그러나 그 핵심인 수령에 대한 충성을 볼 때, 결국 흔들리는 체제의 동요를 막기 위한 형이상학적 도덕 윤리의 미학화로밖에 달리 설명할 길이 없는 것처럼 생각된다.

2.4. '사회정치적 생명체와 문학' 해석론

『주체문학론』에 의하면, 문학의 형상원천과 복무대상은 수령, 당, 대중의 통일체인 사회정치적 생명체라고 한다. 사회정치적 생명체론이란 김정일 특유의 유기체적 정치체제론으로서 유일지도체계의 수령론에서 파생되었다. 그에 의하면 개별적 사람들의 육체적 생명에는 끝이 있고 변화가 있지만 자주적인 사회정치적 생명체로 결속된 인민대중의 생명은 영원하고 불변하다고 한다. 사회정치적 생명체론에 따르면 북한사회에서는 수령과 인민대중의 관계가 영도자와 전사의 관계를 넘어서 어버이와 자식 간의 관계로, 하나의 사고, 하나의 호흡, 하나의 운동으로 이어진 혈연적 관계로 맺어져 있으며, 수령을 어버이로 모신 사회성원들의 관계는 '혁명적 의리와 동지애'에 기초한 관계로 되어 있다고 한다.

---

24 강문철, 윗글, 15면.

따라서 사회정치적 생명체의 지향과 요구는 어버이뻘이 되는 수령의 사상에 전적으로 집대성되어 있다고 한다. 사상의 유일성과 목적의 공통성, 행동과 의지의 통일성에 의하여 하나의 생명체를 이루고 있는 사회정치적 집단에서 수령의 사상은 곧 당의 의지로 되며 인민의 신념으로 된다. 이에 따르면 북한에서 최근 종종 보게 되는 '당이 결심하면 우리는 한다!'와 같은 구호가 나올 수 있는 것도 사회정치적 생명체의 형성으로서만이 설명될 수 있는 것이다. 이렇게 되면 인간의 사회정치적 집단 가운데서 최고의 전형은 수령이며, 북한 사회는 수령이라는 최고 뇌수의 명령에 일사불란하게 움직이는 거대한 생물체가 된다는 것이다. 이를 북한식으로 표현하여 수령, 당, 대중의 통일체인 '3위1체'만이 '일심단결'의 완벽성과 공고성, 인민대중의 자주성을 완전히 실현할 수 있는 힘을 가진다고 한다.[25]

사회정치적 생명체를 문학작품으로 형상화하는 데서 중요한 것은 무엇인가? 이미 답은 다 나와 있는 것으로 생각된다. 작품에 사회정치적 생명체를 형상화시키려면 수령, 당, 대중의 삼위일체의 원칙 아래 그들의 관계가 혈연적인 관계로 깊이있게 묘사되어야 한다는 말이다. 당과 수령은 인민을 믿고 사랑하며 인민은 당과 수령을 어버이로 모시고 충성과 효성으로 받들어 나가는 그런 인간관계를 진실하게 그려야 한다는 것이다. 심지어는 작품에 수령을 직접 형상하고 당 조직이나 당 일군을 설정한 경우라고 하더라도 수령, 당, 대중의 관계를 그릴 때, 같은 생각, 같은 심장으로 이어진 어버이와 자식 간의 관계처럼, 아니 그 이상으로 진실하고 깊이 있게 다가오지 않는다면 그것은 현실의 진면모를 옳게 형상한

---

25 이에 대해서는 다음을 참조하였다. 김정일, 「주체사상 교양에서 제기되는 몇가지 문제에 대하여」, 『북한 자료집 김정일 저작선』, 경남대 극동문제연구소, 1991; 이종석, 「조선로동당의 지도사상과 구조 변화에 관한 연구」, 성균관대 박사논문, 1993.8, 83~98면; 박형중, 『북한적 현상의 연구』, 연구사, 1994, 207~209면.

작품이라고 말할 수 없다는 주장까지 나온다.[26]

이 규정이 얼마나 무소불위인지 작품 창작의 구체적인 예를 들어보자. 만약 작품에 수령과 당 조직선, 당 일꾼이 등장하지 않는 경우는 어떻게 될까? 그 경우에도 무조건 수령, 당, 대중의 관계가 삼위일체의 원칙에서 혈연적인 관계로 묘사되어야 한다는 것이 주체문학론의 주장이다. 이를테면 영화문학 「도라지꽃」에서는 수령과 당 조직선을 전면에서 형상하지 않았지만 언제나 위대한 수령님의 관심 속에 있는 자기 고향을 살기 좋고 문명한 고장으로 꾸려 수령의 높은 뜻과 원대한 구상을 꽃피우며 충성의 한 마음으로 살며 일하는 주인공 진송림의 형상을 통하여 수령, 당, 대중의 혈연적인 관계를 보여주고 있다는 것이다.[27]

수령과 인민의 가부장적 혈연관계를 그리는 것이 문학의 형상원칙이라는 주장을 보자.

> 우리의 현실은 수령과 인민의 관계가 령도자와 전사의 관계를 넘어서 어버이와 자식간의 관계로, 하나의 사고, 하나의 호흡, 하나의 운동으로 이어진 혈연적 뉴대로 되고 있으며 수령을 어버이로 모신 사회성원들의 관계는 혁명적 의리와 동지애에 기초한 관계로 되고 있다. (중략)
>
> 경애하는 수령님을 어버이로 모시고 일심단결된 이 위대한 사회적 대가정 속에서 새로운 인간전형, 주체형의 공산주의적 인간이 끊임없이 태여나고 있으며 '하나는 전체를 위하여, 전체는 하나를 위하여!'라는 구호 밑에 공산주의적인 새로운 인간관계가 활짝 꽃펴나고 있다. 위대한 사회적 대가정 속에서 태여나고 있는 사람들이 바치는 어버이 수령님에 대한 충실성은 뜨거운 충성과 지극한 효성의 결합체로 되고 있으며 주체형의 공

---

26 현종호, 「사회정치적 생명체는 주체문학의 영원한 형상원천」, 『문학신문』 1993.1.29, 2면.

27 리기백, 「친애하는 지도자 김정일 동지께서 밝히신 수령, 당, 대중의 3위일체의 원칙을 구현하는 데서 나서는 몇가지 문제」, 『조선어문』 1993-1호, 14면.

산주의적 인간들의 호상관계는 사심없는 혈육의 관계로 되고 있다. [28]

사회정치적 생명체론에 의하면 전형론도 정해진 길을 따르게 되어 있다. 이른바 주체형의 공산주의적 인간들에게는 사심없는 혈육의 관계만 있을 뿐이므로 어버이에 대한 최고의 찬사 이외에는 다른 표현이 가능하지 않다. 따라서 주체문학은 늘 현실 긍정의 문학으로 되어야 한다는 주장이 당연하다.

더욱이 갈등문제에 대한 최근의 논의를 보면 현실 긍정론이 극단화됨을 볼 수 있다. 즉, 문학에 부정성이 있고 비판성이 있어야 극적 갈등이 있고 흥미를 돋굴 수 있다고 하는 것은 잘못이라고 언급되기까지 한다. 갈등론에 기초한 문학론은 실제 현실에 사회정치적 생명체가 형성되지 못하였던 지난 시대의 낡은 미학적 사고방식이라는 주장에 이르면 전형적인 무갈등론의 표본을 보는 것 같다.[29]

주체문학론에서 나타난 현실 긍정에 기초한 무갈등론은 근대 이전의 왕조시대 궁정문학이나 건국신화의 미학을 연상시킨다. '사회정치적 생명체와 문학'이론에 의하면 수령은 사회정치적 생명의 최고 뇌수이므로 당원과 인민대중은 그에 충성을 다하는 충신의 전형으로 그려야 한다고 한다. 이는 봉건시대의 윤리를 미학화한 것이라 아니할 수 없다. 다음 문장을 보면 이 점을 확실하게 알 수 있다.

아기자기하고 아슬아슬한 사건의 꾸밈으로 사람들의 마음을 현혹시킬 수 있던 때는 영원히 지나갔다. 우리 인민은 아름다운 소행, 영웅적 위훈을 낳는 충신과 효자의 심장 속에 남모르게 불타고 있는 그 한없이 숭고한 세

---

28 위의 글 같은 곳.

29 리성덕, 「예술적 갈등에 대한 새롭고 독창적인 해명을 준 불멸의 고전적 로작」, 『문학신문』 1994.1.7, 2면 참조.

계를 보고 싶어하는 것이다.[30]

　'충신과 효자'야말로 90년대 북한 문학이 내세우는 전형적 인물성격의 핵심이다. 그들이 그토록 비판했던 중세 귀족계급 '양반 통치배'의 봉건적 도덕 윤리인 충효이데올로기로 퇴행한 것이 바로 개인숭배 문학의 말로이다. 왕에 대한 신하 내지 신민(臣民)의 충성과 어버이에 대한 자식의 효성을 최고의 미덕으로 삼았던 봉건시대의 주자학적 이데올로기가 수령이라는 '왕+어버이'적 존재에 대한 충실성으로 통합되어 재현된 것이다.

2.5. 형상론, 장르론, 조직사업론

　『주체문학론』의 5장 형상론을 살펴보면, 종자론, 사건문학과 성격문학의 관계, 진실성과 철학성에 기초한 형상의 힘, 문학의 지성세계, 구성이론, 언어형상론 등이 해설되어 있다. 작품의 주제와 사상을 포괄하는 핵의 구실을 하는 종자에 대한 논의는 종래 주체문예이론과 다를 바 없지만, 사건을 아기자기하게 꾸미는 흥미 위주의 사건문학보다 새로운 인간형을 창조하는 데 주력하는 성격문학을 중시해야 한다는 주장은 주목할 만하다고 하겠다. 그러나 전반적으로 볼 때 형상화이론의 근거가 되는 진실성, 철학성, 지성론, 구성론, 언어이론 등은 초보적인 대중적 인식의 수준을 별로 벗어나지 못하고 있다. 이 부분은 북한 문예이론체계의 약한 고리라 하겠다.

　『주체문학론』 6장은 장르론이다. 문학의 세부 형태, 하위 장르에 대한 종래의 견해를 단순화시켜 설명하고 있다. 시, 소설, 아동문학, 극문학 등

30　최언경, 「주체형의 공산주의적 인간전형 창조에 대한 완벽한 리론적 해명」, 『문학신문』 1993.5.7, 2면 참조.

에 대한 상식선의 이론을 펴고 있는 것이다.

먼저 시의 본성을 보면 시대를 선도하는 투쟁의 기치라 하여 전투적 기능과 호소적 역할을 강조하고 '현대정신'을 근본속성으로 천명하고 있다. 여기서 현대정신이란 그때그때의 당 정책에 기동력 있게 호응할 수 있는 근거가 되고 있다. 주체의 시론이란 서정성을 높이고 시대의 주도적 감정을 개성이 뚜렷한 독창적인 체험세계로 노래하며, 내용과 형식 두 측면에서 음악성을 강화하고 '흐름새와 박자'(운율)를 살릴 것을 주장한다. 또한 개인 서정시보다 군중창작인 가사 창작에 비중을 두는 것도 주목할 만하다.

소설론을 보면 소설이 문학의 대표적인 형태라 규정하고 시대의 요구에 맞게 발전시키기 위하여 생활을 이야기 식으로 펼쳐나가고 심리 묘사, 세부묘사에 힘을 넣으며 감동의 연속으로 만들라고 하고 있다. 주체의 소설론은 소설이 낡은 것에 도전하는 새로운 형태의 문학으로 될 것을 강조하면서 도식적인 틀에서 벗어나기 위한 탐구로서 구성과 형상수법, 하위장르에서 새로운 경지를 개척할 것을 주장하였다.

아동문학론을 보면, 아동문학이 인간과 생활을 어린이의 시점에서 보고 평가하며 그려내는 기본특징을 가지기 때문에 우리 어린이의 특성을 잘 알고 그에 맞게 형상을 창조해야 한다고 하였다. 주체의 아동문학론은 유소년기의 심리적 특성을 잘 살리며 작품의 진실성과 형상의 기발성, 독창성 문제에 관심을 돌려야 한다고 하였다. 그밖에 극적인 것을 생활현실의 요구에 맞게 다양하게 발전시키는 극문학의 문제, 새롭게 떠오른 '텔레비죤문학'에 대한 문제, 문학에 대한 선도적 역할과 대중성을 강화시킬 '우리식 평론'에 대한 문제 등이 언급되고 있다.

『주체문학론』7장은 문학에 대한 당의 지도와 문학사업에 대한 논의다. 그에 따르면 문학사업에 대한 당의 지도란 결국 당의 유일지도체제를 세우고 수령의 영도를 따르는 것이다. 작가들은 집단주의 정신을 가지고 오로지 당의 지도 밑에서만 문학을 해야 하며 문학을 인민대중의 것으로 만드는 대중화작업에 매진해야 한다. 또한 작가들이 어떠한 정세 변화에도 흔들리지 않고 당과 수령에 충성을 다 바치라는 의미에서 당과 운명을 같이하는 혁명가로 규정되기도 하였다.

이러한 논의의 근저에는 체제 안정과 관련된 상당한 위기의식이 작용하고 있는 것으로 생각된다. 과연 문학사업의 발전을 위해서 당과 수령의 완벽한 통제가 언제까지나 가능할지 회의가 드는 것이 사실이다. 창작의 자유를 부르짖는 것을 부르주아미학사상 잔재라 비판하고 전체주의적이고 관료주의적인 것으로 비판될 법한 당 문예정책을 집단주의와 중앙집권적 민주주의라고 해명하는 데서 오히려 이러한 의문은 더욱 커진다.[31] 북한 문예학계로서는 1990년대 들어 동구 사회주의권의 몰락으로 인한 체제 동요를 막기 위하여 문학예술에 대한 당의 지도를 그 어느 때보다도 더욱 강화하였으나 그럴수록 위기는 심화되리라 생각되는 것이다.

3. 주체문학론의 비평사적 의미와 정치적 역사적 배경

3.1. 주체문학론의 비평사적 의미

그렇다면 왜 북한 문예학계는 사회주의 리얼리즘 대신 주체사실주의를 표방해야 했을까? 우선 사회주의 리얼리즘이라는 용어의 역사적 존

---

31 북한의 사회주의를 전체주의, 행정명령식 관료주의로 비판하는 것에 대하여, 개인의 이익과 집단의 이익이 일치되는 '집단주의,' 중앙집권제와 민주주의가 유기적으로 결합된 '민주주의중앙집권제'라는 개념의 혼동이라고 반비판되고 있다. 그러나 개인의 이익이 매몰되고 당 중앙 이외의 여론이 제대로 반영되지 못하는 실정을 감안할 때 설득력이 부족하다고 생각된다. 김정일, 「사회주의에 대한 훼방은 허용될 수 없다」, 『근로자』 1993.3; 김봉철, 「허용될 수 없는 반사회주의적 궤변」, 『문학신문』 1993.8.13, 4면 참조.

재가치가 다했다는 문학외적 사실의 대두이다. 처음에는 사회주의 리얼리즘을 완고하게 고집했지만[32] 결국 시세불급이라는 사실을 깨달았다는 말이다. 그래서 급격한 정세 변화에도 흔들리지 않는 용어개념을 아예 새롭게 내세운 것이다. 이는 동구 사회주의의 몰락에 따라 동구권에서 사회주의 리얼리즘미학이 폐기되자 북한 체제 안으로 더욱 이념적 단합을 다지려는 것이었기에, 역으로 흔들리는 체제 동요를 반영하는 것이라고 할 수 있겠다.

또한, 종래의 사회주의 리얼리즘이나 주체사실주의 둘 다 민족적 형식에 사회주의적 내용을 결합시킨다는 규정은 동일한데 '사회주의적 내용'의 내용성이 달라진 점도 주목을 요한다. 여기서 '종래의 사회주의 리얼리즘'이란 엄밀하게 보면 동구권의 사회주의 리얼리즘 미학과 주체사상에 기초한 사회주의적 사실주의 규정이 보편과 특수의 관계로 섞인 개념으로서 다음 언급을 보면 잘 알 수 있다.

> 문학예술작품을 창작하는 데서 민족적 형식에 사회주의적 내용을 결합시킨다는 것은 자기 나라 인민이 좋아하고 자기 나라 인민의 감정과 미감에 맞는 예술적 형식에 혁명적인 내용 다시 말하여 낡은 것을 없애고 새것을 창조하는 투쟁, 착취계급과 착취사회를 반대하는 투쟁, 근로인민대중의 리익을 옹호하며 모든 사람이 잘 살도록 하는 투쟁 같은 내용을 담는다는

---

32 사회주의 몰락 후 동구권에서 사회주의 리얼리즘을 폐기한 것에 대하여 다음과 같이 비판하였다. "'변화된 현실'에 맞는 '새로운 사고방식'을 운운하는 이들은 사회주의적 사실주의는 이미 낡았다고 하면서 '전자의 시대', '우주의 시대'에 맞는 '현대적 스찔'을 창조해야 한다고 떠들어대고 있다. 로동계급의 혁명적 립장과 계급적 관점으로부터 완전히 리탈된 이들은 이미 창작실천을 통하여 그 정당성과 생활력이 여실히 확증된 사회주의적 사실주의 창작방법의 사상미학적 원칙들을 덮어놓고 부인하는 한편 오래전에 비판되여 력사 밖에 내던져진 반동적이며 퇴폐적인 각종 문예사조들과 조류들을 되살리고 있으며 그것을 그 어떤 현대적인 것이나 되는 듯이 미화하고 있다." 고철훈, 「문학예술 창작에서 사회주의 원칙을 철저히 견지하자」, 『조선어문』 1992-3호(7.20), 23면.

것을 의미한다.[33]

주체사실주의론에서 보면 민족적 형식의 비중은 전보다 커졌지만 개념 자체는 별 변화가 없다. 즉, 자기 나라 인민이 좋아하고 자기 나라 인민의 감정과 비위에 맞는 예술적 형식을 지칭하고 있는 점은 동일한 것이다. 그러나 사회주의적 내용의 구체적 내용물은 바뀌었다. 전에는 낡은 것과 새것의 투쟁, 착취계급과 착취사회를 반대하는 투쟁, 인민대중의 이익을 옹호하며 모든 사람이 잘 살도록 하는 투쟁 등의 내용으로서, 이는 사회주의 리얼리즘을 공식적인 창작방법으로 내세운 나라들에서는 보편적인 것이었다. 그러나 주체사실주의에서 내세우는 사회주의적 내용의 구체적 내용물은 수령에 대한 충성과 조선민족제일주의라는 특수성에 치우친 것이다.

사회주의 내용에서 특히 중요한 것은 인민대중 중심의 우리식 사회주의의 우월성과 사회주의 사회에서 우리 인민이 사회력사의 주체로서 누리고 있는 긍지 높고 보람찬 생활을 깊이있게 그리는 것이다. (중략)
무엇보다도 문학예술에 대한 당의 령도가 확립됨으로써 문학예술을 당의 유일사상, 수령의 혁명사상이 구현된 주체적인 문학예술로 찬란히 개화발전시켜 나갈 수 있게 되었다. 뿐만 아니라 당, 문화예술부, 문예총이 한 마음 한 뜻이 되어 문학예술사업에 대한 지도와 방조를 강화할 데 대한 3위1체의 지도체계, 작품에 대한 집체적 유일심의체계 그리고 창조사업과 예술 행정사업에 대한 당 위원회의 집체적 지도체계 등과 같은 공산주의적인 창작지도체계를 확립함으로써 어떤 바람이 불어도 흔들리지 않고 당의 주체적 문예사상과 리론을 견결히 옹호 관철할 수 있게 되었다.[34]

33 김정웅, 「문학예술분야에서 사회주의적 사실주의의 기치를 고수하기 위하여」, 『조선어문』 1991-3호, 4면.

34 고철훈, 「문학예술 창작에서 사회주의 원칙을 철저히 견지하자」, 『조선어문』 1992-3호, 23,

이는 사회주의의 몰락 정도가 아니라 그 어떤 대내외적 시련이 닥쳐와도 유일체제를 지키겠다는 표현으로서, '어떤 바람이 불어도 흔들리지 않고' 수령에 대한 충성을 바쳐 북한의 현 체제를 지키는 것만이 주체사실주의의 핵심이라는 의미로 해석될 수 있다.

3.2. 주체문학론의 정치적 역사적 배경

그렇다면 도대체 북한문학비평이 가장 중요하게 생각하는 90년대 북한문학의 당 정책 목표는 무엇인가? 그것은 한마디로 말하면 '우리식 사회주의의 우월성'을 설득력 있게 형상화하는 일이다. 사회주의 제도 하에서 인민들이 누리는 자주적이며 창조적인 생활을 진실하게 그려내는 것이다. 전에는 고난 받았던 민중이 이제는 사회주의 대가정이 된 지상낙원에서 행복하게 살고 있기 때문에 별다른 고민이나 갈등이 필요 없고 오직 행복한 미래만 그리면 된다는 것이다. 사태가 이렇다면 자기 운명의 주인이며 역사의 주역인 인민대중은 어버이 수령과 어머니 당의 보호 아래 꾸려지는 사회주의 대가정 속에서 행복한 자식으로 살면 되는 셈이다. 그러나 문제는 폐쇄사회의 집단주의 원리 속에서 삶을 영위하는 인간이 과연 행복할까 하는 의문이다.

김일성 사후 북한문학의 동향을 알 수 있는 당시 단편소설을 한 편 예로 들어보자. 김응일의 「충복」은 김정일의 세심한 현지지도에 의하여 인민의 가족관계, 결혼문제를 해결하여 행복한 사회주의 대가정을 이룬다는 내용이다. 김정일에 의하여 시농기계공장 작업반장 김철수가 6.25전쟁 때 아버지의 불미스런 행적 때문에 금이 간 모자관계를 회복하고 어렵던 결혼을 이룬다는 내용이다.[35] 더할 수 없이 완벽한 인간으로 그려지

24면.

35 김응일, 「충복」, 『문학신문』 1994.10.10~10.14, 3면.

는 수령 형상, 어떠한 고난에도 배신을 모르는 혁명적 의리와 동지애, 하급관료의 관료주의적 작폐에 대한 비판 등의 주제의식을 통해 수령, 당, 인민대중에 대한 충성과 효성을 다하는 '충신과 효자'의 인물형상을 그려내고 있다. 그래서 제목도 '충복'이라 하여 90년대 주체형의 인간 전형을 나름대로 그린 셈이다.

그런데 왜 모자 간 갈등과 혼사(婚事) 장애라는 오래된 서사적 장치가 아무런 갈등없이 신화적으로 해결되는 것일까? 실은 이 점에서 의문이 생긴다. 만약 수령이라는 절대자의 지도가 없다면 그 사회의 인간이 과연 자주적인 역사의 주역이 될 수 있을지 회의가 든다. 주인공이 자기 운명을 개척하기 위하여 아무 길잡이도 없이 고통스러운 인생행로를 걷는 것(루카치 소설론)이 아니라, 신의 위치에 있는 초월적 구원자에 의하여 예정된 길을 걸어가 행복한 결말을 맺는 내용, 이는 소설이 아니라 신화이다.

이른바 인민대중의 자주성, 창조성, 의식성이 늘어나는 추세로 역사가 발전해왔다는데 왜 반드시 수령-당의 지도에 의해서만 그것이 가능할까? 실제로는 인민대중의 자주성이 허울뿐이고 오로지 수령-당의 지도에 전폭적으로 자기 운명을 맡기는 자동인형이 되었을 때만 행복을 느끼는 피동적 존재가 된 것은 아닐까 하는 의문이 드는 것이다. 기실 수령과 당은 절대적인 명령권자이고 자주적이라는 인민대중은 실은 무조건 충성을 다해 명령을 따르는 수동적 존재일 뿐인 것이다.

수령과 당, 인민대중의 피라미드형 명령구조를 자주적인 3위1체의 구조로 바꾸고 문제를 달리 보게끔 만드는 것이 주체사상과 그의 해설 선전이라 할 주체문학론의 숨겨진 사회적 기능이라 할 수 있을 것이다. 주체사상은 명령권자와 피명령권자 사이의 이익이 완전히 일치한다는 주장을 근거로, 양자 사이의 관계가 지배-억압의 관계가 아니라고 주장한다. '일심단결'이라는 말의 마력이 바로 이것 아닐까? 수령-당-인민정권은 항상 전체 인민의 이익을 대표해왔고 그 실현을 위해서 투쟁해왔다는 주장이다. 투쟁의 내용이 바로 '자력갱생, 간고분투'라는 슬로건으로, 항일 빨치산 투쟁 때의 고난과 6.25전쟁 이후 자립적 사회주의 공업화의 어려움, 그리고 동구 사회주의 몰락 이후의 정세가 여기에 포함된다.

1989년 이후 1992년까지 진행된 소련과 동구의 사회주의 몰락을 겪으면서 북한 지도층은 안팎으로 흔들리는 체제를 지탱하기 위하여 '우리식 사회주의' 정치경제제도를 밀고 나갈 수밖에 없었다. 그리고 그러한 체제 안정을 위한 최선의 무기가 바로 충성과 효성 등 정신도덕적 자발성을 환기하는 주관적 요인의 강조이다. 문학을 비롯한 예술 문화 등이 복무할 수밖에 없는 절박한 현실이 놓여있는 것이다. 바로 여기에 김정일 주체문학론의 현실적 의미가 있다고 하겠다.

1990년대 초 문학의 정책 목표는 무엇인가? 한마디로 말해서 북한식 사회주의 생활의 '우월성'을 예술적으로 확증하는데 창작의 우선 목표를 둔다고 한다. 사회주의 제도 하에서 인민들이 누리는 자주적이며 창조적인 생활을 진실하게 그려내기만 하면 되는 것이다.[36] '주체형 인간'이 제1생명으로 간직하고 있는 당과 수령에 대한 충실성을 신념과 의리의 문제로 제기하고 그것을 혈연적인 관계 속에서 예술적으로 형상화하는 것이라고 한다.[37] 김일성 사후 북한에서는 정치 경제 못지않게 사상 문화가 체제 내에서 차지하는 중요성이 커졌다. 김일성 사후 체제 안정을 위해, 사회주의 몰락이라는 엄혹한 현실에 대한 내부단속의 방편으로 정치 경제 같은 객관적 능력보다 이념적 도덕적 단합 같은 주관적 정신승리로

---

36 홍철수, 「우리식 사회주의 우월성을 깊이있게 형상하기 위하여」, 『조선어문』 1992-2호, 18면 참조.

37 "우리의 주체문학예술은 '당이 결심하면 우리는 한다'라는 혁명적 구호를 높이 들고 자력갱생, 간고분투의 혁명정신을 발휘하여 독특한 우리식 사회주의를 더욱 빛내여 나가는 우리 인민의 숭고한 사상감정을 더욱 철저히 구현함으로써 당 사상사업의 위력한 무기로서의 자기의 사명을 훌륭히 수행할 것이다." 강능수, 「시대와 함께 전진하는 우리의 주체문학예술」, 『근로자』 1991, 4호, 79면, 81면.

돌파구를 찾으려는 노력의 일환이다. 사상 문화 분야를 강화하여 대중의 동요를 막고 유일체제를 안정시키는 토대로 삼는 것이 김정일 주체문학론의 문화정치적 기능인 셈이다.

주체문학론의 핵심은 사람, 인민대중의 자주성에 기초한 주체의 문예관에 입각하여 조선민족제일주의정신을 고양하고 수령에 대한 충실성을 다하는 주체형의 인간을 최고의 모범으로 그리는 주체사실주의 창작방법에 있다고 할 수 있다. 여기서 인민대중의 자주성이라든가 조선민족제일주의정신, 수령에 대한 충실성 등의 개념이 실제로 어떤 현실적 의미를 띠는지 비판적으로 검토할 필요가 있다. 그래야만 주체문학론에 대한 올바른 가치평가를 할 수 있을 것이다.

인민대중의 자주성은 실제로 어떤 의미일까? 그것은 어디까지나 구호뿐이고 실제로는 당과 수령에 대한 충실성이라는 보다 우위의 초월적인 가치기준에 매몰된다. 주체사실주의의 전형론의 핵심이 수령에 대한 충성과 효성에 귀결된 것을 봐도 이 점은 증명된다. 말단 명령집행자인 피동적 인민대중은 마치 '자주성, 창조성, 의식성'을 가진 듯한 존재로 설정된다. '사람 중심의 세계관'이라는 주장은 실제로는 수동적 명령집행자인 인민대중의 신민적 상황을 그 반대의 상황으로 숭고화해서 제시한다. 인민대중은 항상 '자각적 열성과 창의성'을 발휘한다고 설정되며 역사의 주체라고 주장되지만 사실은 실체가 없이 이상화되고 신비화된 관념의 존재가 되고 만다.

수령에 대한 충실성은 실제로 어떻게 평가할 수 있을까? 문학작품에 등장하는 인물들을 형상화할 때, 모든 긍정적 인물을 어버이 수령과 어머니 당에 충성과 효성을 바치는 '충신과 효자'로 그리는 것이 90년대 문학이 내세우는 전형적 캐릭터론의 핵심이다. 과거 그들이 비판했던 중세 귀족계급 '양반 통치배'의 봉건적 도덕 윤리를 슬그머니 가져다 사용하고 있는 것이다. 왕정시대의 신하 내지 신민(臣民)의 차원으로 몰린 인민대중이 바로 자주성을 지닌 존재라 하니 문제가 아닐 수 없다. 중앙집권적 관료사회의 온갖 문제를 모두 가려버리는 전근대적 발상이야말로 북한 문학의 앞날을 밝게 점칠 수 없게 만드는 치명적 한계라고 아니할 수 없다. 결국 주체문학론은 동유럽 사회주의 몰락에 맞서 주체사회주의체제를 충성과 효성의 아이콘으로 사수하려는 문화정치적 위기의식의 산물이라고 할 수 있다.[38]

---

38 이 점은 『주체문학론』, 17면에도 명시되어 있다. "우리의 문학은 조선민족제일주의정신을 높이 발양시키는 데도 적극 기여하여야 한다. (중략) 조선민족제일주의정신으로 교양하는 것은 오늘 제국주의자들이 사회주의제도를 내부로부터 와해시키려고 더욱 악랄하게 책동하며 사회주의를 건설하던 일부 나라들에서 혁명에 대한 신심을 잃고 사회주의를 자본주의로 되돌려 세우고 있는 조건에서 더욱 절실하게 제기된다. 민족적 긍지와 자부심이 없이는 제 정신을 가지고 자주적으로 살아갈 수 없고 혁명의 전취물을 지켜낼 수 없으며 주체혁명 위업의 완성을 위하여 끝까지 싸워나갈 수 없다."

'주체문학론' 해석론 주요 목록

리수립, 「자주시대 문학의 앞길을 휘황히 밝혀주는 불멸의 대 저작 『주체문학론』」,
  『조선문학』 1992.10.

홍철수, 「우리식 사회주의 우월성을 깊이있게 형상하기 위하여」, 『조선어문』
  1992-2호(4.20).

고철훈, 「문학예술 창작에서 사회주의 원칙을 철저히 견지하자」, 『조선어문』
  1992-3호(7.20).

김정웅, 「주체의 문예관은 자주 시대의 새로운 문예관」, 『문학신문』 1993.1.8.

김하명, 「유산과 전통의 계승발전에 관한 독창적이고 주체적인 리론」, 『문학신문』
  1993.1.15.

한중모, 「주체사실주의는 우리식의 창작방법」, 『문학신문』 1993.1.22.

현종호, 「사회정치적 생명체는 주체문학의 영원한 형상원천」, 『문학신문』 1993.1.29.

방연승, 「친애하는 지도자 김정일 동지께서 『주체문학론』에서 독창적으로 밝히신
  주체의 문예관에 대하여」, 『조선문학』 1993.2.9.

은종섭, 「수령형상 창조는 우리 문학의 지상과업」, 『문학신문』 1993.2.12.

리성덕, 「문학예술의 혁명전통에 대한 사상리론적 지침」, 『문학신문』 1993.2.16.

한중모, 「친애하는 지도자 김정일 동지의 불후의 고전적 로작 『주체문학론』은 새시
  대 문학 건설과 창조의 강령적 지침」, 『조선어문』 1993-1호(2.20).

리기백, 「친애하는 지도자 김정일 동지께서 밝히신 수령, 당, 대중의 3위일체의 원
  칙을 구현하는 데서 나서는 몇가지 문제」, 『조선어문』 1993-1호.

박용학, 「수령형상작품의 고유한 생리」, 『문학신문』 1993.3.5.

강진, 「대작 창작의 길을 새롭게 밝혀준 불멸의 기치」, 『문학신문』 1993.4.2.

리봉진, 「당의 위대성 형상을 우리 문학의 본성적 요구」, 『문학신문』 1993.4.30.

최언경, 「주체형의 공산주의적 인간 전형 창조에 대한 완벽한 리론적 해명」, 『문학
  신문』 1993.5.7.

장형준, 「주체사실주의는 우리 시대의 가장 옳바른 창작방법, 최고의 사실주의 창

작방법이다」,『조선문학』 1993.5.9.

최길상, 「당의 령도는 사회주의 문학의 생명선」,『문학신문』 1993.5.14.

김정웅, 「종자에 대한 리론의 정당성과 진리성」,『문학신문』 1993.5.28.

정우송, 「성격문학 창조의 휘황한 앞길을 밝힌 독창적인 리론」,『문학신문』 1993.6.11.

오승련, 「문학의 지성세계에 대한 주체적 해명」,『문학신문』 1993.6.18.

김용부, 「형상의 힘은 진실성과 철학성에 있다」,『문학신문』 1993.7.2.

리창유, 「구성이 좋아야 작품이 산다」,『문학신문』 1993.7.9.

백영철, 「언어형상에 관한 독창적이고 완벽한 리론」,『문학신문』 1993.8.20.

사혁순, 「친애하는 지도자 김정일 동지께서 밝히신 혁명적문학예술 전통을 민족문
화유산 속에서 볼 데 대한 리론」,『조선어문』 1993-3호(8.20).

리수립, 「시의 고유한 특성에 관한 주체시론의 독창성,심오성」,『문학신문』 1993.8.27.

오승련, 「친애하는 지도자 김정일 동지께서 『주체문학론』에서 밝히신 주체의 문학
형태리론에 대하여」,『조선문학』 1993.9.9.

천재규, 「소설의 특성에 대한 주체적 해명」,『문학신문』 1993.9.17.

오춘식, 「소설문학의 형상수법과 형태를 다양하게 개척할 데 대한 독창적인 리론」,
『문학신문』 1993.10.1.

장영, 「아동문학의 기본 특성에 대한 주체적 해명」,『문학신문』 1993.10.15.

강진, 「극문학을 다양하게 발전시킬 데 대한 독창적인 이론」,『문학신문』 1993.10.22.

리성덕, 「텔레비죤 문학의 형태적 특성에 대한 독창적이고도 완벽한 해명」,『문학
신문』 1993.10.29.

김철민, 「수령 송가문학의 대전성기를 열어 놓은 불멸의 본보기들」,『문학신문』
1993.11.5.

박춘택, 「우리식 평론에 대한 주체적 리론」,『문학신문』 1993.11.5.

류만, 「문학운동은 사회주의 문학의 본성적 요구」,『문학신문』 1993.11.12.

김려숙, 「문학의 대중화는 우리 당의 일관한 방침」,『문학신문』 1993.11.19.

리동수, 「작가는 당과 운명을 같이 하는 혁명가」,『문학신문』 1993.12.3.

윤종성, 「문학창작에서 사상성과 예술성의 통일에 대한 완벽한 리론적 해명」,『문
학신문』 1993.12.10.

김성우, 「주체성은 우리 문학의 생명」, 『문학신문』 1993.12.17.

류만, 「위대한 령도자에 대한 절대적인 숭배와 례찬의 숭고한 경지」, 『문학신문』 1993.12.17.

류만, 「친애하는 지도자 김정일 동지께서 밝히신 문학의 지성세계를 높일데 대한 독창적인 리론」, 『조선어문』 1994-1호, 1994-2.

강문철, 「주체적 문예관은 주체적인 전형성 리론의 사상적 기초」, 『조선어문』 1994-1호(2.20).

류만, 「친애하는 지도자 김정일 동지께서 문학예술부문에서 이룩하신 불멸의 업적」, 『조선어문』 1994-4호(11.20).

정성무, 「철학성의 구현은 주체적문학예술 건설의 합법칙적 요구」, 『조선어문』 1994-4호(11.20).

박철호, 「주체사실주의의 본질적 특징」, 『조선어문』 1994-4호(11.20).

리기백, 「사회정치적생명체는 주체문학예술의 기본형상원천」, 『조선어문』 1995-2호(4.20).

제6장

선군(先軍)혁명문학론[1]

1. '고난의 행군'과 선군(先軍)문학이란 돌파구

김정일 통치기(1994~2011)는 '고난의 행군'으로 상징되는 체제 위기를 극복하는 '선군(先軍)시대'였다. 특히 1994년부터 1999년까지의 통치 초기는 최악의 체제 시련기였다. 스스로 '고난의 행군'이라는 말로 최대의 시련과 위기였다고 자인하면서도 훗날 '강행군 시기'라는 개념을 덧붙여 극복을 강조하긴 하였다. 체제 위기의 원인을 제국주의자들의 경제 봉쇄와 천재지변으로 돌리고 그로 인한 최악의 식량난과 경제난을 수령의 지도력으로 극복한 강행군 시기로 정리하였다.

'고난의 행군'이란 원래 김일성이 이끄는 항일유격대가 일제의 대규모 공격에 맞서 1938년 11월부터 1939년 2월까지 몽강현 남패자에서 장백현 북대정자까지의 1주일 행군 거리를 무려 1백 일이나 걸려 행군했

---

1   김성수, 「북한의 '선군혁명문학'과 통일문학의 이상」, 『통일과문화』 창간호, 통일문화학회, 2001.10; 「김정일 시대 문학에 대한 비판적 고찰―선군시대 '선군혁명문학'의 동향과 평가」, 『민족문학사연구』 27, 민족문학사학회, 2005.3; 「선군사상의 미학화 비판―2000년 전후 북한문학에 나타난 작가의식과 글쓰기의 변모양상」, 『민족문학사연구』 37, 민족문학사학회, 2008.8. 단행본에 맞게 논문 3편을 대폭 수정 보완, 요약하여 하나로 편집하였다.

던 사건을 가리킨다.[2] 여기에서 유래하여 1994년 7월의 김일성 사망부터 '유훈통치기' 전후의 총체적 난국과 체제 붕괴 위기를 '고난의 행군'이라고 지칭하였다.[3] 그렇다면 고난의 행군으로 상징된 체제 위기의 극복책은 무엇인가. 1997년 7월 8일 「결정서」에서 김일성이 태어난 1912년을 원년으로 하는 '주체 연호'를 제정하고 생일인 4월 15일을 '태양절'로 격상했으며, 김정일을 당 총비서로 추대하였다.[4] 1999년부터 '총대로써' 당을 받들고, 모든 부분, 모든 단위에서 '혁명적 군인정신'을 적극 따라 배울 것을 역설하는 '선군후로(先軍後勞)사상'이 해결책으로 떠올랐다.[5]

김정일은 군사중시사상을 구현한 우리 식의 특유한 정치방식을 '선군혁명령도'로 지칭하였다. 그는 "총대로 당을 옹위하고 조국과 혁명, 사회주의를 보위하며 인민군대의 혁명적군인정신과 투쟁기풍으로 혁명과 건설을 힘있게 나아가는" 것이 선군정치의 독창성과 백전백승의 위력이라 하였다. 선군정치란 "본질에 있어서 군사선행의 원칙에서 모든 문제를 풀어나가며 인민군대를 혁명의 기둥으로 내세우고 그에 의거하여 사

2 조선작가동맹 중앙위원회 4·15문학창작단 집체작, 『고난의 행군(불멸의 력사)』, 문예출판사, 1976.

3 김정일, 「문학예술부문에서 명작을 더 많이 창작하자—조선로동당 중앙위원회 선전선동부, 문학예술부문책임일군들과 한 담화 1996년 4월 26일」, 『김정일저작선집』 14, 조선로동당출판사, 2000, 173~174면.

4 조선로동당 중앙위원회 조선로동당 중앙군사위원회 조선민주주의인민공화국 국방위원회 조선민주주의인민공화국 중앙인민위원회 조선민주주의인민공화국 정무원, 「결정서—위대한 수령 김일성 동지의 혁명생애와 불멸의 업적을 길이 빛내일데 대하여(1997년 7월 8일)」, 『조선문학』 1997.7, 6면, 조선로동당 중앙위원회 조선로동당 중앙군사위원회, 「특별보도(1997년 10월 8일)」, 『조선문학』 1997.10, 4면.

5 김정일, 「김일성 동지의 청년운동사상과 령도업적을 빛내여 나가자—청년절 5돐에 즈음하여 김일성사회주의청년동맹중앙위원회 기관지《청년전위》에 준 담화 1996년 8월 24일」, 『김정일저작선집』 14권, 조선로동당출판사, 2000, 225면; 김성일, 「혁명적 군인성신을 따라 배울데 대하여—조선로동당 중앙위원회 책임일군들과 한 담화 1997년 3월 17일」, 『김정일저작선집』 14권, 292면 참조.

회주의 위업 전반을 밀고나가는 정치방식"이라는 것이다.[6] 선군사상은 "군사를 모든 것에 앞세울 데 대한 군사 선행의 사상이며 군대를 혁명의 기둥, 주력군으로 내세우고 그에 의거할 데 대한 선군후로의 로선과 전략전술"로 정의됐다. 당은 선군사상과 주체사상 모두 김일성이 창시했으며 인민대중의 자주성 옹호·실현이라는 주체사상의 요구가 선군사상에 의해 실현될 수 있다는 식으로 노동당 역사를 정리한 바 있다.[7]

문학은 어떤가?

'고난의 행군'을 극복하는 '선군(先軍)사상'은 이념적으로 경직된 '선군(혁명)문학'[8]이란 새로운 개념을 낳았다. 김정일 정권 초기(1994~98)에는 수령형상문학의 일종인 '수령영생문학' '수령추모문학' '단군문학' '태양(민족)문학' 등 다양한 개념이 시도되었다. 그러다가 체제 붕괴 위기를 극복할 주체로 노동계급 대신 군(軍)을 앞세운[先軍後勞] '선군정치, 선군사상'이 정착되자, 새로운 문예노선을 모색하던 다양한 개념들이 '선군혁명문학'으로 정리되었다. 대중교양지 『천리마』 2000년 11월호에서 방철림이 김일성 사후 지난 6년간 '고난의 행군' 시기에 창작된 1만 5천여 편의 문학작품을 '선군혁명문학'이라고 새롭게 지칭한 것이 그 시초다.

선군혁명문학이란 개념이 처음 나왔을 때 김순림은 김정일의 선군영도업적을 문학작품에 반영한 영도자의 문학임을 강조하였고, 최길상도 이에 동조하면서 수령을 걸출한 위인으로 형상화하되 군인들의 '총폭탄 정신'과 강성대국 건설을 위한 인민의 영웅적 투쟁을 재현해야 한다

---

6 김정일, 「인민군대는 우리당의 선군정치를 받드는 데서 기수가 되고 돌격대가 되어야 한다」, 5면. 박봉선, 『김정일 위원장의 선군정치 연구』, 동경: 광명사, 2007, 51면에서 재인용.

7 당력사연구소, 『조선로동당력사』, 조선로동당출판사, 2006, 539면.

8 이 용어가 처음 나온 2000년부터 상당기간 '선군혁명문학'이란 용어로 사용되었으나, 개념 형성기엔 관형어 '혁명'자를 붙여 잠정적으로 쓰던 것이 시나브로 일반용어화되면서 '선군문학'으로 정착하였다. 이 글에서는 직접인용일 때 '선군혁명문학'을 사용하되 보통명사로는 '선군(혁명)문학,' '선군문학'을 쓰도록 한다.

고 덧붙였다.[9] 이들은 당시 수령형상 선군(혁명)문학의 대표작으로 서사시 「영원한 우리 수령 김일성 동지」와 「조국이여 청년들을 자랑하라」, 김일성 생애를 형상화한 '불멸의 력사' 시리즈의 장편소설 『영생』과 『붉은 산줄기』, 김정일의 활동을 그린 '불멸의 향도' 시리즈 중 장편소설 『역사의 대하』와 『평양의 봉화』 등을 들었다. 사회주의 현실 주제의 선군(혁명)문학 대표작은 장편소설 『백금산』과 『열망』, 혁명연극은 〈소원〉과 〈어머님의 당부〉 등을 대표작으로 꼽았다. 이외에도 김일성 주기마다 나오는 김만영의 추모시, 『총대』 같은 작품이 선군문학 대표작으로 거론되었다. '고난의 행군'기를 맞아 그 극복책으로 선군통치사상이 나오자 문학장에서도 선군(先軍)문학이란 출구가 생긴 셈이다.

2. 선군사상의 미학화, 선군(혁명)문학론

김정일 통치기 초반의 고난의 행군과 그 극복책인 선군사상, 선군정치를 미학적으로 반영한 선군혁명문학의 실체와 의미는 무엇일까? 한마디로 말해서, "한편의 혁명적인 시가 천만자루의 창검을 대신할 수 있다"는 슬로건이 그를 대변한다. 고난의 행군으로 불리는 체제 붕괴 위기의 극복을 반영하는 문학예술의 사회적 기능은 '수령 결사옹위'의 선전선동인 셈이다. 이는 80년대 정립된 주체문예론이나 90년대 초 보완된 주체문학론의 비상시국용 변형태라 할 수 있다.

선군혁명문학의 이데올로그인 최언경은 『선군혁명문학예술과 김정일(1)』(2005) 서문에서, 군사를 제일국사로 내세우고 인민군의 혁명적 기

---

9 김순림, 「우리 당의 위대한 선군령도를 따라 힘있게 전진하는 주체문학」, 『조선문학』 2000.10, 5~7면; 최길상, 「새 세기와 선군혁명문학」, 『조선문학』 2001.1, 5~6면.

질과 전투력에 의거하여 조국과 혁명, 사회주의를 보위하고 사회주의 건설을 완성해가는 새로운 정치방식으로 선군정치를 규정하였다. 김정일이 있었기에 북한 군대와 인민은 제국주의와의 총포성 없는 전쟁에서 승리자가 되었으며 '선군혁명문학예술의 자랑찬 새시대'를 맞이하게 되었다는 것이다.

> 선군혁명문학예술, 그것은 정치와 예술, 총대와 예술을 최상의 경지에서 조화롭게 결합시킨 가장 혁명적인 문학예술, 인류 리상의 문학예술이다. 문학과 예술은 정치에 복무한다. 정치에 복무한다는 바로 여기에 혁명과 건설의 위력한 무기로서의 사회주의문학예술의 거대한 혁명적 기능과 역할이 있으며 그 참된 가치가 있다. 문학예술이 정치에 참답게 복무하려면 그 정치의 본질적 특성과 요구를 옳게 구현하여야 한다. 오늘 일대 전성기를 맞이한 우리의 선군혁명문학예술은 위대한 선군정치의 사상정서적 구현이며 그 빛나는 정화이다. 바로 여기에 그 어느 문학예술과도 비교할 수 없는 선군혁명문학 예술의 전대미문의 위력과 혁신성의 근본원천이 있다. (중략)
> 정치와 문학예술, 총대와 문학예술을 가장 리상적으로 조화롭게 결합시키고 예술의 힘으로 총대의 위력을 백배케 한 것이야말로 경애하는 장군님의 불세출의 위인상이며 선군정치와 문학예술을 통일시킨 우리 장군님의 정치야말로 인류정치사가 처음 보는 선군예술정치이다. 선군예술정치, 이것은 참으로 세계정치사와 인류문예사에 전무후무한 위대하고 특출한 김정일식 예술정치방식이다.[10]

최언경은 1948년 이후 55년간의 문학사를 개관한 글에서, "선군혁명문학예술은 위대한 장군님의 총대철학과 미학사상을 유기적으로 결합시킨 독특한 선군문학예술정치의 산아이다. 노래로 시작되고 전진하여온

---

10 최언경, 「선군혁명문학예술의 새시대를 펼치신 위대한 령장을 우러러」, 『선군혁명문학예술과 김정일 (I)』, 문학예술출판사, 2005, 7~8면.

혁명을 노래로 완성하려는 것이 그이의 음악철학이며 한편의 혁명적인 시는 천만자루의 창검을 대신할 수 있다는 것이 그이의 혁명적 미학관이다."라고 규정하였다.[11] 총대철학이란 군대가 곧 당이고 국가이며 인민이라는 독특한 철학이며 모든 것은 총대에서 비롯된다는 내용이 미학사상으로까지 끌어올려지는 것이 특징이라고 하였다. 마치 수령에 대한 충성이라는 도덕윤리적 차원의 명제가 미학으로 전화된 것이 사람 중심의 철학과 인민대중의 자발성에 기초했다는 주체사실주의미학의 이면적 진실이듯이, 선군혁명문학예술의 이면 또한 군 중시의 철학과 사업방식이 미학으로까지 끌어올려진다는 점이다.

선군혁명문학예술은 또한 인민군대의 혁명적 문학예술을 본보기로 하였다. 여기에는 군사가 국사의 첫째이고 군대가 혁명의 핵심부대, 주력군이며 군대를 강화하는 것이 기본이라는 선군정치의 본질적 특성이 투철하게 구현되었다. 인민군대를 무적필승의 혁명무력으로 강화하여 조국의 안전과 혁명의 전취물을 사수하며 인민군대를 핵심으로, 주력으로 하여 혁명의 주체를 튼튼히 꾸리고 사회주의 건설의 모든 사업을 혁명적으로, 전투적으로 벌려나가는 것이 선군(혁명)문학이라는 것이다.[12]

이러한 문예정책의 노선에 따라 선군시대를 대표하는 많은 문학작품이 창작되었다. 가령 최언경은 "수령에 대한 충실성의 최고 표현인 수령결사옹위정신, 결사관철의 정신"이 반영된 선군혁명문학 대표작으로 총서 '불멸의 향도' 중 『총검을 들고』, 『총대』와 가요 〈높이 들자 붉은기〉, 〈우리는 맹세한다〉, 〈신심 높이 가리라〉, 〈승리의 길〉 등을 들고 있다. 2000년대 10년간의 시, 소설을 개괄해볼 때 이전과 달리 문학작품의 주인공이나 서술자로 군인이 직접 등장하거나 플롯 전개 중 갈등의 해결방

11　최언경, 「존엄 높은 조국과 더불어 영광 떨쳐온 주체문학의 55년」, 『조선문학』 2003.9, 9면.

12　최언경, 「존엄 높은 조국과 더불어 영광 떨쳐온 주체문학의 55년」, 『조선문학』 2003.9, 9면.

안으로 군대식 돌격대식 사업방식을 강조하고 자기희생적인 혁명적 군인정신을 고취하는 등 군 중시의 주제사상이 눈에 띄게 강화되었음을 알 수 있다.

> 선군혁명문학예술은 선군이 기치 따라 승승장구하는 주체혁명의 새시대인 선군시대의 요구와 지향을 가장 정확히 반영한 것으로 하여, 일찍이 세계정치사가 알지 못하는 가장 완벽한 사회주의정치방식인 위대한 선군정치의 요구를 사상정서적으로 빛나게 구현한 것으로 하여 종래의 모든 문학예술과 온전히 구별되는 새형의 문학예술로서 주체문학예술 발전의 새로운 높은 단계로 된다.[13]

2001년 1월에는 선군혁명문학이 주체사실주의문학의 '새로운 형태'라고 하더니[14] 2003년 3월에는 주체사실주의문학 발전의 '높은 단계'로 격상되면서 그 이론적 위상은 더욱 공고해졌다.[15]

선군혁명문학의 특징은 무엇인가? 김정웅은 '반제혁명사상의 반영, 조국애의 구현, 혁명적 군인정신 같은 시대정신의 구현, 비상한 견인력과 감화력'을 들고 있다.[16] 그에 근거하여 작품 주인공에 대해서도 이전 시대 사회주의문학이 노동계급, 프롤레타리아의 문학인 데 반해 '선군(先軍)시대'에는 혁명의 주력군이 노동계급이 아니라 인민군대이기 때문에 인민군이 기본주인공이 된다는 논리를 폈다. 군인이 아닌 민간인 캐릭터까지

---

13 최언경, 「선군혁명문학예술의 새시대를 펼치신 위대한 령장을 우러러」, 『선군혁명문학예술과 김정일 (1)』, 문학예술출판사, 2005, 12면.

14 최길상, 「새 세기와 선군혁명문학」, 『조선문학』 2001.1, 5면.

15 방형찬, 「선군혁명문학은 주체사실주의문학 발전의 높은 단계이다」, 『조선문학』 2003.3 참조.

16 김정웅, 「선군혁명문학의 특성과 그 창작에서 나서는 요구」, 사회과학원 주체문학연구소 편, 『총대와 문학』, 사회과학출판사, 2004, 24~30면 참조.

포괄하기 위한 미학적 장치로 '군민일치의 전통적 미풍'을 감명 깊게 그려내면 된다고도 하였다.[17]

선군(先軍)시대 최고의 청춘찬가라는 칭송을 받은 백의선, 류동호 공동작 서사시 「조국이여 청년들을 자랑하라」(2000)를 보면 선군혁명문학의 실체가 무엇인지 어느 정도 짐작할 수 있다. 이 시는 평양과 남포 간 40여km에 달하는 고속도로 건설에서 발휘된 건설 노동자들의 희생적 노력봉사를 찬양하는 내용이다.[18] 경제난과 식량난으로 허덕이는 시련의 시기에 별다른 중장비도 없이 육체노동으로 고난의 행군을 감행하듯 고속도로 건설에 온 몸을 바친 청년들을 치하하고 그들에게 조국의 미래가 걸렸다는 내용을 담고 있다.

인민은 잊지 않으리 / 청년 건설자들이여 / 선군시대의 아름다운 꽃으로 / 조국 청사에 빛나는 별들로 / 우리 장군님 심장에 남은 / 그대들의 이름과 그대들의 위훈을 (중략)//
나는 여기서 / 회령땅의 애젊은 처녀가 / 소중히 간수하고 있는 / 흙마대를 부여안고 눈물로 적시노라//
터지고 찢기고 / 찢기고 터지여 / 마흔다섯 곳이나 기웠다는 흙마대 / 이제는 그 형체조차 알아볼 수 없건만 / 마치나 마흔다섯 곳의 총탄자욱인 듯 / 마흔다섯 곳의 피 흘린 상처자욱인 듯 / 그렇듯 성스러움을 불러주는 흙마대 (중략)//
사람들이여 이 길을 걷고 걸으며 / 천지개벽이라고만 생각지 말라 / 세상이 청년들을 사회의 우환거리로 / 참담한 미래를 걱정하고 있을 때 / 우리 장군님 청년 믿음으로 창조한 / 청년 개벽이거니(후략)

---

17 위의 글, 33~36면 참조.

18 백의선, 류동호, 「조국이여 청년들을 자랑하라—이 서사시를 평양-남포 고속도로 청년 건설자들에게 드린다」, 『문학신문』 2000.8.12, 1~2면.

이 시는 선군혁명시대 김정일의 선군 영도를 받아 건설에 나선 청년 노동자들에 대한 격찬의 메아리이며 이른바 '우리식 서사시'의 면모와 위력을 크게 과시하고 서사시문학 발전의 새로운 전진을 보여 준 귀중한 자취라고 극찬된다. 이 시의 성공은 "청년 노동자에 대한 김정일의 믿음과 사랑이 이 길을 만든 힘"이라는 종자를 바로잡은 데 있다고 한다. 바로 이것을 밝혀내고 있는데 서사시의 종자가 있고 형상적 힘의 원천이 있다는 것이다.[19]

그런데 물자가 태부족한 고속도로 건설 현장에 청년 노동자들이 동원되어 맨몸으로 성과를 올렸다는 것이 이전의 노동 영웅 찬가와 달라진 것이 무엇인지 의문일 수 있다. 청년 찬가, 노동 찬가가 선군후로(先軍後勞)를 주된 내용으로 하는 선군(先軍)혁명문학과 무슨 관계일지 의문이며, 지도자에 대한 충성이나 찬양을 말한다고 군대 우선을 말할 수는 없을 터이다.

그런데 이 서사시의 담론 특징을 보면 군 중시의 사상이 미학 차원까지 강화된 것을 주목할 수 있다. 하나같이 '결사의 투쟁' '총폭탄' '핏자욱'이니 하는 식으로 실제 전투 상황을 방불케 하는 '화선식(火線式) 언어'로 이루어져 있다. 이것은 시인들이 도로 건설장을 선군시대 청년 노동자들이 하나의 큰 전투를 치르는 격전장으로 보고 거창한 현실, 전투적인 생활을 화선식 정서 속에서 감수한 것과 관련되어 있다. 이에 따라 시적 비유나 표현방식에서도 실제 전투를 방불케 하는 용어와 개념이 사용된다.

문학적 장치의 소재적 차원에서 볼 때, 도로공사장을 격전장에 비유하는 등 예술적 언어형상 자체가 전투적 상황에 맞게 특징지어지고 그런

---

19 김일수, 「선군시대 청춘찬가—서사시 〈조국이여 청년들을 자랑하라〉에 대하여」, 『조선문학』 2000.10, 47면.

방식을 높이 평가하는 것이 바로 선군혁명문학 형상방식의 특징이다. 이에 따라 문예작품을 접한 북한 독자들이 최악의 경제난과 식량난 속에서도 격전을 치르는 전쟁터에 임하듯 하루하루의 고난과 시련을 기필코 이겨나가라는 예술선동 기능을 하였다.[20]

한편 선군혁명문학의 또 다른 특징으로 정성무는 '혁명적 군인정신'을 들었다. 수령결사옹위정신, 결사관철의 정신, 영웅적 희생정신 등의 성격적 특성을 생활 속에서 적절하게 그리되, 다양하고 풍부하고 깊이 있게 구체적으로 형상화하라고 하였다.[21] 기타 많은 학자, 비평가들이 논의를 했으나 『주체사상에 기초한 문예리론』, 『주체문학론』 같은 반열의 『선군(혁명)문학론』 같은 단행본 이론서가 나오지 않아 문예이론 체계 전모를 파악하기 어렵다.

지은이가 보기에 '선군혁명문학'이라는 개념은 문학사의 새로운 시대 즉 항일혁명문학예술의 전통에 기반한 김일성 시대 주체문학론의 자장이 힘을 잃자 그에 버금가는 새로운 개념을 암중모색했던 과정으로 판단된다. 그래서인지 선군혁명문학 개념을 처음 문학사에 올린 2006년판 『조선문학사』에서도 여전히 뚜렷한 개념 규정이나 사적 자리매김을 하지 못하였다. 1990년대 후반기 문학이 '선군시대를 반영'했다는 표현이 보이지만 선군사상과 그에 기초한 미학의 구체적 내용이나 작품 예는 별반 두드러져 보이지 않는다.[22] 다만 1990년대문학 총론의 김정일 문예방

---

20 그런데 빨치산 투쟁과 전쟁기 혁명선배의 고생을 상기해서 청년 노동자들이 헤진 마대를 45곳 기워 재사용했다는 대목은 영웅 미담이 아니라 꼰대'의 비생산적 허언 아닌가. 마대를 45번 기울 시간이 있으면 다른 마대를 구해 더 많은 일을 할 수 있고, 원시적 흙마대 쌓기보다 더 나은 생산도구를 개발 활용하는 이노베이션 개념이 없다. 낡은 생산도구를 무한 재사용하면 당장은 자력갱생형 노동영웅으로 칭송받지만 사회주의 특유의 관료주의와 비능률 때문에 사업 전체가 지체되는 데 대한 자기비판이 없으니 문제이다.

21 정성무, 「선군혁명문학작품 창작에서 혁명적 군인정신의 구현」, 사회과학원 주체문학연구소 편, 『총대와 문학』, 사회과학출판사, 2004, 129~137면에 서술된 5가지 원칙이다.

22 한때 선군사상, 선군정치, 선군문학의 기원을 실제로 개념이 처음 나온 90년대 후반보다 더

침으로 서술된 다음과 같은 규정이 주목될 뿐이다.

> 선군시대는 그에 맞는 선군혁명문학을 건설할 것을 요구한다. (중략) 가
> 장 중요한 내용을 이루는 것은 군대문학예술을 앞세우는 원칙에서 문학
> 예술 창조와 건설에서 나서는 모든 문제를 해결하며 군대에서 문학예술의
> 본보기를 창조하며 그것을 따라 배우게 하여 문학예술 전반을 발전시켜나
> 가는 것이다.[23]

이에 따르면 선군혁명문학이란 혁명적 군인정신으로 무장하고 '붉은
기 사상'을 구현하는 군대문학예술을 선군시대 모든 문학예술의 모범이
자 전형으로 삼으라는, 일종의 이념형으로 생각된다. 창작방식도 군대 창
작기관과 창작자들의 기풍을 따르라고 하니 말이다. 선군문학론은 이론
의 주체, 세계관, 미학 및 창작방법에 대한 후속논리를 끝내 정리하지 못
한 채, 주체사실주의문학론의 틀에서 벗어나지 않았다. 다만 2005년 총
서 『선군혁명문학예술과 김정일』(전 5권)이 나왔으나 일반이론을 표방하
지 않고 김정일의 문학예술분야 실무지도를 장르별로 정리한 데 그쳤
다.[24]

앞선 시기로 소급하려 하였다. 하지만 문학사 서술에선 2006년 책에 처음 나온다. 1989년
문학까지 서술한 사회과학원의 90년대판 15권짜리 문학사 어디에도 '선군'은 없다. 천재
규, 정성무, 『조선문학사』 14권(사회과학출판사, 1996); 김정웅, 천재규, 『조선문학사』 15권(주체
사상화위업시기)(사회과학출판사, 1998) 참조. 따라서 선군(혁명)문학의 기원을 1990년 이전으로 소
급하려는 시도는 정치적 편의주의에 근거한 작위적 산물로 판단된다. 이는 수령론에 입각
한 '항일혁명문학예술'에 대한 문학사적 평가가 시기가 지날수록 소급, 강조되는 식으로 비
역사주의적 정치편의주의에 매몰된 70년대식 이론화를 떠올리게 한다.

23 『조선문학사』(문학대학용), 김일성종합대학출판사, 2006, 408면. 또한 443면에 '선군시대를
반영한 1990년대 후반기 문학'이란 표현이 보이지만 예로 든 작품은 '혁명교양, 계급교양,
사회주의애국주의' 소재(446~453면)를 뺀 인민의 투쟁과 군대를 형상화한 일부에 불과하다.

24 최언경, 『선군혁명문학예술과 김정일(1)』; 김득청, 남상민, 정봉석, 『선군혁명문학예술과 김
정일(2) 음악예술』; 한룡숙, 『선군혁명문학예술과 김정일(3) 영화, 연극예술』; 량연국, 함인
복, 『선군혁명문학예술과 김정일(4) 미술』; 박병화, 림채강, 김시호, 남용진, 『선군혁명문학

3. 선군(혁명)문학론의 이론구조: 소재-이념-미학의 글쓰기 전략

1990년대 중후반의 '고난의 행군'을 극복하기 위한 방도로 인민군대를 중시하는 선군사상, 선군정치가 제시되고 이에 따라 문예정책과 노선도 2000년 전후에 '선군혁명문학'으로 귀결되었다. 이러한 당 정책의 노선 정립에 따라 선군사상에 입각한 선군시대를 대표하는 많은 문학작품이 창작되었다. 1997년부터 2007년까지의 『조선문학』, 『청년문학』, 『문학신문』 게재 시, 소설 작품들을 개괄해볼 때 이전과 달리 문학작품의 주인공이나 서술자로 군인이 직접 등장하거나 플롯 전개 중 갈등의 해결방안으로 군대식 돌격대식 사업방식을 강조하고 자기희생적인 혁명적 군인정신을 고취하는 등 군 중시의 주제사상이 눈에 띄게 강화되었음을 알 수 있다.

1990년대 후반의 선군(혁명)문학 초기 단계에선 인민군이 직간접적으로 등장하여 군인정신으로 서사적 갈등을 해결하는 내용이 주였다. 가령, 문상봉의 「총대에 비낀 인간상」에서 총을 떠나서 못 사는 캐릭터가 창조되었다. 잠잘 때도 목총을 베고 자는 항일혁명투사 최현을 통해서, 총이 바로 혁명투사이며 그의 생활이며 생명이라는 점을 형상화한다. 리영환의 「노들섬」은 군 복무를 같이 한 옛 전우인 주병섭과 최진학의 모습을 통해 군대와 인민의 관계와 인민군대의 역할을 제시한 작품이다. 이 소설은 항일무장투쟁시절에 보여준 군민일치(軍民一致)의 전통을 계승한 군의 대민지원사업을 형상화하였다. 박원성의 「운계령 할머니」 또한 다박솔 초소 병사들이 70세 노파 오성녀의 생일을 축하하는 군민일치사상을

예술과 김정일⑥ 무 8, 교예』, 문학예술출판사, 2005.10; 리현순, 배광수, 『위대한 령두자 김정일 동지의 선군시대 문학령도업적: 조선사회과학학술집 442 문학편』, 사회과학출판사, 2014.

그렸으며, 리기창의 『병사의 숨결』은 한 통신병의 영웅적 행동을 찬양하는 '총대정신'을 형상화한 작품이다.[25]

이처럼 선군(혁명)문학이 처음 나왔을 때는 군대 중시와 군대식 문화가 소재 차원으로 수용되었다. 그러다가 군 중시사상이 이데올로기적 차원으로 본격 개입하게 된다. 선군혁명문학이 '총대철학'과 '총대미학'을 유기적으로 결합시킨 선군정치사상의 문학적 반영이 된 것이다. 최언경에 따르면, 선군혁명문학예술은 또한 인민군대의 혁명적 문학예술을 본보기로 하고 있다. 여기에는 군사가 국사의 첫째이고 군대가 혁명의 핵심부대, 주력군이며 군대를 강화하는 것이 기본이라는 선군정치의 본질적 특성이 투철하게 구현되어 있다. 인민군대를 무적필승의 혁명무력으로 강화하여 조국의 안전과 혁명의 전취물을 사수하며 인민군대를 핵심으로, 주력으로 하여 혁명의 주체를 튼튼히 꾸리고 사회주의 건설의 모든 사업을 혁명적으로, 전투적으로 벌려나가는 것이 선군(혁명)문학이라는 것이다.[26]

여기서 선군(혁명)문학이란 군대가 곧 당이고 국가이며 인민이라는 독특한 총대철학에서 나왔으며, 모든 것은 총대에서 비롯된다는 총대사상이 미학으로까지 끌어올려지는 것이 문제적이다. 마치 수령에 대한 충성이라는 도덕윤리적 차원의 명제가 미학으로 전화된 것이 사람 중심의 철학과 인민대중의 자발성에 기초했다는 주체사실주의미학의 이면적 진실이듯이, 선군(혁명)문학의 이면 또한 군 중시의 철학과 사업방식이 미학으로까지 끌어올려진다는 점이다.

가령, 문예학자 박춘택은 「우리 당의 붓대철학과 작가의 시대적 사

---

25 문상봉, 「총대에 비낀 인간상」, 『조선문학』 1997.10; 리영환, 「노들섬」, 『조선문학』 1997.11; 박원성, 「운계령 할머니」, 『조선문학』 1998.2; 리기창, 「병사의 숨결」, 『조선문학』 1998.2.

26 최언경, 「존엄 높은 조국과 더불어 영광 떨쳐온 주체문학의 55년」, 『조선문학』 2003.9, 9면.

명」이라는 제목의 논설을 통해 "붓대는 혁명과 반혁명, 정의와 부정의와의 총포성이 울리지 않는 사상적 대결에서 승리를 거두게 하는 위력(威力)한 무기"라고 전제하고, "흔들림 없이 수령결사용위을 지니고 충성의 한 길을 꿋꿋이 걸어가는 것이 선군작가의 참 모습"이라면서, 작가들에게 정치적 식견과 안목을 높이며 현장 체험을 많이 할 것을 촉구했다.[27] 작가가 붓을 잡는 것은 군인이 총을 잡는 것과 같으며 글쓰기를 하는 것은 전투를 하는 것과 같다는 발상이야말로 선군혁명문학의 글쓰기전략을 한마디로 웅변해주는 말이 아닐 수 없다. 이렇듯 붓대철학은 바로 총대철학이라면서 작가에게 군 체험을 시키거나 아예 박윤처럼 인민군이 작가로 우대받는 경우까지 늘고 있는 것이다.

선군혁명문학의 시계열적 추이를 분석해볼 때, 처음에는 창작에서 군대식 특징이 소재적 차원으로 수용되었지만 차차 군대식 사고가 사상적 이데올로기적 차원으로 적용되다가 비평에선 미학 차원까지 지향하는 것으로 판단된다. 선군(혁명)문학이 이데올로기 차원을 넘어서서 문예형식 및 미학 차원으로 이론적 일반화를 기획할 때 생기는 문제점은 무엇일까? 창작과 비평의 전 과정에 인민군대의 아이콘을 절대화시켜 제시하는 이러한 방식의 선군(혁명)문학의 글쓰기전략은 과연 효과적인지 의문이다. 선군혁명문학이 미학, 문체 차원의 수용이 되면 가령, 조선인민군문예창작사 부장인 소설가 박윤처럼 '총대와 붓대를 억세게 틀어쥐고 혁명적 군인정신에 입각한 '총대문학의 기수'를 자처'하게 되는 것이다.

그런데 선군(혁명)문학론의 글쓰기방식은 문제점이 없을까. 가령 선군혁명문학의 대표작이라는 한웅빈 소설과 그에 대한 한미영의 비평을 분석해보자. 「스물한 발의 포성」은 안변발전소용 터널공사 현장에서 갱목 같은 기초물자가 태부족한데도 군인 노동자들이 선군정신으로 과업을

---

27 박춘택, 「우리 당의 붓대철학과 작가의 시대적 사명」, 『조선문학』, 2005.10, 5~7면 참조.

달성하는 내용이다.[28] 전문성이 부족한 군인들이 열악한 건설 환경에서 오로지 '하면 된다'는 돌격대정신으로 문제를 해결하는 것이 찬사 대상일지 의문이다. 터널을 뚫을 때 갱목이 모자라 천정이 무너지는 것을 제대로 받치지 못하고 갱도차 레일용 강철도 부족하자 뗏목을 띄워 공사하는 것을 선군정신이라 한다. 어떠한 안전장치도 없이 토목공사의 기초도 무시한 채 목숨을 담보한 위험천만한 공사를 감행하면서 선군혁명을 거론하니 정치적으로나 미학적으로 문제가 없지 않다. 나라가 위기일 때는 군인이 민간 기술자나 탄부보다 앞선다는 선군방식이 문화대혁명 당시의 중국의 실패를 반복하지 않을까 우려된다.[29]

한웅빈의 「채 쏘지 못한 총탄—한 전쟁로병의 이야기 중에서」[30]에 대한 소장 비평가 한미영의 평론은 선군(혁명)문학론의 글쓰기 전략이 어디를 향하는지 짐작케 한다.[31] 소설은 서술자 '나'가 6.25전쟁 당시 낙동강 전투에서 전사한 순재 상등병의 경기관총 투혼 등을 추억하는 내용이다. 한미영의 평문을 보면 작품의 사상주제적 알맹이라는 '종자'를 부여잡았다면서 소설의 형식 분석까지 전투용어를 남발한다. 가령, 낙동강 전투에서 죽을 때까지 기관총을 부여잡고 총쏘다 전사한 순재 상등병의 추억을 그린 「채 쏘지 못한 총탄—한 전쟁로병의 이야기 중에서」의 첫 번째 에피소드는 "병사의 총탄은 원쑤가 남아있는 한 숨겨서도 계속 쏘아야 할

---

28 한웅빈, 「스물한 발의 포성」, 『조선문학』 2001.6, 73면.

29 이 작품이 과연 선군(혁명)문학의 대표작 또는 전형인가를 두고 김성수, 노귀남, 이봉일 간에 이견이 있다. 노귀남은 이 작품을 선군혁명문학론의 성공작이라고 고평하고 이봉일도 선군혁명문학의 희생과 총대사상을 잘 보여준다고 평가한 데 반해, 김성수는 중간관리자의 무지와 관료적 폐해의 위험성을 비판한 바 있다. 노귀남, 「북한문학 속의 변화 읽기」, 『통일과 문화』 창간호, 통일문화학회, 2001, 74~77면; 이봉일, 「2000년대 북한문학의 전개양상」, 김종회 편, 『북한문학의 이해 3』, 청동거울, 2004, 61~2면; 김성수, 「북한의 '선군혁명문학'과 통일문학의 이상」, 『통일과 문화』 창간호, 통일문화학회, 2001, 114~116면 참조.

30 한웅빈, 「채 쏘지 못한 총탄—한 전쟁로병의 이야기 중에서」, 『조선문학』 2005, 1~3호 연재.

31 한미영, 「총탄처럼 박히는 련속단편소설의 형상세계」, 『조선문학』 2006.4, 51~53면.

멸적의 총탄"이 종자이고, 1951년 재반격 때 작은 순재가 국군 포로를 죽이지 못하고 허공에 총쏘는 두 번째 에피소드는 "병사의 총탄은 대를 두고 원쑤를 징벌해야 할 복수의 총탄, 증오의 총탄"이 종자라 단언한다. 1953년 7월 중부전선 무명고지 탈환 때 적을 기습한 전투 무용담을 그린 세 번째 에피소드는 "병사의 총탄은 한 몸이 그대로 총대가 되어서라도 기어이 쏘아야 할 총탄"이 종자라고 확언한다. 그런데 왜 이것이 주제사상의 핵심인 종자인지 논증은 없고 전투용어만 남발하니 문제다. 가령 다음 비평문을 보라.

> "총탄처럼 박히는 종자," "병사는 언제나 자기의 총대 속에 '채 쏘지 못한 총탄'을 재우고 있어야 한다," "작품의 종자는 하나의 총탄을 련상시킨다," "온 몸이 총대가 되어 마지막 한 치를 톺고 있는 그 순간에조차 총알 같은 해학이 발사된다."
> "시대와 력사를 관통하고 있다. 실로 총탄 같은 종자를 발사한 것으로 하여 이 단편은 명백히 우수한 단편으로 된다. 한마디로 이 단편의 구성은 '련발사격식 구성'이다. 련발사격으로 하나의 목표를 명중시킨 데 이 단편의 형상적 높이가 있다. 이 련발사격식 구성은 주인공 나에게 생긴 의혹이 마침내 풀리게 되는 극적 과정 속에 들어 있다."[32]

선군혁명문학론의 미학적 이론화가 '해학과 반전'이라는 전통적인 소설문법조차 "총탄 같은 종자의 발견, 련발사격식 구성의 돌파, 충실한 감정조직" 등으로 이론적 정식화가 될 것이라는 예감이 들 정도이다. 작품 평가의 결론조차 "이 모든 것이 한데 어우러지고 단단히 뭉쳐 련속단편소설의 긴 행로를 수월하게 넘어왔다. 이는 마치 명사수가 성능 좋은 무기를 메고 있는 것과 흡사하다."고 총평한다.

---

32 한미영, 「총탄처럼 박히는 련속단편소설의 형상세계」, 『조선문학』 2006.4 참조.

사실 한웅빈 작품 「채 쏘지 못한 총탄—한 전쟁로병의 이야기 중에서」는 한 편의 잘 짜여진 소설로 놓고 봐도 미학적 성과가 풍성하다. 수령이나 장군의 직접적 등장 없이도 영화 장면을 묘사하듯이 세 가지 에피소드를 나란히 회상하고 현재와 관련 맺는 액자식 구성은 신선하다. 소설 문체 또한 "날씨는 극도로 랭각된 정세처럼 차고 맵짜웠습니다" 날씨와 정세를 비유한 글쓰기방식도 특이하다. 〈까투리타령〉 같은 민요, 〈휘파람〉 같은 가요가사, 카프 작가 조명희 소설 「낙동강」(1927)의 가요 가사까지 적절하게 삽입되어 있다. 그런데도 이러한 풍부한 형상화, 글쓰기방식의 다양성을 외면하고 '총탄처럼 박히는 종자, 련발사격식 구성'이니 하는 군대식 발상과 전투용어를 작위적으로 남발하니 선군(혁명)문학론의 지향과 논리가 무엇인지 의문이 아닐 수 없다.

마찬가지 논리로, 선군(혁명)문학을 해설하는 문예학자 최광일의 논리도 문제 삼지 않을 수 없다. 송상원 장편소설 『총검을 들고』(2002)에 대한 해설에서 "발전소 건설은 오늘의 시련을 이겨내기 위한 투쟁의 주공전선이며 우리를 고립 압살하려는 원쑤와의 총포성 없는 전쟁"이라고 논평[33] 하는 평자의 글쓰기에도 매사를 전쟁 용어와 전투 개념으로 설명하려는 강박에 놓여 있다고 아니할 수 없다. 소설의 내용은 사실 주인공 김남철의 다음과 같은 편지 구절처럼 수령을 닮은 전인적 인간형의 창조를 목표로 내세우지만 실제로는 죄의식에 사로잡힌 현실적 틈새가 사실적으로 형상화된 것을 포착해야 한다.

그 어떤 경우에도 인격을 버리지 말라, 군인의 체모를 잃지 말라. 이것이 제가 찾은 군인생활의 교훈이고 병사의 진리입니다. 아버지, 저는 사람들

---

33 최광일, 「총대로 조선혁명을 개척하고 승리에로 이끌어오신 백두산 3대장군의 불멸의 업적에 대한 형상」, 사회과학원 주체문학연구소 편, 『총대와 문학』, 사회과학출판사, 2004, 63~64면 참조.

앞에서 모든 군인들이 김정일 장군님을 닮자고 말했습니다. 그이처럼 완성된 인격을 갖추자는 것입니다.[34]

위의 편지처럼 '진정한 군인이 되는 것'은 그의 공식적인 태도이지만, 이면으로는 죄의식에 사로잡혀 현실적 갈등을 제대로 해결하지 못하는 것이 숨은 문제이다. 이를 섬세하게 포착한 것이 오히려 작가의 표면적 의도와는 구별되는 서사적 진실이리라. 저 유명한 발자크의 '리얼리즘의 승리'란 말을 들먹일 것도 없이 표면적으로는 수령에 대한 충성을 미덕으로 내세우지만 실은 사회주의 현실을 고스란히 드러낼 수밖에 없는 소설의 실상이 중요하다는 말이다.[35] 하지만 평자는 리얼리즘의 일반론은 외면하고 선군(혁명)문학론의 특수성에만 강박적으로 집착한다. 아마도 한미영, 최광일 등 소장학자, 비평가들은 1950~60년대 리얼리즘 대논쟁기를 경험했던 6,70대 이상의 원로 문예학자, 비평가처럼 마르크스레닌주의미학을 제대로 학습, 체득하지 못한 채 주체문학이론 및 선군(혁명)문학론에 강박적으로 집착한 데 보다 근본적인 원인이 있는지도 모를 일이다.

'고난의 행군과 강행군' 담론도 1960년대 중반의 '항일혁명문학예술의 발굴'과 마찬가지로 위기에 처한 현재적 필요에 의해 발견되거나 만들어진 과거이며 신화의 산물이라고 아니할 수 없다. 현재의 시련과 고난을 극복하기 위하여 신화적 과거를 호명하고 그에 준거해서 미래를 지향하겠다는 전략이라는 말이다. 현실 사회주의가 거의 소멸했는데도 평양이 세계 사회주의의 중심이라는 허장성세를 강변하는 리종렬 장편 『평양은 선언한다』, 1998년 미 클린턴 정부의 북 체제 전복계획이라는

---

34 송상원, 『총검을 들고』, 문학예술출판사, 2002, 224면.

35 소실직 진실이 작가의 의도를 배반할 수 있다는 이러한 현상을 김인환은 "전형이란 대표적 사례를 가리키는 예외적 사례'란 개념으로 정리한 바 있다. 김인환, 「전형문제」, 『우리 세대의 문학』 3집, 문학과지성사, 1983, 168면 참조.

'5027작전계획'을 '총대정신'으로 막아낸다는 박윤의 『총대』(2003) 같은 작품이 선군(혁명)문학의 대표작으로 위력을 가진다는 데 문제의 심각성이 있다.

가령, 『총대』에서 "총대, 총대에 모든 것이 달려 있습니다. 선군정치는 우리 당의 전략적인 로선입니다. 그래서 우리는 시종일관 우리의 총대인 병사들 속으로 찾아가는 것입니다."라는 주인공 유진성의 '선군 투사'적 면모가 선군(혁명)문학의 한 표상이라 하겠다. 하지만 "붓대는 총대와 같아야 한다"는 슬로건 수준의 '총대미학'이 과연 일반화 가능한 보편이론인지는 의문이다. 타자의 시선에서 볼 때 가칭 '선군문학론'이 기존의 사회주의적 사실주의이론이나 주체문학론 같은 위상을 지니기는 어렵다고 본다.

그럼에도 불구하고 김정일 시대 북한에서 보편적인 사회주의 문학 대신 주체문학, 선군문학을 내세우게 된 현실적 이유는 무엇일까? 이는 현실 사회주의의 몰락에 따라 시효가 다한 사회주의 리얼리즘 대신, 최고 지도자(수령, 장군)에 대한 충성과 '자민족 제일주의'라는 주관적 의지를 강조해서 위기를 돌파하겠다는 전략의 일환이라 할 수 있다. "사탕알이 없이는 살 수 있어도 총알이 없이는 살 수 없다는 철석같은 신념을 간직한 우리 인민이기에 장군님 따라 선군의 길을 꿋꿋이 걸어왔고 오늘 우리 조국은 그 어떤 대적도 두려움 없는 정치사상강국, 군사강국으로 거연히 일떠섰다."[36]는 수필의 한 대목은 민생을 희생시키더라도 군대가 최우선이라는 선군 담론의 특징을 단적으로 보여준다. 선군은 현실 사회주의의 몰락에 따라 지도자(수령, 장군)에 대한 충성과 '자민족 제일주의'라는 주관적 의지를 강조해서 위기를 돌파하겠다는 전략의 산물이었다. 문학도 지도자의 위상을 신성시하고 군(군인과 군대, 군인정신)이 문학 창작의 주

---

36 서현일, 「총대는 이어진다」, 『조선문학』 2012.4, 66면.

체이자 소재이고 이념이자 심지어 미학까지 담론을 장악했던 셈이다.

하지만 선군문학의 글쓰기전략의 숨은 본질은 기본적으로 은폐와 강박이라 아니할 수 없다. 2000년을 전후한 시기, 북한체제의 내면적 시련을 감추는 은폐적 기능을 담당한 문학예술 분야의 집단적 글쓰기 기획은 검열과 공식매체를 통해 거의 동일한 내용과 형식으로 순환, 모방, 재생산되기 때문이다. 문학의 창작과 비평, 유통을 지배하고 있던 이 은폐적 글쓰기 현상은 사적 개인의 철저한 배제, 군대 내지는 돌격대를 새로운 모범으로 내세우는 집단적 자아의 강화 등,『주체문학론』의 본래적 개방성을 퇴행시킨 혐의가 없지 않다. 새로운 글쓰기 방식으로 등장한 선군사상의 감정 토로가 그와 다른 방식으로 정책 및 이론을 지배했던 주체문학론의 당문학 기능과 동일한 방식으로 문예 창작 메커니즘을 장악하고 있음을 간과해서는 안될 것이다. 이러한 맥락에서 선군문학은 독특한 위치에 놓이게 된다. 군대 및 군사용어만 개입되면 만사형통이라는 특권화된 제스처가 글쓰기의 위기를 역설적으로 보여주고 있기 때문이다.

다시 묻는다. 선군문학은 혁명적 군인정신이나 총대미학 같은 몇 가지 담론전략을 가지고 과연 사회주의 리얼리즘, 또는 주체사실주의 창작방법의 연장선상에서 새로운 미학으로 성립할 가능성이 있는지. 가령 "붓대는 총대와 같아야 한다" 정도의 슬로건 수준인 '총대미학'이 과연 리얼리즘이나 '종자론' '속도전'의 반열에 놓인 대체 용어개념인가 하면, 지금으로선 그렇지 않다고 판단된다.

4. 선군(혁명)문학론의 비평사적 위상

김정일 통치기(1994~2011) 북한 사회의 흐름은, 초기의 '유훈통치기'와 '고난의 행군, 강행군' 시기를 거치면서 '선군(先軍)시대'로 자기정립을 했다고 할 수 있다. 90년대 중후반 한때의 체제 붕괴 위기를 거치면서 인민 생활은 대폭 악화되었지만 유일사상에 입각한 김정일 체제는 더욱 견고해졌으며 그 과정에서 위기를 넘기는 데 공헌한 군(軍)의 위상이 절대화되었다. 문학도 '선군(先軍)혁명문학'이란 슬로건 아래 이념적으로 더욱 경직되었다.

선군(혁명)문학은 주체사실주의문학의 김정일 시대판 '새로운 형태'이다. 작품 주인공도 이전 시대 문학이 노동계급, 프롤레타리아의 문학인 데 반해 '선군(先軍)시대'에는 혁명 주력군이 노동계급이 아니라 인민군대이기 때문에 인민군이 기본주인공이 된다는 논리이다. 군대가 아닌 등장인물까지 포괄하기 위한 미학적 장치로 '군민일치의 전통적 미풍'을 감명 깊게 그려내면 된다고도 하였다. 전형적 형상의 역사적 전통을 보면, 1950년대 시대정신을 노동영웅인 천리마기수가 형상화했다면 2000년대 시대정신은 수령을 옹위한 영웅적 군인이 창조해야 한다는 것이다. '선군시대'엔 혁명적 군인정신과 총대사상을 지닌 군인이 창작 주체이자 '선군 투사' 전형이라는 주장이다. 식량난 등 체제붕괴 위기를 전쟁으로 은유하고 있는 정세에서 전쟁 수행과 승리의 담지자는 오직 군인뿐이라는 현실도 이런 논리를 뒷받침하고 있다. '군이 우선'이란 슬로건 아래 더욱 강화된 강박적 글쓰기의 현실적 동인은 결국 '고난의 행군'으로 일컬어지는 체제 붕괴의 위기와 '선군사상'으로 일컬어지는 체제 극복 정책노선을 창작의 동인으로 전화시킨 문예정책이며, 이를 외면, 반대할 수 없는 작가의 처지를 반영한다.

'주체문학론' 이후 문학예술장을 냉철하게 돌이켜보면, 당과 수령이 원하는 작품만 기계적으로 생산해내는 안이함이 만연하였다. 거기 더해 수령이라는 사회정치적 생명체의 뇌수가 사망하자 체제는 전신마비의 중병에 걸린 셈이다. 그런데 북한 역사는 늘 정치적 위기의식을 끝없이 밀어붙이는 벼랑끝 전략을 반복하지 않았던가. 그래서일까, 작가, 비평가들에게 '일촉즉발'이라는 위기의식조차 만성화되어버렸다.

위기의식의 만성화가 초래한 여러 문제점 중 치명적인 것이 바로 학술적 용어 개념의 단선화, 토론과 논쟁의 부재, 도식주의의 만연이다. 이러한 점은 비평 분야가 특히 심하다. 가령, 『조선문학』 2001년을 결산하는 12월호 편집후기를 보면 찬양 일변도의 평론이 지닌 문제점을 지적하고 있다. 평론가들에게 작품을 입체적으로 투시하는 미학적 안목과 개성이 담긴 형식과 문체가 요구되지만, 실상은 '종자의 반복성, 구태의연성과 진부성, 평면성과 고루한 문체'가 되풀이되고 있다는 비판적 자기진단을 하고 있다. 이에 대한 해결책으로 "평론가가 담이 커야 한다"는 김정일 교시가 대안으로 제시되고 있긴 하다. 하지만 진정 작품을 개성적으로 평가하려면 당 정책이나 최고지도자의 담론에 기대지 않는 자기만의 개성적 언술을 할 수 있어야 하는데, 그렇게 담이 큰 문인은 보기 어려운 게 현실이라고 자인한다.[37]

『조선문학』 2005년의 창작총화(연말결산)에서도 비슷한 논조의 자기비판이 반복되고 있다.[38] 소설부문 성과는 '선군시대의 새로운 인간 형상'이라고 한다. 작가들이 선군시대의 전형적 성격인, 당과 수령에게 끝없이 충직한 개성적 인간, 산 인간의 모습을 잘 그려냄으로써 생활의 선도자로서의 문학 사명을 수행했다는 것이다. 그럼에도 불구하고 일부 작품에서 성격의 본질적 추구가 약하고 긍정미담 위주의 보도기사식 서술에서 벗어나지 못해 치명적인 형상적 약점을 보였다고 비판한다. 시 총평에서도 시작(詩作)의 약점으로 일부 시들이 계기가 명확치 않고 무엇을 느끼고 시를 썼는지 가늠하기 힘들다면서, 이런 시일수록 필요 없이 길

---

37 「편집 후기」, 『조선문학』 2001.12, 80면.

38 최길상, 「장엄하고 격동적인 시대와 함께 전진해온 한 해—잡지 『조선문학』(2005년)에 발표된 작품들을 돌이켜보며」, 『조선문학』 2005.12.

어지고 "수더구(수량) 많은 설명"으로 시행을 채워 서정에 대하여 말하기 힘든 지경에 이르고 있다고 비평한다.[39]

이처럼 선군시대 10년간의 연말 결산평을 일별해보면 하나같이 창작에서의 개성, 현실반영, 형상화 세 가지 부족점을 상투적으로 반복 비판하고 있다. 하지만 '선군혁명문학'노선과 이념에 맞춤형 창작과 실제 생활현실의 진실한 묘사 사이의 균열에 대한 고민은 별반 드러나지 않는다. 창작뿐만 아니라 비평조차 글쓰기에 대한 현실주의적 자의식이 결여되었다는 데서 문제의 심각성은 자못 크다. 민족문학의 대의나 리얼리즘의 미학적 잣대에 비추어봐서도 본령에서 벗어난 것처럼 생각되는 이러한 위기의 원인은 무엇인가? '선군(先軍)혁명문학'이란 슬로건 아래 더욱 강화된 강박적 글쓰기의 현실적 동인은 결국 '고난의 행군'으로 일컬어지는 체제 붕괴의 위기와 '선군사상'으로 일컬어지는 체제 극복 정책노선을 예술 창작의 미학으로 전화시킨 문예정책이며, 이를 외면할 수 없는 문인의 사회적 존재에 근본 원인이 있다고 할 터이다.

그렇다면 선군사상의 미학화가 창작과 비평 등 글쓰기에 어떻게 작용하는가? 선군혁명문학은 내포적으로는 초기의 소재 차원 군(軍)중시 사상에서 군대식 사고방식의 일상화, 일상생활을 지배하더니 어느새 미학 차원의 '총대미학'으로까지 전화(轉化)하였다. 외연적으로는 군 소재 문학 일부에서 모든 예술 장르로 확대됨으로써, 슬로건 차원의 '선군혁명문학'에서 보편이론을 지향한 '선군(혁명)문학(예술)론'으로 이론적 확산

---

39 최길상, 「장엄하고 격동적인 시대와 함께 전진해온 한해—잡지 『조선문학』(2005년)에 발표된 작품들을 돌이켜보며」, 『조선문학』, 2005.12, 56~60면. 긍정 평가작은 단편소설 「백로떼 날아든다」(김명익), 「금대봉마루」(류정옥), 「보통사람들의 이야기」(김교섭), 「발걸음」(김순황) 등이다. 시로는 「다박솔의 눈송이」(박세옥), 「우리 수령님 이야기」(박경심), 「어쩌면 좋아」(강옥녀), 「불타는 해야」(오정로) 등을 높이 평가한 반면, 「심장의 대화」(리영철), 「11월의 판문점」(신문경), 「행복한 인민」(김영옥), 「노래하노라, 오직 한마디」(김휘조), 「우리는 이 벌의 주인이다」(리진협) 등은 부정적으로 평가하였다.

을 지향했지만 끝내 성사되지 못했다.[40]

하지만 선군(혁명)문학의 본질과 범위를 편협하게 해석, 적용함으로써 '선군사상의 미학화'로만 한정하는 것은 문제가 많았다. 그 결과 '혁명적 군인정신'을 소재와 이념으로 형상화한 한웅빈 소설, 한미영 비평의 군대식 용어를 남발하는 글쓰기전략은 선군사상에 스스로 결박되어 있다고 아니할 수 없다. 이처럼 선군(혁명)문학론의 비평사적 위상은 이념적 경직으로 말미암은 퇴행이라고 할 수 있다. 위기 탈출용 군대식 사고와 비정상적 상상력의 고착화 탓에 주체문학의 전성기(1967~1994) 후반부인 '주체문학론'의 상대적 유연화(1986~94) 추세가 급격하게 퇴행한 것이다.[41]

---

40 선군문학론이 주체문예론이나 주체문학론에 버금가는 독자 이론이 되려면 문예노선과 이념, 세계관, 주체, 창작방법과 미학에 대한 체계적 논리를 갖춰야 한다. 굳이 따지면 문예노선과 이념은 선군사상, 세계관은 혁명적 군인정신, 주체는 인민군과 군 출신 작가, 창작방법은 군대식 상상력과 문체, 미학은 총대미학 식으로 정리할 수 있다. 하지만 이론화하기엔 무리였는지 김정일 사망 후 당 중심 사회주의 정상국가로 복귀하면서 끝내 일반이론은 나오지 않았다. 다만 김정일의 문학예술분야 실무지도를 장르별로 정리한 『선군혁명문학예술과 김정일』(2005)이 나왔을 뿐이다.

41 2011년 12월, 김정일의 급사에 따라 김정은 체제가 시작된 지 10년이 되었다. 선군문학담론은 2012~16년까지 기존의 주체문학담론과 함께 병존했으나 현실적 위력은 서서히 사라졌다. 7차 당대회 이후 노동계급 당 중심의 정상적인 사회주의체제로 복귀한 2016년 이후에는 선군 담론이 눈에 띄게 쇠퇴하였다.

선군(先軍)혁명문학론 주요 목록

김영국, 「우리 당의 선군정치는 제국주의와의 대결에서 련전련승하는 불패의 정치」, 『천리마』 1999.12.

김순림, 「우리 당의 위대한 선군령도를 따라 힘있게 전진하는 주체문학」, 『조선문학』 2000.10.

방철림, 「위인의 손길 아래 빛나는 선군혁명문학」, 『천리마』 2000.11.

최길상, 「새 세기와 선군혁명문학」, 『조선문학』 2001.1.

최길상, 「선군혁명문학령도의 성스러운 자욱을 더듬어」, 『조선문학』 2002.2.

김일수, 「선군혁명시가문학에 흐르는 미래사랑의 세계」, 『조선문학』 2002.8.

고철훈, 「우리 당의 선군사상과 문학예술작품창작」, 『문학신문』 2003.1.25.

방형찬, 「선군혁명문학은 주체사실주의문학 발전의 높은 단계이다」, 『조선문학』 2003.3.

장형준, 「선군의 위력을 심오하고 진실하게 형상한 시대의 명작—총서 '불멸의 향도' 중 장편소설 『총대』에 대하여」, 『조선문학』 2003.7.

김정웅, 「선군혁명문학에서 조국애의 구현」, 『조선어문』 2003-3(2003.8).

리현순, 「선군혁명문학에서 반제혁명사상의 예술적 구현」, 『조선어문』 2003-4 (2003.11).

최언경, 「존엄 높은 조국과 더불어 영광 떨쳐온 주체문학의 55년」, 『조선문학』 2003.9.

최언경, 「선군혁명문학예술은 위대한 선군정치의 사상정서적정화」, 『문학신문』 2003.11.29.

서재경, 「선군혁명문학에서 군민일치의 미풍에 대한 형상」, 『조선어문』 2004-1(2004.2).

김선일, 「선군소설문학의 매력」, 『조선문학』 2004.3.

김정웅, 「문학예술에 선군정치의 반영과 그 정당성」, 『문학신문』 2004.5.8.

김정웅, 「선군혁명문학의 특성과 그 창작에서 나서는 요구」, 사회과학원 주체문학연구소 편, 『총대와 문학』, 사회과학출판사, 2004.5.20.

정성무, 「선군혁명문학작품 창작에서 혁명적 군인정신의 구현」, 사회과학원 주체문학연구소 편, 『총대와 문학』, 사회과학출판사, 2004.5.

최광일, 「총대로 조선혁명을 개척하고 승리에로 이끌어오신 백두산 3대장군의 불멸의 업적에 대한 형상」, 사회과학원 주체문학연구소 편, 『총대와 문학』, 사회과학출판사, 2004.5.

김정웅, 「선군혁명문학에서 주인공문제」, 『조선어문』 2004-3(2004.8).

박춘택, 「선군혁명문학 발전과 우리 평론」, 『문학신문』 2004.10.16.

김정웅, 「주체사실주의문학 발전의 새로운 단계로 되는 선군문학의 본성과 특징」, 『조선문학』 2005.1.

서재경, 「혁명적군인문화는 선군문학예술 발전의 원동력」, 『문학신문』 2005.2.5.

최언경, 「선군혁명문학예술의 새 시대를 펼치신 위대한 령장을 우러러」, 『선군혁명문학예술과 김정일 (1)』, 문학예술출판사, 2005.2.16.

주미영, 「창작가, 예술인들은 창작기량을 높이고 시대의 명작들을 더 많이 만들어 선군문학예술의 새로운 전성기를 펼치라!」, 『조선예술』 2005.9.

주미영, 「창작가, 예술인들은 창작기량을 높이고 시대의 명작들을 더 많이 만들어 선군문학예술의 새로운 전성기를 펼치라!」, 『조선예술』 2005.9.

박춘택, 「우리 당의 붓대철학과 작가의 시대적 사명」, 『조선문학』 2005.10.

고철만, 「총대가정을 형상하는 것은 선군문학의 필수적 요구」, 『조선어문』 2005-4(2005.11).

김철호, 「군민대단결의 형상 창조는 선군혁명문학의 중요한 과업」, 『문학신문』 2007.5.26.

오철만, 「선군혁명문학은 혁명적군인정신을 구현하고 있는 문학」, 『김일성종합대학학보 어문학』 428, 2009.

오철만, 「선군혁명문학은 주체사실주의문학 발전의 새로운 높은 단계」, 『김일성종합대학학보 어문학』 440, 2010.

신경애, 「새로운 주체 100년대의 첫 장을 빛나게 수놓아온 우리의 선군혁명문학」, 『문학신문』 2012.11.24.

리병간·강은별, 『조선사회과학학술집 539 문학편: 새 세기 선군혁명문학의 발전면모』, 사회과학출판사, 2015.

제7장

'마식령속도'와 '만리마기수' 형상론[1]

1. 선군 담론의 퇴조와 청년 지도자의 애민 담론

2011년 말 김정일의 죽음으로 김정은 체제가 출범하였다. 3대 세습 권력이 된 김정은은 김일성-김정일의 '백두혈통' 상징과 권위를 그대로 물려받으면서도 '선군'만으로 해명될 수 없는 새로운 변화를 모색하였다. 김정은은 항일투사 김일성과 문화전사 김정일의 이미지를 모방, 계승하여 권력 기반을 빠르게 안정시킨 한편, 부조의 강성 이미지와는 차별화된 '미래를 지향하는 친근한 지도자' 이미지를 구축하였다.[2]

김정일 사후 쏟아져 나온 추모문학을 통해 이미 "김정은 동지는 김일성 동지이시며 김정일 동지"라는 표현이 공식화되었다. '김정은=김일성=김정일' 명제는 할아버지와 아버지의 절대적 권위에 편승한 후계 권력자의 전형적인 모방, 승계 방식이다. 「인민이여 우리에겐 김정은 대장이 계신다」나 「최고사령관의 첫 자욱」 등 정권 초기의 숱한 문예작품에서

---

1 「'단숨에' '마식령속도'로 건설한 '사회주의 문명국'—김정은 체제의 북한문학 담론 비판」, 『상허학보』 41, 상허학회, 2014.6; 「당(黨)문학의 전통과 7차 당 대회 전후의 북한문학 비판」, 『상허학보』 49, 상허학회, 2017.2. 두 논문을 단행본에 맞게 대폭 수정 보완하였다.

2 김성수, 「김정은 시대 초의 북한문학 동향—2010~2012년 『조선문학』, 『문학신문』 분석을 중심으로」, 『민족문학사연구』 50호, 민족문학사연구소, 2012.12, 481~514면.

부조(父祖)의 권위에 편승하여 후계자 승계를 정당화하였다.

그이는 / 최대열점 섬초소에서 / 병사들과 다정히 이야기를 나누시며/ 환히 웃으시는 분/ 유치원 아이들 능금볼을 다독여주시며/ 해님같이 웃으시는 분// (중략)
무늬 고운 비단이 필필이 흐르고 / 사회주의 대지에 풍년 씨앗을 뿌린다 / 눈 비 바람 세찬 세포등판을 /인민의 락원으로 꽃피우며 / 풍요하고 아름다운 내일을 가꾼다[3]

하지만 청년 김정은이 항일 투사 조부와 문화 전사 부친의 복사판에 불과하다는 비난을 면하려면 독자 이미지를 구축해야 할 터. 그래서 나온 것이 연령상의 '젊음'에서 나온 친근한 청년 지도자 이미지이다. 가령 "소년단원 꼬마들을" "한품에 안아주"고, "아이들 능금볼을 다독여주"면서 환하게 웃는 이미지를 연출하는 것이다.

어린이를 안아주며 웃음을 이끌어내는 사랑스러운 어버이의 모습이야말로 청년 지도자의 새로운 차별화 전략이었던 셈이다. 이러한 이미지는 "만경대 원아들을 찾아 한품에 안아주실 때/ 언 볼을 녹이며 흘러드는/ 어버이 뜨거운 사랑/ 머리맡에 깃드는 다심한 그 손길!"[4]하는 식으로 청년 지도자에게 푸근하고 친숙하게 다가갈 수 있는 대중적 인기인이란 인상을 받게 될 터이다. 이는 할아버지 김일성과 아버지 김정일과는 구별되는 손자 김정은만의 이미지메이킹 전략이다. 달리 보면 아동 청년 중시, 후대 중시 사상의 산물이라고도 할 수 있다.

지은이는 『조선문학』, 『문학신문』에 실린 김정은 형상 작품인 「불의

---

3 김서주, 「령장의 하해」, 『문학신문』 2013.4.25, 3면.

4 미상, 「우리는 영원한 태양의 아들딸」(경축시), 『문학신문』 2012.6.9, 3면=『로동신문』 2012.6.7, 4면.

약속」(김일수, 2013.8.10), 「우리의 계승」(윤정길, 2013.9), 「감사」(윤경찬, 2013.10), 「붉은 감」(김영희, 2013.11.16), 「12월의 그이」(황용남, 2013.12), 「들꽃의 서정」 (김하늘, 2014.1) 등을 읽어보았다. 이들 작품 분석을 통해 김정은의 면모가 어떻게 형상화되었는지 알 수 있었다. 그 결과 연륜과 통치 경험이 일천한 청년 지도자가 '정권'을 안정시키고 '체제'를 유지하는 데 성공하여 '시대'를 구가하게 되었다고 보았다. 가령 「영원한 품」, 「12월의 그이」, 「하모니카」 등의 수령 형상 소설을 보면 일종의 창작패턴이 확인된다. 즉 통치 행위, 언론 보도, 문학작품, 그에 대한 비평이 연계되어 있다. 이는 '행위-보도-창작-비평-역사'라는 수령형상문학의 전형적인 창작 기제가 작동된 것으로, 김일성, 김정일의 전례를 따른 것이다. 그러나 작품 주인공인 수령이 무갈등·무오류의 절대자라는 '수령론'과, 체제 유지와 통치에 군대가 필수라는 '선군사상'에 강박된 점을 지적하지 않을 수 없다.[5]

하지만 선군담론의 자장에서 벗어나지 못하고 부조와 기시감을 느끼게 하는 수령형상문학의 고답적 반복과는 달리 사회주의 현실 주제 문학은 김정은 시대만의 새로운 풍경을 그려냈다. 김정일 시대 말기의 민생 이미지라 할 '희천속도, 비날론 폭포, 주체철(김철)의 불노을, CNC기계바다' 이외에 김정은 체제 이후 '인민생활 향상'(민생) 담론의 새로운 이미지가 추가된 것이다. 가령 '만수대 언덕 고층살림집의 새집들이, 평양 불장식의 불야성, 세포등판의 선경, 마식령 속도' 등의 이미지가 그것이다. 평양 시내 창전거리와 만수대 언덕거리의 고층아파트가 신축되어 집들이의 감격을 노래하거나, 2012년 4월의 김일성 탄생 100주년을 기념하는 주체 101년 기념식을 축하하는 평양시내 네온사인과 불꽃놀이를 찬양하거나, 2013년에 완성된 세포지역 개간 초지의 축산시설을 자랑하거나,

---

5 김성수, 「청년 지도자의 신화 만들기—김정은 수령 형상 소설 비판」, 『대동문화연구』 86집, 대동문화연구원, 2014.6 참조.

세계적 규모의 스키장을 군민일체가 되어 속도전으로 건설하는 자부심 등이다.

　김정은 정권 초기 정세를 상징적으로 표현한다면 '사탕 한 알과 총알 한 방'의 극적 대비가 문학장에서 펼쳐지고 있는 것이다. 가령 소년단 창립 65주년 경축시 「우리는 영원한 태양의 아들딸」(2012.6)에서 보듯이, 민생 담론의 전경에 희망적 미래를 상징하는 어린이, 청소년, 청춘을 배치하기도 한다. 이는 김정은의 생물학적 나이인 서른 살 청년과 새로운 젊은 정권 출범이라는 시대상과도 맞물린 문학적 상징이기도 하다.

　　복받은 아이들아 더 밝게 웃어라//
　　힘장수 코끼리 귀여운 옥토끼/ 웃음도 절로 나는 놀이터에서/마음껏 뛰노는 경상유치원 아이들아/ 너희들의 행복한 모습을 보니/이 가슴 못내 뜨거워지는구나//
　　푸른 주단인양 펼쳐진 운동장 헤가르며/ 먼 대양으로 항행하려는 듯/ 의젓스레 배그네 몰아가는/ 귀여운 능금볼 어린이/ 바로 너였구나[6]

　　춤추며 날으는 제비런 듯/ 희망의 나래 편 물새런 듯/ 은반 우를 달리는 아이들아/ 너희들을 바라보는 이 마음도/ 그지없이 즐겁구나// (중략)
　　선군조국의 억센 기둥이 되거라/ 한껏 다져온 그 맹세 그 마음으로/ 강성 조선의 참된 주인이 되거라[7]

　"아이들아 복 받은 아이들아/ 더 활짝 웃어라"라는 어린아이의 웃음에서 '강성부흥 천만년 미래가' 달려 있다고 미래의 희망을 보는 것이다. 물론 '어린이의 웃음' 이미지를 통한 현실 긍정과 낙관적 미래 담론은 어

6　리명옥, 「복받은 아이들아 더 밝게 웃어라」,『문학신문』 2012.11.10, 2면.

7　김진주, 「복받은 아이들아」,『문학신문』 2013.1.26, 2면.

느 나라 어느 문학이나 아동시라면 흔한 것일 수 있다. 다만 20여 년 동안 그런 문학적 담론이 태부족했던 북한 시로선 김정은 시대 초를 특징짓는 신선한 변모로 감지되기도 한다. 즉, 어린아이가 웃어야 조국의 미래가 밝다는 이 당연한 명제가 실은, 지난 십 수 년 동안 강고하게 자리 잡은 '선군'담론의 묵직한 무게감과 불편함에 맞선 새로운 이미지일 수 있다는 것이다. 김정은 시대의 '후대관, 미래관'은 어린아이의 웃음과 꿈[8]을 활짝 꽃피울 수 있도록 농업과 경공업부문의 생산력을 극대화해서 인민 생활을 가시적으로 향상시키고, 선군 구호를 최소한의 비용 대비 효과가 최고인 핵폭탄으로 실체화시키는 일일 터이다. 이와 함께 인민들의 삶의 질을 향상시키는 가시적인 무엇인가가 필요해진 탓에 대안으로 평양 시내 각종 위락시설과 '어린아이의 웃음'이라는 미래/청춘 담론이 내세워진 것으로 볼 수 있다는 말이다. 이런 분위기 변화는 새 지도자인 김정은의 지도자 이미지가 아버지 김정일의 선군 담론과 차별화를 보이려는 전략과도 맞물려 있다.

　　김정은 시대 초기의 주민 생활상을 그린 '사회주의 현실 주제' 문학은 "사탕 한 알과 총알 하나"의 상징적 대비에서 보듯이, 표면적인 선군 담론의 자장이 구심력을 잃고 이면에서 '인민생활 향상'이라는 민생 담론으로 원심력을 보인다.[9] 문제는 민생의 구체적인 내용이 무엇인가 하는 점이다. 이런 맥락에서 김정은의 면모를 수령 형상 소설같이 상투적 클리세에 빠지기 쉬운 글쓰기에만 전적으로 의존해서 분석하지 말고 다른 방도를 찾는 것도 한 방법일 터이다. 굳이 김정은 시대만의 새로운 담론을 찾는다면 '모란봉악단의 창조기풍', '마식령속도', '만리마기수'의 문

8　김경남, 「축복 받는 아이들아」(시)」, 『문학신문』 2013.4.6, 4면.

9　김성수, 「김정은 시대 초의 북한문학 동향」, 『민족문학사연구』 50호, 민족문학사학회, 2012. 12 참조.

학적 표현이 해당된다.

2. '마식령속도' 담론'(2013~2014)의 형상화

이제 김정은 시대 초의 체제 성격과 주민생활상을 횡단면에서 심층 분석하기 위하여 김정은 체제의 한 시금석이 될 '마식령속도' 담론을 문학적 형상 중심으로 논의한다. 마식령속도는 2013년 말 개장한 마식령스키장의 빠른 건설에서 유래한 명칭으로, 김정은 체제 초기의 사업 작풍을 상징했던 담론이다. 국제규격의 스키장 건설 공기(工期)를 "10년 세월 한해로 앞당긴"[10] 속도 담론이다. 세계적 규모의 마식령스키장을 착공 13개월 만인 2013년 12월 31일에 조기 완공한 것이다. 김정은은 "우리의 미더운 군인 건설자들은 착공의 첫 삽을 박은 때로부터 불과 1년도 못되는 사이에 천연바위들과 험한 산발들을 깎아내고 수십만㎡의 면적에 총 연장길이가 십여 만m나 되는 스키주로들을 닦아놓는 놀라운 성과를 이룩하였다."[11]고 하면서. 열 배의 건설속도와 백 배 노력을 들인 속도를 자랑하였다. 이를 두고 『로동신문』 정론은 "김정은 시대의 새로운 사회주의 건설 속도, 21세기 사회주의 강성국가 건설의 기준 속도"이며, 10년이 걸려야 하는 건설을 1년 만에 완수하게 된 동력은 '일당백 공격속도'라 하였다.[12]

주지하다시피 북한에서는 사회주의 건설의 변곡점마다 속도전 담론을 효과적으로 활용한 바 있다. 1950년대에 '평양속도'(1958년 5개년 계획기

10　리경체, 「마식령 병사는 추억하리」, 『조선문학』 2013.7, 22면.

11　김정은, 「'마식령속도'를 창조하여 사회주의 건설의 모든 전선에서 새로운 전성기를 열어나가자」(호소문), 『로동신문』 2013.6.5.=『조선신보』 2013.6.5.=『문학신문』 2013.6.8, 1면.

12　「21세기 강성국가 건설의 새시대를 열어나가는 보람찬 대진군」, 『로동신문』 2013.6.23.

간 중 평양시 조립주택 건설), 1960년대에 '비날론속도'(1961.4.1~5.6 흥남비날론공
장 건설) 및 '강선속도'(1969년 강선 제강소 건설) 등이 그런 예이다. '속도전'이
라는 담론으로 사회주의적 노동 동원을 공식화한 것은 1974년이었다. 속
도전이란 1974년 2월 노동당 제5기 8차 전원회의(2.11~13)에서 채택된 사
회주의 노력경쟁을 위한 공식 구호였다. 이 회의에서 "달리는 천리마에
더욱 박차를 가하여 새로운 천리마속도, 새로운 평양 속도로 질풍같이
내달아 6개년계획(1971~1976년)을 당 창건 30주(1975.10.10)까지 조기완수
할 것"을 촉구하면서 "당조직들은 대중의 지혜와 창조적 열의를 적극 발
양시켜 사회주의 건설의 모든 전선에서 속도전을 힘있게 벌여 대진군 운
동의 전진속도를 최대한으로 높여야 한다"고 강조했다. 또한 "어떤 사업
의 집단의 전 성원들이 혁명적 열정을 높이고 일을 짜고 들어 자기의 모
든 예비와 가능성을 집중적으로 동원하며 일단 시작한 일은 전격전·섬
멸전으로 전개, 속도를 높이는 가장 우월한 혁명적 전투원칙"[13]이라고 설
명했다.

속도전 담론은 북한의 사회주의 건설사에서 결정적인 역할을 한 바
있다. 2013년 6월 13일자 조선중앙통신 기사는 '마식령속도'를 김일성
시대의 '천리마 속도' '비날론 속도' '평양 속도' 등에 비견하였으며, 김정
일 시대의 '80년대 속도,' '희천 속도'에 버금가는 그를 통해 사회주의 건
설의 새로운 전환이 일어날 것이라는 평하였다.[14] 김정일 시대 말기의 민
생 정책 드라이브 때 비날론속도를 재전유하면서 '희천 속도'를 호명했
듯이, 김정은 시대 초기의 민생 정책 상징으로 또 다시 비날론속도와 희
천속도를 소환하여 그 후계로 마식령속도를 창조한 셈이다.

그렇다면 '마식령속도'의 동력은 무엇일까? 세계적 규모의 스키장 건

---

13 「사설」, 『로동신문』 1974.2.18 참조.

14 「'마식령속도' 창조 투쟁은 새 시대를 여는 대진군」, 『로동신문』 2013.6.23.

설에서 10년 걸릴 공정을 1년 남짓에 해낸 동인은 무엇일까? 이와 관련하여 차영도 시 「마식령속도 창조자들에게 인사를 드린다!」를 보자.

> 가장 어려운 조건에서/ 이름 못할 힘겨운 시련과 말없이 싸우며/ 낮도 없이 밤도 없이/ 결사전을 벌리고 있는 병사들—//
> 그 땀 젖은 가슴/ 그 터갈린 손과 손들을 뜨겁게 부여잡고/ 젖어드는 눈굽 감춤이 없이/ 마식령속도 창조자들에게/ 인사를 드린다![15]

위 시에서 보듯이 스키장 건설에는 엄청나게 열악한 조건에서 온갖 시련을 극복하고 희생적으로 일할 조직화된 숙련 노동력이 필요했다. 더욱이 최고 지도자 김정은이 제시한 연내 완공이라는 목표 달성이 상식적으로는 불가능하므로 민간 기술자와 노동자들에게만 전적으로 의존하기보다는 군이 노동력 상당부분을 담당하지 않을 수 없었을 것이다. 열악한 환경에서 변변한 최신식 건설 중장비의 전폭적인 지원과 기술 지원 없이 스키장을 건설하려면 군이 동원될 수밖에 없는 것이다. 거침없는 군대식 돌격정신이야말로 타개책이라 판단한 결과로 짐작된다.

군은 "여기서 포성 없는 건설의 격전을 벌리는"[16] 중이다. 그들은 "천년 암반을 깎아내리고/ 한치한치 열어간 그 길은/ 10년 세월 한해로 앞당긴/ 결사관철의 투사들이 열어놓은/ 단숨에 격전의 돌격로!"를 만든다. 그 건설 동력은 "경애하는 최고사령관 김정은 동지/ 단숨에 정신으로/ 화약에 불이 달린 것처럼/ 일당백 공격속도로/ '마식령속도' 창조에로"라는 데서 보듯이, 지도자에의 충성이다. 나아가 "김정일 애국주의의 숭고한 정신력/ 당이 번개를 치면 우레를 치는/ 완강한 그 정신 그 기백"

---

15 차영도, 「마식령속도 창조자들에게 인사를 드린다!」, 『문학신문』 2013.8.10, 1면.

16 주경, 「마식령 스키주로여!」, 『조선문학』 2013.8, 25면.

이, 불가능할 것 같은 노동의 원동력이다.[17]

엄밀하게 말해서 스키장 건설은 군 작전이나 공병부대가 할 일은 아니다. 그런데 인민군 5사단 연인원 5만여 명이 1년 넘게 동원되어 스키장 슬로프와 삭도(리프트), 호텔 및 부대시설 등을 건설하였다. 여기서 수령에 대한 결사옹위라는 충성 담론과 군민협동체제라는 선군 담론이 군 동원을 합리화하는 기제로 작동한 셈이다.

스키장 건설에서 작가 예술가들은 무엇을 했나? 그들도 민간인 기술자, 노동자들, 그리고 인민군 병사들과 함께 현지에서 노동체험을 하였다. 현지 파견 작가들은 현장에서 노동을 함께 하며 그들을 격려하고 고무하는 예술선동을 통해 노동생산성을 제고한다. 시인 함영주, 주경, 리경체 등이 "당의 원대한 구상에 따라 위대한 전진속도를 창조하며 세계적인 창조물로 완성되여가고 있는 마식령스키장 건설장에서 현실체험을 하면서 인민군 군인들의 불굴의 투쟁정신과 투쟁기풍을 반영한 시 「마식령 스키주로여!」, 「병사는 추억하리」를 비롯한 여러 작품들을 창작함으로써 군인 건설자들과 우리 인민들을 고무 추동하는데 이바지하였다."[18]

리경체 시인은 「마식령 병사는 추억하리」에서 건설노동의 고통을 고향에 두고 온 가족들에게 자랑할 추억 만들기로 전유한다.[19] 분명 "천고밀림 속에 문명국의 상징/ 스키장을"을 건설하는 것은 엄청난 희생을 동반하는 고통스런 노동인데도 "안해와 자식들에게 보여주자/ 고향집 뜰안을 꾸리듯 심은 저 나무가/ 우리 분대 동무들 심은 나무라고" 미화, 선동하는 것이다. 그 동력은 역시나 "단숨에 정신으로 '마식령속도'로 달

17　주경, 「마식령 스키주로여!」, 『조선문학』 2013.8, 25면.

18　「조선작가동맹 각 도위원회들에서」, 『문학신문』 2013.10.5, 1면.

19　리경체, 「마식령 병사는 추억하리」, 『조선문학』 2013.8, 22면.

리며"라는 마법의 담론이다. 심복실 시인 역시 「마식령바람」(시뮤음)에서 '단숨에' 구호를 노동 동원의 동력으로 반복한다. 「마식령바람」(시뮤음)의 시편 「마식령 미남자들」을 보자.

소곤소곤/ 호호깔깔/ 첫물과일 따는 과수원 처녀들/ 마식령 미남자 이야 기도 무르익었네/ 그런 대장부들이라면/ 그런 일솜씨에야…//
소곤소곤…/ 말들도 쉬여넘었다는 마식령을/ 병사들은 단숨에 타고 앉았 대/ 그들이 진짜 사나이지 뭐/ 미남자도 '단숨에' 병사가 제일이지/ 그렇 지 정말 그래 호호 하하!// (중략)
소곤소곤…/ 하루에도 그 몇 번 령을 오르내리며/ 십여만 메터 주로를 닦 아냈으니/ 그들의 마음은 불이 달린 화약이라지/ 그 정신 그 기백으로 달 려나가면/ 분렬의 장벽 무너지고 통일이 오겠지/ 호호 하하[20]

비슷한 마식령 찬가이자 선동선전시지만 주경, 리경체 등 대다수 현지파견 시인처럼 언론매체의 보도식 현장 중계가 아니다. 마법 같은 '단숨에'구호가 다른 시들처럼 단순 구호로 반복되지 않으며 시적 구성이 도식적 기록주의에 빠지지도 않는다. 군인 건설자를 두고 "미남자도 '단숨에' 병사"라는 식으로 시적 환기를 함으로써 형상화 수준을 보다 제고한다. 과수원 처녀들이 수다 떠는 데서 마식령 건설현장을 이미지로 떠올리게 만드는 서정적 환기와 영상적 전형화를 시도한 것이다. 그 서정성의 결말은 통일에 대한 열망으로 이어진다.

건설 동력과 관련하여 현장을 취재한 작가 박혜란의 수필 「마식령의 병사들」을 보면 다음과 같은 흥미로운 구절을 주목하게 된다.

대화봉마루에서 령밑을 내려다보면 보름 전에 와보았던 호텔의 내외부

---

20 심복실, 「마식령 미남자들」, 『조선문학』 2013.10, 77면.

와 그 주변의 모습은 또 얼마나 많이도 달라졌는가.

　내 곁에서 건설장의 모습을 부감하던 할머니가 혼자소리로 중얼거린다.

　"'마식령속도'가 뭔가 했더니 바로 저런 일솜씨야."

　"우리한텐 과자봉지보다 마대가 생긴 것이 더 기쁩니다. 이런 마대가 많아야 더 많은 모래와 자갈을 나를 수 있거던요."

　이 '마식령속도' 창조자들의 눈에서 불꽃이 튀고 있었다. 아니, 불길이 타번지고 있었다.

　이 '마식령속도' 창조자들의 일손에 불타는 적개심과 분노의 나래가 돋쳤다.[21]

　민생을 상징하는 '과자봉지'보다 건설을 상징하는 '마대'를 강조하며, 인간의 기본적인 욕망을 억제하고 이토록 강도 높은 노동에 매진하게 만든 동력이 적에 대한 '적개심과 분노'라는 사실이다.[22] 물론 스키장이 완공되면 "이제 북과 남의 형제가 여기 마식령스키장으로 손잡고 달려와 삭도도 함께 타면서 한 민족된 긍지와 통일의 기쁨도 마음껏 터칠 사계절의 풍경을 눈앞에 그리니" 행복하다고 통일에의 열망과 민족애를 표명하긴 한다.

　그러나 건설 노동자, 병사의 자발적 동인이 과연 민족애와 통일 열망인지는 의문이다. 그것은 표면적 메시지이다. 속내는 "우리가 이 스키주로들을 튼튼히 닦아 새 세기 사회주의문명국가의 앞날을 하루빨리 당겨오는 것이 괴뢰패당의 정수리를 후려치는 것이라고 생각하면 30리터들

21　박혜란, 「마식령의 병사들」, 『조선문학』 2013.12, 76~77면.

22　이와 관련하여 『로동신문』은 스키장 건설의 동력은 '일당백 공격속도'로 전투식으로 건설 작업을 수행했으며 그 내적 동기는 수령에 대한 충성과 적에 대한 적개심에서 나왔다고 주장한다. 즉 "마식령속도를 창조하는 것은 미국과 추종세력들의 반공화국정책을 짓부시는 투쟁"이라 규정한다. 「21세기 강성국가 건설의 새시대를 열어나가는 보람찬 대진군」, 『로동신문』 2013.6.23.

이 물배낭을 두 개씩이나 등에 져도 무겁지 않습니다."[23]라는 극도의 반남(反南)정서에 있지 않을까.

심복실의 시 구절처럼, "10년을 한해 안에 불같이 당겨온/ 그들이 흘린 땀을 헤아려보았던가/ 십여만 메터의 스키 주로를 닦으며/ 그들이 지여나른 흙과 돌을 계산해보았던가"고 일갈할 만큼, 10년 걸릴 공정을 단 1년 만에 해낸 그들의 피땀 어린 노고와 희생은 적지 않을 터이다. 그런데 그 동력이 "행복과 번영의 불바람속도에/ 이 세상 원쑤들은 전율하리니"라니, 문제라 아니할 수 없다. 군인 건설자, 그들은 왜 물 한 잔도 마시지 않고 정상까지 60리터 물을 지고 올라가는가? 거기서 일하는 동료를 위해서 희생하는 것이라 한다.[24] 이렇게 힘든 노동을 견디게 한 숨은 동인이 타자에 대한 분노와 적에 대한 적개심이라는 불편한 진실이 드러나는 순간이다.

물론 스키장 건설의 동력을 분노와 적개심만으로 해석할 수는 없다. 오히려 건설 제1동인은 적과 사생결단 내자는 전투 구호보다는 수령에 대한 충성심일 것이다. 거의 종교적 경지에 이른 지도자에 대한 맹목적 충성이 (비)자발적 동원의 원동력이자 '일당백 공격속도'라는 선군식 노동까지 집약시켜 화학적 상승작용을 일으킨 것으로 풀이할 수 있겠다. 결국 스키장 건설은 새로 등장한 청년 지도자가 커다란 의욕을 보인 '군민협동체제'의 산물로 평가된다.

23 박혜란, 「마식령의 병사들」, 77면.

24 미상, 「김정은, 마식령스키장 건설장 시찰」, 中國網新聞中心 korean.china.org.cn, 2013-08-18 14:55:50 (http://korean.china.org.cn/2013-08/18/content_29752663_5.htm)

3. '사회주의 문명국'의 시금석, '마식령속도' 형상의 양가성

북한사회의 역대 속도전 담론들은 '천리마 속도'부터 '희천속도'까지 모두 사회주의 기초 건설과정에서 노동력과 생산성을 최대치로 제고하려는 선동의 수단이었다. 그들 과거의 속도 담론에서는 사회간접자본(SOC)과 식의주 문제의 생산성 제고라는 의미를 읽어낼 수 있다. 그에 반해 '마식령속도' 담론은 스키장 건설 노동에서 활용되었다.

왜 스키장일까? 여기서 우리는 이런 질문을 던지지 않을 수 없다. '사회주의 강성국가'를 표방한 '사회주의 락원(선경)'을 구가하려면 일단 먹고 사는 문제부터 선결해야 할 것 아닌가 말이다. 김일성, 김정일 시대로부터 전해 온 저 유명한 과제, "인민들 누구나 기와집에 살면서 비단옷 입고 쌀밥에 고깃국을 먹는 사회주의 낙원"의 구호가 여전히 담론과 이미지에 머물 뿐 일상 현실로 실현시키지 못하고 있지 않나.

여기서 김정은 또는 그의 새 체제가 꿈꾸는 '사회주의 락원(선경)'인 '사회주의 문명국'의 성격 일단이 드러난다.[25] 즉 스키장을 물놀이장이나 곱등어관, 승마장처럼 김정은 시대의 인민생활'향상'을 위한 여가문화의 상징으로 차별화된 의미를 찾을 수 있지 않나싶다. 가령 김정은 집권 2년차인 2013년을 마감하는 장시 「못 잊을 2013년이여」를 보면 그 해의 성과로 '김일성종합대학 교육자살림집, 문수물놀이장, 은하과학자거리, 옥류아동병원, 미림승마장, 마식령스키장, 세포등판 방목지' 등이 파노라마 같은 시적 이미지로 나열된다.

"그 자욱자욱 우에/ '마식령속도'의 불바람이 일어/ 억만년 잠자던 대화봉

---

25 김일성 때부터 전래된 '사회주의 락원(선경)'의 이념형이 김정은 체제에 와서 구체화된 형상적 담론이 '사회주의 문명국'이라 하겠다. 여기서 '문명국' 주민이 누릴 '사회주의적 부귀영화' 담론의 환상과 실체를 분석하려 한다.

의 산발을 흔들어 깨우며/ 황홀경을 이룬 스키주로가/ 눈뿌리 아득히 뻗어가고// (중략)

마식령스키 바람/ 미림의 승마 바람이/ 온 나라에 일어번지고/ 새집들이 경사로 거리와 마을들이 들썩할/ 사회주의 문명국이 우리를 부른다."[26]

김정은 정권 들어서서 계속 건설되고 있는 물놀이장, 승마장, 스키장 등은 사회기반시설을 위한 토목공사나 식의주를 위한 생계형 생필품이 아니다. 인민들이 식의주등 생활의 기초 생계를 해결한 후에야 가능한 위락장이자 여가시설이다. 김정은 시대의 새로운 속도전 담론에 담긴 것은 인간다운 생활을 보다 윤택하게 영위할 수 있는 오락과 여가, 유희의 장을 마련한다는 사회적 의미를 읽어낼 수 있다. 가령 〈철령 아래 사과바다〉 선전화를 보면 '마식령속도', '결사관철', '단숨에' 구호가 보인다.[27]

이와 관련하여 '세포등판속도'란 담론도 동일한 의미망으로 묶을 수 있다. 세포지역 축산기지를 건설하는 '세포등판' 개간사업[28]에서 '마식령속도'에 이은 제2의 속도전인 '세포등판속도'[29]란 담론까지 성급하게 등장하고 있다. 세포등판속도란 우리네 대관령목장 같은 대규모 유럽식 축산시설과 목초지 조성을 독려하는 생산성 제고용 담론이다. 그 건설속도는 김윤걸, 리태식의 장시 「한껏 푸르러지라 세포등판이여」의 한 대목처럼, "남들이 수십 년이 걸려도 못한다는 이 전변/ 우린 단 1년에 안아왔

---

26 주광일, 「못 잊을 2013년이여」(장시), 『문학신문』 2013.12.30, 3면.

27 "북한 조선노동당출판사가 선전화를 발표했다고 조선중앙통신이 21일 보도했다. 선전화에 '마식령속도'를 강조한 문구가 눈에 띈다." 연합뉴스, 2013.8.21.

28 "우리 조국이 걸어온 위대한 년대들에는 기적의 대명사도 많다. 천리마속도, 평양속도, 70일전투, 혁명적 군인정신, 강계정신, 성강의 봉화, 희천속도… 오늘 화약에 불이 달린 것처럼, 폭풍처럼 내달리는 시대의 기상인 전설적인 '마식령속도'와 함께 세포등판에서 눈부신 (하략)" 리동찬, 김철혁, 「젊어지라 복받은 대지여」(정론), 『로동신문』 2013.9.20.

29 현지보도반, 「'마식령속도'에 세포등판속도 창조로 화답하며—전국의 근로자들에게 편지를 보낸 세포등판 군인건설자들과 돌격대원들」, 『로동신문』 2013.6.18.

으니/ 2년 또 3년 후면/ 이 세포등판은 그 얼마나 몰라보게 전변될 것인 가"[30]하는 식이다. 그 결과는 "철령 아랜/ 인민의 기쁨을 한껏 떠싣고 솟은 마식령/ 만복이 주렁지는 사과바다/ 양이며 젖소가 구름처럼 흐르는 푸른 등판의 바다"로 상상되는 낙농대국이다. 같은 맥락에서 가금(家禽) 축산기지인 광포오리공장 찬가 「행복의 노을이 불탄다」에서는 고단백 먹거리인 가금육 생산의 역사를 장시로 노래한다.

> "아득한 세포등판에 울려퍼지는/ 대축산기지 건설의 장엄한 포성이여/ '마식령속도'로 질풍같이 내닫는/ 세포 전역의 불바람을 타고/ 사회주의 조선의 축산업은/ 비약의 키를 한껏 솟구나니"[31]

〈철령 아래 사과바다〉 선전화나 세포등판, 광포오리공장 찬가라 할 장편시들은 모두 친환경적 과일과 육류, 유제품으로 인민들의 보다 나은 고급 먹거리를 생산하겠다는 의도에서 나온 선전 담론으로 풀이할 수 있다. 그 건설노동을 독려하는 선동담론은 모두 마법 같은 '마식령속도'이다. 이 역시 단순한 기초식량 해결책이라기보다는 인민들의 보다 윤택한 생활 향상을 위한 육류, 유제품 같은 고가치 식품문제를 속도전으로 해결하겠다는 의지의 표현으로 해석할 수 있다.

마식령과 세포등판 건설에 속도전 담론을 호명한 것은, 부조대(父祖代)의 사회주의체제건설이라는 공동체 가치를 넘어서서 '사회주의 문명국의 부귀영화'라는 개인 가치도 김정은 시대에는 새롭게 부각하고 있음을 반영한다. 부조와 달리 손자 김정은은 혁명, 전쟁, 선군이 아니라 인민을 사랑하는 애민 지도자로 호명되고 '옥류아동병원, 릉라인민유원지, 마식

---

30 김윤걸·리태식, 「한껏 푸르러지라 세포등판이여」, 『문학신문』 2013.10.19, 1면.

31 한승히, 「행복의 노을이 불탄다」(장시), 『문학신문』 2013.10.26, 1면.

령스키장, 철령 사과바다, 세포등판, 청천강계단식발전소' 등의 민생 이미지를 배경 삼는다.

같은 맥락에서 2014년 신년사에서는 '마식령속도'의 성공 덕에 은하과학자거리, 문수물놀이장과 마식령스키장 등이 건설되어 조국의 자랑스러운 모습과 인민들의 행복한 웃음소리를 보여주었다고 자부한다.[32] 아동병원, 물놀이장, 승마장, 스키장 등의 공통점은 모두 '인민의 문화정서생활에 이바지하는 대중봉사기지'[33]이다. 이들 시설은 바로 김정은 체제가 꿈꾸는 '사회주의 문명국'의 가시적 예라 할 것이다. 주옥의 시 「꿈은 얼마나 아름다운가」에서 명쾌하게 노래하듯이 마침내 꿈이 현실로 이루어진 셈이다.

나는 꿈을 즐겼다/ 소원하던 모든 것/ 희망하던 모든 것을/ 꿈에 담아/ 아름답게 고이 간직했더니//

전설의 궁궐처럼/ 황홀한 집에서 살아봤으면/ 진주보석 령롱한 물속에서/ 헤염치며 즐겨봤으면…//

험한 령 가파로운 산들을/ 네 활개 펼치고 날아넘었으면/ 말발굽소리 쩌렁쩌렁/ 푸른 들을 달려봤으면…//

꿈은 현실로 펼쳐졌거니/ 희한한 창전거리 새집/ 웃음꽃 물에 피는 문수물놀이장/ 천리주로 단숨에 나는 마식령스키장/ 행복의 말발굽소리 울리는 미림승마구락부[34]

---

32 "마식령속도'를 창조할데 대한 당의 호소를 받들고 떨쳐나선 인민군 군인들과 건설자들은 불타는 애국의 열정과 헌신적인 투쟁으로 조국해방전쟁승리기념관과 은하과학자거리, 문수물놀이장과 마식령스키장을 비롯한 많은 대상들을 짧은 기간에 로동당시대의 창조물로 훌륭히 일떠세움으로써 날을 따라 새롭게 변모되는 조국의 자랑스러운 모습을 보여주었으며 인민들의 행복의 웃음소리가 더 높이 울려퍼지게 하였습니다." 김정은, 「신년사」, 『문학신문』 2014.1.4, 1면.

33 김효심, 「메아리사격관에서」(수필), 『문학신문』 2014.3.22, 2면.

34 주옥, 「꿈은 얼마나 아름다운가」, 『문학신문』 2014.2.16, 4면.

과연 그럴까, '마식령속도'의 문제점은 없는지 의문이다. 좋은 집에서 살면서 물놀이도 하고 스키도 타며 승마를 즐기는 생활이라면 굳이 사회주의란 수식어를 붙이지 않아도 중산층의 윤택한 삶, '부귀영화'를 누리는 것 아닌가 말이다. 마식령속도 담론을 인민의 보다 윤택한 여가생활을 상징하는 김정은 시대만의 고유한 특징으로 의미화할 때 논리적 무리는 없을까? 위 인용텍스트를 면밀하게 읽으면 시적 상상만 난무하지 정작 스키를 타는 주민의 실제 느낌이나 승마를 즐기는 구체적인 감성은 생동감 넘치게 표현되지 못하였다. 감성이 휘발된 채 레토릭만 남은 것은 아닌지 모르겠다.[35]

속도전 담론을 다른 한편 타자의 시선으로 볼 때 북한 사회체제에 만연된 때늦은 속도 강박증의 낡은 산물로 평가할 수도 있다.[36] 어쩌면 남한과의 무한 체제 경쟁이 한창이던 저 1970대의 냉전적 대결구도가 빚은 속도 경쟁의 잔영일지도 모른다는 점이다. 남한의 70년대 경제개발 시대의 '동양 최대' '빨리빨리'를 방불케 하는 담론 아닌가 말이다. 둘 다 서로를 적대시하면서도 목표 달성에 대한 조급증이 놀랍도록 서로 닮았다는 점에서 '적대적 공존'이나 수렴론, 평행이론의 극명한 예를 보여준다고 할 수 있다. 동일한 유형으로 속도강박증에 걸린 이유는 후진국을 탈피하고자 하는 동인·동력을 상대에 대한 무한대 적개심과 적대감에서 얻으려는 자연파괴적 개발지상주의, 토목 건설 개발론, 성장 지상주의의 상징적 산물이 아닐까 한다.

---

35 그렇다고 반북 매체의 선동처럼, "북한 마식령 스키장은 '인민들에게 사회주의 부귀영화를 마음껏 누리게 해주겠다, 사회주의 문명국을 건설한다'고는 하지만 인민들에게는 그림의 떡이고 이를 통해 외화벌이로 김정은 통치자금을 마련하겠다는 속셈!!!"이라고만 매도할 수는 없다. 김승근, 「北 마식령 스키장 '인민들에게 그림의 떡」, 인터넷 독립신문, 2014.1.26 19:49:15 (https://www.independent.co.kr/news/article.html?no=62930)

36 이창현, 「북한 속도전의 특징과 기원에 관한 연구」, 경남대 북한대학원 석사, 2004; 차문석, 「속도전, 무리한 공기단축…실적 과대계상…안전 무시」, 『통일한국』 302, 2009 참조.

타자의 시선에서 볼 때 이러한 반 생태론적 개발주의 담론에 갇혀있는 북한 작가들의 세계관적 한계가 뚜렷하게 확인된다. 이와 관련하여 T. 가브로우센코에 따르면 북한 선전자들은 분단 초기부터 70년대까지는 남한이 개발론, 발전론적 기준에서 근대화, 산업화가 뒤떨어졌다고 비판하다가, 남한이 더욱 발전해서 북한을 추월하자 비판의 방향을 선회하게 된다. 즉 80년대 이후 최근에는 환경 보전론, 생태주의적 기준에서 남한이 생태 파괴와 환경 오염을 불러일으킨다고 비판한다는 것이다.[37] 여전히 경쟁에서 뒤처진 북한의 '추격발전체제'[38]의 슬로건이자 담론이 바로 역사적 전환국면마다 반복되는 속도전이 아닌가 한다. 체제 보위와 민생을 위한 개발 담론의 우위 속에서 환경 보호 메시지가 얼마나 현실적 힘을 얻을 것이며, 둘을 병행하는 지혜는 없을지 그 어느 것도 확실치 않다. 여전히 체제의 공식 슬로건은 '핵무력과 경제' 병진이라는 반 생태적 개발주의 담론이니까 문제이다.

4. '만리마속도 창조운동'과 '만리마기수' 형상론(2016~2019)

2016년 5월에 7차 당 대회가 36년만에 개최되었다. '고난의 행군'기 체제 붕괴 위기를 타개할 일종의 비상조치였던 선군사상, 선군정치가 시효를 다하고 수령 중심의 주체사상체제가 유지되었다. 최고권력 3대세습에 성공한 김정은 정권은, 당보다 군을 우위에 두었던 비정상적 국방

---

37 Tatiana Gabroussenko, "From Developmentalist to Conservationist Criticism: The New Narrative of South Korea in North Korean Propaganda," *The Journal of Korean Studies* *(June 2011)*, 16-1, Asia-Pacific Research Center (Stanford University). pp.28~31.

38 '추격발전체제'란 개념은, 장인숙, 「1970년대 북한의 추격발전체제와 대중운동노선 재정립에 관한 연구」, 이화여대 대학원 박사논문, 2010을 참조할 수 있다.

위 체제 대신 종래의 당 중심 국가 운영으로의 노선 변경이라는 정상국가 회귀에 성공하였다. 이에 따라 선군문학의 잔영은 거의 사라지고 종래의 주체문예, 주체사실주의문학으로 복귀하였다.

당 대회 직후 간행된 『문학신문』, 『조선문학』 사설에선 다음과 같은 창작 목표가 설정된다.

> 만리마시대의 《산울림》 명작을 창작하는데서 또한 중요한 것은 자강력제일주의 기치를 높이 들고 사회주의 강국 건설에 떨쳐나선 우리 군대와 인민의 생활과 투쟁을 격조높이 형상하는 것이다.[39]

> 주체혁명위업수행의 력사적 전환기에 들어선 오늘 우리나라에서는 다계단으로 변이 나고 모든 부문이 만리마의 속도로 내달리고 있지만 문학예술부문은 아직 온 사회를 혁명열, 투쟁열로 들끓게 하고 천만심장에 불을 다는 훌륭한 문학예술작품들을 많이 내놓지 못하고 있다. (중략) 우리 작가들은 만리마시대의 《산울림》 명작들이 폭포처럼 쏟아지며 메아리를 꽝꽝 울리게 하여야 한다.[40]

이들 사설에서 핵심어는 만리마시대, 명작 창작, 자강력제일주의, 사회주의 강국 등이다. 2011년 말 출범한 김정은 정권이 5년차에 종래의 '사회주의 강성대국' '사회주의 대국' '사회주의 문명국'과 함께 호명해 온 '사회주의 강국'이란 정치사상강국, 군사강국, 청년강국, 과학기술중시사상이라 한다. 여기서 정치사상은 주체사상과 선군사상, 군사는 선군정치, 청년은 청년지도자, 과학기술은 인공위성 발사와 핵폭탄실험 등을

---

39 미상, 「만리마시대의 《산울림》 명작들이 폭포처럼 쏟아지게 하자(사설)」, 『문학신문』 2016. 6.4, 1면.

40 미상, 「당 제7차대회 결정 관철로 천만심장을 힘있게 불러일으키는 만리마시대의 명작을 더 많이 창작하자」(사설), 『조선문학』 2016.6, 3~5면.

지칭하는 것이다. 더욱이 그 모든 것을 미국과 남한 등 서방의 경제봉쇄와 유엔의 각종 제재조치 속에서 중국과 러시아 등 외세의 힘조차 빌지 않고 스스로 해냈다는 자신감에서 '자강력제일주의'를 외칠 수 있었다.

이러한 사회주의 강국 목표를 위한 구체적인 수단은 김정은 시대판 천리마운동의 변형태인 '만리마시대, 만리마속도 창조운동'과 그를 위한 단기적 경제선동 구호인 '70일전투, 200일전투'라 하겠다. 만리마속도 창조운동은 김정은 시대의 새로운 대중적 영웅주의운동이다.[41] 이를테면 북부(두만강변) 수해지역 큰물피해(2016.9)를 복구하는 11월의 에피소드를 그린 리정옥 단편 「준공검사」를 보면, 만리마속도 창조운동에 나선 사람들이 그런 경우이다. 당이 명령하면 어디든지 찾아가서 헌신적으로 주어진 노동 할당량보다 초과달성하는 뜨거운 심장을 가진 사람들을 영웅으로 호칭하는 것이다.

　　박옥경 (중략) "딸네 집에 갔댔지. 임자들도 알고 있겠지? 작년에 함북도 북부지역에서 혹심한 큰물피해를 입고 한지에 나앉은 사람들에게 한날한시에 새 집을 안겨준 일말이야. (중략) 나라에서 새집을 주고 생활을 보살펴주니 예전보다 더 행복하게 살고 있지. 그애들이 하늘 같은 은덕에 보답을 하겠다고 애쓰기들 하네만…"
　　바로 이런 사람들이 북부전역에서의 대승리를 가져오고 오늘도 만리마속도 창조의 진군길을 힘차게 이어가고 있는 것이다. 이런 사람들, 이런 뜨거운 심장을 가진 사람들이![42]

41　"그것은 또한 자강력제일주의 기치 높이 과학기술의 힘으로 경제와 문화, 우리 생활의 모든 령역에서 주체의 사회주의 강국 건설의 요구에 맞게 질적 변혁, 질적 비약을 일으키기 위한 전인민적인 자력갱생 대진군운동이며 끊임없이 새 기준과 전형을 창조하고 그것을 따라 배우고 따라 앞서며 최단기간에 당 제7차대회 결정을 최상의 수준에서 관철하기 위한 련속공격, 계속전진, 계속혁신의 사회주의경쟁운동이다", 「만리마시대의 《산울림》 명작들이 폭포처럼 쏟아지게 하자」(사설), 『문학신문』 2016.6.4, 1면.

42　리정옥, 「준공검사」(단편소설), 『문학신문』 2017.10.14, 3면.

여기서 '만리마'란 1950년대 말부터 10여 년간 자발적 노동동원으로 일정한 성과를 올린 예전 구호 '천리마'를 재호명한 것이다. 2013년 이후 인공위성 발사와 잇단 핵실험 성공에 고무되어 이른바 '우주시대'를 맞은 자신감에서 생긴 천리마의 진화형태인 셈이다. 2015,16년에 언론에 부각되어 두 용어가 혼용되다가 2016년 7차 당 대회를 맞아 '만리마'로 정착되었다.

그렇다면 만리마시대의 전형인 '만리마기수'[43]는 구체적으로 어떤 특징을 가지는가? 박춘택은 만리마시대 대표 캐릭터의 특성 역시 이전 주체문학 전성기의 대표 전형과 마찬가지로 당과 수령에 대한 무한한 충실성을 맨 앞에 거론하였다. 만리마기수는 '수령 결사옹위 전위 투사'이며 '사상과 령도를 충직하게 받들고 유훈을 훌륭하고 진실하고 완벽하게 관철하는 사회주의 강국 건설의 선봉 투사'라고 규정하였다. "자력갱생, 자력자강의 기치를 높이 추켜들고 만난을 과감히 헤치며 대비약, 대혁신을 창조하며 김정일애국주의를 심장에 새기고 과학기술을 원동력으로 만리마속도 창조에서 집단적 혁신을 일으켜나가는 것이 만리마기수"라는 것이다. 김정은 시대 작가들은 만리마기수의 성격적 특질을 진실하게 형상하여야 한다고 하였다.[44] 그는 만리마 시대의 전형적 성격 창조에 성공한 예로 백상균 장편 『강자』의 창전거리 초고층 아파트용 최첨단 펌프를 자력 개발한 동주펌프공장 리대철 지배인,[45] 주설웅 단편 「의무」에서 발전소 건설현장의 붕괴사고를 사전에 막은 압축기운전공 처녀 한순희, 김은

43 리연희, 「만리마기수」(서묶음), 『문학신문』 2016.3.12; 리지성 작사, 현경일 작곡, 「우리는 만리마기수」(악보), 『조선문학』 2016.9, 표지2면.

44 박춘택, 「만리마시대 인간의 전형적 성격 창조와 작가의 미학적 리상」(평론), 『문학신문』 2018.3.24, 1면.

45 김정철, 「인생관의 견지에서 창조된 시대의 강자에 대한 예술적형상—장편소설 『강자』를 읽고」(평론), 『문학신문』 2018.10.20, 1면 참조.

경 단편 「우리 바다」의 류경수산물가공사업소 오해연 기사[46] 등을 들었다. 이들 모두 멸사봉공 자력갱생형 청년 과학기술자를 상징한다.

만리마기수는 탄광 막장의 광부로도 형상화되는데 문제가 있다. "만리마 선구자의 참모습을 보려거든/ 사회주의 강국의 억센 뿌리를 보려거든/ 금골로 오라!// 금골 4,5갱 수천 척 지하막장/ 석수 젖은 갱벽에/ 살아뛰듯 불타는 글발 앞에서/ 나는 지금 온몸으로 안아본다// (중략) 만리마 선구자 그 높고 빛나는 모습을!"[47] 김남호 시에 그려진, '사생결단'이란 섬뜩한 구호가 내걸린 글발에만 의지해서 목숨 걸고 채탄량 초과달성에 목매는 금골탄광 탄부의 모습을 만리마 선구자라 찬양하는 것은 '만'자 빼면 이전과 다르지 않다.

무엇보다도 반백년도 더 지난 천리마운동시대 노동영웅 '천'리마 기수와 차이가 없다. 탄부들이 사생결단으로 지하막장에서 목숨 걸고 중노동하는 것은 한웅빈 소설 「스물한 발의 포성」(2001) 같은 선군(혁명)문학에서 흔히 보던 풍경[48] 아니던가? 만리마속도를 발휘하는 만리마기수, 만리마 선구자가 천리마기수나 선군 투사와 그리 뚜렷하게 구별되지 않는다. 김정은 시대만의 새로움이 없다면 김남호 시의 사생결단 탄부는 만리마기수의 전형을 획득하지 못한 셈이다.

김정은 시대만의 새로움을 갖춘 만리마기수 형상은 전수철 시에서 볼 수 있다.

맑고 푸른 9월의 하늘가에/ 천만심장 격동시키며/ 뢰성처럼 울려퍼진다//
—대륙간탄도로케트 장착용/ 수소탄 시험에서 완전성공!//

---

46 주설웅, 「의무」(단편소설), 『조선문학』 2016.5, 47면; 김은경, 「우리 바다」(단편소설), 『조선문학』 2017.6, 31면.

47 김남호, 「하나의 글발 앞에서」(시), 『문학신문』 2017.10.21, 3면.

48 이 책의 2부 6장의 한웅빈 소설 분석을 참조할 수 있다.

만장 우에 트라스를 얹던 연공들이/ 안전모를 흔들며 하늘 들썩 만세 부른
다/ 발판 우에서 미장칼에 번개 일쿠던 미장공들이/ 환호를 터친다/ 립체
전이 벌어지는/ 온 건설지역이 환희의 열파로 일렁인다//
가슴 후련하구나/ 어제는 대양을 나는 '화성'의 불줄기들로/ 원쑤의 무리
들을 혼비백산케 하더니/ 오늘은 수소탄 시험 성공으로/ 원쑤들의 숨통을
사정없이 조이는/ 강대한 내 조국의 장쾌한 승전소식이여//
(중략) 신심이 넘친다/ 용기는 백배하다/ 원쑤들 조이는 제재와 압박의 사
슬/ 만리마의 억센 발굽으로 짓부셔버리며/ 자력자강의 기치 높이 질풍쳐
내닫는/ 우리 앞길 막을 자 그 어데 있으랴//[49]

건설 노동자들의 자부심 넘친 활력은 '대륙간탄도로케트 장착용/ 수
소탄 시험에서 완전성공'한 환희에서 나온다. 천리마기수나 선군 투사
와 차별화된 김정은 시대의 새로움은 바로 '핵무력'과 핵탄두를 우주
로 실어보낼 수 있는 '인공지구위성' 내지 ICBM이다. 김정은 시대 초기
(2012~14)는 핵무력과 경제 병진정책을 폈고, 7차 당 대회(2016.5) 이후의
제2기에는 선군 담론이 퇴조하고 당 중심 정상국가를 표방하면서 대륙
간탄도유도탄과 원자탄 수소탄 실험 성공으로 비공인 핵 보유국, '강소
국'이 되었다.
주체사상의 한 축인 경제 구호 '자력갱생'의 김정은식 호명인 '자강
력제일주의'와 김정은 시대만의 새 특징인 우주시대라는 자신감이 천리
마와 결합하여 '만리마'가 된 셈이다. 하루에 4백 킬로 달리는 말, 천리마
가 동아시아 중세에 기댄 1950~60년대식 상상의 산물인 데 반해 하루에
4천 킬로를 나는 '룡마(龍馬), 만리마'란 기실 대륙간탄도유도탄을 연상시
키는 2010년대 상상력의 산물인 셈이다. 따라서 "천리마가 남을 따라 앞

---

49 전수철, 「「멸적의 활화산을 터뜨리며 최후승리를 향해 천만군민은 내달린다」_건설장의 환
호성」(시), 『문학신문』 2017.9.23, 3면.

서기 위한 비약의 준마였다면 만리마는 세계를 디디고 솟구쳐오르기 위한 과학기술 룡마이다"라는 선언이 그럴듯하게 들린다. 이에 따라 "작가들은 항일유격대식으로 배낭을 메고 당 제7차대회에서 제시된 전투적 과업을 높이 받들고 만리마속도 창조의 불길 높이 사회주의 완전승리를 향하여 총공격해나가고 있는 장엄한 현실에 뛰여들어 명작 창작 전투를 힘있게 벌려야 한다"[50]고 선언한다.

하지만 만리마시대, 자강력제일주의, 사회주의 강국 등의 비문학 담론이 문학 '명작' 창작을 보장하거나 해결해주는 것은 아니다. 7차 당 대회 전후의 새로운 문학 담론이라 할 키워드는 '명작 창작, 명작 폭포'[51]일 터인데 그 실질적인 내용이 별반 없기 때문이다. "창작가, 예술인들은 경애하는 최고사령관 동지의 명령과 당 정책결사 관철의 기풍으로 여러 가지 형식의 예술활동을 힘있게 벌려 글폭탄, 노래폭탄, 춤폭탄으로 군인과 인민들에게 힘과 용기를 북돋아주고 그들을 위훈 창조에로 추동해야 한다."[52]는 구호 정도로 '모란봉악단의 창조기풍'에 버금가는 새로운 창작 방법을 유추해내기란 불가능하다. 그렇기에 "력사적 전환기에 들어선 오늘 우리나라에서는 다계단으로 변이 나고 모든 부문이 만리마의 속도로 내달리고 있지만, 문학예술부문은 아직 온 사회를 혁명열, 투쟁열로 들끓게 하고 천만심장에 불을 다는 훌륭한 문학예술작품들을 많이 내놓지 못하고 있"[53]는 것이다. 여기에 김정은 시대 작가, 비평가들의 고민이 있을 터이다.

---

50 미상, 「당 제7차대회 결정 관철에로 천만심장을 힘있게 불러일으키는 만리마시대의 명작을 더 많이 창작하자(사설)」, 『조선문학』 2016.6, 4면.

51 '명작 창작, 명작 폭포' 담론의 기원은 김정은, 「시대와 혁명 발전의 요구에 맞게 주체적 문학예술의 새로운 전성기를 맞이하자─제9차 전국예술인대회에 보낸 서한」(2014.5.17)이다.

52 미상, 「당 제7차 대회를 전례없는 명작폭포로 맞이하자」(사설), 『로동신문』 2015.12.22.

53 윗글, 5면.

작가들은 생산현장에 현지 파견되어 노동체험을 하고 당 제7차대회 결정 관철을 위한 '만리마속도 창조운동'을 선전선동한다. 당 정책목표를 달성하기 위한 단기적 경제선동 구호인 '70일전투, 200일전투'가 수행되면 그 장면을 현장중계 묘사한다. 5월 당 대회 전에는 '70일전투'로 각오를 다지고 당 대회 후에는 '200일전투'로 대회 결정사항인 생산목표 초과 달성을 독려하는 선전 시, 수필, 소설을 쓴다.

가령 2016년 8월까지 평양 미래과학자거리와 려명거리 초고층아파트 스카이라인의 화려함을 찬양했던 작가들이 9월 초의 북부수해지역 '큰물피해'가 나자 바로 기동력을 발휘하여 수해 복구 노동에 참여하자고 선동한다. 그리고 수해 주민들의 절규를 대변하고 시멘트를 더 빨리 보내라고 노래한다. 어제까지 려명거리 건설의 속도와 장관을 찬양하다가, 하루아침에 기조를 바꾸어 '북부피해복구 전투'로의 노동 동원 독려 선동에 한 목소리를 낸다.[54] 탁숙본 단편 「탄원」에선 주인공이 결혼식을 미룬 채 두만강변 복구건설현장으로 급히 떠나고, 서현철 단편 「약속」에선 결혼 상견례 약속을 미루고 복구 현장 열차를 타는 주인공을 영웅으로 묘사한다.[55]

결국 당 제7차대회 결정 관철을 위한 200일전투 수행과 그를 선동선전하는 문학 창작의 의미는, 창의적 발상과 다양한 형상을 모색하는 예술의 특수성보다 당 정책의 효과적인 전달수단으로 스스로를 한정하는 당문학론의 기계적 반복과 속류사회학적 답습이라 아니할 수 없다. 당이

---

54 리연희, 「큰물이 진 뒤」(시); 김철, 「인민의 나라」(수필); 정죽심, 「시대의 격정」(단상), 『문학신문』 2016.9.24, 3면; 탁숙본, 「탄원」(단편소설), 『문학신문』 2016.10.8, 3면; 김경남, 「조선의 전화위복」(시), 『문학신문』 2016.10.15, 3면. 『조선문학』 2016년 12월호에는 '북부전역의 승리자들이 부르는 노래'란 구호 아래 「우리는 승리하였다」란 '시묶음' 9편과 변영옥 수필 「녀인은 어떻게 아름다운가」, 김홍균 실화 「혈맥을 이어」가 특집 기획으로 편집(33~44면)되어 있다. 김경남, 「뿌리」(시), 『조선문학』 2016.12, 33면 외 참조.

55 탁숙본, 「탄원」, 『문학신문』 2016.10.8, 3면; 서현철, 「약속」, 『문학신문』 2016.10.22, 3면.

명령만 하면 바로바로 창작품이 생산되는 시스템, 그를 만리마속도라 찬양하는 비평이 얼마든지 나올 수 있다. 만리마속도, 만리마기수라는 만능 치트키만 습득하면 얼마든지 창작과 비평이 가능해지는 일종의 '창작자판기, 코인창작방'에 비유될 법한 사회주의적 문예창작 메커니즘, 이것이 바로 2016년 7차 당 대회부터 2021년 1월 8차 당대회에 이르기까지 변치 않는 북한문학의 민낯이라 아니할 수 없다.

가령 "사회주의 건설의 모든 전선에서 만리마속도 창조운동을 힘있게 벌리자"는 정치구호가 5년 내내 지상을 장식한다.[56] 창작과 비평에 대한 별다른 고민 없이 지도자 눈치만 보고 당 정책 지침만 행정 편의적으로 되풀이하는 점에서 만리마속도 창조운동에 호응하는 만리마기수 형상론도 연례행사식 기성품이라 아니할 수 없다.[57] 2020년에도 여전히 저 반 세기 전의 "1970년대 문풍으로 돌아가자, 문학예술혁명을 단행했을 그때를 배우자!"는 구호가 위력을 떨치고 있으니 문제는 더욱 심각하다.

청년지도자 김정은 집권 10년 동안 비상시국 돌파용 선군담론의 잔영을 걷어내고 당 중심의 정상국가로 복귀하여 주체문학론이 정착되었건만 새로운 문학작품이나 신선한 비평담론은 이렇다하게 나오지 않았다. 가령 새로운 볼거리와 내용을 담은 신선한 당 대회와 '모란봉악단'의

---

56 미상, 「사회주의 건설의 모든 전선에서 만리마속도 창조운동을 힘있게 벌리자」(정치구호), 『문학신문』 2019.5.25, 3면.

57 천리마운동을 널리 선전하기 위한 대중교양지 『천리마』 잡지에 각 분야의 천리마기수 소개가 고정란으로 연재된 바 있다. 마찬가지로 2019년 『조선문학』에는 만리마기수 형상을 특집 기획으로 싣고 있다. 김형준, 「애국과 헌신에 대한 례찬—만리마시대의 전형 한승찬 동무를 노래함」(시), 『조선문학』 2019.11, 41면; 렴형미, 「탄전의 만리마」(시), 『조선문학』 2019.11, 43면; 현송미, 「빛을 사랑하는 녀인—만리마시대의 전형 김명월 동무를 노래함」(시), 『조선문학』 2019.11, 43면; 주명옥, 「금골의 기수—만리마시대의 전형 고경찬 동무를 노래함」(시), 『조선문학』 2019.12, 61면; 한광춘, 「영웅의 교단—만리마시대의 전형 김인규 동무를 노래함」(시), 『조선문학』 2019.12, 61면; 김영옥, 「행복—만리마시대의 전형 조수경 동무를 노래함」(시), 『조선문학』 2019.12, 62면; 리성일, 「나무리벌사람—만리마시대이 전형 윤룡석 동무를 노래함」(시), 『조선문학』 2019.12, 63면; 김춘길, 「만리마기수들의 집—만리마시대의 전형 김명환 동무를 노래함」(시), 『조선문학』 2019.12, 64면.

참신한 시도 같은 새로운 내용형식의 문학/작품을 기대했으나 아니었다. 여전히 문예 창작을 생산공정과 전투용어로 은유하는 낡고 식상한 방식을 고수하고 그것을 무한반복 재생하고 있다. 가령 '만리마속도 창조운동, 70일전투, 200일전투, 만리마기수 형상' 등이 상징담론이다. 195,60년대 사회주의 건설의 상징인 '천리마기수' 담론의 변형인 '만리마' 담론, 1970년대 주체문예론의 창작방법을 답습한 '속도전,' 1980년대식 생산독려책인 '70일전투, 200일전투' 등의 슬로건이 반복되는 것이다. '타자의 시선'으로 보면 우주시대를 자랑하는 2020년에도 여전히 동아시아 중세 또는 1960년대에 상상력의 시계가 멈춘 듯한 문학적 상상력의 빈곤 아닌가싶다.

5. 마무리: 형해화된 개발담론의 레토릭

지금까지 김정은 시대 문학 담론의 특징을 '마식령속도' '만리마속도, 만리마기수' 형상론 중심으로 살펴보았다. 그 결과 투쟁과 혁명, 전쟁과 건설의 연륜이나 통치 경험이 일천한 청년 지도자가 자기만의 통치스타일로 불안했던 '정권'을 안정시키고 '체제'를 유지하는 데 성공하여 '시대'를 구가할 수 있게 되었다는 점, 그 사실의 문학적 반영을 읽어낼 수 있었다.

하지만 다음과 같은 평문을 행간 독해하면서 여전히 의문일 수밖에 없다. 정권이 바뀌고 청년이 지도자인데도 문학예술에 새로움이 느껴지지 않는 이유. '김정은'이란 담론의 안정성을 단언하기에는 아직도 망설여지는 그 무엇이 엄존한다. 매년 반복되는 것이지만 문학매체 편집진의 자기비판이야말로 문학적 자기반성의 현주소이리라.

"시인들과 소설가들이 주제에 편중하지 말고 혁명전통주제와 계급교양 주제 작품 창작에도 낯을 돌렸으면 하는 것입니다. 그리고 자기의 얼굴들을 가진 작품들을 창작해주십시오. 구태의연한 라렬식 생활반영과 있어도 되고 없어도 무방할 주제물들, 웨침식의 생경한 시들, 개성이 없는 인물형상들, 특이한 묘사 한건 찾아볼 수 없는 작품들을 볼 때마다 우리 편집원들은 가슴이 아픕니다."[58]

문제는 마땅한 대안이 뚜렷하지 않다는 점이다. 수령과 주체 담론의 만성적 피로감은 충분히 감지되는데 출구는 마땅치 않은 셈이다. 관성적 창작과 도식주의를 늘 자기비판하면서도 여전히 "새해에도 김일성 - 김정일주의 기치를 높이 들고 당의 두리에 굳게 뭉쳐 주체혁명 위업 완성을 위해 모든 노력을 다할 것"이라 결론내리니 당문학론의 고답적 반복에서 한 치도 벗어날 수 없는 운명인 셈이다. 여기에 '우리식 비평'의 자가발전형 영구기관이 지닌 비극이 있다.

3대 세습을 합리화한 절대권력이 호명하는 혁명이나 애국이란 무엇일까? '김정일 애국주의'란 명분으로, '당의 동행자·동조자(선동선전)' 작가라는 직무 수행을 충실히 하며 누리고자 하는 심리적 안정, 정치적 평안, 생활적 편리를 누리려는 타협의 산물 아닌가? 북한과 다른 우리 체제에서는 문학이란 불편한 진실을 응시하게 만드는 매개체 구실을 한다. 그것은 진실의 힘을 포기하지 않는 삶과 예술의 관계이기도 하다. 그래서 돈만 많으면 행복하다는 신자유주의와 문학은 그리 행복하게 화합하지 못한다. 그런데 북한에서는 권력이 호출하는 혁명과 애국이란 미명으로, 작가, 비평가라는 직업인의 직무수행을 충실히 하며 현실에 안주하고자 하는 '현실타협, 사실수리론'이 느껴진다. 현실과 진정 치열하게 부딪

---

58 편집부, 「2013년을 보내며」, 『조선문학』 2013.12, 79면.

치지 않은 채 독자를 감성으로만 격동케 하는 투쟁의 언어와 상투적 담론만 무성하다는 생각이다.

어느 재미 학자의 수사(修辭)처럼 사회주의 리얼리즘은 현실과는 거리가 멀지만 미래에 올 유토피아적 세계관에 대한 미신적인 구조가 있다. 비록 북한 작가들은 리얼리즘의 전통에 따르고자 하겠지만 현실 정치적 신념을 묘사하는데 최선을 더했다. 환상을 사실인 양 다루는 북한의 엄격한 선전시스템 속에서, 혁명적 현실도 포괄하고자 했던 공식적 정치선언은 사회주의적 리얼리즘에 의해 탄생되고 발전한 유토피아적 시각에 의해 방해받을 수밖에 없다.[59] 문학이 꿈꾸는 환상은 현실에서 출발한 가상이지만 그 자체가 현실은 아니다.

김정은 체제 문학비평의 특징은 사회주의 문명국의 욕망과 그를 현실화했다는 자부심을 영혼 없이 반복하고 있다. '한 손엔 총을, 다른 손엔 마치와 낫을 들고'[60]란 구호처럼, 선군을 통해 강성국가를 이루고 민생을 통해 사회주의적 부귀영화도 누리게 하겠다는 것이다.

이와 관련하여 '마식령속도' 담론의 후일담이 없다는 데서 회의론은 현실적 근거를 더한다. 2013년 12월 31일 개장해서 10년 가까이 운영한 스키장을 인민대중이 어떻게 즐겼는지 문학예술 창작이 '명작폭포'처럼 쏟아져 나와야 하는데 전혀 그렇지 않으니 문제다. 건설과정의 총력전이나 개장 이후의 장밋빛 전망이라면 당연히 그 위용과 풍광, 향유의 전면모가 언론 보도와 시, 소설, 수필, 그림, 영상 등 문학예술작품으로 창작되었어야 하는 게 사회주의적 선전체제 특성상 자연스럽다.『조선문학』, 『문학신문』에는 마식령스키장의 예술적 형상이나 문학적 후일담이 없

---

59 Kim, Suk-Young, *Illusive Utopia: Theater, Film, and Everyday Performance in North Korea (Theater: Theory/Text/Performance)*, University of Michigan Press, 2010. pp.46~47 요약.

60 『문학신문』 2013.3.23, 1면. 서정시초의 구호.

다. '마식령속도'가 담론만 무성했지 정작 스키를 즐기는 인민대중의 환희로 현현되지 않았다.

> 땡볕 내리쬐는 여름철이건만/ 내 마음은 눈 내리는 스키장에 있다/장설을 떠이고 선 마식령의 은빛 주로를/ 내 마음은 벌써 달리고 있다//
> 하나와 같은 생각/ 휴가를 미룬다/ 조국 앞에 떳떳이 년간계획 넘쳐하고/ 오는 겨울엔 본때나게/ 마식령스키장을 달려보자누나//
> 제철소 용해공들/ 방직공장 처녀들/ 10톤농장 젊은이들/ 혁신자편대를 무어가지고/ 사랑의 주로 우에 올라서잔다[61]

위 시에서 보듯이 2013년 여름의 상상이 차후에 실현되어야 정상이 아닐까. '마식령속도'나 '세포등판속도' '조선속도' '만리마 속도'까지 담론만 무성했지 정작 스키를 즐기는 인민의 환희나 우유·치즈를 즐기는 주민의 실감이 인상적으로 형상화되지 않았다. 눈앞에 체감할 수 있는 구체적 감성이 휘발된 채 슬로건만 형해로 남아있는 형국이다. 건설과정상의 속도 자체만 강조했지 정작 그를 향유할 인민의 여가생활 면모가 실감되지 않는다는 판단이다. 그들 마법의 언어가 아무리 멋져도 형해화된 개발담론의 레토릭으로는 인민들이 행복을 실감하기 어렵다.

---

61 심복실, 「행복이 오는 길 마중가는 길」, 『조선문학』 2013.10, 77~78면.

'마식령속도'와 '만리마기수' 형상론 주요 목록

김정은, 「'마식령속도'를 창조하여 사회주의 건설의 모든 전선에서 새로운 전성기를 열어나가자」, 『로동신문』 2013.6.5.

현지보도반, 「'마식령속도'에 세포등판속도 창조로 화답하며―전국의 근로자들에게 편지를 보낸 세포등판 군인건설자들과 돌격대원들」, 『로동신문』 2013.6.18.

미상, 「'마식령속도' 창조 투쟁은 새 시대를 여는 대진군」, 『로동신문』 2013.6.23.

「새로운 천리마시대, 만리마시대를 펼치며 광명한 미래 향해 비약하는 선군조선의 환희의 불보라」, 『로동신문』 2016.1.2.

「승리자의 대회, 영광의 대회를 명작폭포로 빛나게 맞이하자」, 『문학신문』 2016.1.16.

「우리 당의 인민중시, 인민존중, 인민사랑의 정치를 구현한 명작 대풍으로 조선로동당 제7차대회를 빛나게 장식하자」, 『조선문학』 2016.1.

「조선로동당 제7차대회가 열리는 올해에 천만군민의 심장을 불타게 하는 명작 창작의 최전성기를 열어나가자」, 『조선문학』 2016.3.

「당 제7차대회 결정 관철에로 천만군민을 힘있게 불러일으키는 만리마시대의 명작들을 더 많이 창작하자」, 『조선문학』 2016.3.

「당 제7차대회를 명작 창작 성과로 빛내일 충정의 열의 안고―조선작가동맹 중앙위원회에서」, 『문학신문』 2016.3.19.

미상, 「만리마시대의 《산울림》 명작들이 폭포처럼 쏟아지게 하자」, 『문학신문』 2016.6.4.

미상, 「당 제7차대회 결정 관철에로 천만심장을 힘있게 불러일으키는 만리마시대의 명작을 더 많이 창작하자」, 『조선문학』 2016.6.

안혜영, 「폭풍쳐 달리자 만리마시대의 사상전선의 기수로!」(정론), 『문학신문』 2016.8.6.

김영임, 「만리마의 속도는 창작전투에서도―함경북도위원회에서」, 『문학신문』 2016.8.13.

강위성, 「비약과 격동의 시대가 낳은 새로운 진군가―가요 〈우리는 만리마기수〉를 들으며」,『조선예술』, 2016.9.

원주철,『만리마』, 평양출판사, 2017.

최명일,「만리마선구자대회를 더 높은 명작 창조 성과로 맞이하자!―만리마기수에 대한 생각」,『조선예술』2017.7.

미상,「격동하는 만리마시대를 선도하는 명작 창작 열풍을 세차게 일으켜나가자」,『문학신문』2017.8.26.

김향,「투쟁과 열정 속에 무르익은 창작의 열매들―조선작가동맹 녀성작가들」,『문학신문』2017.11.18.

미상,「혁명적인 총공세에로 천만군민을 불러일으키는 명작들을 더 많이 창작하자」(사설),『문학신문』2018.1.20.

박춘택,「만리마시대 인간의 전형적 성격 창조와 작가의 미학적 리상」(평론),『문학신문』2018.3.24.

은종섭,「혁명적인 사회주의문학의 위력을 떨치는 만리마 시대의 명작을 창작하는 데서 나서는 중요한 문제」,『문학신문』2018.3.24.

김정철,「인생관의 견지에서 창조된 시대의 강자에 대한 예술적 형상―장편소설『강자』를 읽고」(평론),『문학신문』2018.10.20.

미상,「사회주의 건설의 모든 전선에서 만리마속도 창조운동을 힘있게 벌리자」,『문학신문』2019.5.25.

사회주의적 사실주의 논쟁사와 주체사실주의의 유일체계화

지금까지 북한문학비평사(1945~2019)를 주요 쟁점별로 서술하였다. 먼저 8.15해방부터 천리마 시대에 이르는 사회주의 건설기(20년) 문학비평을 개괄하면 문예노선과 이념은 마르크스레닌주의, 창작방법과 미학으로는 사회주의적 사실주의가 공식화되었다. 주체사상이 유일체계화된 1967년 이후의 주체사상체제(50년) 문학을 가늠해보면, 문예노선과 이념은 마르크스레닌주의에서 주체사상(내지 김일성주의)를 거쳐 '김일성김정일주의'로, 창작방법과 미학은 사회주의적 사실주의에서 주체사실주의로 변화하였다. 문학비평사를 거시적으로 대별하면 사회주의 건설기(1945~67) 사회주의적 사실주의의 좌우경화와 주체사상체제기(1967~) 주체사실주의의 유일체계화로 나눠볼 수 있다. 이를 두고 크게 보아 북한 당국의 공식 입장처럼 주체문학(선군문학 포함)으로의 일방적 도정으로도 규정할 수 있고, '사실주의문학의 좌우경화'라는 리얼리즘 미학구도로 재규정할 수도 있다. 본론에서 정리한 것처럼 각종 문학사와 연감, 문예지, 평론집의 비평사적 쟁점을 일단 통시적 시계열적으로 정리하면 다음과 같은 쟁점이 확인된다.

1. 진보적 민주주의 민족문학론 및 고상한 사실주의·사회주의적 사실주의
   론 (1946~1949)
2. 부르주아미학사상 잔재 비판론 (1952~1958)
3. 도식주의·기록주의 비판론 (1956~1959)
4. 사실주의·비판적 사실주의·사회주의적 사실주의 발생·발전론
   (1956~1963)
5. 민족형식과 민족적 특성론 (1958~1960)
6. 형상성·질 제고론 (1959~1963)
7. 천리마기수 형상론 (1959~1963)
8. 수정주의 비판론 (1962~1964)
9. 갈등론 (1961~1964)
10. 혁명적대작 창작론 (1964~1965)
11. 노동계급·혁명투사·'투사-인간' 전형 창조론 (1964~1967)
12. 항일혁명문학예술 전통론과 주체문예 형성론 (1967~1973)
13. 문학예술혁명과 주체문예론의 유일체계화 (1973~1987)
14. '3대혁명소조원' 형상론 (1975~1993)
15. '숨은 영웅' 형상론 (1980~1994)
16. 2차 문학예술혁명과 주체사실주의론 (1988~1992)
17. 선군(혁명)문학론과 선군 투사 형상론 (1999~2011)
18. 주체문학 복귀와 만리마기수 형상론 (2012~2019)

이들 비평사적 쟁점을 통시적으로 정리하면, 사회주의적 사실주의의
좌우편향을 보인 끝에 주체문예론으로 유일체계화되었음을 알 수 있다.
한때 선군 담론이 문예 비평과 이론에 막강한 영향을 미쳤으나 3대 세습
에 성공한 김정은 시대 이후 주체문예론 체계로 복귀했다고 하겠다. 달
리 보면 사회주의적 사실주의에서 주체문예론을 거쳐 주체사실주의로
전개된 북한문학비평사의 이론적 변모가 지닌 함의는 다음과 같다.

첫째, 북한 사회주의문학의 건설과정은 원론적으로 볼 때 소수의 부

르주아 출신 지식인이 소유하던 문학예술을 대다수 노동계급 내지 근로대중에게 개방시켜 민중 스스로가 창작부터 향유까지 일관하게 만든 변천과정이라고 할 수 있다. 북한의 사회주의 건설과정에서도 문예의 사회적 본질이 점점 넓혀지는 문제의식으로 작용하였다. 문예이론 자체가 전에는 연구서나 대학의 교재로서 전문 연구자 양성에 필요했다면, 시간이 갈수록 문학의 실제 창작과 유통과정에서 문학예술 대중화의 지침서로 변모하였으리라는 것이다.

둘째, 이전의 문학이론과 새로운 문예이론의 변별점은 이념 측면에서는 특수성으로 축소되고 대상 장르는 점차 확대된다는 점이다. 즉, 이념적으로 좌우 편향 없이 모든 계급문학을 거론하던 데서 '자주시대의 주체문학'으로만 대상 범주를 한정했다는 점에서 이념적 배타성을 읽을 수 있고, 문학 일반의 차원에서 전개되던 이론 영역이 연극, 가극, 영화에 이르기까지 전체 문예물을 포괄하려 한다는 점에서는 장르 확산을 보인 점이다. 이는 북한 문학이 전문 문인의 창조물이나 상업적 유통품이 되지 않고 인민대중에 대한 교양 측면을 강조한 것으로 일견 긍정적으로 생각할 수 있지만 문제도 적지 않다. 이념적 장르적 특수성을 보편성으로 환치시키는 우물 안 개구리 식 한계를 벗어나지 못한다.

셋째, 문학사 전통 인식에서 오랫동안 외면했던 진보적 민족문학과 전통 문화유산에 대한 일정 위치를 정립하였다는 점이다. 실학파문학이나 카프 문학 등 과거 진보적 민족문학 전통이 주체문예론의 강고한 자장 탓에 20년 넘게(어쩌면 지금까지도) 무시되었던 것이 엄연한 사실이다. 이는 주체문예론이 인민대중 교양을 위한 것이라는 이유 외에도 문학사, 예술사적 정통성의 부여 문제와 결부된 탓이다. 주체사상체제의 이데올로그들은 과거의 진보적 민족문학보다 김일성의 항일무장투쟁과정에서 나온 항일혁명문학예술에 훨씬 큰 비중을 두고 다른 경쟁자를 터부시하였다. 그러던 것이 1930년대 빨치산 활동에 참가한 적이 없는 김정일, 김정은 시대에 와서 조금씩 과거의 진보적 민족문학/문화에 대한 온당한 자리매김을 한 것이다.

넷째, 북한 문예이론의 변천은 마르크스레닌주의 문예이론과 일맥상통한 면모를 보이던 1960년대까지의 문예이론이 1970~80년대 주체문예론 체계가 유일화되면서 역사주의적인 원칙이나 과학적 이론 수립과는 점차 멀어졌다. 수령론이라는 김일성 개인숭배와 마오식 문화혁명을 통한 선동선전 수단으로 문학예술을 최대한 활용하는 실용성을 갖추게 되었으며 그 결과가 주체문예론'체계'로 나타난 것이라 판단된다. 그러다가 1990년대 초 사회주의 진영이 몰락하자 역사적 위력이 상실된 종래의 사회주의 리얼리즘을 특유의 주체사실주의로 대체하기에 이른 것이다.

이러한 인식 하에 북한문학비평사의 전개과정을 비평적 쟁점의 패러다임별로 공시 분석해 보자. 즉 문학의 '이념과 노선, 창작방법과 사조 미학, 전형론, 형상론, 장르론' 등의 항목으로 횡단면을 절합하여 계보화시킬 수 있다. (번호는 논쟁 시기순, 괄호 안은 논쟁 연도)

노선·이념	창작방법	전형	형상론·장르론	비고
1 민주주의 민족문학론 (1946~49)	1 고상한 사실주의, 사회주의적 사실주의론(1946~49)	1 긍정적인간, 고상한 인간형 (46~49)		해방
2 부르주아미학 비판론(1953~59)				전쟁, 1차 작가대회
3 도식주의 비판론 (1956~59)	4 사회주의적 사실주의 발생·발전론 (1956~63)		5 민족형식과 민족적특성론	2차 작가대회
혁명문예론 (1959~64)		6 공산주의자 전형(1960)	6 형상, 질 제고론 (1959, 1961~62)	
		7 천리마기수 형상론 (1961~63)	서정시론(1962)	천리마 운동

노선·이념	창작방법	전형	형상론·장르론	비고
8 수정주의 비판 (1962)			단편소설론 (1961,63)	
			11 갈등론 (1961, 1963~64)	
			12 혁명적대작 장편론 (1964~65)	
			장편소설론 (1963)	.
		혁명투사 (1964~65)	장편 작품론 (1965)	
		투사-인간 (1966~67) 전사-영웅 (1967~68)		주체 사상 유일 체계
14 주체문예 형성 론(1966~69)		15 주체형 인간 형상(1975 ~84)		
16 문학예술혁명 (1967~75)	15 종자론·속도전 (1972~75)	14 수령 형상론 (1966~72)	총서 창작론 (1972~75)	
		17 '3대혁명소 조원' 형상론 (1975~93)		3차 작가 대회
		18 '숨은영웅' 형상론 (1985~94)		
19 제2차 문학 예술혁명 (1988~92), 주체문학론	20 주체사실주의론			
수령영생문학, 태양 민족문학, 단군문학 론(1994~98)				김일성 사망
22 선군(혁명) 문학론 (1999~2011)		22 선군투사 (2004~2011)		
23 주체문예론 복 귀(2012~19)		23 만리마기수 형상론 (2016~19)		김정은 체제

북한문학비평사의 이론구도를 도식화한 위 도표를 통해 사회주의문학으로 출발했던 북한문학의 노선과 이념의 역사적 변천은 크게 보아 '사회주의 리얼리즘의 좌우 편향'을 거쳐 '주체사실주의문학'으로 귀결되는 것을 볼 수 있다.

나아가 문학 비평담론의 역사적 흐름을 기존방식처럼 문예정책노선, 당 정책 변천, 시간순 등 시계열적 분석만 고집할 것은 아니다. 비평사 논의를 '이념, 미학, 창작방법, 대표 캐릭터=전형, 속도전' 등의 의미축(padimatic structure)으로 횡단적 재구조화를 시도할 수도 있다. 가령 창작방법은 '고상한 리얼리즘'으로 출발하여 → 인민성 노동계급성 당성을 기본요소로 갖춘 '사회주의적 사실주의' → 종자론, 속도전, 수령에의 충실성 등을 기본요소로 한 '주체사실주의'미학으로 변천한다.

북한문학이 새로운 인간형으로 내세우는 시대별 대표 전형도 당 정책의 시대적 요구에 따라 매 시기에 '항일혁명투사, 긍정적 주인공, 천리마기수, 3대혁명소조원, 숨은 영웅, 선군투사, 만리마기수' 등으로 외피를 바꾸어왔음을 알 수 있다. 심지어 사회주의적 경제 생산 구호이자 주체문예 창작지침인 '속도전'이란 키워드로 비평 담론의 변천사를 횡단면으로 절합하면, '평양속도, 천리마속도, 비날론속도, 강선속도, 안주속도, 80년대속도, 90년대속도, 희천속도, 마식령속도, 세포등판속도, 조선속도, 만리마속도' 등의 시계열적 재구조화가 가능하다.

이러한 구도에 따르면 북한문학은 사회주의적 사실주의의 좌우편향을 보인 끝에 주체문학으로 정착되었다고 할 수 있다. 이념과 미학, 전형 등의 이론구조에 따라 비평사를 종횡 분석하면, 사회주의적 사실주의의 좌우경화 끝에 수령론 중심의 주체문예로 정착되면서 이념적 경직성을 보였다가 1980년대 중후반 이념적 연성기를 거쳤음을 알 수 있다. 1990년대 중후반 '고난의 행군' 시기로 상징되는 체제 붕괴 위기를 극복하기 위한 선군 담론이 한때 나왔지만, 김정은 집권(2011.12) 이후 선군담론이 퇴조하고 이전의 주체문예론이 재건되어 주체사실주의 미학이 안정되었다.

한반도적 시각에서 이를 재조명하면 사실주의(리얼리즘)의 좌우경화, 남북 문학의 적대 및 교류의 순환이라는 일종의 패턴도 찾을 수 있다. 다만 이를 그저 좌우 강온 고저 장단이 반복되는 순환론적 역사관이라고 해석하는 것은 본뜻을 알지 못하는 단선적 인식일 수 있다. 합법칙적 발전, 법칙까지는 아니더라도 패턴을 찾으려는 진의는 남북관계와 문학 문화사의 긍부정적 현상이 번갈아 나타나는 역사 변화의 기계적 메커니즘에 주목하는 것이 아니다. 오히려 통시적 접근, 어떤 논의 대상의 시간적 흐름에는 다양한 종류의 시련과 굴곡이 있지만 언제나 그 시련에 대응해 평정을 회복해 왔던 과거의 역사적 실천이 있었고 바로 이것에 주목하자는 것이기 때문이다. 한마디로 권력담론으로서의 기존 문학'사'가 아닌 다원적 다가치적 복합 '문화'사로서의 비평사, 문학사를 상정하자는 말이다.

2022년 현재는 주체문학 담론과 선군 담론 잔영의 병존 상태지만 서서히 선군의 자장에서 벗어날 듯하다. 이 패턴을 찾아야 앞으로 북한의 변화를 예상할 수 있게 되며, 문학비평 차원을 넘어서 2023년 이후 한반도 평화체제 구축 이후까지 문화사를 가늠하고 소통과 통합을 미리 준비할 수 있게 된다.

장별 논문의 원문 출처

01. 「북한 사회주의적 사실주의 비평사(1945-67) 연구 서설」, 『반교어문학』 59, 반교
    어문학회, 2021.12.

02. 「통일문학 담론의 반성과 분단문학의 기원 재검토」, 『민족문학사연구』 43, 민족
    문학사학회, 2010.8.

03. 「전후문학의 도식주의 논쟁―1950년대 북한 비평사의 쟁점」, 김철 외, 『한국
    전후문학의 형성과 전개(문학과 논리 3호)』, 태학사, 1993.6.

04. 「예술의 특수성과 당(黨)문학 원칙―1950년대 북한문학을 다시 읽다」, 『민족문
    학사연구』 65, 민족문학사학회, 2017.12.

05. 「북한 학계 리얼리즘 논쟁의 검토」, 『실천문학』 1990년 가을호.

06. 「근대문학과 사회주의 리얼리즘의 발생―1950~60년대 북한 학계의 사회주의
    리얼리즘 발생 발전 논쟁에 대한 비판적 검토」, 김성수 편, 『우리 문학과 사
    회주의 리얼리즘 논쟁』, 사계절출판사, 1992.2.

07. 「'천리마기수' 전형론과 사회주의 건설의 문화정치」, 『상허학보』 62, 상허학회,
    2021.6.

08. 「북한 문학비평논쟁의 리얼리즘과 당(黨)적 원칙의 길항―『문학신문』의 「개나
    리」 '지상토론'(1960)의 비판적 분석」, 『북한연구학회보』 24-2, 북한연구학
    회, 2020.12.

09. 「1960년대 초 북한 문학비평의 수정주의 비판론―김창석 『미학개론』과 연극
    「소문없이 큰일했네」 논쟁」, 『반교어문연구』 57, 반교어문학회, 2021.4.

10. 「장편소설론의 이상과 '대작장편' 창작방법논쟁」, 『한길문학』 1992. 여름호.

11. 「프로문학과 북한문학의 기원」, 『민족문학사연구』 21, 민족문학사학회, 2002.12.

12. 「'항일혁명문학(예술)' 담론의 기원과 주체문예의 문화정치」, 『민족문학사연구』
    60, 민족문학사학회, 2016.4.

13. 「주체문예론 연구(1): '주체문예리론체계'의 통시적 분석」, 『국제한인문학연구』
    31, 국제한인문학회, 2021.12.

14. 「주체문예론 연구(2): '주체문예리론체계'의 공시적 분석」, 『상허학보』 64, 상허

학회, 2022.2.

15. 「김정일 시대의 '주체문학론' 비판」, 『북한연구』 18, 1994년 겨울호, 대륙연구
소, 1994.12.

16. 「북한 문예이론의 역사적 변모와 김정일의 『주체문학론』」, 『북한문화연구』 2
집, 한국문화정책개발원, 1995.4.

17. 「주체문학 전성기 『조선문학』(1968~94)의 매체전략과 '3대혁명소조원' 전형론」,
『한국근대문학연구』 37, 한국근대문학회, 2018.4.

18. 「북한의 '선군혁명문학'과 통일문학의 이상」, 『통일과문화』 창간호, 통일문화학
회, 2001.10.

19. 「김정일 시대 문학에 대한 비판적 고찰—선군시대 '선군혁명문학'의 동향과 평
가」, 『민족문학사연구』 27, 민족문학사학회, 2005.3.

20. 「선군사상의 미학화 비판—2000년 전후 북한문학에 나타난 작가의식과 글쓰
기의 변모양상」, 『민족문학사연구』 37, 민족문학사학회, 2008.8.

21. 「'단숨에' '마식령속도'로 건설한 '사회주의 문명국'—김정은 체제의 북한문학
담론 비판」, 『상허학보』 41, 상허학회, 2014.6.

22. 「당(黨)문학의 전통과 7차 당 대회 전후의 북한문학 비판」, 『상허학보』 49, 상허
학회, 2017.2.

참고문헌

1. 기본 자료

[북한]

『조선문학』, 『문학신문』, 『청년문학』, 『조선어문』, 『조선예술』, 『로동신문』, 『천리
　　마』, 『조선중앙년감』.

'문예리론총서 주체적문예사상'(전 12권)

'친애하는 김정일 동지의 문예리론총서'(전 40권)

'주체적문예리론연구'(전 25권)

'주체음악총서'(전 15권)

'주체미술총서'(10권?)

'주체영화리론총서'(10권?)

'주체문학전서'(10권?)

'문학예술의 영재'(전 20권)

'친애하는 김정일 동지의 문학예술 지도업적'(전 12권)

'김정일 동지의 사상리론: 문예학'(전 5권)

'20세기문예부흥과 김정일'(전 13권)

'선군혁명문학예술과 김정일'(전 5권)

김정일, 『영화예술론』, 조선로동당출판사, 1977.

김정일, 『가극예술에 대하여』, 조선로동당출판사, 1988.

김정일, 『연극예술에 대하여』, 조선로동당출판사, 1988.

김정일, 『주체문학예술에 대하여』 1-5권, 조선로동당출판사, 1989~90.

김정일, 『무용예술론』, 조선로동당출판사, 1992.

김정일, 『건축예술론』, 조선로동당출판사, 1992.

김정일, 『음악예술론』, 조선로동당출판사, 1992.

김정일, 『미술론』, 조선로동당출판사, 1992.

김정일, 『주체문학론』, 조선로동당출판사, 1992.

리기원 외 편, 『광명백과사전 6: 주체적 문예사상과 리론』, 백과사전출판사, 2008.

사회과학원 문학연구소, 『주체사상에 기초한 문예리론』, 사회과학출판사, 1975.

윤종성·현종호·리기주, 『주체의문예관: 주체문학전서(1)』, 문학예술종합출판사, 2000.

장영, 『작품의 인간문제: 주체적문예리론연구(1)』, 문예출판사, 1989.

장형준, 『김일성주의문학예술 건설: 친애하는 지도자 김정일 동지의 문예리론총서(1)』, 문예출판사, 1983.

장형준·려원만·김진태, 『사회주의문학예술의 본성과 시원: 문예리론총서 주체적문예사상(1)』, 문예출판사, 1981.

최언경, 『선군혁명문학예술과 김정일(1)』, 문학예술출판사, 2005.

한설야 외, 『제2차 조선작가대회 문헌집』, 조선작가동맹출판사, 1956.

한중모 외, 『주체적 문예리론의 기본 1』, 문예출판사, 1992.

한중모, 『위대한 령도자 김정일 동지의 사상리론: 문예학 1』, 사회과학출판사, 1996.

[북한 외]

권순긍·정우택 공편, 『우리 문학의 민족형식과 민족적 특성』, 연구사, 1990.12.

김성수 편, 『북한 『문학신문』 기사 목록―사실주의 비평사 자료집』, 한림대출판부, 1994.

김성수 편, 『우리 문학과 사회주의 리얼리즘 논쟁』, 사계절출판사, 1992.

김종회 편, 『북한문학연구자료총서』, 국학자료원, 2012.

이선영 외 편, 『현대문학비평자료집: 이북편』(전 7권), 태학사, 1993.

조선문학가동맹, 『건설기의 조선문학』, 조선문학가동맹, 1946.

2. 단행본

[북한]

강능수, 『시대와 문학』, 문예출판사, 1991.

강승춘, 『영화예술론에서 주체철학의 몇가지 문제』, 사회과학출판사, 1992.

고정옥 외, 『우리나라 문학에서 사실주의의 발생, 발전』, 조선문학예술총동맹출
　　판사, 1963.

고철훈 외, 『위대한 령도자 김정일 동지께서 주체적문학예술 창조와 건설에서 이
　　룩하신 불멸의 업적』, 사회과학출판사, 2013.

과학원 문학연구실 편, 연장렬 외, 『우리나라에서의 맑스-레닌주의 문예리론의
　　창조적 발전』, 과학원출판사, 1962.

김상후, 『우리나라에서의 문화혁명에 관한 맑스-레닌주의 리론의 창조적 구현』,
　　조선로동당출판사, 1961.

김인옥, 『김정일 장군 선군정치리론』, 평양출판사, 2003.

김창석, 『미학개론』, 조선미술사, 1959.

김철우, 『김정일 장군의 선군정치: 군사선행, 군을 주력군으로 하는 정치』, 평양
　　출판사, 2000.

김하명, 『새문학 건설』, 문학예술종합출판사, 1993.

김하명 외, 『전진하는 조선문학』, 조선작가동맹출판사, 1960.

김하명·한룡옥·박종식·김민혁, 『사실주의에 관한 론문집』, 과학원출판사, 1959.

김학렬, 『조선프로레타리아문학운동연구』, 김일성종합대학출판사, 1996.

당력사연구소, 『조선로동당력사』, 조선로동당출판사, 2006.

류희정 편, 은종섭 해설, 『해방 후 평론집(1)(현대조선문학선집58)』, 문학예술출판사,
　　2015.

리기주, 『위대한 수령 김일성 동지 문학예술 령도사』, 문예출판사, 1991.

리동수, 『우리나라 비판적 사실주의문학연구』, 과학백과사전종합출판사, 1988.

리상태, 『리기영의 창작 연구』, 조선작가동맹출판사, 1959.

리수립, 『위대한 수령 김일성 동지 문학령도사』, 문학예술종합출판사, 1994.

박종식, 『새시대와 문학』, 조선문학예술총동맹출판사, 1964.

박종식, 『문학과 현대성』, 문학예술출판사, 2001.

방연승, 장형준 외, 『신인 평론집』, 조선작가동맹출판사, 1957.

사회과학원 주체문학연구소, 『총대와 문학』, 사회과학출판사, 2004.

신영호, 『조선문학비평사연구(19세기 말~1940년대 전반기)』, 김일성종합대학출판사, 2003.

안함광, 『문예론』, 양서각, 1947.

안함광, 『문학의 탐구』, 조선문학예술총동맹출판사, 1966.

안함광 외, 『해방 후 10년간의 조선문학』, 조선작가동맹출판사, 1955.

엄호석, 리효운 외, 『새 현실과 문학』, 조선작가동맹출판사, 1954.

윤세평 외, 『해방 후 우리 문학』, 조선작가동맹출판사, 1958.

은종섭, 『조선 근대 및 해방전 현대소설사 연구』, 김일성종합대학출판사, 1986.

장희숙, 『주체문학의 재보』, 문학예술종합출판사, 1995.

한중모, 『위대한 수령 김일성 동지께서 창시하신 사회주의문학예술의 당성 로동 계급성 인민성에 관한 독창적인 사상』, 사회과학출판사, 1976.

한중모, 『주체사상에 기초한 사회주의적 사실주의리론의 몇가지 문제』, 과학백과사전출판사, 1980.

한중모, 『주체의 인간학』, 사회과학출판사, 1987.

한중모, 정성무, 『주체의 문예리론 연구』, 사회과학출판사, 1983.

므.(막심) 고리키, 역자 미상, 『문학론』, 국립출판사, 1956.

엠. 흐라쁘첸꼬 외, 김영찬 외역, 『문학리론 제문제』, 국립문학예술서적출판사, 1959.

웨. 이. 레닌, 김필환 편역, 『문학에 관하여』, 조선로동당출판사, 1958.

[북한 외]

강진호 외, 『북한의 문화정전, 총서 '불멸의 력사'를 읽는다』, 소명출판사, 2009.

구갑우·김성수 외 공저, 『한(조선)반도 개념의 분단사: 문학예술편』(전 8권), (주)사회평론아카데미, 2018~2021.

권헌익·정병호, 『극장국가 북한』, 창비, 2013.

김성수, 『통일의 문학, 비평의 논리』, 책세상, 2001.

김성수, 『미디어로 다시 보는 북한문학: 『조선문학』(1946-2019)의 문학·문화사』, 역락, 2020.

김영민, 『한국근대문학비평사』, 소명출판사, 1999.

김영민, 『한국현대문학비평사』, 소명출판사, 2000.

김용범, 전영선 외, 『김정일 문예관 연구』, 문화체육부, 1996.

김윤식, 『북한문학사론』, 새미, 1996.

김재용, 『북한문학의 역사적 이해』, 문학과지성사, 1994.

김재용, 『민족문학운동의 역사와 이론 2』, 한길사, 1996.

김재용, 『분단구조와 북한문학』, 소명출판사, 2000.

나인호, 『개념사란 무엇인가: 역사와 언어의 새로운 만남』, 역사비평사, 2011.

남북문학예술연구회, 『해방기 북한문학예술의 형성과 전개』, 역락, 2012.

남북문학예술연구회 엮음, 『전쟁과 북한문학예술의 행방』, 역락, 2018.

남북문학예술연구회 엮음, 『전후 북한문학예술의 미적 토대와 문화적 재편』, 역락, 2018.

남원진, 『남북한의 비평 연구』, 역락, 2004.

남원진, 『이야기의 힘과 근대 미달의 양식』, 경진, 2011.

남원진, 『양귀비가 마약 중독의 원료이듯…』, 경진, 2012.

단국대 한국문화기술연구소 편, 『북한 문학예술의 장르론적 이해』, 경진, 2010.

단국대 한국문화기술연구소 편, 『주체의 환영―북한 문예이론에 대한 비판적 이해』, 경진, 2011.

동국대 한국문학연구소 편, 『북한의 문학과 문예이론』, 동국대출판부, 2003.

민족문학사연구소 편, 『북한의 우리 문학사 인식』, 창작과비평사, 1991.

민족문학사연구소 남북한문학사연구반, 『북한의 우리문학사 재인식』, 소명출판사, 2014.

백학순, 『북한 권력의 역사: 사상·정체성·구조』, 한울, 2010.

서재진, 『김일성 항일무장투쟁의 신화화 연구』, 통일연구원, 2006.

스칼라피노·이정식, 한홍구 역, 『한국공산주의운동사 3: 북한편』, 돌베개, 1987.

신형기·오성호, 『북한문학사: 항일혁명문학에서 주체문학까지』, 평민사, 2000.

역사문제연구소 문학사연구모임, 『카프문학운동 연구』, 역사비평사, 1989.

이상숙 외, 『북한시학의 형성과 사회주의 문학』, 소명출판사, 2013.

이우영, 『김정일 문예정책 지속과 변화』, 민족통일연구원, 1998.

이춘길 외, 『김정일 문예관과 문예정책의 기본원리 연구』, 한국문화정책개발원, 1998.

전영선, 『북한의 문학예술 운영체계와 문예이론』, 역락, 2002.

전영선, 『북한의 정치와 문학: 통제와 자율 사이의 줄타기』, 경진, 2014.

천현식, 『북한의 가극 연구』, 선인, 2013.

한림대 한림과학원 편, 『두 시점의 개념사』, 푸른역사, 2013.

오카다 아키코(岡田章子), 정의·염송심·전성곤 옮김, 『문화정치학』, 학고방, 2015.

와다 하루키, 『북조선:유격대국가에서 정규군국가론』, 돌베개, 2002.

Haruo Shirane, 鈴木登美, 왕숙영(역), 『창조된 고전』, 소명출판사, 2002.

Agamben, Giorgio, 박진우 옮김, 『호모 사케르』, 새물결, 2008.

Agamben, Giorgio, 양창렬 역, 『장치란 무엇인가? 장치학을 위한 서론』, 난장, 2010.

Anderson, Benedict, *Imagined Communities: Reflections on the Origin and Spread of Nationalism* (revised edition), London and New York: Verso, 1991.

Baudrillard, J., 배영달 역, 『유혹에 대하여(1979)』, 백의, 2002.

Benjamin, W., 반성완 편역, 『발터 벤야민의 문예이론』, 민음사, 2003.

Bourdieu, Pierre, 하태환 역, 『예술의 규칙: 문학 장의 기원과 구조』, 동문선, 1999.

Gabroussenko, Tatiana, *Soldiers on the Cultural Front: Developments in the Early History of North Korea Literature and Literary Policy*, Hawai'i Studies on Korea, 2010.

Kim, Suk-Young, *Illusive Utopia: Theater, Film, & Everyday Performance in North Korea(Theater: Theory/Text/Performance)*, University of Michigan Press, 2010.

Kim, S. J.(수지김), 『북한(조선)혁명의 일상 1945~1950년』, 이타카, 런던: 코넬대학 교출판부, 2013.

Koselleck, R., 한철 역, 『지나간 미래』, 문학동네, 1998.

Lankov, A., 김수빈 역, 『리얼 노스 코리아』, 개마고원, 2013.

Liu, Lidya H., *Translingual Practice: Literature, National Culture, and Translated Modernity—China, 1900-1937*, Stanford: Stanford UP, 1995.

Myers, Brian, *The Cleanest Race: How North Koreans See Themselves and Why It Matters*, Melville House Publishing, December 20, 2011.

Mcluhan, Marshall, 박정규 역, 『미디어의 이해』, 커뮤니케이션북스, 1997.

Ong, Walter J., The Orality and the Literacy, 이기우·임명진 역, 『구술문화와 문자문화』, 문예출판사, 1995.

Rancière, Jacques, 양창렬 옮김, 『정치적인 것의 가장자리에서』 8, 2008.

Rancière, Jacques, 유재홍 옮김, 『문학의 정치』, 인간사랑, 2009.

3. 논문

[북한]

김정웅, 「친애하는 지도자 김정일 동지의 문예리론은 우리 시대 문학예술의 강령적 지침」, 『조선어문』 1992-1호, 1992.1.

류만, 「친애하는 지도자 김정일 동지께서 문학예술부문에서 이룩하신 불멸의 업적」, 『조선어문』 1994-4호, 1994-11.

박용학, 「친애하는 지도자 김정일 동지께서 문학예술 부문에서 이룩하신 사상이론적 업적의 특징」, 『조선어문』 1990-3호, 1990.7.

김일성, 「사상사업에 있어서 교조주의와 형식주의를 퇴치하고 주체를 확립할 데 대하여」 『김일성 저작집』 9권(조선로동당출판사, 1980).

문성철, 「카프의 문학운동에 대한 남조선 진보적 문학인들의 연구동향」, 『조선문학』 2001.10.

사혁순, 「친애하는 지도자 김정일 동지께서 밝히신 혁명적 문학예술 전통을 민족 문화유산 속에서 볼 데 대한 리론」, 『조선어문』 1993-3호.

윤세평, 「우리의 민족문화유산에 대한 관념론적 허무주의에 반대하여―림화의 반인민적 『조선문학』과 그 사상적 잔재를 분쇄하자」, 『조선어문』 1956-4 호.

장형준, 「우리 당의 혁명적 문예 전통과 그 빛나는 계승 발전」, 『근로자』 1973.9.

한효, 「현대조선문학사조」(1~3), 『문화전선』 3~5집, 1947.2~47.8.

한효, 「고상한 리알리즘의 체득」, 『조선문학』 창간특대호, 1947.9.

[북한 외]

강성윤, 「3대혁명소조운동의 정치적 기능에 관한 연구: 정권승계를 중심으로」, 『안보연구』 9, 동국대 안보연구소, 1979.

강진웅, 「북한의 항일무장투쟁 전통과 민족 만들기―민족주의와 권력, 담론, 주체」, 『한국사회학』 46-1, 한국사회학회, 2012.

강호정, 「해방기 '응향'사건 연구―자기비판과 검열의 문제를 중심으로」, 『배달말학회』 50, 2012.

고인환, 「『주체문학론』의 서술 체계 고찰」, 『한국문화연구』 6, 경희대 민속학연구소, 2002, 179~195쪽.

고자연·김성수, 「예술의 특수성과 당(黨)문학 원칙―1950년대 북한문학을 다시 읽다」, 『민족문학사연구』 65, 민족문학사학회, 2017.12.

김동훈, 「북한학계 리얼리즘논쟁의 검토」, 『실천문학』 1990. 가을.

김동훈, 「장편소설론의 이상과 '혁명적 대작 장편' 창작방법 논쟁」, 『한길문학』 1992. 여름.

김동훈, 「전후문학의 도식주의 논쟁: 1950년대 북한 문예비평사의 쟁점」, 『한국 전후문학의 형성과 전개: 문학과 논리 제3호」, 태학사, 1993.6.

김동훈, 「북한 문예이론의 역사적 변모와 김정일의 「주체문학론」」, 『북한문화연구』 2집, 한국문화정책개발원, 1995.

김병길, 「한설야의 『황혼』 개작본 연구」, 『연세어문학』, 제30,31호 합집, 연세어문학회, 1999.2.

김성수, 「우리 문학에서 사회주의적 사실주의의 발생」, 『창작과비평』 67, 1990년 봄호.

김성수, 「사실주의 문예비평의 전개와 문학신문: 1950~60년대 북한문학의 동향」, 『아시아문화』 제8호, 한림대학교 아시아문화연구소, 1992.12.

김성수, 「1950년대 북한 문예비평의 전개과정」, 조건상 편, 『한국 전후문학 연구』, 성균관대출판부, 1993.1.

김성수, 「프로문학과 북한문학의 기원」, 『민족문학사연구』 21, 민족문학사연구회, 2002.

김성수, 「김정은 시대 초의 북한문학 동향」, 『민족문학사연구』 49, 민족문학사학회, 2012.

김성수, 「'선군(先軍)'과 '민생' 사이―김정은 시대 초(2012-2013) 북한의 '사회주의 현실' 문학 비판」, 『민족문학사연구』 53, 민족문학사학회, 2013.12.

김성수, 「청년 지도자의 신화 만들기―김정은 수령 형상 소설 비판」, 『대동문화연구』 86, 대동문화연구원, 2014.6.

김성수, 「'단숨에' '마식령속도'로 건설한 '사회주의 문명국'―김정은 체제의 북한문학 담론 비판」, 『상허학보』 41, 상허학회, 2014.6.

김성수, 「'항일혁명문학(예술)' 담론의 기원과 주체문예의 문화정치」, 『민족문학사연구』 60, 민족문학사학회, 2016.4.

김성수, 「당(黨)문학의 전통과 7차 당 대회 전후의 북한문학 비판」, 『상허학보』 49, 상허학회, 2017.2.

김성수, 「주체문학 전성기 『조선문학』(1968~94)의 매체전략과 '3대혁명소조원' 전형론」, 『한국근대문학연구』 37, 한국근대문학회, 2018.4.

김성수, 「1990년대 초 문예지의 '통일' 담론 전유방식 비판―북한 문예지 『조선문학』과의 매체사적 대화」, 『상허학보』 50, 상허학회, 2018.10.

김성수, 「북한 문학비평논쟁의 리얼리즘과 당(黨)적 원칙의 길항—『문학신문』의 「개나리」 '지상토론'(1960)의 비판적 분석」, 『북한연구학회보』 24-2, 북한 연구학회, 2020.12.

김성수, 「1960년대 초 북한 문학비평의 수정주의 비판론—김창석 『미학개론』 과 연극 「소문없이 큰일했네」 논쟁」, 『반교어문연구』 57, 반교어문학회, 2021.4.

김성수, 「'천리마기수' 전형론과 사회주의 건설의 문화정치」, 『상허학보』 62, 상 허학회, 2021.6.

김성수, 「코리아 문학의 탈정전화와 숙청 작가 서만일, 김창석의 복권」, 『민족문 학사연구』 76, 민족문학사학회, 2021.8.

김성수, 「북한 사회주의적 사실주의 비평사(1945~67) 연구 서설」, 『반교어문학』 59, 반교어문학회, 2021.12.

김성수, 「주체문예론 연구(1): '주체문예리론체계'의 통시적 분석」, 『국제한인문 학』 31, 국제한인문학회, 2021.12.

김성수, 「주체문예론 연구(2): '주체문예리론체계'의 공시적 분석」, 『상허학보』 64, 상허학회, 2022.2.

김은정, 「만들어진 전통과 '항일혁명투쟁시기 문학'」, 『민족문학사연구』 43, 민족 문학사학회, 2010.

김재용, 「국가사회주의 붕괴 이후의 북한문학과 『주체문학론』」, 『민족문학운동 의 역사와 이론 2』, 한길사, 1996.

김재용, 「남북의 근대문학사 서술과 프로문학의 평가」, 『남북한 한국학 연구의 접점』, 『민족문화연구』 제33호, 고려대 민족문화연구원, 2000.12.

김진아, 「천리마시기 소설의 현대성과 천리마 기수의 전형 창조」, 『한민족어문 학』 58, 한민족어문학회, 2011.

김태경, 「북한 '사회주의 리얼리즘의 조선화(Koreanization)': 문학에서의 당의 유일 사상체계의 역사적 형성」, 서울대 박사논문, 2018.

김태경, 「당(黨) 문학 형성으로서의 북한의 사회주의 리얼리즘의 번역과 수용 (1953~1957)」, 『한국정치연구』 27-1, 서울대 한국정치연구소, 2018.12.

남원진, 「'혁명적 대작'의 이상과 '총서'의 근대소설적 문법」, 『현대소설연구』 40, 현대소설학회, 2009.4.

남원진, 「'혁명적 문학의 발명」, 『한국언어문화연구』 68, 한국언어문화학회, 2019.4.

박태상, 「북한소설 「생명수」에 나타난 북한 농촌의 수리화 사업」, 『북한의 문화와 예술』, 깊은샘, 2004.

배성인, 「김정일 시대 북한문학의 동향과 특징」, 『북한연구』 7, 명지대학교 북한연구소, 2004.

서동수, 「김정일의 『주체문학론』 고찰―『주체사상에 기초한 문예이론』과의 비교를 중심으로」, 『겨레어문학』 30, 겨레어문학회, 2003.

손종업, 「종자이론과 북한 문예이론의 특징」, 『어문논집』 35, 중앙어문학회, 2006.

신두원, 「해방 직후 북한의 문학비평―민족문학론과 리얼리즘론을 중심으로」, 『한국학보』 20-1, 일지사, 1994.

신두원, 「북한 문학평론의 전개과정: 1945~1966년을 중심으로」, 〈통일문학전집〉 (CD-ROM), 한국문화예술진흥원, 2003.

안민희, 「북한의 '3대혁명 문학'에 나타난 갈등양상 연구: 1970년대 『조선문학』에 실린 단편소설을 중심으로」, 한국외대 교육대학원 석사논문, 2009.

오태호, 「'『응향』 결정서」를 둘러싼 해방기 문단의 인식론적 차이 연구」, 『어문론집』 48, 중앙어문학회, 2011.11.

오태호, 「해방기(1945~1950) 북한 문학의 '고상한 리얼리즘' 논의의 전개 과정 고찰―『문화전선』, 『조선문학』, 『문학예술』 등을 중심으로」, 『우리어문연구』 46, 우리어문학회, 2013.5.

오태호, 「초기 북한문학 창작방법론의 역사적 기원 고찰―『문화전선』 제1~5집에 나타난 '고상한'의 수용과 정착 과정을 중심으로」, 『반교어문학』 41, 반교어문학회, 2015.12.

오태호, 「1950~60년대 북한문학의 지배 담론과 텍스트 평가의 균열 양상 고찰―전후 복구기(1953)부터 유일사상체계 형성기(1967)를 중심으로」, 『민족문학사연구』 61, 민족문학사연구소, 2016.8.

오태호, 「1970~80년대 북한문학의 지배담론과 소설 텍스트의 균열 양상 연구―『1932년』, 『청춘송가』, 『벗』을 중심으로」, 『국제어문』 72, 국제어문학회, 2017.

오태호, 「최근 『조선문학』(2017년 1~6호)을 통해 본 김정은 시대 북한 시의 고찰—'만리마 시대'의 사회주의 강국 건설 지향」, 『한민족문화연구』 61, 한민족문화학회, 2018.

우문숙, 「북한의 '선군혁명문학'을 통해서 본 선군정치의 체제유지기능에 관한 연구」, 경남대 석사논문, 2003.

유임하, 「북한 초기 문학과 '소련'이라는 참조점」, 『한국어문연구』 57, 2011.

이상숙, 「북한문학의 "민족적 특성론" 연구: 1950-60년대를 중심으로」, 고려대 박사논문, 2004.

이승이, 「1950년대 북한문학의 민족적 특성, 주체성, 현대성 연구—『조선문학』 평론을 중심으로」, 목원대 박사논문, 2008.

이영미, 「남북한 통일문학사 기술의 과제와 전망」, 『한중인문학연구』 50, 한중인문학회, 2016.

이종석, 『조선로동당연구: 지도사상과 구조변화를 중심으로』, 역사비평사, 1995.

이종석, 『새로 쓴 현대북한의 이해』, 역사비평사, 2000.

이지순, 「북한 서사시의 김정은 후계 선전양상」, 『북한연구학보』 16-1, 북한연구학회, 2012.8.

이지순, 「김정은 시대 북한 시의 이미지 양상」, 『현대북한연구』 16-1, 북한대학원 북한 미시사연구소, 2013.4.

이지순, 「천리마시대 노동영웅 이미지의 기원과 형성」, 『한국근대문학연구』 17-1, 한국근대문학회, 2016.

이지순, 「7차 당 대회 이후 '만리마'의 표상 체계: 『조선문학』(2016.1~2018.8) 시를 중심으로」, 『한국언어문화』 67, 한국언어문화학회, 2018.

이지순, 「천리마시대 노동영웅 이미지의 기원과 형성」, 『한국근대문학연구』 33, 한국근대문학회, 2016.

이지순, 「선군혁명문학의 발명과 실재, 위기의 딜레마」, 『비평문학』 72, 한국비평문학회, 2019.

이춘길, 「90년대 김정일의 문학예술혁명론 및 문예관 고찰」, 『통일과문화』 2, 통일과문화학회, 2002.

임옥규, 「『주체문학론』의 이념과 창작방법」, 『남북문화예술연구』 8, 남북문화예술학회, 2011.

임옥규, 「북한문학을 통해 본 김정은 체제에서의 국가와 여성―『조선문학』(2012~ 2013)을 중심으로」, 『국제한인문학연구』 13, 국제한인문학회, 2014.

전영선, 「북한문학의 현재와 미래」, 『한국문학과 예술』 14, 숭실대 한국문학과 예술연구소, 2014.

전영선, 「북한문학의 특성과 남북 문학의 소통」, 『한국언어문화』 67, 한국언어문화학회, 2018.

정성장, 「주체사상의 이론적 체계와 성격」, 『북한연구학보』 3-2, 북한연구학회, 1999.

정성장, 「김정은 후계체제의 공식화와 북한 권력체계 변화」, 『북한연구학회보』 14-2, 북한연구학회, 2010.

정영철, 『김정일 리더십 연구』, 선인, 2005.

정영철, 「김정은 체제의 출범과 과제: 인격적 리더십의 구축과 인민생활 향상」, 『북한연구학보』 16-1, 북한연구학회, 2012.8.

조은희, 「역사적 기억의 정치적 활용: 북한의 『항일빨찌산 참가자들의 회상기』 분석을 중심으로」, 『통일과 평화』 4-2, 서울대통일평화연구원, 2012.

장용철, 「북한 '종자론'의 문예론적 특성과 통치담론화에 관한 연구」, 『평화학연구』 13-4, 한국평화통일학회, 2012.

탁용달, 「3대혁명소조운동에 관한 연구: 사회·경제적 변화를 중심으로」, 동국대 석사논문, 2004.

홍지석, 「수정주의와 교조주의―1950년대 후반 북한문예의 '부르주아 미학' 담론」, 『한국문화기술』 24, 단국대 한국문화기술연구소, 2018.

Feres Junior, Joao, "The Expanding Horizons of Conceptual History: A New Forum," *Contributions to the History of Concepts* Vol.1 No.1, International Conference on Conceptual History, 2005.

Feres Junior, Joao, "For a critical conceptual history of Brazil: Receiving begriffsgeschichte," *Contributions to the History of Concepts* Vol.1 No.2, International Conference on Conceptual History, 2005.

Feres Junior, Joao, "THE SEMANTICS OF ASYMMETRIC COUNTERCON CEPTS: THE CASE OF "LATIN AMERICA" IN THE US," 2005.1. (https://www.researchgate.net/publication/237300520_THE_SEMANTICS_OF_ASYMMETRIC_COUNTERCONCEPTS_THE_CASE_OF_LATIN_AMERICA_IN_THE_US)

Feres Junior, Joao, "Taking Text Seriously: Remarks on the Methodology of the History of Political Thought," *Contributions to the History of Concepts* Vol.4 No.1, International Conference on Conceptual History, 2008.

Gabroussenko, Tatiana, "From Developmentalist to Conservationist Criticism: The New Narrative of South Korea in North Korean Propaganda," *Journal of Korean Studies*, 16-1, June 2011.

Lankov, Andrei, "Kim Takes Control: The 'Great Purge' in North Korea, 1956-1960," *Korean Studies* Vol.26, No.1, University of Hawai'i, 2002.

저자소개

김성수 金成洙 Kim, Seong Su
성균관대학교 학부대학 글쓰기 교수, 문학평론가

주요 저서

『미디어로 다시 보는 북한문학: 『조선문학』(1946~2019)의 문학·문화사 연구』(2020), 『통일의 문학, 비평의 논리』(2001), 『프랑켄슈타인의 글쓰기』(2009), 『한국근대서간 문화사연구』(2014), 『여간내기의 영화 교실』(1996 초판, 2003 제3판), 『영화 그리고 삶은 계속된다』(1998) 등의 개인 저서, 『카프 대표소설선』(1988), 『우리 문학과 사회주의 리얼리즘 논쟁』(1992), 『북한 『문학신문』 기사 목록: 사실주의비평사 자료집』(1994), 『교실에서 세상 읽기』(1994), 『우리 소설 토론해 봅시다』(1997) 등의 편저, 『삶을 위한 문학교육』(1987), 『북한문학의 지형도』(1~3)(2008~2012), 『3대세습과 청년지도자의 발걸음』(2014), 『북한의 우리문학사 재인식』(2014), 『김정은 시대의 문화』(2015), 『전쟁과 북한문학예술의 행방』(2018), 『전후 북한 문학예술의 미적 토대와 문화적 재편』(2018), 『감각의 갱신, 화장하는 인민』(2020), 『한(조선)반도 개념의 분단사: 문학예술편』(2018~2021) 등의 공저가 있다.

북한문학비평사

초판1쇄 인쇄 2022년 4월 25일
초판1쇄 발행 2022년 5월 6일

지은이   김성수
펴낸이   이대현

편집   이태곤 권분옥 문선희 임애정 강윤경
디자인   안혜진 최선주 이경진
마케팅   박태훈 안현진

펴낸곳   도서출판 역락
출판등록 1999년 4월 19일 제303-2002-000014호
주소   서울시 서초구 동광로 46길 6-6 문창빌딩 2층 (우06589)
전화   02-3409-2060   팩스   02-3409-2059
이메일   youkrack@hanmail.net
홈페이지 www.youkrackbooks.com

ISBN   979-11-6742-342-9 93800